De witte leeuwin

HENNING MANKELL

De witte leeuwin

MISDAADROMAN

Uit het Zweeds vertaald door Cora Polet

UITGEVERIJ DE GEUS

Negende druk

Oorspronkelijke titel *Den vita lejoninnan*, verschenen bij Ordfronts förlag, Stockholm 1996

Eerste Nederlandstalige uitgave Uitgeverij De Geus bv, Breda 1999
Published by arrangement with Ordfronts förlag AB, Stockholm, and Leonhardt & Høier Literary Agency aps, Copenhagen
Uit het Zweeds vertaald door Cora Polet

Omslagontwerp naar een idee van Peter-Andreas Hassiepen waarbij gebruik gemaakt is van het schilderij *Nocturne in Blue and Silver - Chelsea*, van James Abbott McNeil Whistler

Druk Koninklijke Wöhrmann bv, Zutphen

ISBN 90 445 0212 3
NUR 331, 305

Verspreiding in België via Libridis nv, Industriepark-Noord 5a, 9100 Sint-Niklaas

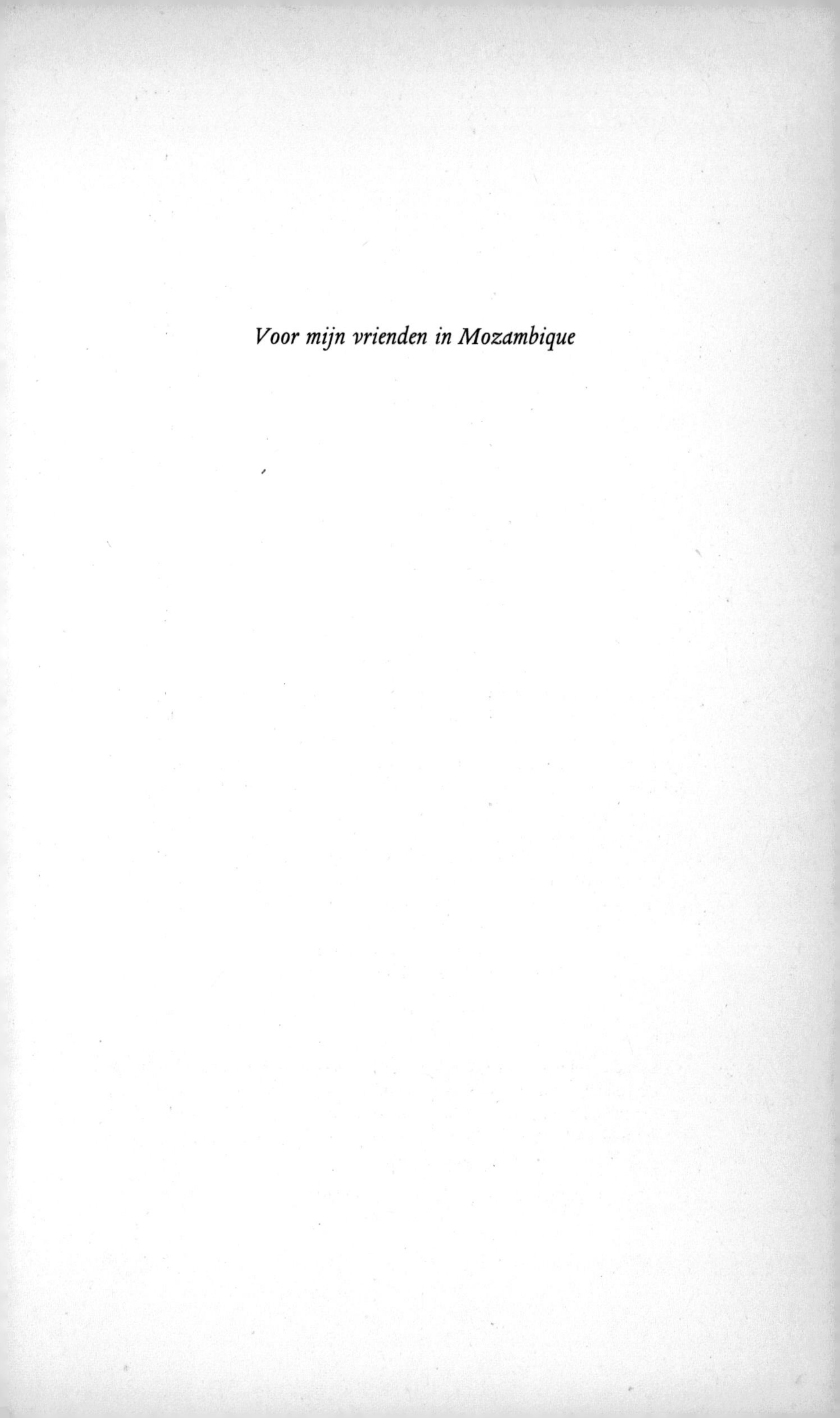

Voor mijn vrienden in Mozambique

Zolang mensen in ons land nog steeds op verschillende manieren beoordeeld worden, afhankelijk van hun huidskleur, zullen we lijden aan wat Socrates de leugen in het diepst van onze ziel noemt.

– Jan Hofmeyr, minister-president van Zuid-Afrika, 1946

Angurumapo simba, mcheza nani?
(Wie durft te spelen als de leeuw brult?)

– Afrikaans gezegde

Proloog

Zuid-Afrika, 1918

Laat in de middag van 21 april 1918 zaten drie mannen in een onopvallend café in Kensington, Johannesburg. Ze waren jong. De jongste, Werner van der Merwe, was kort daarvoor negentien geworden. De oudste, Henning Klopper, was tweeëntwintig. De derde man van het groepje heette Hans du Pleiss en zou over een paar weken eenentwintig worden. Ze hadden afgesproken om deze dag plannen voor zijn verjaardag te maken. Niet een van hen dacht eraan, ja had er ook maar een flauw vermoeden van, dat hun ontmoeting in het café in Kensington van historische betekenis zou zijn. Het vieren van de verjaardag van Hans du Pleiss zou die middag niet eens ter sprake komen. Ook Henning Klopper, die met het voorstel kwam dat te zijner tijd de hele Zuid-Afrikaanse samenleving zou veranderen, had geen idee van de reikwijdte of de consequenties van zijn eigen, nog onrijpe gedachten.

Het waren drie jongemannen die onderling nogal verschilden en die ieder een ander temperament en karakter hadden. Maar ze hadden ook iets gemeen. Iets wat boven al het andere uitsteeg. Ze waren Boere. Alledrie stamden ze uit een roemrijk geslacht dat in de jaren tachtig van de zeventiende eeuw tijdens een van de eerste grote immigratiegolven van ontheemde Hollandse hugenoten naar Zuid-Afrika was gekomen. Toen de Engelse invloed in Zuid-Afrika toenam om ten slotte in openlijke onderdrukking uit te monden, waren de Boere met hun ossenwagens aan hun lange trek naar het binnenland, naar de eindeloze vlakten van Transvaal en Oranje Vrijstaat, begonnen. Voor deze drie jongemannen, net als voor alle Boere, waren vrijheid en onafhankelijkheid van wezenlijk belang om hun taal en cultuur voor de ondergang te vrijwaren. Die vrijheid stond er borg voor dat er geen ongewenste versmelting met de gehate bevolking van Engelse komaf zou plaatsvinden en zeker geen vermenging met de zwarten die het land bevolkten of met de Indiase minderheid die in kuststeden als Durban, Port Elizabeth en Kaapstad in haar onderhoud voorzag door handel te drijven.

Henning Klopper, Werner van der Merwe en Hans du Pleiss waren Boere. Een feit dat ze nooit konden vergeten of uit hun gedachten zetten. Het was vooral iets waar ze trots op waren. Vanaf hun vroegste kinderjaren hadden ze geleerd dat ze tot een uitverkoren volk behoorden. Maar dit was eigenlijk zo vanzelfsprekend dat het zelden ter sprake kwam als ze elkaar dagelijks in het kleine café ontmoetten. Het was domweg een feit, een onuitgesproken voorwaarde voor hun vriendschap en hun vertrouwelijkheid, voor hun gedachten en gevoelens.

Omdat ze alledrie op het kantoor van de Zuid-Afrikaanse Spoorwegmaatschappij werkten, gingen ze na afloop van de werkdag gezamenlijk naar het café. Meestal praatten ze over meisjes, droomden over hun toekomst, spraken over de grote oorlog die in Europa nu op zijn hevigst woedde. Maar dit keer zat Henning Klopper zwijgend in gedachten verzonken. De anderen, die gewend waren dat hij de meest spraakzame was, keken hem vragend aan.

'Ben je ziek?' vroeg Hans du Pleiss. 'Heb je soms malaria?'

Henning Klopper schudde afwezig zijn hoofd zonder te antwoorden.

Hans du Pleiss haalde zijn schouders op en richtte het woord tot Werner van der Merwe.

'Hij denkt', zei Werner. 'Hij denkt na over hoe hij dit jaar reeds meer salaris kan gaan verdienen, zes in plaats van vier pond per maand.'

Het was een van hun steeds terugkerende gespreksonderwerpen, hoe ze hun onwillige chefs ervan moesten overtuigen hun karige loon te verhogen. Ze twijfelden er niet aan dat hun carrière bij de Zuid-Afrikaanse Spoorwegmaatschappij hen op de lange termijn naar topfuncties zou leiden. Ze beschikten alledrie over een groot zelfvertrouwen, waren intelligent en energiek. Het probleem was alleen dat het volgens hen allemaal zo ondraaglijk langzaam ging.

Henning Klopper pakte zijn kopje en nam een slokje koffie. Met zijn vingertoppen voelde hij of zijn hoge witte boord goed zat. Daarna streek hij langzaam over zijn keurig gekamde haar waarvan de scheiding in het midden zat.

'Ik wou jullie iets vertellen dat veertig jaar geleden gebeurd is', zei hij langzaam.

Werner van der Merwe tuurde naar hem vanachter zijn bril zonder randen.

'Je bent nog te jong, Henning', zei hij. 'Over achttien jaar kun je ons een veertigjarige herinnering vertellen, maar nu nog niet.'

Henning Klopper schudde zijn hoofd.

'Het is niet mijn herinnering', antwoordde hij. 'Het gaat ook niet over mij of mijn familie. Het gaat over een Engelse sergeant die George Stratton heette.'

Hans du Pleiss onderbrak zijn poging zijn cigarillo aan te steken.

'Sinds wanneer interesseer jij je voor de Engelsen?' vroeg hij. 'Een goede Engelsman is een dode Engelsman, of hij nu sergeant, politicus of mijnopzichter is.'

'Hij is dood', zei Henning Klopper. 'Sergeant George Stratton is dood. Maak je maar geen zorgen. Ik wou het juist over zijn dood hebben. Hij stierf veertig jaar geleden.'

Hans du Pleiss deed zijn mond open om opnieuw een tegenwerping te maken, maar Werner van der Merwe legde haastig zijn hand op Du Pleiss' schouder.

'Stil', zei hij. 'Laat Henning vertellen.'

Henning Klopper nam nog een slokje koffie en veegde met een servet zorgvuldig zijn mond en dunne, blonde snor af.

'Het was april 1878', begon hij. 'Ten tijde van de Britse oorlog tegen de in opstand gekomen Afrikaanse stammen.'

'De oorlog die ze verloren', zei Hans du Pleiss. 'Alleen Engelsen kunnen een oorlog tegen wilden verliezen. Bij Isandlwana en Rorke's Drift heeft het Engelse leger laten zien wat het werkelijk kan. Zich door wilden in de pan laten hakken.'

'Laat hem toch vertellen', zei Werner van der Merwe. 'Val hem niet steeds in de rede.'

'Wat ik ga vertellen heeft zich ergens in de buurt van Buffalo River afgespeeld', zei Henning Klopper. 'De rivier die de inboorlingen de

Gongqo noemen. De afdeling van de Mounted Rifles die onder bevel van Stratton stond, had op een open veld naast de rivier haar tenten opgeslagen en postgevat. Voor haar lag een lage berg waarvan ik de naam vergeten ben. Maar achter die berg bevond zich een groep Xhosa-krijgers. Het waren er niet veel en ze waren slecht bewapend. De soldaten van Stratton hoefden zich geen zorgen te maken. Op verkenning uitgezonden spionnen hadden hun verzekerd dat het Xhosa-leger ongeorganiseerd was en zijn terugtocht scheen voor te bereiden. Bovendien verwachtten Stratton en de officieren die dag versterking van minstens nog een bataljon. Maar opeens was er iets vreemds aan de hand met sergeant Stratton, een man die erom bekend stond nooit zijn kalmte te verliezen. Hij ging de ronde doen om afscheid van zijn soldaten te nemen. Degenen die hem gezien hebben, vertelden dat het was alsof hij plotseling koorts had gekregen. Daarna trok hij zijn pistool en schoot zich voor het front van zijn soldaten door het hoofd. Hij was zesentwintig toen hij bij Buffalo River stierf. Vier jaar ouder dan ik nu.'

Henning Klopper zweeg abrupt, alsof het einde van het verhaal ook hem verrast had. Hans du Pleiss blies een kringetje van de rook uit zijn cigarillo en scheen op een vervolg te wachten. Werner van der Merwe knipte met zijn vingers naar de zwarte kelner die in een ander deel van het café een tafeltje schoonveegde.

'Is dat alles?' vroeg Hans du Pleiss.

'Ja', antwoordde Henning Klopper. 'Vind je het soms niet genoeg?'

'Ik denk dat we nog wel een kopje koffie lusten', zei Werner van der Merwe.

De zwarte, manke kelner nam buigend hun bestelling op en verdween door de klapdeur naar de keuken.

'Waarom vertel je ons dit?' vroeg Hans du Pleiss. 'Een Engelse sergeant die een zonnesteek oploopt en zich doodschiet?'

Henning Klopper keek verbaasd naar zijn vrienden.

'Begrijpen jullie dat dan niet? Begrijpen jullie het echt niet?'

Zijn verbazing was oprecht, helemaal niet gespeeld of gemaakt.

Toen hij het verhaal over sergeant Strattons dood toevallig in een tijdschrift in zijn ouderlijk huis had aangetroffen, had hij onmiddellijk gedacht dat het met hem te maken had. Hij las in het lot van sergeant Stratton iets wat ook op hem betrekking had. Die gedachte had hem in het begin verbaasd omdat ze zo volstrekt onwaarschijnlijk was. Wat kon hij gemeen hebben met een kennelijk krankzinnig geworden sergeant uit het Engelse leger, die de loop van een pistool op zijn slaap had gezet en overgehaald had?

In feite was het niet de beschrijving van Strattons lot geweest die zijn aandacht getrokken had, maar de laatste regels van het artikel. Een soldaat, die getuige van het voorval was geweest, had veel later verteld dat sergeant Stratton op zijn laatste dag aan één stuk door enkele woorden voor zich uit had gemompeld, alsof hij een bezwering uitsprak. *Ik pleeg liever zelfmoord dan dat ik levend in handen van Xhosa-krijgers val.*

Precies zo zag Henning Klopper zijn eigen situatie, als die van een Boer in een steeds sterker door de Engelsen gedomineerd Zuid-Afrika. Het was alsof hij plotseling begreep dat ook hij voor de keuze van sergeant Stratton werd gesteld.

Onderwerping, had hij gedacht. Niets kan erger zijn dan in een situatie te moeten leven waarin men geen baas meer over zichzelf is. Heel mijn familie, heel mijn volk leeft onder Engelse wetgeving, onder Engelse dwingelandij, onder Engelse verachting. Onze cultuur wordt van alle kanten bedreigd en we worden met opzet door het slijk gehaald. De Engelsen zullen systematisch proberen ons kapot te maken. Het grootste gevaar dat onderwerping met zich meebrengt, is dat het een gewoonte wordt, dat het tot een berusting leidt die als een verlammend gif je bloed binnendringt, misschien zonder dat je het ook maar opmerkt. Op dat moment is de onderwerping een voldongen feit geworden. Dan is het laatste bastion gevallen, is het bewustzijn verduisterd en begint het langzaam af te sterven.

Tot nu toe had hij met Hans du Pleiss en Werner van der Merwe nooit over zijn ideeën gesproken. Maar het was hem niet ontgaan dat, als ze het over hun door de Engelsen aangedane vernederingen hadden, zijn vrienden steeds vaker bittere en ironische opmerkingen maakten. Wat ontbrak was een natuurlijke woede, de woede die zijn vader ooit de wapenen tegen de Engelsen had doen opnemen.

Dat had hem beangstigd. Wie moest zich in de toekomst tegen de Engelsen verzetten als zijn generatie het niet deed? Wie moest de rechten van de Boere verdedigen als hij het niet deed? Of Hans du Pleiss of Werner van der Merwe?

De geschiedenis van sergeant Stratton had hem iets duidelijk gemaakt wat hij wel wist, maar het was alsof hij zich nu niet langer aan dit inzicht kon onttrekken.

Ik pleeg liever zelfmoord dan dat ik me onderwerp. Maar omdat ik wil blijven leven, dient de oorzaak van de onderwerping geëlimineerd te worden.

Hoe eenvoudig en moeilijk, maar ook hoe ondubbelzinnig was het alternatief.

Hij had geen idee waarom hij juist deze dag had uitgekozen om zijn vrienden over sergeant Stratton te vertellen. Maar opeens had hij het gevoel gehad dat hij niet langer kon wachten. De tijd was er rijp voor, ze konden niet langer alleen maar over de toekomst dromen en zich bezighouden met plannen maken voor het vieren van verjaardagen wanneer ze hun middagen en avonden in hun stamcafé doorbrachten. Er waren belangrijker dingen dan dat, dingen die bepalend voor hun toekomst zouden zijn. Engelsen die het in Zuid-Afrika niet naar hun zin hadden, konden naar hun vaderland terugkeren of naar andere buitenposten in het schier eindeloze Britse rijk gaan. Maar voor Henning Klopper en voor andere Boere was er alleen Zuid-Afrika. Eens, bijna tweehonderdvijftig jaar geleden, hadden ze hun schepen achter zich verbrand, hadden ze de godsdienstvervolgingen de rug toegekeerd en Zuid-Afrika ontdekt als het verloren paradijs. Door hun ontberingen hadden ze het idee gekregen een uitverkoren volk te zijn. Hier, op de zuidpunt van het Afrikaanse continent, lag hun toekomst. Het ging óf om een toekomst met perspectief óf om een onderwerping die tot hun langzame maar onverbiddelijke vernietiging zou leiden. De oude kelner kwam hinkend met een blad koffie aanlopen. Met onhandige gebaren nam hij het gebruikte serviesgoed weg en zette schone kopjes en een pot koffie neer. Henning Klopper stak een sigaret op en keek zijn vrienden aan.

'Begrijpen jullie het niet?' vroeg hij opnieuw. 'Begrijpen jullie niet dat wij voor dezelfde keuze als sergeant Stratton staan?'

Werner van der Merwe zette zijn bril af en poetste de glazen met zijn zakdoek schoon.

'Ik moet je duidelijk kunnen zien, Henning Klopper', zei hij. 'Ik wil met eigen ogen zien dat jij het zelf bent die tegenover me zit.'

Henning Klopper werd ineens kwaad. Waarom begrepen ze niet wat hij zeggen wou? Was het echt mogelijk dat alleen hij dit soort gedachten had?

'Zien jullie dan niet wat er om ons heen gebeurt?' vroeg hij. 'Als wij zelf niet bereid zijn om ons recht op Boer zijn te verdedigen, wie zal het dan doen? Moet ons hele volk op den duur dan zo geschoffeerd en zo verzwakt zijn dat het enige wat de mensen nog rest, is te doen wat George Stratton gedaan heeft?'

Werner van der Merwe schudde langzaam zijn hoofd. Henning Klopper leek een verontschuldigende ondertoon in het antwoord van zijn vriend te beluisteren.

'We hebben de grote oorlog verloren', zei hij. 'We zijn met te weinig mensen en we hebben niet verhinderd dat de Engelsen met te velen zijn geworden in het land dat ooit van ons was. We moeten proberen in een soort gemeenschap met de Engelsen te leven. Er blijft ons niets anders over. We zijn met te weinigen en zullen met te weinigen blijven. Zelfs als onze vrouwen niets anders doen dan alleen nog maar kinderen baren.'

'Het is niet alleen een kwestie van genoeg mensen', antwoordde Henning Klopper opgewonden. 'Het gaat ook om trouw. Om verantwoordelijkheid.'

'Dat niet alleen', zei Werner van der Merwe. 'Nu begrijp ik wat je met je verhaal wilde zeggen. En ik geef je gelijk. Niemand hoeft mij eraan te herinneren wie ik ben. Maar je bent een dromer, Henning Klopper. Onze werkelijkheid is nu eenmaal zoals ze is en niet anders. Daar kan zelfs je dode sergeant niets aan veranderen.'

Onder het roken van zijn cigarillo had Hans du Pleiss aandachtig zitten luisteren. Nu legde hij hem in de asbak en keek naar Henning Klopper.

'Je hebt een idee', zei hij. 'Wat moeten we volgens jou doen? Bijvoorbeeld iets dergelijks als de communisten in Rusland? Naar de wapens grijpen en als partizanen de Drakensbergen intrekken? Bovendien vergeet je dat we niet alleen te veel Engelsen in dit land hebben. De grootste bedreiging voor onze manier van leven komt van de kant van de inboorlingen, de zwarten.'

'O, die zullen nooit een rol spelen', antwoordde Henning Klopper. 'Die zijn zo inferieur aan ons, die zullen altijd doen wat we ze zeggen en altijd denken wat we willen dat ze denken. Alleen onze strijd tegen de invloed van de Engelsen zal voor onze toekomst bepalend zijn. Meer niet.'

Hans du Pleiss dronk zijn koffie op en riep de oude kelner die onbeweeglijk bij de keukendeur stond te wachten. Ze waren de enigen in het café, op een paar oudere mannen na die in een eindeloos schaakspel verdiept waren.

'Je hebt mijn vraag niet beantwoord', zei Hans du Pleiss. 'Heb je soms inderdaad een idee?'

'Henning Klopper heeft altijd goede ideeën', zei Werner van der Merwe. 'Of het nu gaat om de rangeerterreinen van de Zuid-Afrikaanse Spoorwegmaatschappij te verbeteren of hoe je mooie vrouwen het hof moet maken.'

'Misschien', zei Henning Klopper glimlachend. Hij had het gevoel dat zijn vrienden eindelijk luisterden. Ook al waren zijn gedachten nog niet uitgekristalliseerd en vaag, hij realiseerde zich wel dat hij wilde praten over datgene, waarover hij zo lang had lopen piekeren. De oude kelner kwam naar hun tafeltje toe.

'Drie port', bestelde Hans du Pleiss. 'Het stuit me weliswaar tegen de borst om iets te drinken waar de Engelsen zo gek op zijn, maar ten slotte komt deze wijn uit Portugal.'

'De Engelsen zijn anders de grootste producenten van Portugese portwijn', wierp Werner van der Merwe tegen. 'Die verdomde Engelsen zitten overal. Overal.'

De kelner was begonnen de koffiekopjes weg te nemen. Toen Werner van der Merwe het over de Engelsen had, stootte de man per ongeluk tegen het tafeltje. Er viel een melkkannetje om en er spatte wat melk op Van der Merwes overhemd.

Het werd stil aan het tafeltje. Werner van der Merwe keek naar de kelner. Toen stond hij abrupt op, pakte de oude man bij zijn oor en schudde hem wreed heen en weer.

'Je hebt mijn overhemd vuil gemaakt', brulde hij.

Daarna gaf hij de kelner een oorvijg. De man tuimelde door de heftige klap achteruit, maar zei niets en haastte zich naar de keuken om de port te halen.

Werner van der Merwe ging zitten en veegde met een zakdoek over zijn overhemd.

'Afrika had een paradijs kunnen zijn,' zei hij, 'als er geen Engelsen geweest waren. En niet meer inboorlingen dan we nodig hebben.'

'Wij zullen Zuid-Afrika in een paradijs omtoveren', zei Henning Klopper. 'Wij zullen vooraanstaande mannen binnen de Spoorwegen worden, maar ook vooraanstaande Boere. We zullen onze leeftijdgenoten laten zien wat men van ons mag verwachten. We moeten onze trots weer nieuw leven in blazen. De Engelsen moeten beseffen dat we ons nooit zullen onderwerpen. We zijn niet als George Stratton, we blijven op onze post.'

Hij zweeg toen de kelner drie glazen en een halve fles port op het tafeltje zette.

'Je hebt je excuses niet aangeboden, kaffer', zei Werner van der Merwe.

'Ik bied mijn excuses voor mijn onhandigheid aan', antwoordde de kelner in het Engels.

'In de toekomst zul je Afrikaans moeten leren', zei Werner van der Merwe. 'Iedere kaffer die Engels spreekt, moet standrechtelijk gevonnist worden en als een hond neergeschoten. Ga nu. Verdwijn!'

'Zullen we hem voor de wijn laten betalen?' stelde Hans du Pleiss voor. 'Hij heeft je overhemd vuil gemaakt. Het is niet meer dan billijk dat hij de wijn van zijn eigen loon betaalt.'

Werner van der Merwe knikte.

'Heb je het gehoord, kaffer?' zei hij tegen de kelner.

'Natuurlijk zal ik de wijn betalen', antwoordde de kelner.

'Met alle plezier', vervolgde Werner van der Merwe.

'Ik zal met alle plezier de wijn betalen', antwoordde de kelner.

Toen ze weer alleen waren, ging Henning Klopper verder waar hij gebleven was. Het voorval met de kelner was al weer vergeten.

'Ik ben van mening dat we een verbond moeten stichten', zei hij. 'Of misschien een club. Natuurlijk alleen voor Boere. Om te discussiëren, om meer van onze eigen geschiedenis te weten te komen. Een club waar nooit Engels gesproken mag worden, alleen onze eigen taal. Waar we onze eigen liederen kunnen zingen, onze eigen schrijvers lezen, ons eigen eten eten. Als we hier in Kensington, in Johannesburg, beginnen wordt het misschien elders overgenomen. In Pretoria, Bloemfontein, King William's Town, Pietermaritzburg, Kaapstad, overal. Wat we nodig hebben is een reveil. Om ons eraan te herinneren dat Boere zich nooit zullen onderwerpen, dat hun ziel nooit overwonnen zal worden, ook niet als het lichaam sterft. Ik denk dat er heel wat mensen zitten te wachten tot dit gaat gebeuren.'

Ze hieven hun glas.

'Het is een voortreffelijk idee,' zei Hans du Pleiss, 'maar ik hoop dat we zo nu en dan ook nog tijd voor mooie vrouwen zullen hebben.'

'Natuurlijk', zei Henning Klopper. 'Alles blijft bij het oude. Er wordt alleen iets aan toegevoegd dat we verdrongen hadden. Iets wat een heel nieuwe inhoud aan ons leven zal geven.'

Henning Klopper realiseerde zich dat zijn woorden hooggestemd klonken, misschien pathetisch. Maar op dit moment vond hij dat op zijn plaats. Achter zijn woorden gingen grootse gedachten schuil die van belang voor de toekomst van het hele Boervolk waren. Waarom zou hij dan niet hooggestemd zijn?

'Vind je dat vrouwen lid van het verbond kunnen worden?' vroeg Werner van der Merwe voorzichtig.

Henning Klopper schudde zijn hoofd.

'Dit is iets voor mannen', antwoordde hij. 'Onze vrouwen gaan niet naar vergaderingen. Dat is in strijd met onze traditie.'

Ze toostten. Henning Klopper besefte plotseling dat zijn beide vrienden zich al gedroegen alsof het eigenlijk hun idee was, deze wens om iets te heroveren van alles wat in de oorlog, die zestien jaar geleden geëindigd was, verloren was gegaan. Maar hij ergerde zich er niet aan. Integendeel, hij voelde zich opgelucht. Hij had het dus niet helemaal fout gehad.

'Een naam', zei Hans du Pleiss. 'Statuten, huishoudelijk reglement, regels. Je hebt natuurlijk alles al uitgedacht.'

'Daar is het nog te vroeg voor', antwoordde Henning Klopper. 'We moeten eerst goed nadenken. Juist nu, nu er haast geboden is om het zelfvertrouwen van de Boere te herstellen, is het belangrijk om geduldig te zijn. Als we te hard van stapel lopen, lopen we het risico dat we mislukken. En we mogen niet mislukken. Een verbond van jonge Boere zal de nodige ergernis bij de Engelsen wekken. Ze zullen alles doen om ons dwars te zitten, ons tegen te werken, ons te bedreigen. We zullen ons dus goed moeten voorbereiden. Zullen we afspreken dat we over drie maanden een besluit nemen? Intussen gaan onze gesprekken door, we zien elkaar hier immers toch iedere dag. En we zouden vrienden kunnen uitnodigen om te horen wat zij ervan vinden. Maar in de eerste plaats moeten we bij onszelf te rade gaan. Ben ik bereid dit te doen? Ben ik bereid offers voor mijn volk te brengen?'

Henning Klopper zweeg. Zijn blik ging beurtelings van het ene gezicht naar het andere.

'Het is al laat', zei hij. 'Ik heb honger en wil naar huis om te eten. Morgen praten we verder.'

Hans du Pleiss schonk wat er nog van de port over was uit in hun glazen. Toen ging hij staan.

'Laten we op sergeant Stratton toosten', zei hij. 'Laten we het bewijs van de onoverwinnelijke kracht van de Boere leveren door een toost op een dode Engelsman uit te brengen.'

De anderen stonden eveneens op en hieven hun glas.

In het donker naast de keukendeur stond de oude Afrikaan naar de drie jongemannen te kijken. Hij voelde een stekende pijn in zijn hoofd over de hem aangedane vernedering, maar hij wist dat het over zou gaan. Het voorval zou in ieder geval in de vergetelheid wegzinken die ieder verdriet stilde. Morgen zou hij de drie jongemannen hun koffie weer brengen.

Ruim een maand later, op 5 juni 1918, stichtte Henning Klopper met Hans du Pleiss en Werner van der Merwe en nog een paar vrienden een verbond dat ze Het Jonge Zuid-Afrika noemden.

Weer een paar jaar later, toen het ledental aanzienlijk gestegen was, stelde Henning Klopper voor om het verbond voortaan de Broederbond te noemen. Nu mochten ook mannen boven de vijfentwintig zich aansluiten. Vrouwen echter zouden nooit tot lid gekozen kunnen worden.

De belangrijkste verandering vond laat op de avond van 26 augustus 1921 plaats in een vergaderzaal van Hotel Carlton te Johannesburg. Toen werd de beslissing genomen dat de Broederbond een geheim genootschap zou zijn met initiatieriten en de eis aan de leden van eeuwige trouw aan de voornaamste doelstelling van de bond: de rechten van de Boere, van het uitverkoren volk in Zuid-Afrika, om hun vaderland waar ze eens onbeperkt over zouden heersen, te verdedigen. Over de Broederbond zou gezwegen worden, zijn leden zouden actief zijn zonder gezien te worden.

Dertig jaar later was de invloed van de Broederbond op de belangrijkste aspecten van de Zuid-Afrikaanse samenleving bijna volledig. Niemand kon president van het land worden zonder óf lid van de Broederbond te zijn óf zijn zegen te hebben. Niemand kon lid van een regering worden, niemand kon een van de belangrijkste posten in de maatschappij bekleden zonder dat de Broederbond zich achter een benoeming of bevordering had geschaard. Dominees, rechters, professoren, kranteneigenaren, zakenlieden, iedereen die invloed en macht bezat, was lid van de Broederbond, iedereen had trouw gezworen en de eed tot geheimhouding afgelegd inzake zijn grootse taak: het verdedigen van het uitverkoren volk.

Zonder dit verbond hadden de apartheidswetten, die in 1948 werden aangenomen, nooit gerealiseerd kunnen worden. Maar ministerpresident Jan Smuts en zijn Verenigde Partij schenen geen twijfels te kennen. Gesteund door de Broederbond kon het onderscheid tussen de zogenaamde minderwaardige rassen en het blanke Herrenvolk in een agressief stelsel van wetten en verordeningen beklonken worden, een stelsel dat er voor eens en voor altijd borg voor zou staan dat Zuid-Afrika zich ontwikkelde volgens de wens van de Boere. Er kon maar één uitverkoren volk zijn. Dat was en dat bleef altijd het uitgangspunt.

In 1968 werd in het diepste geheim het vijftigjarig jubileum van de Broederbond gevierd. Henning Klopper, de enige overlevende oprichter uit 1918, hield een toespraak die eindigde met de woorden: *Beseffen we inderdaad, in het diepst van onze ziel, welke ongehoorde krachten er vanavond binnen deze vier muren aanwezig zijn? Toon mij een organisatie in Afrika met een grotere invloed. Toon mij waar ook ter wereld een organisatie die over een grotere invloed beschikt!*

Tegen het einde van de jaren zeventig verloor de Broederbond dramatisch aan invloed op de Zuid-Afrikaanse politiek. De anatomie van het apartheidssysteem, die op een systematische onderdrukking van de zwarten en de kleurlingen in het land berustte, begon onder zijn eigen impliciete waanzin te bezwijken. Liberale blanken wilden of konden de catastrofe niet langer zien aankomen zonder hun stem te verheffen.

Maar in de eerste plaats was nu de maat voor de zwarte en gekleurde meerderheid vol. De uiterste grens van het ondraaglijke was overschreden. De tegenstand werd al groter, het moment van de uiteindelijke confrontatie kwam steeds dichterbij.

Maar toen waren andere krachten binnen de gemeenschap van de Boere al bezig aan een evaluatie van de toekomst. Het uitverkoren volk zou zich nimmer onderwerpen. Het uitgangspunt voor deze mensen was: liever sterven dan ooit aan één tafel zitten met een Afrikaan of met een kleurling om de maaltijd te nuttigen. Deze fanatieke boodschap had met de afnemende invloed van de Broederbond niets aan kracht ingeboet.

In 1990 mocht Nelson Mandela Robbeneiland verlaten, waar hij bijna dertig jaar een politiek gevangene was geweest. Terwijl de wereld juichte, beschouwden veel Boere de vrijlating van Nelson Mandela als een geheime, gesanctioneerde oorlogsverklaring. President De Klerk was tot een gehate verrader geworden.

In het diepste geheim ontmoette op dat tijdstip een aantal mannen elkaar om op hun beurt de verantwoordelijkheid voor de toekomst van de Boere op zich te nemen. Het waren meedogenloze mannen, die hun opdracht als van God gegeven zagen. Ze zouden zich nooit onderwerpen. Of doen als sergeant George Stratton. Ze waren bereid met alle hun ten dienste staande middelen hun recht, dat ze als heilig beschouwden, te verdedigen.

Ze kwamen in het geheim bijeen om een besluit te nemen. Ze zouden een binnenlandse oorlog ontketenen die maar op één manier kon eindigen. In een alles vernietigend bloedbad.

In datzelfde jaar stierf Henning Klopper, 94 jaar oud. In de laatste periode van zijn leven had hij in zijn dromen vaak het gevoel gehad met sergeant George Stratton samen te vallen. En iedere keer als hij in zijn droom de loop van zijn pistool op zijn slaap had gezet, was hij in zijn donkere slaapkamer badend in het koude zweet wakker geworden. Ook al was hij oud en nam hij niet langer de moeite om te volgen wat zich om hem heen afspeelde, toch besefte hij wel dat er een nieuwe tijd in Zuid-Afrika was aangebroken. Een tijd waarin hij zich nooit thuis zou kunnen voelen. Hij lag in het donker wakker en probeerde zich in te denken hoe de toekomst eruit zou zien. Maar het donker bleef ondoordringbaar en soms viel hij ten prooi aan een grote onrust. Als in een droom uit een ver verleden zag hij zichzelf met Hans du Pleiss en Werner van der Merwe in het kleine café in Kensington zitten en hoorde hij zijn eigen stem over de verantwoordelijkheid praten die zij voor de toekomst van de Boere hadden.

Ergens, dacht hij, zitten ook vandaag de dag jonge mannen, jonge Boere, aan een cafétafeltje te praten over hoe ze de toekomst moeten veroveren en verdedigen. Het uitverkoren volk zal zich nooit onderwerpen, zichzelf niet in de steek laten.

Ondanks de onrust die hij 's nachts in zijn donkere slaapkamer soms bespeurde, stierf Henning Klopper in de stellige overtuiging dat zijn nageslacht nooit zou handelen als sergeant George Stratton aan de rivierbedding van de Gongqo, op een dag in april 1878.

Het Boervolk zou zich nooit onderwerpen.

De vrouw uit Ystad

1

Om drie uur op vrijdagmiddag 24 april verliet makelaar Louise Åkerblom de Sparbank in Skurup. Ze bleef even op het trottoir staan om de frisse lucht diep in haar longen te zuigen, terwijl ze nadacht over wat ze zou gaan doen. Het liefst had ze nu al een einde aan haar werkdag gemaakt om regelrecht naar haar huis in Ystad te rijden. Maar ze had een weduwe, die haar 's ochtends gebeld had, beloofd om langs een huis te gaan dat de vrouw te koop aan wilde bieden. Ze probeerde uit te rekenen hoeveel tijd haar dat zou kosten. Een uur misschien, besloot ze. Nauwelijks meer. Maar eerst moest ze brood kopen. Doorgaans bakte haar man Robert al hun brood, maar daar had hij deze week geen tijd voor gehad. Ze stak schuin het plein over naar de bakkerswinkel. Een ouderwets belletje klingelde toen ze de deur opendeed. Ze was de enige klant en de vrouw achter de toonbank, Elsa Person geheten, zou zich later herinneren dat Louise Åkerblom in een goed humeur geweest was en gezegd had hoe fijn het was dat het eindelijk voorjaar was geworden.

Ze kocht roggebrood en besloot haar gezin te verrassen op tompoezen als dessert. Daarna ging ze terug naar de bank waar ze haar auto aan de achterzijde geparkeerd had. Onderweg kwam ze het jonge paar uit Malmö tegen aan wie ze zojuist een huis verkocht had. De koop was op de bank beklonken, ze hadden de verkoper betaald en de koopakte en de hypotheekpapieren getekend. Ze had meegeleefd met hun vreugde een eigen huis te bezitten, maar tegelijk had ze zich zorgen gemaakt. Zouden ze in staat zijn de aflossingen en de rente te betalen? Het waren moeilijke tijden, bijna niemand was zijn baan nog zeker. Wat zou er gebeuren als hij werkloos werd? Ze had hun financiële situatie nauwkeurig bekeken. In tegenstelling tot veel andere jonge mensen hadden ze zich met hun creditcard niet onnadenkend in de schulden gestoken. En de jonge huisvrouw maakte de indruk tot het spaarzame soort te behoren. Ze zouden het wel redden met de koop van hun huis. Indien niet, dan zou ze het huis gauw genoeg opnieuw geadverteerd zien staan. Misschien zou zijzelf of zou Robert het verkopen. Het was niet ongewoon meer dat ze hetzelfde huis binnen een tijdsbestek van enkele jaren twee of drie keer verkocht.

Ze deed haar auto van het slot en tikte op de autotelefoon het nummer van hun kantoor in Ystad in. Maar Robert was al weg. Ze luisterde naar zijn stem op het antwoordapparaat, die meedeelde dat makelaardij Åkerblom gedurende het weekend gesloten was, maar maandagochtend om 8 uur weer open zou zijn.

Eerst was ze verbaasd dat Robert al zo vroeg naar huis was gegaan, maar toen herinnerde ze zich dat hij die middag een afspraak met hun accountant had. Ze zei: 'Dag, ik ga nog even naar een huis bij Krageholm kijken en dan kom ik naar huis. Het is nu kwart over drie en ik ben om vijf uur thuis' tegen het antwoordapparaat en legde de hoorn weer neer. Het kon zijn dat Robert na zijn gesprek met de accountant naar kantoor terugging.

Ze trok een plastic map die op de bank lag naar zich toe en haalde er een plattegrondje uit dat ze op aanwijzing van de weduwe getekend had. Het huis lag aan een zijweg tussen Krageholm en Vollsjö. Het zou haar een dik uur kosten om erheen te rijden, het huis en de grond in ogenschouw te nemen en naar Ystad te rijden.

Ze aarzelde. Het kan wachten, dacht ze. Ik neem de strandweg naar huis en stop ergens om even naar de zee te kijken. Ik heb vandaag al een huis verkocht. Dat moet genoeg zijn.

Ze begon een gezang te neuriën, startte de auto en reed Skurup uit. Maar toen ze Trelleborgsvägen in wou slaan, bedacht ze zich opnieuw. Ze had maandag noch dinsdag tijd om het huis van de weduwe te bekijken. Misschien dat de vrouw teleurgesteld zou zijn en een ander makelaarskantoor in de arm zou nemen. Dat konden ze zich niet permitteren. De tijden waren al moeilijk genoeg. De concurrentie werd steeds harder. Niemand kon projecten die zich aandienden laten schieten als ze niet totaal onmogelijk leken.

Ze slaakte een zucht en reed de andere kant op. De strandweg en de zee konden wachten. Zo nu en dan wierp ze een blik op haar plattegrondje. Volgende week zou ze een kaarthouder kopen, zodat ze haar hoofd niet om hoefde te draaien om te controleren of ze goed reed. Toch moest het huis van de weduwe niet moeilijk te vinden zijn, al had ze de door de weduwe beschreven zijweg nog nooit genomen. Maar ze kende de streek door en door. Volgend jaar zou het tien jaar zijn dat zij en Robert hun makelaarskantoor hadden.

Ze schrok even bij de gedachte. Tien jaar alweer. De tijd ging snel. Veel te snel. In die tien jaar had ze twee kinderen gekregen en verbeten en hard met Robert gewerkt om hun bedrijf op te bouwen. Ze realiseerde zich dat de tijden toen ze begonnen goed geweest waren. Vandaag de dag zou het hun niet meer lukken een plaatsje op de markt te veroveren. Bij die gedachte voelde ze zich blij worden. God was goed voor haar en haar gezin geweest. Ze zou tegen Robert zeggen dat ze geld genoeg hadden om hun bijdrage aan Red de Kinderen te verhogen. Natuurlijk zou hij aarzelen, hij maakte zich meer zorgen over geld dan zij, maar uiteindelijk zou ze hem toch zover krijgen, dat deed ze altijd.

Plotseling besefte ze dat ze fout gereden was en ze remde. De gedachten aan haar gezin en de tien jaar die vervlogen waren, hadden haar de eerste afslag doen missen. Ze lachte in zichzelf, schudde haar hoofd en keek goed om zich heen voordat ze omkeerde en over dezelfde weg terugreed.

Skåne is mooi, dacht ze. Mooi en open. Maar ook geheimzinnig. Een stuk land dat op het eerste gezicht vlak leek te zijn, kon ineens overgaan in dalen waar huizen en boerderijen als geïsoleerde eilanden in stonden. Wanneer ze rondreed om huizen te bezichtigen of om die aan potentiële kopers te laten zien, verwonderde ze zich steeds opnieuw over het afwisselende landschap.

Toen ze Erikslund gepasseerd was, stopte ze langs de kant van de weg om op de routebeschrijving van de weduwe te kijken. Ze zag dat ze juist gereden was. Ze sloeg linksaf en verheugde zich op de mooie weg naar Krageholm. Die was heuvelachtig en slingerde zich rustig door het Krageholmsbos met links het meer dat door het loofbos heen glinsterde. Ze had die weg heel wat keren gereden en hij verveelde haar nooit.

Na zo'n kilometer of zeven zocht ze naar de laatste zijweg. De weduwe had die beschreven als een karrenpad zonder grind en gemakkelijk te berijden. Toen ze hem vond minderde ze vaart en sloeg rechtsaf, het huis moest na ongeveer een kilometer aan de linkerkant liggen.

Toen ze drie kilometer gereden had en de weg opeens ophield, besefte ze dat ze toch fout gereden was.

Even voelde ze de verleiding opkomen om het huis te laten wachten en meteen naar huis te gaan. Maar ze onderdrukte die gedachte en reed naar Krageholmsvägen terug. Ongeveer vijfhonderd meter verder naar het noorden nam ze opnieuw een zijweg naar rechts. Maar ook hier stond geen huis dat bij de beschrijving paste. Ze zuchtte, reed terug en besloot ergens te stoppen om de weg te vragen. Daarstraks was ze langs een huis gereden dat ze tussen een bosje bomen had zien schemeren.

Ze stopte, zette de motor af en stapte uit. Vanwege de bomen rook het lekker fris. Ze liep naar het huis, een witgekalkt, lang huis van het soort dat je overal in de provincie Skåne aantreft. Dit huis had echter nog maar één topgevel. Midden op het erf stond een put met een zwartgeverfde pomp.

Ze bleef aarzelend staan. Het huis leek verlaten. Misschien kon ze maar beter naar huis gaan, in de hoop dat de weduwe niet kwaad zou worden.

Maar ik kan altijd even aankloppen, dacht ze. Dat kost niets.

Voordat ze bij het huis was, kwam ze langs een groot, roodgeverfd bijgebouw. Ze kon de verleiding niet weerstaan door de halfgeopende, hoge deuren naar binnen te kijken.

Wat ze zag verbaasde haar. In het bijgebouw stonden twee auto's. Ze was geen groot autokenner, maar dat de ene een zeer dure Mercedes was en de andere een even kostbare BMW, ontging haar niet.

Er is dus iemand thuis, dacht ze en liep door naar het witgekalkte huis.

Bovendien iemand die veel geld heeft.

Ze klopte op de deur, maar er gebeurde niets. Ze klopte opnieuw, harder dit keer, weer kreeg ze geen antwoord. Ze probeerde door het raam naast de deur naar binnen te kijken, maar de gordijnen waren dichtgetrokken. Ze klopte een derde keer voordat ze om het huis heen liep om te zien of er ook een achterdeur was.

Daar lag een overwoekerde boomgaard. De appelbomen waren zeker in geen twintig, dertig jaar gesnoeid. Enkele halfvergane tuinmeubelen stonden onder een perenboom. Een ekster klapwiekte en vloog op. Ze zag geen deur en liep terug naar de voorkant. Ik klop nog één keer, dacht ze. Als er dan niemand opendoet, rij ik naar Ystad terug. Dan kan ik nog even bij de zee stoppen, voordat ik eten moet koken.

Ze bonsde krachtig op de deur.

Nog altijd geen antwoord.

Ze voelde meer dan dat ze hoorde dat iemand achter haar op het erf opdook. Snel draaide ze zich om.

De man bevond zich zo'n vijf meter bij haar vandaan. Hij stond haar volstrekt roerloos op te nemen. Ze zag dat hij een litteken op zijn voorhoofd had.

Plotseling voelde ze zich niet op haar gemak.

Waar was hij vandaan gekomen? Waarom had ze hem niet gehoord? Er lag grind op het erf. Had hij haar beslopen?

Ze deed een paar passen in zijn richting en probeerde zo normaal mogelijk te klinken.

'Neemt u me niet kwalijk dat ik stoor', zei ze. 'Ik ben makelaar en ik ben fout gereden. Ik wou alleen maar naar de weg vragen.'

De man gaf geen antwoord.

Misschien was hij geen Zweed, misschien verstond hij haar niet. Er was iets vreemds aan zijn uiterlijk waardoor ze dacht dat hij wel eens een buitenlander kon zijn.

Opeens wist ze dat ze daar weg moest. De roerloze man met zijn kille ogen joeg haar angst aan.

'Ik zal u verder niet storen', zei ze. 'Mijn excuses.'

Ze begon te lopen, maar hield haar pas in. De roerloze man was plotseling tot leven gekomen. Hij haalde iets uit de zak van zijn jas. Eerst zag ze niet wat het was. Daarna besefte ze dat het een pistool was.

Langzaam hief hij het wapen op en richtte het op haar hoofd.

O mijn God, kon ze nog denken.
O mijn God, help me. Hij wil me doden.
O mijn God, help me.
Het was kwart over vier op de 24ste april van het jaar 1992.

2

Toen hoofdinspecteur Kurt Wallander maandagmorgen 27 april op het politiebureau in Ystad arriveerde was hij razend. Hij kon zich niet herinneren wanneer hij voor het laatst in zo'n slecht humeur was geweest. De woede had zelfs sporen op zijn gezicht achtergelaten in de vorm van een pleister op zijn wang, waar hij zich bij het scheren gesneden had.

Morrend beantwoordde hij de groet van zijn collega's die hem goedemorgen wensten. Toen hij in zijn kamer was, gooide hij de deur achter zich dicht, legde de hoorn van de haak en staarde uit het raam.

Kurt Wallander was vierenveertig jaar. Hij werd beschouwd als een goed politieman, vasthoudend en soms ook scherpzinnig. Maar deze ochtend voelde hij alleen woede en een groeiende neerslachtigheid. De zondag was een dag geweest die hij het liefst zou vergeten.

Een van de redenen was zijn vader, die alleen in een huis op het vlakke land buiten Löderup woonde. Zijn verhouding tot zijn vader was altijd al gecompliceerd geweest. En ze was er met de jaren niet eenvoudiger op geworden, omdat Kurt Wallander met stijgend onbehagen had ingezien dat hij steeds meer op zijn vader begon te lijken. Hij probeerde zich zijn eigen oude dag voor te stellen als die van zijn vader en hij voelde zich daar behoorlijk ongemakkelijk bij. Zou hij zijn leven ook als een boze, onberekenbare oude man eindigen? Iemand die plotseling iets kon doen wat volslagen idioot was?

Op zondagmiddag was Kurt Wallander, zoals zijn gewoonte was, naar hem toe gegaan. Ze hadden gekaart en daarna op de veranda in een aarzelend lentezonnetje koffiegedronken. Zonder waarschuwing vooraf had zijn vader verteld dat hij ging trouwen. Kurt Wallander had eerst gedacht dat hij het verkeerd verstaan had.

'Nee', had hij gezegd. 'Ik ga niet trouwen.'

'Ik heb het niet over jou', antwoordde zijn vader. 'Ik heb het over mezelf.'

Kurt Wallander had ongelovig naar zijn vader gekeken.

'U wordt binnenkort tachtig', had hij gezegd. 'U gaat niet trouwen.'

'Ik ben nog niet dood', viel zijn vader hem in de rede. 'Ik doe wat ik wil. Vraag me liever met wie.'

Kurt Wallander gehoorzaamde.

'Met wie?'

'Dat kun je zelf ook wel bedenken', zei zijn vader. 'Ik heb altijd gedacht dat politiemannen betaald werden om conclusies te trekken.'

'U kent toch helemaal geen mensen van uw leeftijd? U leeft heel teruggetrokken.'

'Ik ken wel iemand', zei zijn vader. 'En wie zegt dat je met iemand van je eigen leeftijd moet trouwen?'

Ineens realiseerde Kurt Wallander zich dat er maar één mogelijke kandidaat was: Gertrud Anderson, de vijftigjarige vrouw die drie keer per week kwam schoonmaken en zijn vaders was deed.

'Is het Gertrud?' vroeg hij. 'Hebt u wel gevraagd of ze wil? Er is een leeftijdsverschil van dertig jaar. En gelooft u dat u met een ander kunt samenleven? Dat hebt u nooit gekund. Zelfs met moeder ging het niet goed.'

'Ik ben op mijn oude dag gemakkelijker geworden', antwoordde zijn vader mild.

Kurt Wallander weigerde te geloven wat hij hoorde. Zijn vader ging trouwen? 'Gemakkelijker op zijn oude dag?' Terwijl hij onmogelijker was dan ooit?

Daarna hadden ze ruzie gemaakt. Het eind van het liedje was geweest dat zijn vader zijn koffiekopje in het tulpenbed had gesmeten en zich in het bijgebouw had opgesloten, waar hij zijn schilderijen maakte met altijd hetzelfde, zich herhalende motief: zonsondergang in een herfstlandschap, met of zonder auerhaan op de voorgrond, al naar gelang de smaak van de opdrachtgever.

Kurt Wallander was naar huis gegaan en hij had veel te hard gereden. Hij moest een halt aan deze waanzinnige onderneming toeroepen. Hoe was het mogelijk dat Gertrud Anderson, die toch al een jaar bij zijn vader werkte, niet besefte dat het onmogelijk was om met hem te leven?

Hij had zijn auto in Mariagatan in het centrum van Ystad, waar hij woonde neergezet en wilde meteen zijn zuster Kristina in Stockholm bellen. Hij zou haar vragen naar Skåne te komen. Niemand had enige invloed op zijn vader, maar misschien kon zij Gertrud Anderson een beetje gezond verstand bijbrengen.

Hij belde zijn zuster nooit. Eenmaal bij zijn flat op de bovenste verdieping, zag hij dat de deur opengebroken was.

Enkele minuten later constateerde hij dat dieven zijn nieuwe stereo-installatie, zijn cd-speler, al zijn platen, zijn tv en video, zijn klokken en een fototoestel hadden meegenomen. Hij zat een hele tijd totaal lamgeslagen op een stoel en vroeg zich af wat hij moest doen. Ten slotte belde hij naar het bureau en vroeg naar rechercheur Martinson; hij wist dat Martinson die zondag dienst had.

Hij moest een hele tijd wachten voordat Martinson eindelijk aan de lijn kwam. Wallander giste dat hij koffie had zitten drinken en met een paar politiemensen had zitten praten, die even pauze hielden tijdens een grote verkeerscontrole die dat weekeinde plaatsvond.

'Martinson. Zegt u het maar.'

'Met Wallander. Kom alsjeblieft naar me toe.'

'Waar naartoe? Ik dacht dat je vandaag vrij had?'

'Ik ben thuis. Kom hierheen.'

Kennelijk besefte Martinson dat het belangrijk was. Hij vroeg niet verder.

'Oké, ik kom eraan', zei hij.

De rest van de zondag was heengegaan met het technische onderzoek van de flat en met het opstellen van een proces-verbaal. Martinson, een van de jongere politiemensen met wie Wallander samenwerkte, was soms slordig en impulsief. Toch werkte Wallander graag met hem, vooral omdat hij vaak onverwacht scherpzinnig kon zijn. Toen Martinson en de mannen van de technische dienst eindelijk weg waren, had Wallander zeer provisorisch zijn buitendeur gerepareerd.

Het grootste deel van de nacht had hij vervolgens wakker gelegen en zich voorgenomen de dieven in elkaar te slaan als hij ze ooit te pakken zou krijgen. Toen hij zichzelf genoeg met het verlies van al zijn platen had gekweld, begon hij met toenemende berusting te piekeren over wat hij met zijn vader moest doen.

Hij stond vroeg op, zette koffie en zocht naar zijn inboedelverzekering. Aan de keukentafel gezeten, las hij de papieren door en ergerde zich aan de onbegrijpelijke taal van de verzekeringsmaatschappij. Ten slotte wierp hij de papieren op tafel en ging zich scheren. Toen hij zich gesneden had wilde hij zich eerst ziek melden en weer in bed kruipen met het dek over zich heen. Maar de gedachte thuis te zijn zonder zelfs maar een plaat op te kunnen zetten was onverdraaglijk.

Het was nu halfacht en hij zat in zijn kamer achter de dichte deur. Kreunend dwong hij zich weer politieman te zijn en hij legde de hoorn op de haak.

Meteen ging de telefoon. Het was Ebba van de balie.

'Wat afschuwelijk van die inbraak', zei ze. 'Hebben ze echt al je platen meegenomen?'

'Ze hebben een paar 78-toeren platen laten liggen. Daar wil ik vanavond naar luisteren, als ik tenminste aan een slingergrammofoon kan komen.'

'Wat vreselijk.'

'Ja. Waarom bel je eigenlijk?'

'Ik heb hier een man die je absoluut wil spreken.'

'Waarover?'

'Over iemand die verdwenen is.'

Wallander keek naar de stapel rapporten op zijn bureau.

'Kan Svedberg hem niet nemen?'

'Svedberg is op jacht.'

'Wat?'

'Ik weet niet hoe ik het anders uit moet drukken. Hij is op zoek naar een stierkalf dat van een boerderij bij Marsvinsholm is ontsnapt. Het beest rent over de E14 en veroorzaakt een verkeerschaos.'

'Dat is toch meer iets voor de verkeerspolitie! Wat is dat voor taakverdeling?'

'Björk heeft Svedberg erheen gestuurd.'

'Wat nou!'

'Zal ik hem dan maar naar je toesturen? De man die een verdwijning wil aangeven?'

Wallander knikte in de hoorn.

'Doe dat', zei hij.

Het geklop op de deur een paar minuten later was zo discreet dat Wallander eerst betwijfelde of hij iets gehoord had, maar toen hij: 'Binnen' riep, ging de deur meteen open.

Wallander was van mening dat de eerste indruk van iemand doorslaggevend was.

De man die Wallanders kamer binnenkwam was op geen enkele manier bijzonder. Wallander schatte hem op ongeveer vijfendertig jaar. Hij had een donkerblauw pak aan. Zijn blonde haar was kortgeknipt en hij had een bril op.

Wallander zag onmiddellijk nog iets anders.

De man was kennelijk zeer ongerust. Het zag ernaar uit dat Wallander niet de enige was die een slapeloze nacht achter de rug had.

Kurt Wallander stond op en stak zijn hand uit.

'Kurt Wallander. Recherche.'

'Mijn naam is Robert Åkerblom,' zei de man. 'Mijn vrouw is verdwenen.'

Wallander werd verrast door de directheid van de man.

'We beginnen bij het begin', zei hij. 'Gaat u zitten. Helaas is het niet zo'n goede stoel. De linkerarmleuning valt er soms uit, maar trekt u zich daar niets van aan.'

De man ging op de stoel zitten.

Plotseling begon hij te huilen, hartverscheurend, vertwijfeld.

Wallander, die zich geen raad wist, bleef achter zijn bureau staan. Hij besloot af te wachten.

Na een paar minuten werd de man in de stoel wat rustiger. Hij veegde zijn gezicht af en snoot zijn neus.

'Ik bied mijn excuses aan,' zei hij, 'maar er moet Louise iets overkomen zijn. Uit zichzelf zou ze nooit verdwijnen.'

'Wilt u een kopje koffie?' vroeg Wallander. 'En misschien wat erbij?'

'Nee, dank u', zei Robert Åkerblom.

Wallander knikte en zocht in een la van zijn bureau naar een blocnote. Hij gebruikte gewone blocnotes die hij in de boekwinkel van zijn eigen geld kocht. Hij had er nooit toe kunnen komen om de stortvloed aan officiële, voorgedrukte formulieren te gebruiken, die de rijkspolitie kwistig over het land uitstrooide. Ooit had hij voor *Svensk Polis* een ingezonden artikel willen schrijven met het voorstel om de politiemensen ook voorgedrukte antwoorden ter beschikking te stellen.

'We beginnen met uw personalia', zei Wallander.

'Ik heet Robert Åkerblom', herhaalde de man. 'Ik heb samen met mijn vrouw Louise Åkerbloms Makelaardij.'

Wallander knikte terwijl hij schreef. Hij wist dat die naast bioscoop Saga was gevestigd.

'We hebben twee kinderen,' vervolgde Robert Åkerblom, 'vier en zes jaar oud. Twee meisjes. We wonen op Åkervägen 19. Ik ben hier in de stad geboren. Mijn vrouw komt uit Ronneby.'

Hij zweeg en haalde een foto uit zijn binnenzak die hij op het bureau voor Wallander legde. Er stond een vrouw met een alledaags gezicht op. Ze glimlachte tegen de fotograaf. Wallander zag dat de foto in een studio genomen was. Hij bekeek het gezicht en vond dat ze precies het type vrouw voor Robert Åkerblom was.

'De foto is nog maar drie maanden oud', zei Robert Åkerblom. 'Ze ziet er precies zo uit.'

'En ze is dus verdwenen?' vroeg Wallander.

'Vrijdag was ze bij de Sparbank in Skurup om de koop van een huis af te sluiten. Daarna wilde ze een huis bezichtigen dat ter verkoop was aangeboden. Ik heb die middag met onze accountant op zijn kantoor doorgebracht, maar voordat ik naar huis ging ben ik bij ons kantoor langsgegaan. Ze had een boodschap op het antwoordapparaat ingesproken dat ze om vijf uur thuis zou zijn. Ze zei dat het kwart over drie was toen ze belde. Sindsdien is ze verdwenen.'

Wallander fronste zijn voorhoofd. Vandaag was het maandag. Ze was dus al bijna drie dagen weg. Drie dagen en nachten met twee kleine kinderen die thuis wachtten.

Wallander voelde instinctief dat dit geen gewone verdwijning was. Hij wist dat de meeste mensen die verdwijnen vroeg of laat terugkomen en dat ze meestal een natuurlijke verklaring hebben. Zo kwam het nogal eens voor dat mensen domweg vergaten te zeggen dat ze een paar dagen of een week weg zouden zijn. Maar hij wist ook dat maar heel weinig vrouwen hun kinderen in de steek laten. En dat baarde hem zorgen.

Hij maakte wat aantekeningen op zijn blocnote.

'Hebt u de boodschap nog die ze op het antwoordapparaat ingesproken heeft?' vroeg hij.

'Ja', antwoordde Robert Åkerblom. 'Maar ik heb er niet aan gedacht de cassette mee te brengen.'

'Dat komt nog wel', zei Wallander. 'Kon u opmaken waar ze vandaan belde?'

'Vanuit de auto.'

Wallander legde zijn pen op zijn bureau en keek naar de man in de bezoekersstoel. Diens onrust maakte een oprechte indruk.

'En u hebt geen mogelijke verklaring voor haar afwezigheid?' vroeg Wallander.

'Nee.'

'Kan ze niet bij vrienden zijn?'

'Nee.'

'Familie?'

'Nee.'

'U kunt geen andere mogelijkheid bedenken?'

'Nee.'

'Ik hoop dat u het me niet kwalijk neemt als ik een persoonlijke vraag stel?'

'We hebben nooit ruzie, als u dat soms wilt weten.'

Wallander knikte.

'Dat wilde ik vragen', zei hij.

Hij begon weer van voren af aan.

'U zegt dat ze vrijdagmiddag verdwenen is. En toch hebt u drie dagen gewacht om naar ons toe te komen.'

'Ik durfde niet', zei Robert Åkerblom.

Wallander keek hem verbaasd aan.

'Naar de politie gaan staat praktisch gelijk aan accepteren dat er iets verschrikkelijks is gebeurd', vervolgde Robert Åkerblom. 'Daarom durfde ik niet.'

Wallander knikte langzaam. Hij begreep heel goed wat Robert Åkerblom bedoelde.

'U hebt natuurlijk al naar haar gezocht', vervolgde hij.

Robert Åkerblom knikte.

'Wat hebt u nog meer gedaan?' vroeg Wallander, terwijl hij weer aantekeningen maakte.

'Ik heb tot God gebeden', antwoordde Robert Åkerblom eenvoudig.

Wallander hield op met schrijven.

'Tot God gebeden?'

'We zijn methodisten. Gisteren hebben we met de hele gemeente en dominee Tureson gebeden dat Louise geen kwaad is overkomen.'

Wallander voelde iets in zijn maag omdraaien. Hij probeerde zijn ongerustheid voor de man in de bezoekersstoel te verbergen.

Een moeder van twee kinderen die tot een kerkgenootschap behoort, dacht hij. Die verdwijnt niet uit zichzelf. Als ze tenminste niet aan acute zinsverbijstering lijdt. Of aan religieuze twijfel. Een moeder van twee kinderen gaat niet zomaar het bos in om zich van het leven te beroven. Het gebeurt, maar het gebeurt heel zelden.

Wallander wist wat dit betekende.

Of er was een ongeluk gebeurd. Of Louise Åkerblom was het slachtoffer van een misdaad geworden.

'U hebt natuurlijk aan de mogelijkheid van een ongeluk gedacht', zei hij.

'Ik heb alle ziekenhuizen in Skåne afgebeld', antwoordde Robert Åkerblom. 'Ze kenden haar nergens. Bovendien had een ziekenhuis mij moeten bellen als er iets gebeurd was. Louise heeft altijd een identiteitsbewijs bij zich.'

'Wat voor auto heeft ze?' vroeg Wallander.

'Een Toyota Corolla. Van 1990. Donkerblauw. Kenteken MHL 449.'

Wallander schreef.

Toen begon hij opnieuw te vragen. Systematisch liep hij ieder detail na dat Robert Åkerblom van de plannen van zijn vrouw wist voor die desbetreffende vrijdagmiddag 24 april. Ze keken op landkaarten en Wallander voelde zijn ongerustheid stijgen.

Als we in 's hemelsnaam maar geen moord op een vrouw op ons nek krijgen, dacht hij. Alles liever dan dat.

Om kwart voor elf legde Wallander zijn pen neer.

'Er is geen reden om te veronderstellen dat Louise niet terugkomt', zei hij en hij hoopte dat zijn aarzeling niet te horen was. 'Maar we vatten uw aangifte natuurlijk serieus op.'

Robert Åkerblom was op zijn stoel ineengezakt. Wallander was bang dat hij weer zou gaan huilen. Hij had plotseling een immens medelijden met de man die in zijn kamer zat. Het liefst had hij hem willen troosten, maar hoe kon hij dat doen zonder te verraden hoe ongerust hij was?

Hij stond op.

'Ik wil graag naar haar telefonische boodschap luisteren', zei hij. 'Daarna ga ik naar Skurup, naar die bank. Hebt u trouwens iemand die u met de meisjes kan helpen?'

'Ik heb geen hulp nodig', zei Robert Åkerblom. 'Ik red me wel. Wat denkt u dat er met Louise gebeurd is?'

'Voorlopig denk ik nog niets', antwoordde Kurt Wallander. 'Behalve dat ze gauw weer thuis zal zijn.'

Ik lieg, dacht hij.

Ik denk dat niet. Ik hoop het.

Wallander reed achter Robert Åkerblom aan naar de stad. Zodra hij de boodschap op het antwoordapparaat gehoord had en in de laden van haar schrijfbureau had gekeken, wou hij naar het politiebureau terug om met Björk te praten. Er waren natuurlijk bepaalde routinehandelingen waarmee je een onderzoek naar verdwenen personen in gang zette, maar Wallander wilde toch meteen zoveel mogelijk middelen tot zijn beschikking hebben. Louise Åkerbloms verdwijning duidde er van het begin af aan op dat er sprake kon zijn van een misdaad.

Åkerbloms Makelaardij was gehuisvest in een vroegere kruidenierswinkel. Wallander kon zich die nog uit zijn beginjaren in Ystad herinneren, toen hij als jong politieman uit Malmö hierheen was gekomen. In het oude winkelpand stonden twee bureaus en enkele uitstalkasten met foto's en beschrijvingen van panden. Op een tafel met gemakkelijke stoelen eromheen lagen mappen waarin potentiële kopers zich in de blauwdruk van de diverse panden konden verdiepen. Twee generale stafkaarten hingen op een muur, volgeprikt met verschillend gekleurde spelden. Achter het kantoor lag een keukentje.

Ze waren vanuit de tuin binnengekomen, maar Wallander had nog net het met de hand geschreven bordje 'Vandaag gesloten' op de buitendeur kunnen zien.

'Wat is uw bureau?' vroeg Wallander.

Robert Åkerblom wees. Wallander ging op de stoel achter het andere bureau zitten. Afgezien van een agenda, een foto van de dochtertjes, een paar mappen en een pennenbakje was het bureau leeg. Wallander had de indruk dat het kortgeleden afgestoft was.

'Wie maakt hier schoon?' vroeg hij.

'We hebben drie keer in de week een werkster', antwoordde Robert Åkerblom. 'Maar we stoffen zelf iedere dag af en maken onze prullenbakken leeg.'

Wallander knikte. Daarna keek hij om zich heen. Het enige wat van het gebruikelijke afweek was een klein crucifix op de muur naast de deur van het keukentje.

Toen knikte hij naar het antwoordapparaat.

'Het komt meteen', zei Robert Åkerblom. 'Het was vrijdag na drie uur de enige boodschap.'

De eerste indruk, dacht Wallander opnieuw. Nu moet ik heel goed luisteren.

Dag, ik ga nog even naar een huis bij Krageholm kijken en dan kom ik naar huis. Het is nu kwart over drie en ik ben om vijf uur thuis.

Opgewekt, dacht Wallander. Ze klinkt enthousiast en opgewekt. Niet bedreigd, niet bang.

'Nog een keer', zei Wallander. 'Maar ik wil eerst graag horen wat u zelf op de band gezegd hebt. Als dat er nog op staat tenminste.'

Robert Åkerblom knikte, spoelde de band terug en drukte op een knop.

Dit is Åkerbloms Makelaardij. Op dit moment is er niemand aanwezig, maar we zijn zoals gewoonlijk maandagmorgen om 8 uur weer open. U kunt een boodschap achterlaten na de piep of een fax sturen. Dank u voor het bellen.'

Wallander kon horen dat Robert Åkerblom zich niet op zijn gemak voelde voor de microfoon van het antwoordapparaat. Zijn stem klonk gespannen.

Hij luisterde opnieuw naar Louise Åkerblom. Keer op keer moest haar man de band terugspoelen.

Wallander probeerde naar een boodschap achter de woorden te luisteren. Hij had geen idee wat die moest zijn. Toch zocht hij ernaar.

Toen hij de band zo'n keer of tien gehoord had, knikte hij tegen Robert Åkerblom dat het zo genoeg was.

'Ik moet de cassette meenemen', zei hij. 'Op het politiebureau kunnen we het geluid versterken.'

Robert Åkerblom haalde de cassette uit het antwoordapparaat en gaf hem aan Wallander.

'Ik zou u willen vragen of u iets voor me wilt doen terwijl ik door de laden van haar bureau ga', zei hij. 'Wilt u alles opschrijven wat ze vrijdag gedaan heeft of had moeten doen? Wie ze zou ontmoeten en waar. Schrijf ook op welke weg ze volgens u genomen heeft. Schrijf de uren op. En ik wil een nauwkeurige beschrijving van de plaats waar het huis staat dat ze bij Krageholm zou bezichtigen.'

'Die kan ik u niet geven', zei Robert Åkerblom.

Wallander keek hem verbaasd aan.

'Louise heeft het gesprek gevoerd met de vrouw die het huis te koop aanbood', legde Robert Åkerblom uit. 'Ze heeft een plattegrondje getekend en dat bij zich gestoken. Ze zou vandaag pas alle gegevens in een map gedaan hebben. Als we het huis in onze verkoopaanbieding opgenomen hadden zou een van ons beiden teruggegaan zijn om foto's te nemen.'

Wallander dacht even na.

'Dat betekent dat alleen Louise weet waar het huis staat', zei hij.

Robert Åkerblom knikte.

'Wanneer zou de vrouw die gebeld heeft weer iets van zich laten horen?' vervolgde Wallander.

'Vandaag', antwoordde Robert Åkerblom. 'Daarom wilde Louise het huis vrijdag al bezichtigen.'

'Het is van het allergrootste belang dat u hier bent als die mevrouw belt', zei Wallander. 'Zeg dat uw vrouw het huis gezien heeft, maar dat ze vandaag helaas ziek is. Vraag om een nieuwe routebeschrijving en noteer haar telefoonnummer. Zodra ze gebeld heeft moet u mij bellen.'

Robert Åkerblom knikte dat hij het begrepen had. Daarna schreef hij op wat Wallander hem gevraagd had.

Wallander trok een voor een de laden van het schrijfbureau open. Hij vond niets bijzonders. Niet een van de laden maakte een onnatuurlijk lege indruk. Hij tilde de groene onderlegger op. Er lag een uit een tijdschrift gescheurd recept voor tartaar onder. Vervolgens bekeek hij de foto's van de twee meisjes.

Hij stond op en liep naar het keukentje. Aan een van de muren hingen een kalender en een geborduurd bijbelcitaat. Een ongeopend busje koffie stond op een plank. Maar er stonden wel verschillende soorten thee. Hij deed de koelkast open. Een liter melk en een opengemaakt doosje margarine.

Hij moest aan haar stem denken en aan wat ze op het antwoordapparaat gezegd had. Hij was er zeker van dat de auto stilstond toen ze sprak. Haar stem had vast geklonken. Dat zou niet het geval geweest zijn als ze zich tegelijk op het rijden had geconcentreerd. Toen ze later op het politiebureau het geluid versterkten bleek dat hij gelijk had. Bovendien was Louise Åkerblom natuurlijk een voorzichtig en gezagsgetrouw iemand, die haar eigen leven en dat van anderen niet in de waagschaal stelde door te telefoneren als de auto aan het verkeer deelnam.

Als de tijden klopten was ze op dat moment in Skurup, dacht Wallander. Ze had haar transactie op de bank afgehandeld en stond op het punt naar Krageholm te rijden. Maar eerst wilde ze haar man bellen. Ze is verheugd dat alles op de bank zo goed gegaan is. Bovendien is het vrijdagmiddag en loopt het tegen het einde van haar werkdag. En het is mooi weer. Ze had alle reden om blij te zijn.

Wallander liep terug, ging aan haar bureau zitten en bladerde in de agenda die er lag. Robert Åkerblom gaf hem een blad papier waarop hij geschreven had wat Wallander hem had gevraagd.

'Op dit moment heb ik nog maar één vraag', zei Wallander. 'Eigenlijk is het geen vraag, maar het is wel belangrijk. Wat voor soort iemand is Louise?'

Hij zorgde er zorgvuldig voor in de tegenwoordige tijd te spreken, alsof er niets aan de hand was. Maar dacht hij aan haar, dan was Louise Åkerblom al iemand die niet meer bestond.

'Iedereen houdt van haar', antwoordde Robert Åkerblom eenvoudig. 'Ze heeft een gelijkmatig humeur, lacht vaak, kan gemakkelijk met mensen omgaan. Eigenlijk vindt ze het moeilijk om zaken te doen. Als het om geld gaat of om ingewikkelde onderhandelingen laat ze dat aan mij over. Ze is snel ontroerd. En geschokt. Ze trekt zich het lijden van anderen altijd aan.'

'Heeft ze een speciale eigenaardigheid?' vroeg Wallander.

'Eigenaardigheid?'

'We hebben allemaal zo onze kanten', zei Wallander.

Robert Åkerblom dacht na.

'Niet dat ik weet', zei hij toen.

Wallander knikte en stond op. Het was inmiddels kwart voor twaalf geworden. Hij wilde Björk spreken voordat deze naar huis ging om te lunchen.

'Ik laat later op de middag iets van me horen', zei hij. 'Probeer u niet al te ongerust te maken. En denk erover na of u iets vergeten hebt, iets wat ik zou moeten weten.'

Wallander ging langs dezelfde weg naar buiten.

'Wat is er gebeurd?' vroeg Robert Åkerblom, toen ze elkaar de hand schudden.

'Waarschijnlijk niets', zei Wallander. 'Alles heeft ongetwijfeld een natuurlijke verklaring.'

Wallander kreeg Björk juist te pakken toen deze naar huis wilde gaan. Zoals altijd maakte de politiechef een gejaagde indruk. Wallander bedacht dat het werk van een commissaris bepaald niet iets was om naar te streven.

'Wat vervelend nou van die inbraak', zei Björk en trok een spijtig gezicht. 'Laten we hopen dat de krant er niet over schrijft. Het maakt een slechte indruk als er bij een hoofdinspecteur van de recherche ingebroken is. Het percentage misdrijven dat opgelost wordt is toch al bedroevend laag. De Zweedse politie bungelt helemaal onderaan in de internationale statistiek.'

'Het is nou eenmaal niet anders', zei Wallander. 'Maar ik moet je een paar minuten spreken.'

Ze stonden in de gang bij Björks kamer.

'Het kan niet tot na de lunch wachten', verduidelijkte Wallander.

Björk knikte en ze gingen zijn kamer binnen.

Wallander vertelde wat er gebeurd was. Hij verhaalde uitvoerig van zijn ontmoeting met Robert Åkerblom.

'Een gelovige moeder van twee kinderen', zei Björk toen Wallander zweeg. 'Verdwenen sinds vrijdag. Dat ziet er niet best uit.'

'Nee', zei Wallander. 'Dat ziet er helemaal niet best uit.'

Björk keek hem onderzoekend aan.

'Denk je aan een misdrijf?'

Wallander haalde zijn schouders op.

'Ik weet niet wat ik denk,' zei hij, 'maar dit is geen gewone verdwijning. Daar ben ik zeker van. Daarom moeten we meteen veel mensen inzetten. En niet de bij een verdwijning gebruikelijke afwachtende houding aannemen.'

Björk knikte.

'Ik ben het met je eens', zei hij. 'Wie wil je hebben? Vergeet niet dat we onderbemand zijn zolang Hanson weg is. Die heeft het gepresteerd om zijn been op een wel heel ongelukkig moment te breken.'

'Martinson en Svedberg', antwoordde Wallander. 'Heeft Svedberg dat stierkalf trouwens nog gevonden, dat over de E14 holde?'

'Dat is uiteindelijk met een lasso door een boer gevangen', zei Björk somber. 'Svedberg heeft zijn voet verzwikt toen hij in een afwateringssloot gleed. Maar hij kan wel dienst doen.'

Wallander stond op.

'Ik ga nu naar Skurup', zei hij. 'Ik stel voor dat we om halfvijf bij elkaar komen om te zien wat we dan hebben. Maar we moeten wel meteen haar auto gaan zoeken.'

Hij legde een velletje papier op het bureau van Björk neer.

'Een Toyota Corolla', zei Björk. 'Ik zal ervoor zorgen.'

Wallander reed van Ystad naar Skurup. Omdat hij tijd wilde hebben om na te denken reed hij langzaam over de kustweg.

De wind was opgestoken. Door de lucht joegen uiteengereten wolken. Hij zag een veerboot uit Polen op weg naar de haven.

Toen hij bij Mossby Strand kwam, reed hij naar de verlaten parkeerplaats en stopte bij de dichtgetimmerde kiosk. Hij bleef in zijn auto zitten en dacht aan vorig jaar, toen er op deze plek een rubbervlot aan land gedreven was met twee dode mannen erin. Hij dacht aan Baiba Liepa, de vrouw die hij in Riga ontmoet had. En dat hij haar nog altijd niet kon vergeten, al had hij het wel geprobeerd.

Na een jaar dacht hij nog voortdurend aan haar.

Het laatste wat hij op dit moment nodig had was de moord op een vrouw.

Wat hij wel nodig had was rust en kalmte.

Hij dacht aan zijn vader die ging trouwen. Aan de inbraak en aan al zijn muziek die verdwenen was. Het was alsof iemand hem van een belangrijk deel van zijn leven had beroofd.

Hij dacht aan zijn dochter Linda, die op een volkshogeschool in Stockholm zat. Hij had de indruk dat het contact met haar hem begon te ontglippen.

Het was te veel in één keer.

Hij stapte uit, trok de rits van zijn jack dicht en daalde af naar het strand. De lucht was koud en hij rilde.

In gedachten ging hij na wat Robert Åkerblom had verteld. Opnieuw beproefde hij diverse theorieën. Kon er ondanks alles toch een natuurlijk verklaring zijn? Kon ze zelfmoord gepleegd hebben? Hij herinnerde zich haar stem op het antwoordapparaat. Haar enthousiasme.

Even voor één uur verliet Kurt Wallander het strand en vervolgde zijn weg naar Skurup.

Er was maar één gevolgtrekking mogelijk.

Hij was er nu zeker van dat Louise Åkerblom dood was.

3

Kurt Wallander had een terugkerende dagdroom en hij dacht wel dat hij die met veel mensen deelde. Hij droomde dat hij een bankoverval pleegde die de wereld met stomheid zou slaan. In zijn droom vroeg hij zich ook af hoeveel geld er meestal op een gemiddelde bank aanwezig was. Minder dan de mensen dachten? Maar meer dan genoeg? Hoe hij het precies aan moest pakken wist hij niet, maar de droom van de bankoverval keerde regelmatig terug.

Hij glimlachte bij de gedachte, maar zijn glimlach stierf meteen weg, die bezorgde hem een slecht geweten.

Hij was ervan overtuigd dat ze Louise Åkerblom niet meer levend zouden terugvinden. Hij had geen bewijzen, hij had geen plaats van het misdrijf, geen slachtoffer. Hij had helemaal niets. Toch wist hij het.

Steeds zag hij de foto van de twee meisjes weer voor zich.

Hoe leg je uit wat niet uit te leggen is? dacht hij. En hoe kon Robert Åkerblom in de toekomst tot zijn god blijven bidden, die hem en zijn twee kinderen zo wreed in de steek had gelaten?

Kurt Wallander drentelde wat rond door de Sparbank in Skurup, wachtend tot de employé die Louise Åkerblom vrijdagmiddag had bijgestaan bij de koop van het huis, van een tandartsbezoek terug was. Toen Wallander een kwartier geleden bij de bank was binnengestapt, had hij met de directeur, Gustav Halldén, gesproken. Hij had de man al eens eerder ontmoet. Hij had uitgelegd wat hij kwam doen, dat hij inlichtingen nodig had in verband met de verdwijning van een vrouw, maar hij had Halldén verzocht die informatie vertrouwelijk te behandelen.

'We weten immers niet zeker of er iets ernstigs gebeurd is', had Wallander uitgelegd.

'Ik begrijp het', antwoordde Halldén. 'Jullie geloven alleen maar dat er iets gebeurd is.'

Wallander knikte. Precies. Maar hoe kon je eigenlijk de grens tussen geloven en weten trekken?

Hij werd in zijn gedachtegang onderbroken doordat iemand hem aansprak.

'U wilde mij spreken', zei een onduidelijke stem achter hem.

Wallander draaide zich om.

'De heer Moberg?' vroeg hij.

De man knikte. Hij was jong, verbazend jong volgens Wallanders opvatting over wat de leeftijd van een accountmanager hoorde te zijn. Maar er was iets anders wat hem onmiddellijk opviel. De ene wang van de man was zichtbaar opgezwollen.

'Ik heb nog wat moeite met praten', zei Moberg onduidelijk.

Wallander verstond niet wat hij zei.

'Misschien kunnen we beter wachten', zei de man. 'Misschien kunnen we beter wachten tot de verdoving uitgewerkt is.'

'We moeten het toch maar proberen', zei Wallander. 'Ik heb helaas weinig tijd. Als praten niet te veel pijn doet?'

Moberg schudde zijn hoofd en ging Wallander voor naar een kleine ontvangkamer achter in het bankgebouw.

'Hier hebben we gezeten', legde Moberg uit. 'U zit op de plek waar Louise Åkerblom zat. Halldén heeft gezegd dat u het over haar wilde hebben. Is ze verdwenen?'

'Haar verdwijning is aangemeld', zei Wallander. 'Waarschijnlijk is ze gewoon op bezoek bij familie en heeft ze vergeten dat thuis te zeggen.'

Hij kon aan het gezwollen gezicht van Moberg zien dat de bankemployé zijn voorbehoud met grote scepsis aanhoorde. Natuurlijk, dacht Wallander. Verdwenen mensen zijn verdwenen. Een mens kan niet half verdwenen zijn.

'Wat wilt u weten?' vroeg Moberg, die een glas water inschonk uit een karaf op de tafel.

'Wat er vrijdagmiddag gebeurd is', zei Wallander. 'In detail. Wat ze precies gezegd heeft, wat ze gedaan heeft. En ik wil de namen van de kopers en de verkoper van het huis hebben, mocht ik later contact met ze willen opnemen. Had u Louise Åkerblom al eens eerder ontmoet?'

'Een paar keer', antwoordde Moberg. 'In verband met zo'n vier onroerendgoedtransacties.'

'Vertelt u over vrijdag', zei Wallander.

Moberg haalde zijn zakagenda uit de binnenzak van zijn jasje.

'De afspraak was voor kwart over twee', zei hij. 'Louise was er een paar minuten eerder. We hebben even over het weer gepraat.'

'Maakte ze een gespannen of onrustige indruk?' vroeg Wallander.

Moberg dacht na voordat hij antwoordde.

'Nee', zei hij. 'Integendeel, ze maakte een opgewekte indruk. Bij eerdere gelegenheden vond ik haar saai en gesloten, maar vrijdag niet.'

Wallander knikte dat de man verder moest gaan.

'Toen arriveerden de cliënten, een jong stel, de Nilsons. En de verkoper, iemand die voor een nalatenschap in Sövde optrad. We zaten in deze kamer en hebben hier de hele procedure afgewerkt. Alles verliep normaal. Alle papieren waren in orde. De registratie van het onroerend goed bij het kadaster, de hypotheekakte, de toekenning van de hypotheek, een postwissel. Het ging allemaal heel snel. Daarna hebben we afscheid genomen. Ik neem aan dat we elkaar een prettig weekend toegewenst hebben, maar dat herinner ik me niet meer.'

'Had Louise Åkerblom haast?' vroeg Wallander.

Moberg dacht opnieuw na.

'Misschien', zei hij. 'Misschien had ze haast, maar daar ben ik niet zeker van. Maar één ding weet ik wel heel zeker.'

'En dat is?'

'Dat ze niet regelrecht naar haar auto is gelopen.'

Moberg wees naar het raam dat uitzag op een kleine parkeerplaats.

'Die parkeerplaatsen zijn van de bank', vervolgde hij. 'Ik zag dat ze haar auto daar neerzette toen ze arriveerde, maar toen ze vertrok duurde het nog een kwartier voordat ze wegreed. Ik zat nog te telefoneren. Daarom kon ik het zien. Ik geloof dat ze een zakje in haar hand had toen ze naar de auto liep. En haar aktetas.'

'Een zakje', zei Wallander. 'Hoe zag dat eruit?'

Moberg haalde zijn schouders op. Wallander merkte dat de verdoving minder werd.

'Hoe ziet een zakje eruit', zei Moberg. 'Het was meen ik een papieren zak. Geen plastic.'

'En daarna is ze weggereden?'

'Eerst heeft ze vanuit haar auto gebeld.'

Naar haar man, dacht Wallander. Tot zover klopt het.

'Het was toen even over drieën', vervolgde Moberg. 'Ik had een nieuwe afspraak om halfvier en moest me voorbereiden. Mijn telefoongesprek duurde langer dan verwacht.'

'Hebt u haar weg zien rijden?'

'Ik was toen al weer terug op mijn kamer.'

'Het laatste wat u dus van haar gezien hebt, is dat ze in haar autotelefoon sprak?'

Moberg knikte.

'Wat heeft ze voor auto?'

'Ik heb niet zoveel verstand van auto's', zei Moberg. 'Maar hij was zwart. Donkerblauw misschien.'

Wallander sloeg zijn blocnote dicht.

'Als u nog iets te binnen schiet, zou ik het op prijs stellen als u dat onmiddellijk meldt', zei hij. 'Alles kan belangrijk zijn.'

Wallander verliet de bank, nadat hij de namen en telefoonnummers van de verkoper en de kopers had genoteerd. Hij verliet de bank via de voordeur en bleef even op het plein staan.

Een papieren zak, dacht hij. Dat klinkt naar een banketbakker. Hij herinnerde zich dat er een banketbakkerswinkel in de straat was die parallel aan de spoorbaan liep. Hij stak schuin het plein over.

Het meisje achter de toonbank had vrijdag gewerkt, maar ze herkende Louise Åkerblom niet van de foto die Wallander haar liet zien.

'Er is hier nog een bakkerij', zei het meisje.

'Waar ligt die?'

Ze legde het uit en Wallander besefte dat die even ver van de bank lag als de winkel waar hij nu was. Hij bedankte haar en zocht zijn weg naar de bakkerij die aan de andere kant van het plein lag. Toen hij de winkel binnenkwam vroeg een oudere vrouw hem wat hij wenste. Wallander gaf haar de foto en stelde zich voor.

'Ik zou graag willen weten of u haar herkent', zei hij. 'Ze kan hier vrijdag even na drie uur geweest zijn.'

De vrouw knikte en haalde er haar bril bij om de foto beter te kunnen bekijken.

'Is er iets gebeurd?' vroeg ze nieuwsgierig. 'Wie is dit?'

'U moet alleen zeggen of u haar herkent', zei Wallander vriendelijk.

De vrouw knikte.

'Ik herinner me haar', zei ze. 'Ik geloof dat ze een paar gebakjes wilde hebben. Ja, ik herinner me het heel goed. Tompoezen. En een brood.'

Wallander dacht na.

'Hoeveel gebakjes?' vroeg hij.

'Vier. Ik wilde ze in een doosje doen, maar ze zei dat een zakje goed genoeg was. Ze leek haast te hebben.'

Wallander knikte.

'Hebt u gezien welke kant ze op liep toen ze wegging?'

'Nee. Er stonden meer klanten op hun beurt te wachten.'

'Dank u wel', zei Wallander. 'U hebt me goed geholpen.'

'Wat is er gebeurd?' vroeg de vrouw.

'Niets', zei Wallander. 'Routine, meer niet.'

Hij ging de winkel uit en liep terug naar de achterzijde van de bank waar ze haar auto had neergezet.

Tot zover en niet verder, dacht hij. Hier eindigt het spoor. Nadat ze een boodschap op hun antwoordapparaat ingesproken heeft, rijdt ze hiervandaan weg om een huis te bezichtigen waarvan we nog steeds niet weten waar het staat. Ze is in een goed humeur, ze heeft gebakjes bij zich en denkt om vijf uur thuis te zijn.

Hij keek op zijn horloge. Drie minuten voor drie. Drie etmalen sinds Louise Åkerblom zich hier bevonden had.

Wallander ging naar zijn auto die aan de voorkant van de bank stond. Hij schoof een cassette in de cassettespeler, een van de weinige die hij na de inbraak nog over had en probeerde een samenvatting te maken. De stem van Placido Domingo vulde de ruimte. Vier tompoezen, voor elk lid van het gezin Åkerblom één. Toen vroeg hij zich af of ze ook baden vóór ze gebak aten. En hij vroeg zich af hoe het was om in een god te geloven.

Dat bracht hem op een idee. Hij kon nóg een gesprek voeren voordat ze bijeenkwamen in het politiebureau.

Wie had Robert Åkerblom genoemd?

Dominee Tureson?

Wallander startte de auto en reed naar Ystad. Toen hij op de E14 was, peesde hij tot aan de snelheidslimiet. Hij belde Ebba van de receptie, vroeg haar uit te zoeken waar dominee Tureson was en hem te zeggen dat hij hem onmiddellijk wilde spreken. Dominee Tureson was in de methodistenkerk en wilde Wallander graag ontvangen.

'Het zou je geen kwaad doen als je zo nu en dan eens een kerk bezocht', zei Ebba.

Wallander moest aan de nacht denken die hij vorig jaar met Baiba Liepa in een kerk in Riga had doorgebracht, maar hij zei niets. Zelfs al zou hij willen, had hij nu geen tijd om aan haar te denken.

Dominee Tureson was een oudere man, lang en krachtig, met een weelderige witte haardos. Wallander voelde de kracht in zijn hand toen ze elkaar begroetten.

De kerkruimte was eenvoudig. Wallander kreeg niet het drukkende gevoel dat hem zo vaak overviel als hij een kerk binnenging. Ze gingen op een stoel bij de altaartafel zitten.

'Ik heb een paar uur geleden met Robert gebeld', zei dominee Tureson. 'Arme stakker, hij is totaal van streek. Hebt u haar nog niet gevonden?'

'Nee', antwoordde Wallander.

'Ik begrijp niet wat er gebeurd kan zijn. Louise is niet iemand om het gevaar op te zoeken.'

'Soms kun je dat niet ontlopen', zei Wallander.

'Wat wilt u daarmee zeggen?'

'Er bestaan twee soorten gevaar. Aan het ene stel je je bloot, aan het andere word je blootgesteld. Dat is niet precies hetzelfde.'

Dominee Tureson spreidde berustend zijn handen uit. Zijn bezorgdheid leek oprecht, zijn medeleven met de man en de meisjes eerlijk.

'Vertelt u eens wat over haar', zei Wallander. 'Hoe was ze? Kende u haar al lang? Hoe was het gezin Åkerblom?'

Dominee Tureson keek ernstig naar Wallander.

'U stelt uw vragen alsof het allemaal al verleden tijd is', zei hij.

'Dat is een onhebbelijkheid', verontschuldigde Wallander zich. 'Ik bedoel uiteraard dat u vertelt hoe ze is.'

'Ik ben nu vijf jaar dominee in deze gemeente', begon hij. 'Zoals u hoort, kom ik oorspronkelijk uit Göteborg. De familie Åkerblom is al die tijd lid van onze kerk geweest. Beiden komen uit een methodistengezin en ze hebben elkaar via de kerk leren kennen. En nu laten ze hun dochtertjes in het juiste geloof opgroeien. Robert en Louise zijn flinke mensen. Hardwerkend, spaarzaam, genereus. Het valt niet mee hen op een andere manier te beschrijven. Het valt hoe dan ook niet mee om niet over hen gezamenlijk te praten. Onze gemeenteleden zijn verbijsterd dat ze verdwenen is. Dat merkte ik tijdens onze gezamenlijke bede gisteren.'

Het perfecte gezin. Geen barstje te bekennen, dacht Wallander. Al zou ik met duizend mensen praten, iedereen zou hetzelfde zeggen. Louise Åkerblom heeft geen zwakheden, geen enkele. Het enige waarin ze afwijkt is dat ze is verdwenen.

Het klopt niet. Niets klopt.

'Waar denkt u aan?' vroeg dominee Tureson.

'Aan zwakheden', antwoordde Wallander. 'Is dat niet een van de grondslagen van alle godsdiensten? Dat God ons zal helpen onze zwakheden te overwinnen?'

'Dat klopt.'

'Maar ik krijg de indruk dat Louise Åkerblom geen zwakheden had. Het beeld van haar is zo perfect dat ik bijna wantrouwig zou worden. Bestaan er echt door en door goede mensen?'

'Louise is zo iemand', antwoordde dominee Tureson.

'Ze is dus bijna engelachtig?'

'Niet helemaal', zei dominee Tureson. 'Ik herinner me dat ze een keer op een bijeenkomst van onze gemeente koffie aan het zetten was. Ze brandde zich. En ik hoorde toevallig dat ze vloekte.'

Wallander begon weer van voren af aan.

'Het is dus uitgesloten dat er tussen haar en haar man een aanvaring is geweest?' vroeg hij.

'Absoluut', antwoordde dominee Tureson.

'Geen andere man?'

'Natuurlijk niet. Ik hoop dat u die vraag niet aan Robert zult stellen.'

'Kan ze religieuze twijfels gehad hebben?'

'Volgens mij is dat uitgesloten. Dat zou ik geweten hebben.'

'Kan ze een reden hebben gehad om zelfmoord te plegen?'

'Nee.'

'Kan ze plotseling een vlaag van verstandsverbijstering gekregen hebben?'

'Waarom? Ze is een door en door harmonieus iemand.'

'De meeste mensen dragen geheimen met zich mee', zei Wallander na even gezwegen te hebben. 'Kunt u zich voorstellen dat Louise Åkerblom een geheim had dat ze met niemand deelde, zelfs niet met haar man?'

Dominee Tureson schudde zijn hoofd.

'Natuurlijk heeft iedereen geheimen', antwoordde hij. 'Vaak heel donkere geheimen. Maar ik ben er zeker van dat Louise niet iets met zich meedroeg waardoor ze haar gezin zou verlaten en al deze ongerustheid zou veroorzaken.'

Wallander had geen vragen meer.

Het klopt niet, dacht hij opnieuw. Iets in dit perfecte beeld klopt niet.

Hij stond op en bedankte de dominee.

'Ik zal waarschijnlijk nog met andere leden van de gemeente gaan praten', zei hij. 'Als Louise niet terugkomt.'

'Natuurlijk komt ze terecht', zei dominee Tureson. 'Iets anders is uitgesloten.'

Het was vijf over vier toen Wallander de methodistenkerk verliet. Het was gaan regenen en de wind deed hem rillen. Hij bleef stil in zijn auto zitten en voelde zich moe. De gedachte dat twee kleine meisjes het zonder hun moeder moesten stellen werd hem te veel.

Om halfvijf kwamen ze op Björks kamer in het politiebureau bijeen. Martinson zat weggezakt op de bank, Svedberg leunde tegen een muur. Zoals gewoonlijk krabde hij zich op zijn schedel en scheen verstrooid te zoeken naar zijn haar dat verdwenen was. Wallander was op een houten stoel gaan zitten. Björk stond gebogen over zijn bureau te telefoneren. Ten slotte legde hij de hoorn neer en liet Ebba weten dat ze het volgende halfuur niet gestoord wensten te worden. Behalve door Robert Åkerblom.

'Wat hebben we?' vroeg Björk. 'Waar beginnen we?'

'We hebben niets', antwoordde Wallander.

'Ik heb Svedberg en Martinson op de hoogte gebracht', vervolgde Björk. 'Er wordt naar haar auto gezocht. Alle normale routinemaatregelen zijn genomen bij een verdwijning die we als serieus beschouwen.'

'Niet als', zei Wallander. 'Het ís ernst. Wanneer er een ongeluk gebeurd was hadden we dat nu al gehoord. Dat is niet gebeurd. Dus is er sprake van een misdrijf. Ik ben er helaas van overtuigd dat ze dood is.'

Martinson begon een vraag te stellen, maar Wallander viel hem in de rede en vertelde wat hij die dag gedaan had. Hij moest zijn collega's van zijn gelijk zien te overtuigen. Iemand als Louise Åkerblom die een gezin heeft verdwijnt niet vrijwillig.

Iets of iemand moest haar gedwongen hebben om vijf uur niet thuis te zijn, zoals ze op het antwoordapparaat gezegd had.

'Dit klinkt helemaal niet goed', zei Björk, toen Wallander zweeg.

'Makelaar, kerkgenootschap, gezin', zei Martinson. 'Misschien is het haar allemaal te veel geworden? Ze koopt gebakjes, ze rijdt naar huis. Ineens keert ze om en rijdt naar Kopenhagen.'

'We moeten haar auto vinden', zei Svedberg. 'Zonder haar auto komen we geen stap verder.'

'We moeten in de eerste plaats het huis vinden dat ze wilde bezichtigen', wierp Wallander tegen. 'Heeft Robert Åkerblom nog niet gebeld?'

Niemand had een telefoontje aangenomen.

'Als ze inderdaad naar dat huis is gegaan, dat ergens in de buurt van Krageholm ligt, dan moeten we haar spoor kunnen volgen tot we haar vinden óf totdat het doodloopt.'

'Peters en Norén hebben de weggetjes om Krageholm afgezocht', zei Björk. 'Geen Toyota Corolla. Wel een gestolen vrachtwagen.'

Wallander haalde de cassette van het antwoordapparaat uit zijn zak. Na enige moeite vonden ze een geschikte cassetterecorder. Ze stonden gebogen rond het bureau te luisteren naar de stem van Louise Åkerblom.

'De band moet onderzocht worden', zei Wallander. 'Ik kan me niet voorstellen dat de technici verder nog iets zullen vinden, maar toch.'

'Eén ding is zeker', zei Björk. 'Toen ze haar boodschap insprak werd ze daar niet toe gedwongen, ze werd niet bedreigd, was niet bang of ongerust, wanhopig of ongelukkig.'

'Dus is er iets gebeurd', zei Wallander. 'Tussen drie en vijf uur. Ergens tussen Skurup, Krageholm en Ystad. Ruim drie etmalen geleden.'

'Wat had ze aan?' vroeg Björk.

Wallander besefte opeens dat hij vergeten had een van de meest elementaire vragen aan haar man te stellen. Dat zei hij dan ook.

'Ik geloof toch dat er een natuurlijke verklaring kan zijn', zei Martinson peinzend. 'Je zegt het zelf, Kurt. Ze is niet het type dat vrijwillig verdwijnt. En overvallen en moord komen ondanks alles weinig voor. Ik vind dat we de normale procedure moeten volgen. En niet hysterisch worden.'

'Ik ben niet hysterisch', zei Wallander en merkte dat hij kwaad werd. 'Maar ik weet wat ik geloof. Volgens mij spreken bepaalde conclusies voor zichzelf.'

Björk wilde juist ingrijpen toen de telefoon ging.

Wallander legde haastig zijn hand op de hoorn.

'Het kan Robert Åkerblom zijn', zei hij. 'Misschien is het beter dat ik met hem praat.'

Hij tilde de hoorn op en zei zijn naam.

'Met Robert Åkerblom. Hebben jullie Louise al gevonden?'

'Nee', zei Wallander. 'Nog niet.'

'De weduwe heeft zojuist gebeld', zei Robert Åkerblom. 'Ik heb een plattegrond. Ik ga er nu heen om te zoeken.'

Wallander dacht na.

'Rij met mij mee', zei hij. 'Dat is beter. Ik kom meteen. Kunt u kopieën van die plattegrond maken? Vijf stuks is voldoende.'

'Ja', antwoordde Robert Åkerblom.

Dit soort gelovige mensen is vaak gezagsgetrouw en gehoorzaam aan autoriteiten, dacht Wallander. Niemand had Robert Åkerblom kunnen verhinderen om zelf naar zijn vrouw te gaan zoeken.

Wallander legde de hoorn met een klap neer.

'Nu hebben we een plattegrond', zei hij. 'We beginnen met twee auto's. Robert Åkerblom wil mee. Hij kan met mij meerijden.'

'Zullen we niet een paar surveillancewagens nemen?' vroeg Martinson.

'Dan moeten we in colonne rijden', zei Wallander. 'Eerst moeten we de plattegrond zien en een plan opstellen. Daarna kunnen we er alles heen sturen wat we hebben.'

'Bel me als zich iets voordoet', zei Björk. 'Hier of thuis.'

Wallander rende bijna door de gang. Hij had haast. Hij moest weten of het spoor doodliep in het niets. Of dat Louise Åkerblom daarginds ergens was.

Ze hadden de plattegrond die Robert Åkerblom volgens de telefonische beschrijving getekend had op de motorkap van Wallanders auto uitgespreid. Svedberg had de kap met zijn zakdoek drooggeveegd na de regenbui eerder op de middag.

'De E14', zei Svedberg. 'Tot aan de afslag naar Katlösa en Kadesjö. Dan naar links naar Knickarp, daarna naar rechts, weer naar links en dan zoeken naar een karrenpad.'

'Niet zo snel', zei Wallander. 'Als jullie in Skurup waren geweest, welke weg zouden jullie dan van daaruit genomen hebben?'

Er waren een paar alternatieven. Na enig gediscussieer wendde Wallander zich tot Robert Åkerblom.

'Wat denkt u?' vroeg hij.

'Ik denk dat Louise een kleine weg gekozen zou hebben', zei hij zonder aarzeling. 'Ze hield niet van het gejacht op de E14. Ik denk dat ze over Svaneholm en Brodda gereden is.'

'Ook als ze haast had gehad? Als ze om vijf uur thuis wilde zijn?'

'Ook dan', zei Robert Åkerblom.

'Dan nemen jullie die weg', zei Wallander tegen Martinson en Svedberg. 'Wij rijden regelrecht naar dat huis. We nemen contact op als er iets is.'

Ze reden Ystad uit. Wallander liet Martinson en Svedberg passeren, zij moesten het langste stuk afleggen. Robert Åkerblom zat recht voor zich uit te staren. Zo nu en dan nam Wallander hem van terzijde op. Robert Åkerblom wreef zijn handen onrustig over elkaar, alsof hij niet kon beslissen of hij ze wel of niet ineen zou vouwen.

Wallander voelde de spanning in zijn lichaam. Wat konden ze eigenlijk vinden?

Hij minderde vaart bij de afslag naar Kadesjö, liet een vrachtwagen passeren en herinnerde zich dat hij dezelfde weg twee jaar geleden op een ochtend had gereden, toen een oud boerenechtpaar op een afgelegen boerderij vermoord was. Hij rilde bij de herinnering en dacht als zo vaak aan zijn collega Rydberg, die vorig jaar overleden was. Iedere keer als Wallander een misdrijf moest onderzoeken dat buiten de normale gang van zaken viel, miste hij de ervaring en raad van zijn oudere collega.

Wat gebeurt er toch in dit land? dacht hij. Waar zijn al die ouderwetse dieven en oplichters toch gebleven? Waar komt al dit zinloze geweld vandaan?

De plattegrond lag naast de versnellingspook.

'Gaan we zo goed?' vroeg hij om de stilte in de auto te verbreken.

'Ja', antwoordde Robert Åkerblom zonder zijn blik van de weg te halen. 'Na de volgende heuveltop moeten we linksaf.'

Ze reden het Krageholmse bos in. Het meer lag links en was net tussen de bomen zichtbaar. Wallander minderde vaart en ze zochten naar de zijweg.

Het was Robert Åkerblom die hem zag. Wallander was er al voorbij gereden. Hij reed achteruit en stopte.

'Blijf in de auto zitten', zei hij. 'Ik wil alleen even rondkijken.'

De afslag naar het karrenpad was bijna helemaal dichtgegroeid. Wallander zakte door zijn knieën en zag vage afdrukken van autobanden. Hij voelde de ogen van Robert Åkerblom in zijn nek.

Hij liep naar de auto terug en riep Martinson en Svedberg op. Die waren juist bij Skurup gearriveerd.

'We staan bij de zijweg', zei Wallander. 'Doe voorzichtig aan als jullie erin rijden. Verniel de bandensporen niet.'

'Begrepen', zei Svedberg. 'We gaan er nu heen.'

Wallander reed de auto voorzichtig de zijweg op en ontweek de bandensporen.

Twee auto's, dacht hij. Of dezelfde die heen en terug is gereden.

Ze hobbelden langzaam over het drassige, slecht onderhouden karrenpad. Het moest een kilometer zijn tot aan het huis dat te koop was. Tot zijn verbazing had Wallander op de plattegrond gezien dat het huis 'Afgelegen' heette.

Na drie kilometer hield de weg op. Robert Åkerblom keek niet-begrijpend op de plattegrond en vervolgens naar Wallander.

'Verkeerde weg', zei Wallander. 'We kunnen het huis niet gemist hebben. Het moet vlak aan de weg liggen. We gaan terug.'

Toen ze op de hoofdweg waren reden ze langzaam verder. Na ongeveer vijfhonderd meter zagen ze de volgende zijweg. Wallander herhaalde zijn onderzoek. In tegenstelling tot de vorige zijweg vond hij diverse bandensporen die elkaar kruisten. De weg maakte ook de indruk beter onderhouden te zijn en meer gebruikt te worden.

Maar ook hier vonden ze het juiste huis niet. Ze zagen een boerderij tussen de bomen schemeren, maar reden er voorbij omdat die helemaal niet met de beschrijving klopte. Na vier kilometer stopte Wallander.

'Hebt u het telefoonnummer van mevrouw Wallin?' vroeg hij. 'Ik heb zo'n idee dat ze een slecht ruimtelijk inzicht heeft.'

Robert Åkerblom knikte en haalde een telefoonboekje uit zijn binnenzak. Wallander zag dat er tussen de bladzijden een bladwijzer in de vorm van een engel lag.

'Bel haar op', zei Wallander. 'Leg haar uit dat u verdwaald bent. Vraag haar de route nogmaals te beschrijven.'

Er gingen heel wat signalen over voordat mevrouw Wallin opnam.

Het bleek inderdaad dat mevrouw Wallin niet helemaal zeker was van het aantal kilometers tot aan de zijweg.

'Vraag haar om een ander vast punt', zei Wallander. 'Er moet iets zijn waar we ons op kunnen oriënteren. Anders moeten we een auto sturen om haar op te halen.'

Wallander liet Robert Åkerblom met de vrouw praten zonder de luidspreker van de autotelefoon in te schakelen.

'Een eik waar de bliksem ingeslagen is', zei Robert Åkerblom toen het gesprek afgelopen was. 'Even voor de boom moeten we afslaan.'

Ze reden verder. Na twee kilometer vonden ze de eik, waarvan de stam door blikseminslag gespleten was. Daar lag ook een zijweg naar rechts. Wallander riep de tweede auto opnieuw op en legde uit hoe ze moesten rijden. Daarna stapte hij voor de derde keer uit de auto om naar bandensporen te zoeken. Tot zijn verbazing vond hij helemaal geen afdrukken die erop wezen dat er onlangs een auto de zijweg ingereden was. Dat hoefde niets te betekenen, de bandensporen konden weggeregend zijn, maar toch voelde hij iets wat op een teleurstelling leek.

Het huis lag waar het moest liggen, aan de weg, na een kilometer.

Ze stopten en stapten uit. Het was gaan regenen en de wind kwam in vlagen.

Plotseling begon Robert Åkerblom naar het huis te rennen, terwijl hij met schrille stem de naam van zijn vrouw riep. Wallander bleef bij de auto staan. Het was zo snel gegaan dat hij totaal overrompeld was. Toen Robert Åkerblom achter het huis verdwenen was haastte hij zich achter hem aan.

Geen auto, dacht hij terwijl hij rende. Geen auto en geen Louise Åkerblom.

Hij vond Robert Åkerblom op het moment dat die een kapotte baksteen door een raam aan de achterkant van het huis wilde gooien. Wallander pakte hem bij zijn arm.

'Dat heeft geen zin', zei hij.

'Misschien is ze in het huis', schreeuwde Robert Åkerblom.

'U hebt gezegd dat ze geen sleutels van het huis had', antwoordde Wallander. 'Laat die steen los, dan kunnen we kijken of we een opengebroken deur vinden, maar ik kan u nu al zeggen dat ze hier niet is.'

Robert Åkerblom zakte plotseling in elkaar op de grond.

'Waar is ze?' vroeg hij. 'Wat is er gebeurd?'

Wallander voelde een brok in zijn keel. Hij wist absoluut niet wat hij moest zeggen.

Toen pakte hij Robert Åkerblom bij zijn arm en trok hem overeind.

'U kunt hier niet blijven zitten en ziek worden', zei hij. 'We lopen eerst om het huis heen om te kijken.'

Maar er was geen opengebroken deur. Ze keken door de gordijnloze ramen naar binnen en zagen lege kamers, meer niet. Ze hadden juist begrepen dat er niets meer te zien was, toen Martinson en Svedberg het erf opreden.

'Niets', zei Wallander. Tegelijk legde hij discreet een vinger op zijn mond zonder dat Robert Åkerblom dat kon zien.

Hij wilde niet dat Martinson en Svedberg vragen zouden stellen.

Hij wilde niet zeggen dat Louise Åkerblom het huis waarschijnlijk nooit bereikt had.

'Bij ons hetzelfde', zei Martinson, de aandacht afleidend. 'Geen auto, niets.'

Wallander keek op zijn horloge. Tien minuten over zes. Hij wendde zich tot Robert Åkerblom en probeerde te glimlachen.

'Ik denk dat u zich het nuttigst kunt maken door thuis bij uw dochtertjes te zijn', zei hij. 'Svedberg hier zal u naar huis brengen, maar de politie blijft systematisch verder zoeken. Probeer u niet ongerust te maken. Ze komt vast en zeker terecht.'

'Ze is dood', zei Robert Åkerblom zachtjes. 'Ze is dood en ze komt nooit meer terug.'

De drie zwegen.

'Nee', zei Wallander ten slotte. 'Er is geen enkele reden om aan te nemen dat het er zo slecht voorstaat. Maar nu brengt Svedberg u naar huis. Ik beloof u dat ik nog contact met u zal opnemen.'

Svedberg reed weg.

'Nu is het alle hens aan dek', zei Wallander vastberaden. Hij voelde zijn onrust de hele tijd toenemen.

Ze gingen in zijn auto zitten. Wallander belde Björk en vroeg of al het beschikbare personeel met hun auto's zich bij de gespleten eik kon verzamelen. Intussen begon Martinson aan het opstellen van een plan om alle wegen rond het erf zo effectief en snel mogelijk uit te kammen. Wallander vroeg Björk ervoor te zorgen dat ze de beschikking over goede landkaarten kregen.

'We zoeken zo lang als het licht is', zei Wallander. 'Als we vanavond geen resultaat boeken gaan we morgen vroeg verder. En je moet ook contact met het leger opnemen. Misschien moeten we aan een zoekactie denken.'

'Honden', zei Martinson. 'We hebben vanavond al honden nodig.'

Björk beloofde te komen om persoonlijk de leiding op zich te nemen.

Martinson en Wallander keken elkaar aan.

'In een paar woorden', zei Wallander. 'Wat denk je?'

'Ze is hier nooit geweest', antwoordde Martinson. 'Ze kan ergens in de buurt zijn, maar ook een heel eind weg. Wat er gebeurd is weet ik niet, maar we moeten hoe dan ook haar auto vinden. En we kunnen het beste hier beginnen. Iemand moet hem toch gezien hebben. En we moeten langs de deuren gaan. En Björk moet morgen een persconferentie geven. We moeten laten weten dat we de verdwijning serieus nemen.'

'Wat kan er gebeurd zijn?' vroeg Wallander.

'Iets wat we ons liever niet willen voorstellen', antwoordde Martinson.

De regen trommelde tegen de ramen en op het dak.

'Verdomme', zei Wallander.

'Ja', zei Martinson. 'Zo is het precies.'

Tegen middernacht kwamen de vermoeide en doornatte politiemensen bijeen op het erf van het huis waar Louise Åkerblom naar alle waarschijnlijkheid nooit geweest was. De mannen hadden geen spoor van de donkerblauwe auto gevonden, laat staan van Louise Åkerblom. De merkwaardigste vondst was die van twee elandkadavers door een hondenpatrouille. Bovendien was een politieauto bijna tegen een Mercedes gebotst die met een rotgang over een van de smalle karrenpaden aan kwam rijden toen de politiemensen op weg waren naar het verzamelpunt.

Björk bedankte hen voor hun inzet. Hij had al met Wallander afgesproken dat de vermoeide mannen naar huis konden gaan, met de mededeling dat het zoeken de volgende ochtend om zes uur hervat zou worden.

Wallander was de laatste die naar Ystad terugreed. Via zijn autotelefoon had hij Robert Åkerblom gebeld om te zeggen dat hij helaas geen nieuws had. Ondanks het late tijdstip had Robert Åkerblom hem gevraagd naar het huis te komen waar hij nu met zijn dochtertjes alleen was.

Voordat Wallander de auto startte belde hij zijn zuster in Stockholm.

Hij wist dat ze laat naar bed ging. Hij vertelde dat hun vader plannen had om met zijn thuishulp te trouwen. Tot Wallanders grote verbazing begon ze te schateren, maar tot zijn opluchting beloofde ze ook begin mei naar Skåne te komen.

Wallander legde de hoorn weer op de haak en reed naar Ystad. De regen sloeg tegen de voorruit.

Hij zocht zijn weg naar het huis van Robert Åkerblom. Een villa die eruitzag als duizenden andere villa's. Op de benedenverdieping brandde licht.

Voordat hij uitstapte leunde hij achterover op de bank en sloot zijn ogen.

We zullen haar nooit vinden, dacht hij.

Wat kan er onderweg toch gebeurd zijn?

Er klopt iets niet met deze verdwijning. Ik begrijp er niets van.

4

De wekker naast het bed van Kurt Wallander ging om kwart voor vijf af.

Hij kreunde en legde zijn kussen over zijn hoofd.

Ik krijg veel te weinig slaap, dacht hij gelaten. Waarom kan ik niet het soort politieman zijn dat zijn werk van zich afzet wanneer hij thuiskomt?

Hij bleef in bed liggen en keerde in zijn herinnering terug naar zijn korte bezoek van de vorige avond aan Robert Åkerblom. Het was een kwelling geweest om het smekende gezicht van de man te moeten zien en alleen te kunnen zeggen dat ze zijn vrouw niet gevonden hadden. Kurt Wallander was zo snel mogelijk weer vertrokken en toen hij naar huis reed was hij er niet best aan toe geweest. Hoewel hij dodelijk vermoeid was, op de grens van uitputting, was hij niet vóór drie uur in slaap gevallen.

We moeten haar vinden, dacht hij. Nu, gauw. Dood of levend. Als we haar maar vinden.

Hij had met Robert Åkerblom afgesproken dat hij de volgende ochtend terug zou komen, zodra het zoeken weer begonnen was. Wallander realiseerde zich dat hij de persoonlijke bezittingen van Louise Åkerblom moest doorzoeken om te zien wat voor vrouw ze was. Het bleef maar doormalen in Wallanders hoofd. Er zat iets meer dan vreemds aan haar verdwijning. Aan de meeste verdwijningen zitten vreemde kanten, maar dit had hij nog nooit meegemaakt en hij wilde weten wat hem dwarszat.

Hij dwong zichzelf om op te staan, zette koffie en wilde de radio aanzetten. Vloekte toen hij zich de inbraak herinnerde. Niemand had in deze omstandigheden tijd gehad om zich met zijn zaak bezig te houden.

Hij nam een douche, kleedde zich aan en dronk koffie. Het weer maakte zijn humeur er niet zonniger op. Het regende aan één stuk door en het was harder gaan waaien. Het was het slechtst denkbare weer voor een zoekactie. De velden en bossen om Krageholm zouden die dag bevolkt worden door vermoeide en chagrijnige politiemannen, honden met de staart tussen de poten en slechtgehumeurde rekruten. Maar dat was Björks afdeling. Zelf zou hij de persoonlijke bezittingen van Louise Åkerblom doorzoeken.

Hij stapte in zijn auto en reed naar de gespleten eik. Björk ijsbeerde onrustig langs de kant van de weg heen en weer.

'Wat een weertje', zei hij. 'Waarom moet het toch altijd regenen tijdens een zoekactie?'

'Tja,' zei Wallander, 'dat is inderdaad merkwaardig.'

'Ik heb met een eerste luitenant gesproken, Hernberg genaamd', vervolgde Björk. 'Hij stuurt om zeven uur twee bussen met rekruten, maar ik vind dat we alvast met zoeken kunnen beginnen. Martinson heeft een plan opgesteld.'

Wallander knikte verheugd. Martinson was goed in het organiseren van zoekacties.

'Ik wil om tien uur een persconferentie geven', zei Björk. 'Het zou mooi zijn als je erbij was. Dan moeten we wel een foto van haar hebben.'

Wallander gaf hem de foto die hij in zijn binnenzak had. Björk keek naar de afbeelding van Louise Åkerblom.

'Een lief meisje', zei hij. 'Laten we hopen dat we haar levend terugvinden. Lijkt hij?'

'Haar man zegt van wel.'

Björk deed de foto in een plastic foedraal dat hij uit de zak van zijn regenjas haalde.

'Ik ga nu naar hun huis', zei Wallander. 'Daar kan ik me nuttiger maken.'

Björk knikte. Toen Wallander naar zijn auto wilde lopen, pakte Björk hem bij zijn schouder.

'Wat denk je?' vroeg hij. 'Is ze dood? Is het een misdrijf?'

'Het kan haast niets anders', antwoordde Wallander. 'Tenzij ze ergens gewond ligt. Maar dat geloof ik niet.'

'Dit is niet best,' zei Björk. 'Nee, dit is niet best.'

Wallander reed naar Ystad terug. Op de grijze zee dreven witte ganzen.

Toen hij de villa op Åkarvägen binnenging stonden er twee meisjes met ernstige ogen naar hem te kijken.

'Ik heb verteld dat u van de politie bent', zei Robert Åkerblom. 'Ze begrijpen dat hun mamma verdwenen is en dat de politie naar haar zoekt.'

Wallander knikte en probeerde te glimlachen hoewel hij een brok in zijn keel kreeg.

'Ik heet Kurt', zei hij. 'Hoe heten jullie?'

'Maria en Magdalena', antwoordden de meisjes netjes op hun beurt.

'Dat zijn mooie namen', zei Wallander. 'Ik heb een dochter die Linda heet.'

'Ze zijn vandaag bij mijn zuster', zei Robert Åkerblom. 'Ze komt ze zo halen. Wilt u een kopje thee?'

'Graag', zei Wallander.

Hij hing zijn jas op, trok zijn schoenen uit en ging de keuken binnen. De meisjes stonden in de deur naar hem te kijken.

Waar moet ik beginnen? dacht hij. En zal hij begrijpen dat ik iedere la open moet trekken, in al haar papieren moet snuffelen?

De beide meisjes werden gehaald en Wallander dronk zijn thee op.

'Om tien uur geven we een persconferentie', zei hij. 'Dat betekent dat we de naam van uw vrouw bekendmaken en dat we vragen of iedereen die haar gezien kan hebben zich wil melden. En dat betekent, zoals u begrijpt, nog iets. Dat we een misdrijf niet langer uitsluiten.'

Wallander had het gevaar onderkend dat Robert Åkerblom in elkaar zou storten en zou gaan huilen, maar de bleke, hologige man, onberispelijk gekleed in een kostuum en met stropdas, leek zich deze ochtend in de hand te hebben.

'We moeten blijven geloven dat alles een natuurlijke verklaring heeft,' zei Wallander, 'maar we kunnen niets meer uitsluiten.'

'Ik begrijp het', zei Robert Åkerblom. 'Ik heb het de hele tijd al geweten.'

Wallander schoof zijn theekopje opzij, bedankte en stond op.

'Is er nog iets wat ik zou moeten weten?' vroeg hij.

'Nee', antwoordde Robert Åkerblom. 'Ik vind het volstrekt onbegrijpelijk.'

'Zullen we samen door het huis lopen?' stelde Wallander voor. 'Ik hoop dat u begrijpt, dat ik daarna haar kleren en haar laden moet doorzoeken, alles wat maar van belang kan zijn.'

'Ze is netjes op haar spullen', antwoordde Robert Åkerblom.

Ze begonnen op de bovenverdieping en daalden successievelijk af naar de kelder en de garage. Louise Åkerblom hield van lichte pasteltinten, dacht Wallander. Nergens zag hij donkere gordijnen of tafelkleden. Het huis straalde levensvreugde uit. De meubelen waren een mengeling van oud en nieuw. Toen hij thee zat te drinken had hij al geconstateerd dat de keuken goed voorzien was van keukenapparatuur. Hun materiële bestaan kenmerkte zich kennelijk niet door een overdreven puritanisme.

'Ik moet even naar kantoor', zei Robert Åkerblom, toen ze hun rondgang afgesloten hadden. 'Ik neem aan dat ik u hier alleen kan laten?'

'Dat is goed', zei Wallander. 'Ik spaar mijn vragen op tot u terug bent. Of ik bel. Maar tegen tienen moet ik naar het politiebureau voor de persconferentie.'

'Dan ben ik weer terug', antwoordde Robert Åkerblom.

Toen Wallander alleen was begon hij aan zijn systematische rondgang door het huis. Hij deed laden en kasten in de keuken open, keek in de koelkast en het vriesvak.

Eén ding in de keuken verbaasde hem. In een kastje onder het aanrecht stond een ruime voorraad drank. Het klopte niet met het beeld dat hij van de Åkerbloms had.

Hij ging verder met de woonkamer zonder iets te vinden dat het noteren waard was. Daarna liep hij naar boven. De kamer van de meisjes liet hij met rust. Eerst doorzocht hij de badkamer, las apothekersverpakkingen en noteerde een paar van Louise Åkerbloms medicijnen. Hij ging op de weegschaal staan en trok een grimas toen hij zijn gewicht zag. Vervolgens nam hij de slaapkamer. Hij voelde zich nooit op zijn gemak als hij de kleren van een vrouw doorzocht. Het was net alsof iemand hem ongemerkt gadesloeg. In de garderobekasten keek hij in zakken en kartonnen dozen. Daarna in de ladenkast waar ze haar ondergoed bewaarde. Hij vond niets wat hem verbaasde, niets vertelde hem wat hij al niet wist. Toen hij klaar was ging hij op de rand van het bed zitten en keek om zich heen.

Niets, dacht hij. Helemaal niets.

Hij zuchtte en liep naar het volgende vertrek dat als kantoortje dienst deed. Hij ging aan het schrijfbureau zitten en trok één voor één de laden uit. Hij bekeek fotoalbums en stapels brieven. Hij vond niet één foto, waarop Louise Åkerblom niet glimlachte of lachte.

Hij legde alles precies zo terug als hij het gevonden had en zocht verder. Declaraties en verzekeringspapieren, schoolrapporten en makelaarsdiploma's, niets wat hem een reactie ontlokte.

Pas toen hij de onderste la van de tweede rij opentrok verbaasde hij zich. Eerst dacht hij dat er alleen wit schrijfpapier in lag, maar toen hij met zijn hand op de bodem van de lade tastte stootten zijn vingers tegen een metalen voorwerp. Hij haalde het tevoorschijn en bleef met gefronst voorhoofd zitten.

Een paar handboeien. Geen speelgoedje, maar echte handboeien. Gefabriceerd in Engeland.

Hij legde ze voor zich op het bureau.

Het hoeft niets te betekenen, dacht hij. Maar ze waren wel goed verstopt. En ik vraag me af of Robert Åkerblom zich er niet over ontfermd zou hebben als hij van hun bestaan geweten had.

Hij schoof de la dicht en stopte de handboeien in zijn zak.

Daarna liep hij naar de kelderruimte en de garage. Op een plank boven een kleine schaafbank ontdekte hij een paar fraai gemaakte vliegtuigmodellen uit balsahout. Hij verplaatste zich in Robert Åkerblom. Misschien had die er eens van gedroomd piloot te worden.

In de verte ging de telefoon over. Hij haastte zich ernaartoe en nam hem op.

Het was inmiddels negen uur geworden.

'Ik zou graag hoofdinspecteur Wallander spreken', hoorde hij Martinson zeggen.

'Ik ben het', antwoordde Wallander.

'Je kunt maar beter hiernaartoe komen', vervolgde Martinson. 'Nu meteen.'

Wallander voelde zijn hart sneller slaan.

'Hebben jullie haar gevonden?' vroeg hij.

'Nee,' antwoordde Martinson. 'Haar niet en haar auto niet, maar er is brand uitgebroken in een huis in de buurt. Of liever, het huis is geëxplodeerd. Misschien is er een verband.'

'Ik kom', zei Wallander.

Hij schreef een briefje aan Robert Åkerblom en legde dat op de keukentafel.

Onderweg naar Krageholm probeerde hij te begrijpen wat Martinson eigenlijk bedoeld had. Een huis dat in de lucht gevlogen was? Maar welk huis?

Hij passeerde drie achter elkaar rijdende vrachtwagens. Het regende nu zo hard dat de ruitenwissers de voorruit maar voor een deel schoon konden vegen.

Vlak voor hij bij de gespleten eik was nam de regen iets af en zag hij een zwarte rookkolom boven de bomen. Een politieauto stond bij de boom op hem te wachten. Een van de agenten gebaarde dat hij om moest keren. Toen ze de landweg verlieten realiseerde Wallander zich dat ze op een van de paden reden die hij de vorige dag bij vergissing genomen had, het karrenpad met de meeste bandensporen.

En er was nog iets met die weg, maar daar kon hij zo gauw niet opkomen. Eenmaal bij de plaats van de brand herinnerde hij zich het huis. Het stond aan de linkerkant, nauwelijks zichtbaar vanaf de weg. De brandweer was al aan het blussen. Wallander stapte uit en voelde meteen de hitte. Martinson kwam op hem toe.

'Mensen?' vroeg Wallander.

'Nee', antwoordde Martinson. 'Niet voorzover we weten. Maar we kunnen zo onmogelijk naar binnen. De hitte is te intens. Dat heb je als alles in één keer in brand vliegt. Het huis staat al meer dan een jaar leeg, sinds de eigenaar overleden is. Dat heb ik van een boer gehoord die het me kwam vertellen. De erfgenamen hebben kennelijk niet geweten wat ze wilden: verhuren of verkopen.'

'Vertel op', zei Wallander, terwijl hij naar de geweldige rookontwikkeling keek.

'Ik reed op de landweg', zei Martinson. 'Ik was op weg naar een van de rijen soldaten van de zoekactie omdat daar iets aan de hand was. Plotseling klonk er een knal. Het was alsof er een bom ontplofte. Eerst dacht ik dat er een vliegtuig neergestort was. Toen zag ik de rook. Binnen vijf minuten was ik ter plaatse. Alles stond in lichterlaaie. Niet alleen het woonhuis, ook de schuur.'

Wallander probeerde na te denken.

'Een bom', zei hij. 'Kan het geen gaslek geweest zijn?'

Martinson schudde zijn hoofd.

'Zelfs twintig gastanks zouden niet zo'n klap gegeven hebben', zei hij. 'De fruitbomen aan de achterkant van het huis zijn geknakt. Voorzover ze niet ontworteld zijn. Dit moet aangestoken zijn.'

'Het wemelt hier van de politie en de militairen', zei Wallander. 'Wel een heel vreemd moment om brand te stichten.'

'Mijn mening', zei Martinson. 'Daarom dacht ik meteen dat er misschien een verband was.'

'Enig idee?' vroeg Wallander.

'Nee', antwoordde Martinson. 'Absoluut niet.'

'Ga na van wie het huis is', zei Wallander. 'Wie de erfgenamen vertegenwoordigt. Ik ben het met je eens. Dit kan geen toeval zijn. Waar is Björk?'

'Terug naar het bureau om zich voor te bereiden op de persconferentie', zei Martinson. 'Je weet dat hij zenuwachtig wordt van journalisten die nooit schrijven wat hij zegt. Maar hij weet wat er gebeurd is. Svedberg heeft hem gebeld. En hij weet dat jij hier bent.'

'Als de brand geblust is stel ik een onderzoek in', zei Wallander. 'Misschien kun je de mensen opnieuw indelen, zodat ze de omgeving hier extra goed kunnen uitkammen.'

'Om naar Louise Åkerblom te zoeken?' vroeg Martinson.

'In de eerste plaats naar haar auto', antwoordde Wallander.

Martinson ging met de boer praten.

Wallander stond naar de felle brand te kijken.

Als er een verband was, waar was dat dan? dacht hij. Een verdwenen vrouw en een huis dat in de lucht vliegt. Vlak voor de neus van een groot aantal zoekende mensen.

Hij keek op zijn horloge. Tien minuten voor tien. Hij riep een van de brandweerlieden bij zich.

'Wanneer kan ik tussen de puinhopen gaan zoeken?' vroeg hij.

'Het brandt fel,' zei de brandweerman, 'maar zo tegen de middag moet het mogelijk zijn om in de buurt van het huis te komen.'

'Goed', zei Wallander. 'Het moet een geweldige klap gegeven hebben', vervolgde hij.

'Het is niet met een lucifer begonnen', zei de brandweerman. 'Honderd kilo dynamiet, daar doet het eerder aan denken.'

Wallander reed naar Ystad terug. Hij belde Ebba van de receptie en vroeg haar tegen Björk te zeggen dat hij onderweg was.

Toen herinnerde hij zich opeens wat hij vergeten was. De vorige avond had een van de mannen van een surveillancewagen zijn beklag gedaan dat ze bijna door een Mercedes aangereden waren. Die had als een gek over het karrenpad gereden.

Wallander herinnerde zich nog goed dat het de weg was die langs het ontplofte huis liep.

Veel te veel toevalligheden, dacht hij. Binnenkort vinden we iets wat die dingen met elkaar in verband brengt.

Toen Wallander arriveerde, liep Björk in de receptie van het politiebureau te ijsberen.

'Ik wen nooit aan persconferenties', zei hij. 'En wat is dat voor brand waar Svedberg over belde? Ik moet zeggen dat hij zich heel vreemd uitdrukte. Hij zei dat het huis en de schuur geëxplodeerd waren. Wat bedoelde hij daarmee? En welk huis?'

'De beschrijving van Svedberg klopt', antwoordde Wallander. 'Maar deze brand heeft nauwelijks iets met de persconferentie over Louise Åkerbloms verdwijning te maken, dus stel ik voor dat we het daar straks over hebben. Dan beschikken de collega's misschien ook over wat meer informatie.'

Björk knikte.

'We houden het eenvoudig', zei hij. 'Een kort en duidelijk verslag van haar verdwijning, daarna delen we de foto's uit en doen een beroep op de bevolking. Vragen over de voortgang van het onderzoek moet jij beantwoorden.'

'Er is nauwelijks sprake van enige voortgang', zei Wallander. 'Hadden we haar auto nou maar, maar we hebben niets.'

'Je zult toch wat moeten verzinnen', zei Björk. 'Politiemensen die beweren dat ze met lege handen staan worden afgeschoten als opgejaagd wild. Vergeet dat nooit.'

De persconferentie duurde ruim een halfuur. Behalve de lokale kranten en radio waren de plaatselijke correspondenten van *Expressen* en van de actualiteitenrubriek *Vandaag* aanwezig. Maar niemand van de grote bladen uit Stockholm.

Die komen pas als we haar gevonden hebben, dacht Wallander. En alleen als ze dood is.

Björk opende de persconferentie en deelde mee dat er een vrouw was verdwenen onder omstandigheden die de politie zorgen baarden. Hij gaf haar signalement, beschreef haar auto en deelde foto's uit. Daarna vroeg hij of er nog vragen waren, knikte tegen Wallander en ging zitten. Wallander stapte het kleine podium op en wachtte.

'Wat denkt u dat er gebeurd is?' vroeg de verslaggever van het plaatselijke radiostation. Wallander had hem nog niet eerder gezien. Het station scheen voortdurend andere medewerkers te hebben.

'We denken niets', antwoordde Wallander. 'Maar de omstandigheden geven ons aanleiding om de verdwijning van Louise Åkerblom serieus te nemen.'

'Vertelt u dan wat over die omstandigheden', vervolgde de medewerker van het lokale radiostation.

Wallander nam een aanloopje.

'We moeten goed begrijpen dat de meeste mensen die in ons land verdwijnen vroeg of laat terechtkomen', zei hij. 'Twee van de drie keer is er een natuurlijke verklaring voor de verdwijning. De meest voorkomende is vergeetachtigheid. Maar soms zijn er aanwijzingen die op iets anders duiden. Dan nemen we de verdwijning serieus.'

Björk stak zijn hand op.

'U moet hier niet uit concluderen dat de politie niet alle verdwijningen serieus zou nemen', verduidelijkte hij.

Ook dat nog, dacht Wallander.

De verslaggever van *Expressen*, een jongeman met een rode baard, stak zijn hand op en vroeg het woord.

'Kunt u niet wat duidelijker zijn?' vroeg hij. 'U sluit een misdrijf niet uit. Waarom sluit u dat niet uit? Het is me ook niet duidelijk waar ze verdwenen is en wie haar het laatst gezien heeft.'

Wallander knikte. De journalist had gelijk. Björk was op een aantal belangrijke punten vaag gebleven.

'Ze heeft vrijdagmiddag om even over drieën de Sparbank in Skurup verlaten', zei hij. 'Iemand van de bank zag haar haar auto starten en wegrijden, dat was om kwart over drie. Dat tijdstip staat vast. Daarna heeft niemand haar meer gezien. Verder weten we dat ze een keuze had uit twee wegen. Ze heeft óf de E14 naar Ystad genomen, óf ze is over Slimmige en Rögla naar de omgeving van Krageholm gereden. Zoals u reeds weet is Louise Åkerblom makelaar. Ze kan naar een huis zijn gaan kijken dat ter verkoop was aangeboden. Of ze kan regelrecht naar huis gereden zijn. We weten niet wat ze besloten heeft.'

'Welk huis?' vroeg een medewerker van een van de plaatselijke bladen.

'Daar kan ik met het oog op het onderzoek geen antwoord op geven', zei Wallander.

De persconferentie stierf vanzelf uit. De medewerker van het lokale radiostation nam Björk een interview af. Wallander praatte op de gang met een plaatselijke verslaggever. Toen hij weer alleen was ging hij een kop koffie halen, liep naar zijn kamer en belde naar de plaats van de brand. Hij kreeg Svedberg aan de lijn, die vertelde dat Martinson een aantal deelnemers aan de zoekactie al anders had ingedeeld. Ze moesten zich nu op het brandende huis concentreren.

'Ik heb nog nooit zo'n brand gezien', zei Svedberg. 'Als die geblust is, is er geen dakspant meer over.'

'Ik kom vanmiddag naar jullie toe', zei Wallander. 'Ik ga nu weer naar Robert Åkerblom. Bel me als zich iets voordoet.'

'We bellen', zei Svedberg. 'Wat zeiden de journalisten?'

'Niets bijzonders', antwoordde Wallander en hing op.

Op dat moment klopte Björk op de deur.

'Het ging goed', zei hij. 'Geen strikvragen, louter verstandige vragen. Laten we nu maar hopen dat ze schrijven wat we willen.'

'Morgen moeten we een paar man inzetten om telefoontjes aan te nemen', zei Wallander, die niet de moeite nam commentaar op Björks commentaar te leveren. 'Ik ben bang dat als er een vrome moeder van twee kinderen verdwijnt toch veel mensen bellen die niets gezien hebben. Met goede wensen en gebeden voor de politie. Naast degenen die hopelijk wel iets hebben gezien.'

'Als ze vandaag niet toch nog opduikt', zei Björk.

'Daar geloof jij niet in en ik niet', antwoordde Wallander.

Daarna vertelde hij van de merkwaardige brand. Van de explosie. Björk luisterde met een bekommerd gezicht.

'Wat heeft dit te betekenen?' vroeg hij.

Wallander breidde zijn armen uit.

'Ik weet het niet. Maar ik ga nu eerst naar Robert Åkerblom om verder met hem te praten.'

Björk deed de deur open om weg te gaan.

'We komen om vijf uur op mijn kamer bijeen', zei hij.

Juist toen Wallander weg wilde gaan, herinnerde hij zich dat hij vergeten was Svedberg te vragen iets voor hem te doen.

Hij belde opnieuw naar de plaats van de brand.

'Herinner je je nog dat er gisteravond bijna een politieauto op een Mercedes is gebotst?' vroeg hij.

'Vaag', zei Svedberg.

'Ga na wat er precies gebeurd is', vervolgde Wallander. 'Ik heb zo'n sterk gevoel dat die Mercedes aan de brand gekoppeld kan worden. Of hij ook iets met Louise Åkerblom te maken heeft is minder zeker.'

'Ik heb het genoteerd', zei Svedberg. 'Verder nog iets?'

'We komen om vijf uur bijeen', zei Wallander en hing op.

Een kwartier later was hij weer in de keuken van Robert Åkerblom en zat op dezelfde stoel als een paar uur daarvoor en dronk opnieuw thee.

'Soms word je ineens dringend weggeroepen' zei Wallander. 'Er is een hevige brand uitgebroken, maar die is nu onder controle.'

'Ik begrijp het', zei Robert Åkerblom beleefd. 'Politieman zijn moet niet altijd gemakkelijk zijn.'

Wallander nam de man aan de andere kant van de tafel op. Tegelijk tastte hij met zijn hand naar de handboeien die hij in zijn broekzak had. Hij keek bepaald niet uit naar het verhoor waaraan hij nu moest beginnen.

'Ik heb een paar vragen', zei hij. 'We kunnen net zo goed hier zitten als ergens anders.'

'Natuurlijk', zei Robert Åkerblom. 'Stelt u gerust alle vragen die u hebt.'

Wallander merkte dat hij zich ging ergeren aan de milde maar tegelijk onmiskenbaar vermanende klank in de stem van Robert Åkerblom.

'Van mijn eerste vraag ben ik niet zo zeker', zei Wallander. 'Heeft uw vrouw gezondheidsproblemen?'

De man keek hem verbaasd aan.

'Nee', zei hij. 'Hoe zo?'

'Misschien heeft ze te horen gekregen dat ze een ernstige ziekte onder de leden heeft. Is ze onlangs bij een dokter geweest?'

'Nee. En als ze ziek is zou ze me dat verteld hebben.'

'Mensen aarzelen soms om over bepaalde ernstige ziekten te praten', zei Wallander. 'Ze hebben op zijn minst een paar dagen nodig om hun gevoelens en gedachten op een rijtje te zetten. Vaak is het zo dat de zieke degene die hij het bericht vertelt moet troosten.'

Robert Åkerblom dacht na voordat hij antwoordde.

'Ik weet zeker dat dat niet het geval is', zei hij.

Wallander knikte en ging door.

'Heeft ze een alcoholprobleem?' vroeg hij.

Robert Åkerblom schrok.

'Waarom stelt u die vraag?' zei hij, na even gezwegen te hebben. 'Geen van ons beiden drinkt ook maar een druppel alcohol.'

'Toch staat er een voorraad verschillende soorten drank in het kastje onder het aanrecht', zei Wallander.

'We hebben er geen bezwaar tegen als anderen drinken', zei Robert Åkerblom. 'Met mate uiteraard. Soms hebben we bezoek. Ook een klein makelaarskantoor als het onze moet zo nu en dan aan representatie doen.'

Wallander knikte. Hij had geen reden om aan het antwoord te twijfelen. Hij haalde de handboeien uit zijn broekzak en legde ze op de tafel. De hele tijd hield hij de reactie van Robert Åkerblom scherp in de gaten.

Die was zoals hij verwacht had. Niet-begrijpend.

'Bent u van plan me te arresteren?' vroeg Robert Åkerblom.

'Nee', zei Wallander. 'Maar ik heb de handboeien in de onderste linkerla van het schrijfbureau in uw kantoortje op de bovenverdieping onder een stapel schrijfpapier gevonden.'

'Handboeien', zei Robert Åkerblom. 'Die heb ik nog nooit gezien.'

'Omdat we mogen aannemen dat uw dochtertjes ze daar niet neergelegd hebben, moet uw vrouw dat gedaan hebben', zei Wallander.

'Ik begrijp er niets van', zei Robert Åkerblom.

Plotseling besefte Wallander dat de man aan de andere kant van de keukentafel loog. Een nauwelijks merkbare daling in zijn stem, een snelle onzekere blik in zijn ogen, maar voldoende voor Wallander om die op te merken.

'Kan iemand anders ze daar neergelegd hebben?' vroeg hij verder.

'Dat weet ik niet,' zei Robert Åkerblom. 'We krijgen alleen leden van onze gemeente op bezoek. Afgezien van wat representatieve verplichtingen. En die bezoekers komen nooit boven.'

'Verder nog iemand?'

'Onze ouders. Familie. Vriendjes van de kinderen.'

'Dat zijn een heleboel mensen', zei Wallander.

'Ik begrijp het niet', zei Robert Åkerblom opnieuw.

Je begrijpt misschien niet hoe je hebt kunnen vergeten ze weg te halen, dacht Wallander. De vraag is nu wat ze te betekenen hebben.

Voor het eerst stelde Wallander zich de vraag of Robert Åkerblom zijn vrouw vermoord kon hebben. Maar hij verdrong die gedachte meteen weer. De handboeien en de leugen waren niet voldoende om Wallander daadwerkelijk op andere gedachten te brengen.

'Weet u heel zeker dat u geen verklaring voor deze handboeien kunt geven?' vroeg Wallander nog een keer. 'Ik moet er misschien op wijzen dat het volgens de wet niet verboden is handboeien in huis te hebben. Daar heb je geen vergunning voor nodig. Maar je mag natuurlijk niet zo maar mensen in de boeien slaan.'

'Denkt u dat ik lieg?' vroeg Robert Åkerblom.

'Ik denk niets', zei Wallander. 'Ik wil alleen weten waarom deze handboeien in de la van een schrijfbureau weggestopt zijn.'

'Ik heb u al gezegd, dat ik niet weet hoe ze hier in huis terecht zijn gekomen.'

Wallander knikte. Hij had er geen behoefte aan de man nog verder onder druk te zetten. Nu niet in ieder geval. Maar Wallander was ervan overtuigd dat de man gelogen had. Zou er in dit huwelijk stiekem sprake zijn van een afwijkend en misschien dramatisch seksleven? Zou dat op zijn beurt de verdwijning van Louise Åkerblom kunnen verklaren?

Wallander schoof zijn theekopje opzij ten teken dat het gesprek afgelopen was. De handboeien stopte hij, gewikkeld in een zakdoek, in zijn zak. Misschien dat een technisch onderzoek kon vertellen waar ze voor gebruikt waren.

'Voorlopig is dat alles', zei Wallander die opstond. 'Ik laat van me horen zodra ik iets weet. En u moet erop voorbereid zijn dat er vanavond de nodige commotie zal ontstaan wanneer de avondbladen verschijnen en het lokale radiostation zijn programma heeft uitgezonden. Maar we hopen natuurlijk dat dat nieuws ons zal helpen.'

Robert Åkerblom knikte zonder te antwoorden.

Wallander gaf hem een hand en liep naar zijn auto. Het weer was aan het omslaan. Het motregende en de wind was afgenomen. Wallander reed naar Fridolfs Konditori op het plein waar de bussen stopten en nuttigde een paar broodjes en een kop koffie. Het was halféén geworden toen hij weer in zijn auto zat op weg naar de plaats van de brand. Hij parkeerde zijn auto, stapte over de afzettingen heen en constateerde dat het huis en de schuur inmiddels rokende puinhopen waren geworden. Toch was het nog te vroeg voor de technische dienst van de politie om aan een onderzoek te beginnen. Wallander liep dichter op de brandhaard toe en sprak met de chef van de brandweer, Peter Edler, die hij goed kende.

'We houden de brandhaard nat', zei Edler. 'Veel meer kunnen we niet doen. Is het brandstichting?'

'Geen flauw idee', antwoordde Wallander. 'Heb je Svedberg of Martinson gezien?'

'Ik geloof dat ze zijn gaan eten', zei Edler. 'In Rydsgård. En luitenant Hernberg heeft zijn doornatte rekruten meegenomen naar de kazerne. Maar ze komen terug.'

Wallander knikte en ging weg.

Een paar meter verderop stond een politieman met een hond. De agent at een meegebrachte boterham, terwijl de hond enthousiast met een poot in het natte, beroete gras groef.

Plotseling begon de hond te janken. De agent trok ongeduldig een paar keer aan de lijn en keek toen naar wat de hond opgroef.

Wallander zag dat de agent schrok en zijn boterham liet vallen.

Wallander kon zijn nieuwsgierigheid niet bedwingen en kwam wat dichterbij.

'Wat heeft de hond gevonden?' vroeg hij.

De agent wendde zich om naar Wallander. Hij was doodsbleek en hij beefde.

Wallander kwam haastig nog wat dichterbij en boog zich voorover.

Voor hem in de modder lag een vinger.

Een zwarte vinger. Geen duim en geen pink. Maar een vinger, van een mens.

Wallander voelde zich misselijk worden.

Hij zei tegen de agent met de hond dat hij onmiddellijk contact met Svedberg en Martinson moest opnemen.

'Ze moeten meteen komen', zei hij. 'Ook als ze nog zitten te eten. Op de achterbank van mijn auto ligt een plastic tasje. Haal dat even.'

De agent ging weg.

Wat is hier aan de hand? dacht Wallander. Een zwarte vinger. De vinger van een zwart iemand. Afgehakt. Midden in Skåne.

Toen de agent terugkwam met het plastic tasje, improviseerde Wallander een regenscherm over de vinger. Het gerucht had inmiddels de ronde gedaan en de brandweerlieden verzamelden zich om de vondst.

'We moeten in de puinhopen naar resten van een lijk zoeken', zei Wallander tegen de chef van de brandweer. 'God mag weten wat hier gebeurd is.'

'Een vinger', zei Peter Edler ongelovig.

Twintig minuten later arriveerden Svedberg en Martinson en renden naar de vindplaats. Samen keken ze niet-begrijpend en niet op hun gemak naar de zwarte vinger.

Niemand had iets op te merken.

Ten slotte verbrak Wallander de stilte.

'Eén ding staat vast', zei hij. 'Dit is geen vinger van Louise Åkerblom.'

5

Om vijf uur waren ze bijeen in een van de vergaderlokalen van het politiebureau. Wallander kon zich niet herinneren ooit een zwijgzamere groep meegemaakt te hebben.

Midden op de tafel, in een stuk plastic, lag de zwarte vinger.

Hij zag dat Björk zijn stoel zo gedraaid had dat hij die niet hoefde te zien.

Verder keken ze allemaal naar de vinger. Niemand zei wat.

Na een tijdje arriveerde er een auto van het ziekenhuis die het afgehakte lichaamsdeel meenam. Pas toen het weg was, ging Svedberg een blad met koffie halen en opende Björk de vergadering.

'Voor één keer ben ik sprakeloos', begon hij. 'Heeft iemand een aannemelijke verklaring?'

Niemand antwoordde. De vraag was zinloos.

'Wallander', zei Björk, zoekend naar een nieuw begin. 'Zou jij een samenvatting willen geven?'

'Dat zal niet meevallen,' zei Wallander, 'maar ik zal het proberen. Jullie moeten me maar aanvullen.'

Hij sloeg zijn blocnote open en bladerde erin.

'Louise Åkerblom is bijna precies vier etmalen geleden verdwenen', begon hij. 'Exacter uitgedrukt, 98 uur geleden. Voorzover we weten heeft niemand haar daarna nog gezien. Tijdens onze zoektocht naar haar, en niet in de laatste plaats naar haar auto, is er een huis in de lucht gevlogen in de omgeving waarvan wij denken dat ze zou kunnen zijn. We weten dat het huis deel tot een erfenis behoort. De woordvoerder van de erfgenamen is een advocaat uit Värnamo. Hij begrijpt absoluut niet wat er gebeurd kan zijn. Het huis staat al meer dan een jaar leeg. De erfgenamen zijn het nog niet eens kunnen worden of ze het zullen verkopen of dat het binnen de familie moet blijven. Het is ook mogelijk dat een van de erfgenamen de anderen uitkoopt. Die advocaat heet Holmgren en we hebben onze collega's in Värnamo gevraagd om met de man te gaan praten. Wat we in ieder geval willen hebben zijn de namen van de andere erfgenamen en hun adressen.'

Hij nam een slok koffie voordat hij verderging.

'De brand is om negen uur uitgebroken', zei hij. 'Er zijn nogal wat aanwijzingen die duiden op een krachtige springlading met een tijdsmechanisme. Er is geen reden om aan te nemen dat de brand door een natuurlijke oorzaak is ontstaan. Advocaat Holmgren ontkende ten stelligste dat er bijvoorbeeld gasleidingen in het huis waren. En de elektrische bedrading is vorig jaar nog vernieuwd. Tijdens de bluswerkzaamheden graaft een van de politiehonden op zo'n vijfentwintig meter van het brandende huis een afgehakte vinger op. Een wijs- of een middelvinger van een linkerhand. Hoogstwaarschijnlijk die van een man. We weten ook dat de man zwart is. Toen ze er ten slotte bij konden komen hebben onze technische mensen een deel van de brandhaard en het erf uitgekamd zonder nog iets belangrijks te vinden. Ook de honden hebben geen nieuwe vondsten gedaan. We zijn alle huizen in de buurt langs gegaan zonder dat het iets opgeleverd heeft. De auto is nog altijd zoek, Louise Åkerblom is verdwenen. Er is een huis in de lucht gevlogen en we hebben een vinger van een zwarte man gevonden. Dat is alles.'

Björk vertrok zijn gezicht.

'Wat zeggen de artsen?' vroeg hij.

'Maria Lestadius van het ziekenhuis heeft naar de vinger gekeken,' zei Svedberg, 'maar ze zei dat we ons direct tot het technische laboratorium van de recherche moeten wenden. Ze zei dat ze niet over de nodige competentie beschikt om vingers te lezen.'

Björk zat op zijn stoel te draaien.

'Zeg dat nog eens', zei hij. '"Vingers lezen"?'

'Zo drukte ze zich uit', zei Svedberg berustend. Het was een bekende gewoonte van Björk om zich bij tijd en wijle op bijkomstigheden te concentreren.

Björk liet zijn ene hand zwaar op de tafel neerdalen.

'Dit is verschrikkelijk', zei hij. 'Met andere woorden, we weten niets. Heeft Robert Åkerblom ons niet verder kunnen helpen?'

Wallander besloot haastig om voorlopig niets over de handboeien te zeggen. Hij was bang dat hun gedachten daardoor een richting op gestuurd zouden worden die hij niet van direct belang vond. Bovendien twijfelde hij eraan of de handboeien iets met de verdwijning te maken hadden.

'Niets', zei hij. 'Ik kreeg de indruk dat de Åkerbloms het gelukkigste gezin van Zweden vormden.'

'Kan ze godsdienstwaanzin gekregen hebben?' vroeg Björk. 'Je leest voortdurend over allemaal van die gekke sektes.'

'Je kunt de kerk van de methodisten nauwelijks een gekke sekte noemen', antwoorde Wallander. 'Het is na onze staatskerk een van onze oudste kerken. Maar ik moet toegeven dat ik niet precies weet wat die kerk voorstelt.'

'Dat gaan we dan uitzoeken', zei Björk. 'Hoe moet het nu verder volgens jullie?'

'We moeten onze hoop maar op morgen vestigen', zei Martinson. 'Als de mensen beginnen te bellen.'

'Ik heb al een paar man aangewezen om de binnenkomende tips aan te nemen', zei Björk. 'Kunnen we verder nog iets doen?'

'We hebben wel iets waar we mee verder kunnen', zei Wallander. 'We hebben een vinger. Dat betekent dat er ergens een zwarte man rondloopt die een vinger van zijn linkerhand mist. Hij heeft een dokter of een ziekenhuis nodig. Als hij inmiddels al geen hulp gevraagd heeft, duikt hij vroeg of laat wel ergens op. We mogen ook niet uitsluiten dat hij contact met de politie opneemt. Niemand hakt zijn eigen vingers af. Uiterst zelden in ieder geval. Er is dus grof geweld gebruikt. Maar we kunnen ook niet uitsluiten dat de man het land al uit is.'

'Vingerafdruk', zei Svedberg. 'Ik heb geen idee hoeveel Afrikanen er legaal of illegaal in ons land verblijven. Maar er is een kans dat de afdruk in een van onze bestanden zit. Bovendien kunnen we Interpol inschakelen. Voorzover ik weet hebben veel Afrikaanse landen de laatste jaren een geavanceerd misdadigersbestand opgebouwd. Daar heeft een paar maanden geleden een artikel in *Svensk Polis* over gestaan. Ik ben het met Kurt eens. Ook al zien we geen verband tussen Louise Åkerblom en de vinger, we moeten die mogelijkheid toch niet uitsluiten.'

'Geven we dit aan de pers vrij?' vroeg Björk. 'Politie op zoek naar de eigenaar van een vinger. In ieder geval levert het grote krantenkoppen op.'

'Waarom niet?' zei Wallander. 'We hebben niets te verliezen.'

'Ik zal erover denken', zei Björk. 'We wachten nog even af, maar ik ben het ermee eens dat we de ziekenhuizen in het land moeten waarschuwen. Artsen hebben immers een meldingsplicht als ze vermoeden dat iemand door een misdrijf gewond is geraakt?'

'Ze hebben ook een zwijgplicht', zei Svedberg. 'Maar natuurlijk moeten we de ziekenhuizen waarschuwen. En de medische centra, alles wat er op dat gebied maar is. Weet iemand hoeveel artsen we hebben?'

Niemand wist het.

'Vraag aan Ebba of ze dat na wil gaan', zei Wallander.

Het kostte haar tien minuten om de secretaris van de Zweedse Artsenvereniging te bellen.

'Er zijn ruim vijfentwintigduizend artsen in Zweden', zei Wallander, toen ze de opgave doorgebeld had naar het vergadervertrek.

Ze stonden versteld.

Vijfentwintigduizend artsen.

'Waar zijn die dan allemaal als je ze nodig hebt?' vroeg Martinson zich af.

Björk begon ongeduldig te worden.

'Brengt dit ons veel verder?' vroeg hij. 'We hebben allemaal nog een heleboel te doen. Morgenvroeg om acht uur komen we weer bijeen.'

'Ik neem deze klus wel', zei Martinson.

Ze hadden juist hun papieren vergaard en waren opgestaan toen de telefoon ging. Martinson en Wallander waren al op de gang toen Björk hen terugriep.

'Een doorbraak', zei hij met een hoogrood gezicht. 'Ze denken dat ze de auto gevonden hebben. Norén belde zojuist. Een boer kwam bij de plaats van de brand vragen of de politie geïnteresseerd was in wat hij een paar kilometer verderop in een plas had gezien. Naar ik begrepen heb in de buurt van Sjöbo. Norén is erheen gegaan en zag een antenne boven de modder uit steken. De boer, Antonson, wist zeker dat de auto er een week geleden nog niet lag.'

'Godallemachtig', zei Wallander. 'De auto moet vanavond nog opgetakeld worden. We kunnen niet tot morgen wachten. We hebben schijnwerpers nodig en een kraanwagen.'

'Ik hoop niet dat er iemand in de auto zit', zei Svedberg.

'Daar moeten we nu juist achter zien te komen', zei Wallander. 'Kom mee.'

De plas lag op een ontoegankelijke plek, vlak bij een stuk bos ten noorden van Krageholm langs de weg naar Sjöbo. Het kostte de politie drie uur voordat de schijnwerpers en de kraanwagen ter plaatse waren. En het was halftien voordat ze erin slaagden een kabel aan de auto te bevestigen. Toen was het Wallander inmiddels gelukt uit te glijden en tot aan zijn middel in de plas terecht te komen. Hij mocht een reserveoverall lenen die Norén in zijn auto had liggen, maar hij voelde nauwelijks dat hij nat was, voelde de kou niet. Al zijn aandacht was op de auto gericht.

Zijn spanning en onbehagen stegen; hij hoopte dat het de juiste auto was, maar hij was bang dat Louise Åkerblom erin zou zitten.

'Eén ding is in ieder geval duidelijk', zei Svedberg. 'Het is geen ongeluk. De auto is de plas ingereden om hem te dumpen. Vermoedelijk op het donkerste moment van de nacht. Degene die het deed heeft niet gezien dat de antenne boven de modder uitstak.

Wallander knikte. Svedberg had gelijk.

Geleidelijk aan kwam de kabel strak te staan. De grijpers van de kraanwagen hadden een houvast gevonden en begon te trekken. De achterkant werd langzaam zichtbaar.

Wallander keek naar Svedberg, die een expert op het gebied van auto's was.

'Is het de goeie?' vroeg hij.

'Nog even', antwoordde Svedberg. 'Ik kan het nog niet zien.'

Toen schoot de kabel los en verdween de auto weer in de modder.

Ze moesten van voren af aan beginnen.

Een halfuur later begon de kraanwagen opnieuw te trekken.

Wallanders blik pendelde tussen de auto, die langzaam naar de oppervlakte rees en Svedberg.

Plotseling knikte deze.

'Het is de juiste auto. Een Toyota Corolla. Geen twijfel aan.'

Wallander draaide aan een schijnwerper. Je kon nu zien dat de auto donkerblauw was.

Langzaam rees de auto uit de plas op. De kraanwagen stopte met trekken. Svedberg keek naar Wallander. Daarna liepen ze naar de auto en keken van twee kanten naar binnen.

De auto was leeg.

Wallander deed de achterklep open.

Niets.

'De auto is leeg', zei hij tegen Björk.

'Ze kan nog in de plas liggen', zei Svedberg.

Wallander knikte en keek naar de plas. Die had een omtrek van ongeveer honderd meter. En daar de antenne te zien was geweest was hij niet diep.

'We hebben duikers nodig', zei hij tegen Björk. 'Nu meteen.'

'Een duiker kan in deze duisternis niets zien', protesteerde Björk. 'Dat moet maar tot morgen wachten.'

'Ze hoeven alleen over de bodem te lopen. En sleepnetten tussen zich in mee te trekken. Ik wil niet tot morgen wachten.'

Björk ging weg. Hij liep naar een van de politieauto's om te bellen. Intussen had Svedberg de deur aan de kant van de chauffeursplaats geopend en scheen met een zaklantaren naar binnen. Voorzichtig maakte hij de natte autotelefoon los.

'Het laatste nummer dat je belt wordt geregistreerd', zei hij. 'Ze kan nog ergens anders heen gebeld hebben dan naar het antwoordapparaat op kantoor.'

'Prima', zei Wallander. 'Prima gedacht, Svedberg.'

Terwijl ze op de duikers wachtten onderwierpen ze de auto aan een eerste onderzoek. Op de achterbank vond Wallander een papieren zak met doorweekte gebakjes.

Tot zover klopt het, dacht hij. Maar wat is er daarna gebeurd? Onderweg? Wie heb je ontmoet, Louise Åkerblom? Iemand met wie je een afspraak had?

Of iemand anders? Iemand die je wilde ontmoeten zonder dat je het wist?

'Geen handtas', zei Svedberg. 'Geen aktetas. In het handschoenenkastje alleen de gebruikelijke auto- en verzekeringspapieren. En een uitgave van het Nieuwe Testament.'

'Zoek naar een met de hand getekende plattegrond', zei Wallander.

Svedberg vond niets.

Wallander liep langzaam om de auto heen. Hij was niet beschadigd. Louise Åkerblom was niet het slachtoffer van een auto-ongeluk geworden.

Ze gingen in een van de surveillancewagens zitten om koffie uit een thermosfles te drinken. Het regende niet meer en de hemel was zo goed als onbewolkt.

'Ligt ze in de plas?' vroeg Svedberg.

'Ik weet het niet', antwoordde Wallander. 'Misschien.'

Twee jonge duikers arriveerden in een wagen van de brandweer. Wallander en Svedberg begroetten ze, ze kenden elkaar van eerdere gelegenheden.

'Wat zouden we moeten vinden?' vroeg een van de duikers.

'Misschien een lichaam', antwoordde Wallander. 'Misschien een aktetas, een handtas. Misschien andere dingen waarvan we geen weet hebben.'

De duikers maakten zich gereed en stapten in het smerige, traag stromende water. Ze hielden dregnetten tussen zich in.

De politiemannen stonden zwijgend toe te kijken.

Martinson arriveerde op het moment dat de duikers voor de eerste keer de plas afgewerkt hadden.

'Het is de juiste auto, zie ik', zei Martinson.

'Misschien ligt ze in de plas', zei Wallander.

De duikers gingen heel nauwkeurig te werk. Zo nu en dan bleef er een staan en haalde het net nog een keer ergens overheen. Er kwam een kleine verzameling voorwerpen op de kant te liggen. Een kapotte slee, delen van een dorsmachine, verrotte takken, een rubberlaars.

Het was inmiddels na middernacht. Nog altijd geen spoor van Louise Åkerblom.

Om kwart voor twee 's nachts stapten de duikers aan land.

'Meer is er niet te vinden', zei een van hen. 'Maar we kunnen er morgen nog een keer doorheen gaan als jullie denken dat het iets kan opleveren.'

'Nee', zei Wallander. 'Ze ligt hier niet.'

Ze wisselden nog een paar eenlettergrepige woorden en reden toen naar huis.

Eenmaal thuis dronk Wallander een biertje en at een paar beschuiten. Hij was zo moe dat hij niet meer kon denken. Hij deed geen moeite zich uit te kleden, maar ging op zijn bed liggen met een deken over zich heen.

Woensdagochtend om halfacht, 29 april, was Wallander weer op het politiebureau.

Toen hij in zijn auto zat, had hij ineens aan iets moeten denken. Hij zocht het telefoonnummer van dominee Tureson op. De dominee nam zelf op. Wallander verontschuldigde zich dat hij zo vroeg belde. Daarna vroeg hij of hij Tureson die dag nog kon spreken.

'Gaat het om iets speciaals?' vroeg Tureson.

'Nee', antwoordde Wallander. 'Ik heb zitten denken en ik wilde graag wat vragen beantwoord hebben. Alles kan belangrijk zijn.'

'Ik heb naar de radio geluisterd. Ik heb de kranten ingekeken. Zijn er nog nieuwe ontwikkelingen?'

'Ze is nog steeds verdwenen', antwoordde Wallander. 'Met het oog op het onderzoek kan ik niet veel meer vertellen.'

'Ik begrijp het', zei Tureson. 'Neemt u me niet kwalijk, maar ik ben natuurlijk van streek door de verdwijning van Louise.'

Ze maakten een afspraak voor elf uur in de methodistenkerk. Wallander legde de hoorn neer en ging naar Björk. Svedberg zat te gapen terwijl Martinson in Björks telefoon sprak. Björk trommelde onrustig met zijn vingers op zijn bureau. Bekkentrekkend legde Martinson de hoorn neer.

'De tips beginnen binnen te komen', zei hij. 'Er schijnt nog niets belangrijks bij te zijn. Er heeft iemand gebeld die zei dat hij absoluut zeker weet dat hij Louise Åkerblom afgelopen donderdag op het vliegveld van Las Palmas heeft gezien. Dus op de dag voordat ze verdwenen is.'

'Nu gaan we aan de slag', zei Björk.

De hoofdcommissaris had kennelijk slecht geslapen. Hij maakte een vermoeide en geïrriteerde indruk.

'We gaan verder waar we gisteren gebleven zijn', zei Wallander.

'Haar auto moet grondig onderzocht worden en de telefonische tips moeten in volgorde worden afgewerkt. Zelf ga ik weer naar de brandhaard om te zien wat de mannen van de technische dienst tot dusver bereikt hebben. De vinger is voor onderzoek naar het laboratorium van de recherche gestuurd. De vraag is of we er bekendheid aan moeten geven.'

'Dat doen we', zei Björk onverwacht stellig. 'Martinson kan me helpen een mededeling voor de pers op te stellen. 'Als dit op de redacties bekend wordt, barst er een commotie los zoals we niet eerder meegemaakt hebben.'

'Neem Svedberg liever', zei Martinson. 'Ik ben bezig om met vijfentwintigduizend artsen contact op te nemen. Plus een eindeloos aantal medische centra en EHBO-posten. Dat kost tijd.'

'Dat is goed', zei Björk. 'Ik zal me over die advocaat in Värnamo ontfermen. Tenzij er iets bijzonders gebeurt zien we elkaar vanmiddag.'

Wallander ging naar zijn auto. Skåne zou vandaag mooi weer krijgen. Hij bleef staan om de frisse lucht in te drinken. Voor het eerst dat jaar had hij het gevoel dat de lente in aantocht was.

Toen hij op de plaats van de brand arriveerde, wachtten hem twee verrassingen.

Het werk van de technici van de politie had gedurende de eerste uren van de ochtend succes opgeleverd. Hij werd opgewacht door Sven Nyberg die enkele maanden geleden bij de politie in Ystad was komen werken. Nyberg had in Malmö gewerkt, maar had geen moment geaarzeld toen de gelegenheid zich voordeed om naar Ystad te verhuizen. Wallander had tot dus ver niet vaak met hem te maken gehad, maar volgens het gerucht dat hem vooruitgesneld was, was hij een knap onderzoeker op de plaats van het misdrijf. Dat hij ook kortaf was en dat je moeilijk contact met hem kreeg, had Wallander zelf ontdekt.

'Er zijn een paar dingen die je moet zien', zei Nyberg.

Ze liepen naar een klein afdak tegen de regen dat over vier palen gespannen was.

Op een stuk plastic lagen enkele verwrongen stukjes metaal.

'Een bom?' vroeg Wallander.

'Nee', antwoordde Nyberg. 'We hebben nog geen spoor van een bom gevonden, maar dit is minstens zo interessant. Wat je ziet zijn stukjes van een grote radio-installatie.'

Wallander keek hem niet-begrijpend aan.

'Een gecombineerde zender en ontvanger', zei Nyberg. 'Wat voor type of merk kan ik niet zeggen, maar het is zonder twijfel een installatie voor een zendamateur. Een beetje vreemd dat zoiets in een verlaten huis staat, zou je kunnen denken. Bovendien laat men dat huis in de lucht vliegen.'

Wallander knikte.

'Daar heb je gelijk in', zei hij. 'Ik wil er graag meer over weten.'

Nyberg pakte nog een stuk metaal van het plastic.

'Dit is minstens zo interessant', zei hij. 'Kun je zien wat het is?'

Volgens Wallander leek het op de kolf van een pistool.

'Een stuk van een wapen', zei hij.

Nyberg knikte.

'Van een pistool', zei hij. 'Het was waarschijnlijk geladen toen het huis in de lucht vloog. Toen het magazijn explodeerde werd het pistool uiteengereten door de drukgolf of door het vuur. Volgens mij is het bovendien een zeer ongebruikelijk model. Je ziet dat het een langgerekte kolf heeft. Het is zeker geen Luger of een Beretta.'

'Wat dan wel?' vroeg Wallander.

'Het is nog te vroeg om daar antwoord op te geven', zei Nyberg. 'Maar zodra we iets weten laat ik het je horen.

Nyberg stopte een pijp en stak die aan.

'Wat denk je eigenlijk?' vroeg hij.

Wallander schudde zijn hoofd.

'Ik heb me zelden zo onzeker gevoeld', bekende hij. 'Ik zie nergens enig verband. Het enige wat ik weet is dat ik naar een verdwenen vrouw zoek en voortdurend op de vreemdste dingen stuit. Een afgehakte vinger, stukken van een krachtige radiozender, vreemde wapenmodellen. Misschien moet ik juist van het ongewone uitgaan? Van iets wat ik in mijn politieloopbaan nog nooit eerder ben tegengekomen?'

'Geduld', zei Nyberg. 'Te zijner tijd zullen we zeker verbanden vinden.'

Nyberg keerde naar zijn moeilijke puzzel terug. Wallander dwaalde een poosje om de plaats van de brand heen en probeerde opnieuw voor zichzelf samen te vatten wat hij had. Ten slotte gaf hij het op.

Hij ging in zijn auto zitten om het politiebureau te bellen.

'Komen er veel tips binnen?' vroeg hij aan Ebba.

'Er is een gestage stroom telefoontjes', antwoordde ze. 'Svedberg kwam zojuist langs en zei dat er een paar mensen bij waren met geloofwaardige en belangwekkende informatie. Meer weet ik niet.'

Wallander gaf haar het telefoonnummer van de methodistenkerk en nam zich voor om na zijn gesprek met de dominee ook het bureau van Louise Åkerblom op het makelaarskantoor grondig te doorzoeken. Hij voelde zich schuldig dat hij alleen maar met een eerste vluchtige inspectie genoegen had genomen.

Hij reed naar Ystad terug. Omdat hij nog tijd over had voor zijn afspraak met Tureson, parkeerde hij zijn auto op het plein en stapte bij de radiowinkel naar binnen. Zonder zich lang te bedenken kocht hij nieuwe stereoapparatuur op afbetaling. Daarna reed hij naar Mariagatan om deze te installeren.

Hij had een cd gekocht, Puccini's *Turandot.* Hij zette de cd op, ging op de bank liggen en probeerde aan Baiba Liepa te denken, maar de hele tijd zag hij het gezicht van Louise Åkerblom voor zich.

Met een schok werd hij wakker en keek op zijn horloge. Hij vloekte toen hij zag dat hij tien minuten geleden al in de methodistenkerk had moeten zijn.

Dominee Tureson zat in een vertrek aan de achterzijde van de kerk op hem te wachten. Het deed dienst als opslagruimte en kantoor. Aan de muren hingen wandkleedjes met bijbelcitaten. Op een vensterbank stond een koffiezetapparaat.

'Het spijt me dat ik te laat ben', zei Wallander.

'Ik begrijp heel goed dat de politie het erg druk heeft', antwoordde Tureson.

Wallander ging zitten en haalde zijn blocnote tevoorschijn. Tureson vroeg of hij koffie wilde hebben, maar Wallander bedankte.

'Ik probeer me een beeld van Louise Åkerblom te vormen', begon Wallander. 'Alles wat ik toe nu toe gehoord heb duidt in één richting. Louise Åkerblom is een door en door harmonische vrouw die haar man en kinderen nooit uit vrije wil zou verlaten.'

'Zo kennen we haar allemaal', zei Tureson.

'Dat maakt mij juist wantrouwig', vervolgde Wallander.

'Wantrouwig?'

Tureson was verbaasd.

'Ik geloof domweg niet in het bestaan van zulke volmaakte en harmonieuze mensen', verduidelijkte Wallander. 'Iedereen heeft zijn donkere kanten. De vraag is alleen wat zijn de donkere kanten van Louise Åkerblom? Ik neem aan dat ze niet vrijwillig verdwenen is omdat ze haar eigen geluk niet kon verdragen.'

'U zult van alle leden van onze gemeente hetzelfde horen', zei Tureson.

Het lukte Wallander naderhand niet erachter te komen wat het was, maar iets in het antwoord van dominee Tureson trok ineens zijn aandacht. Alsof de dominee het beeld van Louise Åkerblom wilde verdedigen, terwijl dat niet in twijfel was getrokken, behalve dan door Wallanders algemene opmerking. Of beschermde hij wat anders?

Wallander veranderde haastig van tactiek en stelde een vraag die hem eerder van minder belang had geleken.

'Zou u me iets over uw gemeente willen vertellen?' vroeg hij. 'Waarom worden mensen lid van de kerk der methodisten?'

'Ons godsgeloof en onze bijbeluitleg schijnen de juiste te zijn', antwoordde dominee Tureson.

'Is dat zo?' vroeg Wallander.

'Volgens mijn opvatting en die van onze gemeente wel', zei dominee Tureson. 'Maar dit wordt door andere geloofsgemeenten natuurlijk in twijfel getrokken. Dat spreekt vanzelf.'

'Is er iemand in uw gemeente die iets tegen Louise Åkerblom heeft?'

vroeg Wallander en kreeg meteen de indruk dat het antwoord van de man tegenover hem iets te lang op zich liet wachten.

'Dat kan ik me niet voorstellen', antwoordde dominee Tureson.

Daar is het weer, dacht Wallander. Dat omzeilende, ontwijkende antwoord.

'Waarom geloof ik u niet?' vroeg Wallander.

'Dat zou u anders wel moeten doen', antwoordde Tureson. 'Ik ken mijn gemeente.'

Wallander voelde zich plotseling heel moe. Hij realiseerde zich dat hij zijn vragen anders moest stellen om de dominee van zijn stuk te brengen. Tot een frontale aanval moest overgaan.

'Ik weet dat Louise Åkerblom vijanden onder de gemeenteleden had', zei hij. 'Hoe ik dat weet, doet er niet toe, maar ik zou daar graag uw commentaar op krijgen.'

Tureson keek hem lang aan voordat hij antwoordde.

'Geen vijanden', zei hij. 'Maar het is waar dat een van onze leden in een ongelukkige relatie tot haar staat.'

Tureson stond op en liep naar het raam.

'Ik heb lang geaarzeld', zei dominee Tureson. 'Gisteravond stond ik op het punt u te bellen, maar ik heb het niet gedaan. We hopen immers allemaal dat Louise terugkomt. Dat er een natuurlijke verklaring is. Maar ik heb een groeiende onrust bij mezelf geconstateerd. Dat moet ik erkennen.'

Hij keerde terug naar zijn stoel.

'Ik heb ook verplichtingen aan de andere leden van mijn gemeente', zei hij. 'Ik wil er niet verantwoordelijk voor zijn dat iemand in een kwaad daglicht komt te staan. Dat ik iets beweer wat naderhand niet juist blijkt te zijn.'

'Ons gesprek is geen officieel verhoor', zei Wallander. 'Wat u vertelt komt niet verder. Ik maak geen notulen.'

'Ik weet niet hoe ik het moet zeggen', zei dominee Tureson.

'Zeg zoals het is,' antwoordde Wallander. 'Dat is het eenvoudigst.'

'Twee jaar geleden hebben we er een nieuw gemeentelid bij gekregen', begon dominee Tureson. 'Een machinist op een van de veerboten naar Polen begon onze bijeenkomsten te bezoeken. Hij was gescheiden, vijfendertig jaar, vriendelijk en bescheiden. Hij was al gauw geliefd en werd door onze gemeenteleden zeer gewaardeerd. Maar ongeveer een jaar geleden vroeg Louise Åkerblom of ze met me kon praten. Ze vond het van groot belang dat haar man Robert er niets van te weten zou komen. We zaten in deze kamer en ze vertelde me dat ons nieuwe gemeentelid haar met liefdesverklaringen achtervolgde. Hij stuurde brieven, volgde haar, belde. Ze probeerde hem zo vriendelijk mogelijk af te wimpelen, maar hij ging ermee door en de situatie werd ten slotte onhoudbaar. Louise vroeg me om met hem te praten. Dat heb ik gedaan. Toen was het alsof hij een heel ander mens werd. Hij werd razend, zei dat Louise hem hevig teleurstelde en dat hij wist dat ik een verkeerde invloed op haar had. Eigenlijk hield ze van hem en wilde ze haar man verlaten. Het was volstrekt absurd. Hij kwam niet meer op onze bijeenkomsten, hij gaf zijn baan op en we dachten dat hij voorgoed vertrokken was. Tegen de gemeenteleden heb ik alleen gezegd dat hij verhuisd was en dat hij te verlegen was geweest om afscheid te nemen. Voor Louise was dit natuurlijk een grote opluchting, maar zo'n drie maanden geleden begon het opnieuw. Op een avond zag Louise hem voor haar huis staan. Dat was uiteraard een grote schok voor haar. Opnieuw achtervolgde hij haar met liefdesverklaringen. Ik moet erkennen, meneer Wallander, dat we erover gedacht hebben de politie in te schakelen. Nu heb ik er natuurlijk spijt van dat we dat niet gedaan hebben. Het kan uiteraard toeval zijn, maar naarmate de uren verstrijken, neemt mijn twijfel toe.'

Eindelijk, dacht Wallander. Nu heb ik iets concreets. Ik mag dan niets begrijpen van zwarte vingers, in de lucht gevlogen zendapparatuur en weinig voorkomende pistolen. Hier heb ik in ieder geval iets.

'Hoe heet die man?' vroeg hij.

'Stig Gustafson.'

'Hebt u misschien een adres?'

'Nee. Maar ik heb zijn sofinummer. Hij heeft een keer de elektrische leidingen in de kerk gerepareerd en daar hebben we hem voor betaald.'

Tureson liep naar een schrijfbureau en bladerde in een map.

'570503-0470', zei hij.

Wallander sloeg zijn blocnote dicht.

'U hebt er goed aan gedaan me dit te vertellen', zei hij. 'Vroeg of laat zou ik er toch achter gekomen zijn, maar dit spaart tijd.'

'Ze is dood, nietwaar?' zei Tureson plotseling.

'Ik weet het niet', antwoordde Wallander. 'Eerlijk gezegd weet ik het antwoord op die vraag niet.'

Wallander gaf de dominee een hand en ging de kerk uit. Het was kwart over twaalf.

Nu, dacht hij, nu heb ik eindelijk iets waar ik achteraan kan.

Hij rende bijna naar zijn auto en reed regelrecht naar het politiebureau. Hij haastte zich naar zijn kamer om zijn collega's bijeen te roepen. Op het moment dat hij achter zijn bureau ging zitten ging de telefoon. Het was Nyberg die nog op de plaats van de brand was.

'Iets nieuws gevonden?' vroeg Wallander.

'Nee,' antwoordde Nyberg, 'maar het merk van het pistool is me zojuist te binnen geschoten. Die waarvan we de kolf gevonden hebben.'

'Ik schrijf', zei Wallander en pakte zijn blocnote.

'Ik had goed gezien dat het een ongewoon wapen is', vervolgde Nyberg. 'Ik betwijfel of er in ons land van dat merk veel exemplaren zijn.'

'Des te beter', zei Wallander. 'Des te gemakkelijker om het op te sporen.'

'Het is een 9 mm Astra Constable', zei Nyberg. 'Ik heb er eens een op een wapententoonstelling in Frankfurt gezien. Ik heb een uitstekend geheugen voor wapens.'

'Waar worden ze gemaakt?' vroeg Wallander.

'Dat is nou juist het eigenaardige', zei Nyberg. 'Voorzover ik weet worden ze maar in één land in licentie vervaardigd.'

'Welk land?'

'Zuid-Afrika.'

Wallander legde zijn pen neer.

'Zuid-Afrika?'

'Ja.'

'Waarom?'

'Ik weet niet waarom een wapen in het ene land wel populair is en in het andere niet. Dat is nu eenmaal zo.'

'Godallemachtig. Zuid-Afrika?'

'We beschikken nu ongetwijfeld over een aanknopingspunt met de vinger die we gevonden hebben.'

'Wat doet een Zuid-Afrikaans pistool in ons land?'

'Het is jouw job om daarachter te komen.'

'Het is goed,' zei Wallander, 'het is goed dat je me meteen gebeld hebt. We hebben het er later nog over.'

'Ik dacht wel dat je het wou weten', zei Nyberg en hing op.

Wallander stond op en liep naar het raam.

Na enkele minuten had hij een besluit genomen.

Ze zouden zich in de eerste plaats concentreren op het vinden van Louise Åkerblom en het natrekken van Stig Gustafson. Al het andere kwam op de tweede plaats.

Zover, dacht Wallander, zover zijn we 117 uur na de verdwijning van Louise Åkerblom dus gekomen.

Zijn vermoeidheid was op slag totaal verdwenen.

6

Peter Hanson was een dief.

Geen bijzonder succesvolle dief, maar meestal slaagde hij erin de opdrachten die hij van zijn opdracht- en werkgever, de heler Morell in Malmö, kreeg uit te voeren.

Maar juist vandaag, op de ochtend van het Zweedse Lentefeest, had Peter Hanson zwaar de pest in over Morell. Hij was van plan geweest om net als iedereen op de feestdag niet te werken en zich misschien een uitstapje naar Kopenhagen te permitteren. Maar Morell had de vorige avond gebeld en gezegd dat Peter Hanson met spoed een opdracht moest uitvoeren.

'Je moet voor vier waterpompen zorgen', had Morell gezegd. 'Het oude type. Dat op ieder erf op het platteland te vinden is.'

'Dat kan toch wel wachten tot na deze feestdag', had Peter Hanson tegengestribbeld. Hij sliep al toen Morell belde en hij had er een hekel aan om wakker gemaakt te worden.

'Dit kan niet wachten', had Morell geantwoord. 'Iemand die in Spanje woont gaat er morgen met de auto heen. Hij wil de pompen meenemen. Hij verkoopt ze aan andere Zweden die daar wonen. Die zijn sentimenteel en betalen er goed voor om oude Zweedse waterpompen op hun haciënda's te hebben staan.'

'Hoe kom ik aan vier waterpompen?' had Peter Hanson gevraagd. 'Of ben je vergeten dat het een feestdag is? Morgen zitten er in ieder zomerhuis mensen.'

'Het lukt vast wel', had Morell geantwoord. 'Als je maar vroeg genoeg begint.'

Daarna had hij door de telefoon gedreigd.

'Anders moet ik in mijn boeken nagaan hoeveel je broer bij mij in het krijt staat', had hij gezegd.

Peter Hanson had de hoorn op de haak gesmeten. Hij wist dat Morell dat als een bevestigend antwoord opvatte. Omdat hij toch wakker was en voorlopig de slaap niet zou kunnen vatten, kleedde hij zich aan en reed van Rosengård, waar hij woonde, naar de stad. Hij ging naar een pub en zette het op een bierdrinken.

Peter Hanson had een broer die Jan-Olof heette. Hij was de grootste ramp in het leven van Peter Hanson. Jan-Olof speelde op Jägersro in de toto, en soms ook op andere drafbanen. Hij speelde vaak en hij speelde slecht. Hij verloor meer dan hij zich kon permitteren en was in handen van Morell gevallen. Omdat hij geen garanties kon geven diende Peter Hanson als levend garantiebewijs.

Morell was in de eerste plaats heler, maar de laatste jaren had hij beseft dat hij, net als andere ondernemers, de weg naar de toekomst in moest slaan. Of hij moest zich nog meer op zijn activiteiten concentreren en zich specialiseren, óf hij moest zijn basis verbreden. Hij had voor het laatste gekozen.

Hoewel hij over een groot netwerk aan opdrachtgevers beschikte die precies konden aangeven welke voorwerpen ze wensten, had hij besloten ook geldschieter te worden. Hij ging ervan uit dat hij op die manier zijn omzet aanzienlijk kon vergroten.

Morell was net over de vijftig. Na twintig jaar op het oplichterspad actief geweest te zijn, had hij nieuwe wegen ingeslagen en sinds het eind van de jaren zeventig een succesvol helersimperium in Zuid-Zweden opgebouwd. Hij had een stuk of dertig dieven en chauffeurs op zijn onzichtbare loonlijsten staan en iedere week reden er wagens met gestolen goederen naar zijn opslagloods in de vrijhaven van Malmö voor doorzending naar zijn buitenlandse afnemers.

Uit Småland kwamen de stereoboxen, de tv's en mobiele telefoons. Uit Halland rolden colonnes met gestolen auto's naar wachtende kopers in Polen en tegenwoordig ook naar de voormalige DDR. Hij voorzag een aanzienlijke nieuwe markt in de Baltische landen van zijn producten en hij had al een paar luxeauto's aan Tsjecho-Slowakije geleverd. Peter Hanson van een van de kleinste radertjes in zijn organisatie. Morell twijfelde nog steeds aan Hansons kwaliteiten en zette hem het meest in voor losse bestellingen. Vier waterpompen was voor Hanson een ideale opdracht.

Daarom zat Peter Hanson op de ochtend van 30 april in zijn auto te vloeken. Morell had zijn feestdag verpest. Bovendien was hij niet blij met zijn opdracht. Er waren veel te veel mensen op de been om ongestoord te kunnen werken.

Peter Hanson was geboren in Hörby en kende Skåne. Zelfs het kleinste zijweggetje had hij wel eens verkend en hij had een goed geheugen. Vier jaar werkte hij nu voor Morell, vanaf zijn negentiende. Soms dacht hij aan alle dingen die hij in zijn roestige bestelwagen had vervoerd. Eén keer had hij twee stierkalveren gestolen. En met de kerst werden er vaak varkens besteld. Een paar keer ook had hij lopen slepen met grafstenen en zich afgevraagd wie die kennelijk zieke opdrachtgever was. Terwijl de eigenaars in hun huizen lagen te slapen had hij voordeuren meegenomen en ooit een torenspits met behulp van een voor die gelegenheid gehuurde kraanwagen van een kerk gelicht. Waterpompen waren niet ongewoon. Maar de dag was slecht gekozen.

Hij zou ten oosten van het vliegveld van Sturup beginnen. Österlen had hij uit zijn hoofd gezet, daar zou ieder zomerhuis vandaag vol mensen zitten.

Wilde hij succes hebben dan moest hij in het gebied tussen Sturup, Hörby en Ystad zijn slag slaan. Daar lagen veel verlaten boerderijen waar hij misschien in alle rust kon werken.

Achter Krageholm, op een kleine weg die zich door een bospartij slingerde en daarna uitmondde in Sövde, ontdekte hij zijn eerste pomp. Die stond bij een half ingestorte boerderij die prima uit het zicht lag. De pomp was roestig, maar heel. Hij wrikte met zijn koevoet tegen het hout waarop de pomp bevestigd was, maar toen hij door wilde zetten bleek het hout verrot te zijn en het gaf mee. Hij legde de koevoet neer en brak de pomp los uit de planken die het gat boven de put afdekten. Misschien was het toch mogelijk om Morell zijn vier pompen te leveren, dacht hij. Nog drie verlaten boerderijen en hij kon vroeg in de middag weer in Malmö zijn. Het was pas tien over acht. Wie weet kon hij vanavond toch nog naar Kopenhagen.

Daarna wrikte hij de roestige pomp los.

Op dat moment stortte de houten bak in elkaar.

Hij wierp een blik in de waterput.

In het donker beneden lag iets. Iets lichtgeels.

Hij zag tot zijn ontzetting dat het een mensenhoofd was met blond haar.

Onderin de put lag een vrouw.

Een samengeperst lichaam, in elkaar gedrukt, verwrongen.

Hij liet de pomp vallen, rende weg en stapte in zijn auto. Met een waanzinnige vaart liet hij de verlaten boerderij achter zich. Na enkele kilometers, vlak voordat hij bij Sövde was, hield hij stil, deed het portier open en gaf over.

Daarna probeerde hij na te denken. Hij wist dat het geen inbeelding was geweest. Wat in de put lag was een vrouw.

Een vrouw die in een put ligt is vermoord, dacht hij. Daarna flitste het door hem heen dat hij zijn vingerafdrukken op de weggegooide waterpomp had achtergelaten.

Zijn vingerafdrukken zaten in het politiebestand.

Morell, dacht hij. Dit is iets voor Morell.

Hij reed veel te hard door Sövde en nam daar de weg naar Ystad. Hij zou naar Malmö terugrijden en Morell het zaakje op laten knappen. De man die naar Spanje ging zou het zonder zijn pompen moeten stellen.

Ongeveer ter hoogte van de afslag naar de vuilstort van Ystad eindigde de rit. Hij slipte toen hij met zijn bevende handen een sigaret wilde opsteken. Hij kon de doorglijdende auto niet meer geheel onder controle krijgen. De auto vloog tegen een hek, brak een rijtje brievenbussen af en stond stil. Peter Hanson had zijn autogordel om, die voorkwam dat hij door de voorruit vloog. De klap had hem echter versuft en hij bleef in een shocktoestand achter het stuur zitten.

Een man, die het gras in zijn tuin aan het maaien was, had gezien wat er gebeurd was. Eerst rende hij de weg over om zich ervan te overtuigen dat er niemand ernstig gewond was, vervolgens haastte hij zich naar zijn huis terug, belde de politie en ging daarna naast de auto staan om ervoor te zorgen dat de man achter het stuur er niet vandoor zou gaan. Hij moet dronken zijn, dacht de man. Waarom had hij anders op een recht stuk weg de macht over het stuur verloren?

Na een kwartier verscheen er een surveillancewagen uit Ystad. Peters en Norén, twee van de meest ervaren politiemannen uit het district, hadden de oproep beantwoord. Toen ze er zeker van waren dat er niemand gewond was, begon Peters het verkeer langs de plaats van het ongeluk te leiden, terwijl Norén met Peter Hanson op de achterbank van de politieauto ging zitten om erachter te komen wat er gebeurd was. Norén liet Hanson in een ballonnetje blazen, maar dat leverde niets op. De man maakte een zeer verwarde indruk en probeerde geen moment uit te leggen hoe het ongeluk gebeurd was. Norén begon te geloven dat de man aan verstandsverbijstering leed. Hij praatte onsamenhangend over waterpompen, over een heler in Malmö en een leegstaand huis met een waterput.

'Er ligt een vrouw in de put', zei de man.

'O ja?' zei Norén. 'Een vrouw in een put?'

'Ze is dood', mompelde Peter Hanson.

Plotseling voelde Norén een sluipend onbehagen. Wat probeerde de man te zeggen? Dat hij een dode vrouw in een waterput bij een verlaten huis had gevonden?

Norén zei tegen de man dat hij in de auto moest blijven zitten. Toen haastte hij zich naar Peters die op de weg de automobilisten doorwuifde die nieuwsgierig afremden en wilden stoppen.

'Hij beweert dat hij een dode vrouw in een waterput gevonden heeft', zei Norén. 'Met blond haar.'

Peters liet zijn armen langs zijn lijf vallen.

'Louise Åkerblom?'

'Ik weet het niet. Ik weet niet eens of het waar is.'

'Bel Wallander', zei Peters. 'Nu meteen.'

Op het politiebureau van Ystad heerste in de ochtend van het Lentefeest een afwachtende stemming bij de mannen van de recherche. Ze waren om acht uur in het vergadervertrek bijeengekomen en Björk had haast achter de vergadering gezet.

Hij had deze dag veel meer en heel andere dingen aan zijn hoofd dan een verdwenen vrouw. Dit was traditioneel een van de onrustigste avonden van het jaar en er moesten heel wat voorbereidingen getroffen worden voor de komende avond en nacht.

De vergadering ging alleen over Stig Gustafson. Gedurende de donderdagmiddag en -avond had Wallander zijn manschappen ingezet om naar de voormalige veerbootmachinist te zoeken. Toen hij van zijn gesprek met dominee Tureson had verteld, hadden ze allemaal zijn gevoel gedeeld, dat ze voor een doorbraak stonden. Ze hadden ook ingezien dat de afgehakte vinger en het in de lucht gevlogen huis moesten wachten. Martinson had zelfs geopperd dat het misschien maar toeval was, dat er geen sprake was van enig verband.

'Dat is wel vaker gebeurd', had hij gezegd. 'Dat we een geheime drankstokerij oprollen en bij de buren, waar we de weg vragen een opslagplaats voor gestolen goederen vinden.'

Op deze vrijdagochtend wisten ze nog altijd niet waar Stig Gustafson woonde.

'Daar moeten we vandaag nog achter zien te komen', zei Wallander. 'Misschien vinden we hem wel niet, maar als we zijn adres hebben, weten we in ieder geval of hij de benen heeft genomen.'

Om dat moment ging de telefoon. Björk rukte de hoorn naar zich toe, luisterde even en gaf die vervolgens aan Wallander.

'Het is Norén', zei hij. 'Hij staat ergens buiten de stad bij een autoongeluk.'

'Dat moet een ander maar doen', antwoordde Wallander geïrriteerd.

Maar hij nam de hoorn toch aan en luisterde naar wat Norén te zeggen had. Martinson en Svedberg, die Wallanders reacties goed kenden en een fijn gehoor voor zijn wisselende stemmingen hadden, hadden meteen door dat het gesprek belangrijk was.

Wallander legde de hoorn langzaam weg en keek naar zijn collega's.

'Norén staat aan de weg naar de vuilnisbelt', zei hij. 'Er is een autoongeluk gebeurd, niets ernstigs. Maar een man beweert dat hij een dode vrouw heeft gevonden onder in een waterput.' Ze wachtten gespannen op Wallanders vervolg.

'Als ik het goed begrepen heb', zei Wallander, 'ligt die put op minder dan vijf kilometer van het huis dat Louise Åkerblom wou bezichtigen en nog dichterbij de plas waar we haar auto gevonden hebben.'

Ze lieten de stilte enige ogenblikken hangen. Toen stonden ze allemaal tegelijk op.

'Wil je meteen al op volle sterkte uitrukken?' vroeg Björk.

'Nee,' antwoordde Wallander. 'We moeten eerst weten of het klopt. Norén waarschuwde om niet al te optimistisch te zijn. De man maakte een tamelijk verwarde indruk.'

'Dat zou ik ook gemaakt hebben', zei Svedberg. 'Als ik eerst een dode vrouw in een waterput vond en dan van de weg af raakte.'

'Precies wat ik denk', antwoordde Wallander.

Ze reden Ystad uit in politiewagens. Svedberg zat bij Wallander in de auto, terwijl Martinson zelf reed. Toen ze de stad verlieten zette Wallander de sirenes aan. Svedberg keek verbaasd naar hem.

'Er is heel weinig verkeer,' zei Svedberg.

'Je weet maar nooit', zei Wallander.

Ze stopten bij de weg naar de vuilstort, lieten de bleke Peter Hanson op de achterbank plaatsnemen en volgden zijn aanwijzingen op over de te rijden route.

'Ik heb het niet gedaan', herhaalde hij keer op keer.

'Wat?' vroeg Wallander.

'Ik heb haar niet vermoord', zei Hanson.

'Wat deed je daar dan?' vroeg Wallander.

'Ik wou alleen de pomp stelen.'

Wallander en Svedberg keken elkaar aan.

'Morell belde gisteravond en bestelde vier waterpompen,' mompelde Peter Hanson. 'Maar ik heb haar niet vermoord.'

Wallander begreep hem niet, maar Svedberg besefte plotseling waar de man het over had.

'Ik geloof dat ik het begrijp', zei hij. 'In Malmö woont een beruchte heler, Morell genaamd. Hij is berucht, omdat onze collega's in Malmö hem nooit te pakken krijgen.'

'Waterpompen?' vroeg Wallander wantrouwig.

'Antiek', antwoordde Svedberg.

Ze reden het erf van de verlaten boerderij op en stapten uit. Wallander bedacht nog juist dat het toch een mooie feestdag zou worden. De lucht was onbewolkt, het was windstil en zeker zestien, zeventien graden, hoewel het nog maar negen uur was.

Hij keek naar de waterput en de losgewrikte pomp die op de grond ernaast lag. Daarna haalde hij diep adem en liep naar de put om erin te kijken.

Martinson en Svedberg stonden met Peter Hanson een eindje achteraf te wachten.

Wallander zag meteen dat het Louise Åkerblom was.

Zelfs in de dood lag er een versteende glimlach op haar gezicht.

Toen voelde hij zich heel misselijk worden. Hij draaide zich haastig om en ging op zijn hurken zitten.

Martinson en Svedberg liepen naar de put. Beiden deinsden achteruit.

'Jezus Christus', zei Martinson.

Wallander slikte zijn speeksel door en dwong zich diep adem te halen. Hij moest aan de beide dochtertjes van Louise Åkerblom denken. En aan Robert Åkerblom. Hij vroeg zich af hoe ze aan een goede en almachtige god konden blijven geloven als hun moeder en vrouw dood onderin een put gestopt was.

Hij stond op en liep weer naar de put.

'Ze is het,' zei hij, 'geen twijfel mogelijk.'

Martinson rende naar zijn auto, belde Björk en vroeg om een volledig inzetteam. Bovendien moesten ze brandweerlieden hebben om Louise Åkerbloms lichaam uit de put te halen. Wallander ging met Peter Hanson op de vervallen veranda van de boerderij zitten en luisterde naar zijn verhaal. Zo nu en dan stelde hij een vraag en knikte na het antwoord. Hij wist nu al dat Hanson de waarheid vertelde. Eigenlijk zou de politie hem dankbaar moeten zijn dat hij op pad was gegaan om oude waterpompen te stelen. Het kon anders heel lang geduurd hebben voordat Louise Åkerblom gevonden was.

'Neem zijn personalia op', zei Wallander tegen Svedberg, toen het gesprek met Peter Hanson afgelopen was. 'En laat hem dan gaan, maar zorg er wel voor dat Morell dit verhaal bevestigt.'

Svedberg knikte.

'Welke officier van justitie heeft dienst?' vroeg Wallander.

'Ik geloof dat Björk zei dat het Per Åkeson is', antwoordde Svedberg.

'Bel hem dan op', vervolgde Wallander. 'Vertel dat we haar gevonden hebben. En dat het moord is. Ik zal later op de middag verslag uitbrengen.'

'Wat doen we met Stig Gustafson?' vroeg Svedberg.

'Daar moet je voorlopig in je eentje achteraan', antwoordde Wallander. 'Ik wil Martinson hier hebben wanneer we haar boven brengen en het eerste onderzoek verrichten.'

'Ik ben blij dat ik dat niet hoef te zien', zei Svedberg.

Hij verdween met een van de auto's.

Wallander haalde opnieuw een paar keer diep adem voordat hij weer naar de put liep.

Wanneer hij Robert Åkerblom vertelde waar ze zijn vrouw gevonden hadden, wilde hij niet alleen zijn.

Het duurde twee uur voordat ze het dode lichaam van Louise Åkerblom uit de put konden halen. De mannen die het werk opknapten waren dezelfde jonge brandweerlieden die twee dagen geleden door de plas gedregd hadden waar haar auto gevonden was. Ze haalden haar in een reddingstuig naar boven en legden haar in een onderzoekstent die ze naast de put opgezet hadden. Terwijl ze nog bezig waren het lichaam uit de put te halen, wist Wallander al hoe ze gestorven was. Ze was door haar voorhoofd geschoten. Opnieuw overviel hem het onbestemde gevoel dat niets in deze zaak normaal was. Hij had Stig Gustafson weliswaar nog niet ontmoet, als dat tenminste degene was die Louise Åkerblom vermoord had, maar zou de man recht van voren op haar geschoten hebben? Er klopte iets niet.

Hij vroeg aan Martinson om diens eerste reactie.

'Een schot in haar voorhoofd', zei Martinson. 'Wat bepaald niet doet denken aan een niet te onderdrukken, heftige aanvechting en een ongelukkige liefde. Eerder aan een koelbloedige moord.'

'Dat is ook mijn mening', zei Wallander.

De brandweerlieden pompten de put leeg. Daarna daalden ze af en toen ze boven kwamen hadden ze de handtas, de aktetas en een schoen bij zich. De andere zat nog aan haar voet. Het water was in een haastig gemonteerd plastic bassin gepompt. Toen ze het water filterden vond Martinson verder niets meer van enig belang.

Nog één keer daalden de brandweermannen naar de bodem van de put af. Ze lichtten zich met sterke lampen bij, maar het enige wat ze vonden was het geraamte van een kat.

De arts zag bleek toen ze uit de tent kwam.

'Het is verschrikkelijk', zei ze tegen Wallander.

'Ja', antwoordde Wallander. 'We weten het voornaamste al, dat ze doodgeschoten is. Wat ik in de eerste plaats van de pathologen in Malmö wil hebben, zijn twee dingen: de kogel en een rapport of ze nog andere verwondingen heeft die op mishandeling duiden, of dat ze opgesloten geweest is. Alles wat ze maar kunnen vinden. En uiteraard of ze seksueel misbruikt is.'

'De kogel zit nog in haar hoofd', zei de arts. 'Ik heb geen uitgang gevonden.'

'En dan nog iets', zei Wallander. 'Ik zou graag willen dat er zorgvuldig naar haar polsen en enkels gekeken wordt. Dat er naar sporen van handboeien wordt gezocht.'

'Handboeien?'

'Juist', zei Wallander. 'Handboeien.'

Björk had zich op de achtergrond gehouden toen het dode lichaam uit de put gehaald werd. Nadat het lichaam op een brancard gelegd was en met een ambulance onderweg was naar het ziekenhuis, nam hij Wallander terzijde.

'We moeten haar man op de hoogte stellen', zei hij.

We, we, dacht Wallander. Je bedoelt dat ik dat moet doen.

'Ik zal dominee Tureson meenemen', zei hij.

'Probeer erachter te komen hoeveel tijd hij nodig denkt te hebben om de naaste familie op de hoogte te stellen', vervolgde Björk. 'Ik ben bang dat we dit niet lang geheim kunnen houden. En verder begrijp ik niet hoe jullie die dief zo maar konden laten lopen. Hij kan naar een van de avondbladen gaan om daar een heleboel geld voor zijn verhaal te incasseren.'

Wallander ergerde zich aan Björks schoolmeesterachtige toon. Maar hij moest toegeven dat dat risico erin zat.

'Ja', zei hij. 'Dat was dom. Dat neem ik voor mijn verantwoording.'

'Ik dacht dat Svedberg hem had laten lopen.'

'Het was inderdaad Svedberg,' antwoordde Wallander, 'maar ik ben verantwoordelijk.'

'Je hoeft niet kwaad te worden omdat ik daar over begonnen ben', zei Björk.

Wallander haalde zijn schouders op.

'Ik ben kwaad op degene die dit Louise Åkerblom heeft aangedaan', antwoordde hij. 'En haar dochtertjes. En haar man.'

De boerderij was inmiddels afgezet en het onderzoek werd voortgezet. Wallander ging in de politieauto zitten om dominee Tureson te bellen. Tureson nam praktisch meteen op. Wallander vertelde wat er gebeurd was. Dominee Tureson zweeg een hele tijd voordat hij antwoordde. Hij beloofde voor de kerk op Wallander te wachten.

'Klapt hij in elkaar?' vroeg Wallander.

'Hij stelt zijn vertrouwen in God', antwoordde dominee Tureson.

We zullen zien, dacht Wallander. We zullen zien of dat voldoende is.

Maar hij zei niets.

Dominee Tureson stond met gebogen hoofd op het trottoir.

Op weg naar de stad had Wallander moeite gehad zijn gedachten op een rijtje te zetten. Niets vond hij moeilijker dan familieleden te vertellen dat een van hen plotseling omgekomen was. Eigenlijk maakte het geen verschil of de overledene door een ongeluk, door zelfmoord of door een misdrijf om het leven was gekomen. Zijn woorden waren onbarmhartig, hoe omzichtig en met hoeveel consideratie ze ook gebracht werden. Hij had wel eens gedacht dat hij de ultieme boodschapper van een tragiek was. Hij herinnerde zich wat Rydberg, zijn vriend en collega, een paar maanden voor zijn dood gezegd had. Er zal nooit een juiste manier voor de politie gevonden worden om een plotseling overlijden mee te delen. Daarom moeten wij dat blijven doen en het niet aan een ander overlaten. We hebben waarschijnlijk meer geduld dan anderen, hebben meer gezien van dingen die niemand zou moeten zien.

Op weg naar de stad zat hij te denken dat hij zo snel mogelijk af moest zien te komen van dat knagende gevoel dat er iets helemaal fout aan deze zaak was, dat er iets volstrekt ongrijpbaars speelde. Hij zou Martinson en Svedberg op de man af vragen of zij dat gevoel ook hadden. Was er een verband tussen de afgehakte zwarte vinger en de verdwijning en dood van Louise Åkerblom? Of was hier alleen sprake van een grillig spel van louter toevalligheden? Er was nog een derde mogelijkheid. Namelijk dat iemand opzettelijk verwarring stichtte.

Maar waarom dit onverwachte sterfgeval, dacht hij. Het enige motief dat we tot nu toe ontdekt hebben is een ongelukkige liefde. Maar van een ongelukkige liefde naar het plegen van een moord is een grote stap. En dan die koelbloedigheid om haar auto op de ene en haar lichaam op een heel andere plaats te verbergen.

We hebben waarschijnlijk nog altijd geen tegel om op te lichten, dacht hij. En wat moeten we doen als het met Stig Gustafson op niets uitdraait? Hij dacht aan de handboeien. Aan de voortdurende glimlach van Louise Åkerblom. Aan het gelukkige gezin dat niet meer bestond.

Maar liep de barst alleen door het beeld of door de werkelijkheid?

Dominee Tureson stapte in de auto. Hij had tranen in zijn ogen. Wallander kreeg onmiddellijk zelf een brok in de keel.

'Ze is dus dood', zei Wallander. 'We hebben haar op een verlaten boerderij zo'n twintig kilometer van Ystad gevonden. Meer kan ik op dit moment niet zeggen.'

'Hoe is ze gestorven?'

Wallander dacht snel na voordat hij antwoordde.

'Ze is doodgeschoten', zei hij.

'Ik heb nog een vraag', zei dominee Tureson. 'Afgezien van de vraag wie deze waanzinnige daad gepleegd heeft. Heeft ze veel geleden voor ze stierf?'

'Dat weet ik nog niet,' antwoordde Wallander, 'maar ook als ik het wist, zou ik tegen haar man zeggen dat ze snel en dus zonder pijn gestorven is.'

Ze stopten voor de villa. Op weg naar de methodistenkerk was Wallander langs het politiebureau gegaan om zijn eigen auto op te halen. Hij wilde niet in een politieauto voor komen rijden.

Toen ze aanbelden deed Robert Åkerblom bijna onmiddellijk open. Hij heeft ons gezien, dacht Wallander. Zodra er een auto stopt, rent hij naar het dichtstbijzijnde raam om te kijken wie het is.

Robert Åkerblom ging hen voor naar de woonkamer. Wallander luisterde of hij iets hoorde. De beide meisjes schenen niet thuis te zijn.

'Ik moet u helaas meedelen dat uw vrouw dood is', begon Wallander. 'We hebben haar zo'n twintig kilometer buiten de stad bij een verlaten boerderij gevonden. Ze is vermoord.'

Robert Åkerblom keek hem met een onbeweeglijk gezicht aan. Het was alsof hij wachtte tot Wallander verder zou gaan.

'Het spijt me, maar ik kan alleen maar zeggen zoals het is', vervolgde Wallander. 'Ik moet u helaas ook vragen haar te identificeren, maar dat heeft geen haast. Dat hoeft vandaag niet te gebeuren. Dominee Tureson kan het ook doen.'

Robert Åkerblom bleef hem aanstaren.

'Zijn uw dochtertjes thuis?' vroeg Wallander voorzichtig. 'Dit moet verschrikkelijk voor hen zijn.'

Hij keek smekend naar dominee Tureson.

'We zullen helpen', zei Tureson.

'Ik wil u bedanken omdat u me nu zekerheid hebt gegeven', zei Robert Åkerblom plotseling. 'Die onzekerheid was heel moeilijk voor me.'

'Mag ik u mijn condoleances aanbieden', zei Wallander. 'We hadden allemaal op een natuurlijke verklaring gehoopt.'

'Wie?' vroeg Robert Åkerblom.

'Dat weten we niet,' zei Wallander, 'maar we geven het niet op voordat we het weten.'

'Dat lukt u nooit', zei Robert Åkerblom.

'Waarom denkt u dat?' vroeg Wallander.

'Er is niemand die Louise heeft willen vermoorden', zei Robert Åkerblom. 'Hoe moet u de dader dan vinden?'

Wallander wist niet wat hij moest zeggen. Robert Åkerblom had de vinger op de wond gelegd.

Even later stond hij op. Dominee Tureson liep met hem mee naar de hal.

'U hebt een paar uur om de naaste familie te verwittigen', zei Wallander. 'Belt u me als dat niet lukt. We kunnen dit niet lang geheim houden.'

'Ik begrijp het', zei dominee Tureson.

Toen liet hij zijn stem dalen.

'Stig Gustafson?' vroeg hij.

'We zoeken hem nog steeds', antwoordde Wallander. 'We weten niet of hij het gedaan heeft.'

'Zijn er dan nog andere mogelijkheden?' vroeg dominee Tureson.

'Misschien,' antwoordde Wallander, 'maar daar kan ik verder niets over zeggen.'

'In verband met het onderzoek?'

'Juist.'

Wallander zag dat dominee Tureson nog een vraag had.

'Ja', zei hij. 'Vraagt u maar.'

Dominee Tureson liet zijn stem zo dalen dat Wallander hem nauwelijks verstond.

'Is het een zedenmisdrijf?' vroeg hij.

'Dat weten we nog niet', antwoordde Wallander. 'Maar dat is natuurlijk niet uitgesloten.'

Wallander voelde een vreemde mengeling van honger en onbehagen toen hij de villa van de Åkerbloms verliet. Hij stopte bij een stalletje op Österleden en verorberde een hamburger. Hij kon zich niet herinneren wanneer hij er voor het laatst een gegeten had. Daarna haastte hij zich naar het politiebureau. Daar werd hij opgewacht door Svedberg, die vertelde dat Björk in allerijl een persconferentie had geïmproviseerd. 'Kun je raden hoe het uitgelekt is?' vroeg hij.

'Ja', antwoordde Wallander. 'Peter Hanson.'

'Fout! Nog een keer!'

'Een van ons?'

'Dit keer niet. Morell. Die heler uit Malmö. Die greep zijn kans om een avondblad te plukken. Die kerel is kennelijk een grote rotzak. Maar eindelijk kunnen ze hem nu in Malmö oppakken. Iemand die opdracht geeft om vier waterpompen te stelen is strafbaar.'

'Hij krijgt alleen voorwaardelijk', zei Wallander.

Ze gingen naar de kantine voor een kop koffie.

'Hoe heeft Robert Åkerblom het opgenomen?' vroeg Svedberg.

'Ik weet het niet', antwoordde Wallander. 'Waarschijnlijk heeft hij het gevoel dat hij zijn halve eigen leven mist. Iemand die dit zelf niet meegemaakt heeft kan zich er geen voorstelling van maken. Ik in ieder geval niet. Het enige wat ik op dit moment kan zeggen is dat we zo snel mogelijk bij elkaar moeten komen zodra deze persconferentie afgelopen is. Tot dan ben ik op mijn kamer. Ik zal proberen een samenvatting te schrijven.'

'En ik zal proberen een overzicht van onze binnengekomen tips op te stellen', zei Svedberg. 'Het is niet uitgesloten dat iemand Louise Åkerblom afgelopen vrijdag met een man heeft gezien die Stig Gustafson kan zijn.'

'Doe dat', zei Wallander. 'En vertel ons dan tegelijk alles wat je inmiddels over die man te weten bent gekomen.'

De persconferentie duurde lang. Na anderhalf uur was ze eindelijk afgelopen. Toen had Wallander al geprobeerd puntsgewijs zijn samenvatting op te schrijven en had hij ook reeds een plan voor de volgende fase van het onderzoek opgesteld.

Björk en Martinson waren uitgeteld toen ze het vergadervertrek binnenkwamen.

'Nu begrijp ik hoe jullie je voelen', zei Martinson, die op een stoel zonk. 'Het enige wat ze niet vroegen was de kleur van haar ondergoed.'

Wallander reageerde meteen.

'Dit is ongepast', zei hij.

Martinson sloeg verontschuldigend zijn armen uit.

'Ik zal proberen een samenvatting te geven', zei Wallander. 'Het begin van deze geschiedenis is bekend, dat sla ik over. We hebben Louise Åkerblom dus gevonden. Ze is vermoord, door haar voorhoofd geschoten. Ik durf te wedden van zeer dichtbij, maar die zekerheid krijgen we later pas. We weten niet of ze het slachtoffer van een zedenmisdrijf is geworden. We weten ook niet of ze mishandeld is of gevangen gehouden. We hebben evenmin antwoord op de vraag waar ze gedood werd, noch wanneer. Wat we wel zeker weten is dat ze dood was toen ze in de put gedumpt werd. En we hebben haar auto gevonden. Verder is het van belang dat we zo snel mogelijk een voorlopig rapport van het ziekenhuis krijgen. Zeker als het een zedenmisdrijf is. Dan kunnen we de gangen van mogelijke, ons bekende daders nagaan.'

Wallander nam een slok koffie voordat hij verder ging.

'Wat motief en dader betreft hebben we maar een enkele aanwijzing', vervolgde hij. 'Machinist Stig Gustafson, de man die haar achtervolgd heeft en haar met zijn vergeefse liefdesverklaringen totaal van streek heeft gemaakt. We hebben hem nog steeds niet gelokaliseerd. Daar weet jij meer van, Svedberg. Jij kunt ons zo dadelijk ook een overzicht van de binnengekomen tips geven. Wat ons onderzoek nog gecompliceerder maakt, is de afgehakte zwarte vinger en het geëxplodeerde huis. En dat Nyberg die geavanceerde zendapparatuur en de kolf van een pistool in de resten van de brandhaard heeft gevonden maakt het er ook niet eenvoudiger op. Als ik hem goed begrepen heb, wordt dat pistool voornamelijk in Zuid-Afrika gebruikt. Er is ergens een verband tussen de vinger en het wapen, maar veel duidelijker is het er niet op geworden. En het wordt nog gecompliceerder als er ook een verband tussen de brand en de moord bestaat.'

Wallander zweeg en keek naar Svedberg, die in zijn paperassen bladerde. 'Ik wil met de tips beginnen', zei Svedberg. 'Eens zal ik een boek samenstellen met de titel *Mensen die de politie willen helpen.* Daar word ik gegarandeerd rijk mee. We hebben zoals gebruikelijk krachttermen, leugens, zegeningen, bekentenissen, dromen, hallucinaties en ook een paar goede tips binnengekregen. Maar zover ik nu kan zien, zit er maar een van onmiddellijk belang tussen. De bedrijfsleider van Rydsgårds restaurant is er heel zeker van dat hij Louise Åkerblom vrijdagmiddag langs heeft zien rijden. De tijd klopt. Dat betekent dat we weten welke weg ze genomen heeft. Verder is onverwacht weinig aan bruikbaars binnengekomen. Maar het is bekend dat de beste tips meestal een paar dagen op zich laten wachten. Die zijn afkomstig van mensen die nadenken en die aarzelen voordat ze iets van zich laten horen. Wat Stig Gustafson betreft, we zijn nog niet achter zijn huidige adres. Maar er moet een vrouwelijk ongetrouwd familielid van hem in Malmö wonen. Helaas weten we haar voornaam niet. We kunnen de naam Gustafson natuurlijk in het telefoonboek van Malmö opslaan, maar daar staan eindeloze rijen Gustafsons in. Er zit niets anders op dan dat we de namen onder elkaar verdelen. Meer heb ik niet te zeggen.'

Wallander zweeg. Björk keek hem vorsend aan.

'We moeten ons concentreren op één ding', zei Wallander ten slotte. 'Onze eerste prioriteit is het vinden van Stig Gustafson. Als dat alleen maar kan door eerst een familielid in Malmö te vinden dan doen we dat. Iedereen op het bureau die een nummer kan draaien moet meehelpen. Ik zal zelf ook bellen, maar ik moet eerst het ziekenhuis checken.'

Daarna wendde hij zich tot Björk.

'We werken de hele avond door', zei hij. 'Dat is nodig.'

Björk knikte instemmend.

'Doe dat', zei hij. 'Mocht er iets van belang gevonden worden, dan weten jullie dat ik hier ben.'

Terwijl Wallander naar zijn kamer ging, begon Svedberg de jacht op het familielid van Stig Gustafson te organiseren. Voordat Wallander het ziekenhuis belde, draaide hij eerst het nummer van zijn vader. Het duurde een hele tijd voordat er opgenomen werd. Hij veronderstelde dat zijn vader in zijn atelier had staan schilderen. Wallander hoorde onmiddellijk dat zijn vader in een slecht humeur was.

'Dag. Ik ben het', zei hij.

'Wie?' vroeg zijn vader.

'U hoort heel goed wie het is', zei Wallander.

'Ik ben vergeten hoe je stem klinkt', antwoordde zijn vader.

Wallander onderdrukte zijn opwelling de hoorn neer te gooien.

'Ik werk', zei hij. 'Ik heb zojuist een dode vrouw in een put gevonden. Een vrouw die vermoord is. Ik heb geen tijd om vandaag naar u toe te komen. Ik hoop dat u dat begrijpt.'

Tot zijn grote verbazing klonk zijn vader opeens vriendelijk.

'Dat doe ik', zei hij. 'Wat afschuwelijk.'

'Ja,' antwoordde Wallander, 'inderdaad. Ik wou u alleen maar een prettige avond wensen. En ik zal proberen om morgen langs te komen.'

'Alleen als je kunt', zei zijn vader. 'Maar nu heb ik geen tijd meer om met je te praten.'

'Hoezo?'

'Ik verwacht bezoek.'

Hij hoorde dat het gesprek verbroken werd. Hij bleef met de hoorn in zijn hand zitten.

Bezoek, dacht hij. Gertrud Anderson komt dus ook op bezoek als ze niet werkt? Hij schudde lang zijn hoofd.

Ik moet heel gauw tijd voor hem vrijmaken, dacht hij. Het zou een regelrechte ramp zijn als hij ging trouwen.

Hij stond op en liep naar Svedberg. Hij kreeg een lijst met namen en telefoonnummers, ging naar zijn kamer en draaide het bovenste nummer. Ik moet vanmiddag ook nog tijd vrijmaken om de dienstdoende officier van justitie te bellen, dacht hij nog.

Het werd vier uur zonder dat ze erin geslaagd waren het familielid van Stig Gustafson op te sporen.

Om halfvijf kreeg Wallander Per Åkeson thuis aan de lijn. Hij bracht verslag uit van de gebeurtenissen en vertelde dat het zoeken zich nu concentreerde op Stig Gustafson. De officier van justitie maakte geen bezwaar. Hij vroeg Wallander 's avonds opnieuw te bellen als er nog wat gebeurd was.

Om kwart over vijf haalde Wallander zijn derde lijst bij Svedberg op. Nog altijd hadden ze geen succes gehad. Wallander kreunde vanwege de belangrijke feestdag. Heel veel mensen waren niet thuis.

Bij de eerste twee nummers werd niet opgenomen. Het derde nummer was van een oudere dame die ten stelligste ontkende dat ze een familielid had dat Stig Gustafson heette.

Wallander zette het raam open. Hij voelde dat hij hoofdpijn kreeg. Hij liep terug naar de telefoon en draaide het vierde nummer. Hij liet de telefoon vele malen overgaan en wilde juist neerleggen toen er opgenomen werd. Hij hoorde dat er een jongere vrouw aan de lijn was. Hij zei wie hij was en waar het om ging.

'Ja zeker', zei de vrouw, die Monica heette. 'Ik heb een halfbroer die Stig heet. Oorspronkelijk machinist op de grote vaart. Is er wat gebeurd?'

Wallander voelde al zijn vermoeidheid en onbehagen op slag verdwijnen.

'Nee', zei hij. 'Maar we moeten hem zo vlug mogelijk spreken. Weet u misschien waar hij woont?'

'Natuurlijk weet ik waar hij woont', zei ze. 'In Lomma. Maar hij is niet thuis.'

'Waar is hij dan?'

'In Las Palmas, hij komt morgen terug. Hij komt om tien uur 's ochtends in Kopenhagen aan. Ik geloof dat hij met Spies reist.'

'Uitstekend', zei Wallander. 'Als u mij zijn adres en telefoonnummer kunt geven, ben ik u zeer dankbaar.'

Hij kreeg waar hij om gevraagd had, verontschuldigde zich dat hij haar gestoord had en hing op. Daarna rende hij naar de kamer van Svedberg en haalde onderweg Martinson op. Niemand wist waar Björk was.

'We gaan zelf naar Malmö', zei Wallander. 'Onze collega's daar moeten ons helpen. Wachtposten plus een paspoortcontrole van iedereen die met een van de diverse boten arriveert. Daar moet Björk voor zorgen.'

'Heeft ze gezegd hoelang hij al weg is?' vroeg Martinson. 'Als hij een reis van een week geboekt heeft, wil dat zeggen dat hij afgelopen zaterdag vertrokken is.'

Ze keken elkaar aan. Het belang van Martinsons opmerking was evident.

'Jullie kunnen nu wel naar huis gaan', zei Wallander. 'Er moeten in ieder geval enkelen van onze mensen morgen uitgerust zijn. We zien elkaar morgenochtend om acht uur. Hier. Daarna gaan we naar Malmö.

Martinson en Svedberg gingen naar huis. Wallander sprak met Björk, die beloofde zijn collega in Malmö te bellen om het verzoek van Wallander over te brengen.

Om kwart over zes belde Wallander het ziekenhuis. De arts kon alleen vage antwoorden geven.

'Haar lichaam vertoont geen uiterlijke verwondingen', zei ze. 'Geen blauwe plekken, geen fracturen. Zo te zien is er ook geen sprake van een zedenmisdrijf, maar dat moet ik nader onderzoeken. Ik heb geen sporen op haar enkels of polsen gevonden.'

'Mooi', zei Wallander. 'Bedankt zover. Ik bel morgen weer.'
Daarna verliet hij het politiebureau.
Hij reed naar Kåseberga en bleef daar een tijdje op een heuvel zitten om over de zee uit te kijken.
Om negen uur was hij thuis.

7

In de vroege ochtend, net voordat hij wakker werd, had Kurt Wallander een droom.

Hij had ontdekt dat zijn ene hand zwart was.

Maar het was geen zwarte handschoen die hij aan had. Zijn huid was donkerder geworden tot zijn hand een Afrikaanse hand was geworden.

In zijn droom werd Wallander tussen afschuw en berusting heen en weer geslingerd. Rydberg, zijn oud-collega die binnenkort twee jaar dood zou zijn, had met misprijzen naar de hand gekeken. Hij had Wallander gevraagd waarom er maar één hand zwart was.

'Morgen moet er opnieuw iets gebeuren', had Wallander in zijn droom geantwoord.

Toen hij wakker werd en zich zijn droom herinnerde, was hij in bed blijven liggen om over zijn antwoord aan Rydberg na te denken. Wat had hij er eigenlijk mee bedoeld?

Daarna was hij opgestaan en had gezien dat 1 mei in Skåne dit jaar een onbewolkte en zonnige, maar zeer winderige dag zou worden. Het was zes uur.

Hoewel hij maar twee uur geslapen had, was hij niet moe. Deze ochtend zouden ze weten of Stig Gustafson een alibi voor vorige week vrijdagmiddag had, toen Louise Åkerblom naar alle waarschijnlijkheid vermoord was.

Als we dit misdrijf vandaag oplossen, is het allemaal in een recordtempo gegaan, dacht hij. De eerste dagen hadden we helemaal niets. Daarna ging het allemaal heel snel. Het onderzoek naar een misdrijf volgt zelden het ritme van alledag. Het leidt een eigen leven, heeft een eigen motoriek. Een opsporingsonderzoek zet de tijd op zijn kop, laat hem stilstaan of doet hem op hol slaan. Niemand die dat van te voren kan zeggen.

Om acht uur kwamen ze in het vergadervertrek bijeen en Wallander nam het woord.

'Het is niet nodig om de Deense politie in te schakelen', begon hij. 'Als we zijn halfzuster mogen geloven, landt Stig Gustafson om tien uur met een Scanair-vlucht op het vliegveld van Kopenhagen. Svedberg, wil jij dat even controleren? Hij heeft drie mogelijkheden om naar Malmö te reizen. Over Limhamn met de veerboot, met een van de vleugelboten of met de propellerboot van de SAS. Al die aankomstplaatsen zullen we in de gaten houden.'

'Een voormalige machinist op de grote vaart neemt natuurlijk de grote veerboot', zei Martinson.

'Wie weet heeft hij daar zijn buik vol van', wierp Wallander tegen. 'We zetten twee man op elke wachtpost. Hij moet hoe dan ook opgepakt worden en hij moet het waarom weten. Een zekere mate van voorzichtigheid kan geboden zijn. Daarna brengen we hem hier. Ik wou zelf als eerste met hem praten.'

'Twee man lijkt me een beetje weinig', zei Björk. 'Kunnen we geen surveillancewagen op de achtergrond in gereedheid houden?'

Wallander gaf toe.

'Ik heb met onze collega's in Malmö gesproken', vervolgde Björk. 'We krijgen alle hulp die we nodig hebben. Maar jullie moeten zelf met de mensen van de paspoortcontrole afspreken welk teken ze zullen geven als hij opduikt.'

Wallander keek op zijn horloge.

'Als er verder niets meer is, dan breken we nu op', zei hij. 'We moeten ruimschoots op tijd in Malmö zijn.'

'Het vliegtuig kan wel een etmaal vertraging hebben', zei Svedberg. 'Wacht even, dan zal ik het checken.'

Een kwartier later kwam hij met de mededeling dat het vliegtuig uit Las Palmas al om twintig minuten over negen op Kastrup verwacht werd.

'Het is onderweg en ze hebben de wind mee', zei Svedberg.

Ze reden onmiddellijk naar Malmö, spraken met hun collega's daar en verdeelden de wachtposten. Wallander nam de terminal van de propellerboten voor zijn rekening, samen met een aspirant-agent die nieuw was en Engman heette. De man was in de plaats gekomen van een politieman, Näslund genaamd, met wie Wallander vele jaren had samengewerkt. Näslund kwam uit Gotland en had op een gelegenheid gewacht om naar zijn geboorte-eiland terug te keren. Toen er bij de politie van Visby een vacature was ontstaan, had hij niet geaarzeld om uit Ystad weg te gaan. Zo nu en dan miste Wallander hem, vooral zijn altijd opgewekte humeur.

Martinson was met een collega aansprakelijk voor Limhamn en Svedberg was geposteerd bij de vleugelboten. Ze hielden contact met elkaar via walkietalkies. Om halftien was de organisatie rond. Wallander kreeg van zijn collega's op de propellerterminal koffie los voor hemzelf en de aspirant-agent.

'Dit is de eerste keer dat ik meemaak dat er een moordenaar gepakt wordt,' zei Engman.

'We weten niet of hij het is', antwoordde Wallander. 'In dit land is men onschuldig totdat het bewijs geleverd is. Vergeet dat nooit.'

Hij luisterde met afkeer naar zijn eigen schoolmeesterstoontje. Hij zou het effect daarvan wat moeten afzwakken door iets vriendelijks te zeggen, maar hij kon niets bedenken.

Om halfelf volgde een ondramatisch optreden van Svedberg en zijn collega bij de vleugelboten. Stig Gustafson was een kleine, magere man met dun haar. Bruin verbrand na zijn vakantie.

Svedberg legde hem uit dat hij van moord verdacht werd, deed hem handboeien om en vertelde dat hij in Ystad verhoord zou worden.

'Ik weet niet waar u het over hebt', zei Stig Gustafson. 'Waarom moet ik handboeien om? Waarom moet ik naar Ystad? Wie zou ik dan vermoord hebben?'

Svedberg zag dat de man oprecht verbaasd was. Ineens flitste het door hem heen dat Stig Gustafson wel eens onschuldig kon zijn.

Tien minuten voor twaalf ging Wallander in een verhoorkamer op het politiebureau van Ystad tegenover Gustafson zitten. Hij had Per Åkeson, de officier van justitie, toen al van hun actie op de hoogte gebracht.

Hij begon met te vragen of Stig Gustafson koffie wilde hebben.

'Nee', zei die. 'Ik wil naar huis. En ik wil weten waarom ik hier ben.'

'Omdat ik met u wil praten', zei Wallander. 'En de antwoorden die ik krijg zijn beslissend of u wel of niet naar huis mag.'

Hij begon bij het begin. Hij nam Stig Gustafsons personalia op, noteerde dat diens tweede voornaam Emil was en dat hij in Landskrona geboren was. De man was duidelijk zenuwachtig en Wallander zag zweet bij zijn haarlijn. Maar dat hoefde niets te betekenen. Zoals er angst voor slangen bestaat, bestaat er ook angst voor de politie.

Toen begon hij met het eigenlijke verhoor. Wallander kwam meteen ter zake, benieuwd naar de reactie die hij zou krijgen.

'U bent hier om vragen te beantwoorden over een gruwelijke moord', zei hij. 'De moord op Louise Åkerblom.'

Wallander zag de man verstijven. Had hij er niet op gerekend dat haar lichaam zo snel gevonden zou worden? dacht Wallander. Of is hij echt overrompeld?

'Louise Åkerblom is vorige week vrijdag verdwenen', vervolgde Wallander. 'Haar lichaam is een paar dagen geleden gevonden. Waarschijnlijk is ze al in de tweede helft van die vrijdag vermoord. Wat hebt u hierop te zeggen?'

'Is het de Louise Åkerblom die ik ken?' vroeg Stig Gustafson.

Wallander merkte dat de man nu bang was.

'Ja', antwoordde hij. 'Degene die u bij de methodisten hebt leren kennen.'

'Wat afschuwelijk!'

Wallander kreeg meteen het knagende gevoel in zijn maag dat er iets fout zat, iets verrekte fout. De geschokte verbazing van Stig Gustafson maakte een oprechte indruk. Wallander wist natuurlijk uit ervaring dat er daders zijn die de afschuwelijkste misdaden begaan hadden die je je maar kunt indenken en toch de kunst verstonden om op een volstrekt geloofwaardige manier de onschuld zelve uit te hangen.

Toch knaagde er iets.

Hadden ze een spoor gevolgd dat van begin af aan dood geweest was?

'Ik wil weten wat u vorige week vrijdag gedaan hebt', zei Wallander. 'Begint u maar bij de middag.'

Het antwoord verraste Wallander.

'Ik was bij de politie', zei Stig Gustafson.

'De politie?'

'Ja. De politie in Malmö. Ik zou de volgende dag naar Las Palmas gaan en ik had opeens ontdekt dat mijn paspoort verlopen was. Ik was bij de politie in Malmö voor een nieuw paspoort. Het kantoor was al gesloten, maar ze waren erg aardig en hebben me toch geholpen. Om vier uur heb ik mijn paspoort gekregen.'

Diep in zijn hart begreep Wallander op dat moment dat ze Stig Gustafson verder wel konden vergeten. Maar hij wilde zich nog niet gewonnen geven. Ze moesten het raadsel van deze moord absoluut zo snel mogelijk oplossen. Bovendien was het een directe ambtsovertreding om je gevoelens een verhoor te laten bepalen.

'Daarna ben ik een pilsje gaan drinken. Ik had mijn auto bij Centralen neergezet', voegde Stig Gustafson eraan toe.

'Kan iemand bevestigen dat u even na vier uur in dat café was?' vroeg Wallander.

Stig Gustafson dacht na.

'Dat weet ik niet, antwoordde hij ten slotte. 'Ik zat er in mijn eentje. Misschien dat een van de kelners zich mij herinnert. Maar ik kom hoogst zelden in dat café. Ik ben er niet bepaald een bekend gezicht.'

'Hoelang bent u daar geweest?' vroeg Wallander.

'Een uur misschien. Niet langer.'

'Tot ongeveer halfzes? Klopt dat?'

'Ja. Ik wou voor sluitingstijd nog wat drank inslaan.'

'In welke winkel?'

'Die achter het warenhuis. Ik weet niet hoe die straat heet.'

'En daar bent u lopend naartoe gegaan?'

'Het ging alleen om een paar flesjes bier.'

'Is er iemand die kan bevestigen dat u daar geweest bent?'

Stig Gustafson schudde zijn hoofd.

'De winkelbediende had een rode baard', zei hij. 'Maar misschien heb ik het bonnetje nog. Daar staat immers een datum op?'

'Ga door', zei Wallander en knikte.

'Daarna ben ik mijn auto gaan halen', zei Stig Gustafson. 'Ik wilde een koffer in die grote winkel bij Jägersro kopen.'

'Iemand daar die u kan herkennen?'

'Ik heb geen koffer gekocht', antwoordde Stig Gustafson. 'Ik vond ze te duur. Ik kon nog wel met mijn oude koffer toe. Het was wel een teleurstelling.'

'Wat hebt u daarna gedaan?'

'Ik heb daar bij McDonald's een hamburger gegeten. Maar er staan alleen jongeren achter de toonbank. Die herinneren zich vast niets.'

'Jonge mensen hebben vaak een goed geheugen', zei Wallander, die aan de kassierster van een bank dacht, van wie hij een paar jaar geleden bij een onderzoek veel plezier had gehad.

'Er schiet me ineens nog iets te binnen', zei Stig Gustafson plotseling. 'Wat gebeurd is toen ik in het café was.'

'Wat dan?'

'Ik was naar de toiletten gegaan en ik heb daar even met iemand staan praten. Die man deed zijn beklag dat er geen papieren handdoeken waren om zijn handen aan af te drogen. Hij was een tikje dronken, maar niet erg. Hij zei dat hij Forsgård heette en een bloemenwinkel in Höör had.'

Wallander maakte een notitie.

'We zullen het nagaan', zei hij. 'Om nog even op die McDonald's bij Jägersro terug te komen, het moet toen ongeveer halfzeven geweest zijn.'

'Dat kan kloppen', zei Stig Gustafson.

'Wat heb u toen gedaan?'

'Ik ben naar Nisse gereden om te kaarten.'

'Wie is Nisse?'

'Een oude timmerman met wie ik jaren gevaren heb. Hij heet Nisse Strömgren. Woont in Föreningsgatan. Zo nu en dan kaarten we samen. Een kaartspel dat we in het Verre Oosten geleerd hebben. Geweldig ingewikkeld, maar leuk als je het kunt. Je moet zoveel mogelijk boeren zien te krijgen.'

'Hoelang bent u daar gebleven?'

'Het liep al tegen middernacht toen ik naar huis ging. Eigenlijk een beetje te laat, omdat ik zo vroeg op moest. De bus vertrekt al om zes uur van Centralen. De bus naar Kastrup dus.'

Wallander knikte. Stig Gustafson heeft een alibi, dacht hij. Als het klopt wat hij zegt. Als Louise Åkerblom inderdaad op vrijdag vermoord is.

Ze hadden nu niet voldoende reden om Stig Gustafson te arresteren. De officier van justitie zou zo'n verzoek nooit inwilligen.

Hij is het niet, dacht Wallander. Ook als ik hem onder druk zet omdat hij Louise Åkerblom achtervolgde, komen we geen stap verder.

Hij stond op.

'Wacht hier', zei hij en ging de kamer uit.

Ze kwamen in het vergadervertrek bijeen en luisterden mismoedig naar Wallanders verslag.

'We moeten wat hij verteld heeft controleren', zei Wallander. 'Maar eerlijk gezegd geloof ik niet meer dat hij het gedaan heeft. Dit was een blindganger.'

'Ik ben van mening dat je te hard van stapel loopt', wierp Björk tegen. 'We weten niet of ze inderdaad die vrijdagmiddag gestorven is. Stig Gustafson kan best van Lomma naar Krageholm gereden zijn, nadat hij bij die kaartspelende vriend vertrokken was.'

'Dat is niet erg waarschijnlijk', zei Wallander. 'Wat deed Louise Åkerblom zo laat nog van huis? Vergeet niet dat ze op het antwoordapparaat gezegd had dat ze om vijf uur thuis zou zijn. Dat moeten we geloven. Vóór vijf uur moet er iets gebeurd zijn.'

Niemand zei wat.

Wallander keek naar de gezichten om hem heen.

'Ik moet naar de officier van justitie', zei hij. 'Als niemand er bezwaar tegen heeft, laat ik Stig Gustafson lopen.'

Niemand had een bedenking.

Kurt Wallander liep naar het andere einde van het politiebureau waar het Openbaar Ministerie zetelde. Per Åkeson liet hem binnen en Wallander bracht verslag van zijn verhoor uit. Iedere keer als Wallander op Åkesons kamer kwam, viel hem de ontzettende wanorde op die er heerste. Overal lagen papieren in ongeordende stapels op tafels en stoelen, de prullenmand stroomde over, maar Per Åkeson was een bekwame officier van justitie. En niemand had hem er ooit op betrapt dat hij een waardevol document zoekgemaakt had.'

'Die man kunnen we niet in hechtenis nemen', zei hij toen Wallander uitgesproken was. 'Ik neem aan dat zijn alibi op korte termijn bevestigd kan worden?'

'Ja', zei Wallander. 'Eerlijk gezegd geloof ik niet dat hij het is.'

'Zijn er nog andere sporen die jullie volgen?' vroeg Åkeson.

'Alleen een paar heel vage', zei Wallander. 'We hebben ons de vraag gesteld of hij eventueel een huurmoordenaar ingeschakeld heeft om haar te vermoorden. Voordat we verdergaan nemen we vanmiddag alles nog eens grondig door, maar we verdenken verder niemand meer. We zullen nu in de breedte moeten werken. Je hoort nog van me.'

Per Åkeson knikte en tuurde naar Wallander.

'Hoeveel slaap krijg je eigenlijk?' vroeg hij. 'Of hoe weinig? Heb je jezelf in de spiegel bekeken? Je ziet er niet uit!'

'Dat is nog niets bij hoe ik me voel', antwoordde Wallander en stond op.

Hij liep terug, deed de deur van de verhoorkamer open en ging naar binnen.

'We zullen u naar Lomma brengen,' zei hij, 'maar u hoort ongetwijfeld nog van ons.'

'Ben ik vrij?' vroeg Stig Gustafson.

'U bent nooit anders geweest', antwoordde Wallander. 'Verhoord worden is niet hetzelfde als gearresteerd worden.'

'Ik heb haar niet vermoord', zei Stig Gustafson. 'Ik begrijp niet hoe u dat kon denken.'

'O nee?' zei Wallander. 'U hebt haar anders wel tijden achtervolgd.'

Wallander zag iets van onrust over Stig Gustafsons gezicht flakkeren.

Het is maar dat je het weet, dacht Wallander.

Hij liep met Stig Gustafson mee naar de receptie en zorgde ervoor dat de man naar huis gebracht werd.

Die zie ik nooit meer, dacht Wallander. Die kunnen we afschrijven.

Na een lunchpauze van een uur kwamen ze weer bijeen in het vergadervertrek. Wallander had die tijd gebruikt om thuis een paar boterhammen te eten.

‘Waar zijn toch alle gewone dieven gebleven?’ verzuchtte Martinson toen ze zaten. ‘Dit lijkt wel een roversverhaal. Alles wat we hebben is een dode, vrome vrouw in een put. En een afgehakte zwarte vinger.’

‘Ik ben het helemaal met je eens’, zei Wallander. ‘Maar hoe graag we het ook willen, we mogen die vinger niet over het hoofd zien.’

‘Er zijn veel te veel draden die los rondzweven’, zei Svedberg geïrriteerd en krabde zich op zijn schedel. ‘We moeten alles wat we hebben op een rij zetten. En wel meteen. Anders komen we geen stap verder.’

Wallander hoorde in Svedbergs woorden een verkapte kritiek op zijn leidinggeven aan het onderzoek. Maar hij kon niet ontkennen dat het helemaal onjuist was. Het was altijd een risico om je te snel op één enkel spoor te concentreren. De beeldspraak van Svedberg gaf maar al te goed zijn eigen verwarring weer.

‘Je hebt gelijk’, zei Wallander. ‘Laten we dus eens kijken wat we hebben. Louise Åkerblom wordt vermoord. We weten niet precies waar en we weten niet door wie. Maar we weten ongeveer wanneer. In de omgeving van haar vindplaats vliegt een leegstaand huis in de lucht. In het puin vindt Nyberg stukken van een geavanceerde radiozender en een verbrande pistoolkolf. Dat pistool is in licentie in Zuid-Afrika gefabriceerd. Verder vinden we op het erf een afgehakte zwarte vinger. Bovendien heeft iemand geprobeerd de auto van Louise Åkerblom in een plas te verbergen. Het is puur geluk geweest dat we die zo snel gevonden hebben. Hetzelfde geldt voor haar lichaam. We weten eveneens dat ze door haar voorhoofd geschoten is en we hebben de indruk dat het een executie was. Ik heb vóór de vergadering het ziekenhuis gebeld. Niets wijst erop dat ze het slachtoffer van een zedenmisdrijf is. Ze is domweg doodgeschoten.’

‘Het materiaal moet geordend worden’, zei Martinson. ‘En we moeten naar meer materiaal zoeken. Vooral met het oog op de vinger, de radiozender en het pistool. We moeten ook onmiddellijk contact met de advocaat van die nalatenschap in Värnamo opnemen. Er moet iemand in dat huis geweest zijn.’

‘Voordat we de vergadering sluiten, verdelen we de taken’, zei Wallander. ‘Zelf heb ik nog maar twee opmerkingen die ik jullie wil voorleggen.’

'Daar beginnen we dan mee', zei Björk.

'Wat voor soort iemand zou Louise Åkerblom doodgeschoten kunnen hebben?' vroeg Wallander. 'Mogelijk een verkrachter, maar volgens de voorlopige bevindingen van de arts is ze niet verkracht. Nergens ook zijn er sporen gevonden dat ze mishandeld of gevangen gehouden is. Ze had geen vijanden. Het enige wat ik me nu voor kan stellen is dat het een vergissing was. Ze is voor een ander aangezien. De tweede mogelijkheid is dat ze toevallig getuige is geweest van iets wat ze niet mocht zien.'

'Dat kunnen we onderbrengen bij het huis', zei Martinson. 'Dat lag in de buurt van het huis dat ze wilde bezichtigen. En ongetwijfeld speelde zich in dat eerste huis iets af. Ze kan iets gezien hebben en om die reden doodgeschoten zijn. Peters en Norén zijn naar het huis gegaan dat ze wilde bezichtigen. Dat van mevrouw Wallin. Ze denken alletwee dat het heel goed mogelijk is dat iemand zich in de wegen daar vergist.'

Wallander knikte.

'Ga door', zei hij.

'Veel meer is er niet', zei Martinson. 'Om de een of andere reden is er een vinger afgehakt. Mogelijk door de ontploffing, maar niets in de verwonding wijst daarop. Door een dergelijke explosie verandert een mens in poederstof. De vinger was heel, afgezien van het feit dat het een losse vinger was.'

'Ik weet niet zoveel over Zuid-Afrika', zei Svedberg. 'Behalve dat het een racistisch land is met veel geweld. Zweden onderhoudt geen diplomatieke betrekkingen met Zuid-Afrika. We tennissen niet met hen en doen evenmin zaken met hen. Tenminste niet officieel. Wat ik in al mijn levensdagen niet kan begrijpen is waarom er nu een paar sporen van Zuid-Afrika naar Zweden lopen. Overal heen, behalve naar ons.'

'Misschien daarom juist', mompelde Martinson.

Wallander haakte meteen op Martinsons opmerking in.

'Wat bedoel je?' vroeg hij.

'Niets', zei Martinson. 'Alleen dat we op een andere manier moeten gaan denken willen we dit onderzoek in goede banen leiden.'

'Mijn idee', viel Björk in. 'Morgen wil ik van jullie allemaal een schriftelijk verslag hebben. Misschien dat een beetje rustig nadenken ons verder brengt.'

Ze verdeelden het werk. Wallander nam de advocaat in Värnamo van Björk over, die zou proberen een voorlopig medisch rapport over het onderzoek van de vinger los te krijgen.

Wallander tikte het nummer van het advocatenkantoor in en vroeg naar de heer Holmgren in verband met een spoedeisende kwestie. Het duurde zo lang voordat Holmgren aan de lijn kwam dat Wallander zich begon te ergeren.

'Het gaat over het beheer van dat onroerend goed in Skåne', zei Wallander. 'Dat afgebrande huis.'

'Een volstrekt onverklaarbare gebeurtenis', zei de heer Holmgren. 'Maar ik ben nagegaan dat de verzekering van de erfgenamen dit dekt. Weet de politie al hoe de brand ontstaan is?'

'Nee,' antwoordde Wallander, 'daar wordt nog aan gewerkt. Ik heb een aantal vragen die ik u nu door de telefoon moet stellen.'

'Ik hoop dat het niet te lang gaat duren', zei de advocaat. 'Ik heb het erg druk.'

'Als het niet telefonisch kan zal de politie van Värnamo u naar het politiebureau laten komen', zei Wallander zonder zich er iets van aan te trekken dat hij bruusk klonk.

Het duurde even voordat de advocaat antwoordde.

'Vraagt u maar, ik luister.'

'We wachten nog steeds op een fax met de namen en de adressen van de erfgenamen.'

'Ik zal ervoor zorgen dat u die krijgt.'

'Vervolgens vraag ik me af wie direct voor het huis verantwoordelijk was.'

'Dat ben ik. Maar ik begrijp uw vraag niet.'

'Een huis vereist zo nu en dan onderhoud. Dakpannen moeten gerepareerd worden, er mogen niet te veel muizen komen. Doet u dat soort dingen ook?'

'Een van de erfgenamen woont in Vollsjö. Die doet dat. Hij heet Alfred Hanson.'

Wallander kreeg een adres en een telefoonnummer.

'Het huis staat dus al een jaar leeg?'

'Langer dan een jaar. Er is onenigheid of het huis verkocht moet worden of niet.'

'Met andere woorden, niemand heeft intussen in het huis gewoond?'

'Nee, natuurlijk niet.'

'Weet u dat zeker?'

'Ik begrijp niet waar u heen wilt. Het pand was dichtgetimmerd. Alfred Hanson heeft me met regelmatige tussenpozen gebeld om te zeggen dat alles in orde was.'

'Wanneer was dat voor het laatst?'

'Hoe zou ik me dat moeten herinneren?'

'Dat weet ik niet. Maar ik had graag antwoord op mijn vraag.'

'Omstreeks nieuwjaar geloof ik, maar ik zou er niet op durven zweren. Waarom is dat belangrijk?'

'Voorlopig is alles belangrijk, maar ik dank u voor uw inlichtingen.'

Wallander legde neer, sloeg het telefoonboek open en controleerde het adres van Alfred Hanson. Toen stond hij op, pakte zijn jack en ging weg.

In de deuropening van Martinsons kamer zei hij: 'Ik ga naar Vollsjö. Er is iets vreemds aan de hand met dat huis dat in de lucht gevlogen is.'

'Alles aan deze zaak is vreemd', antwoordde Martinson. 'Net voor je kwam heb ik trouwens met Nyberg gesproken. Hij beweert dat die verbrande radiozender van Russische makelij kan zijn.'

'Russisch?'

'Dat zei hij. Ik weet het ook niet.'

'Nog een land erbij', zei Wallander. 'Zweden, Zuid-Afrika en Rusland. Waar moet dat eindigen?'

Ruim een halfuur later reed hij het erf van het huis op waar Alfred Hanson moest wonen. Het was een vrij modern huis dat sterk tegen de oorspronkelijke bebouwing afstak. Toen Wallander uit zijn auto stapte, begonnen enkele herdershonden in een kooi als waanzinnig te blaffen. Het was inmiddels halfvijf geworden en hij voelde dat hij honger had.

Een man van in de veertig deed de deur open en stapte op kousenvoeten de stoep op. Zijn haar stond overeind en toen Wallander dichterbij kwam, merkte hij dat de man naar drank rook.

'Alfred Hanson?' vroeg hij.

De man knikte.

'Ik ben van de politie in Ystad', zei Wallander.

'Verdomme', zei de man, voordat Wallander zijn naam kon zeggen.

'Pardon?'

'Wie heeft er gekletst? Die klootzak van een Bengtson?'

Wallander dacht na voordat hij iets zei.

'Daar kan ik geen antwoord op geven', zei hij. 'De politie beschermt haar informanten.'

'Het moet Bengtson geweest zijn', zei de man. 'Ben ik gearresteerd?'

'Daar valt over te praten', zei Wallander.

De man liet Wallander binnen in de keuken. Meteen herkende Wallander de zwakke maar onmiskenbare lucht van slechte brandewijn. Dat verklaarde genoeg. Alfred Hanson had een clandestiene stokerij en dacht dat Wallander gekomen was om hem te arresteren.

De man had zich op een keukenstoel laten vallen en krabde over zijn hoofd.

'Ik heb ook altijd pech', verzuchtte hij.

'Straks praten we over de stokerij', zei Wallander. 'Ik heb eerst iets anders.'

'Wat dan?'

'Dat huis dat afgebrand is.'

'Daar weet ik niks van', zei de man.

Wallander merkte meteen dat de man onrustig werd.

'Waar weet u niets van?'

De man stak met bevende handen een verkreukelde sigaret op.

'Eigenlijk ben ik autospuiter', zei de man. 'Maar het lukt me niet om iedere dag om zeven uur te beginnen. Dus dacht ik dat ik dat huis net zo goed kon verhuren als iemand belangstelling had. Van mij mocht dat huis verkocht worden, maar de familie doet zo verdomd moeilijk.'

'Wie toonde belangstelling?'

'Iemand uit Stockholm. Die man had hier in de omgeving rondgereden en vond het een goede plek. Ik vraag me nog steeds af hoe hij aan mijn adres kwam.'

'Hoe heette hij?'

'Hij zei dat hij Nordström heette, maar wat ik geloof maak ik zelf uit.'

'Hoe zo?'

'Hij sprak goed Zweeds, maar met een accent. Een buitenlander heet toch zeker geen Nordström!'

'Maar hij wilde het huis dus huren?'

'Ja. En hij betaalde er goed voor. Ik kreeg tienduizend kronen in de maand. Daar zegt een mens geen nee tegen. En ik deed er niemand kwaad mee, dacht ik bij mezelf. Ik krijg wat geld omdat ik naar het huis omkijk. De erfgenamen en Holmgren in Värnamo hoeven niks te weten.'

'Hoelang wilde hij het huis huren?'

'Hij kwam begin april en zou tot eind mei blijven.'

'Heeft hij gezegd waar het huis voor gebruikt zou worden?'

'Om er te schilderen. Door mensen die met rust gelaten wilden worden.'

'Schilderen?'

Wallander moest aan zijn vader denken.

'Kunstenaars dus. En hij legde het geld contant op tafel. Natuurlijk hapte ik toe.'

'Wanneer hebt u hem teruggezien?'

'Nooit.'

'Nooit?'

'Er was een soort stilzwijgende voorwaarde. Dat ik bij dat huis vandaan zou blijven. En dat heb ik gedaan. Hij heeft de sleutels meegekregen en dat was dat.'

'Hebt u de sleutels teruggekregen?'

'Nee. Hij zei dat hij die met de post zou sturen.'

'En u beschikt niet over een adres?'

'Nee.'

'Kunt u hem beschrijven?'

'Hij was ontzettend dik.'

'En verder?'

'Hoe moet een mens een dikke kerel beschrijven? Hij had dun haar, een rood, opgeblazen gezicht en was dik. En als ik dik zeg, bedoel ik dik. Hij was als een ton.'

Wallander knikte.

'Hebt u nog wat van het geld over?' vroeg hij, denkend aan vingerafdrukken.

'Geen öre. Daarom ben ik weer gaan stoken.'

'Als u daar vandaag nog mee ophoudt, neem ik u niet mee naar Ystad', zei Wallander.

Alfred Hanson kon zijn oren nauwelijks geloven.

'Ik meen het,' zei Wallander, 'maar ik controleer wel of u dat doet. En wat u al gestookt hebt moet u weggooien.'

De man zat met open mond aan de keukentafel toen Wallander wegging.

Ambtsovertreding, dacht Wallander, maar op dit moment heb ik wel wat anders aan mijn hoofd dan clandestiene stokerijen.

Hij reed terug naar Ystad. Zonder dat hij wist waarom, reed hij naar een parkeerterrein bij Krageholmssjö. Hij stapte uit en liep naar het meer.

Iets in dit onderzoek, iets met Louise Åkerbloms dood joeg hem schrik aan. Alsof het eigenlijk allemaal nog maar pas begonnen was.

Ik ben bang, dacht hij. Het is net of die zwarte vinger naar mij wijst. Ik ben ergens in verstrikt geraakt en heb niet de juiste kwalificaties om te doorzien waarin.

Hoewel die nat was ging hij op een rots zitten, want plotseling werd hij door zijn vermoeidheid en neerslachtigheid overweldigd.

Hij keek uit over het meer en zag in dat er sprake was van een fundamentele overeenkomst tussen het onderzoek waar hij middenin zat en een gevoel dat hij in zich meedroeg. Net zo min als hij het idee had heer en meester over zichzelf te zijn, meende hij bij dit onderzoek het heft in handen te hebben. Met een zucht, die ook hemzelf pathetisch voorkwam, dacht hij dat hij in zijn eigen leven net zo op een dwaalspoor was geraakt als in zijn onderzoek naar de moordenaar van Louise Åkerblom.

Hoe moet ik verder? zei hij hardop. Ik wil niks met nietsontziende, levensverachtende moordenaars te maken hebben. Ik wil me niet met een soort geweld bezighouden dat ik nooit zal begrijpen zolang ik leef. Misschien dat de volgende generatie politiemannen in dit land een andere achtergrond heeft en daardoor een andere kijk op haar werk. Maar voor mij is het te laat. Ik word nooit een ander dan ik ben. Een redelijk goede politieman in een middelgroot Zweeds politiedistrict.

Hij stond op en keek naar een ekster die uit een boomtop vloog.

Alle vragen blijven onbeantwoord, dacht hij. Wat ik met mijn leven doe, is proberen mensen die zich aan velerlei verschillende misdrijven schuldig gemaakt hebben, op te pakken en te laten veroordelen. Soms lukt het me, maar vaak ook niet. Maar als ik er op een dag niet meer zal zijn, zal ik in mijn speurtocht naar het grootste van alle raadselen mislukt zijn. Het leven blijft een vreemd raadsel.

Ik wil mijn dochter zien, dacht hij. Soms mis ik haar zo, dat het pijn doet. Ik moet een zwarte man zonder vinger oppakken, zeker als hij de man is die Louise Åkerblom vermoord heeft. Ik wil hem een vraag stellen waar ik een antwoord op wil hebben: Waarom hebt u haar gedood?

Ik moet ook Stig Gustafson in de gaten houden, hem niet al te vroeg uit het oog verliezen, al ben ik er nu al zeker van dat hij onschuldig is.

Hij ging naar zijn auto.

Zijn angst en onbehagen wilden maar niet verdwijnen. De vinger bleef wijzen.

8

De man was nauwelijks te zien, zoals hij op zijn hurken in de schaduw van een autowrak zat. Hij zat volkomen roerloos en zijn zwarte gezicht stak niet tegen het donkere plaatwerk van de auto af.

Hij had de plek waar hij opgehaald zou worden met zorg uitgekozen. Hij zat er al sinds de vroege middag te wachten en de zon begon nu achter de stoffige silhouetten van het getto van Soweto te verdwijnen. De rode, droge aarde gloeide in de ondergaande zon. Het was 8 april 1992.

Hij had een hele reis gemaakt om op tijd op de plaats van de afspraak te zijn. De blanke die hem bezocht had, had gezegd dat hij ruim op tijd moest zijn. Uit veiligheidsoverwegingen wilden ze hem niet het juiste uur geven dat hij opgehaald zou worden. Na zonsondergang, meer wist hij niet.

Er waren nog maar zesentwintig uur verstreken sinds de blanke man, die gezegd had dat hij Stewart heette, voor zijn huis in Ntibane had gestaan. Toen hij het geklop op de deur hoorde, dacht hij eerst dat het de politie van Umtata was die iets van hem wou. Er verliep zelden meer dan een maand tussen hun bezoeken. Zodra er een bankoverval of een moord gepleegd was stond een van de rechercheurs van Geweldsdelicten van Umtata voor zijn deur. Soms namen ze hem voor verhoor mee naar de stad. Maar meestal accepteerden ze zijn alibi, zelfs als dat de laatste tijd niet meer inhield dan dat hij in een van de bars in het district dronken was geweest.

Toen hij uit zijn golfplaten hutje stapte was de man die in het felle zonlicht stond en die beweerde Stewart te heten hem onbekend voorgekomen.

Victor Mabasha had meteen doorgehad dat de man loog. Hij kon van alles heten, alleen geen Stewart. Hoewel hij Engels sprak, had Victor aan zijn accent gehoord dat de man van oorsprong een Boer was. En Boere heetten geen Stewart.

De man had hem 's middags opgezocht. Toen er op de deur geklopt werd had Victor Mabasha liggen slapen. Hij had geen haast gemaakt met opstaan, hij had zijn broek aangetrokken en de deur geopend. Hij was eraan gewend geraakt dat niemand nog belangrijke opdrachten voor hem had. Meestal was het iemand aan wie hij geld verschuldigd was. Of iemand die dom genoeg was om te geloven dat hij wat van hem kon lenen. Als het dus de politie niet was. Maar die klopte niet. Die bonsde op de deur. Als ze hem niet openrukte.

De man die zei dat hij Stewart heette, was in de vijftig.

Hij had een slechtzittend pak aangehad en hij had overvloedig getranspireerd. Hij had zijn auto aan de overkant van de weg onder een baobabboom neergezet. Victor had gezien dat er kentekenplaten uit Transvaal op zaten. Hij had zich afgevraagd waarom iemand van zover gekomen was, helemaal naar de Transkei om hem te spreken.

De man had niet gevraagd of hij binnen mocht komen. Hij had hem alleen een envelop toegestoken en gezegd dat iemand hem de volgende dag bij Soweto wilde spreken in verband met een belangrijke kwestie.

'Alles wat je moet weten staat in de brief', had hij gezegd.

Vlak bij het hutje speelden een paar halfnaakte kinderen met een gedeukte wieldop. Victor had tegen hen geroepen dat ze moesten verdwijnen. Meteen waren ze weg.

'Wie?' had Victor gevraagd.

Hij wantrouwde alle blanken. Maar het meest van alles wantrouwde hij blanke mannen die slecht logen en bovendien geloofden dat hij zich tevreden zou stellen met een envelop in zijn hand.

'Dat kan ik niet zeggen', antwoordde Stewart.

'Er is altijd wel iemand die me wil zien', zei Victor. 'De vraag is alleen of ik hem wil zien.'

'Alles staat in de brief', herhaalde Stewart.

Victor stak zijn hand uit en nam de dikke bruine envelop in ontvangst. Hij voelde onmiddellijk dat er een stapeltje bankbiljetten in zat. Dat was zowel geruststellend als verontrustend. Hij had geld nodig, maar hij wist niet waarvoor hij het kreeg. Dat baarde hem zorgen.

Hij wilde niet betrokken raken bij iets waar hij niets van afwist.

Stewart veegde met een doorweekte zakdoek over zijn gezicht en kale schedel.

'Er zit een plattegrondje in', zei hij. 'De ontmoetingsplaats is aangegeven. In de buurt van Soweto. Je bent toch niet vergeten hoe het er daar uitziet?'

'Alles verandert altijd', zei Victor. 'Ik weet hoe het er acht jaar geleden in Soweto uitzag, maar ik heb geen idee hoe het er vandaag de dag uitziet.'

'Het is niet in Soweto zelf', zei Stewart. 'De plek is aan het eind van een afslag van de autoweg naar Johannesburg. Daar is helemaal niets veranderd. Als je op tijd wilt zijn moet je morgenvroeg vertrekken.'

'Wie wil mij spreken?' vroeg Victor opnieuw.

'Hij wil zijn naam niet noemen', zei Stewart. 'Je ziet hem morgen wel.'

Victor schudde langzaam zijn hoofd en stak hem de envelop toe.

'Ik wil een naam horen', zei hij weer. 'Als ik geen naam krijg, ben ik morgen niet op tijd op de afgesproken plek. Dan zal ik er nooit zijn.'

De man die zich Stewart noemde aarzelde. Victor keek hem met een roerloze blik aan. Na een lange aarzeling scheen Stewart in te zien dat het Victor ernst was. Hij keek om zich heen. De spelende kinderen waren verdwenen. Het was ongeveer vijftig meter tot aan Victors naaste buren, die in een hutje van golfplaat woonden dat al even jammerlijk was als dat van Victor. Een vrouw plette gerst in het opdwarrelende stof voor haar deur. Een paar geiten zochten in de uitgedroogde rode aarde naar grassprietjes.

'Jan Kleyn', zei hij zacht. 'Jan Kleyn wil je spreken. Vergeet dat ik dat gezegd heb. Je moet er op tijd zijn.'

Daarna draaide hij zich om en liep naar zijn auto. Victor zag hem in een stofwolk verdwijnen. De man reed veel te hard. Het was typisch de blanke die zich onzeker en benard voelde als hij de woonplaatsen van de zwarten bezocht, dacht Victor. Voor Stewart was dit hetzelfde als het bezoeken van vijandig gebied. Wat ook zo was.

Hij glimlachte bij die gedachte.

Blanke mensen zijn bange mensen.

Daarna vroeg hij zich af hoe Jan Kleyn zich kon verlagen om van zo'n boodschapper gebruik te maken.

Of was dat misschien nog een leugen van Stewart? Misschien had Jan Kleyn hem helemaal niet gestuurd? Misschien iemand anders?

De kinderen die met de wieldop speelden waren teruggekomen. Hij ging zijn hutje weer in, stak de petroleumlamp aan, ging op zijn wankele bed zitten en sneed langzaam de envelop open.

Gewoontegetrouw maakte hij die aan de onderkant open. In briefbommen zat het ontstekingsmechanisme meestal aan de bovenkant van de envelop. Maar weinig mensen verwachtten dat ze met de post een bom toegestuurd kregen en ze openden een brief altijd op de gewone manier.

In de envelop zat een plattegrond, nauwkeurig met de hand getekend met een zwarte viltstift. Een rood kruisje gaf de plaats aan waar hij verwacht werd. Hij zag de plek voor zich. Die was onmogelijk te missen. Behalve de plattegrond zat er een bundeltje rode bankbiljetten van 50 rand in de envelop. Zonder ze na te tellen wist Victor dat het vijfduizend rand was.

Dat was alles. Geen mededeling waarom Jan Kleyn hem wou spreken.

Victor legde de envelop op de aarden grond en strekte zich op zijn bed uit. De lakens roken muf. Een onzichtbare mug zoemde om zijn gezicht. Hij draaide zijn hoofd om en keek naar de petroleumlamp.

Jan Kleyn, dacht hij. Jan Kleyn wil me zien. De laatste keer was twee jaar geleden. Toen heeft hij gezegd dat we nooit meer iets met elkaar te maken zouden hebben. Maar nu hij wil me toch weer spreken. Waarom?

Hij kwam overeind en keek op zijn horloge. Als hij de volgende dag in Soweto wilde zijn, moest hij vanavond al de bus nemen. Stewart had het fout gehad. Hij kon niet tot morgenvroeg wachten. Het was bijna negenhonderd kilometer naar Johannesburg.

Een besluit hoefde hij niet te nemen. Op het moment dat hij het geld aangepakt had moest hij gaan. Hij had geen zin om Jan Kleyn vijfduizend rand schuldig te zijn. Dat zou hetzelfde zijn als zijn eigen doodvonnis tekenen. Zoveel wist hij wel van Jan Kleyn af dat iemand bij hem nooit onder zijn verantwoordelijkheid uitkwam.

Hij trok een tas onder zijn bed vandaan. Omdat hij niet wist hoelang hij weg zou blijven of wat Jan Kleyn van hem verlangde, stopte hij er een paar overhemden, onderbroeken en een paar zware schoenen in. Als hij een opdracht kreeg die veel tijd vergde, zou hij de kleren wel kopen die hij nodig had. Daarna maakte hij voorzichtig de achterkant van het hoofdeinde van het bed los. Gewikkeld in plastic, ingevet, lagen daar zijn twee messen. Hij veegde het vet er met een lap af en trok zijn overhemd uit. Van een haak aan het dak nam hij een speciaal voor messen gemaakte broekriem. Hij deed hem om en constateerde tevreden dat hij nog hetzelfde gaatje kon gebruiken. Hoewel hij verscheidene maanden, zolang als zijn geld reikte, zijn tijd had verdaan met bier drinken, was hij niet zwaarder geworden. Hij was nog altijd in goede vorm, al zou hij binnenkort eenendertig worden.

Hij stopte de beide messen in hun huls, nadat hij het snijvlak met zijn vingertoppen getest had. Hij hoefde maar licht met zijn hand te drukken of het bloed zou tussen zijn vingers doorsijpelen. Daarna maakte hij nog een deel van het hoofdeinde los en nam er zijn pistool uit, dat eveneens met kokosvet ingevet en met plastic omwikkeld was. Hij ging op zijn bed zitten en maakte het wapen zorgvuldig schoon. Het was een 9 mm Parabellum. Hij laadde het magazijn met die speciale munitie die alleen bij een illegale wapenhandelaar in Ravenmore te krijgen was. Twee extra magazijnen wikkelde hij in een van zijn overhemden in de tas. Daarna deed hij zijn schouderholster om en stopte er het pistool in. Nu was hij gereed om Jan Kleyn te ontmoeten.

Meteen daarna verliet hij zijn hutje. Hij deed het roestige hangslot op slot en liep naar de bushalte, een paar kilometer verderop langs de weg naar Umtata.

Hij kneep zijn ogen dicht tegen de rode zon die in snel tempo boven Soweto verdween en hij herinnerde zich die keer acht jaar geleden dat hij daar voor het laatst geweest was. Hij had vijfhonderd rand van een plaatselijke handelaar gekregen om een concurrerende winkelier dood te schieten. Zoals altijd had hij alle denkbare voorzorgsmaatregelen in acht genomen en de zaak nauwkeurig gepland.

Maar vanaf het allereerste begin was er iets misgegaan. Toevallig was er een politiewagen langs de plek gereden en hij was hals over kop uit Soweto gevlucht. Daarna was hij er nooit meer terug geweest.

De Afrikaanse schemering was kort. Plotseling was hij door het donker omringd. In de verte was het geruis van auto's op de autoweg te horen die zich hier splitste naar Kaapstad en Port Elizabeth. In de verte loeide een politiesirene en hij moest eraan denken dat Jan Kleyn wel een zeer speciale opdracht moest hebben als hij juist met hem contact opnam. Er waren een heleboel mensen bereid iemand voor duizend rand dood te schieten. Maar Jan Kleyn had hem vijfduizend rand als voorschot gegeven en dat kon alleen zijn omdat hij als de beste en koelbloedigste beroepsmoordenaar van heel Zuid-Afrika werd beschouwd.

Hij werd in zijn gedachtegang onderbroken door een auto die zich uit het geruis op de autoweg losmaakte. Meteen daarop ving hij een glimp op van koplampen die naderbij kwamen. Hij trok zich dieper in de schaduwen terug en haalde zijn pistool tevoorschijn. Hij maakte een schuivende beweging en ontgrendelde het wapen.

De auto stopte waar de afslag ophield. Koplampen schenen over de stoffige struiken en de schrootauto's. Victor Mabasha zat in het donker te wachten. Hij was nu van top tot teen gespannen.

Er stapte een man uit de auto. Victor zag meteen dat het niet Jan Kleyn was. Dat had hij ook nauwelijks verwacht. Jan Kleyn stuurde anderen om iemand te halen die hij wilde spreken.

Victor glipte voorzichtig om het autowrak heen en maakte een rondtrekkende beweging om de man van achteren te kunnen naderen. De auto was precies op de plek gestopt die hij verwacht had en de omtrekkende beweging om zich geluidloos te kunnen verplaatsen had hij geoefend.

Hij bleef vlak achter de man staan en drukte zijn pistool tegen diens hoofd. De man schokte.

'Waar is Jan Kleyn?' vroeg Victor Mabasha.

De man draaide voorzichtig zijn hoofd om.

'Ik breng je naar hem toe', antwoordde de man. Victor Mabasha merkte dat de man bang was.

'Waar is hij?' vroeg Victor Mabasha.

'Op een boerderij bij Pretoria. In Hammanskraal.'

Meteen besefte Victor Mabasha dat het geen valstrik was. Hij had Jan Kleyn al eens eerder in Hammanskraal ontmoet. Hij stopte zijn pistool in de holster.

'Dan kunnen we maar beter gaan', zei hij. 'Het is honderd kilometer naar Hammanskraal.'

Hij ging op de achterbank zitten. De man achter het stuur zweeg. Al gauw zagen ze de lichten van Johannesburg opdoemen toen ze langs de noordzijde van de stad reden.

Iedere keer als hij in de buurt van Johannesburg was, merkte hij hoe de uitzinnige haat die hij altijd voor de stad gevoeld had weer opbruiste. De stad was als een wild beest dat hem voortdurend achtervolgde, dat altijd weer herrees en hem herinnerde aan dingen die hij het liefst wilde vergeten.

Victor Mabasha was in Johannesburg opgegroeid. Zijn vader was mijnwerker geweest en had zich zelden thuis laten zien. Jarenlang had hij in de diamantmijnen van Kimberley gewerkt, daarna had hij in de mijnkrochten ten noordoosten van Johannesburg in Verwoerdburg gezwoegd. Toen hij tweeënveertig was waren zijn longen op. Victor Mabasha kon zich nog altijd het afschuwelijke gepiep herinneren waarmee zijn vader in zijn laatste levensjaar naar lucht hapte en ook de angst die zijn ogen uitstraalden. Al die jaren had zijn moeder geprobeerd het gezin en de negen kinderen bij elkaar te houden. Ze hadden in een krottenwijk gewoond en Victor herinnerde zich zijn jeugd als één lange en schier eindeloze vernedering. Hij was al vroeg in opstand gekomen, maar zijn chaotische protest werd niet begrepen. Hij was in een bende jonge dieven beland, hij was een paar keer opgepakt en iedere keer door blanke politiemannen in de cel in elkaar geslagen. Dat had zijn verbittering nog meer gevoed en hij had zijn leven op straat en in de misdaad elke keer weer opgepakt. In tegenstelling tot veel van zijn kameraden was hij zijn eigen weg gegaan om aan de vernederingen het hoofd te kunnen bieden. In plaats van aansluiting bij de langzaam groeiende zwarte bewustzijnsbeweging te zoeken, was hij de tegengestelde richting in geslagen. Hoewel de blanke onderdrukking zijn leven verwoestte, zag hij geen andere uitweg dan om op goede voet met de blanken te staan. In ruil voor hun bescherming begon hij op bestelling voor blanke helers te stelen. Toen hem op een keer, hij was toen net twintig geworden, twaalfhonderd rand werd beloofd om een zwarte politicus te doden die een blanke winkelier had beledigd, had hij niet geaarzeld. Dit zou het definitieve bewijs zijn dat hij de kant van de blanken gekozen had. En zijn wraak zou altijd zijn dat ze niet doorhadden hoe diep hij hen verachtte. Ze geloofden dat hij een eenvoudige kaffer was die wist hoe een zwarte in Zuid-Afrika zich diende te gedragen. Maar in zijn hart haatte hij de blanken en zo werd hij hun loopjongen.

Soms las hij in de krant dat een van zijn vroegere vrienden opgehangen was of tot een langdurige gevangenisstraf veroordeeld. Hij betreurde hun lot, maar hij hield koppig vast aan zijn overtuiging dat hij om te overleven de juiste keuze had gemaakt en dat hij misschien op den duur een leven buiten de krottenwijken op zou kunnen bouwen.

Toen hij tweeëntwintig was had hij Jan Kleyn voor het eerst ontmoet. Hoewel ze even oud waren had Kleyn hem toch met superieure minachting behandeld.

Jan Kleyn was een fanaticus. Victor Mabasha wist dat Kleyn de zwarten haatte en vond dat het beesten waren die voortdurend door de blanken getuchtigd moesten worden. Jan Kleyn had zich al vroeg bij de fascistische Boereweerstandsbeweging aangesloten en had er na enige jaren een leidende positie verworven. Maar hij was geen politicus, hij werkte in het verborgene en deed dat vanuit zijn werk bij de Zuid-Afrikaanse inlichtingendienst. Zijn grootste kwaliteit was dat hij meedogenloos was. Voor hem was er geen verschil tussen het neerschieten van een zwarte en het doden van een rat.

Victor Mabasha haatte én bewonderde Jan Kleyn. Diens onwrikbare overtuiging dat de Boere een uitverkoren volk waren, zijn doodsverachtende meedogenloosheid imponeerden hem. Het was of Jan Kleyn altijd heer en meester over zijn gedachten en gevoelens was. Victor Mabasha had vergeefs geprobeerd een zwakke plek bij Jan Kleyn te ontdekken, want die had hij niet.

Twee keer had hij op bestelling van Jan Kleyn een moord gepleegd.

Hij had zijn opdrachten tot volle tevredenheid vervuld. Maar hoewel ze elkaar die keren regelmatig ontmoet hadden, had Jan Kleyn hem nog steeds geen hand gegeven.

De lichten van Johannesburg verdwenen geleidelijk aan achter hen. Het verkeer op de autoweg naar Pretoria nam af. Victor Mabasha leunde achterover en sloot zijn ogen. Weldra zou hij weten waarom Jan Kleyn van mening veranderd was dat ze elkaar nooit meer moesten zien. Tegen zijn zin voelde hij een zekere spanning in zijn lichaam. Jan Kleyn zou hem nooit laten komen als het niet om iets zeer belangrijks ging.

Het huis lag op een heuvel ongeveer tien kilometer buiten Hammanskraal. Het werd omheind door een hoog hek en loslopende herdershonden zagen erop toe dat er geen ongenode gasten binnenkwamen.

In een kamer vol jachttrofeeën zaten die avond twee mannen op Victor Mabasha te wachten. De gordijnen waren dichtgetrokken en de bedienden naar huis gestuurd. De twee mannen zaten aan een tafel waarop een groen vilten kleed lag. Ze dronken whisky en praatten gedempt met elkaar, alsof er misschien toch nog iemand in huis was die hen kon horen.

De ene man was Jan Kleyn. Hij was erg vermagerd, alsof hij kortgeleden een zware ziekte onder de leden had gehad. Zijn gezicht vertoonde scherpe trekken die hem op een waakzame vogel deden lijken. Hij had grijze ogen, dun blond haar en droeg een donker kostuum, een wit overhemd en een stropdas. Als hij sprak was zijn stem hees en zijn manier van uitdrukken was ingehouden, bijna traag.

De andere man was zijn tegenhanger. Franz Malan was groot en lang en bovendien dik. Zijn buik hing over zijn broekband. Hij had een roodaangelopen gezicht en zweette overvloedig. Het was dit uiterlijk zo ongelijke paar dat die avond in april 1992 op de komst van Victor Mabasha zat te wachten.

Jan Kleyn keek op zijn horloge.

'Nog een halfuur, dan is hij hier', zei hij.

'Ik hoop dat je keuze de juiste is', antwoordde Franz Malan.

Jan Kleyn schrok op, alsof iemand plotseling een wapen op hem gericht had.

'Heb ik ooit een fout gemaakt?' vroeg hij. Hij sprak nog steeds zacht, maar de dreigende klank in zijn stem was onmiskenbaar.

Franz Malan keek hem nadenkend aan.

'Nog niet', zei hij. 'Het kwam zo maar in me op.'

'Je hebt de verkeerde gedachten', zei Jan Kleyn. 'Je verknoeit je tijd met je onnodig zorgen te maken. Alles zal volgens plan verlopen.'

'Ik hoop het', zei Franz Malan. 'Mijn superieuren zullen een prijs op mijn hoofd zetten als het fout gaat.'

Jan Kleyn glimlachte tegen hem.

'In dat geval pleeg ik zelfmoord', zei hij. 'En ik ben niet van plan dood te gaan. Ik trek me terug als we heroverd hebben, wat we de laatste jaren hebben verloren. Maar niet eerder.' Jan Kleyn was het resultaat van een verbazingwekkende carrière. Zijn compromisloze haat tegen iedereen die aan de apartheidspolitiek van Zuid-Afrika een einde wilde maken was beroemd of berucht, afhankelijk van iemands standpunt. Veel mensen deden hem af als de grootste gek binnen de Boereweerstandsbeweging. Maar degenen die hem kenden wisten dat hij een kil, berekenend mens was, wiens nietsontziende inborst hem toch nooit tot overijlde daden aanzette. Hijzelf omschreef zich altijd als een politiek chirurg; zijn taak was de tumoren weg te snijden die een voortdurende bedreiging voor het gezonde Zuid-Afrikaanse Boere-lichaam vormden. Weinig mensen wisten dat hij een van de meest effectieve mensen binnen de inlichtingendienst was.

Franz Malan had meer dan tien jaar voor het Zuid-Afrikaanse leger gewerkt, dat over een eigen geheime dienst beschikte. Daarvoor had hij als officier te velde geheime operaties in Zuid-Rhodesië en Mozambique geleid. Op zijn vierenveertigste had hij een hartaanval gekregen die een einde aan zijn militaire loopbaan had gemaakt. Maar vanwege zijn opvattingen en capaciteiten hadden ze hem onmiddellijk naar de militaire inlichtingendienst overgeplaatst.

Zijn taken liepen uiteen van het plaatsen van autobommen bij tegenstanders van de apartheid tot het organiseren van terreuracties tegen bijeenkomsten en vertegenwoordigers van het ANC. Ook hij was lid van de Boereweerstandsbeweging. En hij speelde er net als Jan Kleyn een rol in achter de schermen. Samen hadden ze het plan uitgedacht waarmee ze vanavond met de komst van Victor Mabasha een begin zouden maken.

Dagen- en nachtenlang hadden ze zitten discussiëren wat er gedaan moest worden. Ten slotte hadden ze overeenstemming bereikt. Ze hadden hun plan voorgelegd aan het geheime verbond, dat nooit anders dan het Comité genoemd werd.

Het was ook dit Comité dat hun de opdracht had verstrekt.

Het was allemaal begonnen met het ontslaan van Nelson Mandela uit zijn bijna dertigjarige gevangenschap op Robbeneiland.

Voor Jan Kleyn en voor Franz Malan, net als voor alle andere rechtzinnige Boere, was dat een oorlogsverklaring geweest. President De Klerk had zijn eigen volk verloochend, de blanken van Zuid-Afrika. Als er niet iets drastisch gebeurde, zou het apartheidssysteem tot de grond toe afgebroken worden. Een aantal vooraanstaande Boere, onder wie Jan Kleyn en Franz Malan, had ingezien dat vrije verkiezingen onvermijdelijk tot een zwart meerderheidsbewind zouden leiden. Wat voor hen gelijk stond aan een catastrofe, een onheilsdag voor het recht van het uitverkoren volk om Zuid-Afrika volgens eigen inzichten te regeren. Ze hadden heel wat verschillende acties besproken voordat ze besloten hadden wat er moest gebeuren.

Dat besluit was vier maanden geleden gevallen. Ze hadden elkaar ontmoet in dit huis, dat eigendom van het Zuid-Afrikaanse leger was en dat gebruikt werd voor conferenties en bijeenkomsten die discreet moesten plaatsvinden. Officieel hadden noch de inlichtingendienst noch de militairen contacten met geheime organisaties. Formeel lag hun loyaliteit bij de zittende regering en de Zuid-Afrikaanse grondwet, maar de werkelijkheid zag er heel anders uit. Net als in de bloeitijd van de Broederschap hadden Jan Kleyn en Franz Malan overal contacten in de Zuid-Afrikaanse samenleving. De operatie die ze het geheime Comité kant en klaar voorgelegd hadden en waarvoor ze straks het startsein zouden geven, werd gesteund door het oppercommando van het leger, door de Inkatha-beweging, die zich tegen het ANC afzette, en door rijke ondernemers en bankiers.

Ze hadden in deze kamer gezeten, aan de tafel met het groene vilten kleed, toen Jan Kleyn plotseling gezegd had:

'Wie is vandaag de dag de belangrijkste man in Zuid-Afrika?'

Franz Malan hoefde niet lang na te denken voordat hij begreep wie Jan Kleyn bedoelde.

'Een gedachte-experiment', zei Jan Kleyn. 'Denk je eens in dat hij dood is. Niet door een natuurlijke oorzaak, dat zou alleen maar een heilige van hem maken. Nee, vermoord.'

'Er zou in de zwarte voorsteden een oproer uitbreken waar we ons geen voorstelling van kunnen maken. Algemene stakingen, chaos. De buitenwereld zal ons nog meer in het isolement drijven.'

'Ga door. Laten we ervan uitgaan dat het bewijs geleverd kan worden dat hij door een zwarte is vermoord.'

'Dat zou de verwarring alleen maar vergroten. De Inkatha en het ANC zouden een openlijke en rücksichtslose oorlog met elkaar beginnen. En wij zouden met de armen over elkaar kunnen toekijken hoe ze elkaar met houwelen en bijlen en speren afmaken.'

'Precies. Maar nou nog een stapje verder. Stel dat de man die hem vermoordt lid van het ANC is.'

'Dat leidt tot een complete chaos binnen de beweging. De kroonprinsen zullen elkaar de keel afsnijden.'

Jan Kleyn knikte geestdriftig.

'Precies. Nog verder.'

Franz Malan dacht een ogenblik na voordat hij antwoordde.

'Ten slotte zullen de zwarten zich tegen de blanken keren. En omdat de zwarte politieke beweging zich op dat moment op de rand van een totale ineenstorting en anarchie zal bevinden, zullen wij gedwongen zijn om de politie en het leger in te zetten. Er zal een korte burgeroorlog volgen. Als we het goed aanpakken, dan zullen we alle belangrijke zwarten kunnen elimineren. Of de buitenwereld het nu wil of niet, ze zal er niet onderuit kunnen dat de zwarten de oorlog begonnen zijn.'

Jan Kleyn knikte.

Franz Malan keek de man tegenover hem onderzoekend aan.

'Is dit serieus bedoeld?' vroeg hij langzaam.

Jan Kleyn keek hem verbaasd aan.

'Serieus?'

'Dat we hem doden?'

'Natuurlijk meen ik dat serieus. Vóór de zomer van volgend jaar moet de man geliquideerd zijn. Operatie Springbok, had ik gedacht.'

'Hoezo?'

'Alles moet een naam hebben. Heb je nooit op een antilope geschoten? Als je goed gemikt hebt, maakt het dier een sprong voordat het sterft. En die sprong wil ik onze grootste vijand aanbieden.'

Ze waren tot het aanbreken van de dageraad blijven zitten. Franz Malan was ondanks zichzelf geïmponeerd door de grondigheid waarmee Jan Kleyn zijn plan had uitgewerkt. Het plan was driest zonder onnodige risico's te nemen. Toen ze bij het aanbreken van de dageraad naar de veranda van het huis gingen om hun benen te strekken, had Franz Malan nog maar één enkele tegenwerping in petto.

'Het is een uitstekend plan', zei hij. 'Ik zie maar één risico. Jij rekent erop dat Victor Mabasha je niet zal teleurstellen. Maar je vergeet dat hij een Zoeloe is. Zoeloes doen aan Boere denken. Hun loyaliteit ligt uiteindelijk bij henzelf en bij hun voorouders tot wie ze bidden. Dat betekent dat je een grote verantwoordelijkheid en heel veel vertrouwen in de handen van een zwarte legt. Je weet dat hun loyaliteit nooit bij ons kan liggen. Waarschijnlijk heb je het bij het juiste eind. Hij zal een rijk man worden, rijker dan hij ooit had durven dromen. Maar toch. Het plan staat en valt met ons vertrouwen in een zwarte.'

'Ik kan je mijn antwoord nu al geven', zei Jan Kleyn. 'Ik vertrouw nooit iemand. Nooit helemaal in ieder geval. Jou vertrouw ik. Maar ik besef dat iedereen ergens een zwak punt heeft. Mijn tekort aan vertrouwen vervang ik door voorzichtigheid en garanties. Ook in het geval van Victor Mabasha.'

'Jij vertrouwt alleen jezelf', zei Franz Malan.

'Ja', antwoordde Jan Kleyn. 'Bij mij zul je dat zwakke punt waar je het over had nooit aantreffen. Uiteraard zal Victor Mabasha voortdurend onder bewaking staan. En ik laat hem dat weten ook. Hij zal daarnaast een speciale training van een van 's werelds meest vooraanstaande experts op het gebied van aanslagen krijgen. Als hij faalt zal hij zo'n langzame en pijnlijke dood sterven dat hij zijn eigen geboorte zal vervloeken. Victor Mabasha weet wat gemarteld worden betekent. Hij zal begrijpen wat we van hem eisen.'

Enkele uren later hadden ze afscheid genomen en waren ieder hun eigen weg gegaan.

Vier maanden later had het plan bij enkele samenzweerders, die onder ede een belofte tot stilzwijgen hadden afgelegd, vaste grond onder de voeten gekregen.

De verwezenlijking van de opdracht kon beginnen.

Toen de auto voor het huis op de heuvel remde, had Franz Malan de honden aan de ketting gelegd. Victor Mabasha haatte herdershonden en bleef in de auto zitten tot hij er zeker van was dat ze hem niet aan zouden vallen. Jan Kleyn stond op de veranda om hem te begroeten. Victor Mabasha kon de verleiding niet weerstaan zijn hand uit te steken, maar Jan Kleyn negeerde die en vroeg in plaats daarvan hoe de reis geweest was.

'Als je een hele nacht in een bus zit, heb je voldoende tijd om een groot aantal vragen te bedenken', antwoordde Victor Mabasha.

'Mooi', zei Jan Kleyn. 'Je krijgt alle antwoorden die je nodig hebt.'

'Wie beslist dat?' vroeg Victor Mabasha. 'Wat ik wel en niet nodig heb?'

Voordat hij kon antwoorden kwam Franz Malan uit de schaduwen tevoorschijn. Ook hij stak zijn hand niet uit.

'Zullen we naar binnen gaan', zei Jan Kleyn. 'We hebben een heleboel te bespreken en onze tijd is krap.'

'Mijn naam is Franz', zei Franz Malan. 'Steek je handen boven je hoofd.'

Victor Mabasha protesteerde niet. Het was een van de ongeschreven regels dat bij een onderhandeling de wapens buiten bleven. Franz Malan pakte Mabasha's pistool en bekeek daarna de messen.

'Die zijn door een Afrikaanse wapensmid vervaardigd', zei Victor Mabasha. 'Prima geschikt voor een gevecht van dichtbij én als werpwapens.'

Ze liepen naar binnen en gingen aan de tafel met het groene kleed zitten. De chauffeur zette in de keuken koffie.

Victor Mabasha wachtte. Hij hoopte dat de beide mannen niet merkten hoe gespannen hij was.

'Een miljoen rand', zei Jan Kleyn. 'Dit keer beginnen we bij het einde. Ik wil dat je de hele tijd in je hoofd hebt wat we je aanbieden voor de dienst die we van je verlangen.'

'Een miljoen kan zowel veel als weinig zijn', zei Victor Mabasha. 'Dat hangt van de omstandigheden af. En wie zijn wij?'

'De vragen komen later', zei Jan Kleyn. 'Je kent me, je weet dat je me kunt vertrouwen. Franz die tegenover je zit kun je beschouwen als een verlengde van mijn arm. Je kunt hem evenveel vertrouwen als mij.'

Victor Mabasha knikte. Hij had het begrepen. Het spel was begonnen. Iedereen verzekerde de anderen van zijn betrouwbaarheid, maar iedereen vertrouwde alleen zichzelf.

'We zouden je een kleine dienst willen vragen', herhaalde Jan Kleyn en deed het in de oren van Victor Mabasha klinken alsof hij hem vroeg om even een glas water te halen. 'Voor jou is het in dit verband van weinig belang om te weten wie "wij" zijn.'

'Een miljoen rand', zei Victor Mabasha. 'Laten we aannemen dat dat een heleboel geld is. Ik neem aan dat jullie willen dat ik iemand voor jullie dood. Dan is een miljoen te veel. Als we aannemen dat het te weinig is, wat is dan je antwoord?'

'Jezus Christus, hoe kan een miljoen rand nou te weinig zijn', zei Franz Malan nijdig.

Jan Kleyn hief afwerend zijn hand op.

'Laten we liever zeggen dat het goed betaald is voor een fikse, korte opdracht', zei hij.

'Jullie willen dat ik iemand dood', herhaalde Victor Mabasha.

Jan Kleyn keek lang naar hem voordat hij antwoordde. Het kwam Victor Mabasha ineens voor dat er een koude windvlaag door het vertrek woei.

'Dat klopt', antwoordde Jan Kleyn. 'We willen dat je iemand doodt.'

'Wie?'

'Dat hoor je als de tijd daar is', zei Jan Kleyn.

Victor Mabasha werd plotseling onrustig. Het was onderdeel van de logische spelopening dat hij het belangrijkste te horen kreeg: op wie hij zijn wapen moest richten.

'Dit is een heel bijzondere opdracht', vervolgde Jan Kleyn.

'Je moet op reis, misschien is er sprake van maandenlange voorbereidingen, repetities en uiterste waakzaamheid. Laten we maar zeggen dat we willen dat je een man uit de weg ruimt. Een belangrijk man.'

'Een Zuid-Afrikaan?' vroeg Victor Mabasha.

Jan Kleyn aarzelde even voordat hij antwoordde.

'Ja', zei hij. 'Een Zuid-Afrikaan.'

Victor Mabasha probeerde snel na te gaan wie het kon zijn. Maar hij had nog steeds geen duidelijk beeld. En wie was die dikke, bezwete man die zwijgend en weggedoken in de schaduwen aan de andere kant van de tafel zat? Victor Mabasha had zo'n vaag vermoeden dat hij hem kende. Had hij hem ooit eerder ontmoet? In welk verband? Had hij zijn foto in de krant zien staan? Hij zocht koortsachtig in zijn geheugen zonder het antwoord te vinden.

De chauffeur zetten koppen en een kan koffie op het groene kleed. Niemand zei iets voordat hij de kamer uit was en de deur achter zich dichtgetrokken had.

'We willen dat je over een dag of tien uit Zuid-Afrika vertrekt', zei Jan Kleyn. 'Je gaat hiervandaan regelrecht terug naar Ntibane. Je zegt tegen iedereen dat je naar Botswana gaat om bij je oom in Gaborone in de ijzerwinkel te gaan werken. Je krijgt een brief die afgestempeld is in Botswana, waarin je werk wordt aangeboden. Die brief laat je zoveel mogelijk zien. Op 15 april, over zeven dagen dus, neem je de bus naar Johannesburg. Op het busstation word je afgehaald en de nacht breng je door in een flat waar ik je je laatste instructies kom geven. De volgende dag vlieg je naar Europa en dan naar Sint-Petersburg. Volgens je paspoort kom je uit Zimbabwe en heb je een andere naam. Die mag je zelf uitkiezen. In Sint-Petersburg word je op het vliegveld afgehaald. Jullie gaan vervolgens met de trein naar Finland en vandaar met de boot naar Zweden. Daar blijf je enkele weken. Je zult er iemand ontmoeten die je je belangrijkste instructies zal geven. Op een datum, die nu nog niet vaststaat, keer je naar Zuid-Afrika terug. Als je eenmaal weer hier bent, neem ik de verantwoordelijkheid voor de laatste fase over. Uiterlijk eind juni is de zaak afgehandeld. Je kunt waar ook ter wereld over je geld beschikken. Zodra je toegestemd hebt ons deze kleine dienst te bewijzen, krijg je honderdduizend rand voorschot.'

Jan Kleyn zweeg en keek hem onderzoekend aan. Victor Mabasha vroeg zich af of hij het goed verstaan had. Sint-Petersburg? Finland? Zweden? Hij probeerde zich zonder succes een kaart van Europa voor de geest te halen.

'Ik heb maar één vraag', zei hij na een poosje. 'Wat heeft dit allemaal te betekenen?'

'Het betekent dat we voorzichtig en nauwgezet te werk gaan', antwoordde Jan Kleyn. 'Dat zou je op prijs moeten stellen omdat het een garantie voor je eigen veiligheid is.'

'Daar zorg ik zelf wel voor', antwoordde Victor Mabasha afwerend. 'Maar laten we bij het begin beginnen. Wie haalt me in Sint-Petersburg af?'

'Zoals je misschien weet hebben er de laatste jaren grote veranderingen in de Sovjet-Unie plaatsgevonden', zei Jan Kleyn. 'Veranderingen waar we allemaal blij mee zijn. Maar aan de andere kant houdt het in dat veel bekwame mensen werkloos zijn geworden. In de eerste plaats bij de geheime politie, de KGB. We krijgen een aanhoudende stroom vragen van deze mensen of we van hun ervaring en diensten gebruik willen maken. Ze zijn vaak bereid alles te doen om een verblijfsvergunning voor ons land te bemachtigen.'

'Ik werk niet met de KGB', zei Victor Mabasha. 'Ik werk met niemand samen. Ik doe mijn werk en dat doe ik in mijn eentje.'

'Precies', zei Jan Kleyn. 'Jij werkt in je eentje. Maar je zult een heleboel kunnen leren van onze vrienden die je in Sint-Petersburg ontmoet. Het zijn heel vakbekwame lieden.'

'Waarom Zweden?'

Jan Kleyn dronk van zijn koffie.

'Een goede en voor de hand liggende vraag', begon hij. 'In de eerste plaats als afleidingsmanoeuvre. Ook al weet geen buitenstaander wat zich hier afspeelt, toch is het goed om een rookgordijn op te trekken. Zweden, dat een klein, onbelangrijk, neutraal land is, heeft zich altijd zeer agressief tegenover onze samenleving opgesteld. Niemand denkt eraan dat het lam zich in het leger van de wolf verbergt. Ten tweede hebben onze vrienden in Sint-Petersburg goede contacten in Zweden. Het is heel eenvoudig om dat land binnen te komen, omdat de grenscontroles op z'n zachtst gezegd willekeurig zijn of helemaal ontbreken. Veel van onze Russische vrienden hebben zich al onder een valse naam en valse kwalificaties in Zweden gevestigd. In de derde plaats hebben we daar betrouwbare vrienden die ons aan geschikte verblijfplaatsen kunnen helpen. Maar het belangrijkste is toch wel dat je uit Zuid-Afrika weg bent. Veel te veel mensen zijn geïnteresseerd in wat iemand als ik aan het doen is. En een plan kan uitlekken.'

Victor Mabasha schudde zijn hoofd.

'Ik moet weten wie ik om moet brengen', zei hij.

'Als de tijd daar is', antwoordde Jan Kleyn. 'Niet eerder. Ten slotte wil ik je aan een gesprek herinneren dat we bijna acht jaar geleden gevoerd hebben. Toen heb je gezegd dat met een goede planning iedereen gedood kan worden. Dat geen mens kan ontkomen als het ernst is. Zo, en nu wachten we op je antwoord.'

Op dat moment begreep Victor Mabasha wie hij moest doden.

De gedachte was huiveringwekkend. Maar het sloot meteen als een bus. De onverzoenlijke haat van Jan Kleyn jegens de zwarten, de toenemende liberalisering van Zuid-Afrika.

Een belangrijk man. Ze wilden dat hij president De Klerk zou doodschieten.

Zijn eerste opwelling was om nee te zeggen. Dit risico was veel te groot. Hoe moest hij voorbij alle veiligheidsagenten komen die de president constant omringen? Hoe zou hij weg kunnen komen? President De Klerk was meer iets voor een dader die bereid was zijn eigen leven in een zelfmoordactie op te offeren.

Toch kon hij niet ontkennen dat hij nog altijd meende wat hij acht jaar geleden tegen Jan Kleyn had gezegd. Dat geen mens op de hele wereld beschermd kan worden tegen een vakkundig pleger van een aanslag.

En een miljoen rand. De gedachte was duizelingwekkend. Hij kon geen nee zeggen.

'Driehonderdduizend als voorschot', zei hij. 'Dat moet uiterlijk overmorgen op een bank in Londen staan. En ik wil me het recht voorbehouden het uiteindelijke plan van de hand te wijzen als ik er te veel risico in vind zitten. Dan hebben jullie het recht een alternatief te eisen.

Onder die voorwaarden zeg ik ja.'

Jan Kleyn glimlachte.

'Uitstekend', zei hij. 'Ik wist het wel.'

'In mijn paspoort wil ik Ben Travis heten.'

'Geen probleem. Een goede naam. Gemakkelijk te onthouden.'

Uit een plastic map die op de grond naast zijn stoel lag haalde Jan Kleyn een brief afgestempeld in Botswana en gaf die aan Victor Mabasha.

'Op 15 april 's morgens om 6 uur gaat er een bus van Umtata naar Johannesburg. We willen dat je die neemt.'

Jan Kleyn en de man die gezegd had Franz te heten stonden op.

'We brengen je met de auto naar huis', zei Jan Kleyn. 'Omdat de tijd krap is kun je beter vannacht al teruggaan. Je kunt op de achterbank slapen.'

Victor Mabasha knikte. Hij had haast om thuis te komen. Een week was niet veel voor alles wat hij nog moest doen. Bijvoorbeeld uitzoeken wie die Franz eigenlijk was.

Het ging nu om zijn eigen veiligheid. Die eiste zijn volle concentratie.

Ze namen op de veranda afscheid. Dit keer stak Victor Mabasha zijn hand niet uit. Hij kreeg zijn wapens terug en ging op de achterbank van de auto zitten.

President De Klerk, dacht hij. Niemand ontkomt. Zelfs jij niet.

Jan Kleyn en Franz Malan stonden op de veranda en zagen de auto verdwijnen.

'Ik denk dat je gelijk hebt', zei Franz Malan. 'Ik denk dat hij het kan.'

'Natuurlijk kan hij het', antwoordde Jan Kleyn. 'Ik heb niet voor niks de beste gekozen.'

Franz Malan keek peinzend naar de sterrenhemel.

'Denk je dat hij begrepen heeft om wie het gaat?' vroeg hij.

'Ik denk dat hij gokt op president De Klerk', antwoordde Jan Kleyn. 'Daar viel bijna niet aan te ontkomen.'

Franz Malan liet zijn blik van de sterrenhemel naar Jan Kleyn dwalen.

'Dat was opzet, hè? Om hem te laten raden?'

'Natuurlijk', zei Jan Kleyn. 'Ik doe altijd alles met opzet. En ik vind dat we nu afscheid moeten nemen. Ik heb morgen een belangrijke vergadering in Bloemfontein.'

Op 17 april vloog Victor Mabasha onder de naam Ben Travis naar Londen. Toen wist hij wie Franz Malan was. Dat had hem er daadwerkelijk van overtuigd dat zijn beoogde slachtoffer president De Klerk was. In zijn koffer zaten wat boeken over De Klerk. Hij wist dat hij hem zo goed mogelijk moest leren kennen.

De volgende dag vloog hij door naar Sint-Petersburg. Daar werd hij opgewacht door een man die Konovalenko heette.

Twee dagen later meerde een veerboot af aan een kade in Stockholm. Na een lange autotocht naar het zuiden kwam hij 's avonds laat bij een afgelegen boerderij aan. De man die de auto reed sprak uitstekend Engels, maar wel met een Russisch accent.

Maandag 20 april werd Victor Mabasha bij het aanbreken van de dag wakker. Hij liep het erf op om te plassen. Over de velden hing een roerloze mist. Hij rilde in de kille lucht.

Zweden, dacht hij. Je verwelkomt Ben Travis met mist, kou en stilte.

9

Het was de minister van Buitenlandse Zaken, Botha, die de slang ontdekte.

Het liep al tegen middernacht en de meeste leden van de Zuid-Afrikaanse regering hadden elkaar welterusten gewenst en zich in hun bungalows teruggetrokken. Om het kampvuur zaten alleen nog president De Klerk, minister van Buitenlandse Zaken Botha, minister van Binnenlandse Zaken Vlok met zijn secretaris en enkele geselecteerde veiligheidsagenten van de president en het kabinet. Dat waren allemaal officieren die een eed van trouw en geheimhouding aan De Klerk persoonlijk hadden afgelegd. Verderop, nauwelijks zichtbaar vanaf de plek van het kampvuur, zaten zwarte bedienden in de schaduwen te wachten.

Het was een groene mamba. Het beest naast het kampvuur was moeilijk te zien in het flakkerende licht. Minister van Buitenlandse Zaken Botha zou hem waarschijnlijk nooit ontdekt hebben als hij zich niet voorover had gebogen om aan zijn enkel te krabben. Hij schrok toen hij de slang zag en bleef vervolgens roerloos zitten. Al heel jong had hij geleerd dat een slang alleen bewegende voorwerpen kan zien en aanvallen.

'Er ligt een giftige slang voor mijn voeten op twee meter afstand', zei hij met zachte stem.

President De Klerk zat in gedachten verzonken. Hij had zijn ligstoel wat naar achteren geklapt zodat hij zich in halfliggende houding kon uitstrekken. Zoals altijd zat hij een eindje bij zijn collega's vandaan. Ooit had hij gedacht dat het uit respect was dat zijn ministers hun stoel nooit te dicht bij de zijne zetten wanneer ze zich om het kampvuur schaarden. Dat kwam hem goed uit. President De Klerk was een man die vaak een dringende behoefte had om alleen te zijn.

Langzaam zonken de woorden van de minister van Buitenlandse Zaken in zijn brein en circuleerden in zijn gedachten. Hij draaide zijn hoofd om en keek door de dansende vlammen naar het gezicht van zijn minister van Buitenlandse Zaken.

'Zei je iets?' vroeg hij.

'Er ligt een giftige slang aan mijn voeten', herhaalde Pik Botha. 'Ik heb nog nooit zo'n grote mamba gezien.'

President De Klerk richtte zich voorzichtig in zijn stoel op. Hij verafschuwde slangen. Hij had hoe dan ook een bijna panische angst voor reptielen. Het personeel van de presidentiële woning wist bovendien dat het dagelijks ieder hoekje minutieus moest controleren op spinnen, torren en andere insecten. Hetzelfde gold voor degenen die het presidentiële kantoor, zijn auto's en de vergaderzalen van zijn regering schoonmaakten.

Hij strekte langzaam zijn hals en ontdekte de slang. Op slag werd hij misselijk.

'Maak hem dood', zei hij.

De minister van Binnenlandse Zaken was in zijn ligstoel in slaap gevallen en zijn staatssecretaris zat met een koptelefoon op naar muziek te luisteren. Een van de lijfwachten trok voorzichtig een mes uit zijn broekriem en richtte dat met grote precisie op de slang. De kop van de mamba werd van het lichaam gespleten. De lijfwacht raapte het nog wild heen en weer slaande slangenlijf op en wierp het op het vuur. Tot zijn grote schrik zag De Klerk dat de kop van de slang, die nog op de grond lag, zijn bek open en dicht deed en zijn giftanden liet zien. De Klerks misselijkheid nam nog toe en ineens werd hij duizelig alsof hij op het punt stond te bezwijmen. Hij leunde haastig achterover in zijn stoel en deed zijn ogen dicht.

Een dode slang, dacht hij. Maar het lichaam slaat nog heen en weer en als je niet beter wist zou je denken dat het nog leefde. Het is net als in mijn land, Zuid-Afrika. Veel van het oude, waarvan wij dachten dat het dood en begraven was, leeft nog. We moeten niet alleen een gevecht leveren met en tegen wat leeft, maar ook tegen wat stug de kop weer opsteekt.

Bijna elke drie maanden ging president De Klerk met zijn ministers en enkele speciaal uitgekozen staatssecretarissen naar een kamp in Ons Hoop, even ten zuiden van Botswana, waar ze een paar dagen verbleven. Deze reizen geschiedden in alle openheid. Officieel kwamen de president en zijn kabinet bijeen om in afzondering belangrijke zaken van uiteenlopende aard te bespreken. De Klerk had deze gewoonte vanaf het begin van zijn aantreden als staatshoofd van de republiek ingevoerd. Hij was nu bijna vier jaar president en hij wist dat een aantal van de belangrijkste regeringsbesluiten in de informele sfeer rond het kampvuur in Ons Hoop was genomen. Het kamp was gebouwd met geld uit de openbare middelen en het kostte De Klerk geen enkele moeite om het bestaan ervan te rechtvaardigen. Het was alsof de gedachten van hemzelf en zijn medewerkers vrijer en misschien ook stoutmoediger waren als ze bij de kampvuren onder de nachtelijke hemel zaten en de lucht van het oorspronkelijke Afrika opsnoven. De Klerk had wel eens gedacht dat het hun Boerbloed was dat zich daar deed gelden: vrije mannen, altijd nauw met de natuur verbonden, die nooit helemaal aan de nieuwe tijd hadden kunnen wennen, noch aan hun werkkamers met airconditioning en aan hun auto's met kogelvrij glas. Hier in Ons Hoop konden ze genieten van de bergen aan de horizon, van de oneindige vlakten en niet in de laatste plaats van een uitstekend bereide braai. Ze konden er discussiëren zonder zich door de tijd opgejaagd te voelen en De Klerk wist dat het resultaten had afgeworpen.

Pik Botha zat naar de slang te kijken die door het vuur verteerd werd. Daarna draaide hij zijn hoofd opzij en zag dat De Klerk zijn ogen gesloten had. Dat betekende dat de president alleen wilde zijn. Hij schudde voorzichtig aan de schouder van de minister van Binnenlandse Zaken. Vlok werd met een schok wakker. Toen ze opstonden zette de staatssecretaris gauw zijn cassetterecorder af en vergaarde zijn papieren die onder zijn stoel lagen.

Pik Botha draalde toen de anderen, geëscorteerd door een bediende met een lamp, verdwenen waren. Soms wilde de president in vertrouwen enkele woorden met zijn minister van Buitenlandse Zaken wisselen.

'Ik denk dat ik me maar eens terugtrek', zei Pik Botha.

De Klerk deed zijn ogen open en keek hem aan. Deze avond had hij geen speciale dingen met Pik Botha te bespreken.

'Doe dat', zei hij. 'We hebben allemaal alle slaap nodig die we krijgen kunnen.'

Pik Botha knikte, wenste welterusten en liet de president alleen.

In normale omstandigheden placht De Klerk even alleen te blijven zitten om de discussies van die dag en avond te overdenken. Als ze naar kamp Ons Hoop gingen gebeurde dat om algemene politieke strategieën te bespreken, niet om over routineaangelegenheden te praten. Bij het kampvuur spraken ze over de toekomst van Zuid-Afrika, nooit over iets anders. Hier werd de strategie uitgestippeld hoe het land de nodige veranderingen moest ondergaan zonder dat de blanken te veel van hun invloed verloren.

Maar juist deze avond, maandag 27 april 1992, zat De Klerk te wachten op een man die hij onder vier ogen wilde spreken, zonder dat zelfs zijn minister van Buitenlandse Zaken, zijn vertrouwensman in de regering, dat wist. Hij knikte tegen een van de lijfwachten, die meteen verdween. Een paar minuten later kwam hij terug. Hij was in gezelschap van een man van in de veertig. De man had een eenvoudig khakipak aan. Hij begroette De Klerk en schoof een van de ligstoelen dichter naar de president toe. Tegelijk gaf De Klerk een teken met zijn hand dat zijn lijfwachten zich terug moesten trekken. Hij wilde hen in zijn buurt hebben, maar buiten gehoorsafstand.

Er waren vier mensen op wie president De Klerk vertrouwde. In de eerste plaats zijn vrouw. Daarnaast zijn minister van Buitenlandse Zaken Botha. En nog twee personen. De ene ging op dit moment in de stoel naast hem zitten. Hij heette Pieter van Heerden en werkte bij de Zuid-Afrikaanse inlichtingendienst.

Maar belangrijker dan zijn werkzaamheden voor de veiligheid van de republiek was, dat Van Heerden de rol vervulde van De Klerks bijzondere informant en boodschapper inzake de toestand in het land. Via Pieter van Heerden werd De Klerk regelmatig op de hoogte gehouden van wat er gedacht werd binnen het militaire oppercommando, het politiekorps, de overige politieke partijen en last but not least binnen de eigen organisaties van de veiligheidsdienst. Als er een militaire coup gepland werd, als er een samenzwering op touw werd gezet, zou dat Van Heerden ter ore komen en zou hij de president onmiddellijk op de hoogte stellen. Zonder Van Heerden zou De Klerk niet weten welke krachten tegen hem samenspanden. Van Heerden speelde naar buiten toe en op zijn werk als veiligheidsagent de rol van de man die uiterst kritisch tegenover president De Klerk stond. Hij deed dat uitstekend, altijd uitgebalanceerd, nooit overdreven. Niemand zou hem ervan verdenken persoonlijk aan de president te rapporteren.

De Klerk wist dat hij door de hulp van Van Heerden in te roepen zijn vertrouwen in zijn eigen kabinet beknotte. Hij zag echter geen andere mogelijkheid om aan de informatie te komen, die hij nodig had om de grote veranderingen door te voeren die in Zuid-Afrika moesten plaatsvinden om een nationale catastrofe te verhinderen. En dat had weer veel te maken met de vierde persoon in wie De Klerk een grenzeloos vertrouwen stelde.

Nelson Mandela.

De leider van het ANC. De man die zevenentwintig jaar op Robbeneiland voor de kust van Kaapstad gevangen had gezeten, nadat hij in het begin van de jaren zestig tot levenslang was veroordeeld voor vermeende, maar nooit bewezen sabotagedaden.

President De Klerk had zeer weinig illusies. Hij realiseerde zich dat de enigen die gezamenlijk een binnenlandse oorlog konden voorkomen, met een eindeloos bloedbad als gevolg, hijzelf en Nelson Mandela waren. Heel vaak had hij 's nachts slapeloos door het presidentiële paleis gedwaald, kijkend naar de lichten van Pretoria en bedacht dat de toekomstmogelijkheden voor de Zuid-Afrikaanse republiek bepaald zouden worden door het politieke compromis dat hij en Nelson Mandela hopelijk tot stand konden brengen.

Met Nelson Mandela kon hij openlijk praten. Hij wist dat dat wederkerig was. Als individuen waren ze heel uiteenlopend van karakter en temperament. Nelson Mandela was een zoekende, een filosofisch aangelegd man, die langs die weg tot de onverschrokkenheid en de praktische daadkracht kwam die eveneens kenmerkend voor hem waren. President De Klerk miste die filosofische dimensie. Als zich een probleem voordeed zocht hij meteen naar een praktische oplossing. Voor hem werd de toekomst van de republiek bepaald door een steeds wisselende politieke realiteit en door een voortdurend kiezen uit wat wel en niet haalbaar was. Maar tussen deze beide mensen met zulke uiteenlopende uitgangspunten en ervaringen heerste een vertrouwen dat slechts door een duidelijk blijk van verraad beschaamd kon worden. Dat betekende dat ze nooit hoefden te verbergen dat ze het ergens oneens over waren, dat ze, als ze elkaar onder vier ogen spraken, nooit hun toevlucht tot overbodige retoriek hoefden te nemen. Maar het betekende ook dat ze op twee verschillende fronten vochten. De blanke bevolking was verdeeld. De Klerk wist dat alles als een kaartenhuis ineen zou storten als hij er niet in zou slagen stapje voor stapje vooruitgang te boeken via compromissen die voor de meerderheid van de blanke bevolking acceptabel waren. De ultra-conservatieve krachten zou hij hoe dan ook nooit kunnen indammen, evenmin als de racistische leden van de officierenkorpsen van leger en politie, maar hij moest er wel voor zorgen dat die niet te machtig werden.

President De Klerk wist dat Nelson Mandela met soortgelijke problemen kampte. Ook de zwarten waren onderling verdeeld. Niet in de laatste plaats de aanhangers van de door de Zoeloes gedomineerde Inkatha-beweging en de leden van het ANC. Daarom konden de twee mannen elkaar in wederzijds begrip vinden en hoefden ze hun onenigheden niet te verdoezelen.

Van Heerden stond er garant voor dat De Klerk de informatie kreeg die hij nodig had. Hij wist dat je je vrienden dichtbij moet houden, maar je vijanden en de gedachten van je vijanden nog dichterbij.

Normaal spraken ze elkaar één keer in de week in de werkkamer van De Klerk, meestal laat op de zaterdagmiddag. Maar deze keer had Van Heerden om een spoedeisende ontmoeting gevraagd. De Klerk wilde hem eerst niet naar het kamp laten komen. Het zou niet meevallen hem daar te ontmoeten zonder dat de andere leden van de regering erachter kwamen. Maar Van Heerden was abnormaal hardnekkig geweest. Hun ontmoeting kon niet wachten tot De Klerk weer in Pretoria was. Dus had De Klerk toegegeven. Omdat hij wist dat Van Heerden een door en door koelbloedig en beheerst iemand was die nooit overijld reageerde, had hij beseft dat hij de president van de republiek iets zeer belangrijks te vertellen had.

'We zijn nu alleen', zei De Klerk. 'Pik ontdekte daarstraks vlak voor zijn voeten een giftige slang. Ik heb me even afgevraagd of er een zendertje in verstopt was.'

Van Heerden glimlachte.

'We bedienen ons nog niet van gifslangen als inlichtingenbron', zei hij. 'Maar misschien zal dat ooit nog eens nodig zijn. Wie weet.'

De Klerk keek hem onderzoekend aan. 'Wat is er zo belangrijk dat het niet kon wachten?'

Van Heerden bevochtigde zijn lippen voordat hij begon te praten. 'De plannen voor een samenzwering om u te doden hebben al een kritieke fase van voorbereiding bereikt', begon hij. 'Ongetwijfeld mogen we nu al van een ernstige bedreiging spreken. Voor u, voor het totale beleid van de regering en in het verlengde daarvan voor het hele land.'

Van Heerden zweeg na zijn inleidende woorden. Hij was eraan gewend dat De Klerk vaak vragen stelde, maar deze keer zei de president niets. Hij keek Van Heerden alleen maar met aandachtige ogen aan.

'Ik beschik nog niet over gedetailleerde informatie,' vervolgde Van Heerden, 'maar de hoofdlijnen zijn me bekend en die doen het ergste vrezen. De samenzwering heeft vertakkingen binnen het oppercommando van het leger, in ultra-rechtse kringen en in het bijzonder de Boereweerstandsbeweging. Maar we moeten niet vergeten dat veel conservatieven, eigenlijk de meeste, politiek niet georganiseerd zijn. Daarnaast hebben we aanwijzingen dat er buitenlandse deskundigen op het gebied van aanslagen, in de eerste plaats van de KGB, bij betrokken zijn.'

'De KGB bestaat niet meer', onderbrak De Klerk hem. 'Tenminste niet in de vorm die we kenden.'

'Maar er zijn werkloze KGB-officieren', zei Van Heerden. 'Ik heb u al eerder verteld dat we tegenwoordig een groot aantal aanbiedingen van voormalige officieren van de Russische inlichtingendienst krijgen om ons in de toekomst van dienst te zijn.'

De Klerk knikte, hij herinnerde het zich.

'Een samenzwering heeft altijd een centrum', zei hij na enige tijd. 'Eén of meer individuen, vaak maar een paar, en daarnaast zijn er dan de onzichtbaren, veel onzichtbaren die aan de touwtjes trekken. Wie zijn dat?'

'Ik weet het niet', zei Van Heerden. 'En dat baart me zorgen. Bij de militaire veiligheidsdienst is een zekere Franz Malan er met grote zekerheid bij betrokken. Hij was zo onvoorzichtig om een deel van het materiaal over de samenzwering in zijn databestanden op te slaan zonder die te beveiligen. Dat was mijn eerste aanknopingspunt dat er iets broedde. Ik kwam erachter toen ik een van mijn vertrouwelingen opdracht tot een routinecontrole gaf.'

Als het volk dat eens wist, dacht De Klerk. Dat het zover gekomen is dat officieren van de veiligheidsdiensten elkaar controleren, stiekem in elkaars bestanden kijken, elkaar verdenken van voortdurende politieke ontrouw.

'Waarom alleen ik?' vroeg De Klerk. 'Waarom niet Mandela én ik?'

'Het is nog te vroeg om daar antwoord op te geven', zei Van Heerden. 'Maar het is niet moeilijk om je voor te stellen wat een geslaagde aanslag op u in de huidige situatie teweeg kan brengen.'

De Klerk hief zijn hand op. Van Heerden hoefde dat niet uit te leggen. De Klerk kon zich die catastrofe heel goed indenken.

'Er speelt nog een ding mee dat me verontrust', zei Van Heerden. 'Een aantal bekende moordenaars, zwarte en blanke, wordt voortdurend door ons in de gaten gehouden. Mannen die voor het juiste bedrag om het even wie vermoorden. Ik mag met een gerust hart opmerken dat onze preventieve maatregelen tegen eventuele aanslagen op politici zeer effectief zijn. Gisteren heb ik een rapport van de inlichtingendienst in Umtata ontvangen dat een zekere Victor Mabasha een paar dagen geleden voor een kort bezoek naar Johannesburg is gegaan. En dat hij na zijn terugkomst over veel geld beschikte.'

De Klerk trok een weifelend gezicht.

'Dat kan toeval zijn', zei hij.

'Daar ben ik nog niet zo zeker van', antwoordde Van Heerden. 'Als ik de president van het land wilde doden zou ik daar zeker Victor Mabasha voor uitkiezen.'

De Klerk trok zijn wenkbrauwen op.

'Ook voor een aanslag op Nelson Mandela?'

'Ook in dat geval.'

'Een zwarte beroepsmoordenaar.'

'Hij is zeer vakbekwaam.'

De Klerk stond op en pookte in het vuur dat langzaam uitdoofde. Op dit moment wilde hij niet horen welke kenmerken een vakbekwame beroepsmoordenaar bezat. Hij deed nog wat hout op het vuur en rechtte zijn rug. Zijn kale schedel glom in het schijnsel van het vuur dat weer opvlamde. Hij keek naar de nachtelijke hemel en naar het sterrenbeeld van het Zuiderkruis. Hij was heel moe, maar hij probeerde toch te begrijpen wat Van Heerden zojuist gezegd had. Hij realiseerde zich dat zo'n samenzwering meer dan denkbaar was. Hij had zich al vaak voorgesteld dat hij gedood zou worden door een moordenaar, die gezonden was door woedende blanke Boere die hem er voortdurend van beschuldigden het land aan de zwarten te verkopen. Hij had er uiteraard ook over lopen piekeren wat er zou gebeuren als Mandela zou sterven, al dan niet aan een natuurlijke dood. Nelson Mandela was oud. Hoewel hij over een sterke fysiek beschikte, had hij bijna dertig jaar in de gevangenis doorgebracht.

De Klerk ging weer in zijn stoel zitten.

'Uiteraard moet je al je aandacht aan het ontmaskeren van deze samenzwering schenken', zei hij. 'Maak gebruik van alle middelen die je goeddunken. Geld is evenmin een probleem. En neem als er iets belangrijks gebeurt onmiddellijk contact met me op, op elk moment van de dag of de nacht. Vooralsnog moeten we twee maatregelen uitbreiden of overwegen. De eerste spreekt natuurlijk voor zich. Mijn bewaking moet zo discreet mogelijk versterkt worden. Van de tweede maatregel ben ik minder zeker.'

Van Heerden vermoedde waar de president aan dacht. Hij wachtte op het vervolg.

'Moet ik hem wel of niet inlichten?' zei De Klerk. 'Hoe zal hij reageren? Of moet ik wachten tot we meer weten?'

Van Heerden wist dat de president hem niet om raad vroeg. De Klerk richtte die vragen tot zichzelf. De antwoorden zouden ook van hemzelf komen.

'Ik zal erover denken', zei De Klerk. 'Je hoort binnenkort van me. Was er verder nog iets?'

'Nee', antwoordde Van Heerden en stond op.

'Het is een mooie nacht', zei De Klerk. 'We leven in het mooiste land ter wereld, maar in de schaduwen loeren monsters. Soms zou ik in de toekomst willen kijken. Ik zou willen dat ik dat kon. Maar eerlijk gezegd weet ik niet of ik het zou durven.'

Ze namen afscheid. Van Heerden verdween in de schaduwen.

De Klerk staarde in het vuur. Hij was eigenlijk te moe om een besluit te nemen. Moest hij Mandela over de samenzwering inlichten of moest hij wachten?

Hij bleef bij het vuur zitten en zag het langzaam uitdoven.

Ten slotte nam hij een besluit.

Hij zou nog niets tegen zijn vriend zeggen.

10

Victor Mabasha had vergeefs geprobeerd te denken dat wat er was gebeurd alleen maar een boze droom was. Er had nooit een vrouw voor het huis gestaan. Konovalenko, de man die hij wel moest haten, had haar nooit gedood. Het was maar een droom, waarmee een geest, zijn *songoma*, zijn gedachten had vergiftigd om hem onzeker te maken, waardoor hij misschien niet in staat was zijn opdracht uit te voeren. Hij wist heel zeker dat het door de vloek kwam die op hem als zwarte Zuid-Afrikaan rustte. Niet weten wie hij was, of wie hij mocht zijn. Een mens die het ene moment geweld onderschreef, om het volgende ogenblik niet te kunnen begrijpen dat iemand een medemens kon doden. Hij had ingezien dat de geesten hun zingende honden op hem afgestuurd hadden. Zij bewaakten hem, hielden hem vast, waren zijn ultieme bewakers, oneindig veel waakzamer dan Jan Kleyn ooit kon zijn...

Vanaf het allereerste begin was alles fout gegaan. Instinctief had hij de man die hem op het vliegveld van Sint-Petersburg opwachtte gewantrouwd en niet gemogen. Er was iets ontwijkends aan de man. Victor Mabasha haatte mensen die hij moeilijk kon plaatsen. Hij wist uit ervaring dat dat soort types hem vaak ernstig in de problemen bracht. Bovendien besefte hij dat de man die Anatoli Konovalenko heette een racist was. Verscheidene keren had Victor op het punt gestaan hem naar de keel te vliegen en te zeggen dat hij zag, dat hij wist wat Konovalenko dacht, dat hij maar een kaffer was, een inferieur wezen.

Maar hij had het niet gedaan. Hij had zichzelf in de hand gehouden. Hij had een opdracht en die ging vóór alles. Eigenlijk had hij zich over zijn eigen heftige reacties verbaasd. Heel zijn leven was racisme zijn leefmilieu geweest. Op zijn manier had hij geleerd ermee om te gaan. Waarom reageerde hij dan zo heftig op Konovalenko? Accepteerde hij misschien niet dat hij door een blanke, die niet uit Zuid-Afrika kwam, als minderwaardig werd beschouwd? Hij was tot de conclusie gekomen dat dat het antwoord was.

De reis van Johannesburg naar Londen en verder naar Sint-Petersburg was zonder problemen verlopen. Tijdens de nachtvlucht naar Londen was hij wakker gebleven en had naar het donker zitten kijken. Van tijd tot tijd meende hij in het duister ver onder hem vlammende vuren te zien, maar hij had beseft dat dat inbeelding was. Het was niet de eerste keer dat hij uit Zuid-Afrika weg was. Hij had op een keer een ANC-vertegenwoordiger in Lusaka geliquideerd en een andere keer had hij deelgenomen aan een aanslag in het toenmalige Zuid-Rhodesië, gericht tegen rebellenleider Joshua Nkomo. Dat was de enige keer dat hij geen succes had gehad. Toen ook had hij besloten om in de toekomst alleen nog in zijn eentje te opereren.

Yebo, yebo. Nooit meer zou hij een ondergeschikte zijn. Zo gauw hij gereed was om uit dat bevroren Scandinavische land naar Zuid-Afrika terug te gaan, zou Anatoli Konovalenko niet meer dan een onbelangrijk detail in de boze droom zijn waarmee zijn *songoma* hem vergiftigde. Konovalenko was een onbelangrijke rookzuil die hij uit zijn lichaam zou verdrijven. De heilige geest die zich in het gejank van de zingende honden verstopt had zou hem wegjagen. Daarna zou zijn vergiftigde herinnering zich nooit meer met de arrogante Rus met de bruine, afgesleten tanden hoeven bezig te houden.

Konovalenko was klein en gedrongen. Hij kwam nauwelijks tot Victors schouders, maar met zijn hoofd was niks mis, dat had Victor onmiddellijk door. Vreemd was dat natuurlijk niet. Jan Kleyn zou nooit genoegen nemen met iets anders dan het allerbeste dat te koop was.

Maar waar Victor Mabasha zich nooit een voorstelling van had kunnen maken was de wreedheid van de man. Natuurlijk had hij zich gerealiseerd dat een voormalige hoge officier van de KGB, met als specialisme de liquidatie van infiltranten en overlopers, nauwelijks enige wroeging zou voelen als het op doden aankwam. Maar voor Victor was onnodige wreedheid een kenmerk van amateurs. Een liquidatie moest *mningi checha* gebeuren, snel en zonder dat het slachtoffer onnodig leed.

Ze waren de dag na Victors aankomst in Sint-Petersburg vertrokken. Op de veerboot naar Zweden had hij het zo koud gehad dat hij de hele reis, in dekens gewikkeld, in zijn hut was gebleven. Ruim voordat ze in

Stockholm aankwamen had Konovalenko hem zijn nieuwe paspoort en instructies gegeven. Tot zijn grote verbazing heette hij nu Shalid en bezat hij de Zweedse nationaliteit.

'Ooit was je een stateloze vluchteling uit Eritrea', had Konovalenko uitgelegd. 'Je bent aan het einde van de jaren zestig al naar Zweden gekomen en je hebt in 1978 de Zweedse nationaliteit gekregen.'

'Zou ik dan na meer dan twintig jaar niet op z'n minst een paar woorden Zweeds moeten spreken?' had Victor gevraagd.

'Het is voldoende als je *tack* kunt zeggen', had Konovalenko geantwoord. 'Niemand zal je ooit wat vragen.'

Konovalenko had gelijk gehad.

Tot Victors grote verbazing had een jonge vrouwelijke paspoortcontroleur alleen een snelle blik in zijn paspoort geworpen voordat ze het hem had teruggegeven. Kon het werkelijk zo eenvoudig zijn om een land in en uit te komen? dacht hij. Hij kreeg door dat er misschien toch een goede reden was om de voorbereiding voor de laatste fase van zijn opdracht naar een land te verplaatsen zo ver weg van Zuid-Afrika.

Hoewel hij de man die zijn instructeur zou zijn wantrouwde en verafschuwde, was hij wel geïmponeerd door de onzichtbare organisatie die alles wat zich om hem heen afspeelde afschermde en onder controle bleek te hebben. In de haven van Stockholm had een auto voor hen klaar gestaan. De sleuteltjes hadden op het linkerachterwiel gelegen. Omdat Konovalenko niet precies wist hoe ze Stockholm uit moesten rijden, was een andere auto hen voorgegaan om hen naar de zuidelijke autoweg te loodsen en was daar verdwenen. De wereld werd bestuurd door geheime organisaties en mensen als zijn *songoma*, had Victor gedacht. Ze werd in het verborgene gemaakt en veranderd. Mensen als Jan Kleyn waren slechts loopjongens. Wat zijn eigen plaats in deze onzichtbare organisatie was wist hij niet precies. Hij wist niet eens of hij het wel wilde weten.

Ze reden door het land dat Zweden heette. Tussen de naaldbomen schemerden zo nu en dan plekken sneeuw. Konovalenko reed niet hard en hij zei bijna niets tijdens de rit. Dat kwam Victor goed uit omdat hij moe was na de lange reis. Van tijd tot tijd doezelde hij op de achterbank weg en meteen sprak zijn geest tot hem. De zanghond huilde in het donker van zijn dromen en toen hij zijn ogen opsloeg wist hij niet meer waar hij was. Het regende aan één stuk door. Het viel Victor op hoe schoon en netjes alles was. Toen ze stopten om te eten had hij het gevoel gekregen dat er in dit land nooit iets kapot ging.

Wel ontbrak er iets. Victor probeerde er vergeefs achter te komen wat. Hij besefte dat het landschap waar ze doorheen reden een gemis bij hem opwekte.

De autorit duurde een hele dag.

'Waar gaan we naartoe?' had Victor gevraagd toen ze meer dan drie uur in de auto hadden gezeten. Het duurde enkele minuten voordat Konovalenko antwoordde.

'Naar het zuiden', zei hij. 'Dat zie je vanzelf als we er zijn.'

Toen was de boze droom van zijn *songoma* nog ver weg geweest. Toen had de vrouw nog niet op het erf gestaan, haar voorhoofd was nog niet door het schot uit Konovalenko's pistool uiteengereten. Het enige waar Victor Mabasha aan dacht was om te doen waar Jan Kleyn hem voor betaalde. Het maakte deel uit van zijn opdracht te luisteren naar wat Konovalenko hem te vertellen had, misschien zelfs wat hij hem kon leren. De geesten, dacht Victor, de kwade én de goede, waren nog in Zuid-Afrika, in de berggrotten bij Ntibane. De geesten verlieten het land nooit, ze staken de grens niet over.

Tegen acht uur 's avonds arriveerden ze bij de afgelegen boerderij. In Sint-Petersburg had Victor al begrepen dat de schemering en de nacht verschilden van die in Afrika. Het was licht als het donker behoorde te zijn en de schemering viel niet als de zware vuist van de nacht naar de aarde, nee, het was alsof ze langzaam als een blad neerdaalde, gedragen door een onzichtbare luchtzuil.

Ze droegen hun koffers naar binnen en installeerden zich in hun slaapkamers. Victor voelde dat het huis goed verwarmd was. Ook dat moest op het conto van de goedgeöliede geheime organisatie geschreven worden, dacht hij. Ze waren ervan uitgegaan dat een zwarte man het in dit poolland koud zou hebben. En wie het koud heeft, net als wie honger of dorst heeft, kan niets doen, niets leren.

Het plafond was laag. Victor kon maar net onder de vrijliggende balken doorlopen. Hij liep door het huis en snoof een vreemde geur op van meubelen, vloerkleden en schoonmaakmiddelen. Maar de lucht die hij het meest miste was die van een open vuur.

Afrika was heel ver weg. Dat was misschien ook de bedoeling, dacht hij. Hier moest een plan uitgeprobeerd, veranderd, geperfectioneerd worden. Niets mocht afleiden, niets mocht doen denken aan wat er hierna kwam.

Uit een grote vrieskist haalde Konovalenko klaargemaakt eten. Victor nam zich voor om later te gaan kijken hoeveel klaargemaakte porties er waren om uit te rekenen hoelang hij in dit huis moest verblijven.

Uit zijn eigen bagage haalde Konovalenko sterke drank, Russische wodka. Toen ze aan tafel gingen zitten om te eten wilde hij Victor ook inschenken, maar die bedankte. Als hij een job voorbereidde was hij voorzichtig met drank, een, twee biertjes misschien op een dag. Konovalenko dronk wel en de eerste avond werd hij al beschonken. Dat verschaft me een overwicht, dacht Victor. Mocht er een kritieke situatie ontstaan, dan zou hij Konovalenko's kennelijke zwak voor sterke drank uitbuiten.

De wodka maakte Konovalenko spraakzaam. Hij begon te praten over het verloren paradijs, de KGB in de jaren zestig en zeventig, toen deze dienst onbeperkt over de Sovjet-Unie heerste, toen geen politicus zich ooit veilig kon wanen, ooit kon denken dat de KGB zijn diepste geheimen niet kende. Victor dacht bij zichzelf dat de KGB misschien *songoma* in het sovjetrijk was, waar de mensen alleen in het diepste geheim aan heilige geesten mochten geloven. Een samenleving die haar goden verjaagt is ten dode opgeschreven, dacht hij. Bij ons weet *nkosis* dat heel goed en daarom bestaat er bij onze goden geen apartheid. Zij mogen in vrijheid leven, voor hen geen pasjeswetten, ze hebben zich altijd vrij kunnen bewegen zonder vernederd te worden. Als ze onze geesten naar afgelegen gevangeniseilanden hadden weggevoerd en onze zingende honden de Kalahariwoestijn hadden ingejaagd, zou geen blanke man, vrouw of kind in Zuid-Afrika kunnen overleven. Dan waren ze allemaal, Boere en Engelsen, allang verdwenen geweest: alleen wat schamele beenderresten begraven in de rode aarde. Vroeger, toen zijn voorvaderen nog openlijk tegen de blanke indringers ten strijde trokken, hadden de Zoeloekrijgers de gewoonte gehad de onderkaak van hun gevallen vijand af te hakken. Een *impi* die van een gewonnen veldslag terugkeerde, bracht de kaken van de gesneuvelden als overwinnaarstrofeeën mee om er de deuren van het stamhoofd mee te versieren. Vandaag de dag waren het de goden die de opstand tegen de blanken voortzetten en zij waren onoverwinnelijk.

De eerste nacht in het vreemde huis sliep Victor Mabasha droomloos. Hij zuiverde zich van de laatste resten van zijn lange reis en toen hij bij het aanbreken van de dag ontwaakte, voelde hij zich uitgerust en opgeknapt. Hij hoorde Konovalenko snurken. Voorzichtig stond hij op, kleedde zich aan en onderwierp het huis aan een grondige inspectie. Waar hij naar zocht wist hij niet. Maar ergens was Jan Kleyn altijd in de buurt, ergens huisde zijn waakzame oog.

Op de zolder van het huis, die vreemd genoeg een zwakke lucht van gerst verspreidde die hem aan *sorghum* deed denken, ontdekte hij een geavanceerde radiozender. Victor Mabasha was geen expert op het gebied van verfijnde elektronica, maar ongetwijfeld moest het met deze apparatuur mogelijk zijn om zowel berichten naar Zuid-Afrika te zenden als daarvandaan te ontvangen. Hij zocht verder en vond ten slotte wat hij zocht aan het ene einde van het huis in de vorm van een deur die op slot zat. Daarachter bevond zich de reden van de lange reis die hij gemaakt had.

Hij ging naar buiten om op het erf te plassen. Hij had nog nooit zulke gele urine gehad. Het moest het eten zijn, dacht hij. Dit vreemde, niet-gekruide eten. De lange reis. En de geesten die in mijn dromen tekeergaan. Ik draag Afrika met me mee waar ik ook ben.

Er hing een roerloze mist over het landschap. Hij liep om het huis heen en zag een vervallen boomgaard met veel verschillende fruitbomen waarvan hij er maar een paar herkende. Alles was heel stil en dit had ook ergens anders kunnen zijn, dacht hij, dit had zelfs een ochtend in juli ergens in Natal kunnen zijn.

Hij had het koud en ging weer naar binnen. Konovalenko was wakker geworden. Hij had koffie gezet en droeg een donkerrood trainingspak. Toen hij zich omdraaide zag Victor dat er KGB op stond.

Na het ontbijt gingen ze aan het werk. Konovalenko maakte de deur van de gesloten kamer open. Die was leeg op een tafel en een plafondlamp na met een zeer fel licht. Op de tafel lagen een geweer en een pistool. Victor zag onmiddellijk dat hij die merken niet kende. Zijn eerste indruk was dat vooral het geweer er onhandig uitzag.

'Een van onze pronkstukken', zei Konovalenko. 'Effectief, zij het misschien niet erg mooi. Het is een gewone Remington 375 HH, maar onze technici van de KGB hebben het geweer tot in de puntjes vervolmaakt. Je kunt er nu alles, maar dan ook alles, tot op een afstand van achthonderd meter mee neerleggen. Het laservizier heeft alleen zijns gelijke onder de meest exclusieve en moeilijkst verkrijgbare wapens van het Amerikaanse leger. Helaas hebben we nooit de kans gehad om dit meesterwerkje bij een executie te gebruiken. Met andere woorden, jij mag het inwijden.'

Victor Mabasha ging naar de tafel en keek naar het geweer.

'Voel het', zei Konovalenko. 'Van nu af aan zijn jullie een onafscheidelijk paar.'

Victor Mabasha was verbaasd hoe licht het geweer was. Toch bezat het een stabiel evenwicht als hij het tegen zijn schouder legde.

'Wat voor munitie?' vroeg hij.

'Superplastic', antwoordde Konovalenko. 'Een speciaal vervaardigde variant van het klassieke Spitzer-prototype. De kogel moet ver en snel vliegen. Dit spitse model overwint de luchtweerstand beter.'

Victor Mabasha legde het geweer op de tafel en pakte het pistool op. Het was een 9 mm Glock Compact. Hij had het nooit in handen gehad, er alleen in tijdschriften over gelezen.

'Voor dit wapen heb ik aan standaardmunitie gedacht', zei Konovalenko. 'We hoeven het niet onnodig ingewikkeld te maken.'

'Ik moet het geweer leren kennen, het inschieten', zei Victor. 'Als ik met een afstand van bijna een kilometer rekening moet houden, heb ik tijd nodig. En waar vind je een achthonderd meter lange schietbaan waar je niet gestoord wordt?'

'Hier', zei Konovalenko. 'Het huis is zeer zorgvuldig gekozen.'

'Door wie?'

'Door degene wiens opdracht dat was', antwoordde Konovalenko.

Victor hoorde dat vragen die niet direct betrekking hadden op wat Konovalenko zelf zei, de KGB-man irriteerden.

'We hebben hier geen buren', vervolgde Konovalenko. 'Bovendien waait het hier altijd. Niemand zal iets horen. Maar we gaan eerst naar de woonkamer, want voordat we aan het werk gaan wil ik de voorwaarden voor je op een rijtje zetten.'

Ze gingen in een paar versleten leren stoelen tegenover elkaar zitten.

'Die voorwaarden zijn heel eenvoudig', begon Konovalenko. 'Om precies te zijn, het zijn er drie. Om te beginnen, en dat is dus het belangrijkste punt, moet je iemand liquideren en het zal het moeilijkste karwei van je leven zijn. Moeilijk, niet alleen vanwege een technische complicatie, de afstand, maar ook omdat je domweg niet mág mislukken. Je krijgt maar één kans. In de tweede plaats: over het uiteindelijke plan wordt pas het allerlaatste moment beslist. Tijd voor aarzelingen en het overwegen van alternatieven kun je beter vergeten. Dat de keuze op jou is gevallen komt niet alleen omdat je bekwaam en koelbloedig bent, maar ook omdat jij het best in je eentje werkt. In dit geval zul je eenzamer zijn dan ooit. Niemand zal je helpen, niemand zal je kennen, niemand zal steun verlenen. In de derde plaats is er ook nog een psychologische component die niet onderschat mag worden. Je zult pas op het allerlaatste moment horen wie het slachtoffer is. Je mag je koelbloedigheid nooit verliezen. Je weet al dat de man die je moet liquideren een zeer belangrijk persoon is. Je zult dus veel lopen piekeren wie het is, maar dat zul je niet weten voordat je je vinger al bijna om de trekker hebt.'

Victor Mabasha ergerde zich aan Konovalenko's schoolmeesterstoontje. Even had hij zin om tegen hem te zeggen dat hij al wist wie hij moest liquideren, maar hij zei niets.

'Ik kan je vertellen dat je bij ons in het KGB-archief voorkwam', zei Konovalenko glimlachend. 'Als ik me niet vergis werd je gekarakteriseerd als *een zeer bruikbare eenzame wolf.* Helaas is dat niet meer na te gaan, omdat het archief vernietigd is of in de heersende verwarring opgelost.'

Konovalenko zweeg en leek verzonken in de duistere herinnering aan de trotse inlichtingendienst die niet meer bestond. Maar de stilte duurde niet lang.

'We hebben niet veel tijd', zei Konovalenko. 'Dat hoeft op zich geen negatieve factor te zijn. Het zal je dwingen te gaan tot aan de grenzen van je concentratievermogen. De dagen zullen opgedeeld worden in praktische schietoefeningen met het geweer, psychologische voorbereidingen en het uitwerken van eventuele situaties die zich bij de liquidatie voor kunnen doen. Bovendien heb ik begrepen dat je niet veel hebt autogereden. Daarom stuur ik je er iedere dag een paar uur met de auto op uit.'

'In dit land rijden ze rechts', zei Victor Mabasha. 'In Zuid-Afrika rijden we links.'

'Precies', antwoordde Konovalenko. 'Dat zal je concentratie nog meer aanscherpen. Heb je verder nog vragen?'

'Ik heb een heleboel vragen,' zei Victor Mabasha, 'maar ik zie wel in dat ik maar op een paar antwoord krijg.'

'Dat klopt', zei Konovalenko.

'Hoe heeft Jan Kleyn jou gevonden?' vroeg Victor Mabasha. 'Hij haat communisten. En als KGB-man was je een communist. Misschien ben je dat nog wel, voorzover ik weet.'

'Je bijt niet in de hand die je voedt', antwoordde Konovalenko. 'Deel uitmaken van een geheime veiligheidsdienst is een kwestie van loyaliteit tegenover de handen die aan de armen zitten van degenen die de macht hebben. Natuurlijk zaten er destijds een aantal ideologisch overtuigde communisten bij de KGB, maar het grootste deel was beroeps, mannen die de opdrachten uitvoerden die hun opgedragen werden.'

'Dat verklaart je contact met Jan Kleyn nog niet.'

'Als je plotseling werkloos wordt, zoek je werk', antwoordde Konovalenko. 'Als je je zelf niet dood wilt schieten. Ik en veel van mijn collega's hebben Zuid-Afrika altijd als een goed georganiseerd en gedisciplineerd land beschouwd. Ik laat de huidige onduidelijke situatie even buiten beschouwing. Ik heb eenvoudigweg mijn diensten via de al bestaande kanalen tussen onze respectieve inlichtingendiensten aangeboden. Blijkbaar beschik ik over capaciteiten die Jan Kleyns interesse hebben gewekt. We hebben zaken gedaan. Ik heb op me genomen om jou voor een afgesproken prijs enige dagen onder mijn hoede te nemen.'

'Voor hoeveel?' vroeg Victor Mabasha.

'Niet voor geld', antwoordde Konovalenko. 'Wel voor de kans om naar Zuid-Afrika te emigreren. En voor bepaalde garanties voor eventueel werk in de toekomst.'

Import van moordenaars, dacht Victor Mabasha. Maar vanuit het oogpunt van Jan Kleyn is dat verstandig. Ik zou misschien hetzelfde gedaan hebben.

'Heb je nog meer vragen?' vroeg Konovalenko.

'Later', zei Victor Mabasha. 'Ik kom hier later nog wel op terug.'

Konovalenko sprong met onverwachte snelheid overeind uit zijn stoel.

'De mist is aan het optrekken', zei hij. 'Het waait. Ik stel voor dat we het geweer leren kennen.'

De dagen die volgden, op de afgelegen boerderij waar de wind altijd huilde, zou Victor Mabasha zich herinneren als een langgerekt wachten op een onvermijdelijke catastrofale ontknoping. Maar toen die eenmaal kwam gebeurde het niet in de vorm die hij verwacht had. Er ontstond tumult en chaos en naderhand, hij was toen al gevlucht, was het of hij nog altijd niet begreep wat er gebeurd was.

De dagen waren uiterlijk volgens het plan en de door Konovalenko opgestelde condities verlopen. Victor Mabasha had onmiddellijk waardering voor het geweer gekregen dat hij in handen had. Hij lag en zat en stond op een veld achter het huis om proef te schieten. Aan de andere kant van de bruine kleigrond lag een zandwal waar Konovalenko verschillende doelen op plaatste. Victor Mabasha schoot op voetballen, kartonnen gezichten, een oude koffer, een radio, pannen, dienbladen en andere dingen waarvan hij nauwelijks wist wat het waren. Na ieder gelost schot kreeg hij het resultaat via een walkietalkie door en dan stelde hij het vizier met minieme, nauwelijks merkbare veranderingen bij. Victor Mabasha voelde dat het geweer langzaam aan zijn zwijgende commando's begon te gehoorzamen.

De dagen werden in drie periodes verdeeld, onderbroken door maaltijden die door Konovalenko verzorgd werden. Victor Mabasha vond keer op keer dat Konovalenko over grote bekwaamheden beschikte en zijn kennis goed over wist te dragen. Jan Kleyn had de juiste man uitgekozen.

Het gevoel van de naderende catastrofe kwam van een geheel andere kant, meer vanuit Konovalenko's houding tegenover hem, de zwarte beroepsmoordenaar. Victor Mabasha had zo lang mogelijk geprobeerd de ondertoon van verachting in alles wat Konovalenko zei te negeren, maar ten slotte was dat niet meer mogelijk. En naarmate zijn Russische baas zijn dagen afsloot met het drinken van veel te veel wodka, trad diens verachting openlijker aan het licht. Er werden echter nooit directe racistische opmerkingen gemaakt die Victor Mabasha de kans gaven te reageren. Maar dat maakte de zaak alleen maar erger. Victor Mabasha voelde dat zijn geduld opraakte.

Als het zo doorging moest hij Konovalenko doden, ook al kwam hij daardoor in een onhoudbare situatie terecht.

Als ze in hun leren fauteuils zaten en hun psychologische seances hielden, merkte Victor Mabasha dat Konovalenko aannam dat hij werkelijk niets afwist van de meest elementaire menselijke gevoelens. Om zijn stijgende haat tegen de kleine, arrogante man met zijn bruine, afgesleten tanden in goede banen te leiden, besloot hij de hem toebedeelde rol mee te spelen. Hij deed zich dom voor, jongleerde met irrelevante tegenwerpingen en zag hoe Konovalenko genoot dat hij zijn vooroordelen bevestigd zag.

'''s Nachts huilden de zingende honden voor hem. Soms werd hij wakker en meende dat Konovalenko met een wapen in zijn hand over hem heen gebogen stond. Maar er was nooit iemand en vervolgens lag hij tot de dageraad, die veel te vroeg aanbrak, wakker.

Zijn enige toevlucht waren de dagelijkse autoritten. In een bijgebouw stonden twee auto's, waarvan de Mercedes voor hem bestemd was. De andere auto gebruikte Konovalenko voor uitstapjes waarover hij nooit iets losliet.

Victor Mabasha reed over kleine weggetjes, zocht zijn weg naar een stad die Ystad heette en nam daarna een aantal kustwegen die hij ontdekt had. Door die autoritten kon hij het uithouden. Op een nacht was hij opgestaan en had de porties eten in de vrieskist geteld. Ze zouden nog een week op de afgelegen boerderij blijven.

Ik moet het volhouden, had hij gedacht. Jan Kleyn verwacht dat ik mijn uiterste best voor mijn miljoen rand doe.

Hij nam trouwens aan dat Konovalenko regelmatig in contact met Zuid-Afrika stond en dat het zenden gebeurde als hij met de auto weg was.

Hij was er ook van overtuigd dat Konovalenko alleen gunstige berichten naar Jan Kleyn zond.

Maar het gevoel van een naderende catastrofe liet hem niet los. Met elk uur naderde hij het breekpunt waar zijn hele wezen naar haakte: het vermoorden van Konovalenko. Hij wist dat hij het moest doen om zijn voorvaderen niet te schofferen en om zijn gevoel van eigenwaarde niet te verliezen.

Maar het verliep heel anders dan hij gedacht had.

Ze zaten in hun leren fauteuils om ongeveer vier uur in de middag en Konovalenko sprak over de moeilijkheden en onmogelijkheden om de liquidatie vanaf verschillende soorten daken uit te voeren.

Plotseling was hij verstijfd. Op hetzelfde moment had ook Victor Mabasha gehoord waar Konovalenko op had gereageerd. Er naderde een auto die vervolgens stopte.

Ze zaten roerloos te luisteren. Een portier ging open en werd weer dichtgedaan.

Konovalenko die altijd een pistool, een eenvoudige Luger, in de zak van zijn trainingspak had, stond snel op en ontgrendelde het wapen.

'Verstop je ergens waar je niet door het raam te zien bent', zei hij.

Victor Mabasha deed wat hem gezegd werd. Hij ging op zijn hurken achter de open haard zitten in een dode hoek vanuit het raam. Konovalenko opende voorzichtig de deur die naar de overwoekerde boomgaard leidde, sloot hem weer en verdween.

Hoelang Victor Mabasha achter de haard gezeten had wist hij niet.

Maar hij zat er nog toen het pistoolschot als een zweepslag weerklonk.

Voorzichtig stond hij op, zag door een raam dat Konovalenko aan de voorkant van het huis over iets heen gebogen stond en ging naar buiten.

Het was een vrouw, die op haar rug in het natte grind lag. Konovalenko had haar door het voorhoofd geschoten.

'Wie is dat?' vroeg Victor Mabasha.

'Hoe moet ik dat weten?' antwoordde Konovalenko. 'Maar ze zat alleen in de auto.'

'Wat wou ze?'

Konovalenko haalde zijn schouders op en terwijl hij met zijn voet de ogen van de dode vrouw dichtdrukte gaf hij antwoord. De klei van de onderkant van zijn schoen kleefde vast op haar gezicht.

'Ze vroeg de weg', zei hij. 'Ze was blijkbaar fout gereden.'

Victor Mabasha kwam er nooit achter of het de klompen klei van Konovalenko's schoen in het gezicht van de vrouw waren of het feit dat ze gedood was omdat ze de weg had gevraagd, waardoor hij definitief besloot Konovalenko te vermoorden.

Hij had nu nog een reden: de niets en niemand ontziende wreedheid van de man.

Een vrouw doden omdat ze de weg vroeg zou hij nooit gekund hebben. En hij zou iemands ogen ook niet sluiten door zijn voet op het gezicht van die persoon te zetten.

'Je bent gek', zei hij.

Konovalenko trok verbaasd zijn wenkbrauwen op.

'Wat had ik anders moeten doen?'

'Je had kunnen zeggen dat je niet wist waar de weg was waar ze naar vroeg.'

Konovalenko stopte zijn pistool in zijn zak.

'Je begrijpt het nog altijd niet', zei hij. 'Wij bestaan niet. Over een paar dagen verdwijnen we, en dan moet het lijken alsof we hier nooit geweest zijn.'

'Ze vroeg alleen maar de weg', zei Victor Mabasha opnieuw en voelde dat hij van opwinding begon te zweten. 'Een mens doden moet een zin hebben.'

'Ga naar binnen', zei Konovalenko. 'Dit handel ik af.'

Door het raam zag hij dat Konovalenko de auto van de vrouw achteruit reed, haar in de bagageruimte legde en wegreed.

Nauwelijks een uur later was hij weer terug. Toen kwam hij over het karrenpad aangelopen en was haar auto verdwenen.

‘Waar is ze?’ vroeg Victor Mabasha.

‘Begraven’, antwoordde Konovalenko.

‘En haar auto?’

‘Ook begraven.’

‘Zo vlug?’

Konovalenko had de koffiepot opgezet. Hij draaide zich glimlachend naar Victor Mabasha om.

‘Nog een lesje’, zei hij. ‘Hoe goed je de dingen ook voorbereidt, er gebeurt altijd iets onverwachts. En daarom is een gedetailleerde planning een eerste vereiste. Als je die hebt, heb je ook de mogelijkheid om te improviseren. Zonder voorbereiding leiden onverwachte gebeurtenissen alleen maar tot chaos en verwarring.’

Konovalenko keerde zich weer om naar zijn koffiepot.

Ik vermoord hem, dacht Victor Mabasha. Als dit achter de rug is, als we uit elkaar gaan, vermoord ik hem. Er is geen weg terug meer.

’s Nachts kon hij niet slapen. Door de muur hoorde hij Konovalenko snurken. Jan Kleyn zal het begrijpen, dacht hij.

Hij is als ik. Hij gaat uit van het zuivere en weloverwogene. Hij haat wreedheid, zinloos geweld.

Door mij president De Klerk te laten doden, wil hij een einde maken aan het zinloze moorden dat ons ongelukkige land heden ten dage in zijn greep houdt.

Een monster als Konovalenko zal nooit een vrijplaats in ons land krijgen. Een monster zal nooit een verblijfsvergunning in het aardse paradijs krijgen.

Drie dagen later zei Konovalenko dat ze zouden vertrekken.

‘Ik heb je alles geleerd wat ik kan’, zei hij. ‘En je kent het geweer door en door. Je weet ook hoe je moet denken als je hoort wie je binnenkort in het vizier van je geweer krijgt. Je weet hoe je moet denken als je plannen maakt voor het laatste bedrijf. De tijd is aangebroken dat je naar huis gaat.’

‘Eén ding vraag ik me af’, zei Victor Mabasha. ‘Hoe krijg ik het geweer Zuid-Afrika binnen?’

‘Jullie reizen natuurlijk niet samen’, antwoordde Konovalenko en deed geen moeite zijn minachting over die voor hem stompzinnige vraag te verbergen. 'We hebben een heel ander transportkanaal. Welk hoef je niet te weten.'

'Ik heb nog een vraag', vervolgde Victor Mabasha. 'Het pistool. Ik heb er niet één keer mee proefgeschoten.'

'Dat hoeft ook niet', zei Konovalenko. 'Het is voor jou. Voor als je mocht missen. Dat wapen is niet te traceren.'

Fout, dacht Victor Mabasha. Ik zal het nooit op mijn eigen hoofd richten.

Ik zal het tegen jou gebruiken.

Die avond werd Konovalenko zo dronken als Victor Mabasha hem nog niet eerder gezien had. Met bloeddoorlopen ogen zat de man aan de andere kant van de tafel naar hem te kijken.

Wat denkt hij, vroeg Victor Mabasha zich af. Weet die man wat liefde is? Als ik een vrouw was geweest, hoe zou het dan zijn om mijn bed met hem te delen?

Die gedachten wonden hem op. Aan één stuk door zag hij de dode vrouw op het erf voor zich.

'Je hebt veel fouten', onderbrak Konovalenko zijn gedachtegang. 'Maar je grootste fout is dat je sentimenteel bent.'

'Sentimenteel?'

Hij wist wat het betekende. Maar hij wist niet goed welke betekenis Konovalenko aan het woord hechtte.

'Je vond het niet goed dat ik die vrouw doodschoot', zei Konovalenko. 'Je bent de laatste dagen ongeconcentreerd geweest en je hebt slecht geschoten. In mijn eindrapport aan Jan Kleyn zal ik op die zwakheid van je wijzen. Ik maak me er zorgen over.'

'Ik maak me er meer zorgen over dat iemand zo wreed kan zijn als jij', antwoordde Victor Mabasha.

Plotseling kon hij niet meer terug. Hij wist dat hij nu ging zeggen wat hij dacht.

'Je bent dommer dan ik dacht', zei Konovalenko. 'Ik veronderstel dat dat in de aard van het zwarte ras zit.'

Victor Mabasha liet de woorden in zijn bewustzijn zinken. Toen stond hij langzaam op.

'Ik vermoord je', zei hij.

Konovalenko schudde glimlachend zijn hoofd.

'Nee', zei hij. 'Dat doe je niet.'

Iedere avond had Victor Mabasha het pistool bij zich gestoken dat op de tafel naast de stalen deur lag. Hij haalde het tevoorschijn en richtte het op Konovalenko.

'Je had haar niet moeten doden', zei hij. 'Je hebt én mij én jezelf vernederd door haar te doden.'

Hij zag dat Konovalenko opeens bang geworden was.

'Jij bent gek, je kunt me niet vermoorden', zei Konovalenko.

'Ik ben nergens beter in dan in datgene wat er nu gedaan moet worden', antwoordde Victor Mabasha. 'Sta op. Langzaam. Laat je handen zien. Draai je om.'

Konovalenko deed wat hem gezegd werd.

Victor Mabasha kon nog net denken dat er iets fout was, voordat Konovalenko zich vliegensvlug opzij wierp. Victor Mabasha schoot, maar het schot trof de boekenkast.

Waar het mes vandaan kwam wist Victor Mabasha niet, maar Konovalenko had het in zijn hand toen hij zich brullend op hem stortte. Een tafel sneuvelde onder hun gezamenlijke gewicht. Victor Mabasha was sterk, maar Konovalenko beschikte eveneens over een geweldige lichaamskracht. Victor Mabasha had Konovalenko boven op zich en hij zag het mes steeds dichterbij zijn gezicht komen. Pas toen het hem lukte Konovalenko in zijn rug te trappen, verzwakte diens greep. Het pistool had hij toen al losgelaten. Hij sloeg met zijn gebalde vuist op Konovalenko in, maar de man leek er niet op te reageren. Voordat Victor Mabasha vrij kwam, voelde hij plotseling een stekende pijn in zijn linkerhand. Zijn hele arm was verlamd, maar hij slaagde er toch in de halflege wodkafles van Konovalenko te grijpen. Hij draaide zich om en sloeg de fles op Konovalenko's hoofd kapot. Konovalenko viel en bleef liggen.

Op dat moment ontdekte Victor Mabasha dat de wijsvinger van zijn linkerhand afgesneden was. Hij hing er nog aan, maar alleen aan een dun stukje huid.

Victor Mabasha wankelde het huis uit. Hij twijfelde er niet aan dat hij Konovalenko's hoofd had ingeslagen. Hij keek naar het bloed dat uit zijn hand pompte. Toen beet hij zijn tanden op elkaar en sneed het stukje huid los. De vinger bleef in het gras liggen. Hij ging weer naar binnen, wond een keukendoekje om zijn bloedende hand. gooide wat kleren in zijn koffer en zocht vervolgens naar zijn pistool. Daarna sloeg hij de deur achter zich dicht, startte de Mercedes en scheurde weg. Hij reed veel te hard op het smalle karrenpad. Er dook een auto op en hij kon maar nauwelijks een botsing voorkomen. Daarna zocht hij een bredere hoofdweg op en dwong zichzelf vaart te minderen.

Mijn vinger, dacht hij. Die is voor jou, *songoma.* Zorg er nu voor dat ik thuiskom. Jan Kleyn zal het begrijpen. Hij is een verstandige *nkosi.* Hij weet dat hij me kan vertrouwen. Ik zal doen wat hij van me vraagt. Ook met een geweer dat geen achthonderd meter ver kan schieten. Ik zal doen wat hij van me vraagt en hij zal me één miljoen rand geven. Maar ik heb je hulp nu nodig, *songoma.* Daarvoor heb ik je mijn vinger gegeven.

Konovalenko zat onbeweeglijk in een van de leren fauteuils. Pijnscheuten doorboorden zijn hoofd. Als de wodkafles zijn hoofd recht van voren had geraakt en niet van opzij, was hij dood geweest. Maar hij leefde nog. Van tijd tot tijd drukte hij een handdoek met ijsblokjes tegen zijn slaap. Ondanks de pijn dwong hij zichzelf helder te denken. Het was niet de eerste keer dat Konovalenko in een crisissituatie terecht was gekomen. Na ongeveer een uur had hij alle alternatieven overwogen en wist hij wat hem te doen stond. Hij keek op zijn horloge. Twee keer per etmaal kon hij Zuid-Afrika oproepen en direct contact met Jan Kleyn krijgen. Nog twintig minuten voor de eerstvolgende verbinding. Hij ging naar de keuken en deed nieuwe ijsblokjes in de handdoek.

Twintig minuten later zat hij op de zolder voor de geavanceerde radioapparatuur en riep Zuid-Afrika op. Het duurde enkele minuten voordat Jan Kleyn antwoordde. Ze noemden geen namen wanneer ze met elkaar praatten.

Konovalenko bracht verslag uit. *De kooi is geopend en de vogel verdwenen,* zei hij. *Hij heeft niet leren zingen.*

Het duurde even voordat Jan Kleyn begreep wat er gebeurd was. Maar toen hij een zuiver beeld had was zijn antwoord eenduidig. *De vogel moet gevangen worden. Er wordt een nieuwe vogel ter vervanging gestuurd. Nadere mededelingen volgen. We beginnen weer van voren af aan.*

Toen het gesprek afgelopen was voelde Konovalenko zich zeer voldaan. Jan Kleyn had begrepen dat Konovalenko gedaan had wat er van hem verwacht werd.

De vierde voorwaarde, waarvan Victor Mabasha nooit iets geweten had, was heel eenvoudig geweest.

'Test hem uit', had Jan Kleyn gezegd, toen ze elkaar in Nairobi ontmoet hadden en plannen voor de toekomst van Victor Mabasha hadden gemaakt. 'Stel zijn doorzettingsvermogen op de proef, zoek uit waar zijn zwakke punten zitten. We moeten weten of hij werkelijk standhoudt. Er staat veel te veel op het spel om iets aan het toeval over te laten. Als hij niet deugt, moet hij vervangen worden.'

Victor Mabasha had geen standgehouden, dacht Konovalenko. Achter het harde oppervlak school uiteindelijk niet meer dan een verwarde en sentimentele Afrikaan.

Nu was het Konovalenko's taak hem te vinden en te doden. Mettertijd zou hij weer met de nieuwe kandidaat van Jan Kleyn geconfronteerd worden.

Hij begreep dat wat hem te doen stond niet gemakkelijk was. Victor Mabasha was gewond en handelde onberekenbaar, maar Konovalenko twijfelde geen moment aan zijn succes. Tijdens zijn jaren bij de KGB was zijn uithoudingsvermogen berucht geweest. Hij was een man die nooit opgaf.

Hij ging op bed liggen om een paar uur te slapen.

Vroeg in de ochtend pakte hij zijn koffer en zette die in zijn BMW.

Voordat hij de buitendeur afsloot, stelde hij het ontstekingsmechanisme af dat het hele huis in de lucht zou laten vliegen. Hij zette het op drie uur. Wanneer de explosie plaatsvond zou hij ver weg zijn.

Kort na zessen vertrok hij. Hij rekende erop dat hij laat in de middag in Stockholm zou zijn.

Bij de oprit naar de E14 stonden twee politieauto's. Even was hij bang dat Victor Mabasha zijn eigen identiteit en die van hem had bekendgemaakt, maar de politiewagens reageerden niet toen hij langsreed.

Tegen zeven uur op dinsdagochtend belde Jan Kleyn Franz Malan thuis op.

'We moeten een afspraak maken', zei hij kort. 'Het Comité moet onmiddellijk bijeenkomen.'

'Is er wat gebeurd?' vroeg Frans Malan.

'Ja', antwoordde Jan Kleyn. 'De eerste vogel deugde niet. We moeten een nieuwe uitkiezen.'

11

De flat lag in een wolkenkrabber in Hallunda.

Konovalenko zette de auto laat op dinsdagavond 28 april voor het huis neer. Hij had ruim de tijd voor zijn rit genomen. Hij had zich angstvallig aan de snelheidslimieten gehouden, ook al mocht hij graag hard rijden en nodigde de sterke BMW tot hoge snelheden uit. Voor Jönköping had hij grimmig geconstateerd dat een aantal automobilisten door de politie naar de kant van de weg werd gedirigeerd. Omdat hij door sommigen van hen ingehaald was, veronderstelde hij dat er een radarcontrole gehouden werd.

Verder had Konovalenko geen enkel vertrouwen in de Zweedse politie. Waarschijnlijk in de eerste plaats door zijn minachting voor de open, democratische Zweedse samenleving. Konovalenko wantrouwde de democratie niet alleen, hij haatte haar. Ze had hem van een groot deel van zijn leven beroofd. Hoewel ze waarschijnlijk nog lang op zich zou laten wachten – misschien werd ze wel nooit werkelijkheid – had hij Leningrad verlaten zodra hij beseft had dat de oude, gesloten sovjetmaatschappij reddeloos verloren was. De mislukte coup in de herfst van 1991 had haar de genadeslag gegeven. Toen had een aantal hoge militairen en leden van het Politbureau-oude stempel geprobeerd het oude hiërarchische systeem te restaureren. Nadat de coup mislukt was, was Konovalenko onmiddellijk aan de voorbereidingen voor zijn vlucht begonnen. In een democratie, hoe die er ook uit mocht zien, zou hij nooit kunnen aarden. Het uniform dat hij sinds hij op zijn twintigste door de KGB was gerecruteerd, gedragen had was tot een tweede huid geworden. En hij ging zichzelf niet villen. Wat bleef er dan nog over?

Hij was niet de enige die er zo over dacht. De laatste jaren, nadat de muur in Berlijn brutaal neergehaald was en de KGB hardhandig werd hervormd, had hij het met zijn collega's vaak over hun toekomst gehad, hoe die eruit zou zien. Een van de ongeschreven regels van inlichtingendiensten luidde dat een totalitair regime dat wankelde, voorbereid had te zijn op een afrekening. Te veel mensen hadden met de KGB kennisgemaakt, te veel verwanten wilden hun verdwenen en vermoorde familieleden wreken. Konovalenko voelde er niets voor om voor het gerecht gesleept te worden, zoals hij dat met zijn voormalige collega's van de Stasi in het nieuwe Duitsland had zien gebeuren. Hij had een wereldkaart aan de muur van zijn kantoor gehangen en die urenlang bestudeerd. Somber gestemd als hij was had hij ingezien dat de wereld aan het eind van de twintigste eeuw niet bepaald een geschikte plaats voor hem was. Hij kon zich niet goed voorstellen dat hij in een van de wrede, maar zeer instabiele dictaturen in Zuid-Amerika zou leven. En vertrouwen in de dictators van bepaalde Afrikaanse landen had hij ook niet. Wel had hij een toekomst in een fundamentalistisch Arabisch land overwogen. De islam zei hem niet veel, al had hij er wel een hekel aan, maar hij wist wel dat haar leiders een politie bezaten, een openlijke en een geheime, die over grote bevoegdheden beschikte. Ten slotte had hij ook dat alternatief verworpen. De omschakeling naar zo'n vreemde nationale cultuur zou hij nooit klaarspelen, onverschillig welk islamitisch land hij uitkoos. Bovendien wilde hij zijn drinken niet opgeven.

Hij had zelfs overwogen zijn diensten aan een internationale veiligheidsorganisatie aan te bieden, maar voelde zich toch te onzeker omdat dat een onbekende wereld voor hem was.

In feite was er uiteindelijk maar één land dat in aanmerking kwam. Zuid-Afrika. Het viel nog niet mee om aan lectuur over dat land te komen, maar hij had alles gelezen waar hij de hand op kon leggen. Door de autoriteit, die nog altijd om officieren van de KGB hing, was hij erin geslaagd een aantal literaire en politieke vergiftkasten op te sporen en te openen. De lectuur had hem in zijn opvattingen gesterkt. Zuid-Afrika was een geschikt alternatief. Daar kon hij plannen voor zijn toekomst maken. De rassenscheiding sprak hem aan en hij concludeerde dat zowel de gewone als de geheime politiediensten efficiënt opereerden en grote invloed bezaten.

Hij hield niet van gekleurde mensen en al helemaal niet van zwarten. Hij beschouwde hen als inferieur, onberekenbaar, vaak misdadig. In hoeverre dat vooroordelen waren liet hem siberisch. Hij had voor zichzelf vastgesteld dat het zo was. Wat hem aansprak was het idee dat hij er huishoudelijke hulp, bedienden en tuinlieden op na kon houden.

Anatoli Konovalenko was getrouwd, maar in zijn nieuwe leven ruimde hij geen plaats in voor zijn vrouw Mira. Hij had al jaren genoeg van haar. En zij waarschijnlijk ook van hem. Hij had zich nooit de moeite getroost ernaar te informeren. Het enige wat er nog was, was een gewoonte, een lege huls, zonder gevoelens. Hij had compensatie gezocht door regelmatig verbintenissen met vrouwen aan te gaan met wie hij door zijn werk in contact kwam.

Hun beide dochters leidden hun eigen leven. Om hen hoefde hij zich geen zorgen te maken.

Zijn vlucht uit het ineengestorte rijk zou hij voor elkaar krijgen door onzichtbaar te worden. Anatoli Konovalenko zou ophouden te bestaan. Hij zou van identiteit veranderen, mogelijk ook van uiterlijk. Zijn vrouw moest zich zo goed en zo kwaad als het ging maar zien te redden met het pensioen dat ze kreeg wanneer hij eenmaal dood verklaard was.

Net als een heleboel andere collega's had Konovalenko in de loop der jaren een stelsel van geheime vluchtwegen opgebouwd, dat hem in staat stelde uit een kritieke situatie te ontsnappen als de nood aan de man mocht komen. Hij had een reserve aan buitenlandse valuta aangelegd en hij beschikte over een aantal alternatieve identiteiten in de vorm van paspoorten en andere documenten. Daarnaast bezat hij een uitgebreid netwerk van personen die op strategisch belangrijke posten zaten: bij Aeroflot, de douane, Buitenlandse Zaken. Zij die deel uitmaakten van de nomenklatoera waren als leden van een geheime sekte. Ze hielpen elkaar, ze stonden er gezamenlijk garant voor dat hun manier van leven niet teloor zou gaan. Dat hadden ze tenminste geloofd totdat die onbegrijpelijke val had plaatsgevonden.

Tegen het einde, vlak voor zijn vlucht, was alles heel snel gegaan. Hij had contact met Jan Kleyn opgenomen, een verbindingsofficier tussen de KGB en de Zuid-Afrikaanse inlichtingendienst. Ze hadden elkaar tijdens een bezoek van Konovalenko aan de Russische Moskou-standplaats in Nairobi, ontmoet. Zijn eerste reis trouwens naar het Afrikaanse continent. Ze hadden goed met elkaar op kunnen schieten en Jan

Kleyn had duidelijk laten doorschemeren dat Konovalenko's diensten voor Zuid-Afrika waardevol konden zijn. Hij stelde hem een immigratie en een behaaglijk leven in het vooruitzicht.

Maar dat zou nog even duren. Als Konovalenko de Sovjet-Unie had verlaten, moest hij eerst van een tussenstation gebruik maken. Hij had zijn oog op Zweden laten vallen. Nogal wat collega's hadden dat land aanbevolen. Afgezien van het feit dat het een hoge levensstandaard bezat, kon je gemakkelijk de grens overkomen en je er, al even gemakkelijk, verbergen, anoniem zijn als je dat wou. Bovendien woonde er een groeiende Russische kolonie, voor een groot deel bestaande uit georganiseerde, criminele bendes die hun activiteiten in Zweden aan het opbouwen waren. Het waren vaak de ratten die als eerste, niet als laatste, het zinkende schip hadden verlaten. Konovalenko wist dat hij profijt van deze mensen kon hebben. De KGB had vroeger al prima met Russische misdadigers samengewerkt. Nu konden ze elkaar tevens mooi de helpende hand bieden wanneer ze hun vaderland ontvluchtten.

Hij stapte uit zijn auto en dacht dat ook dit land, dat als een voorbeeld werd beschouwd, zijn schandvlekken bezat. De treurige woonwijk deed hem aan Leningrad en aan Berlijn denken. Het was net alsof het toekomstige verval al in de gevels van de huizen was ingebouwd. Maar hij besefte ook dat Vladimir Rykoff en zijn vrouw Tania er goed aan hadden gedaan om in Hallunda te gaan wonen. Deze huurhuizen werden door veel verschillende nationaliteiten bewoond. Ze konden hier in de anonimiteit leven die ze verkozen.

Die ik verkies, corrigeerde hij zijn gedachte.

Toen hij naar Zweden was gekomen, had hij contact met Rykoff gezocht om zo snel mogelijk in zijn nieuwe werkelijkheid op te gaan. Rykoff woonde al sinds het begin van de jaren tachtig in Stockholm. Hij had in Kiev per ongeluk een kolonel van de KGB doodgeschoten en ingezien dat hij het land maar beter kon verlaten. Omdat hij donker was en een uiterlijk had dat voor Arabisch door kon gaan, was hij als Perzisch vluchteling Zweden binnengekomen en had al gauw de vluchtelingenstatus gekregen, al sprak hij geen woord Perzisch. Toen hij na verloop van tijd de Zweedse nationaliteit kreeg, had hij zijn eigenlijke naam Rykoff weer aangenomen. Hij was alleen Iraniër als hij met de Zweedse autoriteiten in aanraking kwam. Om zichzelf en zijn vermeende Iraanse vrouw te kunnen onderhouden had hij al tijdens zijn verblijf in het opvangkamp bij Flen een paar eenvoudige bankovervallen gepleegd. Dat had hem een behoorlijk startkapitaal verschaft. Hij had ook doorgekregen dat hij geld kon verdienen met het opzetten van een aankomstservice voor andere Russische burgers, die al dan niet legaal, in een aanzwellende stroom Zweden binnenkwamen. Zijn ietwat ongebruikelijke reisbureau maakte al snel naam en bij tijd en wijle had hij meer mensen om zich over te ontfermen dan hij eigenlijk aankon. Op zijn loonlijst stonden diverse vertegenwoordigers van Zweedse overheidsdiensten, bij perioden zelfs handlangers bij de Immigratiedienst, wat ertoe bijdroeg dat zijn reisbureau de naam kreeg effectief te zijn en goed te kunnen organiseren. Soms ergerde hij zich dat Zweedse ambtenaren zo moeilijk om te kopen waren, maar als hij behoedzaam te werk ging, lukte het hem uiteindelijk meestal wel. Rykoff had ook de hogelijk op prijs gestelde gewoonte ingevoerd alle nieuwkomelingen voor een echte Russische maaltijd in zijn flat in Hallunda uit te nodigen.

Konovalenko had snel doorgehad dat Rykoff achter zijn harde uiterlijk een zwak karakter had en gemakkelijk te manipuleren was. Toen Konovalenko het al spoedig met Rykoffs vrouw aanlegde en ze zich niet onwillig toonde, had hij de man weldra waar hij hem hebben wilde. Konovalenko richtte zijn bestaan zo in dat Rykoff al het praktische voetenwerk moest verrichten, alle eentonige routinetaken opknappen.

Toen Jan Kleyn contact met hem had opgenomen en hem het aanbod had gedaan een Afrikaanse huurmoordenaar, die voor een belangrijke liquidatie-opdracht in Zuid-Afrika stond, onder zijn hoede te nemen had Konovalenko Rykoff de praktische kant van de zaak laten regelen. Rykoff had het huis in Skåne gehuurd, had voor de auto's en de voorraad maaltijden gezorgd. Hij onderhield contacten met vervalsers van documenten en hij had zich ook over het wapen ontfermd dat Konovalenko uit Sint-Petersburg had kunnen smokkelen.

Konovalenko wist dat Rykoff nog een kwaliteit bezat.

Hij zou niet aarzelen te doden als het nodig mocht zijn.

Konovalenko deed de auto op slot, pakte zijn koffer en nam de lift naar de vijfde verdieping. Hij had een sleutel, maar in plaats van de deur te openen belde hij aan. Het signaal was eenvoudig, een soort gecodeerde versie van de opmaat van de *Internationale.*

Tania deed open. Ze keek verbaasd naar hem toen ze Victor Mabasha niet zag.

'Ben je nu al terug?' vroeg ze. 'Waar is de neger?'

'Is Vladimir thuis?' vroeg Konovalenko zonder de moeite te nemen op haar vragen in te gaan.

Hij gaf haar zijn koffer en ging naar binnen. De flat had vier kamers en was gemeubileerd met dure leren fauteuils, marmeren tafels en het nieuwste op het gebied van geluidsapparatuur en videorecorders, alles even smakeloos. Konovalenko woonde er niet graag, maar op dit moment had hij geen andere keuze.

Vladimir kwam de slaapkamer uit. Hij droeg een dure zijden kamerjas. In tegenstelling tot Tania, die slank was, was Vladimir aan alle kanten uitgedijd. Het leek wel alsof hij hem het bevel had gegeven dik te worden, dacht Konovalenko. Vladimir zou zich tegen zo'n opdracht waarschijnlijk niet verzet hebben.

Tania zette een eenvoudige maaltijd op tafel en een fles wodka. Konovalenko vertelde wat ze volgens hem weten moesten. Maar hij zei niets over de vrouw die hij had moeten ombrengen.

Het kwam erop neer dat Victor Mabasha een onverklaarbare zenuwinzinking had gekregen. Hij bevond zich ergens in Zweden en moest onverwijld geliquideerd worden.

'Waarom heb je dat in Skåne niet gedaan?' vroeg Vladimir.

'Dat stuitte op moeilijkheden', antwoordde Vladimir.

Vladimir noch Tania vroeg door.

Tijdens de autorit was Konovalenko nauwkeurig bij zichzelf nagegaan wat er was gebeurd en wat er nu verder gedaan moest worden. Hij had zich gerealiseerd dat Victor Mabasha maar één mogelijkheid had om het land uit te komen.

Hij moest Konovalenko opzoeken. Die had zijn paspoort en de tickets en kon hem geld geven.

Victor Mabasha zou hoogstwaarschijnlijk naar Stockholm komen.

Als hij dat al niet gedaan had. En daar zouden Konovalenko en Rykoff hem opwachten.

Konovalenko dronk een paar glazen wodka, maar hij zorgde ervoor dat hij niet dronken werd. Hoewel hij dat het liefst gedaan had moest hij eerst nog iets belangrijks doen.

Hij moest Jan Kleyn bellen op het nummer in Pretoria dat hij alleen in uiterste nood mocht gebruiken.

'Ga naar de slaapkamer', zei hij tegen Tania en Vladimir. 'Doe de deur dicht en zet de radio aan. Ik moet bellen en wil alleen zijn.'

Hij wist dat zowel Tania als Vladimir stiekem meeluisterden als ze de kans kregen. Dit keer wilde hij hun die niet geven. Zeker niet nu hij van plan was Jan Kleyn van de vrouw te vertellen die hij had moeten doden.

Dat was precies de verklaring die hij nodig had om aan de zenuwinzinking van Victor Mabasha een positieve draai te geven. Jan Kleyn moest concluderen dat het aan Konovalenko te danken was, dat de zwakheid van de man aan het licht was gekomen voordat het te laat was.

Het doden van de vrouw kon nog een tweede functie hebben. Mocht hij dat al niet eerder hebben gedaan, dan zou Jan Kleyn nu inzien dat Konovalenko een meedogenloze, koelbloedige man was.

Jan Kleyn had in Nairobi verklaard dat ze die op dit moment in Zuid-Afrika hard nodig hadden. Blanke, de dood verachtende mannen.

Konovalenko tikte het nummer in dat hij uit zijn hoofd had geleerd, zodra hij het in Afrika gekregen had. Gedurende zijn vele jaren als KGB-officier had hij altijd geprobeerd zijn concentratievermogen en zijn geheugen te trainen door telefoonnummers te onthouden.

Vier keer moest hij de vele cijfers intikken voordat de satelliet boven de equator de signalen opving en weer naar de aarde terugzond.

Iemand in Pretoria nam de hoorn op.

Konovalenko herkende meteen de hese, trage stem.

In het begin had hij wat moeite zich aan de echo van de tijdsverschuiving aan te passen, die met zuidelijk Afrika ongeveer een seconde bedroeg, maar dat wende al gauw.

Hij refereerde opnieuw aan wat er gebeurd was, voortdurend sprak hij in codes. Victor Mabasha was een *ondernemer*. Konovalenko had zich tijdens zijn rit naar Stockholm nauwkeurig voorbereid en Jan Kleyn onderbrak hem niet één keer met vragen of verzoeken om nadere uitleg.

Toen Konovalenko uitgesproken was bleef het stil aan de andere kant van de lijn.

Hij wachtte.

'We sturen een nieuwe ondernemer', zei Jan Kleyn ten slotte. 'Die andere moet natuurlijk onmiddellijk ontslagen worden. We laten van ons horen als we weten wie die vervanger is.'

Het gesprek was afgelopen.

Konovalenko legde de hoorn neer en wist dat het gesprek precies zo verlopen was als hij had gehoopt. Jan Kleyn had de loop der gebeurtenissen zo geïnterpreteerd dat het leek alsof Konovalenko een catastrofale afloop van de geplande aanslag had voorkomen.

Hij kon de verleiding niet weerstaan naar de slaapkamerdeur te sluipen om te luisteren. Binnen was alles stil, op de radio na die aanstond.

Hij ging aan de tafel zitten en schonk zich een half waterglas wodka in. Nu kon hij het zich veroorloven om dronken te worden. Omdat hij de behoefte had alleen te zijn, liet hij de deur naar de slaapkamer dicht.

Straks zou hij Tania meenemen naar de kamer waar hij zelf tijdens zijn bezoeken sliep.

De volgende dag, vroeg in de ochtend, stapte hij voorzichtig uit bed om Tania niet wakker te maken. Rykoff was al op en zat in de keuken koffie te drinken. Konovalenko nam zelf ook een kop en ging tegenover hem zitten.

'Victor Mabasha moet dood', zei hij. 'Vroeg of laat komt hij naar Stockholm. Ik heb sterk het gevoel dat hij hier al is. Voordat hij de benen nam, heb ik een van zijn vingers afgehakt. Hij heeft dus een verband of een handschoen aan zijn linkerhand. We mogen gevoeglijk aannemen dat hij naar een van die clubs in de stad gaat waar veel Afrikanen komen. Het is zijn enige kans om mij op te sporen. Daarom zal ik vandaag het gerucht verspreiden dat er een 'contract' op Victor Mabasha's hoofd staat. Honderdduizend kronen voor degene die hem uit de weg ruimt. Je moet al je contactpersonen benaderen, iedere Russische vluchteling die je kent. Noem mijn naam niet. Zeg alleen dat de opdrachtgever betrouwbaar is.'

'Dat is veel geld', zei Vladimir.

'Dat is mijn probleem', antwoordde Konovalenko. 'Doe wat ik zeg. Niets belet je trouwens om dat geld zelf te verdienen. En waarom ik niet?'

Konovalenko zou er geen bezwaar tegen hebben om zelf zijn pistool tegen Victor Mabasha's hoofd te zetten en af te drukken. Maar hij wist dat de kans daarop heel klein was. Zoveel geluk was te veel van het goede.

'Vanavond gaan jij en ik zelf naar die clubs', vervolgde hij. 'Dan moet het contract zo algemeen bekend zijn dat iedereen er weet van heeft. Met andere woorden je hebt heel wat te doen.'

Vladimir knikte en stond op. Ondanks de vormloze dikte van de man wist Konovalenko dat hij zeer efficiënt was als het er werkelijk op aankwam.

Een halfuur later vertrok Vladimir. Konovalenko stond voor het raam en zag hem beneden op het asfalt in een Volvo stappen, die Konovalenko een later model toescheen dan de auto die Vladimir eerder gehad had.

Hij eet zich nog eens dood, dacht Konovalenko. En zijn opperste geluk is het kopen van nieuwe auto's. Hij zal sterven zonder ooit de intense voldoening gesmaakt te hebben zijn eigen grenzen te hebben overschreden.

Het verschil tussen hem en een herkauwende koe kan niet meer dan haarfijn zijn.

Zelf had Konovalenko die dag ook een belangrijke klus op zijn programma staan.

Hij moest aan honderdduizend kronen zien te komen. Hij had geen twijfels dat dit door middel van een bankoverval moest gebeuren. De vraag was alleen welke bank hij zou kiezen.

Hij ging naar de slaapkamer en voelde even de verleiding opkomen weer onder de dekens te kruipen en Tania wakker te maken. Maar hij duwde die gedachte weg en kleedde zich snel en stil aan.

Tegen tienen verliet ook hij de flat in Hallunda.
Het was kil en het regende.
Even vroeg hij zich af waar Victor Mabasha op dat moment zou zijn.

Om kwart over twee op woensdag 29 april overviel Anatoli Konovalenko het kantoor van de Handelsbank in Akalla. De overval nam twee minuten in beslag. Hij rende de bank uit, de hoek om en deed het portier van zijn auto open. De auto had stationair staan draaien en hij was snel verdwenen.

Hij nam aan dat hij minstens het dubbele van het bedrag had dat hij nodig had. Als Victor Mabasha uit de weg was geruimd zou hij zich met Tania onder meer een luxueuze maaltijd in een restaurant permitteren.

Vlak voor Ulvsundavägen maakte de weg een scherpe bocht naar links. Plotseling remde hij abrupt af. Voor hem stonden twee politieauto's die de straat blokkeerden. In de loop van luttele seconden flitsten er een heleboel gedachten door hem heen. Hoe had de politie nu al een wegversperring op kunnen werpen? Het was hooguit tien minuten geleden dat hij de bank uit was gekomen en het alarm was afgegaan. En hoe wisten ze dat hij uitgerekend deze vluchtweg zou nemen?

Daarna handelde hij automatisch.

Hij zette de auto in zijn achteruit en hoorde de rubberbanden over het asfalt gieren. Toen hij omkeerde om terug te rijden rukte hij een papierbak van het trottoir en scheurde een boom de achterbumper van zijn auto af. Nu moest hij zijn voornemen om langzaam te rijden laten varen, hij moest zijn vlucht verder improviseren.

Achter zich hoorde hij de sirenes. Hij vloekte hardop en vroeg zich opnieuw af wat er gebeurd was. Tegelijk vervloekte hij het feit dat hij de weg in de omgeving ten noorden van Sundbyberg niet kende. De vluchtwegen die hij gepland had zouden hem stuk voor stuk naar een snelweg naar het centrum geleid hebben. Maar nu had hij geen idee waar hij was en wist hij niet hoe hij moest ontsnappen.

Het duurde niet lang voordat hij in een industriegebied verdwaald was en zich realiseerde dat hij in een eenrichtingsstraat reed. De politie zat hem nog steeds op de hielen, ook al had hij zijn voorsprong vergroot door twee keer door rood licht te rijden. Hij rende de auto uit, de plastic tas in zijn ene en zijn pistool in zijn andere hand. Toen de eerste politiewagen abrupt remde, mikte hij en schoot de voorruit kapot. Hij wist niet of hij iemand geraakt had, maar hij had nu in ieder geval de voorsprong die hij nodig had. De agenten zouden hem niet achterna gaan voordat ze versterking opgeroepen hadden.

Hij klom haastig over een hek dat om een terrein stond waarvan hij niet kon zien of het een schrootopslag was of een bouwplaats. Maar hij had geluk. Van de andere kant was een auto met een jong paartje het terrein opgereden. Ze hadden de afgelegen plek gekozen om alleen te zijn. Konovalenko aarzelde geen moment. Hij sloop van achteren op de auto toe en drukte door het open raampje zijn pistool tegen de slaap van de man.

'Hou je koest en doe wat ik zeg', zei hij in zijn Zweeds met accent. 'Stap uit. Laat de sleutels zitten.'

Het paartje begreep er niets van. Konovalenko had geen tijd om te wachten. Hij rukte het portier open, trok de chauffeur naar buiten en ging achter het stuur zitten terwijl hij naar het meisje op de plaats naast hem keek.

'Ik ga', zei hij. 'Je hebt precies één seconde om te bedenken of je mee wilt of niet.'

Ze gilde en wierp zich uit de auto. Konovalenko reed weg. Hij had geen haast meer. Van alle kanten kwamen de sirenes dichterbij, maar zijn achtervolgers wisten niet dat hij al een nieuwe auto had.

Heb ik iemand gedood? dacht hij. Dat weet ik vanavond als ik de tv aanzet.

Bij het metrostation in Duvbo stapte hij uit en nam de metro naar Hallunda. Toen hij aanbelde was Tania noch Vladimir thuis. Hij deed de deur met zijn eigen sleutel open, legde de plastic tas met geld op de eettafel en pakte een fles wodka. Na een paar flinke slokken voelde hij de spanning wegebben en kon hij vaststellen dat alles prima verlopen was. Als hij een van de politiemannen had verwond of misschien gedood zou het natuurlijk onrustig worden in de stad. Maar hij zag niet in waarom dat de liquidatie van Victor Mabasha in de weg zou staan of uit zou stellen.

Hij telde het geld en kwam aan een bedrag van 162.000 kronen.

Om zes uur zette hij de tv aan om naar de eerste nieuwsuitzending van die avond te kijken. Toen was alleen Tania thuisgekomen. Ze stond in de keuken eten te koken.

De nieuwsuitzending begon met dat waarop Konovalenko zat te wachten. Tot zijn verbazing hoorde hij dat het pistoolschot, waarmee hij alleen de voorruit van de politieauto had willen versplinteren, onder andere omstandigheden voor een meesterschot doorgegaan zou zijn. De kogel had een van de agenten precies tussen zijn ogen getroffen op het punt tussen neus en voorhoofd. De man was op slag dood geweest.

Vervolgens verscheen er een foto van de politieagent die Konovalenko gedood had. Hij heette Klas Tengblad, zesentwintig jaar, getrouwd, twee minderjarige kinderen.

De politie had geen spoor van de dader, behalve dat hij alleen was geweest en dat het dezelfde man was die kort daarvoor het filiaal van de Handelsbank in Akalla had overvallen.

Konovalenko grijnsde en wilde de tv afzetten. Op dat moment zag hij Tania in de deuropening naar hem staan kijken.

'Een goede agent is een dode agent', zei hij en drukte de knop van de afstandsbediening in.

'Wat eten we? Ik heb honger.'

Vladimir kwam thuis en ging aan de eettafel zitten toen Tania en Konovalenko juist klaar waren met eten.

'Een bankoverval', zei Vladimir. 'En een vermoorde agent. Een eenzame dader die Zweeds met een accent spreekt. Het zal vanavond in de stad wemelen van de politie.'

'Dat komt voor', zei Konovalenko. 'Ben je klaar met je werk, weet men van het contract?'

'Geen mens in de onderwereld die voor middernacht niet weet van de honderdduizend kronen die er te verdienen vallen', zei Rykoff.

Tania gaf hem een bord met eten.

'Was het echt nodig om juist vandaag een agent dood te schieten?' vroeg Vladimir.

'Waarom denk je dat ík hem doodgeschoten heb?' vroeg Konovalenko.

Vladimir haalde zijn schouders op.

'Een meesterschot', zei hij. 'Een bankoverval om aan geld te komen in verband met Victor Mabasha. Een buitenlands accent. Het ligt voor de hand dat jij het was.'

'Je vergist je als je denkt dat het een voltreffer was', zei Konovalenko. 'Het was geluk. Of pech. Het ligt er maar aan hoe je het bekijkt. Maar voor alle zekerheid ga jij vanavond alleen de stad in. Of je neemt Tania mee.'

'Op Söder zijn een paar clubs waar veel Afrikanen rondhangen', zei Vladimir. 'Daar kan ik beginnen.'

Om halfnegen gingen Tania en Vladimir naar de stad. Konovalenko nam een bad en keek daarna naar de televisie. De verschillende zenders brachten lange reportages over de gestorven agent, maar ieder spoor van de dader ontbrak.

Natuurlijk, dacht Konovalenko. Ik laat geen sporen na.

Hij was in zijn stoel weggedoezeld toen plotseling de telefoon ging. Hij ging één keer over. Daarna werd er opnieuw gebeld, nu ging hij zeven keer over. Toen de telefoon voor de derde keer overging, nam Konovalenko op. Hij wist nu dat het Vladimir was die het afgesproken signaal gebruikte. Op de achtergrond hoorde hij een herrie die erop wees dat Vladimir in een discotheek stond.

'Kun je me verstaan?' riep Vladimir.

'Ja,' antwoordde Konovalenko.

'Ik kan mezelf nauwelijks verstaan', vervolgde Vladimir. 'Ik heb nieuws.'

'Heeft iemand Victor Mabasha in Stockholm gezien?' Konovalenko wist dat Vladimir daarom belde.

'Beter', zei Vladimir. 'Hij is hier.'

Konovalenko haalde diep adem.

'Heeft hij je gezien?'

'Nee. Maar hij is op zijn hoede.'

'Is hij in gezelschap van iemand?'

'Hij is alleen.'

Konovalenko dacht na. Het was twintig minuten over elf. Wat moest hij doen?

Toen nam hij een besluit.

'Geef me het adres', zei hij. 'Ik kom eraan. Wacht buiten op me. Kijk hoe de indeling van de club is. Vergeet de nooduitgangen niet.'

'Oké', zei Vladimir. Het gesprek was afgelopen.

Konovalenko controleerde zijn pistool en stopte een extra magazijn in zijn zak. Daarna ging hij naar zijn kamer en deed een ijzeren kist die tegen de muur stond van slot. Hij haalde er twee traangasgranaten en twee gasmaskers uit die hij in de plastic tas deed waar eerder die dag het geld van de bankoverval in had gezeten.

Ten slotte kamde hij zijn haar zorgvuldig voor de spiegel in de badkamer. Dat maakte deel uit van het ritueel als hij zich op een belangrijke taak voorbereidde.

Om kwart voor twaalf verliet hij de flat in Hallunda en nam een taxi naar de stad. Hij liet zich naar Östermalmstorg rijden. Daar stapte hij uit, betaalde en wenkte een andere taxi. Daarmee reed hij naar Söder.

De discotheek lag op nummer 45 en Konovalenko vroeg de chauffeur naar nummer 60 te rijden. Hij stapte uit en liep een eindje terug.

Plotseling stapte Vladimir uit de schaduwen. 'Hij is er nog', zei hij. 'Tania is naar huis gegaan.'

Konovalenko knikte bedachtzaam.

'Dan pakken we hem', zei hij.

Hij vroeg Vladimir te beschrijven hoe de disco er vanbinnen uitzag.

'Waar bevindt hij zich?' vroeg Konovalenko toen hij een duidelijk beeld had gekregen.

'Bij de bar', antwoordde Vladimir.

Konovalenko knikte.

Een paar minuten later hadden ze hun gasmaskers omgedaan en hun wapens ontgrendeld.

Vladimir rukte de deur open en smeet de verbaasde portiers opzij.

Daarna gooide Konovalenko de traangasgranaten naar binnen.

12

Schenk me de nacht, songoma. Hoe kan ik dit nachtelijke licht nou verdragen dat me geen kans geeft om een schuilplaats te vinden? Waarom heb je me naar dit vreemde land gestuurd waar de mens van zijn donker is beroofd? Ik heb je mijn afgehakte vinger gegeven, songoma. Ik offerde een stukje van mijn lichaam opdat jij me het donker teruggeeft. Maar je hebt me verlaten. Je hebt me in de steek gelaten. Ik ben even alleen als de antilope die niet langer aan de jagende cheeta kan ontkomen.

Victor Mabasha had zijn vlucht ondergaan als een reis in een droomachtige, gewichtloze toestand. Het was alsof zijn ziel op zichzelf reisde, onzichtbaar, ergens in zijn nabijheid. Hij meende zijn eigen adem in zijn nek te voelen. In de Mercedes, waarvan de leren bekleding hem aan de verre geur van huiden van gevilde antilopen deed denken, zat alleen zijn lichaam, in de eerste plaats zijn pijnlijke hand. Zijn vinger was weg, maar was er nog wel als een ontheemde pijn in een vreemd land.

Vanaf het allereerste begin van zijn wilde vlucht had hij geprobeerd zichzelf te dwingen heer en meester over zijn gedachten te worden om weldoordacht te kunnen handelen. Ik ben een Zoeloe, had hij als een bezwering in zichzelf herhaald. Ik behoor tot een onoverwinnelijk krijgsvolk, ik ben een van de zonen des Hemels. Mijn voorvaderen stonden altijd vooraan als onze *impi's* tot de aanval overgingen. We hebben de blanken verslagen lang voordat ze de bosjesmannen de eindeloze woestijnen injoegen, waar deze al gauw bezweken. We versloegen hen voordat ze zeiden dat ons land van hen was. We versloegen hen aan de voet van Isandlwana en hakten hun kaken af die vervolgens de kraal van onze koningen versierden. Ik ben een Zoeloe, mijn ene vinger is afgehakt, maar ik verdraag de pijn en ik heb negen vingers over, evenveel als de jakhals levens heeft.

Toen het hem te veel werd, was hij op goed geluk een bosweggetje ingereden en gestopt bij een glinsterend meer. Het water was zo zwart geweest dat hij eerst gedacht had dat het olie was. Hij was op een steen aan de oever van het meer gaan zitten, had de bloedige handdoek van zijn vinger gewikkeld en zich gedwongen naar zijn hand te kijken. Die bloedde nog steeds.

Zijn hand voelde vreemd aan, de pijn zat, na de jaap die hem verminkt had, meer in zijn bewustzijn dan in de wond.

Hoe kon Konovalenko sneller zijn dan hij? Zijn minieme aarzeling was hem fataal geworden. Hij besefte ook dat hij ondoordacht gevlucht was. Hij had zich gedragen als een verward kind. Hij had onwaardig gehandeld, tegenover zichzelf en tegenover Jan Kleyn. Hij had moeten blijven, Konovalenko's bagage moeten doorzoeken, naar tickets en geld moeten zoeken. Maar het enige dat hij gedaan had was wat kleren en zijn pistool meenemen. Hij wist ook niet meer hoe hij gereden was. Hij kon onmogelijk teruggaan. Hij zou de boerderij nooit meer vinden.

Mijn zwakte, dacht hij. Ik ben er niet in geslaagd die te overwinnen, al heb ik al mijn loyaliteiten afgezworen, alle voornemens die ik had toen ik opgroeide. Mijn zwakte is de straf van mijn *songoma.* Hij heeft naar de geesten geluisterd en de honden mijn lied laten zingen dat over mijn zwakte gaat die ik nooit zal overwinnen.

De zon, die in dit eigenaardige land nooit leek uit te rusten, was al boven de horizon geklommen. Een roofvogel was uit een boomtop opgevlogen en langs het spiegelblanke meer weggefladderd.

Nu moest hij eerst slapen. Een paar uur, meer niet. Hij wist dat hij niet veel slaap nodig had. Daarna zou zijn brein hem weer kunnen helpen.

In een tijd die hem nu even ver weg scheen als het verleden van zijn voorvaderen, had zijn vader, Okumana, die als geen ander speerpunten kon smeden, hem uitgelegd dat er zolang je leefde altijd een uitweg was. De dood was de laatste schuilplaats. Die moest je achter de hand houden tot je geen enkele mogelijkheid meer had om aan een schijnbaar onontkoombaar gevaar te ontsnappen. Er waren altijd nog uitwegen die je eerst niet gezien had en daarom ook had de mens in tegenstelling tot het dier hersenen. Om naar binnen te kunnen kijken, niet naar buiten. Naar binnen, naar de geheime plaatsen waar de geesten van de voorvaderen wachtten om de mensen als gids door het leven te mogen loodsen.

Wie ben ik, dacht hij. Een mens die zijn identiteit kwijt is, is niet langer een mens, maar een dier. En dat is mij overkomen. Ik ben mensen gaan doden omdat ik zelf dood was. Toen ik een kind was en de bordjes zag, die vervloekte bordjes die naar de plekken wezen waar zwarten zich op mochten houden en naar dingen die alleen voor blanken bestemd waren, begon ik te krimpen. Een kind moet groeien, groter worden, maar in mijn land moest het zwarte kind leren steeds kleiner te worden. Ik zag mijn ouders onder hun eigen onzichtbaarheid, hun eigen opgekropte bitterheid het loodje leggen. Ik was een gehoorzaam kind dat leerde een niemand onder de niemanden te zijn. Het verschil heeft me gemaakt tot wie ik ben. Het verschil was mijn eigenlijke vader. Ik leerde wat geen mens zou moeten leren. Te leven met bedrog, verachting, met een leugen die tot ultieme waarheid in mijn land was verheven. Een leugen, afgedwongen door de politie en de pasjeswetten. Maar bovenal leerde ik met een stroom wit water te leven, een stroom woorden over het natuurlijke verschil tussen zwart en wit, over de superioriteit van de blanke beschaving. Mij heeft die superioriteit tot moordenaar gemaakt, *songoma.* En dat is, denk ik, de uiterste consequentie van wat ik allemaal geleerd heb door als kind almaar kleiner te worden. Want wat is dit verschil, deze gemanipuleerde blanke superioriteit anders dan het systematisch plunderen van onze ziel? Toen onze vertwijfeling zich in een niets en niemand ontziende vernieling een weg naar buiten baande, hebben de blanken die vertwijfeling en onze haat – die nog oneindig groter is – niet gezien. Niet gezien wat er binnenin ons leefde. In mijn binnenste zie ik mijn gedachten en gevoelens als het ware door een zwaard gekliefd. Een van mijn vingers kan ik missen, maar hoe kan ik leven zonder te weten wie ik ben?

Hij schrok op en merkte dat hij bijna in slaap was gevallen. Half dromend, in het grensgebied tussen waken en slapen, waren gedachten die hij lang niet gehad had teruggekeerd.

Hij bleef een hele tijd op de steen bij het meer zitten.

Hij werd bezocht door zijn herinneringen. Hij hoefde ze niet op te roepen.

Zomer 1967. Hij was net zes jaar geworden toen hij ontdekte dat hij een talent had dat hem onderscheidde van de andere kinderen met wie hij in het stof van hun sloppenwijk bij Johannesburg speelde. Ze hadden een bal van papier en touwtjes gemaakt en plotseling had hij doorgehad dat hij over een balgevoel beschikte dat geen van zijn vriendjes bezat. Hij kon met de bal doen wat hij wilde, die volgde hem als een gehoorzame hond. Uit die ontdekking werd zijn eerste grote droom geboren, maar het heilige verschil zou die onbarmhartig in de kiem smoren. Hij zou de grootste rugbyspeler van Zuid-Afrika worden.

Zijn blijdschap was onvoorstelbaar. De geesten van zijn voorouders waren goed voor hem geweest, dacht hij. Uit een kraan vulde hij een fles met water en bracht een offer aan de rode aarde.

Die zomer hield op een dag de auto van een blanke handelaar in sterke drank stil in het stof waar Victor samen met zijn vriendjes met de papieren bal speelde. De man achter het stuur zat een hele tijd naar de zwarte jongen met de fenomenale balbehandeling te kijken.

Toevallig kwam de bal een keer naast de auto terecht. Victor kwam voorzichtig dichterbij, maakte een buiging en pakte de bal.

'Was je maar blank geweest', zei de man. 'Ik heb nog nooit iemand een bal zien behandelen zoals jij dat doet. Jammer dat je zwart bent.'

Met zijn blik volgde hij een vliegtuig dat een witte streep langs de hemel trok.

Ik herinner me niets meer van de pijn, dacht hij, maar die moet er toen al geweest zijn. Of was het er bij de zesjarige zo ingehamerd dat onrecht normaal was, dat hij helemaal niet gereageerd had? Maar tien jaar later, toen hij zestien was, was alles veranderd.

Juni 1976. Soweto. Voor Orlando West Junior Secondary School hadden zich meer dan vijftienduizend leerlingen verzameld. Zelf had hij er niet bijgehoord. Hij leefde op straat, leidde het kleine, maar steeds behendiger, steeds meedogenlozer wordende leven van een dief. Nog stal hij alleen van zwarten. Maar zijn blik richtte zich al op de blanke woonwijken waar grotere diefstallen gepleegd konden worden. Hij werd door de stroom jonge mensen meegetrokken, hij deelde hun woede dat het onderwijs voortaan in de gehate taal van de Boere zou plaatsvinden. Hij kon zich nog altijd het jonge meisje herinneren dat haar vuist balde en tegen de niet-aanwezige president schreeuwde: Vorster! Als jij Zoeloe spreekt, zullen wij Afrikaans spreken! De chaos had in hem gezeten. Het uiterlijke drama – de politieagenten die tot de aanval overgingen en er uitzinnig met hun sjamboks op los sloegen – had hem pas geraakt toen hij zelf geslagen werd. Hij had meegedaan met het gooien van stenen en zijn balgevoel had hem niet verlaten. Hij raakte bijna alles waar hij naar gooide. Hij zag hoe een agent naar zijn wang tastte terwijl het bloed tussen zijn vingers door stroomde en hij herinnerde zich de man in de auto en diens woorden toen hij in het rode stof zijn papieren bal was gaan halen. Daarna hadden ze hem opgepakt en de zweepslagen hadden zo hard in zijn huid gebeten dat hij de pijn ook vanbinnen had gevoeld. Hij herinnerde zich in het bijzonder een politieagent, een krachtige man met een roodaangelopen gezicht, die naar drank rook. In zijn ogen had Victor opeens angst gelezen. Op dat moment had hij beseft dat hij de sterkste was en de angst van de blanke man zou hem altijd met grenzeloze verachting bij blijven. Hij schrok uit zijn gepeins op doordat hij aan de overkant van het meer een beweging zag. Een roeiboot kwam langzaam zijn kant op. Een man roeide met trage slagen. Ondanks de grote afstand hoorde hij het geluid van de riemen.

Hij stond op, wankelde, door een plotseling duizeling bevangen, en realiseerde zich dat hij met zijn hand naar een dokter moest. Hij had dun bloed en bloedde langdurig als hij gewond was. Bovendien moest hij iets drinken. Hij ging in zijn auto zitten, startte de motor en zag dat hij nog voor hooguit een uur benzine had.

Toen hij weer op de hoofdweg was, vervolgde hij zijn route in dezelfde richting die hij daarvoor genomen had.

Het kostte hem vijfenveertig minuten om een stadje te bereiken dat Älmhult heette. Hij probeerde te verzinnen hoe die naam uitgesproken moest worden. Hij stopte bij een benzinestation. Konovalenko had hem vroeger al geld voor benzine gegeven. Hij had nog twee briefjes van honderd en wist hoe hij met een automaat om moest gaan. Hij had last van zijn gewonde hand en zag dat die de aandacht trok.

Een oudere man bood aan hem te helpen. Victor Mabasha begreep niet wat hij zei, maar knikte en probeerde te glimlachen. Hij tankte voor een van de briefjes en zag dat hij er nauwelijks meer dan tien liter voor kreeg. Maar hij moest wat eten en zeker zijn dorst lessen. Hij ging naar binnen, nadat hij de man die hem geholpen had mompelend bedankt had en de auto van de pomp had weggereden. Hij kocht brood en twee grote flessen Coca-cola. Toen hij betaald had, had hij nog veertig kronen over. Op een plattegrond die tussen reclameaanbiedingen bij de kassa hing, probeerde hij vergeefs Älmhult te vinden.

Hij liep naar zijn auto en trok met zijn tanden een stuk van het brood af. Voordat hij zijn geweldige dorst gelest had, was een van de colaflessen leeg.

Hij probeerde te bedenken wat hij moest doen. Hoe moest hij een dokter of een ziekenhuis vinden? En hij had geen geld om te betalen. Het personeel van het ziekenhuis zou hem wegsturen, zou weigeren hem te behandelen.

Hij wist wat dat betekende. Hij moest een overval plegen. Het pistool in het handschoenenkastje was zijn enige uitweg.

Hij liet het stadje achter zich en reed verder door de schijnbaar eindeloze bossen.

Ik hoop dat ik niet hoef te doden, dacht hij. Ik wil niemand doden voor ik aan mijn opdracht, De Klerk dood te schieten, heb voldaan.

De eerste keer *songoma*, dat ik een mens doodde was ik niet alleen. Die keer kan ik maar niet vergeten, hoewel ik moeite heb me andere mensen te herinneren die ik daarna gedood heb. Het was op een ochtend in januari 1981, op het kerkhof in Duduza. Ik herinner me de gebarsten grafstenen, *songoma*, ik herinner me dat ik dacht dat ik op het dak van de woningen van de doden liep. Er zou die ochtend een oud familielid begraven worden, ik meen dat hij een neef van mijn vader was. Op andere plaatsen op het kerkhof vonden nog meer begrafenissen plaats. Opeens ontstond er ergens lawaai, een begrafenisstoet loste zich op. Ik zag een meisje tussen de grafstenen rennen, ze liep als een opgejaagde hinde en ze werd opgejaagd. Iemand schreeuwde dat ze een verklikster was, een zwarte informante van de politie. Ze werd gevangen, ze gilde; haar nood was groter dan ik ooit gezien had. Maar ze werd neergeslagen, neergestompt. Ze lag tussen de graven en leefde nog. Toen droegen we droge takken en graszoden aan die we tussen de grafstenen uitrukten. Ik zeg we, omdat ik plotseling meedeed. Een zwarte vrouw die inlichtingen aan de politie gaf, waarom moest die leven? Ze smeekte om haar leven, maar al gauw was haar lichaam met dorre takken en gras bedekt en we verbrandden haar levend op de plek waar ze lag. Ze probeerde tevergeefs aan de vlammen te ontkomen, maar we hielden haar vast tot haar gezicht geblakerd was. Het was de eerste mens die ik gedood heb, *songoma* en ik heb haar nooit vergeten, want toen ik haar doodde, doodde ik ook mezelf. Het rassenverschil had getriomfeerd. Ik was een dier geworden, *songoma*. Ik kon nooit meer terug.

Zijn hand deed weer zeer. Victor Mabasha probeerde hem onbeweeglijk te houden om de pijn te verminderen. De zon stond nog altijd heel hoog en Victor Mabasha nam niet eens de moeite op zijn horloge te kijken. Hij had nog ruimschoots de tijd om in zijn auto te blijven zitten, waar zijn gedachten hem gezelschap hielden.

Ik heb geen idee waar ik ben, dacht hij. Ik weet dat ik in een land ben dat Zweden heet. Meer niet. Misschien zit de wereld zo wel in elkaar? Bestaat er helemaal geen hier of daar. Alleen een nu?

Geleidelijk aan viel dan toch die vreemde, nauwelijks merkbare schemering.

Hij schoof een magazijn in zijn pistool en stopte dat tussen zijn broekriem.

Hij miste zijn messen. Maar hij was vastbesloten niemand te doden als het niet echt nodig was.

Hij keek naar de benzinemeter. Hij moest nu snel tanken. Eerst moest hij het probleem van het geld oplossen.

Een paar kilometer verder zag hij een kleine winkel die 's avonds open was. Hij stopte, zette de motor af en wachtte tot er geen klanten meer in de winkel waren. Hij ontgrendelde zijn pistool, stapte uit en liep vlug naar binnen. Bij de kassa stond een oudere man. Victor wees met het pistool naar de kassa. De man wilde wat zeggen, maar Victor schoot in het plafond en wees opnieuw. Met bevende handen deed de man de kassa open. Victor boog zich voorover, nam zijn pistool in zijn gewonde hand en graaide het geld bijeen. Toen draaide hij zich om en ging vlug de winkel uit.

Hij zag niet dat de man achter de toonbank op de grond ineenzakte. Bij zijn val sloeg hij met zijn hoofd hard tegen de cementen vloer. Later zou men dit zo uitleggen dat een overvaller hem neergeslagen had.

De man achter de toonbank was echter al dood geweest. Zijn hart had de plotselinge schok niet kunnen verwerken.

Toen Victor Mabasha de winkel uit vluchtte, bleef zijn verband aan de deur haken. Hij had geen tijd het los te peuteren, hij zette zich schrap tegen de pijn en rukte zijn hand los.

Op dat moment zag hij het meisje dat voor de winkel naar hem stond te kijken. Ze was misschien een jaar of dertien en haar ogen waren heel groot. Ze keek naar zijn bloedige hand.

Ik moet haar doden, dacht hij. Ik kan geen getuigen gebruiken.

Hij trok zijn pistool en richtte het op haar, maar hij kon niet. Hij liet zijn hand zakken, rende naar zijn auto en reed weg.

Hij zou nu gauw de politie achter zich aan krijgen, dacht hij. Ze zouden naar een zwarte man met een verminkte hand zoeken. Het meisje dat hij niet gedood had zou praten. Hij gaf zichzelf hooguit vier uur de tijd voordat hij een andere auto moest hebben.

Hij stopte bij een onbemand benzinestation en tankte. Hij had op een verkeersbord, dat hij even daarvoor gepasseerd was, Stockholm zien staan en zich ingeprent hoe hij terug moest rijden om de afslag te nemen.

Hij voelde zich opeens doodmoe. Ergens langs de weg zou hij moeten stoppen om te slapen.

Hij hoopte dat hij opnieuw een meer met zwart, stil water zou vinden.

Hij vond het op het vlakke land ten zuiden van Linköping. Toen reed hij al in een nieuwe auto. Bij Huskvarna was hij naar een motel gereden en het was hem gelukt het portier van een andere Mercedes open te breken en de motor te starten. Daarna was hij zo lang mogelijk doorgereden. Vóór Linköping reed hij een kleinere weg op, daarna nog een kleinere en ten slotte had het meer voor hem gelegen. Het was toen even over middernacht geweest. Hij had zich op de achterbank opgerold en was in slaap gevallen.

Songoma, ik weet dat ik droom, maar toch spreek jij en niet ik. En je vertelt van de grote Chaka, de grote krijger die het Zoeloevolk groot maakte, een man die overal een ontzettende angst inboezemde. Mensen vielen dood neer als hij woedend werd. Hij liet hele regimenten, die tijdens zijn eindeloze oorlogen niet de juiste moed aan de dag legden, ter dood brengen. Hij is mijn voorvader en ik heb toen ik een klein kind was 's avonds bij het vuur over hem horen vertellen. Ik begrijp nu dat mijn vader aan hem dacht om de blanke wereld, waarin hij moest leven, te kunnen vergeten. Om de mijnen te kunnen verdragen, de angst voor de instortingen in de onderaardse gangen, voor de gassen die zijn longen aantastten. Maar jij, *songoma*, vertelt wat anders over Chaka. Jij vertelt dat Chaka, die de zoon van Senzangakhona was, veranderde toen Noliwa, de vrouw van wie hij hield, was gestorven. Zijn hart vulde zich met een groot donker, hij kon geen liefde meer voor de mensen of de aarde voelen, alleen een haat die hem als een parasiet opvrat, van binnenuit. Langzaam verdween iedere menselijke trek, ten slotte restte er slechts een dier dat alleen nog vreugde voelde als hij doodde en bloed en lijden zag. Maar waarom vertel je me dit, *songoma*? Ben ik al geworden als hij? Een bloeddorstig beest, zo geworden door het rassenverschil? Ik weiger je te geloven, *songoma*. Ik dood, maar niet willekeurig. Ik mag de vrouwen graag zien dansen, hun donkere lichamen afstekend tegen de vlammende vuren. Ik wil mijn eigen dochters zien dansen, *songoma*. Dansen, aan één stuk door, tot mijn ogen dichtvallen en ik naar de onderwereld terugkeer, waar ik jou zal ontmoeten en je me het laatste geheim zult onthullen...

Hij werd met een schok om vijf uur 's ochtends wakker.

Buiten hoorde hij een vogel zingen op een manier zoals hij niet eerder gehoord had.

Daarna reed hij verder naar het noorden.

Even voor elf uur 's ochtends bereikte hij Stockholm.

Het was woensdag 29 april 1992, de dag voor het Lentefeest.

13

Het waren drie mannen geweest, alledrie gemaskerd, en ze waren binnengekomen juist toen het dessert opgediend werd. Binnen twee minuten vuurden ze met hun automatische wapens meer dan driehonderd schoten af. Daarna verdwenen ze in een wachtende auto.

Vervolgens was het heel stil geworden. Maar slechts even. Toen was het gegil van de gewonden begonnen en van de mensen die een shock hadden opgelopen. De beroemde wijnproeversclub uit Durban hield zijn jaarlijkse bijeenkomst. Het feestcomité had het veiligheidsaspect zorgvuldig ingecalculeerd toen ze besloot het diner na de jaarvergadering naar het restaurant van de golfclub in Pinetown enkele tientallen kilometers buiten Durban te verplaatsen. Pinetown was een stad die tot dan toe nooit aan enig geweld was blootgesteld, geweld dat in de provincie Natal steeds vaker voorkwam en zich al meer uitbreidde. Bovendien had de manager van het restaurant beloofd de bewaking voor die avond uit te breiden.

Maar de bewakers werden neergeslagen voordat ze alarm hadden kunnen slaan. Het hek om het restaurant was met ijzeren nijptangen doorgeknipt en de daders hadden een herdershond gewurgd.

Toen de mannen met de wapens in de hand naar binnen stormden, waren er in totaal vijfenvijftig mensen in het restaurant aanwezig geweest. Alle leden van de wijnproeversclub waren blank. De bediening bestond uit vijf zwarten, vier mannen en een vrouw. Toen het schieten begon waren de zwarte koks en de mensen van het koude buffet met de Portugese chef-kok van het restaurant naar de achterkant gevlucht.

Toen het voorbij was lagen er negen mensen dood tussen de omvergegooide tafels en stoelen, het gebroken serviesgoed en de naar beneden gevallen plafondverlichting. Zeventien personen waren meer of minder ernstig gewond, de overigen hadden een shock opgelopen, onder wie een oudere dame die later aan een hartaanval zou overlijden.

Het dessert had bestaan uit een vruchtensalade. Meer dan tweehonderd flessen rode wijn waren kapot geschoten. Voor de politie, die na het bloedbad arriveerde, was het moeilijk te zien wat bloed en wat rode wijn was.

Inspecteur Samuel de Beer van de afdeling Moordzaken van de Durbanse recherche was een van de eersten die bij het restaurant arriveerde. In zijn gezelschap bevond zich de zwarte inspecteur Harry Sibande. Hoewel De Beer een politieman was die zijn racistische wereldvisie niet onder stoelen of banken stak, had Harry Sibande geleerd De Beers verachting voor zwarten te negeren. Dat kwam mede omdat Sibande langgeleden al ingezien had dat hij een aanzienlijk betere politieman was dan De Beer ooit zou worden.

Ze waren door de ravage gelopen en hadden gezien hoe de doden en gewonden naar de ambulances werden gedragen die tussen Pinetown en de diverse ziekenhuizen van Durban heen en weer pendelden.

De beschikbare, in een zware shocktoestand verkerende getuigen, konden niet veel vertellen. Het waren drie mannen geweest, gemaskerd, maar met zwarte handen.

De Beer besefte dat deze aanslag, door een zwarte gewapende eenheid gepleegd, een van de wreedste politieke aanslagen van dat jaar in Natal was. Die avond, 30 april 1992, leek de openlijke binnenlandse oorlog tussen zwarten en blanken in Natal weer een stapje dichterbij gekomen te zijn.

Diezelfde avond belde De Beer naar de inlichtingendienst in Pretoria. Daar beloofden ze hem de volgende ochtend vroeg hulp te sturen. Ook de speciale afdeling voor politieke aanslagen en terroristische acties van het leger zou een ervaren onderzoeker beschikbaar stellen.

President De Klerk werd even voor middernacht van het gebeuren op de hoogte gesteld. Het was zijn minister van Buitenlandse Zaken, Pik Botha, die de residentie van De Klerk op de speciale noodlijn belde.

De minister van Buitenlandse Zaken hoorde dat De Klerk geïrriteerd was dat hij hem stoorde.

'Er worden iedere dag onschuldige mensen vermoord', had De Klerk gezegd. 'Wat is er zo bijzonder aan dit geval?'

'De omvang', had de minister van Buitenlandse Zaken geantwoord. 'Die is te groot, te grof, te wreed. Je kunt op een felle reactie vanuit de partij rekenen als je morgenochtend niet met een zeer krachtige uitspraak komt. Ik ben ervan overtuigd dat de leiding van het ANC, vermoedelijk Mandela zelf, deze gebeurtenis zal veroordelen. En de zwarte kerkleiders zullen hetzelfde doen. Het zou niet goed zijn als jij niets zou zeggen.'

Minister van Buitenlandse Zaken Botha was een van de weinigen die onvoorwaardelijk het oor van president De Klerk hadden. De president luisterde meestal naar de raad die hij van zijn minister van Buitenlandse Zaken kreeg.

'Ik zal je raad opvolgen', antwoordde De Klerk. 'Schrijf voor morgen iets op. Zorg ervoor dat ik het om zeven uur heb.'

Laat diezelfde avond vond er nóg een telefoongesprek tussen Johannesburg en Pretoria plaats dat verband hield met de aanslag in Pinetown. Kolonel Franz Malan van de speciale, uiterst geheime militaire veiligheidsdienst werd door zijn collega Jan Kleyn van de inlichtingendienst gebeld. Beiden hadden al bericht gekregen over wat er enkele uren eerder in het restaurant in Pinetown had plaatsgevonden. Beiden hadden met ontzetting en afschuw gereageerd. Ze hadden hun rol gespeeld zoals ze gewend waren die te spelen. Zowel Jan Kleyn als Franz Malan had op de achtergrond meegewerkt aan de voorbereidingen van het bloedbad in Pinetown. De aanslag maakte deel uit van hun strategie om de onveiligheid in het land te vergroten. In het verlengde daarvan en als sluitstuk van een toenemende reeks van al omvangrijker wordende aanslagen en moorden, zou de door Victor Mabasha te plegen liquidatie plaatsvinden.

Jan Kleyn belde Franz Malan echter met een heel andere boodschap. Hij had die dag ontdekt dat op zijn werk iemand in zijn uiterst geheime, persoonlijke databestanden had gesnuffeld. Na er een paar uur over nagedacht te hebben had hij via de uitsluitingsmethode geconcludeerd wie hem bespioneerde. Hij besefte eveneens dat deze gebeurtenis een bedreiging vormde voor de beslissende operatie die ze aan het voorbereiden waren.

Ze gebruikten nooit namen wanneer ze elkaar belden. Ze kenden elkaars stem. Mocht de lijn een keer slecht zijn dan hadden ze een speciale code van begroetingszinnen die ze uitwisselden om elkaar te identificeren.

'We moeten elkaar spreken', zei Jan Kleyn. 'Weet je waar ik morgen naartoe ga?'

'Ja', antwoordde Franz Malan.

'Zorg dat je er ook bent', zei Jan Kleyn.

Franz Malan had gehoord dat zijn eigen onderdeel bij het onderzoek naar het bloedbad door een zekere kapitein Breytenbach vertegenwoordigd zou worden. Maar hij wist dat één telefoontje met kapitein Breytenbach voldoende zou zijn om in zijn plaats te gaan. Franz Malan had een continu mandaat dat hij in individuele gevallen zonder zijn superieuren te raadplegen mocht ingrijpen als hij dat nodig vond.

'Ik kom', zei hij.

Franz Malan belde kapitein Breytenbach en zei dat hij zelf de volgende dag naar Durban zou vliegen. Daarna liet hij zijn gedachten gaan over wat Jan Kleyn dwars kon zitten. Hij vermoedde dat het iets met hun grote operatie te maken had. Hij hoopte alleen maar dat die niet zou verzanden.

Om vier uur op de ochtend van 1 mei liet Jan Kleyn Pretoria achter zich. Hij passeerde Johannesburg en reed weldra op de N3 naar Durban. Hij had berekend dat hij daar om acht uur zou zijn.

Jan Kleyn hield van autorijden. Als hij gewild had, had hij een helikopter kunnen vorderen om hem naar Durban te brengen, maar dan zou de reis te snel verlopen zijn. Het alleen in zijn auto zitten, het landschap dat voorbijschoot, gaf hem tijd om na te denken. Hij ging sneller rijden en meende dat de problemen in Zweden nu wel spoedig opgelost zouden zijn. Hij had zich de laatste dagen afgevraagd of Konovalenko werkelijk zo bekwaam en koelbloedig was als hij had aangenomen. Had hij een fout begaan door hem in te schakelen? Na veel nadenken was hij tot de conclusie gekomen dat hij geen fout had gemaakt. Konovalenko zou de noodzakelijke maatregelen treffen. Victor Mabasha zou binnenkort geliquideerd zijn. Misschien was het al gebeurd. Een man, Sikosi genaamd, de tweede op zijn lijstje, zou Victor Mabasha's plaats innemen en Konovalenko zou hem op dezelfde manier voor zijn opdracht klaarstomen als Victor Mabasha.

Het enige waar Jan Kleyn nog steeds geen raad mee wist was het voorval dat kennelijk tot Victor Mabasha's zenuwinzinking had geleid. Hoe kon een man als hij zo heftig reageren op de moord op een onbeduidende Zweedse vrouw? Had hij dan toch een zwakke stee gehad, was hij sentimenteel? In dat geval mochten ze van geluk spreken dat het tijdig aan het licht gekomen was. Wat had er anders niet kunnen gebeuren als Victor Mabasha plotseling zijn slachtoffer in het vizier van zijn geweer had gekregen?

Hij schoof de gedachten aan Victor Mabasha van zich af en dacht weer aan het oog dat hem, zonder dat hij het geweten had, bespioneerde. Er hadden geen bijzonderheden in zijn bestanden gestaan, geen namen, geen plaatsen, niets. Maar hij besefte heel goed dat een bekwame inlichtingenofficier bepaalde conclusies had kunnen trekken. Niet in de laatste plaats dat er voorbereidingen voor een speciale, beslissende politieke aanslag werden getroffen.

Eigenlijk mocht hij van geluk spreken. Hij had het binnendringen in zijn databestanden op tijd ontdekt en kon er nu nog iets aan doen.

Kolonel Franz Malan klom in de helikopter die op het vliegveld van de legerbasis bij Johannesburg stond te wachten. Het was kwart over zeven en hij rekende erop om acht uur in Durban te zijn. Hij knikte tegen de piloten, deed zijn veiligheidsgordel om en keek, toen ze opstegen, naar de grond beneden hen. Hij was moe. Zijn gepieker over wat Jan Kleyn zorgen kon baren had hem tot het aanbreken van de dag wakker gehouden.

Peinzend keek hij naar de Afrikaanse voorstad waar ze overheen vlogen. Hij zag het verval, de sloppen, de rook van de vuren.

Hoe zouden ze ons ooit kunnen verslaan? dacht hij. We moeten ze gewoon vastberaden laten zien dat het ons ernst is. Het zal een hoop bloed kosten, ook het bloed van blanken, zoals gisteravond in Pinetown, maar een voortzetting van de blanke overheersing in Zuid-Afrika wordt ons niet zomaar in de schoot geworpen. Dat vergt offers.

Hij leunde achterover, deed zijn ogen dicht en probeerde te slapen.

Aanstonds zou hij horen waar Jan Kleyn zich zorgen over maakte.

Ze arriveerden tien minuten na elkaar bij het afgezette restaurant in Pinetown. Ze verbleven ruim een uur met de plaatselijke rechercheurs van de afdeling Moordzaken onder leiding van inspecteur Samuel de Beer in de met bloed bespatte vertrekken. Jan Kleyn en Franz Malan konden met eigen ogen aanschouwen dat de daders goed werk afgeleverd hadden. Het dodencijfer werd op iets meer dan negen geschat, maar dat was van minder belang. Het bloedbad op de onschuldige wijnproevers had de verwachte uitwerking gehad. Er was nu reeds bij de blanken sprake van een uitzinnige woede en een roep om wraak. Door zijn autoradio had Jan Kleyn naar Nelson Mandela en president De Klerk geluisterd, die elk op hun beurt het gebeurde veroordeeld hadden. De Klerk had de terroristen bovendien gedreigd met een gewelddadige vergelding.

'Hebt u enig spoor van de daders die deze waanzinnige daad gepleegd hebben?' vroeg Jan Kleyn.

'Nog niet', antwoordde Samuel de Beer. 'Niemand heeft zelfs maar de vluchtauto gezien.'

'Het zou goed zijn als de regering onmiddellijk een beloning uitloofde', zei Franz Malan. 'Ik zal er zelf voor zorgen dat de minister van Defensie deze kwestie bij de volgende kabinetsvergadering aanhangig maakt.'

Op dat moment bereikte hen vanuit de afgezette straat, waar zich veel blanken verzameld hadden een groot kabaal. Velen droegen demonstratief een wapen en zwarten die de volksoploop zagen liepen een straatje om. De deur van het restaurant vloog open en er kwam een blanke vrouw van in de dertig binnen. Ze was totaal overstuur en op de grens van hysterie. Toen ze inspecteur Sibande zag, die op dat moment de enige zwarte man in het lokaal was, trok ze plotseling een pistool en loste een schot in zijn richting. Harry Sibande kon zich net op tijd op de grond werpen en achter een omgevallen tafel bescherming zoeken. Maar de vrouw liep op de tafel toe en bleef schoten afvuren, terwijl ze het pistool krampachtig met beide handen vasthield. De hele tijd brulde ze in het Afrikaans dat ze haar broer zou wreken die de vorige avond was vermoord. Ze zou niet rusten voordat de laatste kaffer uitgeroeid was.

Samuel de Beer wierp zich op haar en ontwapende haar. Daarna bracht hij haar naar een wachtende politieauto. Harry Sibande stond op. Hij beefde. Een van de kogels was door het tafelblad gegaan en had de mouw van zijn jasje gescheurd. Jan Kleyn en Franz Malan hadden het voorval aangezien. Alles was heel snel in zijn werk gegaan, maar beiden hadden hetzelfde gedacht. De reactie van de blanke vrouw was precies wat ze met het bloedbad van de vorige avond beoogd hadden. Maar op grotere schaal. De haat moest als een reusachtig golf het land overspoelen.

De Beer kwam terug en veegde zweet en bloed van zijn gezicht.

'We moeten begrip voor haar hebben', zei hij.

Harry Sibande zei niets.

Jan Kleyn en Franz Malan zegden alle hulp toe die De Beer nodig mocht hebben. Ze namen afscheid met elkaar over en weer te verzekeren dat deze terroristische daad snel moest en zou worden opgelost. Daarna verlieten ze samen het restaurant en reden met de auto van Jan Kleyn Pinetown uit. Ze reden over de N2 naar het noorden en sloegen af naar de kust bij een bord waar Umhlanga Rocks op stond. Jan Kleyn reed naar een klein restaurant dat direct aan het strand lag. Daar zouden ze niet gestoord worden. Ze bestelden zeekreeft en dronken er mineraalwater bij. Er stond een lichte bries uit zee. Franz Malan trok zijn jasje uit.

'Ik heb gehoord dat inspecteur De Beer een buitengewoon onbekwame rechercheur is', zei hij. 'Zijn kaffercollega schijnt veel scherpzinniger te zijn. En vasthoudend.'

'Ik heb dezelfde informatie gekregen', zei Jan Kleyn. 'Het onderzoek zal in zinloze cirkels rondtollen totdat, op de familie na, niemand zich de gebeurtenis nog herinnert.'

Hij legde zijn mes neer en veegde zijn mond af met zijn servet. 'De dood is nooit aangenaam', vervolgde hij. 'Niemand richt een bloedbad aan als het niet nodig is. Aan de andere kant zijn er geen winnaars zonder verliezers. Noch een winnaar zonder slachtoffer. Ik veronderstel dat ik eigenlijk een heel primitieve darwinist ben. De sterkste overleeft, de overlevende heeft dus het recht aan zijn kant. Als een huis in brand staat, vraagt niemand waar het vuur begonnen is voordat men met het bluswerk begint.'

'Wat is er met die drie mannen gebeurd?' vroeg Franz Malan. 'Ik herinner me niet wat er besloten is.'

'Zullen we een eindje gaan wandelen als we gegeten hebben?' stelde Jan Kleyn glimlachend voor.

Franz Malan begreep dat dit voorlopig het antwoord op zijn vraag was. Hij kende Jan Kleyn goed genoeg om te weten dat verder vragen niet zou lonen. Hij zou het zo dadelijk wel horen.

Bij de koffie vertelde Jan Kleyn waarom hij Franz Malan absoluut wilde spreken.

'Zoals je weet kennen wij, die in de verschillende inlichtingendiensten in het geheim werken, een aantal ongeschreven regels en voorwaarden', begon hij. 'Een van die regels is dat iedereen iedereen in de gaten houdt. Ons vertrouwen in onze collega's is altijd begrensd. En we hebben allemaal onze eigen mogelijkheden om onze persoonlijke veiligheid te controleren. En zeker om ervoor te waken dat niemand zich te ver op ons terrein begeeft. Wij leggen mijnen om ons heen en dat doen we omdat iedereen dat doet. Op die manier is er sprake van een zeker evenwicht en kunnen we gezamenlijk ons werk verrichten. Helaas heb ik moeten constateren dat iemand een te grote belangstelling voor mijn databestanden aan de dag legt. Iemand heeft de opdracht gekregen mij in de gaten te houden. En die opdracht moet uit de hoogste regionen afkomstig zijn.'

Franz Malan trok wit weg.

'Is het plan uitgelekt?' vroeg hij.

Jan Kleyn keek hem met kille ogen aan.

'Ik gebruik natuurlijk mijn gezonde verstand', zei hij. 'Er staat niets in mijn bestanden dat verwijst naar de taak die we ons gesteld hebben en waar nu aan gewerkt wordt. Er staan geen namen in, er is niets te vinden, maar we mogen nooit uitsluiten dat een voldoende intelligent man de juiste conclusies trekt. Wat dit tot een ernstige zaak maakt.'

'Het zal niet meevallen erachter te komen wie het is', zei Franz Malan.

'Integendeel', zei Jan Kleyn. 'Dat weet ik al.'

Franz Malan keek hem verrast aan.

'Door eerst een stapje achteruit te doen kon ik verder komen', zei

Jan Kleyn. 'Zo boek je vaak de beste resultaten. Ik heb me de vraag gesteld van wie die opdracht kon zijn. En ik kwam al gauw tot de conclusie dat er eigenlijk maar twee mensen zijn die echt belangstelling kunnen hebben voor wat ik uitvoer. Twee personen, zo hoog in de hiërarchie als maar kan. De president en de minister van Buitenlandse Zaken.'

Franz Malan opende zijn mond om een tegenwerping te maken.

'Laat me uitpraten', zei Jan Kleyn. 'Als je erover nadenkt, zie je dat het voor de hand ligt. In ons land is terecht sprake van samenzweringsangst. De Klerk heeft alle reden om bang te zijn voor wat er in bepaalde kringen van het militaire oppercommando leeft. En hij hoeft ook niet te rekenen op een vanzelfsprekende loyaliteit van de mensen aan het hoofd van de inlichtingendiensten. Vandaag de dag heerst er grote onzekerheid in Zuid-Afrika. Heel veel dingen kunnen vooraf niet berekend worden noch als vanzelfsprekend worden aangenomen. Dus is er een onverzadigbare behoefte aan informatie. De president heeft maar één man in zijn kabinet die hij volledig vertrouwt en dat is Botha, de minister van Buitenlandse Zaken. Toen ik tot zover gekomen was hoefde ik alleen maar na te gaan welke kandidaten mogelijk de geheime informanten van de president kunnen zijn. Om redenen waarop ik nu niet in zal gaan bleef er al gauw maar één kandidaat over. Pieter van Heerden.'

Franz Malan wist wie dat was. Hij had de man een paar keer ontmoet.

'Pieter van Heerden', zei Jan Kleyn. 'Hij is de informant van de president. Hij heeft aan diens voeten gezeten en onze geheimste gedachten overgebriefd.'

'Volgens mij is Van Heerden heel intelligent', zei Franz Malan.

Jan Kleyn knikte.

'Dat klopt', antwoordde hij. 'Hij is een zeer gevaarlijk man. Een vijand die respect afdwingt. Jammer genoeg, voor hem dan, heeft hij een kwaal.'

Franz Malan trok zijn wenkbrauwen op.

'Een kwaal?'

'Bepaalde problemen lossen zich vanzelf op', zei Jan Kleyn. 'Ik weet toevallig dat hij volgende week in een privé-ziekenhuis in Johannesburg opgenomen wordt. Hij heeft problemen met zijn prostaat.'

Jan Kleyn dronk van zijn koffie.

'Dat ziekenhuis zal hij niet meer verlaten', vervolgde hij. 'En daar zal ik persoonlijk voor zorgen. Ten slotte wou hij mij te grazen nemen. Het waren mijn databestanden die hij ingekeken heeft.'

Ze zwegen toen de zwarte dienster afruimde.

'Ik heb mijn probleem dus zelf al opgelost', zei Jan Kleyn toen ze weer alleen waren. 'Maar ik wilde het je toch even vertellen. Jij moet ook heel voorzichtig zijn. Naar alle waarschijnlijkheid probeert ook iemand bij jou over je schouder mee te kijken.'

'Goed dat ik het weet', zei Franz Malan. 'Ik zal mijn voorzorgsmaatregelen nog eens nalopen.'

De dienster kwam met de rekening en Jan Kleyn betaalde.

'Zullen we een wandelingetje maken?' vroeg Jan Kleyn. 'Je had een vraag waar je zo dadelijk antwoord op zult krijgen.'

Ze liepen over een pad dat via een heuveltop naar de hoge steile rotsen leidde die de kust zijn naam gegeven hadden.

'Sikosi Tsiki vertrekt woensdag naar Zweden', zei Jan Kleyn.

'Vind je hem de beste?'

'Hij stond als nummer twee op ons lijstje. Ik vertrouw hem volledig.'

'En Victor Mabasha?'

'Die is waarschijnlijk al dood. Ik denk dat Konovalenko vanavond of op zijn laatst morgen contact opneemt.'

'We hebben uit Kaapstad bij geruchte vernomen dat daar op 12 juni een grote bijeenkomst zal plaatsvinden', zei Franz Malan. 'Ik ben bezig uit te zoeken of dat soms een geschikte gelegenheid is.'

Jan Kleyn bleef staan.

'Ja', zei hij. 'Dat zou een prima tijdstip kunnen zijn.'

'Ik hou je op de hoogte', zei Franz Malan.

Jan Kleyn bleef aan de rand van een rotswand staan die loodrecht de zee in liep.

Franz Malan keek naar beneden.

In de diepte lag het wrak van een auto.

'De auto is kennelijk nog niet gevonden', zei Jan Kleyn. 'Wanneer dat gebeurt zullen ze er drie dode mannen in vinden. Zwarte mannen in de leeftijd van vijfentwintig jaar. Iemand heeft hen doodgeschoten en de auto van de rots geduwd.'

Jan Kleyn wees naar een parkeerplaats achter hen.

'Daar zouden ze volgens afspraak hun geld krijgen,' zei hij, 'maar dat is dus niet gebeurd.'

Ze gingen terug.

Franz Malan nam niet de moeite om te vragen wie de drie die het bloedbad in het restaurant aangericht hadden, had terechtgesteld. Er waren dingen die hij liever niet wilde weten.

's Middags even na één uur zette Jan Kleyn Franz Malan bij een legerbasis in de buurt van Durban af. Ze gaven elkaar een hand en namen haastig afscheid.

Op de terugweg naar Pretoria vermeed Jan Kleyn de autoweg. Hij gaf de voorkeur aan Natals mindere drukke wegen. Hij had geen haast en voelde de behoefte om voor zichzelf de balans op te maken. Er stond veel op het spel, voor hemzelf, zijn medesamenzweerders en niet in de laatste plaats voor alle blanken in Zuid-Afrika.

Hij realiseerde zich dat hij nu door het geboorteland van Nelson Mandela reed. Hier was de man geboren, hier was hij opgegroeid. En hier zou hij, als zijn leven voorbij was, waarschijnlijk naartoe teruggebracht worden.

Jan Kleyn schrok soms zelf van zijn eigen gevoelloosheid. Hij wist dat hij een fanaticus genoemd kon worden. Maar zijn leven was er een dat hij niet graag voor een ander zou willen verruilen.

Er waren maar twee dingen waar hij zich zorgen over maakte. Het ene waren de nachtmerries die hij soms had. Dan zag hij zichzelf ingesloten in een wereld van louter zwarte mensen. Hij kon niet meer praten. Uit zijn mond kwamen woorden die in dierengeluiden veranderd waren. Hij klonk als een huilende hyena.

Het andere was dat niemand wist hoeveel tijd hem of haar vergund was.

Niet dat hij eeuwig wilde blijven leven, maar wel zo lang dat hij nog met eigen ogen kon zien dat de blanken van Zuid-Afrika hun bedreigde heerschappij weer stevig verankerd hadden.

Daarna kon hij sterven. Niet eerder.

Hij stopte om wat in een klein restaurant in Witbank te eten.

Toen had hij het plan met alle ofs en indiens en alle valkuilen opnieuw nauwkeurig doorgenomen. Hij voelde zich kalm. Alles zou precies zo gaan als ze gedacht hadden. Misschien was 12 juni in Kaapstad inderdaad een geschikte gelegenheid, zoals Franz Malan geopperd had.

Even voor negen uur 's avonds reed hij de oprit naar zijn grote huis aan de rand van Pretoria op.

Zijn zwarte nachtwaker deed het hek voor hem open.

Zijn laatste gedachte voor hij insliep gold Victor Mabasha.

Hij kon zich zijn gezicht al moeilijk meer herinneren.

14

Pieter van Heerden voelde zich niet op zijn gemak.

Gevoelens van onlust, van een sluipende angst, waren niets nieuws voor hem. Momenten van spanning en gevaar maakten een natuurlijk onderdeel van zijn werk voor de inlichtingendienst uit. Maar het was alsof hij, nu hij in een ziekenhuisbed in de Brenthurst Clinic op zijn operatie lag te wachten, zich minder tegen zijn onrust kon verweren.

De Brenthurst Clinic was een privé-ziekenhuis, gelegen in de wijk Hillbrow in het noorden van Johannesburg. Als hij gewild had, had hij een beduidend duurder alternatief kunnen kiezen. Maar Brenthurst beviel hem goed. De kliniek stond bekend om zijn hoge medische kwaliteit, het artsencollectief werd beschouwd als zeer bekwaam en de verzorging was voorbeeldig. Maar het ziekenhuis beschikte niet over luxueuze patiëntenkamers. Integendeel, het hele huis was tamelijk vervallen. Van Heerden zat ruim in zijn geld, maar hij hield niet van pralen. In zijn vrije tijd en tijdens zijn reizen vermeed hij luxehotels, waar hij zich omringd wist door die typische leegheid waarmee de blanke Zuid-Afrikanen zich omringden. Daarom wilde hij zich niet in een ziekenhuis laten opereren dat door de welgestelde blanken van het land gefrequenteerd werd.

Van Heerden lag in een kamer op de tweede verdieping. Hij hoorde iemand op de gang lachen. Meteen daarna reed er ratelend een theewagen voorbij. Hij keek uit het raam. Een eenzame duif zat op het dak van een huis. Daarachter vertoonde de hemel die donkerblauwe kleur waar hij zoveel van hield. Al gauw zou de korte schemering van Afrika voorbij zijn. En met de snel invallende duisternis keerde zijn onrust terug.

Het was maandag 4 mei. De volgende dag, om acht uur 's morgens, zouden dokter Plitt en dokter Berkowitsch de niet bijzonder gecompliceerde chirurgische ingreep verrichten die er hopelijk toe zou leiden dat zijn problemen met het urineren verdwenen. Hij maakte zich niet ongerust over de operatie. De artsen die hem die dag bezocht hadden,

hadden hem verzekerd dat de ingreep ongevaarlijk was. Hij had geen reden hen te wantrouwen. Over een paar dagen zou hij het ziekenhuis kunnen verlaten en na nog een week zou hij de hele kwestie vergeten zijn.

Er was nog iets wat hem verontrustte. Dat had gedeeltelijk met zijn kwaal te maken. Hij was even in de veertig, maar was lichamelijk zo zwak, dat hij bijna een man van in de zestig leek. Omdat hij zo dramatisch vroeg verouderde had hij zich afgevraagd of hij nu al opgebrand was. Voor de inlichtingendienst werken was natuurlijk geen sinecure, maar dat wist hij al lang. Dat hij daarnaast ook de speciale, geheime informant van de president was, vergrootte natuurlijk de druk waaronder hij voortdurend moest leven, maar hij hield zich fysiek goed in vorm. Hij rookte niet en dronk zelden alcohol.

Wat hem onrustig maakte – en dat had er indirect zeker toe bijgedragen dat hij ziek geworden was – was zijn toenemende gevoel van onmacht met betrekking tot de situatie in het land.

Pieter van Heerden was een Boer. Hij was in Kimberley opgegroeid en vanaf zijn geboorte met de tradities van de Boere opgevoed. De buren van het gezin waren Boere, evenals zijn vriendjes op school en zijn leraren. Zijn vader had voor De Beer gewerkt, de onderneming die in de handen van Boere was en die de diamantproductie in Zuid-Afrika en de rest van de wereld beheerste. Zijn moeder had de traditionele rol van vrouw van een Boer gespeeld, onderdanig aan haar man, een toegewijde opvoedster van haar kinderen, die ze een conservatief religieuze visie inzake de ordening der dingen moest bijbrengen. Ze had al haar tijd en krachten aan de opvoeding van Pieter en zijn vier broertjes en zusjes gegeven. Tot zijn twintigste en tot in zijn tweede jaar aan de universiteit van Stellenbosch, in de buurt van Kaapstad, had hij nooit vraagtekens bij het leven gezet dat hij leidde. Dat hij er überhaupt in geslaagd was zijn vader over te halen hem naar die beruchte radicale universiteit te laten gaan, was de eerste grote triomf in zijn leven geweest, één die zijn zelfstandigheid markeerde. Omdat hij geen bijzondere talenten bij zichzelf had ontdekt en ook geen opzienbare toekomstdromen had gekoesterd, had hij zich een carrière als ambtenaar gedacht. Het had hem niet aangelokt om in de voetsporen van zijn vader te treden en zijn leven aan de mijnbouw en de diamantindustrie te wijden. Hij had rechten gestudeerd en gemerkt dat die studie hem goed beviel, ook al blonk hij nergens in uit.

De grote verandering had plaatsgegrepen toen hij op een keer door een studiegenoot overgehaald werd om een bezoek aan een zwarte woonwijk te brengen, een eind buiten Kaapstad. Als een concessie aan het feit dat de tijden veranderd waren, bracht een deel van de studenten uit nieuwsgierigheid een bezoek aan zwarte woonwijken. Veel meer dan woorden had het radicalisme van de liberale studenten aan de universiteit van Stellenbosch nooit voorgesteld. Maar nu vond er een verandering plaats, een dramatische verandering. Voor het eerst dwongen ze zich met eigen ogen te zien.

Voor Van Heerden was het een traumatische belevenis geworden. Het contrast tussen de parkachtige villawijken van de blanken en de sloppenwijken van de zwarten was hartverscheurend geweest.

Hij had domweg niet kunnen begrijpen dat dit een en hetzelfde land was. Zijn bezoek aan de zwarte voorstad had een diepe gevoelsmatige verwarring bij hem teweeggebracht. Hij was gaan piekeren en had zich teruggetrokken. Veel later had hij gedacht dat je het kon vergelijken met de ontdekking van een meesterlijke vervalsing. Maar het ging hier niet om een schilderij aan een muur dat een vervalste signatuur droeg. Wat hier speelde was dat zijn hele leven eigenlijk één grote leugen was geweest. Zelfs zijn herinneringen kwamen hem nu verwrongen en onwaar voor. Toen hij opgroeide had hij een zwart kindermeisje gehad. Tot zijn vroegste en plezierigste herinneringen behoorden haar sterke armen die hem optilden en hem tegen haar borst drukten. Nu besefte hij dat ze hem gehaat moest hebben. Dat betekende dat niet alleen de blanken in een leugenachtige wereld leefden. Hetzelfde ging voor de zwarten op. Om te overleven moesten die hun haat over het grenzeloze onrecht dat hun werd aangedaan verbergen. En dat in een land dat vroeger van hen was geweest en dat hun ontstolen was. De grond waarop hij gemeend had te staan met een door God, de natuur en de traditie gegeven recht, bleek een moeras te zijn. Zijn wereldbeeld, waaraan hij nooit getwijfeld had, bleek op een schandelijk onrecht gebouwd. Dat had hij in de zwarte woonwijk Langa ontdekt, die zo ver van het geheel blanke Kaapstad was gelegen als naar het oordeel van de uitvinders van de apartheid ver genoeg was.

Wat hij beleefd had raakte hem dieper dan het zijn meeste vrienden deed. Toen hij erover probeerde te praten besefte hij dat, wat voor hem een ernstige traumatische gebeurtenis was geweest, bij zijn vrienden alleen tot sentimentele gevoelens aanleiding had gegeven. Terwijl hij meende een apocalyptische catastrofe te zien, hadden zijn vrienden het over het inzamelen van kleding gehad.

Hij studeerde af zonder met zijn belevenis in het reine gekomen te zijn. Tijdens een vakantie in Kimberley kreeg zijn vader een woedeaanval toen zijn zoon hem over zijn bezoek aan de zwarte woonwijk vertelde. Hij realiseerde zich dat zijn gedachten waren als hijzelf, al ontheemder.

Na zijn studie had hij het aanbod gekregen om bij het ministerie van Justitie in Pretoria te komen werken. Hij had het meteen geaccepteerd. Binnen een jaar had men zijn bekwaamheden onderkend en op een dag had men hem gevraagd of hij zich een overplaatsing naar de inlichtingendienst kon voorstellen. Hij had inmiddels geleerd om met zijn trauma te leven omdat hij geen manier had gevonden om ervan af te komen. Zijn gespletenheid was synoniem aan zijn persoonlijkheid geworden. Hij speelde zijn rol van rechtzinnige en overtuigde Boer die deed en zei wat er van hem verwacht werd, maar binnenin hem werd het gevoel van een naderende catastrofe steeds sterker. Op een dag zou de illusie in duigen vallen en zouden de zwarten op een meedogenloze manier wraaknemen. Hij had niemand om mee te praten en hij leidde een eenzaam, al geïsoleerder leven.

Hij besefte weldra dat zijn werk bij de inlichtingendienst veel voordelen had. Niet in de laatste plaats kreeg hij zo inzicht in politieke processen waarvan het publiek slechts vaag en onvolledig op de hoogte was.

Toen Frederik de Klerk president werd en publiekelijk meedeelde dat Nelson Mandela vrijgelaten zou worden en het ANC niet langer verboden zou zijn, had hij gedacht dat het misschien toch nog mogelijk was om de catastrofe af te wenden. De schaamte over het verleden zou weliswaar nooit overgaan, maar misschien dat Zuid-Afrika toch nog een toekomst had.

Pieter van Heerden was president De Klerk meteen gaan verafgoden. Hij begreep wel dat anderen de man als een verrader beschouwden, maar hij deelde die opvatting niet. Voor hem was De Klerk een verlosser. Toen hij bovendien aangesteld werd als contactman in dienst van de president had hij iets gevoeld dat op trots leek. Tussen hem en De Klerk was al vrij snel een vertrouwensband ontstaan. Voor het eerst in zijn leven had Van Heerden het gevoel gekregen dat hij iets van belang deed. Door de president informatie te verschaffen die niet voor zijn oren bestemd was, droeg Van Heerden zijn steentje bij aan het versterken van die krachten die een ander Zuid-Afrika, een zonder rassenonderdrukking, wilden scheppen.

Daar lag hij in zijn bed in de Brenthurst Clinic aan te denken. Pas als Zuid-Afrika veranderd was, als Nelson Mandela de eerste zwarte president was geworden, zou de onrust die hij constant in zich bespeurde verdwijnen.

De deur ging open en een zwarte verpleegster kwam de kamer binnen. Ze heette Marta.

'Dokter Plitt heeft gebeld', zei ze. 'Hij komt over een halfuur om een ruggenmergtest te doen.'

Van Heerden keek haar verbaasd aan.

'Een ruggenmergtest?' vroeg hij. 'Nu?'

'Ja, ik vind het ook vreemd,' antwoorddc Marta, 'maar hij klonk heel beslist. Ik moest zeggen dat u nu al op uw linkerzij moet gaan liggen. U kunt maar beter doen wat hij zegt. De operatie is immers morgenvroeg al. Dokter Plitt weet natuurlijk wat hij doet.'

Van Heerden knikte. Zijn vertrouwen in de jonge arts was groot, maar hij kon niet helpen dat hij het een vreemd gekozen tijdstip voor een ruggenmergtest vond.

Marta hielp hem op zijn zij te gaan liggen.

'Dokter Plitt heeft gezegd dat u doodstil moet blijven liggen', zei ze. 'U mag u niet bewegen.'

'Ik ben een gehoorzame patiënt', zei Van Heerden. 'Ik doe wat de dokter zegt. Ik doe ook altijd wat jij zegt, of niet soms?'

'U bent gemakkelijk', antwoordde Marta. 'Ik zie u morgen weer als u uit de operatie bijkomt. Mijn dienst zit er voor vanavond op.'

Ze ging de kamer uit en Van Heerden dacht eraan dat ze nog meer dan een uur met de bus moest. Hij wist niet waar ze woonde, maar hij nam aan dat het in Soweto was.

Hij was bijna weggedoezeld toen hij de deur open hoorde gaan. Het was donker in de kamer waar alleen zijn bedlampje brandde. In de weerkaatsing van de ruit kon hij de dokter binnen zien komen.

'Goedenavond', zei Van Heerden, zonder zich te verroeren.

'Goedenavond, Pieter van Heerden', hoorde hij een stem zeggen.

De stem was niet die van dokter Plitt, maar hij herkende hem wel. Het duurde enige seconden voordat hij doorhad wie er achter hem stond. Toen draaide hij zich haastig om.

Jan Kleyn wist dat de artsen van de Brenthurst Clinic op hun ronde zelden witte jassen droegen. Hij wist überhaupt alles wat er over de routines in het ziekenhuis te weten viel. Het had hem geen enkele moeite gekost om het zo te regelen dat hij de rol van arts kon spelen. Artsen namen vaak de wacht van elkaar over. Ze hoefden niet eens in hetzelfde ziekenhuis te werken. Het was bovendien niet ongewoon dat artsen hun patiënten op vreemde tijdstippen bezochten, vooral onmiddellijk voor of na een operatie. Toen Jan Kleyn eenmaal wist wanneer de verpleegsters elkaar aflosten had hij zijn plan getrokken. Hij had zijn auto voor het ziekenhuis geparkeerd, was langs de receptie gelopen en had met een legitimatiekaart van een transportbedrijf dat vaak voor de diverse ziekenhuizen en laboratoria werkte, naar de bewakers gewuifd.

'Ik kom een spoedeisende bloedproef halen', zei hij. 'Een patiënt op afdeling twee.'

'Weet u de weg?' vroeg de bewaker.

'Ik ben er al eerder geweest', antwoordde Jan Kleyn en liet de lift naar beneden komen.

Dat was nog waar ook. De vorige dag had hij met een zak fruit het ziekenhuis bezocht. Hij had gedaan of hij een bezoek aan een patiënt op afdeling twee bracht. Hij wist dus precies hoe hij er moest komen.

Toen hij naar de kamer van Van Heerden liep was de gang leeg. Helemaal aan het eind had een nachtverpleegster gebogen over een ziekenhuisjournaal gezeten. Hij bewoog zich heel stil en deed voorzichtig de deur open. Toen Van Heerden zich verschrikt omdraaide, had Jan Kleyn het pistool met de geluiddemper al in zijn rechterhand.

In zijn linker had hij de huid van een jakhals.

Kleyn permitteerde het zich om van tijd tot tijd zijn bestaan met macabere invallen te kruiden. In dit geval kon de huid van een jakhals de rechercheurs die zich met de zaak bezighielden ook nog op een dwaalspoor brengen. Het zou de nodige consternatie bij de afdeling Moordzaken van de politie in Johannesburg wekken dat een officier van de inlichtingendienst in een ziekenhuis vermoord was. Men zou een verband gaan zoeken tussen de moord en Pieter van Heerdens werkzaamheden. En zijn contacten met president De Klerk zou de roep om de moord snel op te lossen zeker nog versterken. Jan Kleyn had daarom besloten de politie op een spoor te zetten dat haar met zekerheid in de foute richting zou sturen. Het gebeurde wel vaker dat zwarte misdadigers, als ze hun daden pleegden, zich vermaakten door wat rituele elementen toe te voegen. Zeker als het een roofmoord betrof. Ze namen er geen genoegen meer mee om bloed op de muren te smeren, nee, vaak lieten de daders een symbool bij hun slachtoffer achter. Een afgebroken tak, stenen op een bepaalde manier gerangschikt, of de huid van een dier.

Kleyn was dadelijk op het idee van een jakhals gekomen. Voor hem had Van Heerden die rol gespeeld. Hij had van de kennis van anderen, van de informatie van anderen, gebruik gemaakt en die doorgespeeld op een wijze die ontoelaatbaar was.

Hij keek naar het bange gezicht van Van Heerden.

'De operatie is afgelast', zei Jan Kleyn met zijn hese stem.

Daarna gooide hij de huid van de jakhals over het gezicht van Van Heerden en schoot hem drie kogels door het hoofd. Het kussen begon zwart te kleuren. Kleyn stopte zijn pistool in zijn zak en trok de la van het nachtkastje open. Hij haalde er Van Heerdens portefeuille uit en verliet de kamer. Even onopgemerkt als hij gekomen was kon hij verdwijnen. De bewakers zouden naderhand geen betrouwbaar signalement van de man kunnen geven die een roofmoord op Van Heerden had gepleegd.

Ook de politie interpreteerde de daad als roofmoord, een roofmoord die mettertijd in het archief zou belanden. President De Klerk echter liet zich niet overtuigen. De dood van Van Heerden was voor hem het laatste signaal geweest. Hij twijfelde niet langer. De samenzwering bestond echt.

Degenen die achter de samenzwering zaten was het ernst.

15

Maandag 4 mei was Kurt Wallander bereid de verantwoordelijkheid voor het onderzoek naar de dood van Louise Åkerblom aan een van zijn collega's over te dragen. Dat was niet omdat hij zich schuldig voelde dat hij niet verder kwam. Dat was het niet. Hij had een gevoel dat almaar sterker werd. Het was alsof hij geen fut meer had.

Zaterdag en zondag had het onderzoek helemaal stilgelegen. Mensen waren weg of onbereikbaar. Het was schier onmogelijk om van de landelijke technische dienst antwoorden te krijgen. Alom heerste rust, behalve in één bepaalde zaak. De jacht op een onbekende man, die een jonge agent in Stockholm had gedood, werd met onverminderde kracht voortgezet.

Rondom het onderzoek naar de dood van Louise Åkerblom heerste eveneens rust. Björk had vrijdagnacht plotseling een zware galsteenaanval gekregen en was in het ziekenhuis opgenomen. Wallander had hem zaterdagochtend vroeg een bezoek gebracht om richtlijnen te krijgen.

Na zijn bezoek aan het ziekenhuis was Wallander met Martinson en Svedberg in het vergadervertrek van het politiebureau gaan zitten.

'Vandaag en morgen is Zweden gesloten', zei Wallander. 'Vóór maandag krijgen we geen resultaten door van de verschillende technische onderzoeken waarop we wachten. Daarom kunnen we de komende twee dagen gebruiken om al het beschikbare materiaal nog een keer door te nemen. Daarnaast lijkt het me verstandig dat je je gezicht thuis eens laat zien, Martinson. Ik heb zo'n idee dat we het de volgende week druk zullen krijgen. Maar laten we vanochtend de zaak nog eens op scherp zetten en het hele onderzoek vanaf het allereerste begin opnieuw doornemen. En ik wil dat jullie, ieder afzonderlijk, antwoord op een vraag geven.'

Hij zweeg even voordat hij verderging.

'Ik weet dat dit niet volgens de vigerende regels van het politiewerk is,' zei hij, 'maar ik heb gedurende het hele onderzoek het gevoel gehad dat er iets vreemds met deze zaak is. Duidelijker kan ik het niet uitdrukken. Wat ik wil weten is of een van jullie hetzelfde gevoel heeft. Alsof dit een misdrijf is dat aan de wetmatigheden ontsnapt waarmee we anders geconfronteerd worden.'

Wallander had een reactie van verbazing verwacht, misschien van achterdocht, maar Martinson en Svedberg deelden zijn gevoelens.

'Ik heb zoiets nog nooit meegemaakt', zei Martinson. 'Ik heb natuurlijk niet zoveel ervaring als jij, maar ik moet bekennen dat ik me geen raad weet met deze chaos. Eerst zijn we op zoek naar de dader van een afgrijselijke moord op een vrouw, maar hoe dieper we graven hoe onbegrijpelijker de reden voor die moord wordt. En verder bekruipt ons het gevoel dat haar dood slechts een randverschijnsel van iets heel anders is, iets veel groters. Ik heb de hele afgelopen week slecht geslapen en dat doe ik anders nooit.'

Wallander knikte en keek naar Svedberg.

'Wat moet ik zeggen', begon deze en krabde over zijn kale schedel. 'Martinson heeft het al gezegd, beter dan ik het kan doen. Gisteravond toen ik thuiskwam heb ik een lijstje gemaakt: *dode vrouw, waterput, zwarte vinger, ontploft huis, radiozender, pistool, Zuid-Afrika.* Ik heb meer dan een uur naar dat lijstje zitten kijken alsof het een rebus was. Het is net of het maar niet tot ons door wil dringen dat er wel sprake kan zijn van een verband, maar daarom nog niet van een samenhang. Ik heb nooit eerder het gevoel gehad dat ik zo volkomen in het duister tastte.'

'Dat wilde ik weten', zei Wallander. 'Ik vind het namelijk van belang dat we op één lijn zitten. Laten we toch maar proberen of we niet een beetje door dat duister van Svedberg heen kunnen dringen.'

Ze namen het onderzoek door, van het begin af aan, wat bijna drie uur kostte. Toen waren ze ervan overtuigd dat ze tot dan toe geen grote fouten hadden gemaakt. Maar nieuwe sporen hadden ze evenmin gevonden.

'Op zijn zachtst gezegd is het allemaal heel duister', vatte Wallander samen. 'Het enige echte spoor dat we hebben is een zwarte vinger. We mogen er verder met zekerheid van uitgaan dat de man die zijn vinger kwijt is niet alleen was. Als die man de dader al is. Alfred Hanson had het huis niet aan een Afrikaan verhuurd. Dat staat vast. Wat we niet weten is, wie de man is die zich Nordström noemde en tienduizend kronen op Hansons tafel deponeerde. We weten evenmin waar het huis voor gebruikt is. Over de relatie van deze mensen met Louise Åkerblom of het in de lucht gevlogen huis, de radiozender en het pistool hebben we alleen ongeverifieerde en vage theorieën. Niets is gevaarlijker dan een onderzoek dat alleen maar tot gissingen en onlogisch denken aanleiding geeft. De meest geloofwaardige theorie die we hebben is, dat Louise Åkerblom toevallig iets gezien heeft wat ze niet had mogen zien. Maar wat zijn dat voor mensen die zomaar iemand doden? Daar moeten we achter zien te komen.'

Ze zaten zwijgend om te tafel na te denken over wat hij gezegd had. De deur ging open en een schoonmaakster keek naar binnen.

'Nu niet', zei Wallander.

Ze deed de deur weer dicht.

'Ik wou de dag besteden aan het doornemen van de binnengekomen tips', zei Svedberg. 'Voor iets anders heb ik dan geen tijd meer. Als ik hulp nodig heb, laat ik het weten.'

'Misschien moeten we eerst die zaak met Stig Gustafson afhandelen', zei Martinson. 'Ik kan beginnen met zijn alibi na te trekken, voorzover dat op een dag als deze mogelijk is.

Eventueel ga ik naar Malmö. Maar ik wil eerst met Forsgård praten, die bloemenkoopman die Hanson volgens zijn eigen zeggen in een pissoir gezien heeft.'

'We zijn met een moordonderzoek bezig', zei Wallander. 'Trek je er niets van aan dat de mensen in hun zomerhuizen niet gestoord willen worden, doe gewoon je werk.'

Ze maakten een afspraak voor vijf uur om gegevens uit te wisselen. Wallander ging koffie halen, liep naar zijn kamer en belde Nyberg thuis op.

'Je krijgt maandag mijn verslag,' zei Nyberg, 'maar het belangrijkste weet je al.'

'Nee', wierp Wallander tegen. 'Ik weet nog altijd niet waarom het huis afgebrand is. Ik weet de oorzaak van de brand niet.'

'Is dat niet meer iets voor de commandant van de brandweer?' vroeg Nyberg. 'Hij kan misschien een goede verklaring geven. Wij zijn nog niet klaar.'

'Ik dacht dat we samenwerkten', zei Wallander geïrriteerd. 'De brandweer en de politie. Maar misschien zijn er inmiddels nieuwe regels uitgevaardigd die ik nog niet ken?'

'We hebben in feite geen eenduidige verklaring', zei Nyberg.

'Wat denk je dan zelf? Wat denkt de brandweer? Wat denkt Peter Edler?'

'De explosie moet zo krachtig geweest zijn dat er van het ontstekingsmechanisme niets overgebleven is. Misschien ging het om een serie ontploffingen.'

'Nee', zei Wallander. 'Er was maar één klap.'

'Zo bedoel ik het niet', antwoordde Nyberg geduldig. 'Als je maar handig genoeg bent, kun je binnen een seconde tien ontploffingen laten plaatsvinden. Dan gaat het om een reeks waarbij iedere lading met een tiende seconde vertraging afgaat. Dan bereik je veel meer resultaat. Dat houdt verband met de veranderde luchtdruk.'

Wallander dacht haastig na.

'Dan is dit geen werk van amateurs', zei hij.

'Absoluut niet.'

'Kan er niet nog een andere verklaring voor de brand zijn?'

'Nauwelijks.'

Wallander wierp een blik in zijn papieren voordat hij verderging.

'Wat kun je nog meer over de radiozender zeggen?' vervolgde hij. 'Het gerucht gaat dat die van Russische makelij is.'

'Dat is geen gerucht', zei Nyberg. 'Dat kan ik bevestigen. Ik heb hulp van het leger gehad.'

'En wat trek je daar voor conclusies uit?'

'Geen enkele. Bij het leger waren ze zeer geïnteresseerd in de manier waarop ze die zender het land binnen hebben kunnen smokkelen. Dat is een raadsel.'

Wallander vroeg verder.

'De pistoolkolf?'

'Niets nieuws ontdekt.'

'Verder nog iets?'

'Eigenlijk niet. In het verslag zul je geen opmerkelijke nieuwe dingen aantreffen.'

Wallander hing op. Daarna deed hij iets wat hij tijdens de ochtendvergadering al besloten had. Hij draaide het nummer van het hoofdbureau van politie op Kungsholmen in Stockholm en vroeg naar inspecteur Lovén. Wallander had zijn collega het jaar ervoor leren kennen tijdens het onderzoek naar een vlot dat met twee lijken bij Mossby Strand aan land was gedreven. Hoewel ze maar een paar dagen samengewerkt hadden had Wallander gemerkt dat Lovén een bekwaam rechercheur was.

'Hoofdinspecteur Lovén is momenteel niet bereikbaar', antwoordde de telefonist op Kungsholmen.

'Dit is inspecteur Wallander in Ystad. Het betreft een dringende aangelegenheid. Het gaat over de politieagent die een paar dagen geleden in Stockholm vermoord is.'

'Ik zal de inspecteur voor u zoeken', antwoordde de telefonist.

'Het is dringend', herhaalde Wallander.

Het duurde precies twaalf minuten voordat Lovén aan de lijn kwam.

'Wallander', zei hij. 'Ik moest onlangs aan je denken toen ik over de moord op die vrouw las. Hoe gaat het met dat onderzoek?'

'Traag', antwoordde Wallander. 'En hoe gaat het bij jullie?'

'We zullen hem vinden', zei Lovén. 'Vroeg of laat pakken we mensen die op ons schieten altijd op. Weet je er soms meer van?'

'Misschien', antwoordde Wallander. 'Die vrouw bij ons is in haar voorhoofd geschoten, precies zoals Tengblad. We zouden die kogels zo vlug mogelijk moeten vergelijken.'

'Ja', zei Lovén. 'Maar nou is het wel zo dat onze man door een voorruit geschoten heeft. Dan kun je een gezicht maar moeilijk onderscheiden. En het moet wel een heel knappe schutter zijn om iemand in een rijdende auto midden in zijn voorhoofd te raken. Maar je hebt natuurlijk gelijk. We moeten het nagaan.'

'Hebben jullie een signalement?' vervolgde Wallander.

Het antwoord volgde meteen.

'Hij heeft na de moord een auto van een jong paartje gestolen', antwoordde Lovén. 'Ze waren zo bang dat ze helaas zeer tegenstrijdige verklaringen over zijn uiterlijk afgelegd hebben.'

'Hebben ze hem toevallig horen praten?' vervolgde Wallander.

'Dat was het enige waar ze het over eens waren', zei Lovén. 'Dat hij een buitenlands accent had.'

Wallander voelde de spanning in zich stijgen. Hij vertelde Lovén van zijn gesprek met Alfred Hanson en van de man die tienduizend kronen had betaald om een boerderij te huren.

'Daar moeten we zeker aandacht aan schenken', zei Lovén, toen Wallander uitgesproken was. 'Maar het is wel vreemd.'

'Alles aan deze zaak is vreemd', zei Wallander. 'Ik kan maandag naar Stockholm komen. Ik heb zo'n idee dat mijn Afrikaan daar te vinden is.'

'Misschien was hij wel betrokken bij een traangasaanslag op een discotheek op Söder', zei Lovén.

Wallander herinnerde zich vaag dat hij daar de vorige dag iets over in *Ystads Allehanda* had gelezen.

'Wat was dat voor aanslag?' vroeg hij.

'Iemand heeft traangasgranaten bij een club op Söder naar binnen gegooid', antwoordde Lovén. 'Een discotheek waar veel Afrikanen komen. We hebben daar nooit eerder problemen gehad, en nu dit. Bovendien is er geschoten.'

'Wees voorzichtig met die kogels', zei Wallander. 'Laat die ook onderzoeken.'

'Je denkt toch niet dat er in dit land maar één vuurwapen is?'

'Nee, maar ik zoek naar een verband. Een onverwacht verband.'

'Ik zal er haast achter zetten', zei Lovén. 'Bedankt voor het bellen. Ik zal doorgeven dat je maandag komt.'

Zoals afgesproken kwamen ze om vijf uur bijeen. De vergadering duurde heel kort. Martinson was erin geslaagd zoveel van Gustafsons verhaal te verifiëren dat de man nu in feite definitief uit het onderzoek geschrapt kon worden. Toch voelde Wallander zich niet gerust, zonder dat hij er precies achter kon komen waarom.

'We laten hem nog niet helemaal los', zei hij. 'We nemen al het materiaal over hem nog een keer door.'

Martinson keek hem verbaasd aan.

'Wat denk je eigenlijk te vinden?' vroeg hij.

Wallander haalde zijn schouders op.

'Ik weet het niet', zei hij. 'Ik ben alleen bang dat we hem te vroeg afschrijven.'

Martinson wilde protesteren, maar hield zich in. Hij had een groot respect voor Wallanders oordeel en intuïtie.

Svedberg had zich door de stapels tips heen gewerkt die binnen waren gekomen. Er had niets bij gezeten dat een nieuw licht op de dood van Louise Åkerblom of het in de lucht gevlogen huis had geworpen.

'Je zou denken dat iemand toch een Afrikaan die een vinger mist gezien moet hebben', gaf Wallander als commentaar.

'Misschien bestaat hij niet eens', zei Martinson.

'We hebben zijn vinger', zei Wallander. 'Die is niet van een spook afgehakt.'

Daarna vertelde Wallander hoever hij zelf gekomen was. Ze waren het met hem eens dat hij naar Stockholm moest gaan. Er kon een verband zijn tussen de moord op Louise Åkerblom en die op Tengblad, hoe onwaarschijnlijk ook.

Ze rondden de vergadering af door het nog even over de erfgenamen van het ontplofte huis te hebben.

'Hier is geen haast bij', zei Wallander toen. 'We zullen in die richting nauwelijks iets vinden wat ons verderbrengt.'

Daarop stuurde hij Svedberg en Martinson naar huis. Zelf bleef hij nog een uur op zijn kantoor en belde Per Åkeson, de officier van justitie, thuis op. Hij bracht hem in het kort van de situatie op de hoogte.

'Het is niet best als we deze moord niet snel kunnen oplossen', zei Åkeson.

Wallander kon het daar alleen maar mee eens zijn. Ze spraken voor maandagochtend vroeg af om de stand van het onderzoek grondig door te nemen. Wallander besefte dat Åkeson bang was dat er naderhand kritiek op een slordig uitgevoerd onderzoek zou komen. Hij hing op, knipte de lamp op zijn bureau uit en verliet het politiebureau. Hij reed de langgerekte helling af en de parkeerplaats van het ziekenhuis op.

Björk voelde zich beter en rekende erop maandag uit het ziekenhuis ontslagen te worden. Wallander bracht verslag uit en Björk was het ermee eens dat Wallander naar Stockholm zou gaan.

'Dit is altijd een rustig district geweest', zei Björk, toen Wallander op het punt stond om weg te gaan. 'Hier gebeurde meestal niets bijzonders. Nu is dat compleet veranderd.'

'Niet alleen hier', wierp Wallander tegen. 'Waar jij het over hebt is een andere tijd.'

'Ik begin oud te worden', zei Björk zuchtend.

'Je bent de enige niet', antwoordde Wallander.

Toen hij het ziekenhuis verliet klonken die woorden nog in zijn hoofd na. Het was bijna halfzeven en hij merkte dat hij honger had. Maar de gedachte thuis eten te koken stuitte hem tegen de borst. Prompt besloot hij zichzelf te trakteren op een etentje in de stad. Hij reed naar huis, nam een douche en trok schone kleren aan. Daarna probeerde hij zijn dochter Linda in Stockholm te bellen. Hij liet het signaal vele malen overgaan. Ten slotte gaf hij het op. Hij liep naar de kelder en reserveerde tijd voor de wasmachine. Vervolgens wandelde hij naar het centrum. Het waaide niet meer, maar de lucht was koel.

Oud worden, dacht hij. Ik ben nog geen vierenveertig en ik begin me al opgebrand te voelen.

Die gedachten wekten een plotselinge woede in hem op. Hijzelf en niemand anders bepaalde of hij zich voortijdig oud voelde. Hij mocht de schuld niet op zijn werk schuiven, noch op een echtscheiding van vijf jaar geleden. De vraag was alleen hoe hij verandering in zijn situatie aan kon brengen.

Hij kwam bij het plein in het centrum en dacht na over waar hij zou gaan eten. In een aanval van verkwisting besloot hij dat het het Continental zou worden.

Hij liep Hamngatan door, bleef even bij de etalage van de lampenwinkel staan en liep toen verder naar het hotel. Hij knikte tegen het meisje in de receptie en herinnerde zich dat ze bij zijn dochter in de klas had gezeten.

De eetzaal was praktisch leeg. Eén moment had hij spijt. Alleen met zichzelf in een verlaten eetzaal zitten vond hij wat al te eenzaam. Toch ging hij zitten. Hij had het nu eenmaal besloten en geen fut meer om iets anders te bedenken.

Morgen zal ik mijn leven omgooien, dacht hij grijnzend. Als het om zijn eigen leven ging schoof hij het belangrijkste altijd voor zich uit. In zijn werk was hij daarentegen een koppige vertegenwoordiger van het tegendeel. Het belangrijkste kwam altijd eerst. Als mens was hij gespleten.

Hij ging in het bargedeelte van het restaurant zitten. Een jonge kelner kwam naar hem toe en vroeg wat hij wilde drinken. Wallander had zo'n vaag idee dat hij de kelner kende zonder hem direct te kunnen plaatsen.

'Whisky', zei hij. 'En zet er een glas water naast.'

Hij dronk zijn whisky dadelijk op en bestelde er meteen nog een. Hij had zelden zin zich dronken te drinken, maar vanavond liet hij zich gaan.

Toen hij zijn derde whisky kreeg, herinnerde hij zich wie de kelner was. Een paar jaar geleden had hij hem verhoord in verband met enkele inbraken en autodiefstallen. De jongen was gearresteerd en veroordeeld.

Het is dus toch nog goed met hem afgelopen, dacht hij. Ik zal hem niet aan zijn verleden herinneren. Misschien zou je kunnen stellen dat het hem beter is vergaan dan mij. Gezien de omstandigheden dus.

Hij onderging bijna direct de invloed van de drank.

Na een poosje verhuisde hij naar de eigenlijke eetzaal en bestelde een voorgerecht, een hoofdgerecht en een dessert. Bij het eten dronk hij een fles wijn, bij de koffie twee glaasjes cognac.

Het was halfelf toen hij het restaurant verliet. Hij was toen zonder meer dronken en piekerde er niet over om naar huis te gaan.

Hij liep naar de taxistandplaats tegenover het busstation en liet zich naar het enige restaurant in de stad brengen waar gedanst kon worden. Het was er onverwacht druk en hij had moeite zich aan een tafeltje in de bar te wringen. Hij dronk whisky en danste. Hij danste niet onverdienstelijk en stapte altijd met een zekere flair de dansvloer op. De muziek van de Zweedse toptien maakte hem sentimenteel en weemoedig. Hij werd op slag verliefd op alle vrouwen met wie hij danste. Hij stelde zich ook met allemaal een voortzetting bij hem thuis voor. Maar die illusie werd ruw verstoord toen hij zich plotseling niet goed voelde worden en maar net op tijd het restaurant kon verlaten voordat hij overgaf. Hij ging niet meer naar binnen, maar liep wankelend naar huis. Daar rukte hij zich de kleren van het lijf en ging naakt voor de spiegel in de hal staan.

'Kurt Wallander', zei hij hardop. 'Ziehier je leven.'

Daarop besloot hij Baiba Liepa in Riga te bellen. Het was over tweeën en hij zag wel in dat hij het niet moest doen, maar hij liet de telefoon rinkelen tot ze ten slotte opnam.

Plotseling wist hij niet wat hij moest zeggen. Hij vond ook de juiste Engelse woorden niet. Het was zonneklaar dat hij haar wakker had gemaakt en dat ze bang was omdat ze midden in de nacht gebeld werd.

Toen zei hij dat hij van haar hield. Ze begreep eerst niet wat hij bedoelde. Maar toen ze het begreep, drong het ook tot haar door dat hij dronken was en Wallander realiseerde zich dat het gesprek een geweldige vergissing was. Hij verontschuldigde zich voor zijn bellen en maakte een einde aan het gesprek. Hij liep naar de keuken en nam een halve fles wodka uit de koelkast. Hoewel hij zich nog altijd niet goed voelde dwong hij zich te drinken.

Bij het aanbreken van de dag werd hij op de bank in de zitkamer wakker. Hij had een geweldige kater. Waar hij het meest spijt van had was van zijn gesprek met Baiba Liepa.

Hij kreunde bij de herinnering, wankelde de slaapkamer in en kroop in zijn bed. Vervolgens dwong hij zich niet te denken. Pas laat in de middag stond hij op en zette koffie. Hij ging voor de tv zitten en bekeek het ene programma na het andere. Hij belde niet naar zijn vader en hij probeerde ook zijn dochter niet te bereiken. Om zeven uur warmde hij een gegratineerde visschotel op, het enige wat hij in het vriesvak vond. Daarna keerde hij naar de tv terug. Tot iedere prijs probeerde hij niet aan het nachtelijke gesprek te denken.

Om elf uur nam hij een slaaptablet en trok het dekbed over zijn hoofd.

Morgen gaat het weer beter, dacht hij. Dan zal ik haar bellen en het uitleggen. Of misschien een brief schrijven. Of iets anders doen.

Maandag 4 mei werd echter heel anders dan Wallander zich voorgesteld had.

Het was of alles in één keer gebeurde.

Hij was even over halfacht zijn kamer binnengekomen toen de telefoon daar al rinkelde. Het was Lovén in Stockholm.

'Er gaan geruchten in de stad', zei hij. 'Geruchten over een "contract" op een Afrikaan. Zijn belangrijkste kenmerk is een verband om zijn linkerhand.'

Het duurde even voordat Wallander begreep over wat voor contract Lovén het had.

'Godallemachtig', zei hij.

'Ik dacht wel dat je dat zou zeggen', zei Lovén. 'Verder bel ik om te horen hoe laat je komt, dan halen we je af.'

'Ik weet het nog niet', antwoordde Wallander. 'Maar niet voor vanmiddag. Björk, als je nog weet wie dat is, heeft galstenen. Ik moet hier eerst de boel op orde hebben. Maar zodra ik het weet bel ik je.'

'We wachten op je', zei Lovén.

Wallander had net de hoorn neergelegd, toen er opnieuw gebeld werd. Tegelijk kwam Martinson de kamer binnen en zwaaide opgewonden met een vel papier. Wallander wees naar een stoel en nam de hoorn op.

Het was Höberg, de lijkschouwer in Malmö, die klaar was met het voorlopige forensische rapport inzake het lichaam van Louise Åkerblom. Wallander had al eerder met hem gewerkt en wist dat de man grondig te werk placht te gaan. Wallander trok een blocnote naar zich toe en gebaarde naar Martinson hem een pen te geven.

'Er is absoluut geen sprake van verkrachting', zei Högberg. 'Als de verkrachter tenminste geen condoom gebruikt heeft en het er onbegrijpelijk vreedzaam aan toe gegaan is. Ze vertoont ook geen letsel dat erop wijst dat ze het slachtoffer van andere geweldpleging is geweest. Alleen wat schaafwonden die ze in de put opgelopen kan hebben. Er zijn evenmin tekenen van eventuele handboeien om haar polsen of enkels. Het enige wat haar is overkomen is dat ze doodgeschoten is.'

'Ik moet de kogel zo vlug mogelijk hebben', zei Wallander.

'Die krijg je vanochtend nog,' antwoordde Högberg, 'maar het definitieve verslag zal nog even op zich laten wachten.'

'Bedankt zover', zei Wallander.

Hij hing op en wendde zich tot Martinson.

'Louise Åkerblom is niet verkracht', zei hij. 'We kunnen een seksueel misdrijf dus uitsluiten.'

'Dat weten we dan', zei Martinson. 'Bovendien weten we nu ook dat de zwarte vinger de wijsvinger is van de linkerhand van een zwarte man. Waarschijnlijk is de man omstreeks dertig jaar oud. Dat staat allemaal op de fax die zojuist uit Stockholm is binnengekomen. Ik vraag me af hoe ze dat zo precies weten.'

'Geen idee', zei Wallander. 'Maar hoe meer we weten hoe beter. Als Svedberg binnen is moeten we meteen bij elkaar komen. Ik ga vanmiddag naar Stockholm. Bovendien heb ik voor 2 uur een persconferentie beloofd. Die moeten jij en Svedberg op je nemen. Bel me in Stockholm als er iets belangrijks gebeurt.'

'Wat zal Svedberg blij zijn als hij dit hoort', zei Martinson. 'Weet je zeker dat je niet wat later kunt gaan?'

'Heel zeker', antwoordde Wallander en stond op.

'Ik heb gehoord dat de collega's uit Malmö Morell gearresteerd hebben', zei Martinson, toen ze op de gang stonden.

Wallander keek hem verbaasd aan.

'Wie?' vroeg hij.

'Morell. Die heler in Malmö. Die van de waterpompen.'

'O die', zei Wallander verstrooid. 'Die ja.'

Hij liep door naar de receptie en vroeg Ebba een plaats voor hem in het vliegtuig van drie uur te reserveren. Hij vroeg haar ook een niet te dure kamer in Hotel Central te boeken in Vasagatan. Daarna ging hij weer naar zijn kamer en legde zijn hand op de telefoon om zijn vader te bellen, maar liet het na. Het was alsof hij niet het risico wilde lopen een slecht humeur te krijgen. Hij had zijn concentratie vandaag hard nodig. Toen kreeg hij een idee. Hij zou Martinson vragen om later op de dag naar Löderup te bellen met de boodschap dat Wallander op korte termijn naar Stockholm had moeten gaan. Dat zou zijn vader misschien tonen dat Wallander geheel en al door belangrijke zaken in beslag genomen werd.

Hij werd vrolijk bij die gedachte. Hij kon die truc misschien ook in de toekomst gebruiken.

Om vijf minuten voor vier landde Wallander op Arlanda. Er viel een zacht motregentje. Hij liep de op een hangar lijkende aankomsthal door en zag Lovén voor de draaideuren staan wachten.

Wallander voelde dat hij hoofdpijn begon te krijgen. Hij had een drukke dag achter de rug. Hij was bijna twee uur bij de officier van justitie geweest. Per Åkeson had een heleboel vragen gehad en kritische standpunten gespuid. Wallander had zich afgevraagd hoe je een officier van justitie uitlegt dat ook politiemensen bij tijd en wijle op hun instinct af moeten gaan als er prioriteiten gesteld dienen te worden. Åkeson had kritiek geuit op de rapporten. Wallander had het onderzoek verdedigd en tegen het eind was er een geïrriteerde stemming ontstaan. Voordat Peters hem naar het vliegveld van Sturup had gereden, had Wallander nog tijd gehad om naar huis te gaan en wat kleren in een koffer te gooien. Toen ook had hij eindelijk contact met zijn dochter gekregen. Hij hoorde dat ze blij was dat hij kwam. Ze spraken af dat hij 's avonds zou bellen, hoe laat het ook mocht worden.

Pas toen Wallander in het vliegtuig zat en ze in de lucht waren besefte hij hoe hongerig hij was. De sandwiches van de SAS waren het eerste wat hij die dag at.

Onder de rit naar het politiebureau op Kungsholmen lichtte Lovén Wallander in over de jacht op de moordenaar van Tengblad. Lovén en zijn collega's hadden blijkbaar geen echt spoor om te volgen en Wallander kreeg door dat hun zoeken rusteloos was. Lovén schetste ook een beeld van de gebeurtenissen in de discotheek waar de aanslag met de traangasgranaten gepleegd was. Alles duidde op een ernstige vorm van baldadigheid of op een wraakactie. Ook hier hadden ze geen echte aanwijzingen. Ten slotte vroeg Wallander naar het contract. Voor hem was dit een nieuw en beangstigend element in de samenleving. Iets wat de laatste jaren zijn intrede had gedaan en alleen nog in de drie grootste steden voorkwam. Maar hij maakte zich geen illusie. Het zou al gauw ook in zijn bestaan opduiken. Er werden contracten tussen een opdrachtgever en een moordenaar over het doden van mensen afgesloten. Het was een rechttoe rechtaan zakelijke transactie. Wallander meende dat dit het ultieme signaal was dat de samenleving gewelddadig was geworden; dat het een vorm had aangenomen die niemand zich vooralsnog kon voorstellen.

'We hebben mensen ingezet om uit te vissen wat er precies aan de hand is', zei Lovén toen ze bij de afslag naar Stockholm langs Norra Kyrkogården reden.

'Ik kan nergens een verband ontdekken', zei Wallander. 'Het doet me denken aan vorig jaar, toen dat vlot aan land dreef. Daar hing ook alles als los zand aan elkaar.'

'Onze hoop is gevestigd op de mensen van de technische dienst', zei Lovén. 'Dat ze iets uit de kogels kunnen opmaken.'

Wallander gaf een klapje op de zak van zijn colbertje. Hij had de kogel die Louise Åkerblom had gedood bij zich.

Ze reden het ondermaanse van het politiebureau binnen en namen meteen de lift naar de commandocentrale vanwaaruit de jacht op Tengblads moordenaar geleid werd.

Toen Wallander de kamer binnenkwam schrok hij van het aantal politiemensen. Meer dan vijftien personen keken naar hem en hij moest aan het verschil met Ystad denken.

Lovén stelde hem voor en Wallander nam een mompelende begroeting in ontvangst. Een tengere, dunharige man van in de vijftig stelde zich voor als Stenberg, de onderzoeksleider.

Wallander voelde zich plotseling nerveus worden en slecht voorbereid. Bovendien maakte hij er zich zorgen over dat ze zijn Skåns niet zouden verstaan. Maar hij ging aan de tafel zitten en bracht verslag uit van wat er allemaal gebeurd was. Hij moest een heleboel vragen beantwoorden en hij kreeg door dat hij met ervaren rechercheurs van doen had die zich snel in een onderzoek konden inwerken, die zagen waar de zwakke punten zaten en die de juiste vragen stelden.

De vergadering liep uit, ze duurde meer dan twee uur. Ten slotte, toen de matheid zich door het vertrek begon te verspreiden en Wallander om hoofdpijntabletjes had moeten vragen, gaf Stenberg een samenvatting.

'Wat we nodig hebben is een snel uitsluitsel over de munitie', rondde hij af. 'Als er een verband bestaat tussen de gebruikte wapens zijn we er in ieder geval in geslaagd alles nog een stuk onduidelijker te maken.'

Een paar politiemensen trokken met hun mond, maar de meesten zaten met lege ogen voor zich uit te staren.

Het liep al tegen achten toen Wallander het politiebureau op Kungsholmen verliet. Lovén reed hem naar zijn hotel in Vasagatan.

'Red je het verder?' vroeg Lovén toen hij Wallander afzette. 'Ik heb mijn dochter hier', antwoordde Wallander. 'Hoe heet trouwens die discotheek waar die traangasgranaten naar binnen gegooid zijn?'

'Aurora', antwoorde Lovén. 'Maar ik kan me niet voorstellen dat dat een gelegenheid voor jou is.'

'Vast niet', antwoordde Wallander.

Lovén knikte en reed weg. Wallander ging zijn sleutel halen en weerstond de verleiding om naar een bar in de buurt van het hotel te gaan. De herinnering aan afgelopen zaterdagavond in Ystad lag nog te vers in zijn geheugen. Hij ging naar zijn kamer, nam een douche en trok een schoon overhemd aan. Na een uurtje op zijn bed gerust te hebben, zocht hij het adres van Aurora in het telefoonboek op. Om kwart over negen verliet hij zijn hotel. Voordat hij wegging aarzelde hij of hij zijn dochter zou bellen. Hij besloot te wachten. Zijn bezoek aan Aurora zou waarschijnlijk niet veel tijd nemen. Bovendien was Linda een avondmens. Hij stak de straat over naar Central, stapte in een taxi en gaf een adres op Söder op. Wallander keek nadenkend naar de stad waar ze doorheen reden. Hier ergens was zijn dochter Linda, ergens anders zijn zuster Kristina. Verborgen tussen de huizen en de mensen bevond zich vermoedelijk ook een Afrikaan wiens linkerwijsvinger was afgehakt.

Hij voelde zich plotseling niet op zijn gemak, alsof hij verwachtte dat er weldra iets ging gebeuren. Iets waar hij nu al bang voor was. Het glimlachende gezicht van Louise Åkerblom gleed haastig aan zijn innerlijk oog voorbij.

Wat was ze zich nog bewust geweest? vroeg hij zich af. Had ze beseft dat ze ging sterven?

Een trap leidde vanaf het straatniveau omlaag naar een zwartgeverfde ijzeren deur. Boven de deur brandde een vuil rood neonlicht. Een paar van de letters waren kapot. Wallander aarzelde over zijn besluit, over de reden waarom hij naar de plek wilde waar iemand een paar dagen geleden enkele traangasgranaten naar binnen had geworpen. Maar in het duister waarin hij rondtastte mocht hij ook de kleinste kans om een zwarte man met een afgehakte vinger te vinden niet laten schieten. Hij liep de trap af, duwde de deur open en kwam in een donkere ruimte terecht. In het begin had hij moeite iets te onderscheiden. Uit een luidspreker aan het plafond klonk zwakke muziek. Het lokaal was rokerig en eerst meende hij dat hij er alleen was. Daarna ontdekte hij in de hoeken schaduwen met glinsterende oogwitten en een bar die beter verlicht was dan de rest van het lokaal. Toen zijn ogen zich aangepast hadden liep hij naar de bar en bestelde een biertje. De barman had een kaalgeschoren hoofd.

'We redden het alleen wel', zei hij.

Wallander begreep niet wat hij bedoelde.

'We hebben zelf al voor de nodige bewaking gezorgd', zei de man.

Wallander realiseerde zich tot zijn verbijstering dat de man doorhad dat hij een politieman was.

'Hoe zag je dat ik van de politie ben?' vroeg hij en had onmiddellijk spijt van zijn vraag.

'Beroepsgeheim', antwoordde de man.

Wallander voelde dat hij kwaad werd. De arrogante zelfverzekerdheid van de man irriteerde hem.

'Ik heb een paar vragen', zei hij. 'Omdat je al weet dat ik van de politie ben hoef ik me niet te legitimeren.'

'Ik geef zelden antwoord op vragen', zei de man.

'Dit keer wel', zei Wallander. 'Om de dooie dood wel.'

De man keek verrast naar Wallander.

'Misschien antwoord ik dit keer wel', zei hij.

'Er komen hier veel Afrikanen', zei Wallander.

'Die komen hier graag.'

'Ik zoek een zwarte man van in de dertig die een heel speciaal kenmerk heeft.'

'Wat dan?'

'Een afgehakte vinger. Van zijn linkerhand.'

Wallander had de reactie niet verwacht. De kale man barstte in lachen uit.

'Wat is er zo leuk?' vroeg Wallander.

'Je bent de tweede al', zei de man.

'De tweede?'

'Die dat vraagt. Gisteravond was hier ook een man die vroeg of ik een Afrikaan met een mismaakte hand had gezien.'

Wallander dacht even na voordat hij verder vroeg.

'Wat heb je gezegd?'

'Nee.'

'Nee?'

'Ik heb niemand zonder vinger gezien.'

'Zeker?'

'Zeker.'

'Wie heeft dat gevraagd?'

'Ik had hem nog nooit gezien', zei de man, die glazen begon af te drogen.

Wallander ging ervan uit dat de man loog.

'Ik vraag het nog een keer', zei hij. 'Maar niet meer dan één keer.'

'Ik heb verder niks te zeggen.'

'Wie heeft dat gevraagd?'

'Zoals ik al zei. Een onbekende.'

'Sprak hij Zweeds?'

'Zoiets.'

'Wat bedoel je daarmee?'

'Hij sprak niet zoals jij en ik.'

Nu worden we warm, dacht Wallander. Nu is het zaak hem niet te laten glippen.

'Hoe zag hij eruit?'

'Dat weet ik niet meer.'

'Ik kan je op een briefje geven dat de hel hier losbarst als ik geen behoorlijk antwoord krijg.'

'Hij zag er heel gewoon uit. Zwart jack. Blond.'

Plotseling voelde Wallander dat de man bang was.

'Niemand kan ons horen', zei Wallander. 'Ik beloof je dat ik niet verder zal vertellen wat je tegen me zegt.'

'Hij heet misschien Konovalenko', zei de man. 'Het biertje is van de zaak als je nu weggaat.'

'Konovalenko?' zei Wallander. 'Weet je dat zeker?'

'Verdomd nog aan toe, hoe kan een mens in deze wereld nou zeker van iets zijn?'

Wallander ging weg en slaagde erin meteen een taxi te vinden. Hij liet zich op de achterbank vallen en gaf de naam van zijn hotel.

Eenmaal in zijn kamer legde hij zijn hand op de telefoon om zijn dochter te bellen, maar liet het na. Hij zou haar morgenochtend vroeg wel bellen.

Hij bleef lang wakker liggen.

Konovalenko, dacht hij. Een naam. Zou die hem op het juiste spoor zetten?

Hij liet zijn gedachten gaan over wat er gebeurd was vanaf de ochtend dat Robert Åkerblom zijn kantoor binnen was gekomen.

Pas tegen de ochtend kon hij de slaap vatten.

16

Toen Wallander de volgende ochtend op het politiebureau arriveerde werd hem verteld dat Lovén al met het onderzoeksteam in vergadering bijeen was. Hij haalde koffie uit een automaat, ging naar Lovéns kamer en belde Ystad. Na een poosje kwam Martinson aan de lijn.

'Wat gebeurt er bij jullie?' vroeg Martinson.

'Vanaf dit moment ga ik me helemaal concentreren op een man die misschien een Rus is en misschien Konovalenko heet', zei Wallander.

'Allemachtig, je hebt toch niet weer een Balt gevonden?' vroeg Martinson.

'We weten niet eens of Konovalenko wel zijn naam is', zei Wallander. 'En ook niet of hij een Rus is. Hij kan net zo goed een Zweed zijn.'

'Alfred Hanson!' zei Martinson. 'Die heeft verteld dat de man die het huis gehuurd had met een buitenlands accent sprak.'

'Precies, daar denk ik ook aan', antwoordde Wallander, 'maar ik heb mijn twijfels of het Konovalenko wel was.'

'Hoezo?'

'Niet meer dan een vaag gevoel. Dit hele onderzoek zit vol vage gevoelens. En dat heb ik liever niet. Bovendien heeft Hanson gezegd dat de man die het huis huurde heel dik was. Dat klopt niet met de man die Tengblad doodgeschoten heeft. Als het tenminste dezelfde man was.'

'Waar past de Afrikaan zonder vinger in dit verhaal?'

Wallander vertelde in een paar woorden van zijn bezoek de vorige avond aan Aurora.

'Misschien heb je dan toch iets', zei Martinson. 'Ik begrijp dus dat je in Stockholm blijft?'

'Ja. Dat moet wel. Op zijn minst nog een dag. Alles rustig in Ystad?'

'Robert Åkerblom heeft via dominee Tureson laten informeren wanneer hij zijn vrouw kan begraven.'

'Daar is toch niets op tegen?'

'Björk wou dat ik het met jou opnam.'

'Dat heb je nu dus gedaan. Hoe is het weer?'

'Zoals het hoort.'

'Wat bedoel je daarmee?'

'Aprilweer. Wisselvalig, waar ik niet mee wil zeggen dat we een paar warme dagen krijgen.'

'Kun je mijn vader nog een keer bellen om te zeggen dat ik nog in Stockholm ben?'

'De laatste keer nodigde hij me bij hem thuis uit, maar ik had geen tijd.'

'Maar wil je het wel doen?'

'Ik doe het nu meteen.'

Wallander hing op en belde zijn dochter. Hij hoorde dat ze slaapdronken was toen ze de hoorn opnam.

'Je zou gisteren bellen', zei ze.

'Ik heb tot laat gewerkt', zei Wallander.

'Ik kan vanochtend', zei ze.

'Ik niet', antwoordde Wallander. 'Ik heb het de komende uren verschrikkelijk druk.'

'Misschien wil je me liever niet zien?'

'Natuurlijk wel en dat weet je best. Ik bel je nog.'

Wallander maakte haastig een einde aan het gesprek toen Lovén de kamer binnen kwam stampen. Hij wist dat hij zijn dochter gegriefd had. Waarom wilde hij eigenlijk niet dat Lovén zou horen dat hij met Linda sprak? Hij begreep het zelf niet.

'Jezus, wat zie jij eruit', zei Lovén. 'Heb je niet geslapen vannacht?'

'Misschien wel te lang', antwoordde Wallander ontwijkend. 'Dat kan je net zo goed opbreken. Hoe gaat het met het onderzoek?'

'Geen doorbraak. Maar dat komt nog wel.'

'Ik wou je iets voorleggen', zei Wallander en nam het besluit om voorlopig niets van zijn bezoek de vorige avond aan Aurora te zeggen. 'Er is bij mijn collega's in Ystad een anonieme tip binnengekomen dat een Rus, die misschien Konovalenko heet, bij de moord op de agent betrokken kan zijn.'

Lovén fronste zijn voorhoofd.

'Is dat serieus?'

'Misschien. De informant scheen goed op de hoogte te zijn.'

Lovén dacht na voordat hij antwoordde.

'We hebben hoe dan ook de nodige problemen met Russische misdadigers die zich in toenemende mate in Zweden vestigen. En we zijn ons er heel goed van bewust dat deze problemen met de jaren niet zullen afnemen. Daarom hebben we geprobeerd wat zich zoal in die kringen afspeelt in kaart te brengen.'

Hij zocht even tussen de dossiermappen die op een plank stonden voordat hij vond wat hij zocht.

'Hier hebben we een man die Rykoff heet', zei hij. 'Vladimir Rykoff. Hij woont in Hallunda. Als er inderdaad een Konovalenko in de stad is, is hij de man die het weet.'

'Waarom?'

'Het gerucht gaat dat hij zeer goed op de hoogte is van wat zich in die migrantenkringen afspeelt. We zouden hem een bezoek kunnen brengen.'

Lovén gaf de map aan Wallander.

'Lees dit eens', zei hij. 'Daar staat het een en ander in.'

'Ik kan hem wel in mijn eentje opzoeken', zei Wallander. 'Dat hoeven we niet met zijn tweeën te doen.'

Lovén haalde zijn schouders op.

'Blij toe dat ik niet mee hoef', zei hij. 'We hebben nog een aantal andere sporen in de zaak-Tengblad die we na moeten trekken. Onze technische mensen zijn trouwens van mening dat die mevrouw in Skåne met hetzelfde wapen is doodgeschoten. Maar ze kunnen zich daarover natuurlijk niet categorisch uitspreken. Vermoedelijk gaat het om hetzelfde wapen. Maar aan de andere kant weten we niet of het dezelfde hand was die het vasthield.'

Het was al bijna één uur voordat Wallander zijn weg naar Hallunda gevonden had. Hij was bij een motel gestopt om te lunchen en had daar het materiaal van Lovén over de man die Vladimir Rykoff heette doorgenomen. Toen hij in Hallunda was en het juiste huis gevonden had, had hij eerst een poosje de omgeving in ogenschouw genomen.

Het viel hem op dat hij bijna niemand van de mensen die langsliepen Zweeds hoorde spreken.

Dit is de toekomst, dacht hij. Een kind dat hier opgroeit en naderhand bij de politie gaat, beschikt over heel andere ervaringen dan ik.

Hij ging het trapportaal binnen en zocht naar de naam Rykoff. Daarna nam hij de lift naar boven.

Een vrouw deed open. Wallander merkte meteen dat ze op haar hoede was. Hij had toen nog niet kunnen zeggen dat hij van de politie was. Hij liet haar zijn legitimatie zien.

'Rykoff', zei hij. 'Ik heb een paar vragen voor hem.'

'Waarover?'

Wallander hoorde haar accent. Waarschijnlijk kwam ze uit een van de Oostbloklanden.

'Dat zeg ik hem zelf wel.'

'Hij is mijn man.'

'Is hij thuis?'

'Ik zal even hem roepen.'

Toen de vrouw door een deur verdwenen was, waarvan hij aannam dat die naar de slaapkamer leidde, keek hij om zich heen. De flat was duur, maar zo te zien provisorisch gemeubileerd, alsof de mensen die er woonden er constant op voorbereid waren op te breken en te vertrekken.

De deur ging open en Vladimir Rykoff verscheen. Hij had een kamerjas aan en Wallander vermoedde dat ook die duur was. Het haar van de man stond recht overeind en Wallander nam aan dat hij had liggen slapen.

Ook bij Rykoff nam hij intuïtief een zekere waakzaamheid waar.

Plotseling drong het tot hem door dat hij eindelijk een spoor had. Iets wat het onderzoek leven in zou blazen. Het onderzoek dat nu al een kleine twee weken aan de gang was vanaf het moment dat Robert Åkerblom zijn kantoor binnen was gekomen om te vertellen dat zijn vrouw verdwenen was. Het onderzoek dat de neiging had in een aantal verwarrende, dooreenlopende sporen op te gaan zonder dat er een samenhang viel te constateren waar hij wat mee kon doen.

Hij kende dat gevoel van eerdere onderzoeken. Het gevoel voor een doorbraak te staan. Vaak klopte dat ook.

'Mijn excuses wanneer ik stoor,' zei hij, 'maar ik heb een paar vragen voor u.'

'Waarover?'

Rykoff had hem nog steeds niet gevraagd te gaan zitten. Zijn toon was bruusk en afwijzend. Wallander besloot recht op zijn doel af te gaan. Hij ging zitten en beduidde Rykoff en diens vrouw hetzelfde te doen.

'Voorzover ik weet bent u hier als Iraans vluchteling gekomen', begon Wallander. 'U hebt in de jaren zeventig de Zweedse nationaliteit gekregen. De naam Vladimir Rykoff klinkt niet bepaald Iraans.'

'Het is mijn zaak hoe ik heet.'

Wallander nam hem onafgebroken op. 'Natuurlijk', zei hij. 'Maar in ons land kan men in bepaalde omstandigheden op een verleend staatsburgerschap terugkomen.'

'Is dat een dreigement?'

'Helemaal niet. Wat doet u voor werk?'

'Ik heb een reisbureau.'

'Hoe heet dat?'

'Rykoffs Reseservice.'

'Naar welke landen organiseert u reizen?'

'Dat hangt cr vanaf.'

'Kunt u een paar voorbeelden geven?'

'Polen.'

'Wat nog meer?'

'Tsjechoslowakije.'

'Gaat u door!'

'Godallemachtig. Waar wilt u naartoe?'

'Uw reisbureau staat bij de Kamer van Koophandel ingeschreven als een particuliere firma. Maar volgens de belastingdienst hebt u de laatste twee jaar geen aangiftebiljet ingevuld. Omdat ik ervan uitga dat u de boel niet oplicht, betekent dat dat uw reisbureau de laatste jaren niet meer als zodanig actief is geweest.'

Rykoff keek hem sprakeloos aan.

'We leven van de verdiensten van onze goede jaren', zei zijn vrouw plotseling. 'Er is geen wet die zegt dat een mens altijd moet werken.'

'Dat klopt', zei Wallander. 'Toch doen de meeste mensen dat wel. Om welke reden dan ook.'

De vrouw stak een sigaret op. Wallander zag dat ze ongerust was. De man keek afkeurend naar haar. Demonstratief stond ze op om het raam open te doen. Het zat zo stevig vast dat Wallander op het punt stond haar te helpen, toen het ten slotte toch omhoogging.

'Mijn advocaat behartigt mijn zaken die verband houden met het reisbureau', zei Rykoff, die tekenen van protest begon te vertonen. Ingegeven door kwaadheid of door angst, vroeg Wallander zich af.

'Laten we er geen doekjes om winden', zei Wallander. 'U hebt net zo weinig wortels in Iran als ik. U komt oorspronkelijk uit Rusland. Het schijnt echter niet mogelijk te zijn u uw Zweedse staatsburgerschap te ontnemen. Maar u bent een Rus, Rykoff. En u bent op de hoogte van wat zich in Russische immigrantenkringen afspeelt. En helemaal bij uw landgenoten die de wet overtreden. Een paar dagen geleden is er in de stad een agent doodgeschoten. Dat is het domste wat een mens kan doen. We worden dan op een heel eigen wijze kwaad, als u begrijpt wat ik bedoel.'

Rykoff scheen zijn gemoedsrust hervonden te hebben. Maar het viel Wallander op dat zijn vrouw nog steeds nerveus was, al probeerde ze het te verbergen. Zo nu en dan wierp ze een blik op de muur achter hem.

Voordat hij was gaan zitten, had hij gezien dat er een klok hing.

Ze verwachten iets, dacht hij. En ze willen niet dat ik dan hier ben.

'Ik zoek een man die Konovalenko heet', zei Wallander rustig. 'Kent u iemand die zo heet?'

'Nee', antwoordde Rykoff. 'Niet dat ik weet.'

Op dat moment besefte Wallander drie dingen. In de eerste plaats dat Konovalenko bestond. In de tweede plaats dat Rykoff heel goed wist wie het was. En in de derde plaats dat hij het buitengewoon onaangenaam vond dat de politie naar Konovalenko vroeg.

Rykoff ontkende dus alles. Maar toen hij zijn vraag stelde had Wallander zogenaamd terloops naar Rykoffs vrouw gekeken. In haar gezicht, het snelle trekken om haar ogen, had hij zijn antwoord gevonden.

'Weet u dat heel zeker? Ik dacht dat Konovalenko een naam was die veel voorkomt?'

'Ik ken niemand die zo heet.'

Daarop wendde Rykoff zich tot zijn vrouw.

'We kennen toch niemand van die naam, wel?'

Ze schudde haar hoofd.

Jawel, dacht Wallander. Jullie kennen Konovalenko. En via jullie zullen we hem vinden.

'Dat is dan jammer', zei Wallander.

Rykoff keek hem verbaasd aan.

'Was dat alles?'

'Voorlopig wel', antwoordde Wallander. 'Maar ik verzeker u dat u nog van ons zult horen. We geven het niet op voordat we de man opgepakt hebben die die agent gedood heeft.'

'Ik weet niks van die zaak af', zei Rykoff. 'Net als iedereen vind ik het natuurlijk triest als er een jonge agent gedood wordt.'

'Natuurlijk', zei Wallander die opstond. 'Nog één ding. U hebt misschien in de kranten gelezen over een vrouw die een paar weken geleden in het zuiden van het land vermoord is? Of u hebt misschien iets op de televisie gezien? Wij denken dat Konovalenko daar ook bij betrokken was.'

Dit keer was het Wallander die verstijfde.

Hij had iets opgemerkt bij Rykoff dat hij niet onmiddellijk kon duiden.

Toen besefte hij wat het was. De volkomen uitdrukkingsloosheid van de man.

Op die vraag had hij gewacht, dacht Wallander, die zijn pols sneller voelde kloppen. Om zijn reactie niet te laten merken liep hij door de kamer op en neer.

'Hebt u er iets op tegen als ik wat rondkijk?' vroeg hij.

'Ga uw gang', antwoordde Rykoff. 'Tania, doe alle deuren voor onze bezoeker open.'

Wallander wierp een blik door de diverse open deuren. Maar in feite werd hij geheel en al door Rykoffs reactie in beslag genomen.

Lovén had geen idee hoezeer hij het bij het juiste eind had gehad, dacht Wallander. Deze flat in Hallunda is op zich al een spoor.

Hij verbaasde zich dat hij zo kalm was. Hij had de flat onmiddellijk moeten verlaten om Lovén te bellen dat ze op volle sterkte uit moesten rukken. Rykoff zou aan langdurige verhoren onderworpen worden en de politie zou niet rusten voordat de man toegegeven had dat Konovalenko bestond en het liefst ook nog had verteld waar hij was.

Toen hij in een kleinere kamer keek, waarvan hij aannam dat die als logeerkamer gebruikt werd, werd zijn aandacht door iets getrokken zonder dat hij kon zeggen wat het was. Er stond niets bijzonders. Een bed, een kast, een stoel en blauwe gordijnen voor het raam. Op een plank aan de muur stonden wat prulletjes en boeken. Wallander concentreerde zich om erachter te komen wat hij zag zonder dat hij het zag. Hij prentte zich de details van de kamer in en draaide zich om.

'Dan ga ik nu maar', zei hij.

'We hebben nooit problemen met de politie', zei Rykoff.

'Dan hoeft u zich ook niet ongerust te maken', antwoordde Wallander.

Hij reed naar de stad terug.

Nu slaan we toe, dacht hij. Ik vertel Lovén en zijn onderzoeksteam dit merkwaardige verhaal en dan zullen we Rykoff of zijn vrouw wel aan het praten krijgen.

Nu pakken we ze, dacht hij. Nu pakken we ze.

Konovalenko had het signaal van Tania bijna gemist.

Toen hij zijn auto voor het huis in Hallunda had geparkeerd, had hij gewoontegetrouw een blik op het huis geworpen. De afspraak was dat Tania een raam open zou zetten als hij om de een of andere reden niet naar boven moest komen. Het raam was dicht geweest. Toen hij naar de lift liep had hij zich gerealiseerd dat hij een zak met twee flessen wodka in zijn auto had laten staan. Hij was ze gaan halen en uit pure reflex had hij weer naar boven gekeken. Het raam stond nu open. Hij was naar zijn auto teruggegaan en achter het stuur blijven wachten.

Toen Wallander naar buiten kwam had hij meteen geweten dat het een politieman was voor wie Tania hem had gewaarschuwd.

Tania zou zijn indruk later bevestigen. De man heette Wallander en was van de recherche. Ze had ook gezien dat er in zijn legitimatie stond dat hij uit Ystad kwam.

'Wat wou hij?' vroeg Konovalenko.

'Weten of ik iemand kende die Konovalenko heette', zei Rykoff.

'Prima', antwoordde Konovalenko.

Tania en Rykoff keken hem niet-begrijpend aan.

'Natuurlijk is dat prima', zei Konovalenko. 'Wie kan er over mij gepraat hebben, als jullie het niet waren? Maar één persoon: Victor Mabasha. Via die politieman krijgen we hem te pakken.'

Daarna zei hij tegen Tania dat ze glazen moest halen. Ze gingen aan de wodka.

Zonder het te zeggen bracht Konovalenko een onzichtbare toost op de politieman uit Ystad uit. Hij was ineens zeer ingenomen met zichzelf.

Direct na zijn bezoek in Hallunda was Wallander naar zijn hotel teruggekeerd. Het eerste wat hij deed was zijn dochter bellen.

'Heb je tijd?' vroeg hij.

'Nu?' vroeg ze. 'Ik dacht dat je aan het werk was?'

'Ik heb een paar uur de tijd. Als het uitkomt?'

'Waar spreken we af? Jij bent zo slecht bekend in Stockholm.'

'Ik weet waar Centralen ligt.'

'Zullen we daar dan afspreken? In de grote hal? Over vijfenvijftig minuten?'

'Prima.'

Het gesprek was afgelopen en Wallander ging naar de receptie.

'Ik ben de rest van de middag niet bereikbaar', zei hij. 'Wie er ook belt of komt, hij krijgt hetzelfde antwoord. Dat ik dringend weg moest en niet bereikbaar ben.'

'Tot wanneer?' vroeg de receptionist.

'Tot ik iets van me laat horen.'

Toen hij de straat naar Centralen overgestoken was en Linda door de grote hal zag aankomen, herkende hij haar nauwelijks. Ze had haar haar zwart geverfd en het kort laten knippen. En ze was zwaar opgemaakt. Over een zwarte overall droeg ze een vuurrode regenjas. Aan haar voeten zaten korte laarzen met hoge hakken. Wallander zag dat verscheidene mannen zich omdraaiden om naar haar te kijken en hij voelde zich plotseling kwaad en gegeneerd.

Hij had met zijn dochter afgesproken, maar wie daar aankwam was een jonge zelfbewuste vrouw. Al haar vroegere verlegenheid was blijkbaar verdwenen. Hij sloot haar in zijn armen met een gevoel dat dat eigenlijk ongepast was.

Ze zei dat ze honger had. Het was gaan regenen en ze holden naar een café in Vasagatan, tegenover het grote postkantoor. Terwijl ze zat te eten, nam hij haar op. Hij schudde zijn hoofd toen ze vroeg of hij niet iets wilde hebben.

'Mamma was vorige week hier', zei ze plotseling tussen twee happen door. 'Ze wou haar nieuwe vriend voorstellen. Heb je hem al ontmoet?'

'Ik heb haar al meer dan een halfjaar niet gesproken', antwoordde Wallander.

'Ik denk niet dat ik hem mag', vervolgde ze. 'Eigenlijk geloof ik dat zijn belangstelling meer naar mij uit begon te gaan dan naar mamma.'

'O ja?'

'Hij importeert machines uit Frankrijk,' zei ze, 'maar hij praatte het grootste deel van de tijd over golf. Je weet toch dat mamma is gaan golfen?'

'Nee', zei Wallander verbaasd. 'Dat wist ik niet.'

Ze nam hem een ogenblik op voordat ze verderging.

'Het is niet goed dat je niet weet wat ze doet', zei ze. 'Ondanks alles is ze tot nu toe de belangrijkste vrouw in je leven. Ze weet alles van je. Ze weet zelfs van die vrouw in Letland.'

Wallander stond versteld. Hij had nooit met zijn ex-vrouw over Baiba Liepa gesproken.

'Hoe weet ze daar dan van?'

'Iemand zal het haar wel verteld hebben.'

'Wie?'

'Wat doet dat er nou toe.'

'Ik vroeg het me alleen maar af.'

Plotseling veranderde ze van onderwerp.

‘Waarom ben je in Stockholm?’ vroeg ze. ‘Toch zeker niet om mij te zien?’

Hij vertelde wat er gebeurd was. Vertelde de gebeurtenissen in omgekeerde volgorde tot aan de dag, twee weken geleden, dat zijn vader gezegd had dat hij ging trouwen en dat toen Robert Åkerblom zijn kantoor binnen was gekomen om te vertellen dat zijn vrouw verdwenen was. Ze luisterde aandachtig en voor het eerst had hij het gevoel dat zijn dochter nu een volwassen vrouw was. Iemand die op bepaalde gebieden zeker al over veel meer ervaring beschikte dan hij.

‘Ik mis iemand om mee te praten’, eindigde hij. ‘Leefde Rydberg nog maar. Herinner je je hem nog?’

‘Was dat degene die altijd zo’n stuurse indruk maakte?’

‘Zo was hij niet, maar misschien maakte hij een strenge indruk, ja.’

‘Ik herinner me hem nog. Ik hoopte dat je nooit zou worden als hij.’

Nu was hij het die van onderwerp veranderde.

‘Wat weet je van Zuid-Afrika?’ vroeg hij.

‘Niet veel meer dan dat de zwarten er bijna als slaven behandeld worden. En dat ik daar natuurlijk op tegen ben. We hebben op de volkshogeschool bezoek gehad van een zwarte vrouw uit Zuid-Afrika. Niet te geloven wat ze vertelde.’

‘Je weet in ieder geval meer dan ik’, zei hij. ‘Toen ik vorig jaar in Letland was, heb ik me vaak afgevraagd hoe het toch mogelijk was dat ik boven de veertig ben geworden zonder iets van de wereld af te weten.’

‘Je houdt het niet bij’, zei ze. ‘Dat herinner ik nog van toen ik twaalf, dertien was en iets wilde weten. Jij noch mamma trok zich iets aan van wat er buiten ons tuinhekje gebeurde. Het huis, de bloembedden en je werk. Dat was het. Daarom zijn jullie immers gescheiden.’

‘Was dat zo?’

‘Voor jullie ging het in het leven alleen nog maar over tulpenbollen en nieuwe badkamerkranen. Als jullie met elkaar praatten ging het daarover.’

‘Waarom mag iemand niet over bloemen praten?’

‘Die bloembedden werden zo hoog dat jullie niet zagen wat er daarbuiten aan de hand was.’

Ze maakte abrupt een einde aan het gesprek.

'Hoeveel tijd heb je?' vroeg ze.

'Nog wel even.'

'Dus eigenlijk helemaal niet, maar als je wilt kunnen we voor vanavond afspreken.'

Ze gingen naar buiten, het regende niet meer.

'Loopt dat niet lastig op die hoge hakken?' vroeg hij aarzelend.

'Ja', zei ze. 'Maar dat leer je. Wil je het proberen?'

Wallander was blij dat ze er was. Iets binnenin hem werd lichter. Hij zag haar zwaaiend in de metro verdwijnen.

Op dat moment wist hij wat hij de vorige dag in de flat in Hallunda gezien had. Wat zijn aandacht getrokken had zonder dat hij kon zeggen wat het was.

Nu wist hij het.

Op het plankje tegen de muur had hij een asbak zien staan. Hij had een dergelijke asbak al eens eerder gezien. Het kon toeval zijn, maar daar geloofde hij niet in.

Hij herinnerde zich de avond dat hij naar Hotel Continental in Ystad was gegaan om te eten. Hij had eerst in het bargedeelte gezeten. Op tafel voor hem had een glazen asbak gestaan. Die was identiek aan de asbak in het kamertje in de flat van Vladimir en Tania.

Konovalenko, dacht hij.

Die is een keer in Hotel Continental geweest. Hij kan aan hetzelfde tafeltje gezeten hebben als ik. Hij heeft de verleiding niet kunnen weerstaan een van de zware glazen asbakken mee te nemen. Een menselijke zwakheid, een van de meest voorkomende. Konovalenko had nooit gedacht dat een hoofdinspecteur van de recherche uit Ystad een blik in een kamertje in Hallunda zou werpen, waar hij zijn nachten soms doorbracht.

Wallander ging naar zijn hotelkamer en vond zichzelf toch niet zo'n slechte politieman. De tijd was hem nog niet helemaal ontglipt. Misschien was hij nog steeds in staat de zinloze en brute moord op een vrouw op te lossen die toevallig de foute weg in de buurt van Krageholm ingeslagen was.

Daarop maakte hij opnieuw een samenvatting van wat hij meende te weten. Louise Åkerblom en Klas Tengblad waren met hetzelfde wapen doodgeschoten. Tengblad bovendien door een blanke man met een buitenlands accent. De zwarte man die erbij was geweest toen Louise Åkerblom gedood werd, werd ook door een man met een accent achtervolgd, een man die vermoedelijk Konovalenko heette. Rykoff kende die Konovalenko, al ontkende hij dat. Qua lichaamsomvang kon Rykoff heel goed de man zijn die het huis van Alfred Hanson gehuurd had. En in de flat van Rykoff stond een asbak die bewees dat iemand in Ystad was geweest. Veel was het niet en als ze de kogels niet gehad hadden, zou het verband voor de wet meer dan zwak zijn. Maar hij had ook zijn intuïtie nog en hij wist dat hij er verstandig aandeed daarop te vertrouwen. De arrestatie van Rykoff zou het antwoord kunnen verschaffen waar ze zo vurig naar zochten.

Die avond at hij met Linda in een restaurant vlakbij zijn hotel.

Dit keer voelde hij zich minder onzeker in haar gezelschap. Toen hij even voor één uur naar bed ging was hij van mening dat het de gezelligste avond was geweest die hij in lange tijd had meegemaakt.

Wallander was de volgende dag tegen acht uur op het politiebureau op Kungsholmen. Voor een groep verbijsterde politiemensen presenteerde hij zijn ontdekkingen in Hallunda en de conclusies die hij daaruit getrokken had. Terwijl hij sprak wist hij zich omringd door een muur van wantrouwen. Maar het verlangen van de politiemannen om de man die hun collega doodgeschoten had te arresteren was heel groot en gaandeweg voelde hij de sfeer veranderen. Toen hij uitgesproken was, was er niemand die zijn conclusies in twijfel trok.

Alles ging daarna heel snel. Het huis in Hallunda werd discreet onder bewaking gesteld en er werd een plan opgesteld. Een energieke jonge officier van justitie gaf zonder aarzelen het groene licht aan de politie voor de gevraagde aanhoudingen.

Ze zouden om twee uur toeslaan. Wallander hield zich op de achtergrond terwijl Lovén en zijn collega's de details doorspraken. Om tien uur, midden in het meest hectische deel van de voorbereidingen, ging hij naar Lovéns kamer om naar Ystad te bellen en met Björk te praten. Hij vertelde van de inval die die middag zou plaatsvinden en dat ze binnenkort misschien de moord op Louise Åkerblom opgelost zouden hebben.

'Ik moet bekennen dat het me allemaal heel onwaarschijnlijk voorkomt', zei Björk.

'We leven in een onwaarschijnlijke wereld', zei Wallander.

'Hoe dan ook, je hebt goed werk geleverd', zei Björk. 'Ik zal iedereen hier in huis op de hoogte brengen.'

'Maar geen persconferentie', zei Wallander. 'En voorlopig ook nog geen gesprek met Robert Åkerblom.'

'Natuurlijk niet', zei Björk. 'Wanneer denk je terug te zijn?'

'Zo gauw mogelijk', antwoordde Wallander. 'Hoe is het weer bij jullie?'

'Stralend', zei Björk. 'Je krijgt het gevoel dat de lente in aantocht is. Svedberg niest als een gek vanwege zijn allergie. Dat is zoals je weet een onmiskenbaar voorjaarsteken.'

Wallander voelde een vaag heimwee toen hij de hoorn neergelegd had, maar het spannende gevoel voor de inval was alles overheersend. Om elf uur riep Lovén iedereen die 's middags in Hallunda mee zou doen bijeen. De rapportage van de mannen die het huis bewaakten, duidde erop dat Vladimir en Tania alletwee in de flat waren. Maar ze konden er niet achter komen of er nog iemand was.

Wallander luisterde aandachtig toen Lovén het plan voor de inval doornam. Hij realiseerde zich dat een inval in Stockholm aanzienlijk verschilde van wat hij thuis gewend was. Bovendien kwamen operaties van deze omvang in Ystad zelden voor. Wallander herinnerde zich alleen een gebeurtenis van vorig jaar toen een man onder de drugs zich in een zomerhuis in Sandskogen verschanst had.

Lovén had voor de bijeenkomst gevraagd of Wallander actief deel wilde nemen.

'Ja', had hij geantwoord. 'Als Konovalenko daar is, is hij in zekere zin van mij. In ieder geval voor de helft. Bovendien wil ik graag het gezicht van Rykoff zien.'

Om halftwaalf sloot Lovén de vergadering.

'We weten niet wat we op onze weg zullen vinden', zei hij. 'Waarschijnlijk twee mensen die zich al gauw zullen schikken in de situatie, maar het kan ook anders uitpakken.'

Wallander lunchte met Lovén op het politiebureau.

'Heb je nooit je gedachten laten gaan over waar je mee bezig bent?' vroeg Lovén plotseling.

'Daar denk ik iedere dag aan', antwoordde Wallander. 'Dat doen de meeste politiemensen toch zeker?'

'Ik weet het niet', zei Lovén. 'Ik weet alleen wat ik zelf denk. En die gedachten deprimeren me. We zijn ongetwijfeld bezig hier in Stockholm de controle te verliezen. Ik weet niet hoe dat in een kleiner district als Ystad is, maar in deze stad moet een misdadiger een luizenleventje hebben. Tenminste wat de pakkans betreft.'

'We hebben de zaak nog steeds onder controle,' antwoordde Wallander, 'maar het verschil tussen de regio's wordt gestaag kleiner. Wat hier gebeurt, gebeurt in Ystad ook.'

'Er zijn heel wat politiemensen in Stockholm die naar de provincie willen', zei Lovén. 'Ze denken dat ze het daar gemakkelijker krijgen.'

'Er zijn er ook heel wat die hiernaartoe willen', antwoordde Wallander. 'Die het te stil vinden in de provincie of in een kleine stad.'

'Ik betwijfel of ik zou willen ruilen', zei Lovén.

'Insgelijks', antwoordde Wallander. 'Of ik ben een politieman in Ystad óf ik ben geen politieman.'

Het gesprek stokte. Na het eten had Lovén nog het een en ander te doen en verdween.

Wallander zocht een rustkamer op en strekte zich uit op een bank. Hij moest eraan denken dat hij eigenlijk niet één keer een hele nacht had geslapen sinds Robert Åkerblom zijn kamer binnen was gekomen.

Hij doezelde een paar minuten weg om met een schok wakker te worden. Daarna bleef hij stil liggen. Hij dacht aan Baiba Liepa.

De inval in de flat in Hallunda vond precies om twee uur plaats. Wallander, Lovén en nog drie politiemensen bevonden zich in het trappenhuis. Na twee keer gebeld en even gewacht te hebben, braken ze de deur met een koevoet open. Op de achtergrond wachtte een speciale commando-eenheid met automatische wapens. In het trappenhuis had iedereen behalve Wallander een pistool in de hand. Lovén had gevraagd of hij een vuurwapen wilde hebben, maar Wallander had nee gezegd. Wel had hij dankbaar, net als de anderen, een kogelvrij vest aangetrokken.

Ze stormden de flat in, verspreidden zich en alles was voorbij voordat het goed en wel begonnen was.

De flat was leeg. Alleen de meubelen stonden er nog.

De politiemensen keken elkaar vragend aan. Toen pakte Lovén zijn walkietalkie en riep de manschappen buiten op.

'De flat is leeg', zei hij. 'Er volgen dus geen arrestaties. Iedereen kan teruggaan, maar ik wil de technische dienst hier hebben om de flat te onderzoeken.'

'Ze moeten er vannacht tussenuit geknepen zijn', zei Wallander. 'Of anders heel vroeg in de ochtend.'

'We pakken ze wel', zei Lovén. 'Binnen een halfuur wordt er in het hele land groot alarm geslagen.'

Hij gaf Wallander een paar plastic handschoenen.

'Voor als je de matrassen op wilt tillen', zei hij.

Terwijl Lovén in zijn draagbare telefoon met een collega op Kungsholmen praatte, ging Wallander naar het kleine kamertje. Hij trok de handschoenen aan en pakte voorzichtig de asbak van het muurplankje. Hij had het niet verkeerd gezien. Het was een exacte kopie van de asbak waar hij een paar avonden geleden naar had zitten staren toen hij te veel whisky had gedronken. Hij gaf de asbak aan een man van de technische recherche.

'Er staan ongetwijfeld vingerafdrukken op', zei hij. 'Waarschijnlijk komen ze niet in onze bestanden voor, maar misschien dat Interpol ze heeft.'

Hij keek toe hoe de man van de technische dienst de asbak in een plastic zak deed.

Daarna liep hij naar een raam en keek afwezig naar de huizen in de omgeving en naar de grijze lucht. Hij herinnerde zich vaag dat dit het raam was dat Tania de vorige dag open had gezet om de sigarettenrook die Vladimir zo irriteerde te laten wegtrekken. Zonder er nu precies achter te komen of hij terneergeslagen of kwaad was omdat de inval was mislukt, liep hij de grote slaapkamer in. Hij keek in de garderobekasten. De meeste kleren hingen er nog. Maar hij vond geen koffers. Hij ging op de rand van het bed zitten en trok afwezig de la van het nachtkastje open. Er lagen alleen een klosje garen en een pakje sigaretten in. Hij zag dat Tania Gitanes rookte.

Toen boog hij zich voorover en keek onder het bed. Wat stofvlokken, meer niet. Hij liep om het bed heen en deed de la van het andere nachtkastje open. Die was leeg. Op het kastje stond een volle asbak en lag een halve reep chocola.

Wallander zag dat de sigaretten een filter hadden. Hij pakte een sigaret op, een Camel.

Plotseling was hij een en al aandacht.

Hij moest aan de vorige dag denken. Tania had een sigaret opgestoken. Vladimir had zich meteen geërgerd en ze had het raam opengezet om te luchten.

Rokers klagen zelden over anderen die er dezelfde slechte gewoonte op na houden. En zeker niet als het niet rokerig in de kamer is. Rookte Tania verschillende merken? Dat was niet erg waarschijnlijk. Dus rookte Vladimir ook.

Peinzend ging hij weer naar de woonkamer. Hij deed hetzelfde raam als Tania open. Ook dit keer ging het stroef. Hij opende de andere ramen en de glazen deur naar het balkon. Dat leverde geen problemen op.

Hij bleef met gefronst voorhoofd in de kamer staan. Waarom had ze juist een raam open willen zetten dat klemde? En waarom ging dat raam zo moeilijk open?

Plotseling waren deze vragen belangrijk. Even later besefte hij dat er maar één antwoord mogelijk was.

Tania had het raam dat klemde opengezet omdat het om welke reden dan ook belangrijk was dat juist dat raam openstond. En het klemde omdat het zelden open gedaan werd.

Hij ging opnieuw voor het raam staan. Als je in een auto op de parkeerplaats zat kon je juist dit raam het beste zien. Het andere raam lag naast het uitspringende balkon. De deur naar het balkon was vanaf de parkeerplaats niet zichtbaar.

Hij liep alles in gedachten nog eens na.

Toen had hij het door. Tania had onrustig geleken. Ze had op de muurklok achter hem gekeken. Toen had ze een raam opengezet dat alleen gebruikt werd wanneer iemand beneden op de parkeerplaats niet naar boven moest komen.

Konovalenko, dacht hij. Zo dichtbij was de man geweest. Tussen twee telefoongesprekken door vertelde hij Lovén wat hij gezien had.

'Je kunt gelijk hebben', zei Lovén. 'Maar het kan ook een ander geweest zijn.'

'Natuurlijk', zei Wallander. 'Het kan ook een ander geweest zijn.'

Ze reden naar Kungsholmen terug terwijl de technici hun werk voortzetten. Op het moment dat ze Lovéns kamer binnenkwamen rinkelde de telefoon. In een metalen kist in Hallunda waren een paar traangasgranaten van hetzelfde type gevonden als de granaten die vorige week bij een discotheek op Söder naar binnen waren geworpen.

'Alles valt op zijn plaats', zei Lovén. 'Of niets. Ik begrijp niet wat Konovalenko tegen die discotheek had. In ieder geval is er landelijk alarm geslagen. We zullen ervoor zorgen dat deze zaak in de kranten en op de televisie breed uitgemeten wordt.'

'Dan kan ik morgen terug naar huis', zei Wallander. 'Als jullie Konovalenko gevonden hebben, mogen jullie hem aan Skåne uitlenen.'

'Een mislukking is altijd behoorlijk irritant wanneer je hebt toegeslagen', zei Lovén. 'Ik vraag me af waar ze zich verborgen houden.'

De vraag bleef in de lucht hangen. Wallander ging naar zijn hotel en besloot die avond een bezoek aan Aurora te brengen. Hij had nog wat nieuwe vragen voor de kale man achter de bar.

Hij voelde dat hij een cruciaal punt naderde.

17

De man op de stoel voor de werkkamer van president de Klerk zat al heel lang te wachten.

Het was na middernacht en hij zat er sinds acht uur 's avonds. Hij zat helemaal alleen in het zwak verlichte voorvertrek. Zo nu en dan verscheen er een kamerbewaarder die zijn spijt betuigde dat de man nog moest wachten.

De kamerbewaarder was een oudere man, gekleed in een donker kostuum. Hij was het ook die even na elven alle lichten behalve de staande lamp had uitgedaan; die scheen nog.

Georg Scheepers had het gevoel gekregen dat de man bij een begrafenisonderneming had kunnen werken. Zijn discretie, zijn zachte stem, zijn onderdanigheid die aan onderwerping grensde, deden hem aan de man denken die een paar jaar geleden de begrafenis van zijn moeder geregeld had.

Een symbolische gelijkenis die misschien heel goed klopt, dacht Scheepers. Misschien beheert president De Klerk de laatste, stervende restanten van het blanke Zuid-Afrikaanse rijk. Misschien is dit meer een wachtkamer van een man die op zijn kantoor een begrafenis aan het regelen is dan van iemand die een land naar de toekomst leidt.

In de vier uur die hij had zitten wachten had hij tijd genoeg gehad om na te denken. Zo nu en dan had de kamerbewaarder geluidloos de deur geopend en zijn spijt betuigd dat de president nog altijd door dringende bezigheden in beslag werd genomen. Om tien uur had hij hem een kopje lauwe thee gebracht.

Georg Scheepers zat te denken aan de reden waarom hij deze avond, woensdag 6 mei, bij president De Klerk was geroepen. De vorige dag tijdens de lunchpauze was hij door de secretaris van Henrik Wervey, zijn chef, gebeld. Georg Scheepers was een assistent van de gevreesde hoofdofficier van justitie van Johannesburg en hij zag hem verder alleen bij de rechtbank of op de vaste vrijdagse vergaderingen. Toen hij zich door de gangen had gehaast, had hij zich afgevraagd wat Wervey van hem wilde. In tegenstelling tot deze avond was hij onmiddellijk bij de hoofdofficier van justitie binnengelaten. Wervey had naar een stoel gewezen en had eerst nog wat papieren ondertekend waarop een secretaresse stond te wachten. Daarop waren ze alleen gelaten.

Henrik Wervey was een niet alleen door misdadigers gevreesd man. Hij was bijna zestig jaar, meer dan 1.90 m lang en krachtig gebouwd. Het was algemeen bekend dat hij van tijd tot tijd staaltjes van zijn grote lichaamskracht ten beste gaf. Een paar jaar geleden had hij bij de verbouwing van de kantoren van het Openbaar Ministerie eigenhandig een kluis versleept die naderhand alleen door twee man op een wagen getild kon worden. Maar het was niet zijn lichaamskracht die vrees inboezemde. Gedurende zijn vele jaren als officier van justitie had hij als hij de kans schoon zag altijd de doodstraf geëist. In die gevallen, en dat waren er vele geweest waarin de rechtbank zijn eis gevolgd had en een misdadiger tot ophanging had veroordeeld en het vonnis vervolgens ten uitvoer werd gebracht, was Wervey heel vaak ook bij de terechtstelling gaan kijken. Het had hem de reputatie van een wreed man bezorgd. Niemand had hem er echter op kunnen betrappen dat hij bij de toepassing van zijn principes racistisch te werk ging. Een blanke misdadiger had evenveel te vrezen als een zwarte.

Georg Scheepers was op zijn stoel gaan zitten en hij was bang geweest dat hij iets gedaan had dat aanleiding voor een berisping zou kunnen zijn. Wervey stond erom bekend dat hij onbarmhartig tegen zijn assistenten uit kon varen als hij dat nodig oordeelde.

Maar het gesprek was heel anders verlopen dan Scheepers verwacht had. Wervey was achter zijn bureau vandaan gekomen en op een stoel naast hem gaan zitten.

'Gisteravond laat is er in een privé-kliniek in Hillbrow een man in zijn ziekbed vermoord', begon hij. 'Hij heette Pieter van Heerden en hij werkte bij de inlichtingendienst. Moordzaken beweert dat alles op een roofmoord duidt. Zijn portefeuille is verdwenen. Niemand heeft iemand zien komen, niemand heeft de moordenaar weg zien gaan. Klaarblijkelijk is de dader alleen geweest en er zijn bepaalde aanwijzingen dat hij zich uitgegeven heeft voor een boodschapper van een laboratorium waarvan Brenthurst gebruikt maakt. Omdat niemand van de nachtzusters iets gehoord heeft, moet de moordenaar een wapen met een geluiddemper gebruikt hebben. Veel pleit er dus voor dat de theorie van de politie inzake een roofmoord juist is. Maar dat Van Heerden bij de inlichtingendienst werkte moet natuurlijk ook in de beschouwingen meegenomen worden.'

Wervey trok zijn wenkbrauwen op en Georg Scheepers wist dat hij een reactie verwachtte.

'Dat klinkt aannemelijk', zei Scheepers. 'Nagaan of het wel of niet een toevallige roofmoord was.'

'Nu is er nog een ding dat de zaak compliceert', vervolgde Wervey. 'En wat ik nu ga zeggen is zeer vertrouwelijk. Daar mag geen misverstand over bestaan.'

'Ik begrijp het', antwoordde Scheepers.

'Van Heerden had de taak om ervoor te zorgen dat president De Klerk buiten de officiële kanalen om doorlopend en vertrouwelijk werd ingelicht over de activiteiten van de inlichtingendienst', zei Wervey. 'Hij had dus een uiterst gevoelige functie.'

Wervey zweeg. Scheepers wachtte gespannen op het vervolg.

'President De Klerk heeft me een paar uur geleden gebeld', zei Wervey. 'Hij wil dat ik een van de officieren van justitie aanwijs om hem speciaal op de hoogte te houden over het politieonderzoek. Hij schijnt ervan overtuigd te zijn dat het motief voor de moord verband houdt met het werk van Van Heerden bij de inlichtingendienst. Zonder ook maar over enig bewijs te beschikken wees hij een gewone roofmoord categorisch van de hand.'

Wervey nam Scheepers op.

'Maar wij weten dan ook niet waar Van Heerden de president over inlichtte', zei hij nadenkend.

Georg Scheepers knikte. Hij had het begrepen.

'Ik heb jou uitgekozen om president De Klerk op de hoogte te houden', vervolgde Wervey. 'Vanaf dit moment laat je al je andere werk schieten. Je concentreert je helemaal op het onderzoek naar de omstandigheden rond de dood van Van Heerden. Is dat duidelijk?'

Georg Scheepers knikte. Toch had hij nog steeds moeite de draagwijdte van wat Wervey zojuist gezegd had in zijn geheel te vatten.

'Je zult regelmatig bij de president geroepen worden', zei Wervey. 'Je maakt geen notities, alleen korte aantekeningen voor jezelf die je naderhand verbrandt. Je praat alleen met de president en met mij. Als iemand op je afdeling zich afvraagt waar je mee bezig bent, luidt de officiële verklaring dat ik je gevraagd heb na te gaan hoeveel officieren van justitie we voor de eerstvolgende tien jaar nodig zullen hebben. Is dat duidelijk?'

'Ja', antwoordde Georg Scheepers.

Wervey stond op, pakte een plastic map van zijn bureau en gaf die aan Scheepers.

'Meer onderzoeksmateriaal dan dit hebben we niet', zei hij. 'Van Heerden is nog maar twaalf uur dood. Het onderzoek naar de moordenaar is in handen van een inspecteur die Borstlap heet. Ik stel voor dat je naar de Brenthurst Clinic gaat om met hem te praten.'

Daarmee was het gesprek afgelopen.

'Zorg dat je deze zaak goed afhandelt', zei Wervey nog ter afsluiting. 'Mijn keuze is op jou gevallen, omdat je bewezen hebt dat je als officier van justitie uit het goede hout gesneden bent. Ik word niet graag teleurgesteld.'

Georg Scheepers was naar zijn eigen kamer teruggegaan en had geprobeerd te begrijpen wat er eigenlijk van hem verwacht werd. Toen had hij bedacht dat hij een nieuw pak moest kopen. Hij had niet de juiste kleren voor als hij bij de president geroepen werd.

Zoals hij nu in het donkere voorvertrek zat droeg hij een heel duur donkerblauw kostuum. Zijn vrouw had gevraagd waarom hij het gekocht had. Hij had uitgelegd dat hij aan een onderzoek zou gaan deelnemen dat door de minister van Justitie werd voorgezeten. Zonder verder te vragen had ze zijn verklaring geaccepteerd.

Het was twintig minuten voor één uur 's nachts geworden, toen de discrete kamerbewaarder de deur opende en zei dat de president hem nu kon ontvangen. Georg Scheepers sprong op van zijn stoel en merkte dat hij zenuwachtig was. Hij liep achter de kamerbewaarder aan die voor een hoge dubbele deur bleef staan, klopte en de deur voor hem opendeed.

Aan een bureau, verlicht door een enkele bureaulamp, zat de man met het dunne haar die hem had laten komen. Hij bleef onzeker bij de deur staan voordat de man aan het bureau hem naar zich toe wenkte en op een stoel voor het bezoek wees.

President De Klerk zag er vermoeid uit. Georg Scheepers zag dat hij dikke wallen onder zijn ogen had.

De president ging recht op zijn doel af. Zijn stem had een ongeduldige ondertoon alsof hij constant met mensen moest praten die niets begrepen.

'Ik ben ervan overtuigd dat de dood van Pieter van Heerden geen roofmoord is', zei De Klerk. 'Uw opdracht is om ervoor te zorgen dat het serieus tot de recherche doordringt dat zijn werk bij de inlichtingendienst achter zijn dood zit. Ik wil dat al zijn databestanden nagegaan worden, al zijn dossiers, alles waarmee hij zich het afgelopen jaar bezig heeft gehouden. Is dat duidelijk?'

'Ja', antwoordde Georg Scheepers.

De Klerk boog zich naar hem toe zodat het licht van de bureaulamp op zijn gezicht scheen, wat hem een bijna spookachtig uiterlijk gaf.

'Van Heerden heeft me verteld dat hij een samenzwering vermoedde, die een ernstige bedreiging voor heel Zuid-Afrika vormt', zei hij. 'Een samenzwering die ons land in de totale chaos kan storten. De moord moet in dat licht gezien worden. En niet anders.'

Georg Scheepers knikte.

'Meer hoeft u niet te weten', zei De Klerk en leunde weer achterover in zijn stoel. 'Mr. Wervey heeft u uitgekozen om mij op de hoogte te houden, omdat hij van mening is dat u volkomen betrouwbaar en loyaal tegenover de regering staat. Ik wilde alleen maar het vertrouwelijke karakter van deze zaak onderstrepen. Het zou hoogverraad zijn als u verder vertelt wat ik u zojuist gezegd heb. Omdat u officier van justitie bent hoef ik niet te zeggen wat voor straf er op een dergelijke handelwijze staat.'

'Natuurlijk niet', zei Georg Scheepers en ging onwillekeurig rechter op zijn stoel zitten.

'Als u iets te vertellen hebt rapporteert u direct aan mij', vervolgde De Klerk. 'Als u mijn secretariaat belt regelen ze een afspraak. Dank u voor uw komst.'

De audiëntie was voorbij. De Klerk boog zich weer over zijn papieren.

Georg Scheepers stond op, maakte een buiging en liep over het dikke tapijt naar de dubbele deur.

De kamerbewaarder liep met hem mee de trap af. Een gewapende wacht escorteerde hem naar de parkeerplaats waar zijn auto stond. Toen hij achter het stuur ging zitten waren zijn handen klam.

Een conspiratie, dacht hij, een samenzwering – die een bedreiging voor het hele land kan vormen en het in de chaos kan storten? Leven we daar dan al niet in? Kunnen we dichterbij de chaos komen dan we al zijn?

Hij liet de vraag onbeantwoord en startte de auto. Daarna deed hij het handschoenenvakje open waar hij een pistool had liggen. Hij schoof er een magazijn in, ontgrendelde het wapen en legde het naast zich op de bank.

Georg Scheepers reed niet graag 's nachts. Het was te riskant, te gevaarlijk. Gewapende berovingen en overvallen waren schering en inslag en ze werden al onmenselijker.

Daarna reed hij door de Zuid-Afrikaanse nacht naar huis. Pretoria sliep.

Hij had veel om over na te denken.

18

Wanneer leerde ik de vrees kennen, *songoma*? Toen ik voor het eerst, alleen en aan mijn lot overgelaten, voor het verwrongen gezicht van de angst stond? Toen ik begreep dat de angst in ieder van ons huist, ongeacht huidskleur, leeftijd, afkomst? Niemand ontkomt aan de angst, geen leven is mogelijk zonder vrees. Ik herinner het me niet meer, *songoma*. Maar ik weet wel dat het zo is. Ik ben een gevangene in dit land, waar de nachten zo onbegrijpelijk kort zijn, waar het donker me nooit helemaal mag omsluiten. Ik herinner me de eerste keer niet dat de angst op me afkwam, *songoma*. Maar ik moet eraan denken, nu ik een opening zoek om hier uit te ontsnappen, om hier weg te komen, naar huis, naar Ntibane.

De dagen en nachten waren ineengevloeid tot een onduidelijk geheel waarvan hij de delen niet langer vermocht te onderscheiden. Victor Mabasha wist niet hoeveel tijd er verstreken was sinds hij de dode Konovalenko in het afgelegen huis op de modderige akkers achter zich had gelaten. De man die plotseling weer herrezen was en in de met traangas gevulde discotheek op hem geschoten had. Het had hem compleet verrast. Hij was ervan overtuigd geweest dat hij Konovalenko had gedood met de fles die hij op zijn slaap kapot had geslagen. Maar ondanks zijn branderige ogen had hij Konovalenko door de flarden rook toch gezien. Victor Mabasha had het lokaal, waar schreeuwende en schoppende mensen in paniek voor de rook probeerden te vluchten, via een achtertrap verlaten. Heel even waande hij zich weer in Zuid-Afrika, waar traangasaanvallen in zwarte woonwijken niet ongewoon waren. Maar hij was in Stockholm en Konovalenko was uit de dood opgestaan en zat nu achter hem aan om hem te doden.

Hij had de stad bij het aanbreken van de dag bereikt en had lang door de straten gereden zonder te weten wat hij moest doen. Hij was erg moe geweest, zo uitgeput dat hij niet helemaal op zijn eigen oordeel durfde af te gaan. Dat had hem bang gemaakt. Vroeger was hij er altijd van uitgegaan dat zijn oordeel, zijn vermogen om zich met een helder hoofd uit moeilijke situaties te redden, zijn ultieme levensverzekering was. Hij had zich afgevraagd of hij naar een hotel durfde te gaan, maar hij had geen pas, hij had geen enkel papier dat hem een identiteit verschafte. Hij was een niemand tussen al deze mensen, een naamloze man met een wapen, meer niet.

De pijn in zijn hand kwam met onregelmatige tussenpozen terug. Hij moest nu heel gauw een dokter zien te vinden. Het zwarte bloed was door het verbandgaas heen gedrongen en hij kon zich geen infectie of koorts veroorloven. Dat zou hem helemaal weerloos maken. Het bloedige stompje op zichzelf, meer was er van zijn vinger niet over, deed hem verder niet veel. Het was alsof hij die vinger nooit gehad had. In zijn gedachten had hij die in een droom omgezet. Hij was zonder wijsvinger aan zijn linkerhand geboren.

Hij had op een kerkhof geslapen, in een slaapzak die hij gekocht had. Toch had hij het koud gehad. In zijn dromen werd hij door de zingende honden opgejaagd. Als hij wakker lag en naar de sterren keek, dacht hij dat hij misschien wel nooit meer naar zijn eigen land terug zou keren. De rode, droog opwervelende aarde zou nooit meer door zijn voetzolen beroerd worden. Door die gedachte werd hij plotseling door een verdriet overmand, een verdriet zo hevig als hij zich niet kon herinneren sinds de dood van zijn vader gevoeld te hebben. Hij bedacht ook dat er in Zuid-Afrika, een land gebouwd op een alomvattende leugen, zelden plaats voor simpele onwaarheden was. Hij dacht aan de leugen die de ruggengraat van zijn eigen bestaan vormde.

De nachten die hij op het kerkhof doorbracht waren vol van de woorden van zijn *songoma*. En het was ook in deze nachten, slechts omringd door al die onbekende, dode blanken die hij nooit had gezien en pas in de onderwereld tussen de geesten zou ontmoeten, dat zijn jeugd weer bovenkwam. Hij zag het gezicht van zijn vader, zijn glimlach, hoorde zijn stem. Hij moest er ook aan denken dat de wereld van de geesten misschien op dezelfde manier opgedeeld was als Zuid-Afrika. Misschien kende de onderwereld eveneens een zwarte en een blanke wereld. Treurig stelde hij zich voor dat ook de geesten van zijn voorvaderen in beroete, verkrotte woonwijken moesten leven. Hij probeerde zijn *songoma* daarover te laten vertellen, maar het enige antwoord dat hij kreeg was dat van de zingende honden met hun gehuil dat hij niet kon duiden.

De tweede dag had hij bij het aanbreken van de ochtend het kerkhof verlaten, nadat hij zijn slaapzak verstopt had in een grafgewelf waarvan hij een luchtkoker open had kunnen wrikken. Een paar uur later had hij een nieuwe auto gestolen. Het was heel snel in zijn werk gegaan, de gelegenheid had zich onverwachts voorgedaan en hij had geen moment geaarzeld. Hij had zijn beoordelingsvermogen weer terug. Hij had door een straat gelopen en uit een auto met draaiende motor een man zien stappen, die daarna door een poort verdween. Er waren geen mensen in de buurt geweest. Hij had het automerk herkend, een Ford; hij had vaak in dat type auto gereden. Hij was achter het stuur gaan zitten, had een achtergebleven aktetas op de straat gezet en was weggereden. Na een poosje was hij erin geslaagd de stad uit te komen en was hij weer op zoek gegaan naar een meertje waar hij alleen kon zijn om na te denken.

Hij had geen meer gevonden, maar was bij de zee terechtgekomen. Tenminste, hij dacht dat het de zee was. Hij wist niet welke zee of hoe die heette. Maar toen hij van het water proefde was het zout geweest, zij het niet zo zout als hij van de stranden bij Durban en Port Elizabeth gewend was. Maar er konden in dit land toch geen zoute meren zijn? Hij liep naar een paar rotsen en vermoedde in een smalle streep tussen de eilanden van de archipel de oneindigheid. Het was kil en hij had het koud. Maar hij bleef op de verste rots staan en dacht eraan dat hij in zijn leven helemaal tot hier gekomen was. Tot hier en dat was ver. Maar hoe zou het nu verder gaan?

Net als in zijn kinderjaren ging hij op zijn hurken zitten om een spiraalvormig labyrint te maken van uit de rots gesprongen steentjes. Tegelijkertijd probeerde hij zo diep tot zichzelf in te keren dat hij de stem van zijn *songoma* kon horen, maar die bereikte hij niet. Het geruis van de zee was te sterk en zijn eigen concentratie te zwak. De stenen die hij in een labyrint had gelegd boden geen hulp. Dat maakte hem bang. Want als hij zijn vermogen met de geesten te spreken kwijt was, zou hij zo verzwakken dat hij misschien zou sterven. Hij zou dan geen weerstand meer tegen ziektes hebben, zijn gedachten zouden hem in de steek laten en zijn lichaam zou een schaal worden die bij de minste of geringste aanraking van buitenaf kapot zou springen.

Ongerust rukte hij zich van de zee los en liep naar de auto terug. Hij probeerde zich te concentreren op wat het belangrijkste was. Hoe had Konovalenko zo gemakkelijk zijn spoor kunnen volgen naar de discotheek die hij, na een tip van een paar Afrikanen uit Oeganda met wie hij in een hamburgertent aan de praat was geraakt, had bezocht?

Dat was vraag nummer één.

De tweede was hoe hij het land uit moest komen en naar Zuid-Afrika terugkeren.

Hij besefte dat hij juist dát moest doen wat hij het minst van alles wilde. Konovalenko opsporen. Dat zou heel lastig zijn. Konovalenko zou net zo moeilijk te vangen zijn als een enkele *spriengbock* in een eindeloos Afrikaans bushlandschap. Maar op de een of andere manier moest hij Konovalenko naar zich toe zien te lokken. De man had zijn paspoort en hij was het die gedwongen kon worden hem het land uit te helpen. Het was de enige mogelijkheid die hij zag.

Nog altijd hoopte hij dat hij alleen Konovalenko maar zou hoeven te doden.

Die avond was hij weer naar de discotheek gegaan. Het was er niet druk geweest en hij had aan een tafeltje in een hoek bier zitten drinken. Toen hij met zijn lege glas naar de bar ging om nog een biertje te halen, had de kale man hem aangesproken. Eerst had hij niet begrepen wat de man zei. Toen snapte hij dat er de afgelopen dagen twee verschillende mannen naar hem gevraagd hadden. Uit de beschrijving maakte hij op dat de eerste Konovalenko was geweest, maar wie was die andere? De man achter de bar zei dat het een politieman was. Een politieman met een accent dat alleen in het zuiden van het land gesproken werd.

'Wat wou hij?' vroeg Victor Mabasha.

De kale man knikte naar het vuile verband.

'Hij zocht een zwarte man die een vinger miste', antwoordde hij.

Hij had geen biertje meer genomen, maar de discotheek onmiddellijk verlaten. Konovalenko kon terugkomen. Hij was er nog niet aan toe hem te ontmoeten, al droeg hij zijn wapen onder handbereik tussen zijn broekriem.

Toen hij op straat stond wist hij onmiddellijk wat hij moest doen. De politieman moest hem helpen Konovalenko te vinden. Ergens liep een onderzoek naar de verdwijning van een vrouw. Misschien was haar lichaam al gevonden, waar Konovalenko het dan ook verborgen mocht hebben. Maar als ze erin geslaagd waren achter zijn bestaan te komen moesten ze toch ook weet van Konovalenko hebben?

Ik heb een spoor achtergelaten, dacht hij. Een vinger. Misschien heeft Konovalenko ook wel iets achtergelaten.

De rest van de avond stond hij in de schaduw bij de discotheek te wachten. Maar noch Konovalenko noch de politieman liet zich zien. De kale man had hem een beschrijving van de politieman gegeven. Bovendien was een blanke man van in de veertig een zeldzame bezoeker van een discotheek, dacht Victor Mabasha.

Laat in de nacht keerde hij terug naar het kerkhof en het grafgewelf. De dag daarop stal hij weer een auto en 's avonds wachtte hij opnieuw in de schaduwen bij de discotheek.

Om negen uur precies stopte er een taxi voor de deur. Victor zat op de voorbank van zijn auto. Hij dook weg zodat zijn hoofd op gelijke hoogte met het stuur was. De man, een politieman, stapte uit en verdween in het ondermaanse. Zodra de man weg was reed Victor Mabasha zijn auto zo dicht mogelijk bij de deur en stapte uit. Hij zocht dekking in de donkerste plek en wachtte weer. Zijn pistool had hij vlakbij de hand in de zak van zijn jack.

De man die een kwartier later de straat op stapte en weifelend of peinzend om zich heen keek scheen niet op zijn hoede te zijn. Hij maakte de indruk dat hij totaal ongevaarlijk was, een eenzame, weerloze, nachtelijke wandelaar. Victor Mabasha trok zijn pistool, deed een paar snelle passen en drukte de loop tegen de onderkant van de kin van de man.

'Stil', zei hij in het Engels. 'Doodstil.'

De man schrok, maar verstond Engels. Hij bewoog zich niet.

'Ga naar de auto', vervolgde Victor Mabasha. 'Doe de deur open en ga op de passagiersplaats zitten.'

De man gehoorzaamde. Het was duidelijk dat hij heel bang was.

Haastig boog Victor zich voorover in de auto en gaf de man een slag op zijn kaak. Die kwam voldoende hard aan om de man voor dat moment buiten westen te brengen, maar niet zo hard dat hij er een kaakfractuur aan over zou houden. Als hij een situatie meester was, kende Victor Mabasha zijn kracht. Op de catastrofale laatste avond met Konovalenko was hij die niet meester geweest.

Hij doorzocht de kleding van de politieman, maar vreemd genoeg had de man geen wapen bij zich. Het versterkte Victor Mabasha in zijn opvatting dat hij zich in een merkwaardig land bevond, een land waar de politie ongewapend was. Daarna bond hij de handen van de man voor zijn borstkas bijeen en plakte zijn mond dicht. Er sijpelde een klein straaltje bloed uit een mondhoek. Helemaal zonder schade lukte het nooit. De man had zich waarschijnlijk in zijn tong gebeten.

In de drie uur die Victor Mabasha 's middags tot zijn beschikking had gehad, had hij zich de weg ingeprent die hij wilde nemen. Hij wist waar hij heen wilde en wou vooral het risico niet lopen verkeerd te rijden. Bij het eerste stoplicht pakte hij de portefeuille van de man en zag dat deze Kurt Wallander heette en vierenveertig jaar oud was.

Het licht sprong op groen en hij reed door. De hele tijd hield hij een waakzaam oog op het achteruitkijkspiegeltje.

Na het tweede stoplicht begon hij te geloven dat ze gevolgd werden. Kon de politieman bewaking op afstand gehad hebben? In dat geval zou er nu gauw een probleem ontstaan. Toen hij op een autoweg kwam met verscheidene rijstroken verhoogde hij zijn snelheid. Toen begon hij toch te twijfelen of hij het zich alleen maar ingebeeld had. Misschien waren ze alleen, was er geen bewaking.

De man naast hem kreunde en bewoog zich. Victor Mabasha concludeerde dat hij net zo hard geslagen had als hij zich voorgenomen had.

Hij reed het kerkhof op en stopte in de schaduw van een groen pand waarin een winkel gevestigd was waar overdag bloemen en kransen verkocht werden. Nu was die dicht en er brandde geen licht. Hij deed de autolichten uit en observeerde het verkeer bij de afslag, maar er was geen auto die afremde.

Hij wachtte nog tien minuten, maar het enige wat er gebeurde was dat de politieman langzaam tot leven kwam.

'Geen enkel geluid', zei Victor Mabasha en rukte het plakband van de mond.

Een politieman begrijpt dat, dacht hij. Die weet wanneer het iemand ernst is. Daarna vroeg hij zich af of je ook in dit land opgehangen werd als je een politieman gijzelde.

Hij stapte de auto uit, luisterde en keek om zich heen. Afgezien van het verkeersgeruis was alles stil. Toen hij om de auto heen was gelopen en het portier had geopend, gaf hij de man een teken om uit te stappen. Daarna leidde hij hem naar een van de ijzeren hekken, waarna ze haastig in het donker tussen de grindpaden en grafstenen verdwenen.

Victor Mabasha bracht de man naar het grafgewelf waarvan hij zonder veel moeite de ijzeren deur had opengemaakt. Het had muf geroken in de vochtige ruimte, maar kerkhoven joegen hem geen angst aan. In het verleden had hij zich een paar keer tussen de doden verborgen gehouden.

Hij had een butagaslamp gekocht en een extra slaapzak. De politieman weigerde eerst het grafgewelf binnen te gaan en verzette zich.

'Ik zal u niet doodmaken', zei Victor Mabasha. 'Ik zal u ook geen pijn doen, maar u moet naar binnen gaan.'

Hij duwde de politieman op een van de slaapzakken, stak de lamp aan en ging naar buiten om te kijken of het licht te zien was. Maar alles was donker.

Opnieuw bleef hij staan luisteren. De vele jaren van constante waakzaamheid hadden zijn gehoor gescherpt. Iets had zich op een grindpad bewogen. De bewaking van de politieman, dacht hij. Of een nachtdier.

Ten slotte kwam hij tot de conclusie dat het niet iets bedreigends was. Hij ging het grafgewelf weer in en ging op zijn hurken tegenover de politieman die Kurt Wallander heette zitten.

Diens eerdere angst was nu overgegaan in openlijke vrees, misschien wel ontzetting.

'Als u doet wat ik zeg overkomt u niets', zei hij. 'Maar u moet op mijn vragen antwoord geven. En u moet de waarheid vertellen. Ik weet dat u van de politie bent. Ik zie dat uw ogen de hele tijd naar mijn linkerhand kijken waar een verband om zit. Dat betekent dat u mijn vinger gevonden heb, die Konovalenko er afgehakt heeft. Ik wil u meteen al vertellen dat hij het was die de vrouw gedood heeft. Het is aan u me te geloven of niet. Ik ben naar dit land gekomen om er korte tijd te verblijven. En ik heb besloten om slechts één mens te doden: Konovalenko. Maar eerst moet u me helpen door te zeggen waar hij is. Wanneer Konovalenko dood is laat ik u onmiddellijk gaan.'

Victor Mabasha wachtte op antwoord. Daarna herinnerde hij zich dat hij wat vergeten was.

'U wordt toch niet bewaakt?' vroeg hij. 'Een auto die u volgt?'

De man schudde zijn hoofd.

'U bent alleen?'

'Ja', antwoordde de politieman en vertrok zijn gezicht in een grimas.

'Ik moest ervoor te zorgen dat u zich niet zou verzetten,' zei Victor Mabasha, 'maar ik geloof niet dat de klap hard aankwam.'

'Nee', antwoordde de man en vertrok opnieuw zijn gezicht.

Victor Mabasha zweeg. Hij had geen haast. De stilte zou de politieman tot rust brengen.

Victor Mabasha voelde sympathie voor de angst van de man. Hij wist hoe eenzaam en verlaten angst een mens kan maken.

'Konovalenko', zei hij rustig. 'Waar is hij?'

'Ik weet het niet', antwoordde Wallander.

Victor Mabasha keek aandachtig naar de man en maakte uit het antwoord op dat de politieman van het bestaan van Konovalenko afwist, maar niet waar hij was. Dit was een misrekening. Het zou het allemaal moeilijker, tijdrovender maken, maar in feite zou het niets veranderen. Samen zouden ze naar Konovalenko op zoek kunnen gaan.

Victor Mabasha vertelde langzaam alles wat zich rond de vermoorde vrouw had afgespeeld. Maar hij repte met geen woord over de reden waarom hij in Zweden was.

'Dan heeft híj het huis dus in de lucht laten springen', zei Wallander toen Victor Mabasha uitgesproken was.

'Nu weet u wat er gebeurd is', zei Victor Mabasha. 'Nu is het uw beurt om te vertellen.'

De politieman was plotseling kalmer geworden, al scheen hij het zeer onaangenaam te vinden zich in een gure, vochtige grafkelder te bevinden. Achter hun rug stonden op elkaar gestapelde kisten in stenen sarcofagen.

'Hebt u een naam?' vroeg Wallander.

'Noem me maar Goli', zei Victor Mabasha. 'Dat is voldoende.'

'En u komt uit Zuid-Afrika?'

'Misschien wel. Maar dat is niet belangrijk.'

'Voor mij wel.'

'Het enige wat voor ons belangrijk is, is waar Konovalenko zich bevindt.'

De laatste woorden uitte hij op scherpe toon. De politieman begreep het. De angst keerde in zijn ogen terug.

Op hetzelfde moment verstijfde Victor Mabasha. Zijn waakzaamheid was tijdens het gesprek met de politieman niet verslapt. Nu hadden zijn gevoelige oren buiten een geluid opgevangen. Hij beduidde de politieman zich niet te verroeren. Toen haalde hij zijn pistool tevoorschijn en draaide de vlam van de gaslamp lager.

Er was iemand bij het grafgewelf. En het was geen dier. De bewegingen waren te bewust voorzichtig.

Hij boog zich haastig naar de politieman toe en greep hem bij zijn keel.

'Voor de laatste keer', siste hij. 'Heeft iemand u gevolgd?'

'Nee. Niemand. Ik zweer het.'

Victor Mabasha liet zijn greep verslappen. Konovalenko, dacht hij woedend. Ik begrijp niet hoe je het klaarspeelt, maar ik begrijp nu waarom Jan Kleyn je in Zuid-Afrika in dienst wil nemen.

Ze konden niet in het grafgewelf blijven. Hij keek naar de gaslamp. Het was hun enige mogelijkheid.

'Als ik de deur open, gooit u de lamp naar links', zei hij tegen de politieman, terwijl hij tegelijk diens gebonden handen losmaakte. Daarna gaf hij hem de lamp, nadat hij de vlam zo hoog mogelijk had gedraaid.

'Ren naar rechts', fluisterde hij. 'Hurk. Kom niet in mijn schootsveld.'

Hij zag dat de politieman wilde protesteren, maar hij hief zijn hand op en Wallander zei niets. Daarna ontgrendelde Victor Mabasha zijn pistool en maakten ze zich gereed.

'Ik tel tot drie', zei hij.

Hij rukte de ijzeren deur open en de politieman gooide de lamp naar links. Tegelijk loste Victor Mabasha een schot. De politieman struikelde achter hem en verloor bijna zijn evenwicht. Op dat moment hoorde hij uit minstens twee verschillende wapens schieten. Victor Mabasha wierp zich opzij en bracht zich achter een grafsteen in veiligheid. De politieman kroop een andere kant op. De gaslamp verlichtte het grafgewelf. Bij een van de hoeken zag Victor Mabasha iets bewegen en hij schoot. Het schot trof de ijzeren deur en de kogel verdween fluitend in het gewelf. Er volgde nog een schot, dat de gaslamp versplinterde en alles in het donker zette. Rennend verdween iemand langs een van de grindpaden. Toen was alles weer stil.

Kurt Wallander voelde zijn hart als een piston in zijn borst tekeergaan. Hij dacht dat hij geen lucht kreeg en dat hij getroffen was. Maar er vloeide nergens bloed en hij voelde ook geen pijn behalve in zijn tong waar hij daarstraks op gebeten had. Voorzichtig kroop hij naar een hoge grafsteen. Daar bleef hij doodstil liggen. Zijn hart bonsde in zijn borstkas. Victor Mabasha was verdwenen. Toen hij zeker wist dat hij alleen was, holde hij weg. Struikelend rende hij over de grindpaden, rende op de lichten en het geruis van de uitdunnende stroom auto's op de autoweg af. Hij rende tot hij buiten het hek was. Bij een bushalte bleef hij staan en het lukte hem een taxi aan te houden die leeg van Arlanda terugkeerde.

'Hotel Central', kreunde hij.

De chauffeur nam hem wantrouwig op.

'Ik weet niet of ik jou wel in mijn auto wil hebben', zei hij. 'Je maakt alles vuil.'

'Ik ben van de politie', brulde Wallander. 'Rijen!'

De chauffeur reed weg. Voor het hotel betaalde Wallander de taxi. Hij wachtte niet op zijn wisselgeld noch op een kwitantie en haalde zijn sleutel op bij de receptionist die verbaasd naar zijn kleren keek. Het was na middernacht toen hij de deur achter zich dichttrok en op zijn bed neerzonk.

Nadat hij tot rust was gekomen belde hij Linda.

'Waarom bel je zo laat?' vroeg ze.

'Ik ben tot nu toe bezig geweest', antwoordde hij. 'Ik kon niet eerder bellen.'

'Waarom klink je zo raar? Is er wat gebeurd?'

Wallander kreeg een brok in zijn keel en stond op het punt in tranen uit te barsten, maar hij wist zich te beheersen.

'Er is niets', zei hij.

'Weet je zeker dat alles in orde is?'

'Er is niets. Wat zou er moeten zijn?'

'Dat weet je zelf het beste.'

'Weet je niet meer van toen je nog thuis woonde, dat ik altijd op de meest vreemde tijden werkte?'

'Jawel', zei ze. 'Maar dat was ik zeker vergeten.'

Op dat moment nam hij een beslissing.

'Ik kom naar je toe', zei hij. 'Vraag niet waarom. Ik leg het je straks wel uit.'

Hij verliet het hotel en nam een taxi naar Bromma, waar ze woonde. Daar dronken ze aan de keukentafel een biertje en vertelde hij wat er gebeurd was.

'Het schijnt goed te zijn als kinderen inzicht in het werk van hun ouders krijgen', zei ze hoofdschuddend. 'Was je niet bang?'

'Natuurlijk was ik bang. Dat soort mensen heeft geen greintje respect voor een mensenleven.'

'Waarom heb je de politie niet op hen afgestuurd?'

'Ik ben toch zelf politieman. En ik moest nadenken.'

'Maar intussen hebben ze misschien een aantal mensen omgebracht.'

Hij knikte.

'Je hebt gelijk', zei hij. 'Ik zal naar Kungsholmen gaan, maar ik had er behoefte aan om eerst met jou te praten.'

'Goed dat je gekomen bent.'

Ze volgde hem naar de hal.

'Waarom heb je gevraagd of ik thuis was?' zei ze opeens, juist toen hij weg wilde gaan. 'Waarom heb je niet gezegd dat je gisteren hier geweest bent en naar me gevraagd hebt?'

Wallander begreep niet waar ze het over had.

'Waar heb je het over?' vroeg hij.

'Toen ik thuiskwam zag ik mevrouw Nilson van hiernaast', zei ze. 'Ze zei dat je gisteren hier geweest was en gevraagd had of ik thuis was. Je hebt toch een eigen sleutel?'

'Ik heb niet met een mevrouw Nilson gesproken', zei Wallander.

'Dan heb ik het zeker niet goed begrepen', zei ze.

Plotseling werd Wallander ijskoud.

Wat had ze precies gezegd?

'Nog een keer', zei hij. 'Je kwam thuis. Je zag die mevrouw Nilson. En ze zei dat ik naar je gevraagd had?'

'Ja.'

'Herhaal precies wat ze gezegd heeft.'

'"Je vader heeft naar je gevraagd." Meer niet.'

Wallander werd bang.

'Ik heb mevrouw Nilson nooit ontmoet', zei hij. 'Hoe kan ze dan weten hoe ik eruitzie? Hoe kan ze weten dat ik ik ben?'

Het duurde even voordat ze het doorhad.

'Bedoel je dat het een ander geweest is? Maar wie? En waarom? Wie zou doen alsof hij jou was?'

Wallander keek ernstig naar haar. Toen deed hij het plafondlicht uit en liep voorzichtig naar een van de ramen in de woonkamer.

De straat lag er verlaten bij.

Daarna keerde hij naar de hal terug.

'Ik weet niet wie het was', zei hij. 'Maar je gaat morgen met me mee naar Ystad. Ik wil niet dat je hier op dit moment alleen blijft.'

Zijn ernst drong tot haar door.

'Ja', zei ze alleen maar. 'Moet ik vannacht ergens bang voor zijn?'

'Je hoeft helemaal niet bang te zijn', antwoordde hij. 'Je moet alleen de komende dagen niet in je eentje hier zijn.'

'Zeg niks meer', zei ze. 'Ik wil op dit moment zo min mogelijk weten.'

Ze maakte een matras voor hem op.

Daarna lag hij in het donker naar haar ademhaling te luisteren. Konovalenko, dacht hij.

Toen hij zeker wist dat ze sliep, stond hij op en liep naar het raam. De straat lag er nog even verlaten bij als daarstraks.

Wallander had een antwoordapparaat gebeld dat zei dat er om drie minuten over zeven een trein naar Malmö ging en even na zessen verlieten ze haar flat in Bromma.

Hij had 's nachts onrustig geslapen, was zo nu en dan weggedoezeld om dan weer met een schok wakker te worden. Hij wilde een aantal uren in een trein doorbrengen. Vliegen zou betekenen dat hij te snel in Ystad was. Hij moest uitrusten en hij moest nadenken.

Voor Mjölby hadden ze bijna een uur stilgestaan met pech aan de locomotief. Maar Wallander had die extra tijd alleen maar dankbaar aanvaard. Zo nu en dan spraken ze wat met elkaar, maar even vaak verzonk zij in een boek en hij in zijn eigen gedachten.

Veertien dagen, had hij gedacht terwijl hij naar een tractor keek die een ogenschijnlijk eindeloze akker omploegde. Hij probeerde de meeuwen te tellen die in het spoor van de ploeg volgden, maar slaagde er niet in.

Veertien dagen sinds Louise Åkerblom verdwenen was. Nu al was haar beeld in het bewustzijn van haar twee kleine kinderen aan het vervagen. Hij vroeg zich af of Robert Åkerblom in zijn god kon blijven geloven. Hoe kon dominee Tureson hem daarbij helpen?

Hij keek naar zijn dochter die met haar wang tegen het raam zat te slapen. Hoe zag haar eenzaamste angst eruit? Bestond er een gebied waar hun eenzame en verlaten gedachten, zonder dat ze het wisten, afgesproken hadden elkaar te ontmoeten? Je kent niemand, dacht hij. En het minst van alles jezelf.

Had Robert Åkerblom zijn vrouw gekend?

De ploegende tractor verdween in een diepte in de akker. Wallander stelde zich voor dat die langzaam in een bodemloze zee van klei wegzonk.

De trein zette zich plotseling met een schok in beweging. Linda werd wakker en keek hem aan.

'Zijn we er?' vroeg ze slaapdronken. 'Hoelang heb ik geslapen?'

'Een kwartiertje misschien', glimlachte hij. 'We zijn nog niet eens in Näsjö.'

'Ik heb trek in koffie', zei ze gapend. 'Jij ook?'

Daarna bleven ze helemaal tot aan Hässleholm in de restauratiewagen zitten. Voor het eerst vertelde hij haar het eigenlijke verhaal van zijn twee reizen naar Riga het jaar daarvoor. Ze luisterde gefascineerd.

'Het klinkt anders net of het niet over jou gaat', zei ze, toen hij uitverteld was.

'Dat gevoel heb ik zelf ook', zei hij.

'Je had wel dood kunnen zijn', zei ze. 'Heb je nooit aan mij en aan mamma gedacht?'

'Ik heb aan jou gedacht,' zei hij, 'maar nooit aan je moeder.'

Toen ze in Malmö waren hoefden ze maar een halfuur op het aansluitende treintje naar Ystad te wachten. Even voor vieren waren ze in zijn flat. Hij maakte het bed in de logeerkamer voor haar op en, zoekend naar schone lakens, besefte hij dat hij zijn wastijd helemaal vergeten was. Om zeven uur gingen ze naar een pizzeria in Hamngatan om wat te eten. Ze waren allebei moe en voor negenen waren ze alweer thuis.

Ze belde haar grootvader en Wallander stond naast haar mee te luisteren. Ze beloofde de volgende dag naar hem toe te komen.

Hij verbaasde zich dat zijn vader zo heel anders kon klinken wanneer hij met Linda praatte.

Hij bedacht dat hij Lovén moest bellen. Hij liet het echter na omdat hij nog niet wist hoe hij uit moest leggen dat hij na de gebeurtenissen op het kerkhof niet onmiddellijk de politie had gebeld. Hij begreep het zelf niet. Het was een directe dienstfout. Begon hij de controle over zijn eigen beoordelingsvermogen te verliezen? Of was hij zo bang geworden dat het zijn wil verlamde? Toen ze in slaap gevallen was bleef hij lang naar de verlaten straat staan staren.

In zijn hoofd wisselden de beelden van Victor Mabasha en de man die Konovalenko heette zich af.

Op het moment dat Wallander in Ystad voor het raam stond, constateerde Vladimir Rykoff dat de politie nog steeds belangstelling voor zijn flat aan de dag legde. Hij bevond zich in hetzelfde huis, twee verdiepingen hoger. Het was Konovalenko geweest die ooit voorgesteld had dat ze een toevluchtsoord moesten hebben als ze hun eigen flat om de een of andere reden niet konden of moesten gebruiken. Het was ook Konovalenko geweest die uitgelegd had dat de veiligste schuilplaats niet altijd de plek is die het verste weg ligt. Het was beter om het onverwachte te doen. Dus had Rykoff op Tania's naam een precies eendere flat twee verdiepingen hoger gehuurd. Dat maakte ook het transport van de noodzakelijke kleren en andere bagage gemakkelijker.

De vorige dag had Konovalenko tegen hen gezegd dat ze de flat moesten ontruimen. Hij had Vladimir en Tania aan een kruisverhoor onderworpen en zich gerealiseerd dat de politieman uit Ystad kennelijk zijn vak beheerste. Hij moest hem niet onderschatten. Ze mochten evenmin over het hoofd zien dat de politie huiszoeking kon doen. Maar waar Konovalenko het meest bang voor was, was dat Vladimir en Tania aan serieuzere verhoren onderworpen zouden worden. Hij had er geen vertrouwen in dat ze de hele tijd zouden weten wat ze wel en niet moesten zeggen.

Konovalenko had ook overwogen of hij hen niet beter dood kon schieten, maar dat had hij toch niet nodig gevonden. Hij had nog steeds emplooi voor Vladimirs voetenwerk. Bovendien zou de politie dan nog meer in alle staten geraken dan ze al was.

Ze verhuisden dezelfde avond nog naar de andere flat. Konovalenko had Vladimir en Tania strikte opdracht gegeven de volgende dagen binnen te blijven.

Een van de eerste dingen die Konovalenko als jong KGB-officier had geleerd, was dat er bepaalde doodzonden in de lichtschuwe wereld van de inlichtingendiensten bestonden. Als je een dienaar van het verborgene was, betekende dat bij een broederschap te behoren waarvan de voornaamste regels met onzichtbare inkt waren geschreven. De ergste zonde was uiteraard die van het dubbelverraad. Je eigen organisatie verraden en dat nog wel als dienst aan een vreemde mogendheid. In de mythische hel van de inlichtingendienst vertoefden de mollen het dichtst bij het centrum van de hel.

Maar er bestonden ook andere doodzonden. Eén ervan was om te laat te komen.

Niet alleen bij een afspraak, bij het leeghalen van een geheime brievenbus, bij een kidnapping of gewoon op het uur van vertrek. Het was een even ernstig plichtsverzuim om te laat te komen waar het jezelf betrof, je eigen plannen, je eigen beslissingen.

Toch was dat het wat Konovalenko overkwam, vroeg in de ochtend van donderdag 7 mei. Hij had de fout gemaakt te veel op zijn BMW te vertrouwen. Als jong KGB-officier hadden zijn superieuren hem geleerd altijd een reistijd te plannen met twee parallelle mogelijkheden. Als het ene voertuig het af liet weten, moest je altijd voldoende tijd hebben om je toevlucht tot een van te voren gepland alternatief te nemen. Maar deze ochtend, toen zijn BMW plotseling bij de St.-Eriksbrug afsloeg en vervolgens niet meer wilde starten, had Konovalenko niets achter de hand gehad. Hij kon natuurlijk een taxi of de metro nemen. Hij wist ook niet of en, in dat geval, wanneer de politieman of diens dochter de flat in Bromma zou verlaten, dus was het niet eens zeker dat hij te laat zou komen. Maar toch was het helemaal zijn fout, zijn schuld, niet die van de auto. Bijna twintig minuten lang probeerde hij zijn auto aan de gang te krijgen. Het was alsof hij met een reanimatie bezig was, maar de auto was en bleef dood.

Ten slotte gaf hij het op en wist hij een lege taxi aan te houden. Hij was van plan geweest op zijn laatst om zeven uur bij het rode bakstenen gebouw te zijn. Nu arriveerde hij er pas tegen kwart voor acht.

Het had hem geen enkele moeite gekost erachter te komen dat Wallander een dochter had en dat ze in Bromma woonde. Hij had de politie in Ystad gebeld en daar hadden ze hem verteld dat Wallander in Hotel Central in Stockholm logeerde. Hij had gezegd dat hij zelf van de politie was. Vervolgens was hij naar het hotel gegaan om over kamerreserveringen voor een groot reisgezelschap te praten, voor over enkele maanden. In een onbewaakt ogenblik had hij een notitie voor Wallander naar zich toegetrokken en zich gauw de naam Linda en een telefoonnummer ingeprent. Hij had het hotel verlaten en het adres in

Bromma opgespoord. Daar had hij in het trappenhuis met een vrouw gesproken en al snel de situatie doorgehad.

Deze ochtend moest hij tot halfnegen op straat blijven wachten. Toen kwam er een oudere vrouw naar buiten. Hij ging naar haar toe en groette haar; ze herkende de aardige man die haar al eerder aangesproken had meteen.

'Ze zijn vanochtend vroeg vertrokken', zei ze als antwoord op zijn vraag.

'Alletwee?'

'Alletwee.'

'Blijven ze lang weg?'

'Ze heeft beloofd me te bellen.'

'Ze heeft zeker wel gezegd waar ze naartoe gingen?'

'Naar het buitenland, op vakantie. Maar ik heb het niet goed verstaan.'

Konovalenko zag dat ze zich inspande om het zich te herinneren. Hij wachtte.

'Frankrijk, geloof ik', zei ze na een poosje. 'Maar ik weet het niet zeker.'

Konovalenko bedankte haar voor haar hulp en ging weg. Straks zou hij Rykoff sturen om de flat te doorzoeken.

Omdat hij na moest denken en geen haast had, liep hij naar Brommaplan, waar hij een taxistandplaats had gezien. De BMW had zijn tijd gehad – Rykoff moest vandaag nóg iets voor hem doen, hem een nieuwe auto bezorgen.

Konovalenko had onmiddellijk de mogelijkheid uitgesloten dat ze naar het buitenland waren vertrokken. De politieman uit Ystad was een berekenend man die helder kon denken. Hij zou inmiddels weten dat iemand de vorige dag vragen aan de oude dame had gesteld. Iemand die terug zou komen om nog meer vragen te stellen. Daarom had hij een spoor uitgezet dat in de verkeerde richting wees, naar Frankrijk.

Waar is hij? dacht Konovalenko. Naar alle waarschijnlijk is hij met zijn dochter naar Ystad teruggegaan, maar hij kan ook best voor een ander toevluchtsoord gekozen hebben, een waar ik onmogelijk achter kan komen.

Een voorlopig onderkomen, dacht Konovalenko. Ik zal hem nu een voorsprong geven die ik hem later weer afpak.

Hij trok nog een conclusie. De politieman uit Ystad maakte zich zorgen. Waarom had hij zijn dochter anders meegenomen?

Konovalenko glimlachte ineens bij de gedachte dat ze langs dezelfde lijnen dachten, die onbeduidende politieman die Wallander heette en hijzelf. Hij herinnerde zich wat een KGB-kolonel tegen de recruten had gezegd vlak nadat ze aan hun lange opleiding begonnen waren. Een hoge opleiding, een roemrijke stamboom, ja, zelfs een goede intelligentie waren nog geen garantie om een eminent schaker te worden.

Op dit moment was het het allerbelangrijkste om Victor Mabasha te vinden, dacht hij. Om hem te doden, om dat wat in de discotheek en op het kerkhof mislukt was, af te maken.

Met een vaag gevoel van onrust dacht hij terug aan de vorige avond.

Even voor middernacht had hij naar Zuid-Afrika gebeld en met Jan Kleyn via diens speciale alarmnummer gesproken. Hij had het gesprek nauwkeurig voorbereid. Hij had geen geldig excuus meer waarom Victor Mabasha nog leefde. Dus had hij gelogen. Hij had gezegd dat Victor Mabasha de dag daarvoor gedood was. Ze hadden een handgranaat in zijn benzinetank geplaatst. Toen de rubberband die de zekering op zijn plaats hield door de benzine heen was gevreten, was de auto geëxplodeerd. Victor Mabasha was op slag dood geweest.

Toch meende Konovalenko een zeker misnoegen bij Jan Kleyn te bespeuren. Een vertrouwensbreuk tussen hem en de Zuid-Afrikaanse inlichtingendienst was iets wat hij absoluut niet kon gebruiken. Het zou zijn hele toekomst op het spel zetten.

Konovalenko besloot haast te maken. Wat de tijd betreft was er geen speelruimte meer. Victor Mabasha moest een van de eerstvolgende dagen opgespoord en gedood worden.

De eigenaardige schemering daalde langzaam neer, maar Victor Mabasha merkte het nauwelijks.

Zo nu en dan dacht hij aan de man die hij moest doden. Jan Kleyn zou het begrijpen. Hij zou hem zijn opdracht niet afnemen. Op een dag zou hij de Zuid-Afrikaanse president door het vizier van zijn geweer zien. Hij zou niet aarzelen, hij zou de opdracht die hij eens had aanvaard uitvoeren.

Hij vroeg zich af of de president zich ervan bewust was dat hij weldra zou sterven. Hadden blanke mensen hun eigen *songoma's* die in hun dromen tot hen spraken?

Dat moest wel, besloot hij. Hoe kon een mens leven zonder contact met de geestenwereld die over het leven regeerde, over levenden en doden?

Dit keer waren de geesten hem goedgezind geweest. Ze hadden hem gezegd wat hij moest doen.

Wallander werd 's ochtends even na zes uur wakker. Voor het eerst sinds de speurtocht naar de moordenaar van Louise Åkerblom begonnen was, voelde hij zich goed uitgeslapen. Door de halfopen deur hoorde hij zijn dochter snurken. Hij stapte zijn bed uit en stond in de deuropening naar haar te kijken. Een intense vreugde maakte zich plotseling van hem meester en ineens wist hij wat de zin van het leven was: je om je kinderen bekommeren. En niets anders. Hij ging naar de badkamer, douchte langdurig en besloot een afspraak met de politiearts te maken. Er moest een vorm van medische hulp bestaan voor een politieman die serieus de ambitie had zijn gewicht te verminderen en zijn conditie te verbeteren.

Iedere ochtend herinnerde hij zich die keer, vorig jaar, toen hij 's nachts met het koude zweet wakker was geworden en gemeend had dat hij een hartaanval had. De dokter die hem onderzocht had gezegd dat het een waarschuwing was geweest. Een waarschuwing dat er in zijn leven iets totaal mis was. Nu, een jaar later, kon hij alleen maar constateren dat hij niets aan zijn leefwijze had veranderd. Bovendien was zijn overgewicht met minstens drie kilo toegenomen.

Aan de keukentafel dronk hij koffie. Ystad lag deze ochtend in een dichte mist. Maar het voorjaar was serieus in aantocht en hij besloot maandag al met Björk te gaan praten om de vakanties te plannen.

Om kwart over zeven verliet hij zijn flat, nadat hij zijn rechtstreekse telefoonnummer op een papiertje had geschreven en op de keukentafel gelegd.

Op straat werd hij door de mist verzwolgen. Deze was zo dicht dat hij nauwelijks zijn auto kon zien die een eindje verderop stond. Hij dacht dat het misschien beter was om hem te laten staan en lopend naar het politiebureau te gaan.

Plotseling vermoedde hij een beweging aan de overkant van de straat. Het was alsof een straatlantaren ietsje heen en weer zwaaide.

Toen zag hij dat er een mens stond, net als hij opgenomen door de mist.

Het volgende moment begreep hij wie het was. Goli was naar Ystad teruggekeerd.

19

Jan Kleyn had een zwakheid die een goed bewaard geheim was.

Ze heette Miranda en was zwart als de schaduw van de raaf.

Ze was zijn geheim, het beslissende contrapunt in zijn leven. Voor iedereen die Jan Kleyn kende zou ze een onmogelijkheid geweest zijn. Zijn collega's van de inlichtingendienst zouden ieder gerucht over haar bestaan als ongerijmde fantasie van de hand gewezen hebben. Jan Kleyn werd beschouwd als een zeldzaam blazoen zonder smetten.

Maar hij had er dus wel een en ze heette Miranda.

Ze waren even oud en van kinds af aan hadden ze van elkaars bestaan afgeweten. Maar ze waren niet samen opgegroeid. Ze hadden in twee gescheiden werelden geleefd. Miranda's moeder Matilda had in Jan Kleyns ouderlijk huis gediend, de grote witte villa op een heuvel bij Bloemfontein. Zelf had ze enkele kilometers verderop in een hutje van golfplaat gewoond tussen de andere hutjes van golfplaat waar de Afrikanen huisden. Heel vroeg iedere ochtend was ze moeizaam de heuvel naar de witte villa opgeklommen, waar ze haar werk begon met het klaarmaken van het ontbijt voor het gezin. De weg omhoog was haar boetedoening voor het misdrijf dat ze had begaan door als zwarte geboren te worden. Jan Kleyn had, net als zijn broertjes en zusjes, eigen bedienden gehad die er alleen waren om op de kinderen te passen, maar hij had zich altijd in het bijzonder aan Matilda gehecht. Op een keer, hij was toen elf jaar, had hij zich plotseling afgevraagd waar ze iedere ochtend vandaan kwam en waar ze als haar werkdag erop zat naartoe ging. Als in een scène uit een verboden sprookje – zijn vader had hem verboden de ommuurde tuin op eigen houtje te verlaten – was hij haar stiekem gevolgd. Het was de eerste keer dat hij van dichtbij de samengepakte hutjes van golfplaat van de Afrikaanse gezinnen zag. Natuurlijk wist hij dat de zwarten onder heel andere omstandigheden leefden dan hij. Hij had zijn ouders altijd horen zeggen dat het een door de natuur gegeven noodzaak was dat de blanken en de zwarten op verschillende manieren leefden. Blanken, zoals Jan

Kleyn, waren mensen. Zwarten waren dat nog niet. Eens, in een verre toekomst, zouden ze misschien hetzelfde niveau als de blanken bereiken. Hun huid zou lichter worden, hun verstandelijke vermogens toenemen, en dat allemaal als gevolg van de geduldige opvoeding van de blanken. Toch had hij zich niet voorgesteld dat hun woningen zo slecht waren.

Maar er was nog iets wat zijn aandacht had getrokken. Matilda werd begroet door een meisje van zijn eigen leeftijd, langbenig en mager. Dat moest haar dochter zijn. Hij had er nooit over nagedacht dat Matilda eigen kinderen kon hebben. Nu besefte hij voor het eerst dat Matilda een gezin had, een leven buiten haar werk bij hem thuis. Het was een ontdekking die hem onaangenaam trof. Alsof Matilda hem bedrogen had. Hij had altijd gedacht dat ze er alleen voor hem was.

Twee jaar later was Matilda gestorven. Miranda had hem nooit de precieze doodsoorzaak verteld, alleen dat iets haar vanbinnen uitgeteerd had tot het leven haar had laten gaan. Het huishouden en het gezin van Matilda waren uiteengevallen. Miranda's vader had twee zonen en een dochter meegenomen naar zijn verre thuisland, het karige grensgebied bij Lesotho. Miranda zou bij een zuster van Matilda opgroeien, maar de moeder van Jan Kleyn had in een onverwachte aanval van zorgzaamheid besloten zich het lot van Miranda aan te trekken. Ze zou bij de tuinman in huis komen, wiens huisje in een achterafgelegen hoekje van de grote tuin stond. Miranda moest leren de taken van haar moeder over te nemen. Op die manier zou de geest van Matilda nog steeds in de witte villa aanwezig zijn. De moeder van Jan Kleyn was in hart en nieren een Boer. Het handhaven van tradities vormde een garantie voor het voortbestaan van de gezamenlijke gemeenschap van haar gezin en de Afrikaanse maatschappij. Geslachten die generaties lang dezelfde bediendenfamilie hielden, droegen bij aan het gevoel van onveranderlijkheid en stabiliteit.

Jan Kleyn en Miranda groeiden dus nog altijd in elkaars nabijheid op, maar de afstand veranderde niet. Ook als hij misschien zag dat ze heel mooi was, was zwarte schoonheid iets wat in feite niet bestond. Het maakte deel uit de verboden dingen die hij geleerd had. Stiekem hoorde hij hoe leeftijdgenoten sterke verhalen over blanke Boere vertelden die in het weekeinde naar het buurland Mozambique, de Portugese kolonie, reisden om met zwarte vrouwen naar bed te gaan. Maar dat bevestigde alleen maar de waarheid, die hij geleerd had nooit in twijfel te trekken. Daarom bleef hij Miranda, wanneer ze hem op het terras zijn ontbijt bracht, ook zien zonder haar echt te willen zien. Ze dook echter wel in zijn dromen op. Heftige dromen die hem verwarden als ze hem de volgende dag weer te binnen schoten. In zijn dromen was de werkelijkheid anders. Daar zag hij niet alleen Miranda's schoonheid, daar erkende hij die ook. In zijn dromen stond hij zichzelf toe van haar te houden; de dochters van de Boeregezinnen met wie hij omging, verbleekten bij Matilda's dochter.

Hun eerste eigenlijke ontmoeting vond plaats toen ze beiden negentien jaar waren. Het was op een zondag geweest, toen iedereen op Jan Kleyn na naar een familiereünie in Kimberley was gegaan. Hij had niet mee gekund omdat hij zich na een langdurige malaria-aanval nog mat en neerslachtig voelde. Hij had op het terras gezeten en Miranda was de enige vrouwelijke bediende in huis geweest. Plotseling was hij opgestaan om naar haar toe te gaan in de keuken. Veel later zou hij bedenken dat hij haar daarna eigenlijk nooit meer verlaten had. Hij was in de keuken gebleven. Op dat moment had ze hem in haar macht gekregen. Die macht zou hij haar nooit helemaal kunnen ontnemen.

Twee jaar later werd ze zwanger.

Toen studeerde hij aan de Randuniversiteit in Johannesburg. Zijn liefde voor Miranda was tegelijkertijd zijn hartstocht en zijn grote angst. Hij realiseerde zich dat hij een verrader van zijn volk en van zijn tradities was. Vaak probeerde hij ieder contact met haar te verbreken, zich uit de verboden liefde los te rukken, maar dat lukte hem niet. Ze ontmoetten elkaar in het geheim en het waren ogenblikken, gedomineerd door de angst dat iemand hen zou ontdekken. Toen ze hem vertelde dat ze zwanger was, had hij haar geslagen. Het volgende moment had hij ingezien dat hij nooit zonder haar kon leven, al kon hij dat niet openlijk doen. Ze had haar dienstje in de witte villa opgezegd. En hij had iets voor haar in Johannesburg gevonden. Met de hulp van Engelse vrienden aan de universiteit, die een andere kijk op een verhouding met een zwarte vrouw hadden, kocht Jan Kleyn een klein huis in Bezuidenhout Park, in het oostelijk deel van Johannesburg. Daar liet hij haar wonen onder het voorwendsel dat ze de dienstbode van een Engelsman was die meestal op zijn boerderij in Zuid-Rhodesië verbleef. Daar konden ze elkaar ontmoeten en daar, in Bezuidenhout Park, werd hun dochter geboren, die zonder dat ze erover hoefden te praten Matilda genoemd werd. Ze bleven elkaar zien, kregen niet nog meer kinderen en tot verdriet en soms tot verbittering van zijn ouders trouwde Jan Kleyn nooit met een blanke vrouw. Een Boer die geen gezin stichtte en niet een heleboel kinderen kreeg was iemand die dwaalde, iemand die zich niet aan de regels van de Afrikaner-traditie hield. Jan Kleyn werd een steeds groter raadsel voor zijn ouders en hij realiseerde zich dat hij nooit uit kon leggen dat hij van Miranda, de dochter van hun dienstmeid Matilda hield.

Aan al deze dingen lag Jan Kleyn deze zaterdagmorgen 9 mei in zijn bed te denken. 's Avonds zou hij naar het huis in Bezuidenhout Park gaan, een gewoonte die hem heilig was. Het enige wat hem daarvan af kon houden was iets wat met zijn werk bij de inlichtingendienst te maken had. Maar deze zaterdag wist hij dat hij flink verlaat zou zijn bij zijn bezoek aan Bezuidenhout Park. Er wachtte hem een belangrijke afspraak met Franz Malan. Die kon niet verschoven worden.

Zoals altijd was hij deze zaterdagochtend vroeg wakker geworden. Jan Kleyn ging laat naar bed en werd vroeg wakker. Hij had zichzelf de discipline opgelegd om met een paar uur slaap toe te kunnen. Maar vanochtend gunde hij het zichzelf om in bed te blijven luieren. Vanuit de keuken bereikten hem de zwakke geluiden van zijn bediende Moses, die het ontbijt klaarmaakte.

Hij dacht aan het telefoongesprek dat hij even na middernacht gevoerd had. Konovalenko had hem eindelijk de mededeling gedaan waarop hij gewacht had. Victor Mabasha was dood. Niet alleen was daarmee een probleem uit de wereld geholpen, maar ook waren nu de twijfels die hij de laatste dagen over Konovalenko's capaciteiten had gekoesterd verdwenen.

Hij had om tien uur met Franz Malan afgesproken in Hammanskraal. De tijd was rijp om te beslissen wanneer en waar de aanslag gepleegd zou worden.

De vervanger van Victor Mabasha was inmiddels aangewezen. Jan Kleyn twijfelde er niet aan dat hij opnieuw een juiste keuze had gemaakt. Sikosi Tsiki zou doen wat er van hem verlangd werd. De keuze van Victor Mabasha was geen misrekening geweest. Jan Kleyn wist dat alle mensen, zelfs de meest compromisloze, onzichtbare dieptes bezaten. Daarom ook had hij besloten dat Konovalenko de man op de proef moest stellen. Victor Mabasha was op Konovalenko's weegschaal gewogen en te licht bevonden. Sikosi Tsiki zou dezelfde proef ondergaan. Jan Kleyn kon zich niet indenken dat twee personen achtereen te zwak zouden blijken.

Even na halfnegen verliet hij zijn huis en reed naar Hammanskraal. Er lag een dikke rook over de Afrikaanse krottenwijk langs de autoweg. Hij probeerde zich voor te stellen dat Miranda en Matilda daar zouden moeten leven, tussen de hutten van golfplaat, de honden zonder baas, met voortdurend de branderige rook van houtskoolvuur in hun ogen. Miranda had geluk gehad, ze was aan de hel van de krottenwijken ontsnapt. Haar dochter Matilda had dat geluk van haar moeder geërfd. Door toedoen van Jan Kleyn, door zijn concessie aan zijn verboden liefde, hoefden ze niet het uitzichtsloze leven van hun Afrikaanse zusters en broeders te delen.

Jan Kleyn dacht eraan dat zijn dochter de schoonheid van haar moeder had geërfd, maar er was een verschil dat van consequentie voor de toekomst was. Matilda had een lichtere huid dan haar moeder. Als ze op een keer kinderen van een blanke man kreeg, zou dat proces zich voortzetten. In een toekomst, na zijn dood, zouden zijn nabestaanden een uiterlijk hebben dat nooit zou verklappen dat er in het verleden sprake van zwart bloed was geweest.

Jan Kleyn hield van autorijden en van denken aan de toekomst. Hij had de mensen nooit begrepen die meenden dat het onmogelijk was om te voorspellen hoe die eruit zou zien. Voor hem werd de toekomst juist nu gemaakt.

Franz Malan stond in Hammanskraal op de veranda te wachten toen Jan Kleyn het erf opreed. Ze gaven elkaar een hand en liepen meteen naar de wachtende tafel met het groene vilten kleed.

'Victor Mabasha is dood', zei Jan Kleyn toen ze zaten.

Een brede glimlach verspreidde zich over het gezicht van Franz Malan.

'Ik vroeg het me net af', zei hij.

'Konovalenko heeft hem gisteren gedood', zei Jan Kleyn. 'De Zweden hebben altijd uitstekende handgranaten gemaakt.'

'We hebben die dingen hier ook', zei Franz Malan. 'Het is moeilijk om eraan te komen, maar onze tussenpersonen lossen dat probleem wel op.'

'Dat is dan het enige waar we de Rhodesiërs dankbaar voor moeten zijn', zei Jan Kleyn.

Hij herinnerde zich opeens wat zich bijna dertig jaar geleden in Zuid-Rhodesië had afgespeeld. Als onderdeel van zijn opleiding voor de inlichtingendienst had een oude officier hem verteld hoe de blanken in Zuid-Rhodesië de sancties die hun wereldwijd waren opgelegd omzeilden. Die les had hem geleerd dat politici altijd vuile handen hebben. Zij die om de macht spelen, stellen regels op en verbreken ze weer, al naar gelang het spel zich ontwikkelt. Ondanks de sancties, waarbij alle landen behalve Portugal, Taiwan, Israël en Zuid-Afrika zich aangesloten hadden, had het Zuid-Rhodesië nooit ontbroken aan de goederen die het moest importeren. Ook hun export had eigenlijk nooit schade ondervonden. Niet in de laatste plaats omdat Amerikaanse en Russische politici discreet naar Salisbury vlogen om hun diensten aan te bieden. De Amerikaanse politici waren voornamelijk senatoren uit het Zuiden geweest, die het van belang vonden de blanke minderheid in het land te steunen. Door hun contacten hadden Griekse en Italiaanse zakenlieden, met ijlings opgerichte luchtvaartmaatschappijen en een ingenieus netwerk van tussenpersonen, de taak op zich genomen de sancties heimelijk te saboteren. Van hun kant hadden Russische politici met soortgelijke handelingen toegang tot bepaalde Rhodesische metalen verkregen die de Russen voor hun industrie nodig hadden. Al gauw was er niet meer dan een schijn van een boycot overgebleven. Maar over de hele wereld hadden politici op het spreekgestoelte gestaan om het blanke racistische regime te veroordelen en de doeltreffendheid van de sancties te verdedigen.

Naderhand had Jan Kleyn ingezien dat het blanke Zuid-Afrika op dezelfde manier veel vrienden in de wereld had. De steun die ze kregen was alleen minder opvallend dan die aan de zwarten. Jan Kleyn betwijfelde echter niet dat wat er in alle stilte gebeurde niet net zo waardevol was als de internationale steun die luidkeels op straten en pleinen verkondigd werd. Er was een strijd op leven en dood aan de gang waarin alle middelen op den duur geoorloofd waren.

'De plaatsvervanger?' vroeg Franz Malan.

'Sikosi Tsiki', antwoordde Jan Kleyn. 'Ik had hem als tweede op mijn lijstje staan. Hij is achtentwintig en geboren in de buurt van East London. Hij heeft het gepresteerd om zowel uit het ANC als uit de Inkatha-beweging gezet te worden. Beide keren wegens diefstal en gebrek aan loyaliteit. Vandaag de dag koestert hij een haat tegen die organisaties die ik als fanatiek zou willen bestempelen.'

'Fanatici', zei Franz Malan. 'Fanatieke mensen heb je nooit helemaal in de hand. Ze handelen met doodsverachting, maar niet altijd volgens afspraak.'

Jan Kleyn ergerde zich aan het schoolmeesterstoontje van Franz Malan, maar liet dat niet merken toen hij antwoordde.

'Ik noemde hem wel fanatiek', zei hij. 'Maar dat wil nog niet zeggen dat hij die naam ook verdiend. Hij is gewoon een man wiens koelbloedigheid nauwelijks voor die van jou of mij onderdoet.'

Franz Malan nam genoegen met dat antwoord. Zoals altijd had hij geen reden om aan de woorden van Jan Kleyn te twijfelen.

'Ik heb met onze vrienden van het Comité gesproken', vervolgde Jan Kleyn. 'Ik had om een nieuwe stemming gevraagd in verband met de plaatsvervanger. Men was het unaniem met mijn voorstel eens.'

Franz Malan zag de leden van het Comité voor zich. Hoe ze om de ovale walnoten tafel zaten en langzaam een voor een hun hand opstaken. De stemmingen waren nooit geheim. Openheid in de besluitvorming was belangrijk opdat het vertrouwen niet aan het wankelen werd gebracht. Afgezien van de vastberaden wil om de rechten van de Boere en uiteindelijk die van alle blanken in Zuid-Afrika met drastische middelen te verdedigen, hadden de leden van het Comité weinig of niets met elkaar gemeen. Fascistenleider Terrace Blanche keek met nauw verholen minachting naar een heleboel andere Comitéleden.

Maar zijn aanwezigheid was noodzakelijk. Om de vertegenwoordiger van de diamantfamilie De Beer, een oudere man, die niemand ooit had zien lachen, hing het dubbelzinnige respect dat grote rijkdom vaak wekt. Rechter Pelser, de vertegenwoordiger van de Broederschap, was een man wiens mensenverachting berucht was, maar hij had veel invloed en werd zelden tegengesproken. Generaal Stroesser ten slotte, van het oppercommando van de luchtstrijdkrachten, was een man die zich niet graag omringde met ambtenaren of mijneigenaars.

Maar ze hadden voorgestemd om de opdracht aan Sikosi Tsiki te geven. Daardoor konden hij en Jan Kleyn hun plannen verder uitwerken. 'Sikosi Tsiki vertrekt al over drie dagen', zei Jan Kleyn. 'Konovalenko is bereid zich over hem te ontfermen. Hij vliegt via Amsterdam naar Kopenhagen op een Zambiaans paspoort. Vandaar wordt hij met een boot naar Zweden gebracht.'

Franz Malan knikte. Nu was het zijn beurt. Hij haalde een aantal zwartwit-vergrotingen en een plattegrond uit zijn aktetas. De foto's had hij zelf genomen en in de donkere kamer bij hem thuis ontwikkeld. En toen niemand het zag had hij de plattegrond op zijn werk gekopieerd.

'Vrijdag 12 juni', begon hij. 'De plaatselijke politie rekent op minstens veertigduizend toehoorders. Dit zou een geschikte gelegenheid voor ons kunnen zijn om toe te slaan. In de eerste plaats ligt er even ten zuiden van het stadion een hoge heuvel, Signal Hill. De afstand tot de plek waar het spreekgestoelte komt te staan bedraagt circa zevenhonderd meter. Die heuvel is niet bebouwd. Wel loopt er aan de zuidkant een berijdbare weg over heen. Sikosi Tsiki zal zonder problemen naar boven of naar beneden kunnen gaan. Mocht het nodig zijn, dan kan hij zich boven ook verstoppen om later via de helling af te dalen en zich beneden onder de zwarten te mengen in de chaos die zal ontstaan.'

Jan Kleyn bekeek de foto's aandachtig. Hij wachtte tot Franz Malan doorging.

'Mijn tweede argument,' zei Franz Malan, 'is dat de aanslag in het hart van wat we het Engelse deel van ons land noemen plaatsvindt. Afrikanen reageren primitief. Hun eerste gedachte zal zijn, dat iemand uit Kaapstad de aanslag gepleegd heeft. De woede zal zich tegen de bewoners van de stad richten. Al die liberale Engelsen, die het zo goed met de zwarten voor hebben, zullen moeten inzien wat hun te wachten staat als de zwarten de macht in het land overnemen. Dat maakt het voor ons weer een stuk gemakkelijker de tegenactie op gang te brengen.'

Jan Kleyn knikte. Hij had hetzelfde gedacht. Snel liep hij na wat Franz Malan gezegd had. Hij wist uit ervaring dat elk plan een zwakke stee heeft.

'Wat zou er op tegen kunnen zijn?' vroeg hij.

'Ik heb niets kunnen ontdekken,' antwoordde Franz Malan.

'Er is altijd wel ergens een zwakke plek', zei Jan Kleyn. 'Die moeten we zien te vinden voor we een besluit nemen.'

'Ik kan me eigenlijk maar één ding voorstellen', zei Franz Malan na even gezwegen te hebben. 'Dat Sikosi Tsiki mist.'

Jan Kleyn schrok.

'Hij mist niet', zei hij. 'Ik kies mensen uit die hun doel raken.'

'Hoe je het ook bekijkt, zevenhonderd meter is een hele afstand', zei Franz Malan. 'Een onverwachte windvlaag, een onvrijwillig trekken van zijn arm. Een onvoorspelbare weerkaatsing in het zonlicht. Het schot gaat er een paar centimeter naast. Er wordt iemand anders geraakt.'

'Dat mag domweg niet gebeuren', zei Jan Kleyn.

Misschien zouden ze de zwakke plek in hun plan niet vinden, dacht Franz Malan, maar hij had wel een zwak punt bij Jan Kleyn ontdekt. Wanneer rationele argumenten niet voldoende waren, nam Jan Kleyn zijn toevlucht tot magisch denken. Dat iets domweg niet mocht gebeuren.

Maar hij zei niets.

Een bediende bracht thee. Daarna namen ze het plan opnieuw door. Bekeken nauwkeurig details, noteerden vragen die beantwoord moesten worden. Pas toen het tegen vieren liep, beseften ze dat ze op dat moment niets meer konden doen.

'Het is vandaag nog ongeveer een maand tot 12 juni', zei Jan Kleyn. 'Dat betekent dat we niet veel tijd meer over hebben om te beslissen. We moeten volgende week het besluit nemen of het wel of niet in

Kaapstad gaat gebeuren. Dan moeten alle afwegingen achter de rug zijn, alle vragen beantwoord. We spreken hier af voor 15 mei, 's ochtends. Ik roep het Comité daarna om twaalf uur bijeen. In de komende week gaan we alletwee het plan doornemen op barsten en zwakke plekken. De sterke punten kennen we al, de juiste argumenten, nu moeten we naar de negatieve zoeken.'

Franz Malan knikte. Hij had er niets tegenin te brengen.

Ze namen afscheid en verlieten het huis in Hammanskraal tien minuten na elkaar.

Jan Kleyn reed regelrecht naar Bezuidenhout Park.

Miranda Nkoyi keek naar haar dochter. Het meisje zat op de grond voor zich uit te staren. Maar Miranda zag dat haar blik niet leeg was, haar dochter keek. Als ze haar dochter opnam had ze soms, gedurende een kortstondige duizeling, het gevoel dat ze haar moeder weer zag. Zo jong, nauwelijks zeventien, was haar moeder geweest toen zíj geboren werd. Nu was haar eigen dochter even oud.

Wat ziet ze? dacht Miranda. Soms kreeg ze koude rillingen als ze in haar dochter trekken van Matilda's vader herkende. Vooral haar dochters blik deed aan die van haar vader denken; die kon een verbeten concentratie uitstralen, als lag er alleen een lege ruimte voor haar. Het was een naar binnen gekeerde blik die anderen buitensloot.

'Matilda', zei ze behoedzaam, als om haar met zachtheid terug te brengen naar de kamer waar ze was.

Het meisje maakte zich met geweld uit haar concentratie los en blikte kwaad in de ogen van haar moeder.

'Ik weet dat mijn vader gauw hier is', zei ze. 'Omdat je het niet goed vindt dat ik hem haat als hij er is, doe ik het terwijl ik zit te wachten. Jij kunt over het wanneer beslissen, maar je kunt me mijn haat niet afnemen.'

Miranda had graag uitgeroepen dat ze de gevoelens van haar dochter begreep. Dat ze die zelf ook vaak had, maar ze bracht het niet op. Ze leek op haar moeder, de oude Matilda, die door de voortdurende vernedering dat ze in haar eigen land geen volwaardig leven mocht leiden was weggekwijnd. Miranda realiseerde zich dat ze net als haar moeder week geworden was, tot zwijgen gebracht in een wereld van onmacht die ze alleen wist te compenseren door de man die de vader van haar dochter was aan één stuk door te verraden.

Binnenkort, dacht ze. Binnenkort moet ik mijn dochter vertellen dat haar moeder toch nog wel iets van haar levenskrachten behouden heeft. Dat moet ik doen om haar terug te winnen, om te laten zien dat er weliswaar een afstand tussen ons is, maar geen afgrond.

Matilda was in het diepste geheim lid van de jeugdafdeling van het ANC. Ze was een actief lid en had al verscheidene vertrouwelijke opdrachten uitgevoerd. Meer dan eens was ze door de politie opgepakt. Miranda was voortdurend bang dat ze gewond of gedood zou worden. Steeds wanneer er kisten in de zingende, golvende begrafenisstoeten van de zwarten meegedragen werden, bad ze tot alle goden waarin ze geloofde om haar dochter te beschermen. Ze bad tot de god van de christenen, tot de geesten van haar voorvaderen, tot haar dode moeder en tot haar *songoma*, over wie haar vader altijd verteld had. Maar ze wist nooit zeker of ze haar werkelijk hoorden. Haar gebeden schonken haar alleen verlichting in die zin dat ze haar uitgeput achterlieten.

Miranda had begrip voor de gespleten machteloosheid van haar dochter om een Boer tot vader te hebben, om door de vijand verwekt te zijn. Alsof Matilda bij haar verwekking al dodelijk gewond was.

Toch wist Miranda dat een moeder nooit spijt over haar kind kan hebben. Die keer, zeventien jaar geleden, had ze net zo weinig van Jan Kleyn gehouden als nu. Matilda was verwekt in onderwerping en angst. Het was alsof het bed waarin ze gelegen hadden in een eenzaam, luchtledig universum had gezweefd. Naderhand was ze er niet in geslaagd zich uit die onderwerping los te maken. Het kind zou geboren worden en een vader hebben, een man die hun een bestaan gaf, een huis in Bezuidenhout Park en geld om van te leven. Vanaf het begin was ze vastbesloten geweest om niet nog meer kinderen van hem te krijgen. Als het moest zou Matilda haar enige nakomeling blijven, al schreeuwde haar Afrikaanse hart het bij die gedachte uit. Jan Kleyn had nooit laten blijken meer kinderen van haar te willen. Haar bijdrage aan de liefde die hij eiste was steeds even hol. Ze liet hem 's nachts bij zich, wat ze kon verdragen omdat ze geleerd had zich te wreken door hem te verraden.

Ze keek naar haar dochter die weer in een wereld was opgegaan waarin ze haar moeder buitensloot. Ze zag dat haar dochter haar eigen schoonheid geërfd had. Het enige verschil was een lichtere huidskleur. Soms vroeg ze zich af wat Jan Kleyn zou zeggen als hij wist dat zijn dochter vurig naar een donkerder huid verlangde.

Ook mijn dochter verraadt hem, dacht Miranda. Maar ons verraad is geen verdorvenheid. Nu Zuid-Afrika in brand staat is het de reddingslijn waar we ons krampachtig aan vastklampen. Al het slechte komt volkomen van hem. En op een dag zal die slechtheid zijn ondergang betekenen. Onze vrijheid zullen we niet in de eerste plaats via een eigen stembiljet verwerven, maar door de ketenen in ons af te werpen die ons gevangen houden.

Er stopte een auto op de oprit naar de garage.

Matilda stond op en keek naar haar moeder.

'Waarom heb je hem nooit gedood?' vroeg ze.

Het was zíjn stem die Miranda in die van haar dochter hoorde. Maar ze wist tevens dat het hart van haar dochter niet het hart van een Boer was. Miranda's uiterlijk, haar lichte huid waren dingen waar ze niets aan had kunnen doen, maar haar dochters vurige, nooit versagende hart had ze gebarricadeerd. Die schans, al was dat dan ook de laatste, zou Jan Kleyn nooit nemen.

Het gênante was dat hij niets scheen te merken. Iedere keer als hij naar Bezuidenhout kwam had hij zijn auto vol met levensmiddelen, zodat ze een braai voor hem kon maken, precies zoals hij zich van zijn jeugd in de witte villa herinnerde waarin hij was opgegroeid. Hij had nooit doorgehad dat hij haar in haar eigen moeder veranderde, de tot slaaf gemaakte dienstmeid. Hij begreep niet dat hij haar diverse rollen opdrong: die van kokkin, minnares, vrouw die zijn kleren afborstelde. Evenmin zag hij de verbeten haat van zijn dochter. Het enige wat hij zag was een onbeweeglijke, versteende wereld en hij geloofde dat het zijn levenstaak was die te verdedigen. Hij zag de valse, onoprechte, bodemloze leugen niet waarop het hele land rustte.

'Is het zo goed?' vroeg hij, toen hij de zakken met levensmiddelen in de hal had neergezet.

'Ja', antwoordde Miranda. 'Prima.'

Daarna maakte ze braai, terwijl hij met zijn dochter probeerde te praten die zich in haar rol van bedeesd, timide meisje terugtrok. Hij probeerde haar haren te strelen. Door de openstaande keukendeur zag Miranda haar dochter verstijven. Ze aten Afrikaanderworst, grote brokken vlees, koolsalade. Miranda wist dat Matilda naar de wc zou gaan en zichzelf zou dwingen om alles uit te spugen. Daarna wilde hij het over onbenullige dingen hebben, over het huis, over het behang, over de tuin. Matilda verdween naar haar kamer, Miranda bleef met hem alleen en ze gaf de verwachte antwoorden. Vervolgens gingen ze naar bed. Zijn lichaam was zo heet als alleen het bevrorene kan zijn. De volgende dag was het zondag. Omdat ze niet samen gezien mochten worden, wandelden ze binnen de muren van het huis, liepen rondjes, liepen om elkaar heen, aten en zwegen. Matilda nam zo gauw ze kon de benen en kwam niet terug voordat hij weg was. Pas op maandag zou alles weer bij het oude zijn.

Toen hij in slaap gevallen was en zijn ademhaling rustig en regelmatig was geworden, stond ze voorzichtig op. Ze had geleerd hoe ze zich volstrekt geluidloos door de slaapkamer kon bewegen. Ze ging naar de keuken, maar liet de deur openstaan, zodat ze voortdurend kon controleren of hij niet wakker werd. Als hij wakker zou worden en vragen waarom ze op was, zou een glas water, dat ze al had klaargezet, als verklaring dienen.

Zoals altijd had ze zijn kleren over een stoel in de keuken gehangen. Die stond zo dat hij vanuit de slaapkamer niet te zien was. Hij had haar op een keer gevraagd waarom ze zijn kleren altijd in de keuken hing en niet in de slaapkamer. Ze had gezegd dat ze die iedere ochtend voordat hij ze aantrok wilde afborstelen.

Voorzichtig doorzocht ze zijn zakken. Ze wist dat zijn portefeuille in de linkerbinnenzak van zijn jasje zat, zijn sleutels in zijn rechter. Het pistool dat hij altijd bij zich had lag op het tafeltje naast het bed.

Meestal was dat alles wat ze in zijn zakken vond, maar deze avond vond ze een briefje waarop iets geschreven was in het handschrift dat ze als het zijne herkende. Met één oog op de slaapkamer gericht, prentte ze zich haastig in wat erop stond.

Kaapstad, las ze.

12 juni.

Afstand tot de plek? Windrichting? Wegen?

Ze stopte het papiertje terug, nadat ze zich ervan vergewist had dat ze het weer op dezelfde manier had opgevouwen.

Wat de woorden op het briefje betekenden wist ze niet, maar ze zou doen wat haar opgedragen was te doen wanneer ze iets in zijn zakken vond. Ze zou het aan de man vertellen die ze altijd sprak de dag nadat Jan Kleyn bij haar was geweest. Samen met zijn vrienden zouden ze proberen de woorden te duiden.

Ze dronk het glas leeg en ging terug naar bed.

Soms sprak hij in zijn slaap. Als hij dat deed, gebeurde dat bijna altijd binnen een uur nadat hij in slaap gevallen was. Ook de woorden die hij beurtelings mompelde, beurtelings riep, onthield ze en gaf ze door aan de man die ze de volgende dag zou zien. Hij zou alles wat ze zich herinnerde opschrijven, net als alles wat er verder nog tijdens het bezoek van Jan Kleyn gebeurd was. Soms vertelde Jan Kleyn waar hij was geweest, soms waar hij naartoe ging, maar meestal zei hij niets. En hij had zich nooit bewust of per ongeluk iets over zijn werk binnen de inlichtingendienst laten ontvallen.

Langgeleden had hij gezegd dat hij als chef de bureau op het ministerie van Justitie in Pretoria werkte.

Later, toen de man van de informatie contact had opgenomen en ze van hem gehoord had dat Jan Kleyn voor de geheime politie actief was, was haar gezegd dat ze nooit mocht laten blijken dat ze wist wat hij deed.

Op zondagavond vertrok Jan Kleyn weer. Miranda wuifde hem na.

Het laatste wat hij zei was dat hij de volgende vrijdag pas laat in de middag terug zou komen.

Gezeten in zijn auto bedacht hij dat hij nu al naar de voor hem liggende week uitkeek. Hun plan begon vaste vormen aan te nemen en hij had alles wat er zou gebeuren stevig onder controle.

Wat hij echter niet wist was dat Victor Mabasha nog leefde.

Op de avond van 12 mei, precies een maand voordat hij zijn aanslag op Nelson Mandela zou plegen, vloog Sikosi Tsiki met een gewone lijnvlucht van de KLM van Johannesburg naar Amsterdam. Net als Victor Mabasha had Sikosi Tsiki lang lopen piekeren wie zijn slachtoffer zou zijn. In tegenstelling tot Victor Mabasha was hij niet tot de conclusie gekomen dat het president De Klerk moest zijn. Hij had de vraag uiteindelijk opengelaten.

Dat het om Nelson Mandela kon gaan was niet bij hem opgekomen.

Woensdag 13 mei, 's middags even over zessen, meerde een vissersboot aan een kade in Limhamn af.

Sikosi Tsiki sprong aan land. De vissersboot wendde meteen de steven en voer naar Denemarken terug.

Op de kade stond een buitengewoon dikke man op hem te wachten.

Juist die middag woei er een zuidwestelijke storm over Skåne. Pas in de avond van de volgende dag nam de wind af.

Daarna werd het warm.

20

Even na drie uur op zondagmiddag reden Peters en Norén in hun surveillancewagen door het centrum van Ystad. Ze wachtten tot hun dienst erop zat. Het was een rustige dag geweest en ze hadden maar een keer echt hoeven in te grijpen. Tegen twaalf uur hadden ze de melding ontvangen dat een naakte man een huis in Sandskogen aan het afbreken was. Zijn vrouw had gebeld. Ze had gezegd dat haar man een woedeaanval had gekregen omdat hij al zijn vrije tijd aan het repareren van het zomerhuis van zijn schoonouders moest besteden. Om met rust gelaten te worden brak hij het nu af. Ze had gezegd dat hij liever aan een stil meertje zat te vissen.

'Jullie moeten ernaartoe om de man te kalmeren', had de telefonist van de alarmcentrale gezegd.

'Hoe heet zoiets?' vroeg Norén, die de oproep beantwoord had omdat Peters reed. 'Aanstootgevend gedrag?'

'Dat bestaat niet meer', had de telefonist gezegd. 'Maar als het het huis van zijn schoonouders is, kun je het waarschijnlijk eigenmachtig optreden noemen. Maar wat maakt jou dat uit. Kalmeer hem nou maar. Daar gaat het om.'

Ze reden naar Sandskogen zonder hun vaart te verhogen.

'Ik denk dat ik hem wel begrijp', zei Peters. 'Het hebben van een eigen huis kan al een ware ellende zijn. Er moet altijd wel iets aan gedaan worden waar je geen tijd voor hebt. Maar als je op die manier aan het huis van een ander moet werken moet het nog veel erger zijn.'

'We zouden hem misschien moeten helpen het huis af te breken', zei Norén.

Ze zochten naar het juiste adres. Op de stoep voor het hek was een ware oploop ontstaan. Norén en Peters stapten uit en keken naar de naakte man die op het dak rondklauterde om met een koevoet het plaatijzer los te wrikken. Op dat moment kwam zijn vrouw aangehold. Norén zag dat ze gehuild had. Ze luisterden naar haar onsamenhangende verhaal. Waar het hen om ging was dat ze konden vaststellen dat hij geen toestemming had voor wat hij aan het doen was.

Ze liepen op het huis toe en schreeuwden naar de man die schrijlings op de nok van het dak zat. Hij had zich zo op het plaatijzer geconcentreerd dat hij de politieauto niet gezien had. Toen hij Peters en Norén zag was hij zo verrast dat hij de koevoet uit zijn hand liet vallen. Die danste het dak af en Norén moest opzij springen om niet getroffen te worden.

'Hé daar, voorzichtig aan!' riep Peters. 'U kunt maar beter naar beneden komen. U hebt geen toestemming om dit huis af te breken.'

Tot zijn verbazing gehoorzaamde de man dadelijk. Hij liet de ladder neer die hij achter zich opgetrokken had en klom naar beneden. Zijn vrouw kwam met een badjas aangesneld die hij aantrok.

'Gaan jullie me arresteren?' vroeg de man.

'Nee', zei Peters. 'Maar u moet hiermee ophouden. Eerlijk gezegd geloof ik niet dat ze u nog zullen vragen het huis te repareren.'

'Ik wil vissen', zei de man.

Ze reden door Sandskogen terug. Norén bracht verslag aan de alarmcentrale uit.

Op het moment dat ze Österleden zouden inrijden gebeurde het.

Het was Peters die de auto zag. Die kwam van de andere kant en hij herkende meteen de kleur in combinatie met de nummerplaat.

'Daar heb je Wallander', zei hij.

Norén keek op van zijn rapportboekje.

Toen de auto langs hen reed, scheen Wallander hen niet te zien. En dat was heel vreemd omdat ze in een politieauto met blauwwitte kleuren reden. Maar wat in de eerste plaats de aandacht van de beide agenten trok, was niet de afwezige blik in Wallanders ogen. Het was de man die naast hem zat. Die was zwart geweest.

Peters en Norén keken elkaar aan.

'Was dat geen neger in die auto?' vroeg Norén.

'Jazeker', antwoordde Peters. 'Of hij zwart was!'

Ze moesten allebei aan de afgehakte vinger denken die ze een paar weken geleden gevonden hadden en aan de zwarte man die in het hele land gezocht werd.

'Wallander heeft hem zeker gearresteerd', zei Norén aarzelend.

'Maar waarom rijdt hij dan de verkeerde kant op?' wierp Peters tegen. 'En waarom stopt hij niet als hij ons ziet?'

'Het was net alsof hij ons niet wou zien', zei Norén. 'Net als bij kinderen. Als ze hun ogen dichtdoen denken ze dat niemand hen ziet.'

Peters knikte.

'Denk je dat er een probleem is?'

'Nee', zei Norén. 'Maar waar zou hij die neger nou gevonden hebben?'

Daarna werden ze onderbroken door een alarm over een achtergelaten motorfiets die misschien in Bjäresjö stond. Omdat hun dienst erop zat reden ze naar het politiebureau terug. Toen ze in de kantine naar hem vroegen hoorden ze tot hun verbazing dat Wallander zich nog niet had gemeld. Peters wilde juist over hun ontmoeting vertellen, toen hij zag dat Norén zijn vinger op zijn mond legde.

'Waarom mocht ik niets zeggen?' vroeg hij, toen ze in de kleedkamer zaten en zich gereedmaakten om naar huis te gaan.

'Als Wallander zich niet op het bureau heeft laten zien, heeft hij daar een reden voor', zei Norén. 'En die gaat jou noch mij iets aan. Bovendien kan het wel een heel andere neger zijn. Martinson heeft een keer verteld dat Wallanders dochter omgang met een Afrikaan had. Die kan het wel geweest zijn, weten wij veel.'

'Toch vind ik het vreemd', hield Peters vol.

Dat gevoel had hij nog steeds toen hij bij zijn rijtjeshuis bij de afslag naar Kristianstad was gekomen. Na het eten speelde hij een tijdje met zijn kinderen en daarna liet hij de hond uit. Omdat Martinson bij hem in de buurt woonde, wou hij even bij hem langsgaan om te vertellen wat hij en Norén gezien hadden. De hond was een Labrador, een teefje, en Martinson had onlangs gevraagd of hij in de rij kon aansluiten als ze jongen kreeg.

Martinson deed zelf open. Hij nodigde Peters uit binnen te komen.

'Dank je, ik moet meteen weer naar huis,' zei Peters, 'maar ik wou wat met je bepraten. Heb je even tijd?'

Martinson, die een vertrouwenspositie binnen de christelijk liberale partij vervulde en die hoopte dat hij te zijner tijd een zetel in de gemeenteraad zou krijgen, had net een paar langdradige politieke verslagen zitten lezen die de partij hem toegestuurd had. Hij deed zijn jack aan en ging mee. Peters vertelde wat er eerder op die middag gebeurd was.

'Weet je dat heel zeker?' vroeg Martinson toen Peters zweeg.

'We kunnen het niet alletwee verkeerd gezien hebben', zei Peters.

'Vreemd', zei Martinson peinzend. 'Als het de Afrikaan was die zijn vinger kwijt is, zou ik het onmiddellijk gehoord hebben.'

'Misschien was het de vriend van zijn dochter', probeerde Peters.

'Wallander heeft verteld dat het uit was', antwoordde Martinson.

Ze liepen een eindje zwijgend door en keken naar de hond die aan de lijn trok.

'Het leek wel alsof hij ons niet wilde zien', zei Peters voorzichtig. 'En dat kan maar één ding betekenen. Dat hij niet wilde dat we hem zagen.'

'Of de Afrikaan die naast hem zat', zei Martinson afwezig.

'Er zal vast wel een logische verklaring voor zijn', zei Peters. 'Ik wil niet de zegsman zijn dat Wallander dingen doet die niet door de beugel kunnen.'

'Natuurlijk niet,' zei Martinson, 'maar het is goed dat je het me verteld hebt.'

'Ik wil niet graag roddelen', vervolgde Peters.

'Dit is geen roddelen', antwoordde Martinson.

'Norén kan toch zo kwaad worden', zei Peters.

'Hij hoeft dit niet te weten', antwoordde Martinson.

Ze namen afscheid voor Martinsons huis. Peters beloofde Martinson dat hij een van de puppy's kon kopen als het zover was.

Martinson overlegde bij zichzelf of hij Wallander zou bellen. Maar besloot tot de volgende dag te wachten om met hem te praten. Met een zucht boog hij zich over de politieke stukken waar maar geen eind aankwam.

Toen Wallander de volgende dag tegen acht uur 's ochtends op het bureau kwam, had hij zijn antwoord klaar op de vraag die hij verwachtte. De vorige dag, toen hij na veel aarzeling besloten had Victor Mabasha in de auto mee te nemen, had het hem hoogstonwaarschijnlijk geleken dat hij het risico liep een bekende of iemand van de politie tegen te komen, maar natuurlijk moesten Peters en Norén hem toch zien. Hij had hen te laat opgemerkt om nog tegen Victor Mabasha te zeggen dat die moest wegduiken. Hij had ook geen straat in kunnen slaan. Uit zijn ooghoek had hij gezien dat Peters en Norén de man naast hem ontdekt hadden. Hij had onmiddellijk begrepen dat hij verplicht was de volgende dag met een verklaring te komen. Hij had zijn pech vervloekt en tevens spijt van het ritje gehad.

Het is of er nooit een einde aan komt, had hij gedacht.

Daarna, toen hij zijn kalmte herwonnen had, had hij opnieuw hulp bij zijn dochter gezocht.

'Herman Mboya moet weer als je vriend herrijzen', had hij gezegd. 'Voor het geval er iemand een vraag mocht stellen. Wat niet erg waarschijnlijk is.'

Ze had naar hem gekeken en daarna gelaten gelachen.

'Weet je nog wat je me geleerd hebt toen ik een kind was?' vroeg ze. 'Dat een leugen naar nieuwe leugens leidt. En op den duur wordt alles zo ingewikkeld dat niemand nog weet wat waar is.'

'Ik vind alles wat er aan de hand is even onplezierig als jij,' had Wallander geantwoord, 'maar binnenkort is het allemaal voorbij. Dan is hij het land uit en kunnen we vergeten dat hij hier ooit geweest is.'

'Natuurlijk zal ik zeggen dat Herman Mboya teruggekomen is', zei ze. 'Soms zou ik willen dat het zo was.'

Toen Wallander op maandagochtend het politiebureau binnenstapte, had hij dus een verklaring waarom er op zondagmiddag een Afrikaan naast hem in de auto had gezeten. In een situatie waarin de meeste dingen toch al ingewikkeld genoeg waren en hem uit handen dreigden te glippen, beschouwde hij dit nog als het kleinste probleem. Toen hij Victor Mabasha 's ochtends, opgenomen in een mist die nog het meest aan een fata morgana deed denken, ontdekt had was zijn eerste impuls geweest om zo snel mogelijk naar zijn flat terug te keren en de hulp van zijn collega's in te roepen. Maar iets had hem weerhouden, iets wat dwars tegen zijn normale, gezonde politieverstand inging. Al op het kerkhof in de Stockholmse nacht had hij het gevoel gehad dat de zwarte man de waarheid sprak. De man had Louise Åkerblom niet gedood. Misschien was hij erbij geweest, maar hij was niet de dader. Dat was een andere man, een man die Konovalenko heette en die later geprobeerd had ook Victor Mabasha te doden. De kans bestond dat de zwarte man met de afgehakte vinger geprobeerd had te verhinderen wat zich op de afgelegen boerderij had afgespeeld. Wallander had aan één stuk door lopen piekeren over wat er allemaal gebeurd kon zijn. In die stemming had hij Victor Mabasha meegenomen naar zijn flat, zich heel goed bewust dat hij een fout kon begaan. Wallander had zich vaker van, op zijn zachtst gezegd, onconventionele middelen bediend in zijn omgang met verdachte of schuldige criminelen. Enkele malen had Björk zich verplicht gevoeld Wallander eraan te herinneren wat het reglement over correct politieoptreden daarover te zeggen had. Nog op straat had hij geëist dat de zwarte man eventuele wapens zou afgeven. Hij had zijn pistool in ontvangst genomen en daarna zijn kleren doorzocht. Opmerkelijk genoeg bleef de zwarte man er nogal stoïcijns onder, alsof hij wel verwacht had dat Wallander hem bij zich thuis zou uitnodigen. Om niet al te argeloos over te komen, had Wallander toch maar gevraagd hoe hij aan zijn adres gekomen was.

'Tijdens de rit naar het kerkhof', antwoordde de man. 'Ik heb in je portefeuille gekeken. En je adres onthouden.'

'Je hebt me overvallen,' zei hij 'en nu zoek je me in mijn huis op, honderden kilometers van Stockholm verwijderd. Ik hoop dat je antwoord hebt op de vragen die ik je wil stellen.'

Ze gingen in de keuken zitten en Wallander trok de deur dicht om Linda niet wakker te maken. Naderhand zou hij zich het urenlange gesprek, waarbij ze tegenover elkaar aan tafel zaten, herinneren als een van de merkwaardigste die hij ooit gevoerd had. Wallander had niet alleen voor het eerst een behoorlijk inzicht gekregen in de vreemde wereld waaruit Victor Mabasha voortkwam en waarnaar hij weldra zou terugkeren, hij had zich ook de vraag gesteld hoe een mens uit zoveel onverenigbare delen samengesteld kon zijn. Hoe kon iemand een koelbloedige moordenaar zijn die het doden als beroep uitoefende en tegelijkertijd een denkend en voelend mens zijn met weloverwogen politieke opvattingen? Wat hij echter niet doorhad was dat het gesprek deel uitmaakte van een bedrog waar hij met open ogen intuinde. Victor Mabasha had doorgehad waar zijn belangen lagen. Als hij voldoende vertrouwen kon wekken, zou hij weer vrij zijn om naar Zuid-Afrika terug te keren. Het waren de geesten geweest die hem ingefluisterd hadden de politieman op te zoeken die jacht op Konovalenko maakte, om met zijn hulp het land te verlaten.

Naderhand was Wallanders levendigste herinnering aan die ochtend Victor Mabasha's verhaal over een plant die alleen in de Namibische woestijn voorkwam. Die kon wel tweeduizend jaar oud worden. Als een beschermende schaduw vouwde hij zijn lange bladeren over de bloem en het ingenieus samengestelde wortelstelsel heen. Victor Mabasha zag de vreemde plant als een symbool voor de krachten die in zijn vaderland tegenover elkaar stonden en die ook in hemzelf om de voorrang streden.

'De mensen geven hun voorrechten niet zo maar vrijwillig op', had Victor Mabasha gezegd. 'Hun privileges zijn zo tot gewoonte geworden en hebben zo diep wortel geschoten dat ze tot een lichaamsdeel geworden zijn. In feite is het geen rassenprobleem. In mijn vaderland zijn het de blanken die de dragers van deze macht der gewoonte zijn, maar in een andere situatie had die net zo goed bij mij en mijn broeders kunnen liggen. Je kunt racisme nooit met racisme bestrijden. Maar wat er in mijn land, dat eeuwenlang zo gekwetst en gewond is, moet gebeuren, is dat er een einde moeten komen aan die gewoonte van inferioriteit. De blanken moeten inzien dat hun naaste toekomst moet bestaan uit afstand doen. Ze moeten land afstaan aan de bezitloze zwarten, land dat ze hun honderden jaren lang afgepakt hebben. Ze moeten het grootste deel van hun rijkdommen overdragen aan degenen die niets bezitten, ze moeten leren zwarten als mensen te gaan zien. Barbaarsheid bezit altijd ook menselijke trekken. Dat maakt de barbaarsheid juist zo onmenselijk. De zwarten die gewend zijn zich te onderwerpen en zich als niemanden tussen andere niemanden te beschouwen, moeten met deze gewoonte breken. Misschien is een gevoel van minderwaardigheid wel de wond die het slechtst geneest? Die gewoonte zit heel diep, ze deformeert de hele mens en laat geen lichaamsdeel onaangetast. De langste reis die een mens kan maken is:

jezelf in plaats van een niemand als een iemand te gaan zien. Als je eenmaal geleerd hebt je onderwerping te aanvaarden wordt het een gewoonte die je hele leven beheerst. Ik geloof dat een vreedzame oplossing een illusie is. De apartheid in mijn land heeft een punt bereikt waarop het begint te eroderen omdat het volkomen absurdistische trekken is gaan vertonen. Er zijn nieuwe generaties zwarten opgegroeid die weigeren zich te onderwerpen. Ze zijn ongeduldig, ze zien de ineenstorting dichterbij komen. Maar het gaat hun te langzaam. Er zijn ook veel blanken die er zo over denken. Die weigeren de voorrechten te accepteren die inhouden dat ze moeten leven alsof alle zwarten in hun land onzichtbaar zijn, of alleen als bedienden bestaan of als een in afgelegen krottenwijken opgesloten vreemde diersoort. Mijn land kent grote dierenreservaten, waar de dieren beschermd zijn. We hebben ook grote mensenreservaten, met mensen die nog altijd onbeschermd zijn. De dieren in mijn land zijn dus beter af dan de mensen.'

Victor Mabasha zweeg en keek naar Wallander alsof hij op vragen of tegenwerpingen wachtte. Alle blanken waren voor Victor Mabasha natuurlijk hetzelfde, of ze nu in Zuid-Afrika woonden of elders, dacht Wallander.

'Vele van mijn broers en zusters geloven dat het gevoel van minderwaardigheid overwonnen kan worden door zijn tegenhanger, door meerderwaardigheid,' vervolgde Victor Mabasha, 'maar dat klopt natuurlijk niet. Dat leidt alleen maar tot afkeer en tot spanningen tussen de verschillende bevolkingsgroepen, terwijl er juist sprake van eendracht moet zijn. Families kunnen daardoor uit elkaar gedreven worden. En u moet goed begrijpen, meneer Wallander, in mijn land telt iemand zonder familie niet mee. Voor een Afrikaan is zijn familie het uitgangspunt van alles.'

'Ik dacht dat dat de geesten waren', zei Wallander.

'De geesten maken deel van onze familie uit', zei Victor Mabasha. 'De geesten zijn onze voorvaderen die over ons waken. Ze leven als onzichtbare leden te midden van het gezin. We vergeten hun bestaan nooit. Daarom hebben de blanken ook zo'n ongelooflijke misdaad begaan toen ze ons dwongen weg te trekken van de grond waarop we generaties lang gewoond hebben. Geesten vinden het verschrikkelijk de grond te moeten verlaten die ooit van hen was. Geesten hebben een nog grotere weerzin tegen de woonoorden waar de blanken ons verplichten te leven dan de levenden.'

Hij hield abrupt op, alsof de zojuist uitgesproken woorden hem een inzicht gaven zo afschuwelijk dat hij moeite had het zelf te geloven.

'Ik ben in een gezin opgegroeid dat al vanaf het begin uit elkaar gedreven werd', zei hij, na een hele tijd gezwegen te hebben. 'De blanken wisten dat ze ons konden verzwakken door onze gezinnen te vernietigen. Ik heb gezien hoe mijn broers en zusters zich steeds meer als blinde mollen begonnen te gedragen. Ze renden in cirkels rond, almaar rond zonder nog te weten waar ze vandaan kwamen of waar ze naartoe moesten. Ik zag het en ik sloeg een andere weg in. Ik leerde te haten. Ik dronk het zwarte water dat tot wraak aanzet. Maar ik had ook geleerd te beseffen dat de blanken met al hun overmacht, met al hun arrogante overtuiging van hun door god gegeven heerschappij, hun zwakke plekken hebben. Dat ze bang zijn. Ze willen Zuid-Afrika tot een volmaakt kunstwerk omtoveren, tot een blank paleisje in het paradijs.

Maar ze hebben de ongerijmdheid van deze droom nooit ingezien. En degenen die dat wel inzagen, deden hun ogen dicht. En aldus veranderde hun fundament in een leugen en werden ze 's nachts door angst beslopen. Ze stopten hun huizen vol met wapens, maar de angst kwam toch binnen. Het geweld maakte deel uit van hun dagelijkse angst. Dat zag ik en ik besloot mijn vrienden dichtbij me te houden, maar mijn vijanden nog dichter. Ik zou de rol van de zwarte man spelen die wist hoe de blanken het graag wilden hebben. Ik zou mijn verachting voeden door diensten te verlenen. Ik zou in hun keukens staan en in hun soepterrines spugen voordat ik die naar hun tafel bracht. Ik zou een niemand blijven die stiekem een iemand was geworden.'

Hij zweeg. Hij had gezegd wat hij wilde zeggen, dacht Wallander. Maar wat had hij er eigenlijk van begrepen? Op welke manier droeg dit verhaal ertoe bij hem te doen begrijpen wat Victor Mabasha naar Zweden had gedreven? Waar ging het over? Dat Zuid-Afrika een door een afschuwelijke rassenpolitiek verscheurd land dreigde te worden stond hem nu wat duidelijker voor ogen, maar dat had hij al eerder zij het vager vermoed. Maar die aanslag? Tegen wie was die gericht? Wie stond erachter? Een organisatie?

'Ik moet meer weten', zei hij. 'Je hebt me nog niet verteld wie hierachter zit. Wie je vliegticket uit Zuid-Afrika betaald heeft.'

'Deze meedogenloze mannen zijn als schaduwen', antwoordde Victor Mabasha. 'De geesten van hun voorvaderen hebben hen langgeleden al in de steek gelaten. Ze komen in het geheim bijeen om plannen te smeden om ons land in het verderf te storten.'

'En jij bent hun loopjongen?'

'Ja.'

'Waarom?'

'Waarom niet?'

'Je doodt mensen.'

'Op een dag zullen anderen mij doden.'

'Wat bedoel je daarmee?'

'Ik weet dat dat zal gebeuren.'

'Maar je hebt Louise Åkerblom dus niet gedood?'

'Nee.'

'Dat heeft een man genaamd Konovalenko gedaan?'

'Ja.'

'Waarom?'

'Daar kan alleen hij antwoord op geven.'

'Een man komt uit Zuid-Afrika hierheen, een ander uit Rusland. Ze ontmoeten elkaar op een afgelegen boerderij in Skåne. Ze hebben een krachtige radiozender, ze hebben wapens. Waarom?'

'Dat was zo afgesproken.'

'Door wie?'

'Door wie ons vroegen te gaan.'

We spreken in cirkels, dacht Wallander. Ik krijg geen antwoorden.

Maar hij probeerde het nog een keer, dwong zichzelf door te gaan.

'Ik heb begrepen dat het om een voorbereiding gaat', zei hij. 'Van een misdaad die in je vaderland gepleegd zal worden. Een misdaad die jij zult plegen. Een moord? Maar wie moet er vermoord worden? En waarom?'

'Ik heb geprobeerd de situatie in mijn land uit te leggen.'

'Ik stel simpele vragen en ik wil even simpele antwoorden hebben.'

'Misschien moeten de antwoorden zijn zoals ze zijn?'

'Ik begrijp je niet', zei Wallander na een lange stilte. 'Je bent een man die niet aarzelt te moorden, op bestelling nog wel. Tegelijk krijg ik de indruk dat je een gevoelig mens bent die onder de toestand in zijn land lijdt. Ik kan dat niet met elkaar rijmen.'

'Niets rijmt voor een zwarte die in Zuid-Afrika woont.'

Daarna praatte Victor Mabasha weer over zijn gekwetste, gewonde vaderland. Het viel Wallander niet mee alles te geloven wat hij hoorde. Toen Victor Mabasha ten slotte zweeg was Wallander van mening dat hij een lange reis gemaakt had. Zijn gids had hem plaatsen laten zien waarvan hij het bestaan niet geweten had.

Ik woon in een land waarin we leren dat waarheden eenvoudig zijn, dacht hij. Bovendien is de waarheid één en ondeelbaar. Ons hele rechtssysteem berust op die stelregel. Ik begin nu in te zien dat er misschien sprake is van het tegendeel. De waarheid is ingewikkeld, gevarieerd, tegenstrijdig. De leugen daarentegen is zwart of wit. Als iemands visie op een mens, op een mensenleven, getuigt van respectloosheid en minachting, krijg je een andere waarheid dan wanneer het leven als onschendbaar wordt beschouwd.

Hij keek naar Victor Mabasha, die hem recht in de ogen blikte.

'Heb je Louise Åkerblom gedood?' vroeg Wallander vermoedelijk voor de laatste keer.

'Nee', antwoordde Victor Mabasha. 'Later heb ik mijn ene vinger voor haar ziel geofferd.'

'En je wilt me nog altijd niet vertellen wat je moet doen als je in je land terugbent?'

Voordat Victor Mabasha had kunnen antwoorden, voelde Wallander dat er iets veranderd was. Iets in het gezicht van de zwarte man leek ineens anders te zijn. Naderhand meende hij dat het uitdrukkingsloze masker plotseling begonnen was op te lossen en te verdwijnen.

'Ik kan nog altijd niet zeggen wat,' zei Victor Mabasha, 'maar het zal niet gebeuren.'

'Dat begrijp ik niet', zei Wallander.

'De dood zal niet door mijn hand geschieden', zei Victor Mabasha. 'Maar ik kan niet verhinderen dat hij door die van een ander geschiedt.'

'Het gaat om een aanslag?'

'Ik kreeg de opdracht om een aanslag te plegen, maar ik leg die nu neer. Ik leg hem op de grond en loop weg.'

'Je spreekt in raadselen', zei Wallander. 'Wat leg je op de grond? Ik wil weten tegen wie die aanslag gericht is.'

Maar Victor Mabasha gaf geen antwoord. Hij schudde zijn hoofd en Wallander begreep, zij het zeer tegen zijn zin, dat hij niet verder zou komen. Later zou hij beseffen dat hij nog een lange weg te gaan had voordat hij geleerd had waarheden te zien, die hij op een heel andere plaats moest zoeken dan hij gewend was. Kort samengevat, pas later begreep hij dat de laatste bekentenis, toen Victor Mabasha barsten in zijn gezichtsmasker had laten ontstaan, vals was geweest. Victor Mabasha was helemaal niet van plan zijn opdracht neer te leggen, maar hij had beseft dat die leugen van hem verlangd werd. Dat hij op die manier hulp kon krijgen om het land uit te komen. Om geloofwaardig over te komen moest hij liegen, handig liegen om de Zweedse politieman erin te laten lopen.

Wallander had op dat ogenblik geen vragen meer.

Hij voelde zich moe, maar misschien had hij bereikt wat hij wilde. De aanslag was verijdeld, in ieder geval een aanslag gepleegd door Victor Mabasha. Als die de waarheid sprak tenminste. Zijn onbekende collega's in Zuid-Afrika zouden in ieder geval meer respijt krijgen. En Victor Mabasha's weigering kon voor de zwarten in Zuid-Afrika alleen maar positief uitpakken, dacht Wallander.

Ik heb nu voldoende, dacht hij. Ik zal via Interpol contact met de Zuid-Afrikaanse politie opnemen om de mensen daar op de hoogte te stellen. Meer kan ik niet doen. Nu blijft alleen Konovalenko nog over. Maar als ik probeer een arrestatiebevel van Per Åkeson voor Konovalenko los te krijgen, loop ik het risico van een nog grotere verwarring. Bovendien neemt de kans dat Konovalenko het land verlaat dan verder toe. Ik hoef niet nog meer te weten. Ik kan nu mijn laatste illegale daad voor Victor Mabasha plegen. Hem helpen het land te verlaten.

Zijn dochter was bij het laatste deel van het gesprek aanwezig geweest. Ze was wakker geworden en was verbaasd de keuken binnengekomen. Wallander had haar in het kort uitgelegd wie de man was.

'Die je neergeslagen heeft?' vroeg ze.

'Precies.'

'En nu zit hij hier koffie te drinken?'

'Ja.'

'Vind je dat zelf niet een beetje vreemd?'

'Het leven van een politieman is vreemd.'

Daarna had ze niets meer gevraagd. Toen ze zich aangekleed had, was ze teruggekomen en had zwijgend op een stoel zitten luisteren. Later had Wallander haar naar de apotheek gestuurd om verband voor Victor Mabasha's hand te kopen. Hij had ook een strip penicilline in de badkamerkast gevonden en Victor Mabasha een tablet gegeven, hoewel hij heel goed wist dat hij de dokter had moeten bellen. Met een gevoel van onbehagen had hij daarna de wond schoongemaakt en de hand opnieuw verbonden.

Daarna had hij Lovén gebeld. Hij had hem meteen aan de lijn gekregen. Hij had naar nieuws over Konovalenko en de verdwenen mensen uit de huurwoning in Hallunda gevraagd, maar dat Victor Mabasha in zijn keuken zat, dat had hij Lovén niet toevertrouwd.

'We weten nu waar ze waren toen we toesloegen', zei Lovén. 'Ze waren domweg naar een flat in hetzelfde gebouw twee etages hoger verhuisd. Slim en handig. Daar hadden ze een reserveflat op haar naam. Maar ze zijn nu verdwenen.'

'Dan weten we toch iets', zei Wallander. 'Dat ze nog in het land zijn. Waarschijnlijk in Stockholm. Daar kun je je het gemakkelijkst schuilhouden.'

'Mocht het nodig zijn, dan trap ik persoonlijk de deuren van alle flats in deze stad in', zei Lovén. 'We moeten ze nu toch echt inrekenen. En wel heel gauw.'

'Concentreer je op Konovalenko', zei Wallander. 'Ik denk dat de Afrikaan minder belangrijk is.'

'Wist ik nou maar wat hen verbindt', zei Lovén.

'Ze waren samen op de plek waar Louise Åkerblom vermoord werd', antwoordde Wallander. 'Vervolgens heeft Konovalenko een bankoverval gepleegd en een agent doodgeschoten. Die Afrikaan was daar niet bij.'

'Maar wat heeft het allemaal toch te betekenen?' vroeg Lovén. 'Ik zie nergens enig verband, alleen een onduidelijke link die iedere logica mist.'

'Toch weten we al heel wat', antwoordde Wallander. 'Konovalenko schijnt bezeten van het idee die Afrikaan om te brengen. Daar mag je uit concluderen dat ze vijanden geworden zijn. Wat ze eerst niet waren.'

'Maar waar past je makelaar in dit beeld?'

'Nergens. We moeten concluderen dat ze toevallig gedood is. Zoals je onlangs zelf zei is Konovalenko meedogenloos.'

'Alles is terug te brengen tot één enkele vraag', zei Lovén. 'Waarom?'

'De enige die daar antwoord op kan geven is Konovalenko', antwoordde Wallander.

'Of die Afrikaan,' zei Lovén. 'Die vergeet je, Kurt.'

Het was na het telefoongesprek met Lovén dat Wallander definitief besloot Victor Mabasha te helpen het land uit te komen. Maar eerst moest hij heel zeker weten dat Victor Mabasha Louise Åkerblom niet had doodgeschoten.

Hoe kom ik daar achter, dacht hij. Ik heb nooit iemand ontmoet die zo'n volslagen uitdrukkingsloos gezicht heeft. Ik kan aan die man niet aflezen waar een waarheid ophoudt en een leugen begint.

'Je kunt maar beter hier blijven', zei hij tegen Victor Mabasha. 'Ik heb nog steeds een heleboel vragen waar ik een antwoord op wil hebben. Je doet er goed aan maar vast aan die gedachte te wennen.'

Afgezien van het autoritje op zondag, brachten ze het weekeinde in Wallanders flat door. Victor Mabasha was uitgeput en sliep het grootste deel van de tijd. Wallander was bang dat de wond bloedvergiftiging zou veroorzaken. Tegelijk stond hij doodsangsten uit omdat hij de man überhaupt in zijn flat liet verblijven. Zoals zo vaak had hij zijn intuïtie gevolgd in plaats van zijn verstand. Nu wist hij niet hoe hij zich uit de situatie moest redden.

Zondagavond bracht hij Linda met de auto naar zijn vader. Hij zette haar op straat af, dan hoefde hij de verwijten van zijn vader niet aan te horen dat hij niet eens tijd voor een kop koffie had.

Maar eindelijk was het dan toch maandag en kon hij weer naar het politiebureau. Björk heette hem welkom. Daarna zaten ze met Martinson en Svedberg in het vergaderlokaal. Wallander gaf een selectie van wat zich in Stockholm had afgespeeld. Er waren veel vragen, maar niemand had uiteindelijk iets tegen te werpen. De sleutel tot alles had Konovalenko.

'Met andere woorden, het is afwachten geblazen tot hij opgepakt wordt', vatte Björk samen. 'Dan hebben we nu wat tijd voor de stapels andere dossiers die liggen te wachten.'

Ze bekeken wat het meeste haast had. Het lot viel op Wallander om uit te zoeken wat er met drie renpaarden was gebeurd die van een paardenfarm bij Skårby gestolen waren. Tot verbazing van zijn collega's barstte hij in lachen uit.

'Dit is absurd', verontschuldigde hij zich. 'Eerst een verdwenen vrouw. En dan nu een paar gestolen renpaarden.'

Hij was nauwelijks op zijn kamer toen hij het bezoek kreeg dat hij verwacht had. Wie met de vraag zou komen wist hij niet. Het kon willekeurig wie van zijn collega's zijn, maar het was Martinson die op de deur klopte en binnenkwam.

'Heb je even tijd?' vroeg hij.

Wallander knikte.

'Ik moet je wat vragen', ging Martinson verder.

Wallander zag dat Martinson zich bezwaard voelde.

'Ik luister', zei hij.

'Iemand heeft je gisteren met een Afrikaan gezien', zei Martinson. 'In je auto. Ik dacht zo...'

'Wat dacht je?'

'Ik weet het eigenlijk niet.'

'Linda heeft weer contact met haar Keniaan gezocht.'

'Dat dacht ik al.'

'En zo net zei je dat je niet wist wat je dacht?'

Martinson breidde zijn armen uit en trok zijn gezicht in een grijns. Toen ging hij haastig de kamer uit.

Wallander liet de zaak van de verdwenen paarden liggen, deed de deur dicht die Martinson open had laten staan en dacht na. Op welke vragen wilde hij antwoord van Victor Mabasha hebben? En hoe kon hij nagaan wat waar was?

De laatste jaren had Wallander een aantal keren over heel verschillende dingen contact met buitenlanders gehad. Hij had met hen gesproken in hun hoedanigheid van slachtoffer van een misdrijf maar ook van mogelijke dader. Hij had toen vaak bedacht dat waarheden over goed en kwaad, over schuld en onschuld, die in het verleden onomstotelijk voor hem vaststonden, dat niet altijd zonder meer hoefden te zijn. Hij had ook vroeger al ingezien dat het van de cultuur van de mensen afhing wat ze als een groot of als een gering misdrijf beschouwden. In een dergelijke situatie had hij vaak een gevoel van hulpeloosheid gehad. Hij vond dat hij niet adequaat genoeg toegerust was om de juiste vragen te stellen. Vragen die een misdrijf óf konden ophelderen óf tot het vrijlaten van een verdachte konden leiden. In het jaar dat zijn oude collega en leermeester Rydberg overleden was, hadden ze het samen vaak over de grote veranderingen gehad die zich in hun land, net als in de rest van de wereld, aan het voltrekken waren. Er zouden nieuwe eisen aan de politie gesteld worden. Rydberg had van zijn whisky genipt en voorspeld dat de Zweedse politie in het komende decennium meer zou moeten veranderen dan in haar hele bestaan tot dan toe. Maar het zou geen ingrijpende organisatorische maatregelen betreffen, nee, het werk van de politie zelf zou moeten veranderen.

'Ik zal dat niet meer meemaken', had Rydberg op een avond gezegd, toen ze dicht bij elkaar op zijn kleine balkon zaten. 'Ieder mens heeft de hem toegemeten tijd. Soms ben ik weemoedig dat ik niet meer mee zal maken wat er gaat gebeuren. Het zal zeker moeilijk zijn, maar ook spannend. Maar jij zult er wel bij zijn. En jij zult op een heel nieuwe manier moeten leren denken.'

'Ik vraag me af of ik dat wel red', had Wallander geantwoord. 'Ik stel mezelf steeds vaker de vraag of er geen leven buiten het politiebureau bestaat.'

'Als iemand naar West-Indië gaat, moet hij er wel voor zorgen niet terug te komen', had Rydberg ironisch gezegd. 'Zij die weggaan en terugkomen worden zelden beter van hun avontuur. Ze bedriegen zichzelf. Ze hebben de oude waarheid niet begrepen dat een mens zichzelf niet achter kan laten.'

'Ik zou zoiets nooit doen', had Wallander geantwoord. 'Er is bij mij geen plaats voor dergelijke grote plannen. Ik kan hoogstens lopen piekeren of er geen ander werk is dat me ligt.'

'Jij zult een politieman zijn zolang je leeft', had Rydberg gezegd. 'Jij bent als ik. Dat kun je maar beter inzien.'

Wallander duwde de gedachten aan Rydberg weg, pakte een nietgebruikte blocnote en greep naar een pen.

Daarna bleef hij zo zitten. Vragen en antwoorden, dacht hij. Hier begint de eerste fout waarschijnlijk al. Veel mensen, en zeker zij die uit verre werelddelen komen, moet je vrijuit laten praten, willen ze een antwoord kunnen formuleren. Dat heb ik mezelf moeten leren toen ik onder de meest uiteenlopende omstandigheden met Afrikanen, Arabieren en Zuid-Amerikanen heb zitten praten. Ze voelen vaak een zekere angst voor onze haast, die ze voor minachting houden. Geen tijd voor iemand hebben, niet samen met iemand kunnen zwijgen, staat voor hen gelijk aan afgewezen worden, aan schamperheid.

Vertel maar, schreef hij bovenaan de blocnote.

Misschien kwam hij zo verder, dacht hij.

Vertel maar, meer niet.

Hij schoof de blocnote terzijde en ging met zijn voeten op het bureau zitten. Daarna belde hij naar huis en hoorde dat alles rustig was. Hij beloofde over een paar uur thuis te zijn.

Hij las verstrooid de aangifte van de verdwenen paarden door. Daar leerde hij alleen maar uit dat er in de nacht van 6 mei drie kostbare dieren verdwenen waren. Ze hadden 's avonds nog in hun box gestaan. 's Ochtends, toen een van de stalmeisjes om halfzes de deuren had opengedaan, waren de boxen leeg geweest.

Hij keek op zijn horloge en besloot naar de paardenfarm te gaan. Nadat hij met drie paardenverzorgers en de persoonlijke vertegenwoordiger van de eigenaar gesproken had, neigde Wallander ertoe te geloven dat het wel eens een gewaagd staaltje van verzekeringsbedrog kon zijn. Hij maakte een paar notities en zei dat hij terug zou komen.

Op de terugweg naar Ystad stopte hij bij Vaders Hoed om een kop koffie te drinken.

Hij vroeg zich verstrooid af of ze in Afrika renpaarden hadden.

21

Sikosi Tsiki kwam op woensdagavond 13 mei in Zweden aan.

Dezelfde avond hoorde hij van Konovalenko dat hij in het zuiden van het land zou blijven. Daar zou zijn voorbereiding plaatsvinden en daarvandaan zou hij het land weer verlaten. Toen Konovalenko van Jan Kleyn had gehoord dat de plaatsvervanger onderweg was, had hij de mogelijkheid overwogen om een verblijfplaats ergens in de buurt van Stockholm te zoeken. Mogelijkheden genoeg, vooral in de buurt van Arlanda, waar het lawaai van opstijgende en landende vliegtuigen de meeste andere geluiden overstemde. Daar zou dan het noodzakelijke inschieten van het geweer kunnen plaatsvinden. Daarnaast moest hij ook het probleem met Victor Mabasha nog oplossen en met de Zweedse politieman, die hij steeds meer begon te haten. Als ze nog in Stockholm waren moest hij in de stad blijven tot ze waren geliquideerd. En hij kon zijn ogen evenmin sluiten voor het simpele feit dat er in het hele land van een verhoogde waakzaamheid sprake was sinds hij die agent gedood had. Voor alle zekerheid besloot hij op twee fronten tegelijk te opereren. Terwijl hij Tania bij zich in Stockholm hield, stuurde hij Rykoff opnieuw naar het zuiden van het land om een geschikt huis in een goed afgelegen omgeving te zoeken. Rykoff had op een landkaart een gebied ten noorden van Skåne aangewezen dat Småland heette en hij had gezegd dat het daar veel gemakkelijker was om een afgelegen boerderij te vinden. Maar Konovalenko wilde in de buurt van Ystad zijn. Als ze Victor Mabasha en de politieman niet in Stockholm vonden, zouden die twee vroeg of laat in Wallanders woonplaats opduiken. Hij was daar even zeker van als van de onverwachte band die er inmiddels tussen de zwarte man en Wallander was ontstaan. Hij had zich ingedacht wat dat voor band kon zijn. Hij was er ook steeds meer van overtuigd geraakt dat die twee zich in elkaars nabijheid bevonden. Als hij de een vond, zou hij ook de ander vinden.

Via het toeristenbureau huurde Rykoff een huis dat ten noordoosten van Ystad lag, de kant van Tomelilla op. De ligging had beter gekund, maar er lag een verlaten grindgroeve naast die ze voor hun schietoefeningen konden gebruiken. Omdat Konovalenko besloten had dat Tania dit keer mee zou gaan, had Rykoff de vrieskist niet met eten hoeven te vullen.

En daarom had hij op bevel van Konovalenko zijn wachttijd besteed met uitzoeken waar Wallander woonde en vervolgens met het in de gaten houden van diens flat. Hij had zijn best gedaan, maar Wallander had zich niet laten zien. De dag voor Sikosi Tsiki zou arriveren, dinsdag 12 mei, had Konovalenko besloten in Stockholm te blijven. Hoewel geen van de mensen die hij erop uitgestuurd had om Victor Mabasha te zoeken hem gezien had, was Konovalenko er zeker van dat Mabasha zich ergens in de stad schuilhield. Hij kon zich evenmin voorstellen dat een kennelijk zo voorzichtige en zo behoedzaam opererende politieman als Wallander te vroeg naar zijn eigen huis terug zou keren. Wallander mocht immers aannemen dat het in de gaten gehouden werd.

Toch was het ten slotte daar dat Rykoff hem zag, even na vijven op dinsdagmiddag. De deur ging open en Wallander kwam naar buiten. Hij was alleen en Rykoff, die in zijn auto zat, zag dat Wallander op zijn hoede was. Wallander ging te voet en Rykoff wist dat hij onmiddellijk ontdekt zou worden als hij hem in zijn auto zou volgen. Daardoor zat hij er nog toen de deur tien minuten later opnieuw openging. Rykoff verstijfde. Dit keer kwamen er twee mensen naar buiten. Een jong meisje, dat Wallanders dochter moest zijn en die Rykoff niet eerder gezien had, met vlak achter haar Victor Mabasha. Ze staken de straat over, stapten in een auto en reden weg. Ook nu deed Rykoff geen moeite hen te volgen. Hij bleef zitten waar hij was en draaide het nummer van een flat in Järfälla, waar Konovalenko op dat moment met Tania verbleef. Het was Tania die opnam. Na een korte groet vroeg Rykoff naar Konovalenko. Toen Konovalenko Rykoffs verhaal gehoord had, had hij onmiddellijk een besluit genomen. Tania en hij zouden de volgende ochtend naar Skåne komen. Daar zouden ze blijven tot ze Sikosi Tsiki opgehaald en Wallander en Victor Mabasha en, indien nodig, ook de dochter gedood hadden. Wat er daarna moest gebeuren zouden ze dan wel zien. Maar ze konden altijd naar de flat in Järfälla terugkeren.

's Nachts reed Konovalenko met Tania naar Skåne. Rykoff wachtte hen op op de parkeerplaats bij de westelijke afslag naar Ystad. Ze reden regelrecht naar het huis dat hij gehuurd had. Later op de middag bracht Konovalenko eveneens een bezoek aan Mariagatan. Hij stond een hele tijd naar het huis te kijken waar Wallander woonde. Op de terugweg stopte hij ook nog op de helling voor het politiebureau.

De situatie was heel simpel. Hij mocht dit keer niet falen. Dat zou het einde van zijn droom over een toekomst in Zuid-Afrika betekenen. Hij realiseerde zich dat hij nu al riskant te werk ging. Hij had niet tegen Jan Kleyn gezegd dat Victor Mabasha nog leefde. Het risico bestond, al was het gering, dat de Zuid-Afrikaan een mannetje had dat hem verslag uitbracht zonder dat Konovalenko het wist. Zo nu en dan had hij mensen op pad gestuurd om eventuele schaduwers op te sporen. Maar niemand had over een mogelijke bewaking in opdracht van Jan Kleyn gerapporteerd.

Konovalenko en Rykoff besteedden die dag om een besluit te nemen. Hoe zouden ze het aanpakken? Konovalenko had direct al besloten om hard en zonder aarzeling toe te slaan. Bruut en onmiddellijk.

'Waar beschikken we over?' had Konovalenko gevraagd.

'Over zo goed als alles, behalve granaatwerpers', had Rykoff geantwoord. 'We hebben explosieven, ontstekingsmechanismen op afstand, granaten, automatische wapens, hagelgeweren, pistolen en verbindingsapparatuur.'

Konovalenko nam een wodka. Het liefst wilde hij Wallander levend gevangennemem. Hij had graag antwoord op een paar vragen gehad voordat hij hem doodde, maar hij verdrong die gedachte. Hij kon geen risico's nemen.

Toen besloot hij wat ze zouden doen.

'Tania, morgenochtend als Wallander weg is, moet je naar het huis gaan om poolshoogte te nemen hoe het trappenhuis en de buitendeur eruitzien', zei hij. 'Doe of je reclamefolders in de bus doet. Die nemen we mee uit een warenhuis. Daarna moet het huis onafgebroken bewaakt worden. Als we zeker weten dat ze morgenavond thuis zijn, slaan we toe. We verschaffen ons toegang met behulp van explosieven en laten dat door wapengekletter volgen. Als alles goed verloopt, doden we ze alletwee, daarna nemen we de benen.

'Ze zijn met zijn drieën', merkte Rykoff op.

'Twee of drie', antwoordde Konovalenko. 'We kunnen ons niet permitteren iemand in leven te laten.'

'Die nieuwe Afrikaan, die ik vanavond af moet halen,' vroeg Rykoff, 'doet die ook mee?'

'Nee', antwoordde Konovalenko. 'Die blijft hier bij Tania.'

Daarna keek hij ernstig naar Rykoff en Tania.

'Het is namelijk zo dat Victor Mabasha al een paar dagen dood is', zei hij. 'Tenminste, dat is wat Sikosi Tsiki moet geloven, is dat duidelijk?'

Beiden knikten.

Konovalenko schonk zichzelf en Tania nog een wodka in. Rykoff bedankte omdat hij de explosieven gereed moest maken en niet onder invloed wilde zijn. Bovendien moest hij over een paar uur Sikosi Tsiki in Limhamn ophalen.

'We moeten de man uit Zuid-Afrika een welkomstetentje aanbieden', zei Konovalenko. 'Niemand van ons zit graag met een Afrikaan aan tafel, maar soms is het in verband met een opdracht onvermijdelijk.'

'Victor Mabasha hield niet van Russisch eten', zei Tania.

Konovalenko dacht even na.

'Kip', zei hij toen. 'Iedere Afrikaan houdt van kip.'

Om zes uur haalde Rykoff Sikosi Tsiki in Limhamn op. Een paar uur laten zaten ze aan tafel. Konovalenko hief zijn glas.

'Morgen is voor jou een rustdag', zei hij. 'Vrijdag gaan we aan de slag.'

Sikosi Tsiki knikte. De plaatsvervanger was al even zwijgzaam als zijn voorganger.

Zwijgzame mannen, dacht Konovalenko. Meedogenloos als het erop aan komt. Net zo meedogenloos als ik.

De dagen na zijn terugkeer in Ystad besteedde Wallander grotendeels aan het smeden van plannen die niet van criminaliteit ontbloot waren. Met verbeten vastberadenheid bereidde hij Victor Mabasha's vlucht uit het land voor. Na veel zelfkwelling en angst was hij tot de conclusie gekomen dat het de enige manier was om de situatie onder controle te krijgen. Hij zat boordevol zelfverwijt en herinnerde zichzelf er voortdurend aan dat zijn handelingen volstrekt verwerpelijk waren. Ook als Victor Mabasha Louise Åkerblom niet zelf gedood had, was hij er in ieder geval bij aanwezig geweest. Bovendien had hij verscheidene auto's gestolen en een overval op een winkel gepleegd. Alsof dat nog niet genoeg was, verbleef hij illegaal in Zweden en beraamde hij een ernstig misdrijf in zijn vaderland. Wallander hield zichzelf voor dat die misdaad dankzij hem niet plaats zou vinden. Bovendien zou Konovalenko Victor Mabasha nu niet kunnen vermoorden. En als ze Konovalenko eenmaal gearresteerd hadden, zou hij zijn straf voor de moord op Louise Åkerblom niet ontlopen. Wallander was van plan via Interpol een bericht naar zijn collega's in Zuid-Afrika te sturen. Maar eerst moest hij Victor Mabasha het land uit zien te krijgen. Om geen onnodige aandacht te trekken had hij contact met een reisbureau in Malmö opgenomen om uit te zoeken hoe Mabasha naar Lusaka in Zambia kon vliegen. Mabasha had hem uitgelegd dat hij Zuid-Afrika niet zonder visum binnen kon komen. Maar als Zweeds staatsburger hoefde hij geen visum voor Zambia te hebben. Hij beschikte over voldoende geld voor een vliegbiljet en voor de rest van zijn reis van Zambia, via Zimbabwe en Botswana. Eenmaal in de buurt van Zuid-Afrika zou hij op een onbewaakte plek de grens oversteken. Het reisbureau in Malmö legde Wallander verschillende reisroutes voor. Ten slotte werden ze het eens dat Victor Mabasha naar Londen zou vliegen en vandaar met Zambia Airways naar Lusaka. Dat betekende dat Wallander voor een vals paspoort moest zorgen. Dit deel was niet alleen in praktisch opzicht zijn moeilijkste opgave, het stelde hem tevens voor de grootste gewetensvraag. Het betekende verraad aan zijn beroep om een paspoort te vervalsen en dat nog wel op zijn eigen politiebureau. Het hielp niet dat hij Victor Mabasha de belofte had laten doen het paspoort onmiddellijk te vernietigen wanneer hij in Zambia door de paspoortcontrole heen was.

'Dezelfde dag nog', had Wallander geëist. 'En je moet het verbranden.'

Om de pasfoto's te kunnen nemen had Wallander een goedkoop fototoestel gekocht. Het probleem, waar hij tot op het laatst geen oplossing voor wist, was hoe hij Victor Mabasha door de Zweedse paspoortcontrole moest loodsen. Victor Mabasha mocht dan een Zweeds paspoort hebben dat technisch gezien echt was en niet in de bestanden van de grenspolitie voorkwam, toch was het risico groot dat er iets onverwachts kon gebeuren. Na veel wikken en wegen besloot Wallander Victor Mabasha via de terminal van de propellerboten in Malmö het land uit te krijgen. Hij zou hem een eersteklaskaartje geven. Hij hoopte dat zo'n inschepingsbiljet ertoe zou bijdragen dat de paspoortcontroleurs zich niet speciaal voor hem zouden interesseren. Ze zouden vlak voor de ogen van de politiemensen afscheid nemen en Wallander zou hem een paar zinnen in vloeiend Zweeds leren.

Zijn vertrek en de herbevestiging van de vliegtickets wezen uit dat hij Zweden vrijdagochtend 15 mei zou verlaten. Dan moest Wallander een vals paspoort klaar hebben.

Dinsdagmiddag had hij twee foto's meegenomen en een aanvraagformulier voor een paspoort voor zijn vader ingevuld. De vervaardiging van paspoorten was kort geleden drastisch gewijzigd. Het paspoort werd nu gereed gemaakt terwijl de aanvrager erop wachtte. Wallander wachtte tot de vrouw die over de paspoorten ging haar laatste klant geholpen had en op het punt stond om te sluiten.

'Neem me niet kwalijk dat ik een beetje laat ben,' zei Wallander, 'maar mijn vader gaat met een reis voor gepensioneerden naar Frankrijk en natuurlijk moest hij zijn paspoort meeverbranden toen hij oude papieren opruimde.'

'Dat kan gebeuren', zei de vrouw, die Irma heette. 'Moet hij het vandaag nog hebben?'

'Liefst wel', antwoordde Wallander. 'Het spijt me dat ik zo laat ben.'

'Dat jullie de moord op die vrouw maar niet kunnen oplossen', zei ze, terwijl ze de foto's en het aanvraagformulier aannam.

Wallander keek aandachtig toe wat ze deed en zag het paspoort ontstaan. Later, toen hij met het resultaat in zijn handen stond, dacht hij dat het hem geen moeite zou kosten het na te doen.

'Imponerend eenvoudig', zei hij.

'Maar vervelend', antwoordde Irma. 'Waarom wordt werk altijd vervelender naarmate het eenvoudiger is?'

'Kom bij de politie', zei Wallander. 'Wij vervelen ons nooit.'

'Ik ben bij de politie', zei ze. 'Bovendien betwijfel ik of ik met je zou willen ruilen. Het moet vreselijk zijn om een lijk uit een put te halen. Hoe voelt zoiets?'

'Dat weet ik niet', antwoordde Wallander. 'Waarschijnlijk krijg je zo'n opduvel dat je verdoofd raakt en helemaal niets meer voelt. Maar het ministerie van Justitie beschikt ongetwijfeld over een onderzoeksrapport waarin staat hoe politiemensen die vrouwenlijken uit putten halen zich voelen.'

Hij bleef met haar staan praten terwijl ze afsloot. Alle onderdelen voor de paspoorten werden in een kluis bewaard, maar hij wist waar de sleutels hingen.

Wallander en Mabasha hadden besloten dat Victor Mabasha het land als de Zweedse staatsburger Jan Berg zou verlaten. Wallander had een groot aantal combinaties uitgeprobeerd om erachter te komen welke namen Victor Mabasha het gemakkelijkst kon uitspreken. Ze stopten bij Jan Berg. Victor Mabasha had gevraagd wat de naam betekende. Hij was verheugd toen de woorden voor hem vertaald werden. Wallander had de afgelopen dagen tijdens hun gesprekken opgemaakt dat de man uit Zuid-Afrika in nauw contact met een geestenwereld leefde, een wereld die hem totaal vreemd was. Niets was toevallig, niet eens een willekeurige naamsverandering. Linda had hem geholpen omdat ze enigszins had kunnen uitleggen waarom Victor Mabasha dacht zoals hij deed. Maar Wallander meende toch in een wereld te blikken waarvoor hij de vereiste achtergrond miste om haar te doorgronden. Victor Mabasha sprak over zijn voorvaderen alsof ze leefden. Wallander wist soms niet of gebeurtenissen honderden jaren terug lagen in de tijd of dat ze onlangs gebeurd waren. Hij kon zich maar niet uit zijn fascinatie voor Victor Mabasha losrukken. Hij vond het steeds moeilijker te vatten dat de man een crimineel was die een verschrikkelijke misdaad in zijn vaderland zou gaan plegen.

Dinsdagavond bleef Wallander nog tot laat op zijn kantoor. Om de tijd te verdrijven schreef hij een brief aan Baiba Liepa in Riga. Maar toen hij hem doorlas verscheurde hij hem. Ooit zou hij een brief schrijven die hij zou versturen, maar nu nog niet, zoveel drong wel tot hem door.

Om tien uur was alleen de nachtploeg nog aanwezig. Omdat hij het licht in het vertrek waar de paspoorten vervaardigd werden niet aan durfde te doen, had hij een afgeschermde zaklantaarn meegenomen die een blauw licht gaf. Hij liep de gang door en wenste dat hij heel ergens anders naartoe ging. Hij moest aan Victor Mabasha's geestenwereld denken en vroeg zich af of Zweedse politiemensen een speciale beschermengel hebben die over hen waakt als ze op weg zijn om iets ontoelaatbaars te doen.

De sleutel hing op zijn plaats in de archiefkast. Hij stond even naar het apparaat te kijken dat de foto's en de lijntjes en hokjes van de ingevulde aanvraagformulieren in een paspoort veranderde.

Daarna trok hij gummihandschoenen aan en ging aan de slag. Eén keer meende hij naderende voetstappen te horen. Hij dook weg achter het apparaat en knipte de zaklantaarn uit. Toen de voetstappen verdwenen waren ging hij verder. Hij voelde het zweet onder zijn overhemd over zijn huid lopen. Maar ten slotte stond hij met het paspoort in zijn handen. Hij zette het apparaat af, hing de sleutel op zijn plaats in de archiefkast en deed die op slot. Vroeg of laat zou een controle aan het licht brengen dat er een basisdocument voor een paspoort ontbrak. Gezien de registratienummers kon dat morgen al zijn, dacht hij. Björk zou zich grote zorgen maken, maar niets zou naar Wallander wijzen.

Pas toen hij weer in zijn kamer terug was en op zijn stoel neerzonk, realiseerde hij zich dat hij vergeten was het paspoort te stempelen. Hij vloekte in zichzelf en gooide het paspoort voor zich op zijn bureau.

Op dat moment werd de deur opengerukt en kwam Martinson binnen. Hij schrok toen hij Wallander zag zitten.

'O, neem me niet kwalijk', zei hij. 'Ik wist niet dat je hier was. Ik wou alleen even kijken of ik mijn muts hier heb laten liggen.'

'Je muts?' vroeg Wallander. 'Half mei?'

'Ik geloof dat ik verkouden ga worden', antwoordde Martinson. 'Ik had hem bij me toen we gisteren hier waren.'

Wallander herinnerde zich niet dat Martinson de vorige dag, toen hij en Svedberg hier waren om de laatste stand van zaken in het onderzoek en de vruchteloze jacht op Konovalenko door te nemen, een muts bij zich had gehad.

'Kijk op de grond onder de stoel', zei Wallander.

Toen Martinson zich bukte stopte Wallander snel het paspoort in zijn zak.

'Niets', zei Martinson. 'Ik verlies altijd al mijn mutsen.'

'Vraag de werkster', stelde Wallander voor.

Martinson stond op het punt om weg te gaan toen hem iets te binnen schoot. 'Herinner je je Peter Hanson nog?' vroeg hij.

'Hoe zou ik die kunnen vergeten?' antwoordde Wallander.

'Svedberg heeft hem een paar dagen geleden gebeld om nog wat bijzonderheden inzake het proces-verbaal. Toen heeft hij Peter Hanson van de inbraak in je flat verteld. Dieven houden contact met elkaar. Svedberg vond dat hij het altijd kon proberen. Gisteren belde Peter Hanson en zei dat hij misschien wist wie het gedaan had.'

'Verdomme', zei Wallander. 'Als hij ervoor kan zorgen dat ik mijn platen en cd's terugkrijg, heb ik lak aan mijn installatie.'

'Heb het er morgen met Svedberg over', zei Martinson. 'En maak het niet te laat.'

'Ik wou juist weggaan', antwoordde Wallander die opstond.

Martinson bleef in de deuropening staan.

'Denk je dat we hem zullen pakken?' vroeg hij.

'Natuurlijk', zei Wallander. 'Natuurlijk pakken we hem. Konovalenko zal de dans niet ontspringen.'

'Ik vraag me af of hij nog wel in het land is', wierp Martinson tegen.

'Daar moeten we wel van uitgaan', antwoordde Wallander.

'En die Afrikaan die zijn vinger mist?'

'Konovalenko zal dat ongetwijfeld uit kunnen leggen.'

Martinson knikte aarzelend.

'Nog één ding', zei hij. 'Louise Åkerblom wordt morgen begraven.'

Wallander keek hem aan, maar zei niets.

De begrafenis was op woensdagmiddag om twee uur. Tot op het laatst aarzelde Wallander of hij zou gaan. Hij had geen persoonlijke relatie met de Åkerbloms gehad. De vrouw die begraven werd was al dood geweest toen hij haar zag. En het kon misschien fout opgevat worden als een politieman naar de begrafenis kwam, zeker nu de dader nog niet gepakt was. Het viel Wallander niet mee om voor zichzelf uit te maken waarom hij toch overwoog te gaan. Misschien uit nieuwsgierigheid? Of was het een slecht geweten? Maar toen het één uur was trok hij een donker kostuum aan. Hij moest lang naar zijn witte das zoeken eer hij die vond. Victor Mabasha zat naar hem te kijken toen Wallander zijn das voor de spiegel in de hal strikte.

'Ik moet naar een begrafenis', zei Wallander. 'Van de vrouw die door Konovalenko is gedood.'

Victor Mabasha keek hem verbaasd aan.

'Nu pas?' vroeg hij. 'Bij ons begraven we de doden zo vlug mogelijk. Opdat ze niet terugkeren.'

'Wij geloven niet in spoken', antwoordde Wallander.

'De geesten zijn geen spoken', zei Victor Mabasha. 'Soms vraag ik me af hoe het komt dat blanken zo weinig begrijpen.'

'Misschien heb je gelijk', zei Wallander. 'Misschien niet. Het kan ook andersom zijn.'

Toen vertrok hij. Hij merkte dat hij zich aan Victor Mabasha's vraag geërgerd had.

Moet die zwarte duivel mij iets leren?, dacht hij oneerbiedig. Wat had hij zonder mij moeten beginnen?

Hij parkeerde zijn auto een eindje van de kapel bij het crematorium en wachtte tot de klokken luidden en de in het zwart geklede mensen door de deur verdwenen. Pas toen een conciërge de deur dicht wilde doen, liep hij naar binnen en ging helemaal achteraan zitten. Een man die een paar rijen voor hem zat draaide zich om om te groeten. Het was een journalist van *Ystads Allehanda.*

Daarna luisterde hij naar de orgelmuziek en kreeg meteen een brok in zijn keel. Begrafenissen waren een zware beproeving voor hem. Hij vreesde nu al de dag dat hij zijn vader naar diens graf moest begeleiden. De begrafenis van zijn moeder, elf jaar geleden, wekte nog steeds onaangename herinneringen op. Hij zou toen een korte toespraak bij de baar houden, maar stortte in en was de kerk uit gerend.

Hij probeerde zijn verwarring onder controle te krijgen door naar de mensen in de kapel te kijken. Helemaal vooraan zat Robert Åkerblom met zijn twee dochtertjes, beiden in witte jurkjes. Daarnaast zat dominee Tureson, die de begrafenisplechtigheid zou leiden.

Opeens moest hij aan de handboeien denken die hij in een bureaula in het huis van de Åkerbloms gevonden had. Het was meer dan een week geleden dat ze voor het laatst door zijn hoofd gespeeld hadden.

Politiemensen kennen een soort nieuwsgierigheid die het directe onderzoek te boven gaat, dacht hij. Misschien is het een beroepsdeformatie waar we aan lijden doordat we gedurende vele jaren in de meest verborgen privé-hoekjes van de menselijke geest moeten spitten. Ik weet dat ik die handboeien uit het onderzoek kan schrappen. Ze zijn van nul en gener waarde. Toch ben ik bereid me moeite te geven om erachter te komen waarom ze in die la lagen. Om te begrijpen welke betekenis ze voor Louise Åkerblom hadden en misschien ook voor haar man.

Hij verdrong die onaangename gedachten en concentreerde zich op de begrafenisplechtigheid. Op een bepaald moment tijdens de preek van dominee Tureson kreeg hij oogcontact met Robert Åkerblom. Ondanks de afstand zag hij de eenzaamheid en het mateloze verdriet van de man. De brok in zijn keel keerde terug en zijn tranen begonnen te stromen. Om zijn zelfbeheersing terug te krijgen dacht hij aan Konovalenko. In het geheim was Wallander, net als waarschijnlijk het gros van de politiemensen in het land, in zijn hart niet honderd procent voor een algeheel verbod op de doodstraf. Even het schandaal buiten beschouwing latend dat die straf voor landverraad in oorlogstijd was afgeschaft, meende hij evenwel niet dat deze straf louter als reactie op bepaalde misdaden ten uitvoer gelegd moest worden. Het was wel zo dat bepaalde moorden, bepaalde verkrachtingen, bepaalde drugsmisdrijven in hun wreedheid, hun volstrekte verachting voor de mens hem ingaven dat zo iemand ieder recht op zijn eigen leven verspeeld had. Hij besefte dat zijn redenering tegenstrijdig was en dat een dergelijke wet én onmogelijk én ongerijmd zou zijn. In laatste instantie moest deze opvatting beschouwd worden als een neerslag van onverwerkte, chaotische, pijnlijke ervaringen: dingen die hij als politieman moest zien, dingen die dit soort irrationele en onverdraaglijke reacties opriepen.

Na de begrafenisplechtigheid gaf hij Robert Åkerblom en de naaste rouwenden een hand. Hij vermeed het om naar de twee dochtertjes te kijken, bang dat hij zou gaan huilen.

Dominee Tureson nam hem buiten de kapel apart.

'Het wordt zeer gewaardeerd dat u gekomen bent', zei hij tegen Wallander. 'Niemand had erop gerekend dat er iemand van de politie zou zijn.'

'Ik vertegenwoordig alleen mezelf', antwoordde Wallander.

'Des te beter dat u gekomen bent', zei dominee Tureson. 'Jullie zoeken nog altijd naar de man achter dit drama?'

Wallander knikte.

'Maar jullie pakken hem wel op, hè?'

Wallander knikte opnieuw.

'Ja', zei hij. 'Vroeg of laat. Hoe gaat het met Robert Åkerblom? En de meisjes?'

'Onze gemeente is op dit moment alles voor hen', antwoordde dominee Tureson. 'Bovendien heeft hij zijn God.'

'Hij gelooft dus nog steeds', zei Wallander rustig.

Dominee Tureson fronste zijn voorhoofd.

'Waarom zou hij zijn God verlaten voor wat de mensen hem en zijn gezin aangedaan hebben?'

'Nee', zei Wallander kalm. 'Waarom zou hij dat doen?'

'Er is over een uur een bijeenkomst in de kerk', zei dominee Tureson. 'U bent welkom.'

'Dank u,' antwoordde Wallander, 'maar ik moet weer aan het werk.' Ze gaven elkaar een hand en Wallander ging naar zijn auto. Plotseling viel het hem op dat het overal om hem heen lente was.

Was Victor Mabasha nu maar weg, dacht hij. Hadden we Konovalenko nu maar opgepakt. Dan kon ik me aan de lente wijden.

Donderdagochtend bracht Wallander zijn dochter naar het huis van zijn vader in Löderup. Eenmaal daar besloot ze plotseling om er 's nachts te blijven. Ze keek naar de verwilderde tuin en wilde die in orde maken voordat ze naar Ystad terugging. Dat zou haar minstens twee dagen kosten.

'Als je je bedenkt bel je maar', zei Wallander.

'Je had me wel eens mogen bedanken dat ik je flat schoongemaakt heb', zei ze. 'Die zag er verschrikkelijk uit.'

'Ik weet het', zei hij. 'Bedankt.'

'Hoelang moet ik hier nog blijven?' vroeg ze. 'Ik heb een heleboel te doen in Stockholm.'

'Niet lang meer', antwoordde Wallander en merkte zelf hoe weinig overtuigend hij klonk, maar tot zijn verbazing nam ze genoegen met zijn antwoord.

Later op de dag had hij een lang gesprek met officier van justitie Åkeson. Samen met Martinson en Svedberg had Wallander na zijn terugkeer alles wat er aan onderzoeksmateriaal voorhanden was bijeengebracht.

Om vier uur 's middags deed hij boodschappen en reed daarna naar huis. Voor de deur lag een ongewoon grote stapel brochures van een warenhuis. Zonder ze te bekijken gooide hij ze in de vuilnisemmer. Daarna kookte hij eten en nam opnieuw met Victor Mabasha de praktische details rond diens reis door. De uit het hoofd geleerde antwoorden klonken iedere keer als Victor Mabasha de woorden uitsprak beter.

Na het eten oefenden ze op het laatste detail. Victor Mabasha zou een overjas over zijn linkerarm dragen zodat het verband dat nog om zijn gewonde hand zat niet zichtbaar was. Ze oefenden hoe hij met zijn jas over zijn linkerarm zijn paspoort uit zijn binnenzak haalde. Wallander was tevreden. Niemand zou de verwonding zien.

'Je vliegt met een Engelse maatschappij naar Londen', zei hij. 'Met de SAS is te riskant. Zweeds cabinepersoneel leest vermoedelijk kranten en kijkt naar de televisie. Ze zouden je hand kunnen zien en alarm slaan.'

Later op de avond, toen ze geen praktische dingen meer hoefden te doen, ontstond er een stilte die geen van beiden gedurende lange tijd vermocht te verbreken. Ten slotte stond Victor Mabasha op en ging voor Wallander staan.

'Waarom heb je me geholpen?' vroeg hij.

'Dat weet ik niet', antwoordde Wallander. 'Ik heb vaak gedacht dat ik je in de boeien moest slaan. Ik besef dat ik een groot risico neem door je te laten lopen. Misschien heb je Louise Åkerblom toch vermoord. Je hebt zelf verteld hoe handig je in je vaderland leert liegen. Misschien laat ik wel een moordenaar lopen.'

'En toch doe je het?'

'Toch doe ik het.'

Victor Mabasha maakte een ketting om zijn nek los en gaf die aan Wallander. Wallander zag dat er als sieraad de tand van een roofdier aan hing.

'De luipaard is een eenzame jager', zei Victor Mabasha. 'In tegenstelling tot de leeuw gaat de luipaard zijn eigen gang en kruist alleen zijn eigen sporen. Overdag als de hitte op zijn ergst is rust hij samen met de arenden in de bomen uit.'s Nachts gaat hij in zijn eentje op jacht. Maar voor andere jagers vormt de luipaard de grootste uitdaging. Dit is een hoektand van een luipaard. Ik wil dat je die aanneemt.'

'Ik weet niet of ik je begrijp,' zei Wallander, 'maar ik neem de tand aan.'

'Een mens kan niet alles begrijpen', zei Victor Mabasha. 'Een verhaal is een reis die nooit eindigt.'

'Dat is misschien het verschil tussen jou en mij', zei Wallander. 'Ik ben eraan gewend en verwacht dat een verhaal een einde heeft. Jij vindt dat een goed verhaal oneindig is.'

'Misschien heb jij gelijk', zei Victor Mabasha. 'Het kan een voordeel zijn om iemand nooit meer te zien. Dan leeft er iets voort.'

'Misschien', zei Wallander weer. 'Maar ik betwijfel het. Ik vraag me af of dat echt zo is.'

Victor Mabasha antwoordde niet.

Een uur later lag hij op de bank onder een deken te slapen, terwijl Wallander naar de tand zat te kijken die hij gekregen had.

Opeens merkte hij dat hij onrustig was. Hij liep de donkere keuken in en speurde de straat af. Alles was rustig. Toen ging hij naar de hal en controleerde of de deur goed op slot zat. Hij ging op een krukje bij de telefoon zitten en kon alleen maar denken hoe moe hij was. Nog twaalf uur en Victor Mabasha zou weg zijn.

Hij keek opnieuw naar de tand.

Niemand zou me geloven, dacht hij. Alleen al om die reden moet ik nooit iets vertellen over mijn dagen en nachten met een zwarte man wiens vinger op een afgelegen boerderij in Skåne werd afgehakt.

Dat geheim moet ik te zijner tijd meenemen in mijn graf.

Toen Jan Kleyn en Franz Malan elkaar 's ochtends, vrijdag 15 mei, in Hammanskraal ontmoetten duurde het niet lang voordat ze beseften dat geen van beiden nog belangrijke zwakke punten in het plan ontdekt had.

De aanslag zou op 12 juni in Kaapstad plaatsvinden. Van Signal Hill achter het stadion waar Nelson Mandela zou spreken, zou Sikosi Tsiki een ideale plek hebben om zijn vérreikende geweer af te vuren. Daarna zou hij ongemerkt kunnen verdwijnen.

Maar Jan Kleyn had twee dingen noch aan Franz Malan noch aan de overige leden van het Comité verteld. Hij was ook niet van plan om dat ooit aan iemand te doen. Hij was bereid voor het voortbestaan van Zuid-Afrika en de heerschappij van de blanken een paar speciale geheimen in zijn toekomstige graf mee te nemen. In de geschiedschrijving van het land zouden bepaalde gebeurtenissen en samenhangen nooit aan het licht komen.

Het eerste was dat hij niet het risico wilde nemen Sikosi Tsiki in leven te laten als die wist wie hij gedood had. Hij twijfelde er niet aan dat Sikosi Tsiki zijn mond zou houden, maar zoals de vroegere farao's de bouwers van de geheime kamers in de piramides lieten doden, opdat de kennis van hun bestaan verloren zou gaan, zo zou hij Sikosi Tsiki opofferen. Hij zou hem zelf doden en ervoor zorgen dat het lichaam nooit gevonden werd.

Het tweede geheim dat Jan Kleyn voor zich wilde houden was dat Victor Mabasha gistermiddag nog in leven was geweest. Nu was hij dood, daar twijfelde hij niet aan, maar Jan Kleyn beschouwde het als een persoonlijke nederlaag dat Victor Mabasha zo lang de dans ontsprongen was. Hij voelde zich in hoogst eigen persoon verantwoordelijk voor Konovalenko's fouten en diens herhaalde blijk van onvermogen om het hoofdstuk Victor Mabasha af te sluiten. De KGB-man bleek onverwachte gebreken te hebben. En zijn pogingen zijn tekortkomingen achter leugens te verbergen waren ongetwijfeld zijn grootste zwakte. Jan Kleyn voelde zich altijd persoonlijk gegriefd als iemand eraan twijfelde dat hij de gewenste inlichtingen los kon krijgen. Pas wanneer de aanslag op Mandela achter de rug was zou hij beslissen of hij bereid was Konovalenko tot Zuid-Afrika toe te laten of niet. Hij had geen aarzelingen over de capaciteiten van de man om Sikosi Tsiki op zijn taak voor te bereiden. Maar misschien was datzelfde zwalkende onvermogen dat Konovalenko nu aan de dag legde ook wel de uiteindelijke oorzaak van de val van het sovjetrijk geweest. Hij sloot evenmin uit dat Konovalenko net als zijn medewerkers Vladimir en Tania in rook moest opgaan. De hele operatie vroeg om een grondige schoonmaak. En die taak wilde hij niet aan een ander overlaten.

Ze zaten aan de tafel met het groene vilten kleed en namen het plan opnieuw door. In de afgelopen week had Franz Malan Kaapstad bezocht en het stadion waar Nelson Mandela zou spreken. Hij had ook een middag op de plaats doorgebracht vanwaar Sikosi Tsiki zijn geweer zou afschieten. Hij had een video-opname gemaakt die ze drie keer op het televisietoestel in de kamer hadden bekeken. Het enige wat nog ontbrak was een rapport over de windrichtingen en windsterkte die in Kaapstad voor juni normaal waren. Onder het voorwendsel een zeilvereniging te vertegenwoordigen had Franz Malan contact opgenomen met het nationale meteorologische instituut, dat beloofd had de gevraagde inlichtingen te sturen.

De naam en het adres die hij had opgegeven zouden nooit achterhaald kunnen worden.

Jan Kleyn had geen voetenwerk verricht. Zijn bijdrage lag op een ander vlak. Hij had tot taak het plan theoretisch te ontleden. Hij had allerlei mogelijkheden overwogen en in zijn eentje een eenzaam rollenspel opgevoerd totdat hij ervan overtuigd was dat zich geen ongewenst probleem kon voordoen.

Na twee uur waren ze met hun werk klaar.

'Er rest nog één ding', zei Jan Kleyn. 'We moeten uitzoeken welke maatregelen de politie van Kaapstad voor 12 juni denkt te nemen.'

'Dat wordt mijn taak', antwoordde Franz Malan. 'We zullen een circulaire naar alle politiedistricten in het land sturen, dat we ruim op tijd kopieën willen hebben van de te nemen veiligheidsmaatregelen voor alle politieke bijeenkomsten waarop grote mensenmassa's verwacht worden.'

Ze liepen naar de veranda om te wachten op de komst van de leden van het Comité. Zwijgend keken ze naar het uitzicht. Aan de einder lag de rook zwaar boven een verkrotte zwarte woonwijk.

'Het wordt een bloedbad', zei Franz Malan. 'Ik heb er nog steeds moeite mee me voor te stellen wat er zal gebeuren.'

'Zie het als een zuiveringsprocédé', zei Jan Kleyn. 'Dat woord wekt aangenamere associaties op dan een bloedbad. Bovendien is dat wat we willen.'

'Maar toch', zei Franz Malan. 'Soms voel ik me onzeker. Zijn we wel in staat de gebeurtenissen te beheersen?'

'Het antwoord is eenvoudig', zei Jan Kleyn. 'Dat moet.'

Weer dat magische denken, dacht Franz Malan. Hij nam de man die een paar meter bij hem vandaan stond stiekem op. Soms werd hij met verbijstering geslagen. Was Jan Kleyn een gek? Een psychopaat die de gewelddadige waarheid over zichzelf onder een voortdurend beheerste houding verborg?

Hij vond het een zeer onplezierige gedachte. Het enige wat hij kon doen was die verdringen.

Om twee uur waren alle leden van het Comité gearriveerd. Franz Malan en Jan Kleyn lieten de video-opname zien en brachten verslag uit. Er waren weinig vragen, de tegenwerpingen waren gemakkelijk te weerleggen. Alles bij elkaar nam het niet meer dan een uur. Even voor drieën werd er gestemd.

Het besluit was genomen.

Over achtentwintig dagen zou Nelson Mandela vermoord worden terwijl hij in een stadion buiten Kaapstad sprak.

De bijeengekomen mannen verlieten Hammanskraal steeds enige minuten na elkaar. Jan Kleyn was de laatste die wegreed.

Het aftellen was begonnen.

22

De aanslag vond even na middernacht plaats.

Victor Mabasha had op de bank liggen slapen met een deken over zich heen. Wallander had voor het keukenraam gestaan en geprobeerd erachter te komen of hij honger had of alleen trek in een kop thee. Tegelijk vroeg hij zich af of zijn vader en dochter nog op waren. Hij nam aan van wel. Ze hadden altijd bijzonder veel om over te praten.

Terwijl hij stond te wachten tot het water kookte dacht hij eraan dat er nu drie weken verstreken waren sinds ze Louise Åkerblom waren gaan zoeken. Nu, na deze drie weken, wisten ze dat ze door een man, die Konovalenko heette, vermoord was. Dezelfde man die met grote waarschijnlijkheid ook agent Tengblad had gedood.

Over een paar uur als Victor Mabasha het land uit zou zijn, zou hij kunnen vertellen wat er gebeurd was. Maar dat zou hij anoniem doen. Hij besefte heel goed dat bijna niemand de brief zou geloven die hij anoniem naar de politie zou sturen. Het kwam er ten slotte helemaal op aan wat voor bekentenissen ze aan Konovalenko konden ontlokken. En de vraag was nog maar of hij geloofd zou worden.

Wallander schonk heet water in de pot om de thee te laten trekken. Toen trok hij een keukenstoel naar voren om te gaan zitten.

Op dat moment explodeerden de buitendeur en de hal. Door de geweldige luchtdruk werd Wallander naar achteren geworpen en sloeg met zijn hoofd tegen de koelkast. De keuken stond al snel vol rook en hij zocht tastend zijn weg naar de slaapkamerdeur. Juist toen hij bij zijn bed was en naar zijn pistool op het nachtkastje greep hoorde hij achter zich snel achter elkaar vier schoten. Hij wierp zich plat op de grond. De schoten kwamen uit de woonkamer.

Konovalenko, dacht hij koortsachtig. Nu zit hij achter me aan.

Haastig kronkelde hij zich onder zijn bed. Hij was zo bang dat hij zeker wist dat zijn hart de beproeving niet zou doorstaan. Later zou hij zich herinneren hoe vernederend hij het gevonden had dat hij onder zijn eigen bed moest sterven.

Hij hoorde een paar dreunen en naar adem happend gesteun uit de woonkamer. Toen kwam iemand de slaapkamer binnen, bleef er even roerloos staan en ging weer weg. Wallander hoorde Victor Mabasha iets roepen. Hij leefde dus nog. Daarna hoorde hij voetstappen die in het trappenhuis wegstierven. Tegelijk schreeuwde er iemand zonder dat hij eruit op kon maken of het vanuit de straat of vanuit een van de flats in het gebouw kwam.

Hij kroop onder zijn bed vandaan en richtte zich voorzichtig op om door het raam de straat in te kijken. De rook was verstikkend en hij had moeite iets te onderscheiden. Toen ontdekte hij twee mannen die Victor Mabasha tussen zich in wegsleepten. De ene was Rykoff. Zonder zich te bedenken rukte Wallander het slaapkamerraam omhoog en schoot recht de lucht in. Rykoff liet Victor Mabasha los en draaide zich om. Wallander kon zich nog net op de grond werpen voordat een salvo uit een automatisch wapen door de vensters naar binnen sloeg. De glasscherven vlogen om zijn gezicht. Toen hoorde hij gillende mensen en een auto die startte. Hij zag nog net dat het een zwarte Audi was voor de auto uit de straat verdween. Wallander rende naar beneden waar halfgeklede mensen op straat begonnen samen te scholen. Toen ze Wallander met zijn pistool in de hand zagen, wierpen ze zich gillend opzij. Wallander maakte het portier van zijn auto met stuntelige vingers open, tastte vloekend met het sleuteltje naar het contact voordat hij het vond en ging toen achter de Audi aan. In de verte hoorde hij het geluid van sirenes dat dichterbij kwam. Hij besloot Österleden te nemen en hij had geluk. Vanuit Regimentsgatan kwam de Audi aanslippen en verdween in oostelijke richting. Misschien hadden ze niet door dat hij in de auto zat. De enige verklaring dat de man in de slaapkamer zich niet gebukt had om onder het bed te kijken moest zijn dat het opgemaakt was, wat erop duidde dat Wallander niet thuis was.

Meestal liet Wallander zijn bed 's ochtends zo liggen, maar vandaag had zijn dochter, alle rommel beu, zijn flat schoongemaakt en zijn beddengoed verschoond.

Ze reden in hoog tempo de stad uit. Wallander hield afstand en het was alsof hij zich midden in een nachtmerrie bevond. Ongetwijfeld overtrad hij alle regels hoe men bij de arrestatie van een gevaarlijke misdadiger te werk moest gaan. Hij minderde vaart om te stoppen en om te keren, maar bedacht zich en reed door. Ze waren inmiddels Sandskogen gepasseerd, met de golfbaan aan hun linkerhand en Wallander vroeg zich af of de Audi naar Sandhammaren af zou slaan of rechtdoor zou rijden richting Simrishamn en Kristianstad.

Opeens zag hij de achterlichten van de auto voor zich gaan slingeren, terwijl ze tegelijkertijd dichterbij kwamen. De Audi moest een lekke band hebben. Hij zag de auto een greppel inglijden waar hij op zijn kant bleef liggen. Wallander remde abrupt af bij de oprit van een huis naast de weg en reed het erf op. Toen hij uit zijn auto stapte zag hij een man in de verlichte deuropening staan.

Wallander had zijn pistool in zijn hand. Toen hij begon te praten probeerde hij tegelijk vriendelijk en beslist te klinken.

'Ik heet Wallander en ik ben van de politie', zei hij en merkte hoezeer hij buiten adem was. 'Bel 90 000 en zeg dat ik een man, Konovalenko geheten, op het spoor ben. Leg uit waar u woont en zeg dat ze moeten gaan zoeken bij het militaire oefenterrein. Hebt u dat begrepen?'

De man, die even in de dertig leek, knikte.

'Ik herken u', zei hij. 'Ik heb u in de krant zien staan.'

'Bel nu meteen', antwoordde Wallander. 'U hebt toch wel telefoon?'

'Natuurlijk heb ik telefoon', zei de man. 'Moet u geen beter wapen hebben dan dat pistool?'

'Zeker wel,' antwoordde Wallander, 'maar ik heb geen tijd om een ander te halen.'

Toen rende hij de weg op.

In de verte zag hij de Audi. Terwijl hij voorzichtig dichterbij kwam probeerde hij in de schaduw te blijven. Hij vroeg zich nog steeds af hoelang zijn hart al die beproevingen kon doorstaan. Toch was hij blij dat hij niet onder zijn bed gestorven was. Het was alsof de angst zelf hem nu voortdreef. Hij bleef in de beschutting van een verkeersbord staan luisteren. Er was niemand meer bij de auto. Toen zag hij dat een stuk van het hek van het omheinde militaire oefenterrein kapot getrokken was. Vanuit zee kwam de mist snel binnendrijven en legde zich dicht over het schietterrein. Hij keek naar enkele schapen die roerloos op de grond lagen. Toen hoorde hij plotseling een schaap blaten dat hij, opgeslokt door de mist, niet kon zien en een ander dat onrustig antwoordde.

Daar, dacht hij. De schapen moeten me leiden. Gebukt rende hij naar het gat in de omheining, ging op de grond liggen en tuurde in de mist. Hij zag noch hoorde iets. Er kwam uit de richting van Ystad een auto aan die stopte. Er stapte iemand uit en Wallander zag dat het de man was die beloofd had 90 000 te bellen. Hij had een hagelgeweer bij zich. Wallander kroop terug door het hek.

'Blijf hier', zei hij. 'Rij honderd meter achteruit. Blijf daar op de politie wachten. Wijs ze het gat in het hek. Zeg dat er minstens twee bewapende mannen zijn. Eén met een soort automatisch geweer. Kunt u dat onthouden?'

De man knikte.

'Ik heb een geweer meegebracht', zei hij.

Wallander aarzelde even.

'Toon me hoe het werkt', zei hij toen. 'Ik heb weinig verstand van hagelgeweren.'

De man keek hem verbaasd aan. Toen wees hij op de veiligheidspal en hoe het geladen werd. Wallander begreep dat het een pompmodel was. Hij pakte het aan en de man stopte een aantal reservepatronen in Wallanders zak.

De man reed zijn auto achteruit en Wallander kroop weer door het hek. Opnieuw blaatte er een schaap. Het geluid kwam van rechts, ergens tussen een bosje en de afdaling naar het strand. Wallander stopte het pistool tussen zijn broeksriem en begon voorzichtig in de richting van het onrustige geblaat te sluipen.

De mist was nu heel dicht.

Het was Martinson die door de alarmcentrale wakker gebeld werd. Hij kreeg in één keer de mededeling over de schietpartij en de brand in Mariagatan en de boodschap die Wallander aan de man gegeven had door. Martinson was op slag klaarwakker en draaide onder het aankleden het nummer van Björk. Het duurde voor Martinsons gevoel onvoorstelbaar lang voordat zijn boodschap in Björks slaapdronken bewustzijn doordrongen was. Maar dertig minuten later stond de grootste politiemacht die Ystad op zo'n korte termijn op de been kon brengen voor het bureau. En er was versterking uit de omliggende districten onderweg. Bovendien had Björk nog kans gezien de chef van de rijkspolitie wakker te bellen, die gevraagd had geïnformeerd te worden als er een arrestatie van Konovalenko op handen was.

Martinson en Svedberg keken met afkeer naar de grote groep agenten. Ze waren beiden van mening dat een kleinere groep dezelfde prestatie in een beduidend kortere tijd kon leveren. Maar Björk hield zich aan het boekje. Hij durfde het risico van kritiek achteraf niet aan.

'Dit gaat compleet mis', zei Svedberg. 'Wij, jij en ik, moeten het voortouw nemen. Björk maakt er alleen maar een potje van. Als Wallander daar in zijn eentje is en Konovalenko is net zo gevaarlijk als wij geloven dat hij is, heeft hij ons nu nodig.'

Martinson knikte en ging naar Björk toe.

'Terwijl jij de mensen bijeenbrengt, gaan Svedberg en ik vast vooruit', zei hij.

'Geen sprake van', antwoordde Björk. 'We moeten ons aan de regels houden.'

'Dat moet je dan maar doen, maar Svedberg en ik volgen ons gezonde verstand', zei Martinson, die woedend wegliep. Björk riep hem na, maar Svedberg en Martinson stapten in een politieauto en gingen ervandoor. Ze gebaarden naar de surveillancewagen van Norén en Peters om hen te volgen.

Met grote snelheid reden ze Ystad uit. Ze lieten de surveillancewagen met zijn sirenes en blauwe licht voorop rijden. Martinson reed en Svedberg zat naast hem aan zijn pistool te frummelen.

'Wat hebben we precies?' vroeg Martinson. 'Het oefenterrein voor de afslag naar Kåseberga. Twee bewapende mannen. Een ervan is Konovalenko.'

'Eigenlijk hebben we niets om vanuit te gaan', antwoordde Svedberg. 'Ik kan niet zeggen dat dit iets is waar ik naar uitkijk.'

'Een explosie en schoten in Mariagatan', vervolgde Martinson. 'Wat is het verband?'

'Laten we hopen dat Björk daar met behulp van zijn regeltjes uitkomt', antwoordde Svedberg.

Bij het politiebureau in Ystad heerste een situatie die nog het meest op chaos leek. De hele tijd kwamen er telefoontjes binnen van bange mensen uit Mariagatan. De brandweer was bezig het vuur te blussen. Het was nu de taak van de politie om erachter te komen wie de schoten gelost hadden. Peter Edler, de commandant van de brandweer, deelde mee dat er veel bloed voor het huis lag.

Björk, die van alle kanten onder druk werd gezet, nam ten slotte het besluit dat Mariagatan maar moest wachten. Eerst moesten Konovalenko en die andere man opgepakt worden en Wallander ontzet.

'Is er iemand die weet hoe groot dat oefenterrein is?' vroeg Björk.

Niemand wist het, maar Björk wist wel dat het zich vanaf de snelweg tot aan de kust uitstrekte. Ook realiseerde hij zich dat er, omdat ze zo weinig wisten, niets anders opzat dan het hele oefenterrein te belegeren.

Voortdurend arriveerden er auto's uit de omliggende districten. Omdat ze op jacht waren naar een man die onder meer een agent gedood had, meldden zich ook politiemensen die geen dienst hadden.

Tezamen met een politiecommandant uit Malmö besloot Björk om het uiteindelijke belegeringsplan pas op te stellen wanneer ze ter plaatse waren. Er werd een politieauto naar het leger gestuurd om betrouwbare kaarten te halen.

Het was een lange karavaan auto's die Ystad om even voor één uur 's nachts verliet. Een paar nachtelijke automobilisten sloten zich nieuwsgierig bij de stoet aan. De mist had zich nu ook snel over het centrum van Ystad uitgebreid.

Bij het oefenterrein troffen ze de man aan die eerst met Wallander en vervolgens met Martinson en Svedberg had gesproken.

'Is er nog iets gebeurd?' vroeg Björk.

'Niets', antwoordde de man.

Op dat moment klonk er één enkel schot ergens ver weg op het oefenterrein. Meteen daarna volgde een hele serie schoten. Daarop was het weer stil.

'Waar zijn Svedberg en Martinson?' vroeg Björk met een stem die zijn angst verried.

'Die zijn het terrein opgerend', antwoordde de man.

'En Wallander?'

'Die heb ik niet meer gezien sinds hij door het gat verdween.'

De schijnwerpers op het dak van de politieauto's schenen over de mist en de schapen.

'We moeten laten weten dat we hier zijn', zei Björk. 'We moeten aanvallen, zo goed en zo kwaad als het gaat.'

Een paar minuten later weerklonk zijn eenzame stem over het veld. De luidspreker echode spookachtig. Daarna verspreidden de mannen zich over het terrein en begon het wachten.

Sinds Wallander het oefenterrein opgekropen was en spoedig door de mist omsloten was, hadden de gebeurtenissen zich in sneltreinvaart ontwikkeld. Hij was in de richting van de blatende schapen gelopen. Snel had hij zich in gebukte houding voortbewogen omdat hij sterk vermoedde dat hij eigenlijk al te laat was. Een paar keer was hij over schapen gestruikeld die op de grond lagen en daarna blatend wegschoten. Hij realiseerde zich dat de schapen, die hem als gids dienden, ook verraadden dat hij eraan kwam.

En toen had hij hen ontdekt.

Ze bevonden zich helemaal aan het einde van het terrein waar dat naar het strand afliep. Hij moest denken aan een bevroren beeld uit een film. Ze hadden Victor Mabasha gedwongen te knielen. Konovalenko stond voor hem met een pistool in zijn hand, de dikke Rykoff een paar passen ernaast. Wallander hoorde Konovalenko een en dezelfde vraag herhalen.

'Waar is de politieman?'

'Ik weet het niet.'

Wallander besefte dat de stem van Victor Mabasha uitdagend klonk. Hij voelde zijn eigen woede rijzen. Hij haatte de man die Louise Åkerblom en naar alle waarschijnlijkheid ook Tengblad had vermoord. Tegelijk probeerde hij koortsachtig te bedenken wat hij kon doen. Als hij verder op hen toe zou kruipen, zouden ze hem ontdekken. Hij dacht niet dat hij hen met zijn pistool van deze afstand kon raken. Het hagelgeweer kon überhaupt niet zover schieten. En een stormaanval zou alleen maar betekenen dat hij zichzelf doodde. Het automatische pistool in Rykoffs hand zou hem van de aardbodem wegvagen.

Er zat niets anders op dan te wachten en te hopen dat zijn collega's vlug zouden komen. Hij hoorde Konovalenko almaar geïrriteerder worden. Hij wist niet of er nog voldoende tijd was.

Zijn pistool had hij schietklaar. Hij probeerde zo te gaan liggen dat hij met vaste hand kon richten. De loop hield hij op Konovalenko gericht.

Maar het einde kwam veel te snel. Het kwam zo snel dat Wallander niet kon reageren voordat het te laat was. Naderhand besefte hij sterker dan ooit hoe weinig tijd het kost om een einde aan een mensenleven te maken.

Konovalenko had zijn vraag voor de laatste keer herhaald. Victor Mabasha had zijn afwijzende, uitdagende antwoord gegeven. Daarop hief Konovalenko zijn pistool en schoot Victor Mabasha midden door zijn voorhoofd. Op dezelfde manier waarop hij drie weken daarvoor Louise Åkerblom had gedood.

Wallander schreeuwde en schoot. Maar toen was alles al voorbij. Victor Mabasha was achterover gevallen. Zijn lichaam lag onbeweeglijk in een onnatuurlijke houding. Wallanders schot had Konovalenko gemist. Hij besefte dat het grootste gevaar nu van het automatische wapen van Rykoff kwam. Hij mikte op de dikke man en schoot, loste schot na schot. Tot zijn grote verbazing zag hij Rykoff plotseling schokken en ineen zakken. Toen Wallander zijn wapen op Konovalenko richtte, zag hij dat deze Victor Mabasha omhoog had getrokken en hem als een schild tegen zich aandrukte terwijl hij zich in de richting van het strand terugtrok. Hoewel Wallander wist dat Victor Mabasha dood was, was hij niet in staat te schieten. Hij stond op en schreeuwde tegen Konovalenko dat hij zijn wapen weg moest gooien en zich moest overgeven. Het antwoord kwam in de vorm van een schot. Wallander wierp zich opzij. Victor Mabasha's lichaam had hem gered, hij was ongedeerd. Zelfs Konovalenko was niet in staat met vaste hand te richten terwijl hij een zwaar lichaam voor zich uithield. In de verte kwam het geluid van een eenzame sirene naderbij. De mist nam toe naarmate Konovalenko dichter bij het strand kwam. Wallander volgde hem met de beide wapens in zijn handen. Plotseling liet Konovalenko het dode lichaam los, rende de heuvel af en was verdwenen. Op dat moment hoorde Wallander achter zich het geblaat van een schaap. Hij draaide zich snel om en hief zowel het pistool als het hagelgeweer.

Toen zag hij Martinson en Svedberg uit de mist opduiken. Hun gezichten drukten een verbijsterde ontzetting uit.

'Weg met die wapens', schreeuwde Martinson. 'Zie je niet dat wij het zijn?'

Wallander besefte dat Konovalenko ook dit keer weer dreigde te ontsnappen. Er was nu geen tijd voor verklaringen.

'Blijf daar', riep hij. 'Kom me niet achterna!'

Daarna begon hij achteruit te lopen zonder zijn wapens te laten zakken. Martinson en Svedberg verroerden zich niet. Toen werd hij door de mist opgeslokt.

Martinson en Svedberg keken elkaar geschrokken aan.

'Was dat Kurt?' vroeg Svedberg.

'Ja', antwoordde Martinson. 'Maar het lijkt wel of hij gek geworden is.'

'Maar hij leeft', zei Svedberg. 'Ondanks alles leeft hij.'

Voorzichtig naderden ze de afdaling naar het strand waar Wallander verdwenen was. Ze konden in de mist geen bewegingen onderscheiden. Vaag hoorden ze het water dat zachtjes tegen het strand klotste.

Martinson nam contact met Björk op, terwijl Svedberg zich over de twee mannen boog die op de grond lagen. Martinson dirigeerde Björk in de juiste richting en vroeg tegelijkertijd om ambulances.

'En Wallander?' vroeg Björk.

'Die leeft,' antwoordde Martinson, 'maar ik weet niet waar hij op dit moment is.'

Daarna zette hij vlug de walkietalkie af voordat Björk nog meer vragen kon stellen.

Hij liep naar Svedberg toe om te kijken naar de man die door Wallander gedood was. Twee kogels waren vlak boven Rykoffs navel zijn lichaam binnengedrongen.

'We moeten tegen Björk zeggen,' zei Martinson, 'dat Wallander een volstrekt hysterische indruk maakte.'

Svedberg knikte. Dat was onvermijdelijk.

Ze liepen naar het tweede lichaam.

'De man zonder vinger', zei Martinson. 'Nu zonder leven.' Hij boog zich voorover en wees naar het kogelgat in Mabasha's voorhoofd.

Beiden dachten hetzelfde. Louise Åkerblom.

Daarna arriveerden de politieauto's en even later twee ambulances. Terwijl de dode mannen onderzocht werden, namen Svedberg en Martinson Björk mee naar een politieauto. Ze vertelden wat ze gezien hadden. Björk keek hen wantrouwig aan.

'Dit klinkt wel heel erg vreemd', zei hij ten slotte. 'Kurt kan soms een beetje eigenzinnig zijn, maar ik kan me toch moeilijk voorstellen dat hij zijn verstand verloren heeft.'

'Je had eens moeten zien hoe hij eruitzag', zei Svedberg. 'Het leek of hij ieder moment in elkaar kon klappen. Bovendien hield hij zijn wapens op ons gericht. In iedere hand één.'

Björk schudde zijn hoofd.

'En daarna verdween hij dus op het strand?'

'Hij ging Konovalenko achterna', zei Martinson.

'Op het strand?'

'Ja, daar is hij verdwenen.'

Björk probeerde zwijgend te begrijpen wat hij gehoord had.

'We zetten een hondenpatrouille in', zei hij even later. 'Richten wegversperringen op en roepen helikopters te hulp zodra het licht wordt en de mist optrekt.'

Ze stapten uit de auto. Op dat moment klonk er een enkel schot door de mist. Het kwam van het strand, uit oostelijke richting. Alles werd heel stil. Politiemannen, ambulancepersoneel, honden, allemaal wachtten ze op wat er komen zou.

Dat bleek ten slotte het geblaat van een schaap. Het eenzame geluid deed Martinson rillen.

'We moeten Kurt helpen', zei hij toen. 'Hij is ginds ergens helemaal alleen in de mist. Hij heeft een man tegenover zich die niet aarzelt om iemand dood te schieten. We moeten Kurt helpen. Nu, Otto.'

Svedberg had Martinson Björk nog nooit bij zijn voornaam horen noemen. Ook Björk schrok, alsof hij niet onmiddellijk doorhad wie Martinson bedoelde.

'Politiemannen met kogelvrije vesten en honden', zei hij.

Even later begon de zoekactie. De honden vonden het spoor onmiddellijk en begonnen aan hun riem te trekken. Martinson en Svedberg volgden vlak achter de hondenpatrouille.

Ongeveer tweehonderd meter van de plaats van de moord vonden de honden een bloedvlek in het zand. Ze liepen snuffelend in cirkels rond zonder verder nog wat te vinden. Plotseling begon een van de honden te trekken, in noordelijke richting. Ze hadden inmiddels de rand van het oefenterrein bereikt en hun weg voerde nu langs het hek. Het spoor dat de honden snoven, volgde de straatweg en liep toen in de richting van Sandhammaren.

Na twee kilometer hield het op. Het ging in het lege niets op.

De honden blaften en begonnen dezelfde weg terug af te zoeken.

'Wat is hier aan de hand?' vroeg Martinson aan een van de mannen van de hondenpatrouille.

De man schudde zijn hoofd.

'Het spoor kan koud geworden zijn', antwoordde hij.

Martinson begreep het niet.

'Wallander kan toch niet in rook opgegaan zijn?'

'Daar ziet het wel naar uit', zei de man.

Het zoeken werd voortgezet. De dag brak aan. Er waren inmiddels wegversperringen opgericht. Alle politiekorpsen van Zuid-Zweden waren nu in meer of mindere mate bij de jacht op Konovalenko en Wallander betrokken. Toen de mist optrok, werden er helikopters ingezet.

Maar ze vonden niets. De twee mannen waren verdwenen.

's Ochtends om negen uur zaten Svedberg en Martinson met Björk in het vergadervertrek. Iedereen was moe en nat van de mist. Martinson vertoonde bovendien de eerste tekenen van een beginnende verkoudheid.

'Wat moet ik tegen de chef van de rijkspolitie zeggen?' vroeg Björk.

'Soms kun je maar beter zeggen hoe het er werkelijk voorstaat', zei Martinson rustig.

Björk schudde zijn hoofd.

'Zien jullie de krantenkoppen dan niet voor je?' vroeg hij. '"Krankzinnige hoofdinspecteur Zweedse recherche geheim wapen in jacht op politiemoordenaar".'

'Een krantenkop moet kort zijn', wimpelde Svedberg af.

Björk stond op.

'Ga naar huis om te eten', zei hij. 'Trek schone kleren aan. Daarna gaan we weer door.'

Martinson stak zijn hand op alsof hij in een klaslokaal zat.

'Ik wou naar zijn vader in Löderup gaan', zei hij. 'Wallanders dochter is daar. Misschien weet zij iets waar we wat aan hebben.'

'Doe dat', zei Björk. 'Maar haast je.'

Daarna ging hij naar zijn kamer om de chef van de rijkspolitie te bellen.

Toen hij er ten slotte in slaagde een einde aan het gesprek te maken was zijn gezicht rood van woede.

Hij had de ontevreden opmerkingen gekregen die hij verwacht had.

Martinson zat in de keuken van het huis in Löderup. Onder het praten zette de dochter van Wallander koffie. Hij was naar het atelier van Wallanders vader gegaan om hem gedag te zeggen, maar hij had niet gezegd wat er die nacht gebeurd was. Hij wilde eerst met Wallanders dochter praten.

Hij zag dat ze bang werd. Er stonden tranen in haar ogen.

'Ik zou gisteren eigenlijk ook in Mariagatan gaan slapen', zei ze.

Ze gaf hem zijn koffie. Haar handen beefden.

'Ik begrijp het niet', zei ze. 'Dat hij dood is. Victor Mabasha. Ik begrijp het domweg niet.'

Martinson mompelde iets onduidelijks.

Hij dacht dat ze waarschijnlijk heel wat kon vertellen over wat zich nu precies tussen haar vader en de dode Afrikaan afgespeeld had. Hij realiseerde zich ook dat het dus niet haar Keniaanse vriend was geweest die een paar dagen geleden in Wallanders auto had gezeten. Maar waarom had Wallander gelogen?

'Jullie moeten mijn vader vinden voordat er iets ergs gebeurt', onderbrak ze zijn gedachtegang.

'We zullen alles doen wat in ons vermogen ligt', antwoordde Martinson.

'Meer', zei ze. 'Dat is niet voldoende.'

Martinson knikte.

'Ja', zei hij. 'We zullen meer doen dan we kunnen.'

Een halfuur later verliet Martinson het huis. Ze had beloofd haar grootvader te vertellen wat er gebeurd was. Hij, op zijn beurt, had beloofd haar op de hoogte te houden van alles wat er plaatsvond. Daarop reed hij naar Ystad terug.

Na de lunch nam Björk Svedberg en Martinson mee naar het vergadervertrek. Björk deed iets zeer ongebruikelijks. Hij deed de deur achter hen op slot.

'We moeten rust hebben', zei hij. 'We moeten snel een einde aan deze catastrofale chaos maken voordat die ons totaal ontglipt.'

Martinson en Svedberg keken naar het tafelblad. Geen van tweeën wist wat hij moest zeggen.

'Heeft niemand van jullie een signaal opgevangen dat Kurt aan het gek worden was?' vroeg Björk. 'Jullie moeten toch iets gemerkt hebben? Ik heb zelf altijd gevonden dat hij soms wat vreemd deed, maar jullie zijn degenen die dagelijks met hem samenwerken.'

'Ik geloof niet dat hij zijn verstand verloren heeft', zei Martinson na een lange stilte die hem ten slotte te veel werd. 'Misschien is hij overwerkt?'

'Dan zouden alle politiemensen in dit land van tijd tot tijd amok maken', wuifde Björk de opmerking weg. 'En dat doen ze niet. Hij is natuurlijk gek geworden. Of hij lijdt aan verstandsverbijstering, als dat soms beter klinkt. Zou het in de familie zitten? Dwaalde zijn vader een jaar of wat geleden niet rond over een akker?'

'Die was dronken', antwoordde Martinson. 'Of tijdelijk seniel. Kurt heeft geen aderverkalking.'

'Kan hij geen Alzheimer hebben?' vroeg Björk. 'Vroegtijdig seniel zijn?'

'Ik weet niet waar je het over hebt', zei Svedberg ineens. 'Maar laten we ons om godswil bij de zaak zelf houden. Of Kurt aan een tijdelijke verstandsverbijstering lijdt kan alleen een dokter beoordelen. Onze taak is het om hem te vinden. We weten dat hij bij een gewelddadige beschieting betrokken was waarbij twee mensen zijn omgekomen. We hebben hem op dat militaire terrein gezien. En hij heeft zijn wapens op ons gericht. Maar hij was geen moment een gevaar voor ons. Hij leek eerder desperaat. Of vertwijfeld. Een van beide. Sindsdien is hij verdwenen.'

Martinson knikte bedachtzaam.

'Kurt was daar niet toevallig', zei hij peinzend. 'Er is een aanslag op zijn flat gepleegd. We mogen aannemen dat de zwarte man daar ook was, samen met Wallander. We kunnen alleen maar gissen wat er daarna gebeurd is. Maar Kurt moet een spoor ontdekt hebben, iets wat hij ons niet kon vertellen. Of dat hij ons voorlopig niet wilde vertellen. We weten dat hij zulke dingen soms doet en dat we ons daaraan ergeren, maar nu gaat het maar om één ding. Hem vinden.'

Ze zwegen.

'Ik had nooit gedacht dat ik zoiets nog eens mee moest maken', zei Björk ten slotte.

Martinson en Svedberg wisten wat hij bedoelde.

'Toch moet het', zei Svedberg. 'Je moet een opsporingsbericht uitzenden. Landelijk.'

'Vreselijk', mompelde Björk. 'Maar er zit niets anders op.'

Meer viel er niet te zeggen.

Met loden schoenen ging Björk naar zijn kamer om een opsporingsbericht te verzenden en landelijk alarm te slaan inzake zijn collega en vriend, hoofdinspecteur Kurt Wallander.

Het was 15 mei 1992. In Skåne had de lente inmiddels haar intrede gedaan. Het was een heel warme dag. Tegen de avond trok er een onweer over Ystad.

23

In het maanlicht leek de leeuwin helemaal wit.

Georg Scheepers hield zijn adem in. Hij stond in de jeep naar haar te kijken. Ze lag roerloos bij de rivier, op een afstand van ongeveer dertig meter. Hij wierp een snelle blik op zijn vrouw Judith, die naast hem stond. Ze beantwoordde zijn blik. Hij zag dat ze bang was. Hij schudde voorzichtig zijn hoofd.

'Er is geen gevaar', zei hij. 'Ze doet ons niets.'

Hij geloofde wat hij zei, maar in zijn hart was hij niet helemaal zeker van zichzelf. De beesten in het Krugerpark waren eraan gewend dat er mensen in auto's naar hen stonden te kijken, ook om deze tijd, om middernacht. Maar hij was niet vergeten dat de leeuwin een roofdier was, onberekenbaar, beheerst door haar driften en alleen daardoor. Het zou haar hooguit drie seconden kosten om uit haar lusteloze houding overeind te komen en met krachtige sprongen hun auto te bereiken. De zwarte chauffeur scheen niet erg alert. Niemand had een wapen. Als ze wou kon ze hen binnen een paar seconden doden. Drie beten van haar machtige kaken in hun nek of ruggengraat zouden voldoende zijn.

Plotseling was het alsof de leeuwin op zijn gedachten reageerde. Ze tilde haar kop op en keek naar de auto. Hij voelde dat Judith zijn arm greep. Het was alsof de leeuwin hun recht in het gezicht keek. Het maanlicht spiegelde in haar ogen en maakte ze lichtgevend. Het hart van Georg Scheepers begon sneller te slaan. Hij wou dat de chauffeur de auto startte, maar de zwarte man zat roerloos achter het stuur. Georg Scheepers bedacht met plotselinge schrik dat de man misschien in slaap gevallen was.

Op dat moment stond de leeuwin op uit het zand. Onafgebroken keek ze naar de mensen in de auto. Georg Scheepers wist dat er iets was dat leeuwenvraatzucht heette. Iedere gedachte, alle gevoelens van angst, van vluchten waren wel aanwezig, maar het vermogen om te bewegen ontbrak.

Ze bleef doodstil staan, keek naar hen. De machtige schonken van haar voorpoten schoten omhoog en speelden onder haar vel. Hij vond haar heel mooi. Haar kracht was haar schoonheid, haar onberekenbaarheid haar karakter.

Hij vond ook dat ze in de eerste plaats een leeuw was. Pas in de tweede plaats was ze wit. Die gedachte zette zich in hem vast. Als een herinnering aan iets wat hij vergeten was. Maar wat? Daar kon hij niet opkomen.

'Waarom rijdt hij niet weg?' fluisterde Judith naast hem.

'Er is geen gevaar', zei hij. 'Ze komt niet naar ons toe.'

Roerloos keek de leeuwin naar de mensen in de auto die op de oever van de rivier stond. Het maanlicht was heel sterk. Het was een heldere, warme nacht. Ergens, in het donkere water van de rivier, klonk het geluid van een nijlpaard dat zich traag bewoog.

De situatie deed Georg Scheepers aan een memento denken. Het gevoel van een naderend onheil, dat ieder moment in oncontroleerbaar geweld over kon gaan, was kenmerkend voor het dagelijkse leven in zijn land. Maar iedereen ging gewoon zijn gang, wachtend op wat er komen zou. Het roofdier keek naar hen. Het roofdier dat in hen zat. De zwarten ongeduldig omdat de veranderingen te langzaam plaatsvonden. De blanken bang om hun voorrechten te verliezen, bang voor de toekomst. Het was als het wachten bij een rivierbedding, waar een leeuwin naar hen stond te kijken.

Ze was wit omdat ze een albino was. Hij moest aan alle mythes denken die om mensen en dieren heen hingen die als albino's geboren werden. Albino's beschikten over immense krachten. Ze konden ook nooit doodgaan.

Plotseling bewoog de leeuwin zich, kwam recht op hen af. Ze sloop naderbij, een en al concentratie. De chauffeur startte haastig de auto en deed de koplampen aan. Het licht verblindde haar. Ze stopte midden in een beweging met haar ene poot geheven. Georg Scheepers voelde de nagels van zijn vrouw door zijn kakihemd heen dringen.

Rij, dacht hij. Rij nu, voordat ze aanvalt.

De chauffeur zette de jeep in zijn achteruit. De motor sputterde. Georg Scheepers dacht dat zijn hart stil zou staan toen de motor bijna wegstierf. Maar de chauffeur verhoogde de druk op het gaspedaal en de auto begon zich achteruit te bewegen. De leeuwin wendde haar kop af om niet verblind te worden.

Toen was het voorbij. Judiths nagels krabden niet langer over zijn arm. Ze hielden zich aan de grijpstang vast terwijl de jeep terughobbelde naar de bungalow waar ze logeerden. Hun nachtelijke uitstapje zouden ze spoedig achter zich hebben, maar de herinnering aan de leeuwin en de gedachten die haar aanwezigheid bij de oever van de rivier opgewekt hadden zouden blijven.

Het was Georg Scheepers geweest die zijn vrouw voorgesteld had om een paar dagen naar het Krugerpark te gaan. Hij had toen al ruim een week geprobeerd in de nagelaten papieren van Van Heerden binnen te dringen. Hij wilde tijd hebben om na te denken. Ze konden de vrijdag en zaterdag wegblijven. Maar op zondag, 17 mei, zou hij proberen in de databestanden van Van Heerden te komen. Hij wilde dat doen op een moment dat hij alleen was op zijn werk, als de gangen van het Openbaar Ministerie er verlaten bijlagen.

De speurneuzen van de politie hadden al Van Heerdens materiaal, al zijn diskettes in een kartonnen doos bij het Openbaar Ministerie afgegeven. Zijn chef, Wervey, had ervoor gezorgd dat de inlichtingendienst het bevel had gekregen al het materiaal over te dragen. Officieel was het Wervey zelf, in zijn functie van hoofdofficier van justitie te Johannesburg, die het materiaal door zou nemen dat door de inlichtingendienst onmiddellijk als uiterst geheim was bestempeld. Toen de superieuren van Van Heerden geweigerd hadden het materiaal af te staan voordat hun eigen mensen het hadden kunnen bekijken, had Wervey een van zijn periodieke aanvallen van razernij gekregen en onmiddellijk contact met de minister van Justitie opgenomen. Een paar uur later was de inlichtingendienst gezwicht. Het materiaal zou aan het Openbaar Ministerie worden overgedragen. De verantwoordelijkheid kwam daarmee bij Wervey te liggen, maar in feite was het Georg Scheepers die alles in het grootste geheim zou doornemen. Daarom wilde hij op zondag werken, als de kantoren er leeg en verlaten bijlagen.

Ze waren op de ochtend van vrijdag 15 mei vroeg uit Johannesburg vertrokken. Autoweg N4 naar Nelspruit voerde hen snel naar hun bestemming. Vanaf de snelweg sloegen ze een kleinere weg in en kwamen het Krugerpark binnen via de Nambipoort. Judith had telefonisch een bungalow geboekt in Nwanetsi, een van de verste kampen, dat dicht bij de grens met Mozambique lag. Ze waren er al een paar keer geweest en kwamen er graag terug. Het kamp met zijn bungalows, restaurant en safarikantoor trok in de eerste plaats bezoekers aan die voor de stilte kwamen. Mensen die vroeg naar bed gingen en bij het krieken van de dag opstonden om de dieren te zien die bij de rivierbedding kwamen drinken. Onderweg naar Nelspruit had Judith gevraagd naar het onderzoek dat hij voor de minister van Justitie moest verrichten. Hij had ontwijkend geantwoord, dat hij er nog niet veel van wist. En dat hij tijd nodig had om voor zichzelf te formuleren hoe hij het werk wilde aanpakken. Ze vroeg niet door omdat ze wist dat ze met een zeer zwijgzame man getrouwd was.

Gedurende de twee dagen in Nwanetsi maakten ze voortdurend uitstapjes. Ze keken naar de dieren en het landschap en lieten Johannesburg en de onrust daar ver achter zich. Na het eten verdiepte Judith zich in een boek, terwijl Georg Scheepers zat te denken aan wat hij wist van Van Heerden en diens geheime activiteiten.

Hij was begonnen systematisch de dossiers van Van Heerden door te nemen en hij had al gauw beseft dat hij de kunst om tussen de regels door te lezen moest perfectioneren. Tussen formeel correcte herinneringsmemo's en onderzoeksverslagen vond hij losse briefjes met haastig neergepende notities. Hij kon deze slechts langzaam en met de grootste moeite ontcijferen; het moeilijk leesbare handschrift deed hem aan een pietluttige schoolmeester denken. Hij meende dat het aanzetten voor gedichten waren. Poëtische invallen, schetsen vol metaforen en spreuken. Pas toen hij het niet-officiële deel van Van Heerdens werkzaamheden probeerde te doorgronden, kreeg hij het gevoel dat hij een spoor gevonden had. De rapporten, de memo's en de losse aantekeningen – *godenverzen* noemde hij ze in gedachten – gingen veel jaren terug. In het begin bestonden ze voornamelijk uit precieze waarnemingen en beschouwingen, neergelegd in koele, waardevrije formuleringen, maar ongeveer een halfjaar voordat Van Heerden gestorven was waren ze van karakter veranderd. Alsof er een andere, een donkerder toon binnengeslopen was. Er was iets gebeurd, dacht Scheepers. Er had in zijn werk of in zijn privé-leven een dramatische verandering plaatsgevonden. Van Heerden was anders gaan denken. Het zekere van vroeger was plotseling ongewis geworden, de heldere stem zoekend, aarzelend. Bovendien meende Scheepers nog een verschil op te merken. Voordien hadden de losse papiertjes geen onderlinge samenhang vertoond. Vanaf een zeker moment was Van Heerden de datum, soms zelfs het uur, op zijn aantekeningen gaan vermelden. Scheepers zag dat Van Heerden veel avonden nog laat aan het werk was geweest. Het grootste deel van de aantekeningen was na middernacht gemaakt. Alles bij elkaar deed het aan een poëtisch vormgegeven dagboek denken, vond hij. Hij probeerde een fundamentele en samenbindende factor te vinden waarvan hij kon uitgaan. Omdat Van Heerden nooit zijn privé-leven aanstipte, nam hij aan dat de man van de inlichtingendienst alleen schreef over wat er op zijn werk plaatsvond. Hij vond geen concrete vermeldingen waar hij wat mee kon doen. Van Heerden schreef zijn dagboek met behulp van synoniemen en gelijkenissen. Dat *Vaderland* een omschrijving van Zuid-Afrika was sprak vanzelf. Maar wie was *De kameleon*? Wie waren *De moeder* en *Het kind*? Van Heerden was niet getrouwd geweest. Hij had geen naaste familie gehad, zoals commissaris Borstlap geschreven had in het persoonlijke memo waar Scheepers om gevraagd had. Scheepers voerde de namen in zijn computer in en probeerde tevergeefs een verband te ontdekken. Van Heerdens taal was ontwijkend, alsof hij zijn notities liever niet had willen maken. Er schemerde ook iets van een dreigend gevaar door, dacht Scheepers keer op keer. Een soort belijdenis. Van Heerden had iets ontdekt. Zijn hele wereldbeeld leek plotseling bedreigd te worden. Hij schreef over een dodenrijk en scheen te bedoelen dat we dat met ons meedroegen. Hij had visioenen van iets wat ineenstortte. Ook meende Scheepers een schuldbesef en een gevoel van treurigheid bij Van Heerden aan te treffen die in de laatste weken van zijn leven dramatisch toegenomen waren.

Wat hij schreef ging steeds weer over de zwarten, de blanken, de Boere, over God en vergeving, noteerde Scheepers. Maar nergens had hij een woord als 'samenzwering' of 'conspiratie' gebruikt. *Waarom staat er nergens iets genoteerd over datgene waarnaar ik moet zoeken?* Dingen waarover Van Heerden verslag aan president De Klerk heeft uitgebracht?

Donderdagavond, de dag voordat hij en Judith naar Nwanetsi zouden gaan, was hij tot laat op kantoor gebleven. Hij had alle lichten uitgedaan behalve dat op zijn bureau. Zo nu en dan hoorde hij onder zijn raam, dat op een kier stond, de nachtwakers praten.

Pieter van Heerden is een loyale dienaar geweest, dacht hij. Hij was tijdens zijn werkzaamheden voor de steeds verdeelder wordende, steeds eigenmachtiger optredende inlichtingendienst iets op het spoor gekomen. Een samenzwering tegen de staat. Een samenzwering met het doel een staatsgreep voor te bereiden. Van Heerden had intensief naar het centrum van de samenzwering gezocht. Er waren legio vragen. Daarnaast had Van Heerden gedichten over zijn ongerustheid geschreven en over het dodenrijk dat hij in zich droeg.

Scheepers keek naar zijn archiefkast. Daar lagen achter slot en grendel de diskettes die Wervey van Van Heerdens superieuren gekregen had. Daar moest de oplossing te vinden zijn, dacht hij. Van Heerdens steeds verwarder en meer naar binnen gekeerde gepieker, zoals dat op de losse papiertjes zijn weerslag had gevonden, maakte maar een deel van een groter geheel uit. De waarheid moest op de diskettes staan.

Vroeg op zondagochtend 17 mei keerden ze uit het Krugerpark naar Johannesburg terug. Hij bracht Judith naar huis en na het ontbijt reed hij naar het grimmige gebouw van het Openbaar Ministerie in het centrum van Johannesburg. De stad lag er verlaten bij. Hij kreeg het gevoel dat ze onverwachts ontruimd was en dat de mensen er nooit meer naar terug zouden keren. De bewapende bewakers lieten hem binnen en hij liep door de echoënde gang naar zijn werkkamer.

Toen hij zijn kamer binnenging merkte hij dadelijk dat er iemand geweest was. Kleine, nauwelijks merkbare verschillen verraadden het bezoek. Waarschijnlijk de werkster, dacht hij. Maar hij was er niet zeker van.

Ik word door mijn opdracht aangestoken, zei hij tegen zichzelf. Het ongeruste gevoel van Van Heerden, zijn voortdurende angst in de gaten gehouden te worden, bedreigd te worden, heeft mij nu ook in zijn greep. Hij verdrong zijn onlustgevoelens, trok zijn jasje uit en deed de archiefkast open. Vervolgens voerde hij de eerste diskette in. Twee uur later had hij het materiaal gesorteerd. Van Heerdens databestanden brachten niets bijzonders aan het licht. Het opvallendst was nog de minutieuze orde die zijn werk kenmerkte.

Er restte nog één diskette.

Georg Scheepers slaagde er niet in de bestanden te openen. Instinctief vermoedde hij dat hij nu Van Heerdens geheime testament in handen had. Op het scherm knipperde een aansporing dat hij een codewoord moest geven voordat de diskette de deuren naar zijn vele geheime vertrekken zou openen. Dat lukt me niet, dacht Scheepers. De code is een woord. En het kan onverschillig welk woord zijn. Misschien zou ik een programma met een complete woordenlijst op de diskette moeten loslaten? Maar is het een code in het Engels of in het Afrikaans? Bovendien geloofde hij niet dat de oplossing in een systematisch afdraaien van een woordenlijst zou zitten. Van Heerden zou zijn kostbaarste diskette niet met een nietszeggend woord beveiligen. Hij moest zijn geheime sleutel heel bewust gekozen hebben.

Scheepers schoof zijn hemdsmouwen omhoog, schonk zich een kop koffie in uit een van huis meegebrachte thermosfles en begon aan een tocht terug door de losse aantekeningen. Hij vreesde dat Van Heerden de diskette zo geprogrammeerd had dat hij vanzelf de inhoud zou vernietigen na een bepaald aantal mislukte pogingen om hem het onbekende wachtwoord te ontfutselen. Het leek op het veroveren van een ouderwetse vesting, vond hij. De ophaalbrug is opgehaald, de slotgracht staat vol water. Er blijft dus maar één manier over. Langs de muren omhoogklimmen. Ergens moeten ingebouwde treden zijn. Daar zoek ik naar. Naar een eerste tree.

's Middags om twee uur had hij nog geen succes geboekt. De moedeloosheid kwam om een hoekje kijken en hij werd een beetje kwaad op Van Heerden en zijn toegangscode die hij niet kon kraken.

Nog eens twee uur later was hij bereid om het bijltje erbij neer te gooien. Hij had geen nieuwe ingevingen meer hoe hij de bestanden moest openen. Voortdurend had hij ook het gevoel gehad dat hij niet eens in de buurt van het juiste woord was gekomen. Van Heerden had een wachtwoord gekozen met een voorbehoud en een bedoeling waar hij niet achter kon komen. Zonder enige verwachting trok hij het memo en het onderzoeksrapport naar zich toe dat inspecteur Borstlap hem had gestuurd. Misschien stond er iets in dat hem op het juiste spoor kon brengen. Met tegenzin las hij het rapport over de lijkschouwing door en deed zijn ogen dicht toen hij bij de foto's van de overledene kwam. Misschien was het toch een gewone roofmoord, dacht hij. Het omstandige verslag van het politieonderzoek verschafte hem geen enkele leidraad. Hij begon nu aan de notitie over Van Heerdens persoonlijke bezittingen.

Helemaal achter in Borstlaps map lag een inventarislijst met de dingen die de politie in zijn kamer in het gebouw van de inlichtingendienst had gevonden. Commissaris Borstlap had ironisch opgemerkt dat hij niet kon garanderen dat de superieuren van Van Heerden geen documenten en voorwerpen hadden weggehaald die volgens hen niet geschikt waren om door de politie in beslag genomen te worden. Verstrooid liet hij zijn blik over de lijst met asbak, ingelijste foto's van Van Heerdens ouders, een paar lithografieën, pennenbakje, agenda's, vloeiblad glijden. Hij wilde de notitie juist wegleggen toen hij zich abrupt bedacht. Bij de geïnventariseerde voorwerpen had Borstlap een klein beeldje van ivoor, een antilope, opgetekend. *Zeer kostbaar, antiek*, had Borstlap genoteerd.

Hij legde de notitie weg en tikte *antilope* in. De computer antwoordde door het juiste wachtwoord te eisen. Daarna tikte hij het woord *kudu.* Het antwoord van de computer was negatief. Hij tilde de hoorn van de haak en belde Judith.

'Ik heb je hulp nodig', zei hij. 'Pak ons dierenlexicon en sla de afdeling voor antilopen op.'

'Wat voer je toch allemaal uit?' vroeg ze verbaasd.

'Ik heb onder meer opdracht om een prognose op te stellen over de ontwikkeling van onze antilopesoorten', loog hij. 'Ik wil er zeker van zijn dat ik geen enkele soort over het hoofd zie.'

Ze haalde het boek en somde de verschillende soorten antilopen voor hem op.

'Wanneer kom je naar huis?' vroeg ze toen.

'Of heel gauw', antwoordde hij. 'Of heel laat. Ik bel je nog.'

Na het gesprek zag hij onmiddellijk welk woord het moest zijn. Vooropgesteld dat het beeldje op de inventarislijst hem op het juiste spoor had gezet.

Springbuck, dacht hij. Ons nationale symbool. Kon het zo eenvoudig zijn?

Hij tikte het woord langzaam in en wachtte even met de laatste letter. Het antwoord van de computer volgde onmiddellijk. Negatief.

Nog een mogelijkheid, dacht hij. Hetzelfde woord, maar dan in het Afrikaans. Hij tikte het woord *Springbok.*

Meteen lichtte het scherm op. Daarna verscheen er een overzicht van wat er op de diskette stond.

Hij kon er in. Hij was Van Heerdens wereld binnengedrongen.

Hij voelde dat hij van opwinding begon te zweten. De vreugde van de misdadiger vlak voor het openen van de bankkluis, dacht hij.

Toen begon hij het scherm te lezen. Later, het liep inmiddels al tegen achten en hij was inmiddels door de uitgebreide teksten heen, wist hij twee dingen heel zeker. Ten eerste dat Van Heerden vanwege zijn werk vermoord was. Ten tweede dat diens voorgevoel van een naderend onheil juist was geweest.

Hij leunde achterover in zijn stoel en bewoog zijn nek heen en weer.

Daarna huiverde hij.

Van Heerden had zijn notities op de diskette met koele precisie opgetekend. Hij wist nu dat Van Heerden een zeer gespleten mens was geweest. De ontdekkingen die hij had gedaan, zijn verdenking over een samenzwering, hadden een al aanwezig gevoel nog versterkt, namelijk dat zijn bestaan als Boer op een leugen berustte. Hoe dieper hij in de werkelijkheid van de samenzweerders was doorgedrongen, hoe dieper ook in die van hemzelf. Van Heerden had in een en dezelfde persoon een plaats moeten inruimen voor de wereld van de losse papiertjes en die van de kille exactheid.

In zekere zin had Van Heerden dicht voor zijn eigen ondergang gestaan.

Hij stond op en liep naar het raam. Ergens in de verte klonken politiesirenes.

Waar hebben we in geloofd? dacht hij. Dat onze droom over een onveranderlijke wereld klopte? Dat onze kleine concessies aan de zwarten toereikend zouden zijn? Dat er in wezen nooit iets zou veranderen?

Een gevoel van schaamte kreeg de overhand. Hij mocht dan een van de nieuwe Boere zijn, een die niet vond dat De Klerk een verrader was, toch had hij er door net als zijn vrouw Judith passief te blijven tot op het laatst toe aan bijgedragen het racistische beleid in stand te houden. Ook hij droeg Van Heerdens dodenrijk in zich mee. Ook hij was schuldig.

In laatste instantie had zijn stilzwijgende goedkeuring de fundamenten kunnen leggen voor de plannen van de samenzweerders. De samenzweerders rekenden ook nu nog op zijn passieve houding. Op zijn zwijgende dankbaarheid.

Hij ging weer voor het beeldscherm zitten.

Van Heerden had goed speurwerk geleverd. Je kon onmogelijk om de conclusies heen die Scheepers nu kon trekken en die hij de volgende dag aan president De Klerk zou doorgeven.

Nelson Mandela, de natuurlijke leider van de zwarten, zou vermoord worden. In de laatste periode van zijn leven had Van Heerden koortsachtig naar een antwoord op de beide beslissende vragen gezocht: waar en wanneer. Toen hij de computer voor de laatste keer uitzette, had hij het antwoord nog niet gevonden. Maar alles wees op de nabije toekomst wanneer Mandela een grote menigte zou toespreken. Van Heerden had voor de komende drie maanden een lijstje met eventuele plaatsen en data opgesteld. Daar stonden onder meer Durban, Johannesburg, Soweto, Bloemfontein, Kaapstad en East London op met de bijbehorende data. Ergens buiten Zuid-Afrika was een beroepsmoordenaar bezig zich voor te bereiden. Van Heerden had ontdekt dat de vage schaduwen van officieren die door de KGB aan de kant waren geschoven nog net achter de moordenaar zichtbaar waren. Maar ook op dat gebied was nog veel onduidelijk.

Ten slotte het belangrijkste. Georg Scheepers las nogmaals het gedeelte waarin Van Heerden door middel van een analyse tot in de kern van de samenzwering was doorgedrongen. Hij sprak over een Comité.

Een losse groep mensen, vertegenwoordigers van de diverse machtsgroeperingen van de Zuid-Afrikaanse Boere. Maar Van Heerden kende geen namen. De enige namen die hij had waren die van Jan Kleyn en Franz Malan.

Georg Scheepers meende te mogen concluderen dat de Kameleon Jan Kleyn was. Maar hij vond nergens een schuilnaam voor Franz Malan.

Hij begreep dat Van Heerden deze twee als de hoofdrolspelers beschouwde. Door zijn aandacht op hen te richten, hoopte hij de overige leden van het Comité te kunnen ontmaskeren en hoe de structuur in elkaar zat en wat ze van plan waren.

Staatsgreep had Van Heerden aan het eind van zijn laatste aantekening geschreven, gedateerd twee dagen voordat hij vermoord werd. *Binnenlandse oorlog? Chaos?*

Hij had deze vragen niet beantwoord. Hij had ze alleen gesteld.

Maar er was sprake van nóg een notitie, gemaakt op dezelfde dag, de zondag voordat hij in het ziekenhuis was opgenomen.

Volgende week, stond er. *Natrekken. Bezuidenhout 559.*

Hij zegt me vanuit zijn graf dat ik dat moet doen, dacht Georg Scheepers. Anders zou hij het gedaan hebben. Nu moet ik het in zijn plaats doen. Maar wat moet ik doen? Bezuidenhout is een wijk van Johannesburg. De cijfers verwijzen natuurlijk naar een adres.

Plotseling voelde hij dat hij erg moe en ongerust was. De verantwoordelijkheid die op zijn schouders was gelegd was groter dan hij had vermoed.

Hij zette de computer uit en legde de diskette in de archiefkast. Het was inmiddels negen uur geworden. De politiesirenes huilden onafgebroken, als hyena's die onzichtbaar de wacht houden in de nacht.

Hij verliet het verlaten gebouw van het Openbaar Ministerie en liep naar zijn auto. Eigenlijk zonder dat hij een beslissing had genomen, reed hij naar de oostelijke rand van de stad, naar het Bezuidenhout. Dat ging vlot. Nummer 559 was een huis dat aan het park lag dat Bezuidenhout zijn naam had gegeven.

Hij stopte, zette de motor af en deed de lichten uit. Het huis was wit, opgetrokken uit geglazuurde steen. Achter de dichtgetrokken gordijnen scheen licht. Hij zag een auto op de oprit staan.

Hij was nog altijd te moe en te ongerust om te bedenken wat hij nu verder moest doen. Eerst moest heel deze lange dag in zijn bewustzijn opgenomen worden. Hij dacht aan de leeuwin die roerloos aan de oever van de rivier had gelegen. Hoe ze opgestaan was en naar hen toe was gekomen. Het roofdier in ons gaat tekeer, dacht hij.

Plotseling besefte hij wat nu het allerbelangrijkste was.

Het ergste wat het land kon overkomen, was dat Nelson Mandela vermoord zou worden. De consequenties daarvan waren niet te overzien. Alles wat men bezig was op te bouwen, en dat berustte op een broze bereidheid om de problemen van de relatie tussen blank en zwart op te lossen, zou in een onderdeel van een seconde ineenstorten. De dijken zouden doorbreken, de zondvloed zou over het land razen.

Er waren mensen die deze zondvloed wensten. Die een Comité hadden gevormd om de dijken door te steken. Tot zover was hij gekomen toen hij een man uit het huis zag komen en in de auto zag stappen. Tegelijk werd er voor een van de ramen een gordijn opzij geschoven. Hij zag een zwarte vrouw met vlak achter haar nog een vrouw, een jongere. De oudste van de twee wuifde, degene die achter haar stond bewoog zich niet.

Hij kon de man in de auto niet zien. Daarvoor was het te donker. Toch wist hij dat het Jan Kleyn was. Op het moment dat de auto voorbijreed zakte hij onderuit. Toen hij weer rechtop zat, was het gordijn dicht.

Hij fronste zijn voorhoofd. Twee zwarte vrouwen? Jan Kleyn was hun huis uitgekomen. *De kameleon, de moeder en het kind?* Hij zag het verband niet. Maar hij had geen reden om aan Van Heerden te twijfelen. Als die schreef dat het belangrijk was, dan was het belangrijk.

Van Heerden heeft een geheim geraden, dacht hij. En dat spoor moet ik volgen.

De volgende dag belde hij het secretariaat van president De Klerk en verzocht om een spoedeisend onderhoud. Hij kreeg de mededeling dat de president hem 's avonds om tien uur kon ontvangen. In de loop van dag stelde hij een rapport met zijn conclusies op. Toen hij in het voorvertrek zat, was hij heel zenuwachtig. Hij was ontvangen door dezelfde sombere kamerbewaarder van zijn eerste bezoek, maar deze keer hoefde hij niet lang te wachten. Klokslag tien uur deelde de kamerbewaarder mee dat de president hem kon ontvangen. Toen Scheepers de kamer binnenkwam, kreeg hij hetzelfde gevoel als de vorige keer. President De Klerk maakte een zeer vermoeide indruk. Zijn ogen stonden dof en zijn gezicht was bleek. De dikke wallen onder zijn ogen leken hem als het ware neerwaarts naar de aarde te drukken.

Zo kort mogelijk vertelde hij wat hij de vorige dag ontdekt had, maar hij repte nog met geen woord over het huis in het Bezuidenhout Park.

President De Klerk luisterde met halfgesloten ogen. Toen Scheepers uitgesproken was, bleef De Klerk roerloos zitten. Even geloofde Scheepers dat de president onder zijn rapportage in slaap gevallen was. Toen sloeg De Klerk zijn ogen op en keek hem aan.

'Ik hem me vaak afgevraagd hoe het komt dat ik nog leef', zei hij langzaam. 'Duizenden Boere zien me als een verrader. Toch is het Nelson Mandela die in de rapporten als het eventuele slachtoffer van een aanslag genoemd wordt.'

President De Klerk zweeg. Scheepers zag dat hij geconcentreerd nadacht.

'Er is iets in het rapport dat me verontrust', vervolgde De Klerk na een tijdje. 'Laten we eens aannemen dat er op de daarvoor geschikte plaatsen dwaalsporen zijn uitgezet. Laten we eens twee alternatieve mogelijkheden nagaan. De eerste is dat ik, de president van het land, eigenlijk het beoogde slachtoffer ben. Ik zou willen dat u het rapport daar nog eens op doorneemt. En daarnaast verzoek ik u de mogelijkheid in te calculeren dat deze mensen van plan zijn zowel met mijn vriend Mandela als met mij af te rekenen. Dat wil niet zeggen dat ik de mogelijkheid uitsluit dat deze gekken het inderdaad op Mandela gemunt hebben. Ik wil alleen dat u het materiaal nog eens kritisch bekijkt. Pieter van Heerden is vermoord. Dat betekent dat er overal ogen en oren zijn. Uit ervaring weet ik dat het leggen van valse sporen een belangrijk onderdeel van de activiteiten van de inlichtingendienst uitmaakt. Hebt u mij begrepen?'

'Ja', antwoordde Scheepers.

'Ik verwacht uw conclusie binnen achtenveertig uur op mijn bureau. Helaas kan ik u niet meer tijd geven.'

'Ik geloof nog steeds dat de conclusies van Pieter van Heerden in de richting van Nelson Mandela wijzen', zei Scheepers.

'Geloof?' antwoordde De Klerk. 'Ik geloof in God, maar ik weet niet of hij bestaat. Ook niet of er meer dan één is.'

Scheepers stond sprakeloos door dit antwoord. Maar hij begreep wat De Klerk bedoelde.

De president hief zijn handen op en liet ze op zijn schrijfbureau vallen.

'Een comité', zei hij nadenkend. 'Dat af wil breken wat wij proberen op te bouwen. Een voor de hand liggend einde voor het eerdere, falende beleid. Ze willen proberen of ze een zondvloed over ons land kunnen afroepen. Maar dat zullen we niet toestaan.'

'Natuurlijk niet', antwoordde Scheepers.

De Klerk verzonk weer in gedachten. Scheepers wachtte zwijgend.

'Ik hou er iedere dag rekening mee dat een verknipte fanatiekeling toch tot mij doordringt', zei De Klerk peinzend. 'Ik denk dan aan wat er met mijn voorganger Verwoerd is gebeurd. Gedood in het parlement door een messteek. Ik hou er rekening mee dat zoiets mij ook kan overkomen. Het jaagt me geen angst aan. Wat me wél bang maakt is, dat er nauwelijks iemand is die het op dit moment van me over kan nemen.'

De Klerk keek met een zwak glimlachje naar Scheepers.

'U bent nog jong', zei hij. 'Maar op dit moment ligt de toekomst van ons land in handen van twee oude mannen, van Nelson Mandela en van mij. Daarom zou het goed zijn als we beiden nog een tijdje in leven bleven.'

'Zou Nelson Mandela niet een veel grotere persoonlijke bescherming moeten krijgen?' vroeg Scheepers.

'Nelson Mandela is een zeer bijzonder man', antwoordde De Klerk. 'Hij is bepaald niet erg geporteerd voor lijfwachten. Belangrijke mensen zijn dat nooit. Kijk maar naar De Gaulle. We moeten dus heel discreet te werk gaan, maar natuurlijk heb ik ervoor gezorgd dat zijn bewaking opgevoerd is. Alleen hoeft hij dat niet te weten.'

De audiëntie was voorbij.

'Twee etmalen', zei De Klerk. 'Meer niet.'

Scheepers stond op en maakte een buiging.

'Nog één ding', zei De Klerk. 'Vergeet u niet wat er met Van Heerden gebeurd is. Wees voorzichtig.'

Pas toen hij het regeringsgebouw had verlaten, realiseerde Georg Scheepers zich wat president De Klerk gezegd had. Ook hij werd door onzichtbare ogen in de gaten gehouden. Met het koude zweet op zijn rug stapte hij in zijn auto om naar huis te gaan.

Opnieuw moest hij aan de leeuwin denken die in het koude, heldere maanlicht bijna wit geweest was.

24

Kurt Wallander had zich de dood altijd voorgesteld als zwart.

Nu hij op het strand stond, opgenomen door de mist, besefte hij dat de dood wat kleur aangaat trouweloos is. Hier was ze wit. De mist omsloot hem als een handschoen. Vaag meende hij de branding tegen het strand te horen, maar het was de mist die domineerde en het gevoel versterkte dat hij nergens naartoe kon.

Toen hij, omringd door de onzichtbare schapen op het oefenterrein had gestaan, en alles achter de rug was had hij geen enkele heldere gedachte gehad. Hij wist dat Victor Mabasha dood was, dat hij zelf een mens had gedood en dat het Konovalenko opnieuw gelukt was te verdwijnen, opgeslokt door het vele wit dat hen omsloot. Svedberg en Martinson waren als lijkbleke spookverschijningen van zichzelf uit de mist opgedoken. Van hun gezicht had hij zijn eigen angst om de dode mensen in zijn nabijheid kunnen aflezen. Hij had én willen vluchten om nooit meer terug te keren én achter Konovalenko aan willen gaan. Wat er toen gebeurde herinnerde hij zich achteraf als iets waar hij buiten stond en dat hij vanaf een afstand bekeek. Het was een andere Wallander die daar met zijn wapens stond te gebaren. Dat was hij niet, maar iemand die voor dat moment bezit van hem had genomen. Pas toen hij tegen Martinson en Svedberg gebruld had dat ze uit zijn buurt moesten blijven, pas toen hij al glijdend en struikelend onderaan de heuvel was beland en alleen was in de mist, was het langzaam tot hem doorgedrongen wat er gebeurd was. Victor Mabasha was dood, net als Louise Åkerblom door het voorhoofd geschoten. De dikke man was in elkaar gezakt en had zijn armen in de lucht gegooid. Ook hij was dood en Wallander had hem doodgeschoten.

Hij schreeuwde het uit, als een eenzame misthoorn in de mist. Er is geen weg terug meer, dacht hij vertwijfeld. Ik zal in deze mist verdwijnen als in een woestijn. Als ze optrekt ben ik er niet meer.

Hij had geprobeerd de restanten van het gezonde verstand dat hij nog steeds meende te bezitten, te verzamelen. Keer terug, dacht hij. Ga terug naar de dode mannen. Daar zijn je collega's. Samen kunnen jullie naar Konovalenko op zoek gaan.

Daarop liep hij verder. Er was geen weg terug. Als hij nog één plicht had, dan was het om Konovalenko te vinden en hem te doden als het niet anders kon, maar hij zou hem het liefst gevangennemen en aan Björk overdragen. Daarna zou hij kunnen slapen. En als hij wakker werd zou de nachtmerrie voorbij zijn. Maar zo ging het dus niet. De nachtmerrie ging door. Door het doodschieten van Rykoff had hij iets gedaan wat hem altijd zou blijven achtervolgen. Daarom kon hij net zo goed achter Konovalenko aangaan. Somber vermoedde hij dat hij nu al naar een manier zocht om boete te doen voor Rykoffs dood. Ergens in de mist bevond Konovalenko zich. Misschien heel dichtbij. Onmachtig loste Wallander een schot in al dat witte alsof hij probeerde de mist uiteen te rijten. Hij streek het bezwete haar weg dat op zijn voorhoofd kleefde en merkte dat hij bloedde. Hij moest zich gesneden hebben toen Rykoff de ramen in Mariagatan kapotgeschoten had. Hij keek naar zijn kleren die besmeurd waren met bloed. Het bloed drupte in het zand. Roerloos wachtte hij tot zijn ademhaling weer normaal was. Daarna liep hij verder. Hij kon het spoor van Konovalenko in het zand volgen. Zijn pistool had hij in zijn riem gestopt, het hagelgeweer lag ontgrendeld en schietklaar in zijn handen ter hoogte van zijn heupen. Uit de voetafdrukken meende hij op te maken dat Konovalenko zich snel voortbewogen had, bijna rennend. Hij verhoogde zijn snelheid, als een hond het spoor volgend. De dichte mist gaf hem plotseling het gevoel dat hij stilstond maar dat het zand zich bewoog. Op dat moment zag hij dat Konovalenko even was blijven staan. Hij had zich omgedraaid voor hij in een andere richting was gerend. Het spoor boog om, terug naar de top van de heuvel. Wallander realiseerde zich dat het spoor zou ophouden zodra het de grasrand bereikt had. Hij klom de heuvel op en concludeerde dat hij zich aan de oostkant van het oefenterrein bevond. Hij bleef staan om te luisteren. In de verte hoorde hij achter zich een sirene die zich verwijderde. Toen blaatte vlakbij hem een schaap. Daarna was alles weer stil. Hij volgde het hek in noordelijke richting. Het was het enige richtsnoer dat hij had, in de wetenschap verkerend dat Konovalenko ieder moment uit de mist op kon duiken. Wallander probeerde zich voor te stellen hoe het moest zijn om in je hoofd geschoten te worden, maar hij voelde niets. De zin van zijn leven bestond er op dit moment uit om het hek langs het oefenterrein te volgen en meer niet. Ergens moest Konovalenko zijn met zijn wapen in de aanslag en hij moest hem vinden.

Toen Wallander bij de weg naar Sandhammaren was gekomen, hing daar alleen maar mist. Aan de overkant meende hij de vage contouren van een paard te onderscheiden, onbeweeglijk met gespitste oren.

Daarna ging hij midden op de weg staan om te plassen. In de verte hoorde hij op de weg naar Kristianstad een auto passeren.

Hij liep in de richting van Kåseberga. Konovalenko was verdwenen. De man was opnieuw ontsnapt. Wallander liep doelloos voort. Het was gemakkelijker om te lopen dan om stil te blijven staan. Hij verlangde vurig dat Baiba Liepa zich uit al dat wit zou losmaken en hem tegemoet zou komen. Maar nee. Er was niets dan hijzelf en het vochtige asfalt.

Er stond een fiets tegen een halfvergane melkbusvlonder. Omdat de fiets niet op slot stond, dacht Wallander dat iemand die daar voor hem neergezet had. Hij bond het hagelgeweer op de bagagedrager en fietste weg. Zodra de kans zich voordeed verliet hij het asfalt en zette zijn tocht voort over de grindpaden die elkaar op de vlakte kruisten. Eindelijk bereikte hij het huis van zijn vader. Alles was donker, op het eenzame licht boven de buitendeur na. Hij stond stil te luisteren. Daarna verstopte hij de fiets achter het schuurtje. Voorzichtig liep hij over het grind. Hij wist dat zijn vader een extra sleutel in een kapotte bloempot op het trapje naar de kelder verborgen had. Hij opende de deur van zijn vaders atelier. Er was daar een ruimte zonder ramen waar zijn vader verf en oude schildersdoeken opsloeg. Hij trok de deur achter zich dicht en deed het licht aan. Het schijnsel van de gloeilamp verbaasde hem. Het was alsof hij verwacht had dat de mist ook nog hier binnen zou hangen. Onder de koudwaterkraan probeerde hij het bloed van zijn gezicht te wassen. Hij zag zichzelf in een scherf gebarsten spiegelglas die aan de muur hing. Hij herkende zijn eigen ogen niet. Die waren opengesperd, met bloed doorlopen, angstig heen en weer schietend. Op een vuil elektrisch plaatje zette hij koffie. Het was vier uur in de ochtend. Hij wist dat zijn vader 's ochtends om halfzes opstond. Dan moest hij weg zijn. Wat hij nu in de eerst plaats nodig had was een plaats om zich verborgen te houden. Er schoten een paar alternatieven door hem heen, stuk voor stuk even onmogelijk. Maar ten slotte wist hij wat hij moest doen. Hij dronk zijn koffie op, verliet het atelier, stak het erf over en deed voorzichtig de deur van het woonhuis van het slot. In de hal drong de muffe oudemannenlucht zijn neus binnen. Hij luisterde. Alles was stil. Hij liep voorzichtig naar de keuken waar de telefoon stond en trok de deur achter zich dicht. Tot zijn verbazing herinnerde hij zich het telefoonnummer. Met zijn hand op de hoorn ging hij na wat hij zou zeggen. Toen draaide hij het nummer.

Sten Widén nam bijna onmiddellijk op. Wallander hoorde dat hij al wakker was. Paardenmensen staan vroeg op, dacht hij.

'Sten? Met Kurt Wallander.'

Ze waren heel goede vrienden geweest. Wallander wist dat Widén bijna nooit liet merken dat hij verrast was.

'Dat hoor ik', zei hij. 'Bel jij iemand om vier uur 's ochtends?'

'Ik heb je hulp nodig.'

Sten Widén zei niets. Hij wachtte op wat komen zou.

'Ik bevind me op de autoweg naar Sandhammaren', zei Wallander. 'Kom me ophalen. Ik moet me een poosje verborgen houden. Op zijn minst enkele uren.'

'Waar?' vroeg Sten Widén.

Toen begon hij te hoesten.

Hij rookt nog altijd diezelfde sterke sigaretten, dacht Wallander.

'Ik wacht op je bij de afslag naar Kåseberga', zei hij. 'Wat heb je voor auto?'

'Een oude Duett.'

'Hoeveel tijd heb je nodig?'

'Er hangt een dichte mist. Vijfenveertig minuten. Misschien iets minder.'

'Ik wacht op je. Vast bedankt voor je hulp.'

Hij legde de hoorn neer en ging de keuken uit. Toen kon hij de verleiding niet weerstaan. Hij liep door de woonkamer waar het oude televisietoestel stond en schoof voorzichtig het gordijn naar de logeerkamer opzij waar zijn dochter lag te slapen. In het zwakke schijnsel van de lamp boven de keukendeur zag hij haar haar en voorhoofd en een stukje neus. Ze was in een diepe slaap verzonken.

Daarna verliet hij het huis en ruimde achter zich op in de afgeschoten ruimte van het atelier. Hij fietste naar de hoofdweg en sloeg rechtsaf. Bij de afslag naar Kåseberga zette hij de fiets achter een barak van Televerket en bleef in de schaduw wachten. Er hing nog steeds dezelfde dichte mist. Plotseling reed er een politiewagen richting Sandhammaren langs. Wallander meende dat hij Peters achter het stuur zag zitten.

Hij dacht aan Sten Widén. Ze hadden elkaar meer dan een jaar geleden voor het laatst gesproken. In verband met een onderzoek was Wallander plotseling op het idee gekomen om hem op zijn paardenfarm bij de kasteelruïne van Stjärnsund een bezoek te brengen. Widén trainde er renpaarden. Hij woonde alleen, dronk waarschijnlijk te veel en te vaak en hield er onduidelijke relaties met zijn vrouwelijk personeel op na. Ooit hadden ze een gemeenschappelijke droom gehad. Sten Widén had een mooie bariton. Hij wilde operazanger worden en Wallander zou zijn impressario zijn. Maar de droom was hun ontglipt, hun vriendschap vervluchtigd, om ten slotte helemaal op te houden te bestaan. Toch is hij de enige echte vriend die ik gehad heb, dacht Wallander, terwijl hij in de mist stond te wachten. Afgezien van Rydberg dan. Maar dat was iets anders geweest. We zouden nooit vriendschap gesloten hebben als we niet allebei politiemensen waren geweest.

Na veertig minuten gleed de wijnrode Duett uit de mist tevoorschijn. Wallander stapte achter de barak vandaan en ging in de auto zitten. Sten Widén keek naar zijn gezicht, dat met bloed bevlekt en vuil was. Maar zoals gewoonlijk gaf hij geen enkele blijk van verbazing.

'Ik vertel later wel', zei Wallander.

'Wanneer je maar wilt', zei Sten Widén. Er hing een niet-aangestoken sigaret in zijn mondhoek en hij rook naar sterke drank.

Ze passeerden het oefenterrein. Wallander kroop ineen en maakte zich onzichtbaar. In de berm stonden enkele politieauto's. Sten Widén minderde vaart, maar stopte niet. De weg was vrij, er waren geen afzettingen. Hij keek naar Wallander, die probeerde zich te verbergen, maar hij zei niets. Ze passeerden Ystad, Skurup en sloegen bij de afslag naar Stjärnsund linksaf. Toen ze de paardenfarm opreden was de mist nog steeds potdicht. Een meisje van een jaar of zeventien stond gapend voor de stallen te roken.

'Mijn gezicht heeft in de kranten gestaan en is op de tv geweest', zei Wallander. 'Ik wil liever niet herkend worden.'

'Ulrika leest geen kranten', antwoordde Sten Widén. 'En als ze al televisie kijkt, dan zijn het videofilms. Ik heb nog een meisje, Kristina. Zij praat ook niet.'

Ze gingen het wanordelijke, niet-schoongemaakte huis binnen. Wallander had het idee dat het er nog net zo uitzag als bij zijn laatste bezoek.

Of hij honger had, vroeg Sten Widén. Wallander knikte en ze gingen in de keuken zitten. Hij at een paar boterhammen, dronk koffie. Zo nu en dan verdween Sten Widén in het aangrenzende vertrek. Als hij terugkwam rook hij nog meer naar sterke drank.

'Bedankt voor het ophalen', zei Wallander.

Sten Widén haalde zijn schouders op.

'Ach', zei hij.

'Ik moet een paar uur slapen', vervolgde Wallander. 'Daarna vertel ik mijn verhaal.'

'Ik moet naar de paarden toe', zei Sten Widén. 'Je kunt daar slapen.'

Hij stond op en Wallander volgde hem. Nu pas voelde hij hoe moe hij was. Sten Widén toonde hem een klein vertrek waar een bank stond.

'Ik betwijfel of ik schone lakens heb', zei hij. 'Maar je kunt wel een deken en een kussen krijgen.'

'Dat is meer dan genoeg', zei Wallander.

'Je weet waar de badkamer is?'

Wallander knikte. Hij herinnerde het zich.

Hij trok zijn schoenen uit. Het zand knarste op de grond.

Zijn jack gooide hij op een stoel. Toen ging hij liggen. Sten Widén stond in de deuropening naar hem te kijken.

'Hoe gaat het met je?' vroeg Wallander.

'Ik ben weer gaan zingen', antwoordde Sten Widén.

'Daar moet je me over vertellen', zei Wallander.

Sten Widén ging de kamer uit. Wallander hoorde een paard op het erf hinniken. Het laatste wat hij dacht voordat hij in slaap viel was dat Sten Widén nog helemaal dezelfde was. Hetzelfde verwarde haar, hetzelfde droge eczeem in zijn nek.

Toch was er iets veranderd.

Toen hij wakker werd wist hij eerst niet waar hij was. Hij had hoofdpijn en zijn hele lichaam deed zeer. Hij legde zijn hand op zijn voorhoofd en voelde dat hij koorts had. Hij bleef stil onder de deken liggen die naar paard rook. Toen hij op zijn horloge wilde kijken ontdekte hij dat hij dat 's nachts verloren had. Hij stond op en ging naar de keuken. Een muurklok wees halftwaalf aan. Hij had meer dan vier uur geslapen. De mist was opgetrokken zonder helemaal verdwenen te zijn. Hij nam een kop koffie en ging aan de keukentafel zitten. Daarna stond hij op en opende verscheidene keukenkasten tot hij een tubetje met aspirine had gevonden. Meteen daarop ging de telefoon. Wallander hoorde dat Sten Widén binnenkwam en antwoordde. Het gesprek ging over hooi. Ze hadden het over de prijs van een leverantie. Toen het gesprek afgelopen was, kwam Widén de keuken in.

'Wakker?' vroeg hij.

'Ik moest eerst slapen', antwoordde Wallander.

Toen vertelde hij wat er gebeurd was. Sten Widén luisterde met een onbewogen gezicht. Wallander begon met de verdwijning van Louise Åkerblom. Hij vertelde van de man die hij gedood had.

'Ik moest even helemaal weg zijn', eindigde hij. 'Ik begrijp natuurlijk dat mijn collega's nu naar me zoeken, maar ik zal ze een leugentje om bestwil vertellen. Dat ik bewusteloos in een bosje heb gelegen. Maar ik zou je één ding willen vragen. Wil je mijn dochter bellen en zeggen dat met mij alles in orde is – en dat ze moet blijven waar ze is?'

'Maar ik moet haar dus niet vertellen waar je bent?'

'Nee. Nog niet. Als je maar overtuigend klinkt.'

Sten Widén knikte. Wallander gaf hem het nummer. Er werd niet opgenomen.

'Blijf het proberen tot je haar te pakken hebt', zei hij.

Een van de paardenmeisjes kwam de keuken binnen. Wallander knikte en ze zei dat ze Kristina heette.

'Ga even een paar pizza's halen', zei Sten Widén. 'Er is helemaal geen eten meer in huis. En koop ook wat kranten.'

Sten Widén gaf het meisje geld. Op het erf startte ze de Duett en reed ermee weg.

'Je vertelde dat je weer bent gaan zingen', zei Wallander.

Het was de eerste keer dat Sten Widén glimlachte. Wallander herinnerde zich die glimlach, maar het was langgeleden dat hij hem voor het laatst gezien had.

'Ik zing mee in het kerkkoor van Svedala', zei hij. 'Soms zing ik in mijn eentje op begrafenissen. Ik heb ontdekt dat ik het miste, maar de paarden hebben er een hekel aan als ik in de stal zing.'

'Heb je een impressario nodig?' vroeg Wallander. 'Ik kan me niet voorstellen hoe ik hierna nog als politieman verder kan.'

'Je hebt uit zelfverdediging gehandeld', zei Sten Widén. 'Dat zou ik ook gedaan hebben. Wees blij dat je een wapen had.'

'Ik denk niet dat iemand kan begrijpen hoe het voelt.'

'Dat gaat wel over.'

'Nooit.'

'Alles gaat over.'

Sten Widén probeerde opnieuw te bellen. Weer werd er niet opgenomen. Wallander ging naar de badkamer om te douchen. Hij mocht een overhemd van Sten Widén lenen. Ook dat rook naar paard.

'Hoe gaat het ermee?' vroeg hij.

'Waarmee?'

'Met de paarden?'

'Ik heb er eentje die goed is. Drie andere zouden het misschien kunnen worden, maar Dimma heeft talent. Zij brengt geld in het laatje. Misschien kan ze dit jaar aan de Derby meedoen.'

'Heet ze Dimma?'

'Ja.'

'Ik dacht aan vannacht. Als ik een paard had gehad had ik Konovalenko in kunnen halen.'

'Niet met Dimma. Ze gooit mensen die ze niet kent van haar rug.

Talentvolle paarden zijn vaak geen lieverdjes. Net als mensen. Egocentrisch en onberekenbaar. Soms vraag ik me af of ze een spiegel in haar box zou willen hebben. Maar ze kan hard lopen.'

Het meisje dat Kristina heette kwam terug met dozen pizza's en een paar kranten. Daarna ging ze weg.

'Moet zij niet eten?' vroeg Wallander.

'Ze zitten in de stal. Daar hebben we een kleine pantry.' Hij pakte de bovenste krant en bladerde erin. Er was iets wat zijn aandacht trok.

'Hier staat iets over jou', zei hij.

'Ik wil het liever niet horen. Niet nu.'

'Zoals je wilt.'

Toen Sten Widén voor de derde keer belde werd er opgenomen. Het was Linda, niet Wallanders vader die opnam. Wallander kon haar koppig een heleboel vragen horen stellen. Maar Sten Widén zei alleen wat hij moest zeggen.

'Ze is erg opgelucht', zei hij toen het gesprek afgelopen was. 'Ze heeft beloofd te blijven waar ze is.'

Ze verorberden zijn pizza's. Een kat sprong op de tafel. Wallander gaf haar een stukje. Hij merkte dat zelfs de kat naar paard rook.

'De mist trekt op', zei Sten Widén. 'Heb ik je ooit verteld dat ik in Zuid-Afrika ben geweest? Dit naar aanleiding van wat je daarstraks vertelde.'

'Nee', antwoordde Wallander verbaasd. 'Dat wist ik niet.'

'Toen het met operazanger worden niets werd, ben ik weggegaan', zei Sten Widén. 'Ik wilde hier gewoon weg. Dat weet je nog wel. Ik was van plan om jager op groot wild te worden. Of in Kimberley naar diamant te gaan zoeken. Ik moet er iets over gelezen hebben. En ik ben inderdaad vertrokken. Ik ben drie weken in Kaapstad gebleven. Toen had ik er genoeg van. Ik ben gevlucht. Keerde terug. En toen mijn vader stierf zijn het dus zoetjesaan de paarden geworden.'

'Gevlucht?'

'Zoals die zwarten daar behandeld worden. Ik schaamde me. In hun eigen land liepen ze met hun pet in de hand te smeken om vergiffenis dat ze bestonden. Het was het ergste dat ik op dat gebied ooit meegemaakt heb. Ik zal het nooit vergeten.'

Hij veegde zijn mond af en ging de keuken uit. Wallander dacht na over wat Sten Widén gezegd had. En vervolgens realiseerde hij zich dat hij nu toch gauw naar het politiebureau in Ystad moest gaan.

Hij liep naar de kamer waar de telefoon stond. Daar vond hij wat hij zocht. Een halflege fles whisky. Hij draaide de dop eraf en nam een flinke slok, toen nog een. Door het raam zag hij Sten Widén op een bruin paard voorbijrijden.

Eerst een inbraak, dacht hij. Vervolgens laten ze mijn flat in de lucht vliegen. Wat komt er nu?

Hij ging weer op de bank liggen en trok de deken tot aan zijn kin op. De koorts was inbeelding geweest en zijn hoofdpijn was verdwenen. Hij zou weldra weer op moeten staan.

Victor Mabasha was dood. Konovalenko had hem doodgeschoten. Het onderzoek naar de verdwijning en de dood van Louise Åkerblom was bezaaid met lijken. Hij zag geen uitweg meer. Hoe moesten ze Konovalenko ooit te pakken krijgen?

Na een poosje viel hij in slaap. Hij werd pas vier uur later wakker.

Sten Widén zat in de keuken met een avondblad voor zich.

'Je wordt door de politie gezocht', zei hij.

Wallander keek hem met onbegrip aan.

'Wie?'

'Jij', zei Sten Widén opnieuw. 'Jij wordt door de politie gezocht. Er is landelijk alarm geslagen. Bovendien kun je tussen de regels door lezen dat je het slachtoffer bent van een tijdelijke verstandsverbijstering.'

Wallander rukte de krant naar zich toe. Er stond een foto van hem en van Björk in.

Sten Widén had de waarheid gesproken. Hij werd gezocht. Samen met Konovalenko. Bovendien vermoedde men dat hij problemen had, niet voor zichzelf kon zorgen.

Wallander keek geschokt naar Sten Widén.

'Bel mijn dochter', zei hij.

'Dat heb ik al gedaan', antwoordde die. 'En ik heb gezegd dat je nog steeds bij je gezonde verstand bent.'

'Geloofde ze je?'

'Ja. Ze geloofde me.'

Wallander bleef roerloos zitten. Toen nam hij een besluit. Hij zou de rol spelen die ze hem toegedacht hadden. Hoofdinspecteur bij de recherche van Ystad, tijdelijk geestelijk gestoord, verdwenen, opsporing verzocht. Hierdoor kreeg hij wat hij het meest van alles nodig had.

Tijd.

Toen Konovalenko Wallander in de mist ontdekt had op het terrein waar de schapen weidden, had hij zich verbaasd gerealiseerd dat hij een gelijkwaardige tegenstander had ontmoet. Dat was precies op het moment dat Victor Mabasha achterover was geworpen en nog voordat hij de grond had bereikt, dood was. Konovalenko had een gebrul uit de mist horen opdoemen en had zich omgedraaid terwijl hij tegelijk ineendook. En toen had hij hem gezien, de gezette plattelandsagent die hem keer op keer uitgedaagd had. Konovalenko begreep nu ook dat hij hem onderschat had. Hij zag dat Rykoff door twee kogels getroffen werd die zijn borstkas openreten. Met de dode Afrikaan als schild voor zich liep hij achteruit de steile helling af naar het strand. Hij wist dat Wallander hem zou volgen. De man zou het niet opgeven en het was hem inmiddels duidelijk geworden dat hij een gevaarlijke tegenstander was.

Konovalenko rende door de mist over het strand. Tegelijk belde hij op zijn mobiele telefoon Tania. Zij zat in de auto op het marktplein van Ystad op hem te wachten. Hij was nu bij het hek van het oefenterrein gekomen, op zoek naar de autoweg. Hij zag een bord staan met Kåseberga erop. Hij dirigeerde Tania via de telefoon Ystad uit, liet haar niet met zijn stem los en maande haar voorzichtig te rijden. Hij zei niets over de dood van Vladimir. Dat kwam later wel. Voortdurend hield hij ook de weg achter zich in de gaten. Wallander moest ergens in de buurt zijn en hij was gevaarlijk, de eerste meedogenloze Zweed die hij ooit van nabij meegemaakt had. Maar eigenlijk geloofde hij niet echt wat hem nu overkwam. Wallander was immers maar een plattelandsagent. Er klopte iets niet in zijn manier van doen. Tania arriveerde, Konovalenko nam het stuur over en ze reden naar het huis in Tomelilla.

'Waar is Vladimir?' vroeg ze.

'Die komt later', antwoordde Konovalenko. 'Het was beter om uit elkaar te gaan. Ik haal hem straks op.'

'En de Afrikaan?'

'Dood.'

'De politieman?'

Hij gaf geen antwoord. Tania begreep dat er iets misgegaan was. Konovalenko reed te hard. Hij werd opgejaagd door iets wat zijn gebruikelijke rust verstoorde.

Daar, in de auto, besefte Tania dat Vladimir dood was. Maar ze zei niets, ze hield haar zenuwinstorting verre van zich tot ze bij het huis gearriveerd waren waar Sikosi Tsiki met een uitdrukkingsloos gezicht naar hen keek. Toen begon ze te gillen. Konovalenko sloeg haar, eerst in het gezicht met zijn vlakke hand, daarna al harder en harder. Maar ze bleef schreeuwen tot hij haar dwong kalmerende tabletten te slikken in een dosis die haar praktisch als een blok in slaap deed vallen. De hele tijd zat Sikosi Tsiki onbeweeglijk op de bank naar hen te kijken. Konovalenko had het gevoel dat hij op een toneel stond met Sikosi Tsiki als enige maar aandachtige toeschouwer. Toen Tania in het grensgebied tussen diepe slaap en bewusteloosheid weggezonken was, trok Konovalenko andere kleren aan en schonk zich een wodka in. Dat Victor Mabasha eindelijk dood was gaf hem niet de voldoening die hij verwacht had. Het was uiteraard wel een oplossing voor zijn onmiddellijke praktische problemen, zeker gezien zijn gevoelige relatie met Jan Kleyn, maar hij wist dat Wallander hem op de hielen zat.

Hij zou zich niet gewonnen geven, hij zou het spoor nieuw leven in blazen.

Hij nam nog een wodka.

De Afrikaan op de bank is een geluidloos dier, dacht hij. Hij kijkt onafgebroken naar me, niet vriendelijk, niet onvriendelijk, hij kijkt. Hij zegt niets, hij vraagt niets. Als het moest, zou hij zo etmaal na etmaal kunnen blijven zitten.

Op dit moment kon Konovalenko zich niet met hem bezighouden. Met iedere minuut kwam Wallander dichterbij. Hij moest nu zelf in het offensief gaan. Zijn feitelijke opdracht, de aanslag in Zuid-Afrika voorbereiden, moest nog even wachten.

Hij kende Wallanders zwakke punt. Daar wilde hij gebruik van maken. Maar waar was Wallanders dochter? Ergens in de buurt, waarschijnlijk in Ystad. Maar niet in de flat.

Na een uur had hij dat probleem opgelost. Zijn plan kende flink wat risico's, maar hij had zich gerealiseerd dat er geen risicoloze strategieën voor die merkwaardige politieman Wallander bestonden.

Omdat Tania de sleutel tot zijn plan was en ze nog lang zou doorslapen, zat er niets anders op dan te wachten. Maar hij vergat geen moment dat Wallander zich ergens in de mist en de duisternis bevond en de hele tijd dichterbij kwam.

'Ik begrijp dat de grote man niet terugkomt', zei Sikosi Tsiki plotseling. Zijn stem was heel donker, zijn Engels zingend.

'Hij heeft een fout begaan', antwoordde Konovalenko. 'Hij was te langzaam. Misschien dacht hij dat er een weg terug was. Maar die is er niet.'

Meer zei Sikosi Tsiki die avond niet. Hij stond op om naar zijn kamer te gaan. Konovalenko vond dat hij toch de voorkeur aan de plaatsvervanger gaf die Jan Kleyn gestuurd had. Dat zou hij hem ook vertellen wanneer hij morgenavond met Zuid-Afrika belde.

Hij was de enige die wakker bleef. De gordijnen waren zorgvuldig dichtgetrokken. Hij zat te drinken.

Tegen vijven 's ochtends ging hij naar bed.

Tania kwam op zaterdag 16 mei tegen één uur 's middags aan op het politiebureau van Ystad. Ze was nog steeds versuft door de dood van Vladimir en de sterke kalmerende tabletten die Konovalenko haar gegeven had, maar ook vastberaden. Wallander had haar man gedood, die politieman die hen in Hallunda een bezoek had gebracht. Konovalenko had Vladimirs dood beschreven op een manier die helemaal niet overeenkwam met wat zich in de mist werkelijk afgespeeld had, maar voor Tania was Wallander een monster van onbeheerste, sadistische wreedheid. Terwille van Vladimir zou ze de rol spelen die Konovalenko haar opgedragen had. En in aansluiting daarop zou er een moment komen waarop het mogelijk moest zijn hem te doden.

Ze stapte de receptie van het politiebureau binnen. Een vrouw achter een glazen loket glimlachte tegen haar.

'Kan ik u helpen?' vroeg ze.

'Ik wou aangifte doen van een inbraak in mijn auto', zei Tania.

'Oei, oei', zei de receptioniste. 'Ik zal zien of er iemand is die u kan helpen. Het hele politiebureau staat vandaag op zijn kop.'

'Ja', zei Tania. 'Het is afschuwelijk wat er gebeurd is.'

'Ik had nooit gedacht dat zoiets nog eens in Ystad zou gebeuren', zei de receptioniste. 'Maar je bent nooit te oud om te leren.'

Ze probeerde verschillende mensen te bellen. Ten slotte nam iemand op.

'Martinson? Heb je tijd voor een auto-inbraak?'

Tania hoorde een opgewonden stem door de telefoon, afwijzend, gejaagd. Maar de vrouw bond niet in.

'We moeten toch proberen om normaal ons werk te doen', zei ze. 'Ik krijg niemand anders te pakken. En zoveel tijd kost dit niet.'

De man aan de lijn gaf toe.

'U kunt met Martinson van de recherche praten', zei ze wijzend. 'Derde deur links.'

Tania klopte en stapte een kamer binnen waar chaos heerste. De man achter het bureau zag er moe en opgejaagd uit. Zijn bureau was bedolven onder de papieren. Hij keek haar met slecht verborgen irritatie aan, maar hij vroeg haar plaats te nemen en zocht in een la naar een formulier.

'Auto-inbraak', zei hij.

'Ja', antwoordde Tania. 'Dieven hebben mijn radio gestolen.'

'Dat plegen ze te doen', zei Martinson.

'Neemt u me niet kwalijk', zei Tania. 'Zou ik misschien een glaasje water kunnen krijgen? Ik heb last van een droge hoest.'

Martinson keek haar verbaasd aan.

'Natuurlijk', zei hij. 'Natuurlijk kunt u een glas water krijgen.'

Hij stond op en ging de kamer uit.

Tania had het adresboekje al gezien dat op het bureau lag. Zodra Martinson de kamer uit was pakte ze het en sloeg het open bij de W. Daar vond ze Wallanders telefoonnummer in Mariagatan en het telefoonnummer van zijn vader. Tania schreef het haastig op een stukje papier dat ze in haar jaszak had. Daarna legde ze het boekje met de telefoonnummers terug en keek om zich heen.

Martinson verscheen met een glas water en een kop koffie voor zichzelf. De telefoon begon te rinkelen, maar hij legde de hoorn eraf. Vervolgens stelde hij zijn vragen en ze beschreef de verzonnen inbraak. Ze gaf het kenteken van een auto op die ze in het centrum had zien staan. Er was een radio gestolen en een tas met flessen sterke drank. Martinson schreef en ten slotte vroeg hij haar het geschrevene door te lezen en te tekenen. Ze had zich Irma Alexanderson genoemd en een adres op Malmövägen opgegeven. Ze gaf het formulier aan Martinson terug.

'U zult zich wel grote zorgen om uw collega maken', zei ze vriendelijk. 'Hoe heet hij ook weer? Wallander?'

'Ja', zei Martinson. 'Het is erg.'

'Ik moest aan zijn dochter denken', zei ze. 'Ik heb haar vroeger muziekles gegeven, maar toen is ze naar Stockholm verhuisd.'

Martinson keek naar haar met iets meer belangstelling.

'Ze is weer hier', zei hij.

'O ja', zei Tania. 'Dan heeft ze ontzettend veel geluk gehad toen de brand in die flat uitbrak.'

'Ze logeert bij haar grootvader', zei Martinson en legde de hoorn weer op de haak.

Tania stond op.

'Ik zal u niet langer ophouden', zei ze. 'Bedankt voor uw hulp.'

'Graag gedaan', antwoordde Martinson en gaf haar een hand.

Tania besefte dat hij haar op het moment dat ze de kamer uit was al weer was vergeten. De donkere pruik die ze over haar blonde haar droeg zou ervoor zorgen dat hij haar nooit herkende.

Ze gaf de vrouw in de receptie een knikje, liep langs een drom journalisten die voor een persconferentie gekomen waren die zo dadelijk zou beginnen, en verliet het politiebureau.

Konovalenko zat in zijn auto bij een benzinestation onderaan de heuvel op haar te wachten. Ze stapte in de auto.

'Wallanders dochter is bij zijn vader', zei ze. 'Ik heb diens telefoonnummer.'

Konovalenko keek naar haar. Toen glimlachte hij.
'Dan hebben we haar', zei hij rustig. 'Dan hebben we haar. En als we haar hebben hebben we hem ook.'

25

Wallander droomde dat hij op water liep.

De wereld waarin hij zich bevond was eigenaardig blauwgekleurd. De lucht met de uiteengereten wolken was blauw, een bosrand in de verte was eveneens blauw. Op de rand van een rots zaten blauwe vogels. En dan was er de zee waarop hij liep. Ergens in zijn droom was ook Konovalenko. Wallander had zijn spoor in het zand gevolgd. Dat was echter niet naar de steile kusthelling afgebogen, maar in zee verdwenen. In zijn droom was het vanzelfsprekend dat hij het bleef volgen. Hij liep op het water. Het was alsof hij zich over een dunne laag fijnkorrelige glassplinters voortbewoog. Het wateroppervlak was onregelmatig, maar droeg zijn gewicht wel. Ergens achter de blauwe eilandjes, bij de horizon, moest Konovalenko zijn.

Hij herinnerde zich zijn droom, toen hij op zondagochtend 17 mei vroeg wakker werd. Hij lag bij Sten Widén op de bank. Hij slofte naar de keuken en zag op de klok dat het halfzes was. Een blik in de slaapkamer van Sten Widén zei hem dat die al op was en naar zijn paarden was gegaan. Wallander schonk een kop koffie in en ging aan de keukentafel zitten.

De vorige avond had hij geprobeerd weer te denken.

Op één niveau was zijn situatie gemakkelijk te overzien. Er was een opsporingsbevel uitgegaan en hij werd door de politie gezocht, maar hij kon ook gewond zijn of dood. Bovendien had hij zijn wapen op zijn collega's gericht en daarmee aangetoond dat hij geestelijk gestoord was.

Om Konovalenko in te rekenen, moesten ze ook inspecteur Wallander uit Ystad opsporen. Tot zover was zijn situatie glashelder. De vorige dag, toen Sten Widén hem verteld had wat er in de avondbladen stond, had hij besloten de rol die hem toebedeeld was mee te spelen. Het verschafte hem tijd. Tijd die hij nodig had om Konovalenko te vinden en indien nodig te doden.

Wallander had zich gerealiseerd dat hij een slachtoffer aanbood. Zichzelf. Hij had er geen vertrouwen in dat de politie Konovalenko kon arresteren zonder dat er nog meer politiemensen gewond, misschien gedood, werden. Daarom moest hij het zelf doen. De gedachte verlamde hem, maar hij besefte dat hij niet van zijn angst weg kon rennen. Wat hij zich voorgenomen had moest hij afmaken, ongeacht de consequenties.

Wallander had geprobeerd om zich in Konovalenko's gedachtegang in te leven. En hij was tot de conclusie gekomen dat zijn bestaan Konovalenko niet totaal onverschillig kon laten. Zelfs als Konovalenko hem niet als een gelijkwaardige tegenstander beschouwde, dan zou hij wel inzien dat Wallander een politieman was die zijn eigen gang ging en niet zou aarzelen zijn wapen te gebruiken als dat nodig was. Dat zou hem een zeker respect inboezemen, zelfs al geloofde Konovalenko diep in zijn hart dat zijn veronderstelling niet kon kloppen. Wallander was een politieman die geen onnodige risico's nam. Hij was zowel laf als voorzichtig. Een primitieve reactie vloeide bij hem altijd voort uit een wanhoopssituatie. Maar laat Konovalenko rustig denken dat ik anders ben dan ik ben, had hij gedacht.

Hij had zich op zijn beurt een voorstelling van Konovalenko's plannen gemaakt. Konovalenko was naar Skåne teruggekomen om Victor Mabasha te doden en hij was daarin geslaagd. Wallander kon zich moeilijk voorstellen dat de man in zijn eentje opereerde. Dus had hij Rykoff meegenomen. Maar hoe had hij daarna zonder verdere hulp kunnen ontsnappen? Ongetwijfeld moest Tania, de vrouw van Rykoff, in de buurt zijn, misschien waren er nog meer mensen, onbekende handlangers. Ze hadden al eens eerder een huis onder valse naam gehuurd. De kans bestond dat ze zich opnieuw in een afgelegen huis op het platteland schuilhielden.

Toen Wallander zover gekomen was, zag hij in dat er een belangrijke vraag onbeantwoord was gebleven.

Wat komt er na Victor Mabasha? dacht hij. Wat gaat er gebeuren met de aanslag waar alle gebeurtenissen van de afgelopen tijd om draaien? Wat gebeurt er met de onzichtbare organisatie die aan de touwtjes trekt, ook aan die van Konovalenko? Wordt de operatie afgeblazen? Of blijven deze gezichtloze mannen op hun doel afstevenen?

Hij dronk koffie en meende dat hij maar één ding kon doen. Ervoor zorgen dat Konovalenko hem inderdaad vond. Bij de aanslag op zijn flat hadden ze het ook op hém gemunt gehad. Victor Mabasha's laatste woorden waren geweest dat hij niet wist waar Wallander was. Dat had Konovalenko willen weten.

In de hal klonken voetstappen. Sten Widén kwam binnen. Hij was gekleed in een vuile overall en modderige rubberlaarzen.

'Er zijn vandaag wedstrijden op Jägersro', zei hij. 'Heb je zin om mee te gaan?'

Even kwam Wallander in de verleiding op het aanbod in te gaan. Hij verwelkomde alles wat zijn gedachten kon afleiden.

'Doet Dimma mee?' vroeg hij.

'Ze doet mee en ze wint', antwoordde Sten Widén. 'Maar ik denk dat ze bij de gokkers niet hoog staat aangeschreven. Daarom kun je wat geld op haar verdienen.'

'Hoe weet je zo zeker dat ze de beste is?' vroeg Wallander.

'Ze heeft een ongelijkmatig humeur,' antwoordde Sten Widén, 'maar vandaag heeft ze zin in de wedstrijd. Ze is onrustig in haar box. Ze voelt dat het ernst is. En verder heeft ze niet zulke goede tegenstanders. Er komen wat paarden uit Noorwegen waar ik niet veel van afweet, maar ik denk dat ze die ook aankan.'

'Van wie is dit paard eigenlijk?' vroeg Wallander.

'Van een zakenman, een zekere Morell.'

Wallander reageerde verrast op de naam. Hij had die onlangs nog gehoord, maar hij wist niet meteen in welke verband.

'Een Stockholmer?'

'Een Skåning. Hij woont in Malmö.'

Toen wist Wallander het weer. Peter Hanson en zijn pompen. Een heler die Morell heette.

'Wat doet die Morell voor zaken?' vroeg Wallander.

'Eerlijk gezegd nogal louche, geloof ik', antwoordde Sten Widén. 'Er gaan geruchten, maar hij betaalt stipt voor het trainen. En ik bemoei me er niet mee waar het geld vandaan komt.'

Wallander vroeg niet verder.

'Ik denk dat ik toch maar niet meega', zei hij.

'Ulrika heeft boodschappen gedaan', zei Sten Widén. 'Over een paar uur vertrekken we met de paarden. Je moet jezelf verder maar zien te redden.'

'De Duett?' vroeg Wallander. 'Blijft die hier?'

'Je mag hem lenen, maar je moet wel tanken', zei Sten Widén. 'Dat vergeet ik altijd.'

Wallander zag dat de paarden in de grote vrachtwagen geleid werden en hij zag de wagen wegrijden. Meteen daarna vertrok hij zelf ook. Toen hij in Ystad was nam hij het risico door Mariagatan te rijden. De schade was groot. Een gapend gat in de muur met beroete stenen eromheen gaf aan waar het raam gezeten had. Hij bleef maar heel even, voordat hij de stad weer uitreed. Toen hij langs het oefenterrein kwam zag hij in de verte een politieauto op het veld staan.

Nu de mist opgetrokken was waren de afstanden kleiner dan hij zich herinnerde. Hij vervolgde zijn weg en nam de afslag naar de haven van Kåseberga. Hij besefte het risico dat hij liep om herkend te worden, maar zijn foto in de kranten had niet erg geleken. Er zou alleen een probleem zijn wanneer hij iemand tegenkwam die hij kende. Hij ging een telefooncel in om het nummer van zijn vader te bellen. Zoals hij gehoopt had nam zijn dochter op.

'Waar ben je?' vroeg ze. 'Wat voer je uit?'

'Luister', zei hij. 'Kan iemand je horen?'

'Wie zou dat moeten zijn? Grootvader staat te schilderen.'

'Is er verder nog iemand?'

'Ik heb toch gezegd dat er niemand is!'

'Heeft de politie niet voor bewaking gezorgd? Geen geparkeerde auto op de weg?'

'De tractor van Nilson staat ergens in de buurt op een akker.'

'Verder niets?'

'Er is hier niemand, pappa. Hou nou op met dat gevraag.'

'Ik kom eraan', zei hij. 'Maar zeg niets tegen je grootvader.'

'Heb je gezien wat de kranten schrijven?'

'Daar hebben we het later nog wel over.'

Hij hing op en was blij dat ze niet ook geschreven hadden dat hij Rykoff gedood had. Zelfs als de politie dat wist zou ze het niet bekend maken voordat Wallander gevonden was. Zoveel wist hij na al die jaren bij het korps wel.

Hij reed van Kåseberga regelrecht naar het huis van zijn vader. Hij zette de auto langs de hoofdweg en legde het laatste eindje te voet af. Op dat stuk liep hij geen risico gezien te worden.

Ze stond in de deuropening op hem te wachten. Toen ze in de hal waren sloeg ze haar armen om hem heen. Zo bleven ze zwijgend een ogenblik staan. Hij wist niet wat ze dacht. Maar voor hem was dit een bewijs dat ze elkaar zo na waren gekomen dat woorden niet altijd nodig waren.

Ze gingen in de keuken tegenover elkaar aan tafel zitten.

'Grootvader komt voorlopig niet binnen', zei ze. 'Ik kan nog heel wat van zijn arbeidsmoraal leren.'

'Of van zijn koppigheid.'

Ze barstten allebei tegelijk in lachen uit.

Daarna werd hij weer ernstig. Hij vertelde in langzame bewoordingen wat er gebeurd was en waarom hij verkozen had de rol van gezochte, ten dele ontoerekenbare, op drift geraakte politieman op zich te nemen.

'Wat wil je er eigenlijk mee bereiken? Op eigen houtje nog wel?'

Hij kon niet uitmaken of het angst dan wel wantrouwen was die in haar opmerking de boventoon voerde.

'Hem uit zijn tent lokken. Ik ben me er heel goed van bewust dat ik geen eenmanslegertje ben, maar ik moet de eerste stap zetten om aan dit kat-en-muisspel een einde te maken.'

Haastig, als was het een protest tegen wat hij gezegd had, veranderde ze van onderwerp.

'Heeft hij veel geleden?' vroeg ze. 'Victor Mabasha?'

'Nee', antwoordde Wallander. 'Het ging heel snel. Ik denk dat hij niet doorhad dat hij ging sterven.'

'Wat gaat er nu met hem gebeuren?'

'Dat weet ik niet', antwoordde Wallander. 'Ik neem aan dat er een lijkschouwing plaatsvindt. Daarna is het de vraag of zijn familie wil dat hij hier of in Zuid-Afrika begraven wordt. Als hij daar tenminste vandaan komt.'

'Wie was hij eigenlijk?'

'Ik weet het niet. Soms dacht ik dat er een soort contact tussen ons ontstond, maar dan ontglipte hij me weer. Ik kan niet zeggen dat ik weet wat hij in zijn hart vond. Hij was een merkwaardig man, zeer complex. Als je zo wordt door in Zuid-Afrika te leven, is het een land dat je je ergste vijand niet toewenst.'

'Ik wil je helpen', zei ze.

'Dat kun je ook', antwoordde Wallander. 'Je moet het politiebureau bellen en naar Martinson vragen.'

'Zo bedoel ik het niet', zei ze. 'Ik wou dat ik iets kon doen dat niemand anders kan doen.'

'Die dingen kun je niet van tevoren plannen', zei Wallander. 'Iets gebeurt gewoon. Als het gebeurt.'

Ze belde het politiebureau en vroeg naar Martinson, maar de telefooncentrale kon hem niet te pakken krijgen. Ze legde haar hand op de hoorn en vroeg wat ze moest doen. Wallander aarzelde. Toen besefte hij dat hij geen tijd had om te wachten noch om te kiezen. Hij zei haar naar Svedberg te vragen.

'Die is in vergadering', gaf ze door. 'Hij kan niet weggeroepen worden.'

'Vertel wie je bent', zei Wallander. 'Zeg dat het belangrijk is. Ze moeten hem uit die vergadering halen.'

Het duurde een paar minuten voordat Svedberg aan de lijn kwam.

Ze gaf de hoorn aan Wallander.

'Ik ben het', zei hij. 'Kurt. 'Laat niets blijken. Waar ben je?'

'In mijn kamer.'

'Is de deur dicht?'

'Wacht even.'

Wallander hoorde hem de deur dichtgooien.'

'Kurt', zei hij. 'Waar ben je?'

'Ergens waar jullie me nooit zullen vinden.'

'Verdomme, Kurt.'

'Luister. Onderbreek me niet. Ik moet je spreken. Maar alleen onder voorwaarde dat je tegen niemand wat zegt. Niet tegen Björk, niet tegen Martinson, tegen niemand. Als je dat niet kunt beloven verbreek ik het gesprek meteen.'

'We zitten juist in het vergadervertrek om na te gaan hoe we de zoekactie naar jou en Konovalenko kunnen opvoeren', zei Svedberg. 'Het is absurd als ik naar die vergadering terugga zonder te vertellen dat ik je zojuist gesproken heb.'

'Dat moet dan maar', zei Wallander. 'Ik meen goede redenen te hebben om te doen wat ik doe. Ik wil het feit dat er naar me gezocht wordt uitbuiten.'

'Hoe?'

'Dat vertel ik je als we elkaar zien. Je moet nu beslissen!'

Het bleef stil aan de lijn. Wallander wachtte. Hij kon niet raden wat Svedberg zou antwoorden.

'Ik kom', zei Svedberg ten slotte.

'Zeker?'

'Ja.'

Wallander beschreef de weg naar Stjärnsund.

'Over twee uur', zei Wallander. 'Red je dat?'

'Het zal wel moeten', antwoordde Svedberg.

Wallander beëindigde het gesprek.

'Ik wil dat er iemand is die weet wat ik doe', zei hij.

'Voor als er wat mocht gebeuren?'

Haar vraag kwam zo onverwacht dat Wallander niet ontwijkend kon antwoorden.

'Ja', zei hij alleen maar. 'Voor als er wat mocht gebeuren.'

Hij nam nog een kop koffie. Toen hij weg zou gaan aarzelde hij even.

'Ik wil je niet ongeruster maken dan je al bent', zei hij. 'Maar ik wil dat je de komende dagen binnenblijft. Er zal niets gebeuren. Ik zeg het waarschijnlijk alleen om zelf 's nachts rustiger te slapen.'

Ze gaf hem een tikje op zijn wang.

'Ik blijf hier', zei ze. 'Maak je maar geen zorgen.'

'Nog een paar dagen', zei hij. 'Meer niet. Ik denk dat deze nachtmerrie dan voorbij zal zijn. Daarna zal ik eraan moeten wennen dat ik iemand gedood heb.'

Hij draaide zich om en ging weg voordat ze nog iets kon zeggen. In zijn achteruitkijkspiegel zag hij dat ze naar de weg gelopen was om hem te zien wegrijden.

Svedberg was precies op tijd.

Het was tien voor drie toen hij de buitenplaats op reed.

Wallander trok zijn jack aan en liep naar buiten.

Svedberg schudde zijn hoofd toen hij hem zag.

'Wat voer je in je schild?' vroeg hij.

'Ik meen te weten wat ik doe', antwoordde Wallander. 'Maar bedankt voor je komst.'

Ze liepen naar de brug over de oude grachtwal om de kasteelruïne. Svedberg bleef staan, leunde tegen de leuning en keek in gedachten verzonken naar de groene smurrie beneden.

'Ik heb moeite om te begrijpen wat er allemaal gebeurt', zei hij.

'Ik ben tot de conclusie gekomen dat we bijna altijd tegen beter weten in leven', antwoordde Wallander. 'We geloven een ontwikkeling tegen te kunnen houden door te weigeren haar te zien.'

'Maar waarom Zweden?' vroeg Svedberg. 'Waarom hebben ze dit land als beginpunt uitgekozen?'

'Victor Mabasha kwam met een mogelijke verklaring', zei Wallander.

'Wie?'

Wallander besefte dat Svedberg niet wist hoe de dode Afrikaan heette. Hij herhaalde de naam. Toen vervolgde hij zijn verhaal.

'Natuurlijk ten dele omdat Konovalenko hier woont', zei hij. 'Maar voor een even groot deel om een rookgordijn te leggen. Het is voor de mensen die achter de aanslag zitten van eminent belang dat er niets uitlekt. Zweden is een land waar iemand zich gemakkelijk schuil kan houden.

Je kunt bij ons eenvoudig de grens overkomen, je kunt je gemakkelijk verbergen. Hij gebruikte een gelijkenis. Hij zei dat Zuid-Afrika een koekoek is die haar eieren vaak in het nest van anderen legt.'

Ze liepen verder naar het langgeleden al verwoeste kasteel. Svedberg keek om zich heen.

'Ik ben hier nog nooit geweest', zei hij. 'Je kunt je afvragen hoe het was om toen politieman te zijn, toen het kasteel er nog stond.'

Ze liepen zwijgend rond en keken naar de ingestorte overblijfselen van de eens zo hoge muren.

'Je moet goed begrijpen dat Martinson en ik nogal van streek waren', zei Svedberg. 'Je zat onder het bloed, je haar stond rechtovereind en met beide handen zwaaide je met een wapen.'

'Ik begrijp het', antwoordde Wallander.

'Maar we hadden niet tegen Björk moeten zeggen dat je gek geworden was, dat was fout.'

'Soms vraag ik me af of het niet klopt.'

'Wat ga je nu verder doen?' vroeg Svedberg.

'Ik wil Konovalenko naar me toe te lokken', zei Wallander. 'Ik geloof dat dat de enige mogelijkheid is om hem uit zijn schuilplaats te krijgen.'

Svedberg keek ernstig naar Wallander.

'Je speelt een gevaarlijk spel', zei hij.

'Je loopt minder risico als je het gevaar ziet aankomen', antwoordde Wallander en vroeg zich gelijktijdig af wat hij eigenlijk met die woorden bedoelde.

'Je hebt ondersteuning nodig', vervolgde Svedberg.

'Dan komt hij niet', antwoordde Wallander beslist. 'Het is niet genoeg dat hij gelooft dat ik in mijn eentje ben. Hij zal het controleren. Hij slaat pas toe als hij heel zeker van zijn zaak is.'

'Slaat toe?'

Wallander haalde zijn schouders op.

'Hij zal proberen me te doden,' zei hij, 'maar ik zal ervoor zorgen dat hem dat niet lukt.'

'Hoe?'

'Dat weet ik nog niet.'

Svedberg keek hem verbaasd aan, maar hij zei niets.

Ze liepen terug en bleven opnieuw op de brug staan.

'Ik zou je iets willen vragen', zei Wallander. 'Ik maak me zorgen over mijn dochter. Je kunt van tevoren nooit inschatten wat Konovalenko gaat doen. Daarom wil ik dat jullie haar bewaking geven.'

'Björk zal willen weten waarom', zei Svedberg.

'Dat weet ik', zei Wallander. 'Daarom vraag ik het aan jou. Je moet met Martinson gaan praten. Björk hoeft er niets van te weten.'

'Ik zal het proberen', zei Svedberg. 'Ik kan me voorstellen dat je je zorgen maakt.'

Opnieuw liepen ze verder, verlieten de brug en klommen moeizaam de heuvel op.

'Martinson kreeg gisteren trouwens bezoek van iemand die je dochter kent', zei Svedberg, als om over wat anders te praten, iets minder fataals.

Wallander keek hem verbaasd aan.

'Thuis?'

'Op het bureau. Iemand wilde aangifte van een auto-inbraak doen. Ze moet je dochter lesgegeven hebben. Ik herinner het me niet goed meer.'

Wallander bleef abrupt staan.

'Nog een keer', zei hij. 'Wat zeg je daar precies?'

Svedberg herhaalde zijn woorden.

'Hoe heette ze?' vroeg Wallander.

'Dat weet ik niet.'

'Hoe zag ze eruit?'

'Dat moet je Martinson vragen.'

'Probeer je te herinneren wat hij precies gezegd heeft!'

Svedberg dacht na.

'We zaten koffie te drinken', zei hij. 'Martinson klaagde dat hij de hele tijd gestoord werd. Hij dacht dat hij een maagzweer zou krijgen van het vele werk dat zich ophoopte. "Als ik nou maar geen auto-inbraken hoefde te doen. Ik moest een vrouw ontvangen. Iemand had aan haar auto gemorreld. Ze vroeg naar Wallanders dochter. Of ze nog altijd in Stockholm woonde." Zo ongeveer zei hij het.'

'Wat heeft Martinson geantwoord? Heeft hij tegen die vrouw gezegd dat mijn dochter hier is?'

'Dat weet ik niet.'

'We moeten Martinson bellen', zei Wallander. Hij begon heel snel naar het huis van Sten Widén te lopen. Al gauw zette hij het op een rennen met Svedberg achter zich aan.

'Bel Martinson', zei hij toen ze binnen waren. 'Vraag of hij gezegd heeft waar mijn dochter op dit moment is. Zoek uit hoe die vrouw heet. Als hij wil weten waarom, zeg je dat je het hem later wel zult uitleggen.'

Svedberg knikte.

'Jij gelooft niet in een auto-inbraak?'

'Ik weet het niet, maar ik durf geen risico's te nemen.'

Svedberg kreeg Martinson bijna onmiddellijk aan de lijn. Hij maakte een paar notities op de achterkant van een stukje papier. Wallander hoorde dat Martinson niets van Svedbergs vragen begreep.

Toen het gesprek afgelopen was deelde Svedberg Wallanders ongerustheid.

'Hij zei dat hij het gezegd heeft.'

'Wat?'

'Dat ze bij je vader in Österlen logeert.'

'Waarom heeft hij dat gedaan?'

'Omdat ze ernaar vroeg.'

Wallander keek op de klok in de keuken.

'Je moet bellen', zei hij. 'Het kan zijn dat mijn vader opneemt. Hij zit op dit moment te eten. Vraag naar mijn dochter. Daarna neem ik het over.'

Wallander gaf hem het nummer. Er gingen heel wat signalen over, voordat er opgenomen werd. Door Wallanders vader. Svedberg vroeg naar Wallanders dochter. Nadat hij een antwoord had gekregen, hing hij haastig op.

'Ze is op de fiets naar het strand', zei hij.

Wallander voelde een knoop in zijn maag.

'En ik had nog zo tegen haar gezegd dat ze binnen moest blijven.'

'Een halfuur geleden', zei Svedberg.

Ze reden in Svedbergs auto en ze reden hard. Wallander zweeg. Zo nu en dan keek Svedberg van opzij naar hem, maar hij zei niets.

Ze kwamen bij de afslag naar Kåseberga.

'Rij door', zei Wallander. 'Neem de volgende.'

Ze parkeerden zo ver mogelijk op de rotsen. Er stonden geen andere auto's. Wallander rende naar beneden met Svedberg achter zich aan. Het strand was leeg. Wallander voelde de paniek toeslaan. Weer had hij de onzichtbare adem van Konovalenko in zijn nek.

'Misschien is ze in de luwte van een duinpan gaan zitten', zei hij.

'Weet je zeker dat ze hier moet zijn?' vroeg Svedberg.

'Dit is haar strand', zei Wallander. 'Als ze naar het strand gaat, gaat ze hiernaartoe. We gaan ieder een andere kant op.'

Svedberg ging terug, de kant van Kåseberga op en Wallander liep in oostelijke richting verder. Hij probeerde zichzelf voor te houden dat zijn ongerustheid overbodig was. Er was niets met haar gebeurd. Alleen begreep hij niet waarom ze niet thuis was gebleven zoals ze beloofd had. Zou ze de ernst van de situatie dan niet inzien? Ondanks alles wat er gebeurd was?

Zo nu en dan draaide hij zich om om in de richting van Svedberg te kijken. Nog altijd niets.

Wallander moest plotseling aan Robert Åkerblom denken. Die had in een dergelijke situatie gebeden, zei Wallander tegen zichzelf, maar ik heb geen god tot wie ik kan bidden. Ik heb niet eens een paar geesten zoals Victor Mabasha. Ik heb alleen mijn eigen vreugde en verdriet, dat is alles.

Op een rots stond een man met een hond naar de zee te kijken. Wallander vroeg hem of hij een meisje langs het strand had zien lopen. De man schudde zijn hoofd. Hij was al twintig minuten met zijn hond op het strand en al die tijd was er niemand anders geweest.

'Ook geen man?' vroeg Wallander en beschreef Konovalenko.

De man schudde opnieuw zijn hoofd.

Wallander liep verder. Hij voelde dat hij het koud had, ook al voerde de wind vlagen van lentewarmte met zich mee. Hij versnelde zijn pas. Het strand kwam hem oneindig lang voor. Toen draaide hij zich opnieuw om. Svedberg was heel ver weg, maar Wallander zag dat er iemand naast hem stond. En Svedberg begon plotseling te zwaaien.

Wallander rende het hele eind terug. Toen hij Svedberg en zijn dochter bereikte, was hij uitgeteld. Hij keek naar haar zonder iets te zeggen, wachtend tot hij weer op adem was gekomen.

'Je zou niet naar buiten gaan', zei hij. 'En toch heb je dat gedaan, waarom?'

'Ik dacht dat een wandeling langs het strand geen kwaad kon', zei ze. 'Niet zolang het licht is. Alles gebeurt toch immers altijd 's nachts?'

Svedberg reed en zij zaten op de achterbank.

'Wat moet ik tegen grootvader zeggen?' vroeg ze.

'Niets', zei Wallander. 'Ik praat vanavond met hem. En morgen kom ik kaarten. Dat vrolijkt hem op.'

Op de weg bij het huis namen ze afscheid.

Svedberg en Wallander reden naar Stjärnsund terug.

'Ik wil vanaf vanavond al bewaking', zei Wallander.

'Ik zal meteen met Martinson praten', antwoordde Svedberg. 'Het moet op de een of andere manier te regelen zijn.'

'Een politieauto op de weg', zei Wallander. 'Ik wil dat ze zien dat het huis bewaakt wordt.'

Svedberg stond gereed om te vertrekken.

'Ik moet een paar dagen respijt hebben', zei Wallander. 'Tot dan moeten jullie naar me blijven zoeken. Maar ik zou je willen vragen me hier zo nu en dan te bellen.'

'Wat moet ik tegen Martinson zeggen?' vroeg Svedberg.

'Dat het huis van mijn vader onder bewaking gesteld moet worden. Dat je dat zelf bedacht hebt. Verzin maar een paar goed klinkende argumenten.'

'En je wilt nog steeds niet dat ik tekst en uitleg aan Martinson geef?'

'Het is voldoende dat jij weet waar ik ben', antwoordde Wallander.

Svedberg reed weg. Wallander ging naar de keuken om een paar eieren te bakken. Twee uur later kwam het paardentransport terug.

'Heeft ze gewonnen?' vroeg Wallander, toen Sten Widén de keuken binnenkwam.

'Ze heeft gewonnen,'antwoordde hij, 'maar nipt.'

Peters en Norén zaten in hun surveillancewagen. Ze dronken koffie.

Beiden waren in een slecht humeur. Svedberg had hun opgedragen het huis van Wallanders vader te bewaken. Geen dienst was ooit zolang als een waarin ze met hun auto stilstonden. Ze moesten hier blijven zitten tot ze afgelost werden. En dat zou nog heel wat uren duren. Het was kwart over elf in de avond. Het donker had zijn intrede gedaan.

'Wat denk jij dat er met Wallander aan de hand is?' vroeg Peters.

'Ik weet het niet', antwoordde Norén. 'Hoe vaak moet ik dat nog zeggen? Ik weet het niet.'

'Het laat me niet los', vervolgde Peters. 'Ik vraag me af of hij alcoholist geworden is.'

'Hoezo?'

'Herinner je je nog dat we hem een keer opgepakt hebben toen hij dronken achter het stuur zat?'

'Dat is niet hetzelfde als alcoholist zijn.'

'Nee. Maar toch.'

Het gesprek verstomde. Norén stapte uit en ging wijdbeens staan plassen.

Toen zag hij de vuurgloed. Eerst dacht hij aan weerspiegelingen van de koplampen van een auto. Vervolgens zag hij dat waar hij het vuur zag ook rook opsteeg.

'Brand!' riep hij tegen Peters.

Peters stapte uit.

'Kan het een bosbrand zijn?' vroeg Norén.

Het vuur kwam uit een bosschage met bomen aan de andere kant van de dichtstbijzijnde akkers. Maar door het geaccidenteerde terrein konden ze de vuurhaard niet goed zien.

'We gaan kijken', zei Peters.

'Svedberg heeft gezegd dat we hier moesten blijven', wierp Norén tegen. 'Wat er ook gebeurt.'

'Het neemt niet meer dan tien minuten', zei Peters. 'Het is onze plicht in te grijpen als we brand zien.'

'Bel en vraag Svedberg eerst om toestemming', zei Norén.

'Het kost niet meer dan tien minuten', zei Peters. 'Waarom ben je zo bang?'

'Ik ben niet bang,' zei Norén, 'maar orders zijn orders.'

Toch kreeg Peters zijn zin. Ze reden achteruit en zochten over een modderig karrenspoor hun weg naar de vuurgloed. Daar aangekomen zagen ze dat het om een vuurtje in een oud benzinevat ging. Iemand had er papier en plastic materiaal ingestopt dat een helder schijnsel gaf. Toen Peters en Norén arriveerden was het vuur al bijna uitgebrand.

'Een vreemde tijd om afval te verbranden', zei Peters om zich heen kijkend.

Maar er was niemand te zien. Niemand.

'Kom, we gaan terug', zei Norén.

Nauwelijks twintig minuten later waren ze opnieuw bij het huis dat ze moesten bewaken. Alles scheen rustig te zijn. De lichten waren uit. Wallanders vader en dochter sliepen.

Vele uren later werden ze door Svedberg afgelost die zelf de bewaking overnam.

'Alles is rustig', zei Peters.

Hij zei niets over hun ritje naar het brandende benzinevat.

Svedberg zat in zijn auto te dommelen. De dageraad brak aan, het werd ochtend.

Om acht uur kreeg hij argwaan omdat er niemand naar buiten kwam. Hij wist dat de vader van Wallander een ochtendmens was.

Om halfnegen had hij het definitieve gevoel dat er iets mis was. Hij stapte uit en liep over het erf naar de buitendeur om aan de deurknop te voelen.

De deur zat niet op slot. Hij belde aan en wachtte. Niemand deed open. Hij ging de donkere hal in en luisterde. Alles was stil. Toen meende hij ergens een gekrabbel te horen. Het klonk als een muis die door een muur probeert te komen. Hij volgde het geluid tot hij voor een dichte deur stond. Hij klopte. Als antwoord kreeg hij een gesmoord geschreeuw. Hij rukte de deur open. Wallanders vader lag in zijn bed. Hij was vastgebonden en er zat een strook zwarte plakband over zijn mond.

Svedberg bleef doodstil staan. Toen maakte hij voorzichtig het plakband en de touwen los. Daarna doorzocht hij het huis. De kamer waarvan hij vermoedde dat Wallanders dochter er sliep was leeg. Buiten Wallanders vader was er niemand in het huis.

'Wanneer is het gebeurd?' vroeg hij.

'Gisteravond', antwoordde Wallanders vader. 'Even over elf.'

'Met hoevelen waren ze?'

'Het was er maar één.'
'Eén?'
'Eén persoon. Maar hij had een wapen.'
Svedberg stond op. Zijn hoofd was leeg.
Toen liep hij naar de telefoon om Wallander te bellen.

26

De rinse lucht van winterappelen.

Dat was het eerste wat ze merkte toen ze wakker werd. Maar daarna, toen ze haar ogen in het donker opendeed, waren er alleen de eenzaamheid en de angst. Ze lag op een stenen vloer en het rook naar vochtige aarde. Geen enkel geluid, hoewel de angst al haar zintuigen wijd openzette. Voorzichtig tastte ze met haar hand over het onregelmatige vloeroppervlak. Het bestond niet uit cement, maar uit gevoegde stenen. Ze kreeg door dat ze in een kelder lag. Het huis in Österlen, waar haar grootvader woonde en waar ze wreed wakker gemaakt was en weggevoerd door een onbekende man, had net zo'n vloer in de aardappelkelder.

Toen haar zintuigen verder niets meer konden registreren, voelde ze dat ze licht in haar hoofd was en last had van een langzaam opkomende hoofdpijn. Omdat haar horloge nog op het tafeltje naast het bed lag, had ze geen idee hoelang ze zo in het donker en de stilte had gelegen. Toch wist ze bijna zeker dat er vele uren verstreken waren sinds ze wakker was gemaakt en meegesleept.

Haar armen waren vrij, maar om haar enkels zaten kettingen. Al tastend ontdekte ze een hangslot. Het idee dat ze met ijzeren sloten geboeid was bezorgde haar rillingen. Het flitste door haar heen dat mensen meestal met touwen gebonden werden. Die waren zachter, soepeler. Kettingen behoorden tot een voorbije tijd, tot de slavernij en de heksenprocessen uit een ver verleden.

Maar in de eerste ogenblikken na haar wakker worden vond ze de kleren die ze aanhad nog het ergst. Ze wist meteen dat die niet van haar waren. Ze waren vreemd – de vormen, de kleuren die ze niet kon zien, maar onder haar vingertoppen wel meende te voelen en de lucht van een sterk wasmiddel. Het waren haar kleren niet en iemand had ze haar aangetrokken. Iemand had haar haar nachtgoed uitgetrokken en haar helemaal aangekleed van ondergoed tot en met kousen en schoenen. Het was een inbreuk op haar privacy waar ze onpasselijk van werd.

Op slag werd ze nog duizeliger. Ze hield haar hoofd in haar handen en wiegde heen en weer. Dit is niet waar, dacht ze vertwijfeld. Maar het was wel waar en ze kon zich zelfs herinneren wat er gebeurd was.

Ze had iets gedroomd, maar nogal verwarrend. Ze was wakker geworden omdat een man plotseling een handdoek op haar neus en mond had gedrukt. Een scherpe lucht, toen een suf makend, verdovend gevoel dat door haar heenstroomde. Het licht van de lamp bij de keukendeur had zwak haar kamer binnengeschenen. Ze had een man zien staan. Toen hij zich over haar heen boog was zijn gezicht heel dichtbij geweest. Ze herinnerde zich nu dat hij sterk naar aftershave had geroken, al was hij ongeschoren geweest. Hij had niets gezegd.

Ondanks het halfdonker had ze zijn ogen gezien en gedacht dat ze die nooit zou vergeten. Daarna herinnerde ze zich niets meer totdat ze op de vochtige stenen vloer bijkwam.

Natuurlijk begreep ze waarom dit gebeurd was. De man die over haar heen gebogen had gestaan en haar bedwelmd had, moest de man zijn die op zoek was naar haar vader en die op zijn beurt door haar vader gezocht werd. Zijn ogen waren die van Konovalonko geweest, zó had ze zich die voorgesteld. De man die Victor Mabasha had gedood, die een politieman had gedood en die er nog één wilde doden, haar eigen vader. Dat was de man die haar kamer binnengeslopen was, haar aangekleed had en kettingen om haar enkels had gelegd.

Toen het luik in het plafond van de kelder openging was ze totaal onvoorbereid. Naderhand zou ze denken dat de man natuurlijk boven had staan luisteren. Er scheen een zeer sterk licht door het gat, misschien was het opzettelijk zo sterk om haar te verblinden. Ze ving een glimp van een ladder op die neergelaten werd en een paar bruine schoenen, een paar broekspijpen die dichterbij kwamen. Daarna, als laatste, het gezicht, hetzelfde gezicht en dezelfde ogen die naar haar gekeken hadden toen ze bedwelmd werd. Ze wendde haar blik af om niet verblind te worden, maar ook omdat haar angst terugkwam en haar totaal verstijfde. Ze ontdekte dat de kelder veel groter was dan ze gemeend had. In het donker waren de muren en het plafond dichterbij geweest. Misschien bevond ze zich wel in een kelderruimte die onder het hele huis doorliep.

De man stond zo dat het licht dat naar beneden scheen hem afschermde. Hij had een zaklantaarn in zijn hand. In de andere hand hield hij een metalen voorwerp. Ze kon niet onmiddellijk zien wat het was. Daarna zag ze dat het een schaar was.

Ze gilde. Doordringend, langgerekt. Ze geloofde dat hij de ladder afgedaald was om haar te doden en dat hij dat met een schaar wilde doen. Ze greep de kettingen die om haar benen zaten en begon eraan te trekken, alsof ze zich toch nog kon bevrijden. Al die tijd hield hij zijn zaklantaarn op haar gericht. Zijn gezicht was niet meer dan een uit papier geknipt silhouet tegen het felle achtergrondlicht.

Plotseling scheen hij met de zaklantaarn op zijn eigen gezicht. Hij hield hem onder zijn kin zodat zijn gezicht een levenloze schedel leek. Ze verstomde. Het was alsof haar geschreeuw haar angst alleen maar aanwakkerde. Tegelijk voelde ze een vreemde vermoeidheid. Het had geen zin meer om zich te verzetten, het was al te laat.

De schedel begon opeens te praten.

'Dat geschreeuw is zinloos', zei Konovalenko. 'Niemand kan je horen. Bovendien riskeer je dat ik geïrriteerd raak. Dan zou ik je kwaad kunnen doen. Je kunt beter stil zijn.'

Het laatste zei hij als een fluistering.

Pappa, dacht ze. Je moet me helpen.

Daarna ging alles heel snel in zijn werk. Met dezelfde hand waarin hij zijn zaklantaarn had, greep hij haar bij haar haar, trok het naar boven en begon het af te knippen. Ze deinsde terug, van pijn en door het onverwachte gebaar. Maar hij hield haar zo stevig vast dat ze zich niet kon bewegen. Ze hoorde het droge geluid van de scherpe schaar over haar nek, vlak onder haar oorlelletjes. Het ging razendsnel. Toen liet hij haar los. Haar misselijkheid kwam terug. Haar afgeknipte haren waren nóg een vernedering, net zo erg als het feit dat ze haar in bewusteloze toestand aangekleed hadden. Konovalenko rolde het haar tot een bal ineen en stak het in zijn zak.

Hij is ziek, dacht ze. Hij is een gek, een sadist, een krankzinnige, iemand die doodt zonder dat het hem iets doet.

Ze werd in haar gedachtegang onderbroken doordat hij opnieuw sprak. De zaklantaarn scheen op haar hals waar ze een ketting droeg.

Aan de ketting hing een luit. Ze had die op haar vijftiende van haar ouders gekregen.

'Het sieraad', zei Konovalenko. 'Doe het af.'

Ze deed wat hij zei en zorgde ervoor dat ze zijn handen niet aanraakte toen ze het hem gaf. Zonder een woord te zeggen ging hij weg, klom de ladder op, sloeg het luik dicht en leverde haar weer aan het donker over.

Ze kroop weg, naar de zijkant, tot ze de muur raakte. Tastend zocht ze haar weg naar de dichtstbijzijnde hoek. Daar probeerde ze zich te verbergen.

De vorige avond, na de geslaagde ontvoering van de dochter van de politieman, had Konovalenko Tania en Sikosi Tsiki uit de keuken verbannen. Hij voelde een grote behoefte om alleen te zijn en de keuken vond hij daarvoor op dat moment de geschiktste plaats. Het huis, het laatste dat Rykoff in zijn leven had gehuurd, was zo gebouwd dat de keuken het grootste vertrek was. Het was in oude stijl gebouwd met vrijliggende dakbalken, een diepe bakoven en een open kast voor het serviesgoed. Aan een van de muren hingen koperen pannen. Het deed Konovalenko aan zijn jeugd in Kiev denken, aan de grote keuken op de kolchoz, waar zijn vader politiek commissaris was geweest.

Tot zijn verbazing merkte hij dat hij Rykoff miste. En niet alleen omdat hij nu zelf meer praktische dingen moest doen. Hij voelde ook iets wat nauwelijks zwaarmoedigheid of verdriet te noemen was, maar dat de oorzaak was van de vage neerslachtigheid die hij bespeurde. Gedurende zijn lange jaren als KGB-officier was de waarde van het leven – behalve dat van hemzelf en zijn beide kinderen – voor wat de rest van de mensheid betrof voor hem geleidelijk aan gereduceerd tot een kwestie van opbrengst; mensen die niets opleverden waren wegwerpmensen. Onverwachte sterfgevallen waren aan de orde van de dag en gevoelsmatig reageren was er bijna niet meer bij. Maar Rykoffs dood had hem wél iets gedaan en had zijn haat jegens de politieman, die hem voortdurend de voet dwars zette, nog meer aangewakkerd. Nu lag diens dochter onder zijn voeten, het lokaas dat de man hierheen zou brengen. Toch kon de gedachte aan wraak hem niet helemaal van zijn neerslachtigheid verlossen. Hij zat in de keuken wodka te drinken, in een kalm tempo om niet dronken te worden. Van tijd tot tijd bestudeerde hij zijn gezicht in een spiegel aan de muur. Opeens vond hij het lelijk. Begon hij oud te worden? Had de ineenstorting van het sovjetrijk ook iets van zijn eigen hardheid en kilte ondergraven?

Om twee uur 's nachts toen Tania sliep, of deed alsof, en Sikosi Tsiki zich in zijn kamer had opgesloten, had hij in de keuken waar de telefoon stond Jan Kleyn gebeld. Hij had nauwkeurig bedacht wat hij moest zeggen. Ten slotte was hij tot de conclusie gekomen dat hij niet hoefde te verzwijgen dat een van zijn medewerkers was omgekomen. Het kon geen kwaad dat Jan Kleyn inzag dat het werk van Konovalenko niet zonder risico's was. Ook besloot hij om opnieuw te liegen. Hij zou zeggen dat de lastige politieman inmiddels geliquideerd was. Hij was zo zeker van zijn zaak nu hij de dochter in zijn kelder gevangen hield, dat hij een voorschot op Wallanders dood durfde te nemen.

Jan Kleyn had geluisterd en verder geen opmerkingen gemaakt. Konovalenko wist dat het zwijgen van Jan Kleyn het beste oordeel was dat hij zich wensen kon. Toen had Jan Kleyn gezegd dat Sikosi Tsiki zeer binnenkort naar Zuid-Afrika terug moest komen. Hij had gevraagd of Konovalenko twijfels over zijn geschiktheid had, of de man net als Victor Mabasha tekenen van zwakheid had getoond. Konovalenko had ontkennend geantwoord. Ook dit was een uitspraak op voorhand. De tijd die hij aan Sikosi Tsiki had kunnen besteden was tot dusverre uiterst gering geweest. De belangrijkste indruk die hij van hem had was die van een gevoelsmatig versteend mens. De man lachte zelden of nooit, zijn onberispelijke kleding was een afspiegeling van zijn ijzeren zelfdiscipline. Wanneer Wallander en zijn dochter eenmaal uit de weg geruimd waren, zou hij hem in een paar intensieve etmalen alles leren wat hij weten moest. Maar hij had nu al gezegd dat Sikosi Tsiki niet zou versagen. Jan Kleyn had verheugd geleken. Hij had het gesprek afgesloten met de vraag hem over drie dagen opnieuw te bellen. Dan zou hij hem exacte instructies voor Sikosi Tsiki's terugreis naar Zuid-Afrika geven.

Het gesprek met Jan Kleyn had hem iets van de energie teruggegeven die hij in zijn neerslachtigheid over de dood van Rykoff verloren had. Hij ging aan de keukentafel zitten en vond dat de ontvoering van

Wallanders dochter bijna gênant eenvoudig was geweest. Na Tania's bezoek aan het politiebureau was hij er binnen een paar uur achter gekomen waar het huis van de grootvader lag. Hij had zelf gebeld. Een huishoudster had opgenomen. Hij had zich voorgesteld als een vertegenwoordiger van Televerket en gevraagd of er in verband met het nieuwe telefoonboek voor het komende jaar nog een adresverandering verwacht werd.

Tania had een gedetailleerde kaart van Skåne in Ystads Bokhandel gekocht en ze waren naar het huis gereden om dat van een afstand te observeren. De huishoudster was laat in de middag vertrokken. Een paar uur daarna was er een politiewagen op de weg in de buurt van het huis gestopt en daar blijven staan. Toen hij zeker wist dat er niet nog meer bewaking was, was hem al gauw een afleidingsmanoeuvre te binnen gevallen. Hij was naar het huis bij Tomelilla teruggereden, had het benzinevat, dat hij in de schuur had zien staan, gereed gemaakt en Tania geïnstrueerd. In twee auto's, één gehuurd bij een benzinestation in de buurt, waren ze weer naar het huis van de grootvader gereden, hadden een bosje uitgekozen, een tijdstip afgesproken en waren aan het werk getogen. Tania had het brandbare materiaal op de juiste manier opgebouwd en aangestoken en ze was al weer verdwenen toen de politie een kijkje kwam nemen. Konovalenko wist dat hij weinig tijd had, maar dat had hij eerder als een extra uitdaging gezien. Hij had met een loper in een mum de deur opengemaakt, had de grootvader in zijn bed geboeid en zijn mond afgeplakt en de dochter bedwelmd en naar de wachtende auto gedragen. Alles bij elkaar had het niet meer dan tien minuten geduurd en toen de politieauto terugkwam was hij weggeweest. Tania had 's middags al kleren voor het meisje gekocht en haar aangekleed toen ze nog bewusteloos was. Daarna had hij het meisje naar de kelder gesleept en haar benen met een ketting en een hangslot aan elkaar geklonken. Het was allemaal heel gladjes gegaan en hij vroeg zich af of de verdere gang van zaken ook zonder complicaties zou verlopen. Hij had een ketting om haar hals gezien wat hem op het idee bracht dat haar vader haar daaraan zou kunnen identificeren. Maar hij wilde Wallander ook een ander beeld van de situatie schetsen, hij wilde een dreigend signaal afgeven dat er geen twijfel aan liet bestaan tot hoever hij bereid was te gaan. Hij had besloten haar haar af te knippen en het met de ketting naar Wallander te sturen. Afgeknipt vrouwenhaar duidt op ondergang en dood, dacht hij. Hij is een politieman, hij zal het begrijpen.

Konovalenko schonk zich nog een wodka in en keek door het keukenraam naar buiten. Het begon al licht te worden. Er hing warmte in de lucht. Binnenkort zou hij ergens leven waar de zon altijd scheen, ver weg van dit klimaat waar je nooit wist wat voor weer je kon verwachten.

Hij ging een paar uur slapen. Toen hij wakker werd keek hij op zijn horloge. Kwart over negen, maandag 18 mei. Op dit moment moest Wallander weten dat zijn dochter ontvoerd was. En zat hij te wachten tot Konovalenko iets van zich zou laten horen.

Laat hem nog maar een tijdje wachten, dacht Konovalenko. Met elk uur wordt de stilte ondraaglijker, wordt zijn ongerustheid groter dan zijn zelfbeheersing.

Het luik naar het keldergat waar Wallanders dochter lag was precies achter zijn stoel. Zo nu en dan luisterde hij of hij iets hoorde. Maar alles was stil.

Konovalenko bleef nog een poosje peinzend uit het raam zitten staren. Toen stond hij op, nam een envelop en stopte er het afgeknipte haar en de halsketting in.

Spoedig zou hij contact met Wallander opnemen.

De boodschap van Linda's ontvoering overviel Wallander als kreeg hij een plotselinge aanval van duizeligheid.

Het maakte hem vertwijfeld en razend van woede. Sten Widén, die in de keuken was toen de telefoon ging en hem aangenomen had, zag verbijsterd hoe Wallander het toestel van de muur rukte en door de openstaande deur de kamer in gooide die Sten Widén als kantoor gebruikte. Toen zag hij Wallanders angst. Die was naakt, was volstrekt open en bloot. Widén begreep dat er iets verschrikkelijks gebeurd was. Vaak ging medelijden bij hem gepaard met gemengde gevoelens, maar dit keer niet. Wallanders pijn over wat er met zijn dochter was gebeurd, zijn onvermogen er iets aan te doen, hadden Sten Widén sterk aangegrepen. Hij was op zijn hurken naast Wallander gaan zitten en had hem klopjes op zijn schouder gegeven.

Intussen had Svedberg een buitengewone bedrijvigheid aan de dag gelegd. Nadat hij zeker wist dat Wallanders vader niet gewond was en ook geen noemenswaardige schok had opgelopen, had hij Peters thuis gebeld. Peters' vrouw had aangenomen en gezegd dat haar man na de nachtdienst sliep. Maar Svedberg had brullend duidelijk gemaakt dat ze hem onmiddellijk wakker moest maken. Toen Peters slaapdronken aan de telefoon kwam had Svedberg hem een halfuur de tijd gegeven om Norén op te halen en zich bij het huis te melden dat ze hadden moeten bewaken. Peters, die Svedberg goed kende, wist dat die hem nooit uit zijn slaap zou halen als er niet iets heel ergs was gebeurd. Hij stelde geen vragen, maar beloofde dadelijk te komen. Hij belde Norén en toen ze bij het huis van Wallanders vader waren gearriveerd viel Svedberg hen rauw op het lijf met de boodschap wat er gebeurd was.

'Het enige wat we kunnen doen is de waarheid spreken', zei Norén, die de vorige avond al een vaag vermoeden had gehad dat het niet pluis was geweest met dat brandende benzinevat.

Svedberg luisterde naar Norén. Peters, die de vorige avond doorgezet had dat ze naar het vuur moesten gaan kijken, zweeg. Maar Norén legde de verantwoordelijkheid niet alleen bij hem. Uit zijn verhaal kwam naar voren dat ze beiden het besluit genomen hadden.

'Ik hoop voor jullie dat Wallanders dochter niets zal overkomen', zei Svedberg ten slotte.

'Ontvoerd?' vroeg Norén. 'Door wie dan? En waarom?'

Svedberg keek hen ernstig aan voordat hij antwoordde.

'Ik ga jullie om een belofte vragen', zei hij. 'Als jullie die houden zal ik proberen te vergeten dat jullie gisteravond gehandeld hebben tegen mijn uitdrukkelijke orders in. Als het goed met het meisje afloopt, hoeft niemand iets te weten. Is dat duidelijk?'

Beiden knikten.

'Jullie hebben gisteravond geen brand gezien of gehoord', zei hij. 'En Wallanders dochter is niet ontvoerd, nee. Met andere woorden er is niets gebeurd.'

Peters en Norén keken hem niet-begrijpend aan.

'Ik meen het', zei Svedberg opnieuw. 'Er is niets gebeurd. Onthoud dat goed. Dat en niets anders. Jullie moeten me geloven als ik zeg dat dit belangrijk is.'

'Kunnen we nog iets doen?' vroeg Peters.

'Ja', zei Svedberg. 'Weer naar huis en naar bed gaan.'

Daarna zocht Svedberg op het erf en in het huis tevergeefs naar sporen. Hij doorzocht het bosje waar het benzinevat stond.

Er leidden bandensporen naartoe, dat was alles. Hij ging naar het huis terug om opnieuw met Wallanders vader te praten. Die zat in de keuken koffie te drinken, hij was heel bang. 'Wat is er gebeurd?' vroeg hij ongerust. 'Het meisje is weg.'

'Ik weet het niet,' zei Svedberg eerlijk, 'maar het komt vast wel goed.'

'Denk je?' vroeg Wallanders vader. Zijn stem was een en al twijfel. 'Ik heb gehoord hoe opgewonden Kurt door de telefoon klonk. Waar is hij eigenlijk? Wat gebeurt er toch allemaal?'

'Dat kan hij beter zelf uitleggen', zei Svedberg die opstond. 'Ik ga nu naar hem toe.'

'Doe hem de groeten', zei de oude man eenvoudig. 'Zeg tegen hem dat met mij alles in orde is.'

'Ik zal het doen', zei Svedberg en vertrok.

Toen Svedberg het erf opreed, stond Wallander blootsvoets op het grind voor het woonhuis. Het liep inmiddels tegen elf uur. Nog op het erf legde Svedberg tot in de kleinste details uit wat er gebeurd moest zijn. Hij vergat niet te vertellen hoe eenvoudig het was geweest om Peters en Norén weg te lokken voor de korte tijd die nodig was geweest om Wallanders dochter te ontvoeren. Ten slotte bracht hij de groeten van Wallanders vader over.

Wallander had al die tijd aandachtig geluisterd, maar Svedberg had de indruk dat hij er niet helemaal met zijn gedachten bij was. Anders ving hij altijd Wallanders blik op als hij met hem sprak, maar nu dwaalde die doelloos rond. Svedberg nam aan dat Wallander in gedachten bij zijn dochter was, op de plek waar ze gevangen gehouden werd.

'Geen sporen?' vroeg Wallander.

'Niet één.'

Wallander knikte. Ze gingen naar binnen.

'Ik heb geprobeerd na te denken', zei Wallander toen ze zaten. Svedberg zag dat zijn handen beefden.

'Konovalenko zit hier natuurlijk achter', vervolgde Wallander. 'Ik was er al bang voor. Het is allemaal mijn schuld. Ik had bij hen moeten zijn. Het had allemaal anders gemoeten. Nu gebruikt hij mijn dochter natuurlijk om mij te pakken te krijgen. Kennelijk heeft hij geen handlangers, maar opereert hij in zijn eentje.'

'Hij heeft er in ieder geval één', wierp Svedberg voorzichtig tegen. 'Als ik Peters en Norén goed begrepen heb, kan hij onmogelijk zelf het benzinevat aangestoken hebben en daarna je vader vastgebonden en je dochter meegenomen hebben.'

Wallander dacht even na.

'Tania heeft het benzinevat aangestoken', zei hij. 'De vrouw van Vladimir Rykoff. Ze zijn dus met zijn tweeën. Waar ze zijn weten we niet. Waarschijnlijk in een huis ergens op het platteland. In de buurt van Ystad. Een huis dat zeer afgelegen ligt. Een huis dat we hadden kunnen vinden als de situatie anders was geweest. Nu kunnen we dat vergeten.'

Sten Widén liep geruisloos op kousenvoeten naar de tafel en zette een pot koffie neer. Wallander keek op.

'Ik heb behoefte aan wat sterkers', zei hij.

Sten Widén kwam met een halfvolle fles whisky terug. Zonder zich te bedenken zette Wallander de fles aan zijn mond en nam een slok. 'Ik heb geprobeerd te bedenken wat er nu zal gebeuren', zei hij. 'Hij zal contact met me opnemen. En dat zal hij doen via het huis van mijn vader. Ik zal daar dus wachten totdat hij iets van zich laat horen. Ik weet niet wat zijn voorstel zal zijn. In het gunstigste geval mijn leven voor het hare. In het ergste geval iets wat ik me niet kan voorstellen.'

Hij keek naar Svedberg.

'Zó zie ik het', zei hij. 'Heb ik ongelijk?'

'Ik denk dat je gelijk hebt', antwoordde Svedberg. 'De vraag is alleen wat we moeten doen.'

'Niemand moet iets doen', zei Wallander. 'Geen agenten om het huis, niets. Konovalenko ruikt het minste of geringste gevaar. Ik moet alleen met mijn vader in huis zijn. En het is jouw taak om ervoor te zorgen dat niemand in de buurt komt.'

'Je redt het niet in je eentje', zei Svedberg. 'Je moet ermee instemmen dat we je helpen.'

'Ik wil niet dat mijn dochter sterft', antwoordde Wallander eenvoudig. 'Ik moet dit zelf opknappen.'

Svedberg zag in dat het gesprek afgelopen was. Wallander had zijn besluit genomen en was daar niet vanaf te brengen.

'Ik breng je naar Löderup', zei Svedberg.

'Dat is niet nodig', zei Sten Widén. 'Wallander kan mijn Duett nemen.'

Wallander knikte.

Toen hij opstond, dreigde hij te vallen. Hij greep zich aan de rand van de tafel vast.

'Het gaat wel', zei hij.

Svedberg en Sten Widén stonden op het erf en zagen hem in de Duett wegrijden.

'Hoe zal dit in godsnaam aflopen?' zei Svedberg.

Sten Widén gaf geen antwoord.

Toen Wallander in Löderup arriveerde stond zijn vader in zijn atelier te schilderen.

Het was de eerste keer dat Wallander zag dat hij zijn eeuwige onderwerp, een landschap in de avondzon met of zonder auerhaan op de voorgrond, had opgegeven. Hij stond een ander landschap te schilderen, een donkerder, chaotischer. De compositie liet geen enkele samenhang zien. Het bos leek onmiddellijk uit zee op te rijzen, de bergen op de achtergrond wierpen zich over de toeschouwer heen.

Toen Wallander een tijdje achter hem had gestaan, legde zijn vader zijn kwasten neer, draaide zich om en Wallander zag dat hij bang was.

'We gaan naar binnen', zei zijn vader. 'Ik heb mijn hulp naar huis gestuurd.'

Zijn vader legde een hand op zijn schouder. Wallander kon zich niet herinneren wanneer zijn vader voor het laatst zo'n gebaar gemaakt had.

Binnen vertelde Wallander wat er allemaal gebeurd was. Hij besefte dat zijn vader al die verwarde gebeurtenissen niet uit elkaar kon houden, maar hij wilde hem toch een beeld geven van wat zich de afgelopen drie weken had afgespeeld. Hij wilde niet voor hem verhelen dat hij iemand gedood had, noch dat zijn dochter groot gevaar liep. De man die haar gevangen hield, die zijn vader in zijn bed geboeid had, was volstrekt meedogenloos.

Daarna zat zijn vader halsstarrig naar zijn handen te kijken.

'Ik zorg ervoor dat het goed afloopt', zei Wallander. 'Ik ben een bekwaam politieman. Ik blijf hier wachten tot die man contact met me opneemt. Dat kan ieder moment gebeuren, maar het kan ook morgen zijn.'

De middag sleepte zich voort naar de avond zonder dat Konovalenko het verwachte contact legde. Svedberg belde twee keer, maar Wallander had niets nieuws te melden. Wallander stuurde zijn vader naar het atelier om weer te gaan schilderen. Het sneed hem door zijn ziel om hem in de keuken naar zijn handen te zien staren. Normaal zou zijn vader woedend uitgevallen zijn als hij een bevel van zijn zoon kreeg, maar nu stond hij op en ging weg. Wallander liep heen en weer, ging even op een stoel zitten om onmiddellijk daarna weer op te staan. Van tijd tot tijd ging hij naar het erf waar hij de velden afspeurde. Daarna ging hij naar binnen om opnieuw te ijsberen. Twee keer probeerde hij te eten, maar tevergeefs. Zijn smart, zijn ongerustheid en zijn machteloosheid verhinderden hem helder te denken. Een paar keer dook Robert Åkerblom in zijn bewustzijn op, maar hij joeg hem weg, bang dat alleen de gedachte al als een kwade bezwering boven het lot van zijn dochter zou hangen.

Het werd avond zonder dat Konovalenko iets van zich had laten horen. Svedberg belde om te zeggen dat hij nu thuis te bereiken was. Wallander belde zelf Sten Widén zonder dat hij in feite iets te melden had. Om tien uur stuurde hij zijn vader naar bed. Het was een lichte voorjaarsavond. Hij zat enige tijd op het stoepje van de keuken. Toen hij zeker wist dat zijn vader sliep, belde hij Baiba Liepa in Riga. Eerst werd er niet opgenomen, maar toen hij het een halfuur later opnieuw probeerde was ze thuis. Heel rustig vertelde hij dat zijn dochter ontvoerd was door een buitengewoon gevaarlijke man. Hij zei dat hij niemand had om mee te praten en op dat moment meende hij dat serieus. Daarna bood hij opnieuw zijn verontschuldigingen aan voor de nacht dat hij dronken was geweest en haar wakker had gebeld. Hij probeerde zijn gevoelens te beschrijven, maar geloofde niet dat het hem lukte. De Engelse woorden moesten van veel te ver weg komen. Ze luisterde naar zijn woorden en zweeg bijna het hele gesprek. Voordat hij ophing, beloofde hij opnieuw iets van zich te laten horen. Naderhand vroeg hij zich af of hij echt met haar gesproken had of dat hij het zich alleen maar verbeeld had.

Het werd een slapeloze nacht. Zo nu en dan liet hij zich in een van zijn vaders versleten fauteuils vallen en sloot zijn ogen. Maar juist toen hij op het punt stond weg te dommelen, werd hij met een schok wakker. Hij begon weer rond te lopen en het was alsof hij een reis door zijn leven aflegde. Tegen de ochtend stond hij naar een eenzame haas te kijken die roerloos op het erf zat.

Het was inmiddels dinsdag 19 mei geworden.

Even na vijven begon het te regenen.

Het bericht kwam tegen acht uur.

Een taxi uit Simrishamn reed het erf op. Wallander had de auto al in de verte horen aankomen en stond op het stoepje toen de auto stilhield. De chauffeur stapte uit en overhandigde hem een dikke envelop.

De brief was aan Wallanders vader geadresseerd.

'Die is voor mijn vader', zei hij. 'Waar komt hij vandaan?'

'Afgegeven door een vrouw bij de taxicentrale in Sirishamn', zei de chauffeur, die haast had en niet nat wilde worden. 'Ze heeft vooruit betaald. Alles is zo in orde. Ik heb geen ontvangstbewijs nodig.'

Wallander knikte. Tania, dacht hij. Ze moet de rol van haar man als loopjongen overnemen.

De taxi verdween. Wallander was alleen in huis. Zijn vader stond al in zijn atelier te schilderen.

Het was zo'n gewatteerde envelop. Hij onderzocht hem nauwkeurig voordat hij hem voorzichtig aan een korte kant opensneed. Eerst kon hij niet zien wat erin zat. Toen zag hij het haar van Linda en de halsketting die ze van hem gekregen had.

Hij zat als versteend naar het afgeknipte haar te kijken dat voor hem op de tafel lag. Toen begon hij te huilen. De smart was opnieuw een grens gepasseerd en had zijn weerstand gebroken. Wat had Konovalenko met haar gedaan? Het was allemaal zijn schuld, hij had haar erbij betrokken.

Toen dwong hij zich de korte begeleidende brief te lezen.

Om twaalf uur precies zou Konovalenko weer contact opnemen. *Ze moesten elkaar ontmoeten om hun problemen op te lossen*, schreef hij. *Tot dan moest Wallander wachten. Ieder contact met de politie kon het leven van zijn dochter in gevaar brengen.*

De brief was niet ondertekend.

Opnieuw keek hij naar het haar van zijn dochter. De wereld stond hulpeloos tegenover zoveel slechtheid. Hoe kon híj dan iets doen om Konovalenko tegen te houden?

Hij wist dat dit nou precies was wat Konovalenko wilde dat hij dacht. Hij had hem ook twaalf uur de tijd gegeven om iedere hoop op een andere dan de door Konovalenko gedicteerde oplossing op te geven.

Wallander bleef roerloos op zijn stoel zitten.

Hij had geen idee hoe hij de zaak moest aanpakken.

27

Karl Evert Svedberg was ooit, langgeleden, politieman geworden om een enkele reden, die hij bovendien geheim probeerde te houden.

Hij was doodsbang in het donker.

Vanaf zijn vroegste jeugd was hij zijn nachten doorgekomen door zijn bedlampje te laten branden. In tegenstelling tot de meeste anderen was zijn angst voor het donker niet minder geworden naarmate hij ouder werd. Integendeel, in zijn tienerjaren was die nog toegenomen en daarmee zijn schaamtegevoel dat hij aan iets leed dat nauwelijks iets anders dan de naam lafheid verdiende. Zijn vader, die bakker was en iedere ochtend om halfdrie opstond, had voorgesteld dat zijn zoon hetzelfde beroep zou kiezen. Dan zou hij 's middags kunnen slapen en daarmee was het probleem opgelost. Zijn moeder, die modiste was en door haar almaar slinkende klantenkring als bijzonder knap werd beschouwd in het maken van persoonlijke en expressieve hoeden, vatte het probleem ernstiger op. Ze ging met haar zoon naar een kinderpsycholoog, die niets anders kon doen dan veronderstellen dat de angst van de jongen in de loop der jaren wel zou verdwijnen. Maar dat gebeurde dus niet. Zijn angst nam toe. Hij begreep nooit waar die nou eigenlijk in wortelde. Ten slotte had hij besloten dan maar bij de politie te gaan. Hij meende dat hij zijn angst voor het donker kon bestrijden door op die manier zijn moed op te vijzelen. Maar nu, op deze lentedag, dinsdag 19 mei, werd hij wakker met het nachtlichtje aan. Bovendien had hij de gewoonte zijn slaapkamerdeur op slot te doen. Hij woonde alleen in een flat in het centrum van Ystad. Hij was in de stad geboren en verliet haar niet graag, zelfs niet voor kortere tijd.

Hij deed het lampje uit, rekte zich uit en stond op. Hij had slecht geslapen. De gebeurtenissen rond Wallander, die de vorige dag geculmineerd waren in de ontdekking van Wallanders geboeide vader en ontvoerde dochter, hadden hem van streek en bang gemaakt. Hij móést Wallander helpen. 's Nachts had hij liggen piekeren wat hij kon doen zonder de belofte van stilzwijgen te verbreken die Wallander van hem geëist had. Ten slotte, vlak voor het aanbreken van de dag, nam hij een besluit. Hij zou proberen het huis op te sporen waar Konovalenko zich schuilhield. Hij nam met een aan zekerheid grenzende waarschijnlijkheid aan dat Wallanders dochter in dat huis gevangen gehouden werd.

Tegen achten was hij op het politiebureau. Het enige waar hij vanuit kon gaan was wat er een paar nachten geleden op het militaire oefenterrein gebeurd was. Martinson had de paar voorwerpen bekeken die ze in de kleren van de dode mannen aangetroffen hadden. Er had niets bijzonders bij gezeten, maar Svedberg had in de vroege ochtenduurtjes besloten het materiaal opnieuw te onderzoeken. Hij ging naar het vertrek waar ze bewijsmateriaal en andere, op plaatsen van misdrijven gedane, vondsten bewaarden en zocht naar de desbetreffende plastic zakken. In de zakken van de Afrikaan had Martinson al helemaal niets bijzonders gevonden. Svedberg legde de zak met niet meer dan een paar stukjes gruis weer terug. Daarna schudde hij voorzichtig de inhoud van de andere zak op de tafel uit. In de zakken van de dikke man had Martinson sigaretten, een aansteker, tabakskruimeltjes, ondefinieerbare pluisjes stof en ander vuil gevonden. Svedberg keek naar de voorwerpen op de tafel. Zijn belangstelling werd onmiddellijk getrokken door de sigarettenaansteker. Er stond een zo goed als onleesbare reclametekst op. Svedberg hield de aansteker tegen het licht om te zien wat erop gestaan had. Hij legde de zak terug en nam de aansteker mee naar zijn kamer. Om halfelf zouden ze in verband met de zoektocht naar Konovalenko en Wallander vergaderen. Tot dan had hij de tijd aan zichzelf. Hij nam een vergrootglas uit een bureaula en stelde de bureaulamp in om de aansteker nader te bestuderen. Na ongeveer een minuut begon zijn hart sneller te kloppen. Hij kon het schrift ontcijferen en dat bevatte een spoor. Of het spoor ook ergens heen leidde was nog te vroeg om te zeggen. Maar hij had ontdekt dat er een reclameboodschap van een ICA-supermarkt in Tomelilla opstond. Het hoefde niets te betekenen. Rykoff had de aansteker overal op kunnen pikken, maar als Rykoff in de winkel in Tomelilla was geweest, zou een bediende zich misschien een man kunnen herinneren die gebroken Zweeds sprak en bovendien buitengewoon dik was. Hij stopte de aansteker in zijn zak en verliet het politiebureau zonder te zeggen waar hij naartoe ging.

Hij reed naar Tomelilla. Hij ging naar de ICA-winkel, liet zijn legitimatie zien en vroeg naar de chef. Dat was een jongeman die zich voorstelde als Sven Persson. Svedberg toonde hem de aansteker en zei waarom hij gekomen was. De winkelchef dacht na en schudde toen zijn hoofd. Hij herinnerde zich niet dat er de laatste tijd een abnormaal dik iemand inkopen bij hen had gedaan.

'Maar praat met Britta', zei de chef. 'De caissière. Alleen ben ik bang dat ze een heel slecht geheugen heeft. Ze is nogal verstrooid.'

'Is zij de enige caissière hier?' vroeg Svedberg.

'We hebben op zaterdag een extra hulp', zei de winkelchef. 'Die is er vandaag niet.'

'Bel haar', zei Svedberg. 'Vraag haar meteen te komen.'

'Is het zo belangrijk?'

'Ja. Nu meteen.'

De chef verdween om te bellen. Svedberg had er geen twijfel over laten bestaan wat hij wilde. Hij wachtte tot een vrouw van een jaar of vijftig klaar was met een klant die een hele rij coupons met extra aanbiedingen op een rijtje op de toonbank had gelegd. Svedberg zei wie hij was.

'Ik wil graag weten of er de laatste tijd een grote dikke kerel in de winkel is geweest,' zei hij.

'We krijgen hier veel dikke mannen', antwoordde Britta niet-begrijpend.

Svedberg stelde zijn vraag anders.

'Niet dik', zei hij. 'Maar vet. Een enorme lichaamsomvang. Een man die bovendien slecht Zweeds spreekt. Is die hier in de zaak geweest?'

Ze probeerde het zich te herinneren. Maar Svedberg kreeg door dat haar stijgende nieuwsgierigheid haar concentratie verstoorde.

'Hij heeft niets spannends gedaan', zei Svedberg. 'Het enige wat ik wil weten is of hij hier is geweest.'

'Nee', zei ze. 'Als hij dik was zou ik me hem nog herinneren. Ik ben zelf aan het afvallen. Dus kijk ik naar andere mensen.'

'Ben je de laatste tijd nog een dag vrij geweest?'

'Nee.'

'Zelfs geen uur?'

'Soms moet ik hier natuurlijk wel eens even weg.'

'Wie zit er dan achter de kassa?'

'Sven.'

Svedbergs hoop nam af. Hij bedankte haar en liep wat in de winkel rond, wachtend op de extra hulp. Tegelijk probeerde hij koortsachtig te bedenken wat hij moest doen als het spoor van de tekst op de aansteker op niets uitliep. Waar moest hij dan een nieuw uitgangspunt vinden?'

Het meisje dat op zaterdag werkte was jong, nauwelijks ouder dan zeventien jaar. Ze was opvallend corpulent en Svedberg zag er meteen tegenop om met haar over dikke mensen te beginnen. De chef stelde haar voor als Annika Hagström. Svedberg moest denken aan een vrouw die vaak op de televisie verscheen; hij wist niet goed hoe hij moest beginnen. De chef had zich discreet teruggetrokken. Ze stonden bij een plank vol katten- en hondenvoer.

'Ik heb gehoord dat je hier zaterdags werkt', begon Svedberg onzeker.

'Ik ben werkloos', zei Annika Hagström. 'Er is hier nergens werk te krijgen. Het enige wat ik doe is hier op zaterdagen zitten.'

'Ja, het valt soms niet mee', zei Svedberg, die probeerde meelevend te klinken.

'Ik heb er wel eens serieus over gedacht om bij de politie te gaan', zei het meisje.

Svedberg keek haar verbaasd aan.

'Maar ik geloof niet dat ik in een uniform pas', vervolgde ze. 'Waarom heb jij geen uniform aan?'

'Dat dragen we niet altijd', antwoordde Svedberg.

'Ik zal er nog eens over denken', zei het meisje. 'Wat heb ik gedaan?'

'Niets', zei Svedberg. 'Ik wilde je alleen vragen of je een man in de winkel gezien hebt die er anders uitzag.'

Hij kreunde inwendig om zijn onbeholpen manier van uitdrukken.

'Hoe anders?'

'Een man die heel dik was. En slecht Zweeds sprak.'

'O die', zei ze meteen.

Svedberg staarde haar aan.

'Die is zaterdag in de winkel geweest', vervolgde ze.

Svedberg haalde een notitieboekje uit zijn zak.

'Hoe laat?' vroeg hij.

'Even na negen uur.'

'Was hij alleen?'

'Ja.'

'Weet je nog wat hij gekocht heeft?'

'Een heleboel. Onder andere een paar pakken thee. Hij had vier tassen nodig.'

Dat is hem, dacht Svedberg. Russen drinken thee zoals wij koffie drinken.

'Hoe heeft hij betaald?'

'Hij had het geld los in zijn zak.'

'Wat maakte hij voor indruk? Was hij zenuwachtig? Of was er misschien nog iets anders?'

Haar antwoorden kwamen de hele tijd snel en beslist.

'Hij had haast. Hij propte de levensmiddelen in de zakken.'

'Heeft hij ook iets gezegd?'

'Nee.'

'Hoe weet je dan dat hij met een accent sprak?'

'Hij zei goedendag en dank je wel. Je hoort het meteen.'

Svedberg knikte. Hij had nog maar één vraag.

'Je weet zeker niet waar hij woont?' vroeg hij.

Ze fronste haar voorhoofd en dacht na.

Zou ze ook op die vraag een antwoord hebben? ging het door Svedberg heen.

'Hij woont ergens in de buurt van de grindgroeve.'

'De grindgroeve?'

'Weet je waar de volkshogeschool is?'

Svedberg knikte, dat wist hij.

'Rij daar voorbij en sla dan linksaf', zei ze. 'En vervolgens weer naar links.'

'Hoe weet je dat hij daar woont?'

'Achter hem stond een man die Holgerson heet', zei ze. 'Die maakt altijd een praatje als hij afrekent. Hij zei dat hij nog nooit zo'n dikke kerel had gezien. Daarna vertelde hij dat hij hem bij een huis bij de grindgroeve had gezien. Daar staan een paar leegstaande boerderijen. Holgerson weet altijd alles wat er in Tomelilla gebeurt.'

Svedberg stopte zijn notitieboekje in zijn zak. Hij had haast.

'Zal ik je eens wat vertellen', zei hij. 'Waarom zou je toch niet bij de politie gaan?'

'Wat heeft hij uitgevoerd?' vroeg ze.

'Niets', antwoordde Svedberg. 'Mocht hij terugkomen, dan moet je niet laten merken dat iemand naar hem gevraagd heeft, dat is belangrijk. En zeker niet iemand van de politie.'

'Ik zeg niets', zei ze. 'Kan ik een keer op het bureau langskomen?'

'Bel en vraag maar naar mij', zei Svedberg. 'Vraag naar Svedberg. Dat ben ik. Ik zal je rondleiden.'

'Dat zal ik doen', zei ze.

'Maar de eerste weken nog niet', zei Svedberg. 'We hebben het op dit moment erg druk.'

Hij ging de winkel uit en volgde de route die ze beschreven had. Toen hij bij de afslag naar de grindgroeve kwam, stopte hij en stapte uit. In het handschoenenvakje lag een verrekijker. Hij liep naar de groeve en klom op een achtergelaten steenvergruizer.

Aan de andere kant van de grindgroeve lagen twee boerderijen, goed gescheiden van elkaar. Het ene huis was ten dele ingestort, het andere daarentegen leek in betere staat te zijn. Maar hij zag geen auto's op het erf en het huis leek verlaten. Toch voelde hij dat dit het juiste huis was. Het lag afgelegen. Er liep geen weg langs. Als je er niet moest zijn zou je deze doodlopende weg nooit nemen.

Hij wachtte met de verrekijker voor zijn ogen. Er begon een licht motregentje te vallen.

Na zo'n dertig minuten ging de deur plotseling open. Er kwam een vrouw naar buiten. Tania, dacht hij. Ze stond doodstil te roken. Svedberg kon haar gezicht niet zien omdat ze gedeeltelijk achter een boom stond.

Hij deed de verrekijker weg. Hier moet het zijn, dacht hij. Het meisje uit de winkel heeft haar ogen en oren niet in haar zak gehad en bovendien heeft ze een goed geheugen. Hij klom van de vergruizer af en liep naar zijn auto. Het was inmiddels over tienen geworden. Hij besloot naar het politiebureau te bellen om te zeggen dat hij ziek was. Hij had geen tijd om vergaderingen bij te wonen.

Hij moest met Wallander praten.

Tania gooide haar sigaret weg en drukte hem onder haar schoen uit. Ze stond in het zwakke motregentje op het erf. Het weer paste bij haar stemming. Konovalenko had zich met de Afrikaan teruggetrokken en het interesseerde haar niet waar ze het over hadden. Toen hij nog leefde had Vladimir haar op de hoogte gehouden. Ze wist dat er in Zuid-Afrika een belangrijke politicus om het leven gebracht moest worden. Maar wie of waarom, daar had ze geen flauw idee van. Vladimir zou het wel tegen haar gezegd hebben, maar het was het ene oor in, het andere oor uit gegaan.

Ze was het erf opgelopen om een paar minuten voor zichzelf te hebben. Tot nu toe had ze geen tijd gehad om zich af te vragen wat het betekende dat Vladimir dood was. Ze was ook verbaasd geweest over het verdriet en de pijn die ze voelde. Hun huwelijk was niet meer geweest dan een praktische overeenkomst die hun beiden goed uitkwam. Tijdens hun vlucht uit de ineengestorte Sovjet-Unie waren ze elkaar tot steun geweest. Daarna, eenmaal in Zweden, had ze een zin aan haar leven gegeven door Vladimir met zijn diverse zaakjes te helpen. Daar was verandering in gekomen toen Konovalenko plotseling opgedoken was. In het begin had Tania zich tot hem aangetrokken gevoeld. Zijn doortastende optreden, zijn zelfverzekerdheid contrasteerde sterk met Vladimirs persoonlijkheid en ze had niet geaarzeld toen Konovalenko serieus interesse in haar toonde. Ze had echter al gauw doorgehad dat hij haar alleen maar gebruikte. Zijn kilheid, zijn intense minachting voor anderen hadden haar bang gemaakt. Konovalenko was hun leven compleet gaan domineren. Zo nu en dan, laat op de avond, hadden zij en Vladimir het erover gehad om op te breken, om ergens anders opnieuw te beginnen, ver weg van Konovalenko's invloed. Maar het was er nooit van gekomen en nu was Vladimir dood. Ze stond op het erf en merkte dat ze hem miste. Hoe het nu verder moest wist ze niet. Konovalenko was bezeten van het idee de politieman uit de weg te ruimen die Vladimir gedood had en hem zoveel moeilijkheden bezorgde. De gedachte aan de toekomst moest wachten tot alles voorbij was, tot de politieman dood was en de Afrikaan naar zijn land teruggekeerd om zijn opdracht uit te voeren. Ze besefte dat ze, of ze wilde of niet, afhankelijk van Konovalenko was. Eenmaal je land ontvlucht, was er geen terugkeer mogelijk. Ze dacht steeds minder vaak en steeds onbestemder aan Kiev, de stad waar Vladimir en zij vandaan kwamen. Wat pijn deed waren niet de herinneringen, maar de wetenschap dat ze de stad en de mensen die vroeger haar bestaan uitgemaakt hadden nooit meer terug zou zien. Het was een deur die onherroepelijk dichtgeslagen was. Die op slot zat en waarvan de sleutel weggegooid was. Het laatste restje was met Vladimir verdwenen.

Ze dacht aan het meisje dat in de kelder gevangen werd gehouden. Als ze Konovalenko de laatste dagen al wat gevraagd had dan was het over haar geweest. Wat ging er met haar gebeuren? Hij had gezegd dat hij haar los zou laten als hij haar vader had. Ze had al meteen betwijfeld of hij dat meende. Ze rilde bij de gedachte dat hij ook het meisje zou vermoorden.

Tania vond het moeilijk om haar gedachten te analyseren. Ze voelde een enorme haat tegen de vader van het meisje die haar man gedood had en nog wel op een barbaarse manier, zij het dat Konovalenko niet op de details ingegaan was. Het ging haar echter veel te ver om de dochter van de politieman daar het slachtoffer van te laten worden. Maar ze wist ook dat ze niets kon doen om het te verhinderen. Het geringste teken dat ze dwars lag zou tot gevolg hebben dat Konovalenko zijn dodelijke krachten ook tegen haar zou richten.

Ze huiverde in de regen die weer was gaan vallen en ging naar binnen. Door de gesloten deur hoorde ze het gemompel van Konovalenko's stem. Ze liep naar de keuken en keek naar het luik in de vloer. De klok aan de keukenmuur gaf aan dat het tijd werd om het meisje iets te eten en te drinken te geven. Ze had al een plastic tas met een thermosfles en een paar boterhammen klaar gezet. Tot nu toe had het meisje in de kelder het voedsel niet aangeraakt. Iedere keer was ze boven gekomen met wat ze de laatste keer had neergezet. Ze knipte het licht aan dat Konovalenko aangelegd had en deed het luik open. Ze had een zaklantaren in haar andere hand.

Linda was in een hoek gekropen. Daar lag ze ineengerold alsof ze hevige buikpijn had. Tania scheen op de pot op de stenen vloer. Die was niet gebruikt. Haar verdriet om Vladimir had haar zo volkomen in beslag genomen dat er geen plaats voor iets anders was geweest. Maar nu, nu ze het meisje zo ineengerold zag liggen, verlamd van angst, wist ze dat de slechtheid van Konovalenko geen grenzen kende. Er was geen enkele reden het meisje in zo'n donkere kelder op te sluiten. En dat nog wel met kettingen om haar benen. Hij had haar net zo goed gebonden in een kamer op de bovenverdieping kunnen opsluiten zodat ze niet kon ontsnappen.

Het meisje bewoog zich niet. Ze volgde Tania's bewegingen met haar ogen. Haar afgeknipte haar maakte Tania misselijk. Ze ging op haar hurken naast het roerloze meisje zitten.

'Het is gauw voorbij', zei ze.

Het meisje gaf geen antwoord. Ze keek Tania recht in de ogen.

'Je moet proberen wat te eten', zei ze. 'Het is gauw voorbij.'

De angst was al begonnen haar uit te hollen, dacht Tania. Die eet haar vanbinnenuit op.

Plotseling wist ze dat ze Linda moest helpen. Het zou haar haar leven kosten, maar ze moest het toch doen. Ook voor haar was Konovalenko's slechtheid te groot om te verdragen.

'Het is gauw voorbij', fluisterde ze, zette de tas naast het gezicht van het meisje en ging weer naar boven. Ze deed het luik dicht en draaide zich om.

Achter haar stond Konovalenko. Ze deinsde terug en slaakte een gil. Hij kon geluidloos op mensen toelopen. Soms had ze het gevoel dat zijn gehoor abnormaal goed ontwikkeld was. Als dat van een nachtdier, had ze gedacht. Hij hoort wat anderen niet horen.

'Ze slaapt', zei Tania.

Konovalenko nam haar ernstig op. Toen glimlachte hij plotseling en ging zonder een woord te zeggen de keuken uit.

Tania liet zich op een stoel vallen en stak een sigaret op. Ze merkte dat haar handen beefden, maar ze wist dat haar besluit onherroepelijk vaststond.

Even na één uur belde Svedberg Wallander.

Deze nam de hoorn al na het eerste signaal op. Svedberg had een hele tijd in zijn flat gezeten en geprobeerd een oplossing te bedenken hoe hij Wallander ervan moest overtuigen dat hij Konovalenko niet opnieuw in zijn eentje kon uitdagen. Maar hij realiseerde zich dat Wallander niet langer verstandig reageerde. De man had een grens overschreden waar zijn handelingen minstens zo sterk door gevoelsmatige impulsen beïnvloed werden. Het enige wat hem overbleef was een beroep op Wallander doen om de confrontatie met Konovalenko niet in zijn eentje aan te gaan. In zekere zin is hij niet toerekeningsvatbaar, had Svedberg gedacht. De angst wat er met zijn dochter kan gebeuren heeft hem totaal in zijn greep. Je weet niet wat hij zal doen.

Hij kwam meteen ter zake.

'Ik heb het huis van Konovalenko gevonden', zei hij.

Hij had de indruk dat Wallander aan het andere eind van de lijn een schok kreeg.

'Ik had in een van Rykoffs zakken een spoor gevonden', vervolgde hij. 'Ik zal niet op de details ingaan, maar het voerde me naar een ICA-winkel in Tomelilla. Een winkelbediende met een fenomenaal geheugen hielp me verder. Het huis ligt ten oosten van Tomelilla. Bij een grindgroeve die allang buiten gebruik is. Het is een oude boerderij.'

'Ik hoop dat niemand je gezien heeft', zei Wallander.

Svedberg hoorde hoe uitgeput en gespannen Wallander was.

'Niemand', zei hij. 'Je kunt gerust zijn.'

'Hoe kan ik nou gerust zijn?' vroeg Wallander.

Svedberg zei niets.

'Ik geloof dat ik weet waar die grindgroeve ligt', vervolgde Wallander. 'Als het klopt wat je zegt, verschaft me dat een voorsprong.'

'Heeft hij nog iets van zich laten horen?' vroeg Svedberg.

'Twaalf uur later is om acht uur vanavond', antwoordde Wallander. 'Hij zal op tijd bellen. Ik doe niets voordat hij opnieuw contact opgenomen heeft.'

'Het wordt een ramp als je hem in je eentje gaat aanpakken', zei Svedberg. 'Ik moet er niet aan denken wat er dan gebeurt.'

'Je weet dat me geen andere mogelijkheid over blijft', antwoordde Wallander. 'Ik kan hem niet ontdekken, maar ik weet dat hij dit huis de hele tijd in de gaten houdt. Het doet er niet toe waar hij me wil ontmoeten, hij controleert de omgeving. Alleen ik kan bij hem in de buurt komen. En je weet wat er gebeurt als hij ziet dat ik niet alleen ben.'

'Ik begrijp het wel,' zei Svedberg, 'maar ik vind toch dat we het moeten proberen.'

Het bleef even stil.

'Ik zal mijn maatregelen nemen', zei Wallander. 'Maar ik ga je niet vertellen waar ik hem ontmoet. Ik begrijp dat je het goed meent, maar ik kan geen risico's nemen. Bedankt dat je het huis voor me gevonden hebt, dat zal ik nooit vergeten.'

Toen hing hij op.

Svedberg bleef met de hoorn in zijn hand zitten.

Wat moest hij nu doen? Hij had er domweg niet op gerekend dat Wallander de informatie die hij nodig had niet wilde prijsgeven.

Hij legde de hoorn op de haak. Als Wallander meende dat hij geen hulp nodig had, dan deelde hij die mening niet. De vraag was alleen wie hij mee zou kunnen krijgen.

Hij ging voor het raam staan en keek naar de kerktoren die net achter de daken van de huizen zichtbaar was. Toen Wallander na de bewuste nacht op het oefenterrein op de vlucht was, had hij Sten Widén gebeld. Svedberg had de man nooit eerder ontmoet. Hij had Wallander zelfs zijn naam nooit horen noemen. Toch waren ze blijkbaar goede vrienden en kenden ze elkaar al heel lang. Wallander had zich toen tot Widén gewend om hem te helpen. Svedberg besloot hetzelfde te doen. Hij verliet zijn flat en reed de stad uit. Het was harder gaan regenen en bovendien was de wind opgestoken. Hij reed langs de kust. Er moest nu snel een einde komen aan wat er de laatste dagen allemaal gebeurd was. Het was veel te veel voor een klein politiedistrict als dat van Ystad.

Hij vond Sten Widén in de stal. Hij stond voor de getraliede box waar een paard onrustig heen en weer liep en zo nu en dan hard tegen het houtwerk schopte. Svedberg groette Widén en ging naast hem staan. Het onrustige paard was heel hoog en slank. Svedberg had nog nooit op een paard gezeten. Hij had een groot ontzag voor paarden en begreep niet hoe iemand uit vrije wil zijn leven kon wijden aan hun verzorging en training.

'Ze is ziek', zei Sten Widén plotseling. 'Maar ik weet niet wat haar mankeert.'

'Ze lijkt een beetje rusteloos', zei Svedberg voorzichtig.

'Ze heeft pijn', zei Sten Widén.

Toen trok hij de grendel weg en ging de box binnen. Hij pakte haar halster vast en het paard werd meteen rustig. Hij bukte zich en bekeek haar linkervoorbeen. Svedberg boog zich voorzichtig over de rand van de box heen om te kijken.

'Opgezwollen', zei Sten Widén. 'Zie je het?'

Svedberg kon niets ontdekken, maar mompelde instemmend. Sten Widén gaf het paard wat klapjes en kwam de box weer uit.

'Ik moet met je praten', zei Svedberg.

'We gaan naar binnen', antwoordde Sten Widén.

Toen ze in het huis waren, zag Svedberg dat er een oudere dame op een bank in een wanordelijke woonkamer zat. Hij vond dat ze niet in dit milieu paste. Ze was opvallend elegant gekleed, zwaar opgemaakt en droeg kostbare sieraden.

Sten Widén zag Svedbergs blik.

'Ze wacht op haar chauffeur die haar komt halen', zei hij. 'Ik train twee paarden voor haar.'

'Op die manier', zei Svedberg.

'De weduwe van een aannemer in Trelleborg', zei Sten Widén. 'Ze gaat zo dadelijk weg. Zo nu en dan komt ze hier alleen om wat te zitten. Ik geloof dat ze heel eenzaam is.'

De laatste woorden sprak Sten Widén met een begrip uit dat Svedberg verbaasde.

Ze gingen naar de keuken.

'Ik weet niet goed waarom ik gekomen ben', zei Svedberg. 'Of liever gezegd dat weet ik wel, maar wat het kan betekenen om je hulp in te roepen weet ik niet.'

Hij vertelde van het huis dat hij bij de grindgroeve buiten Tomelilla ontdekt had. Sten Widén stond op en zocht even in een keukenkast vol papieren en paardenrenprogramma's. Toen vond hij een vuile, kapotte landkaart. Hij spreidde die op de tafel uit en Svedberg wees met een stomp potlood aan waar het huis stond.

'Ik heb geen idee wat Wallander van plan is', zei Svedberg. 'Ik weet alleen dat hij Konovalenko in zijn eentje wil uitdagen. Hij durft vanwege zijn dochter geen risico's te nemen. Dat is begrijpelijk. Het probleem is alleen dat Wallander geen enkele kans maakt om Konovalenko in zijn eentje uit te schakelen.'

'Je wilt hem dus helpen?' vroeg Sten Widén.

Svedberg knikte.

'Maar ik speel dat evenmin alleen klaar', zei hij. 'Ik kon niets anders bedenken dan met jou te komen praten, omdat ik er absoluut niet nog een of meer politiemannen bij kan halen. Daarom ben ik hier. Jij kent hem, je bent zijn vriend.'

'Misschien', zei Sten Widén.

'Misschien?' zei Svedberg vragend.

'Het klopt dat we elkaar al heel lang kennen,' antwoordde Sten Widén, 'maar we gaan al tien jaar niet meer met elkaar om.'

'Dat wist ik niet', zei Svedberg. 'Ik had een andere indruk gekregen.'

Er reed een auto het erf op. Sten Widén stond op en bracht de aannemersweduwe naar de auto. Svedberg meende dat hij een fout had begaan. Sten Widén was niet de vriend die hij gedacht had.

'Wat heb je voor plan?' vroeg Sten Widén toen hij weer in de keuken was.

Svedberg vertelde. Na acht uur zou hij Wallander bellen. Hij zou er weliswaar niet achter kunnen komen wat Konovalenko precies gezegd had, maar hij hoopte dat hij Wallander zover zou krijgen dat deze zei wanneer die twee elkaar zouden ontmoeten. Als hij het tijdstip wist, zouden hij en naar hij hoopte nog iemand 's nachts al naar de boerderij kunnen gaan om onzichtbaar ter plaatse te zijn en Wallander te hulp te schieten als het nodig was.

Sten Widén luisterde met een uitdrukkingsloos gezicht. Daarna, toen Svedberg zweeg, stond hij op en ging de keuken uit. Svedberg vroeg zich af of hij misschien naar de wc gegaan was, maar toen Sten Widén terugkeerde had hij een geweer bij zich.

'We moeten proberen hem te helpen', zei hij kortaf.

Hij ging zitten en inspecteerde het geweer. Svedberg legde zijn dienstpistool op tafel om te laten zien dat hij ook gewapend was. Sten Widén trok een wrang gezicht.

'Dat is niet veel bijzonders om een desperate gek mee op te pakken', zei hij.

'Kun je bij je paarden weg?' vroeg Svedberg.

'Ulrika slaapt hier', zei hij. 'Een van de meisjes die me helpt.' Svedberg voelde zich voortdurend onzeker in Sten Widéns gezelschap. Diens zwijgzaamheid en vreemde persoonlijkheid zorgden ervoor dat Svedberg zich slecht op zijn gemak voelde. Maar hij was dankbaar dat hij hulp kreeg.

Om drie uur 's middags ging Svedberg naar huis. Ze hadden afgesproken dat hij zou bellen, zodra hij contact met Wallander had gehad. Onderweg naar Ystad kocht hij de avondbladen die juist uit waren. Hij zat er in zijn auto in te bladeren. Konovalenko en Wallander waren nog steeds groot nieuws, maar ze stonden niet meer op de voorpagina.

Svedberg zag ineens de krantenkoppen voor zich. De koppen die hij meer dan alles vreesde.

En daarnaast een foto van Wallanders dochter.

Om twintig over acht belde hij Wallander.

Konovalenko had contact opgenomen.

'Ik weet dat je niet wilt zeggen wat er staat te gebeuren,' zei Svedberg, 'maar zeg me tenminste wanneer.'

Wallander aarzelde voordat hij antwoordde.

'Morgenochtend om zeven uur', zei hij.

'Maar niet bij het huis', zei Svedberg.

'Nee', antwoordde Wallander. 'Ergens anders. Maar hou nou alsjeblieft op met dat gevraag.'

'Wat gaat er gebeuren?'

'Hij heeft beloofd mijn dochter vrij te laten. Meer weet ik niet.'

O jawel, dacht Svedberg. Je weet dat hij zal proberen je te doden.

'Wees voorzichtig, Kurt', zei hij.

'Ja', zei Wallander en hing op.

Svedberg wist nu heel zeker dat ze op de boerderij afgesproken hadden. Wallanders antwoord was iets te snel gekomen. Hij bleef roerloos zitten.

Toen belde hij Sten Widén. Ze spraken af om middernacht bij Svedberg thuis; daarvandaan zouden ze naar Tomelilla rijden.

Ze dronken koffie bij Svedberg in de keuken.

Het regende nog steeds.

Om kwart voor twee reden ze weg.

28

De man voor haar huis in het Bezuidenhout Park was teruggekomen. Het was al de derde ochtend achtereen dat Miranda hem onbeweeglijk, wachtend, aan de overkant van de straat zag staan. Ze kon hem door de dunne vitrage in de woonkamer zien. Hij was blank, droeg een kostuum en een stropdas en zag eruit als een vreemdeling die per ongeluk in haar wereld terecht was gekomen. Ze had hem al vroeg in de ochtend gezien, meteen nadat Matilda naar school was gegaan. Ze had onmiddellijk op zijn aanwezigheid gereageerd, omdat mensen zich zelden in haar straat vertoonden. 's Ochtends verdwenen de mannen uit de villa's in hun auto naar het centrum van Johannesburg. Later op de dag stapten de vrouwen in hun eigen auto om boodschappen te gaan doen, een schoonheidssalon te bezoeken of alleen maar om weg te zijn. In Bezuidenhout woonde een teleurgestelde en onrustige loot van de blanke middenklasse. Mensen die geen kans hadden gezien zich naar de bovenste blanke laag van de maatschappij op te werken. Miranda wist dat veel van deze mensen aan emigreren dachten. Ze zouden onverbiddelijk een nieuwe waarheid onder ogen moeten zien. Voor deze mensen was Zuid-Afrika niet het voortreffelijke vaderland geworden waar het bloed en de aarde door dezelfde aderen of voren op de akkers stroomden. Zelfs zij die hier geboren waren aarzelden niet aan weggaan te denken, toen De Klerk zijn februari-toespraak had gehouden, Nelson Mandela had vrijgelaten en een nieuwe tijd had aangekondigd. Een nieuwe tijd die misschien andere zwarten dan Miranda in Bezuidenhout zou zien wonen.

Maar de man die daar stond was een vreemde. Hij hoorde er niet thuis en Miranda vroeg zich af wat hij daar zocht. Iemand die bij het aanbreken van de dag stil in een straat stond moest op zoek zijn naar iets, iets wat hij verloren had of gedroomd. Ze had een hele tijd achter de vitrage naar hem staan kijken en ten slotte geconstateerd dat hij naar haar huis keek. Eerst was ze bang geweest. Kwam hij van een onbekende instantie, een van de vele ongrijpbare controle-instanties die nog steeds het leven van de zwarten in Zuid-Afrika beheersten? Ze had gewacht tot hij iets zou doen, bij haar zou aanbellen, maar hoe langer hij daar roerloos stond, hoe meer ze begon te twijfelen. Bovendien had hij geen aktetas bij zich. Voor Miranda was het normaal dat het blanke Zuid-Afrika door middel van honden, agenten, suizende wapenstokken en gepantserde voertuigen of via papieren tegen de zwarten sprak. Maar hij had geen aktetas, alleen twee lege handen.

De eerste ochtend was Miranda herhaaldelijk naar het raam gelopen om te zien of hij er nog stond. Ze vond hem net een standbeeld, een waarvan niemand wist waar het moest staan of dat niemand wilde hebben. Tegen negenen was de straat weer leeg geweest. Maar de volgende dag was hij teruggekomen, had op dezelfde plaats gestaan met zijn blik op haar ramen gericht. Ze had het boze vermoeden gehad dat hij daar vanwege Matilda stond. Hij kon van de geheime politie zijn; op de achtergrond konden, niet zichtbaar vanuit haar raam, auto's gereed staan met wachtende, geüniformeerde mannen. Maar er was iets in zijn doen en laten dat haar deed twijfelen. Voor het eerst schoot het door haar heen dat hij daar stond zodat ze hem kon zien en zou begrijpen dat hij geen gevaar opleverde, dat hij geen bedreiging was en haar de tijd gaf daaraan te wennen.

Het was nu de derde ochtend, woensdag 20 mei, en hij stond er weer. Plotseling keek hij om zich heen, stak de straat over naar haar tuinhek en liep over het stenen pad naar de voordeur. Toen de bel klonk stond ze nog achter het gordijn. Uitgerekend deze ochtend was Matilda niet naar school gegaan. Ze was met hoofdpijn en koorts wakker geworden, misschien was het malaria, en ze lag in haar kamer te slapen. Miranda trok voorzichtig Matilda's slaapkamerdeur dicht voordat ze opendeed. De bel was maar één keer overgegaan. Hij wist dat er iemand thuis was en was er zeker van dat er opengedaan zou worden.

De stem van de man was licht.

'Miranda Nkoyi? Zou ik misschien even binnen mogen komen? Ik beloof je dat ik je niet lang op zal houden.'

Ergens binnenin haar klonk een waarschuwende stem, maar ze liet hem toch binnen, liet hem in de woonkamer en vroeg hem plaats te nemen.

Georg Scheepers voelde zich, net als andere keren, onzeker als hij alleen met een zwarte vrouw was. Dat gebeurde niet vaak. Meestal alleen maar met een van de zwarte secretaressen die op het Openbaar Ministerie hun intrede hadden gedaan toen de rassenwetten verzacht waren. Het was feitelijk de eerste keer dat hij zich alleen met een zwarte vrouw in haar eigen huis bevond.

Er was altijd weer dat terugkerende gevoel dat de zwarten hem verachtten. Hij zocht steeds naar een bewijs van vijandelijkheid. En nooit was zijn vage schuldgevoel groter dan wanneer hij met een zwarte alleen was. Hij merkte dat zijn gevoel van weerloosheid toenam nu hij tegenover een vrouw zat. Met een man was het misschien anders geweest. Als blanke had hij normaliter de overhand, nu was die opeens verdwenen. De stoel zonk onder hem weg tot hij direct op de vloer leek te zitten.

Hij had de laatste dagen gebruikt om zo diep mogelijk het geheim van Jan Kleyn binnen te dringen. Zo was hij er inmiddels achter gekomen dat Jan Kleyn dit huis in Bezuidenhout regelmatig bezocht. Dat was al vele jaren zo, al sinds Jan Kleyn na zijn studietijd naar Johannesburg was verhuisd. Dankzij Wervey's invloed en zijn eigen contacten had hij het bankgeheim kunnen kraken en wist hij dat Jan Kleyn iedere maand een groot bedrag aan Miranda Nkoyi overmaakte.

Hij had het geheim ontraadseld. Jan Kleyn, een door iedereen gerespecteerd man bij de inlichtingendienst, een Boer die de van hem verwachte waarden hoog in zijn vaandel voerde, leefde stiekem met een zwarte vrouw samen. En hij was bereid grote risico's voor haar te lopen. Wanneer men president De Klerk als een verrader beschouwde, dan was Jan Kleyn er zonder meer ook een.

Maar Scheepers had het gevoel dat hij het geheim slechts oppervlakkig had aangeraakt en daarom had hij besloten de vrouw een bezoek te brengen. Hij zou haar niet vertellen wie hij was. Het was trouwens heel goed mogelijk dat ze niets van zijn bezoek tegen Jan Kleyn zou zeggen. Deed ze dat wel dan zou Jan Kleyn haar bezoeker al gauw als Georg Scheepers ontmaskeren. Maar het waarom zou hij niet met zekerheid weten en daarom zou hij bang worden dat zijn geheim uit zou komen en dat Scheepers hem van nu af aan in zijn macht had.

Natuurlijk liep hij het risico dat Jan Kleyn hem wilde vermoorden, maar Scheepers geloofde dat hij zich daar tegen ingedekt had. Hij zou dit huis niet verlaten voordat Miranda begrepen had dat ook anderen op de hoogte waren van Jan Kleyns geheime leven buiten het gesloten wereldje van de inlichtingendienst. Ze keek naar hem, keek door hem heen. Ze was heel mooi. Haar schoonheid had overleefd, schoonheid overleefde alles: onderwerping, dwang, pijn, zolang er maar tegenstand geboden werd. In het kielzog van de berusting daarentegen volgde het lelijke, het misvormde, het door en door verzwakte.

Hij dwong zich te zeggen wat er speelde. Dat de man die haar bezocht, die haar levensonderhoud betaalde en vermoedelijk haar minnaar was, iemand was die op goede gronden ervan verdacht werd samen te zweren tegen de staat en het leven van individuele burgers. Terwijl hij sprak kreeg hij de indruk dat ze een deel van wat hij vertelde wist, maar dat andere dingen nieuw voor haar waren. Tegelijk kreeg hij vreemd genoeg de indruk dat ze opgelucht was, alsof ze wat anders had verwacht, ja, misschien gevreesd. Hij vroeg zich onmiddellijk af wat dat wel kon zijn. Het had met het geheim te maken, nam hij aan, met zijn vage notie dat er ergens nóg een onzichtbare deur te openen was.

'Ik moet informatie hebben', zei hij. 'Specifieke vragen heb ik eigenlijk niet. Je moet het ook niet zo opvatten dat ik je vraag tegen je eigen man te getuigen. Het gaat om iets zeer belangrijks. Om iets bedreigends voor ons hele land. Zo kolossaal dat ik je niet eens mag vertellen wie ik ben.'

'Maar je bent zijn vijand', zei ze. 'Als de kudde gevaar ruikt, zijn er altijd bepaalde dieren die wegrennen. Die dieren zijn dan verloren. Is dat het?'

'Misschien', zei Scheepers. 'Misschien ligt het zo wel.'

Hij zat met zijn rug naar het raam. Op het moment dat Miranda over de dieren en de kudde sprak vermoedde hij een bijna onmerkbare beweging bij de deur achter haar rug. Alsof iemand voorzichtig de knop omdraaide, maar zich vervolgens bedacht. Toen pas herinnerde hij zich dat hij de jonge vrouw die ochtend het huis niet uit had zien komen. De jonge vrouw die Miranda's dochter moest zijn.

Tijdens zijn speurtocht van de afgelopen dagen had hij iets bijzonders ontdekt. Miranda Nkoyi stond geregistreerd als de vrijgezelle huishoudster van een man, Sidney Houston geheten, die meestal op zijn veeboerderij ver weg op de grote vlakten ten oosten van Harare verbleef. Scheepers had al snel door de regeling die met deze afwezige veeboer was getroffen, heengeprikt en helemaal toen hij erachter was gekomen dat Jan Kleyn en Houston op de universiteit studiegenoten waren geweest. Maar die andere vrouw, Miranda's dochter? Zij bestond niet. En nu stond ze hen dus achter de deur af te luisteren.

De gedachte overrompelde hem. Naderhand had hij ingezien dat zijn vooroordelen, dat de onzichtbare scheidslijnen tussen de rassen die zijn leven beheersten, hem op een dwaalspoor hadden gebracht. Plotseling wist hij wie het luisterende meisje was. Het grote, goed bewaarde geheim van Jan Kleyn was aan het licht gekomen. Alsof een vesting zich uiteindelijk aan zijn belegeraars had moeten overgeven. De waarheid had zo lang geheim kunnen blijven om de eenvoudige reden dat ze ondenkbaar was. Jan Kleyn, de grote man van de inlichtingendienst, de meedogenloos strijdende Boer, had een dochter bij een zwarte vrouw. Een dochter die hij waarschijnlijk boven alles liefhad. Misschien geloofde hij wel dat Nelson Mandela vermoord moest worden omdat door de aanwezigheid van blanken in het land zijn dochter het leven kon leiden dat ze leidde en zich zo omhoog kon werken.

Voor Scheepers riep gehuichel alleen haatgevoelens op. Al zijn twijfels waren nu weggenomen. Tegelijkertijd meende hij het kolossale van de taak in te zien die president De Klerk en Nelson Mandela op zich hadden genomen. Hoe moesten ze een saamhorigheid tussen mensen smeden die elkaar allemaal als verraders beschouwden?

Miranda keek hem onafgebroken aan. Ze kon niet raden wat hij dacht, maar zag wel dat hij geschokt was.

Hij liet zijn blik ronddwalen, eerst naar haar gezicht, toen naar een foto van het meisje op de schoorsteenmantel boven de open haard.

'Je dochter', zei hij. 'Jan Kleyns dochter.'

'Matilda.'

Scheepers herinnerde zich wat hij van Miranda's verleden had gelezen.

'Net als je moeder.'

'Net als mijn moeder.'

'Hou je van je man?'

'Hij is mijn man niet. Hij is haar vader.'

'En zij?'

'Ze haat hem.'

'Op dit moment staat ze achter de deur naar ons te luisteren.'

'Ze is ziek. Ze heeft koorts.'

'Toch staat ze te luisteren.'

'Waarom zou ze het niet mogen horen?'

Scheepers knikte. Hij had het begrepen.

'Ik heb informatie nodig', zei hij. 'Denk goed na. Ook het minste of geringste dat ons kan helpen de mannen te vinden die ons land in de chaos willen storten is van belang. Voordat het te laat is.'

Miranda dacht dat het ogenblik waarop ze zo lang gewacht had eindelijk was aangebroken. Ze had altijd gedacht dat er niemand bij aanwezig zou zijn als ze vertelde hoe ze 's nachts zijn zakken doorzocht en aandachtig naar de woorden luisterde die hij in zijn slaap mompelde. Ze zouden met zijn tweeën zijn, zij en haar dochter. Maar nu wist ze dat het anders zou lopen. Ze vroeg zich af waarom ze hem zo onvoorwaardelijk vertrouwde, zonder zelfs maar te weten wie hij was. Door zijn eigen kwetsbaarheid? Zijn onzekerheid tegenover haar? Was zwakheid het enige waarop ze durfde te vertrouwen?

De vreugde van de bevrijding, dacht ze. Dat is het gevoel dat ik nu heb. Alsof je uit zee oprijst en weet dat je schoon bent.

'Ik heb lang geloofd dat hij een gewone ambtenaar was', begon ze. 'Ik had geen idee van zijn misdadige praktijken. Toen werd het me verteld.'

'Door wie?'

'Misschien zeg ik dat nog wel, maar nu niet. Je moet alleen praten als de tijd rijp is.'

Hij had er spijt van dat hij haar onderbroken had.

'Maar hij weet niet dat ik het weet', ging ze verder. 'Dat was mijn voorsprong. Misschien was het mijn redding, misschien wordt het mijn dood, maar iedere keer als hij ons een bezoek bracht stond ik 's nachts op om in zijn zakken te zoeken. Zelfs het kleinste stukje papier heb ik gekopieerd. Ik heb naar zijn onsamenhangende woorden geluisterd als hij in zijn slaap sprak. En ik heb het doorverteld.'

'Aan wie?'

'Aan degenen die voor ons opkomen.'

'Ik kom ook voor je op.'

'Ik weet niet eens hoe u heet.'

'Dat speelt geen rol.'

'Ik heb met zwarte mannen gepraat die net zo'n geheim leven leiden als Jan Kleyn.'

Hij wist van die geruchten. Maar ze hadden nooit enig bewijs gevonden. Hij wist dat de inlichtingendiensten, de burgerlijke en de militaire, voortdurend op hun eigen schaduwen joegen. Het gerucht deed koppig de ronde dat de zwarten hun eigen inlichtingendienst hadden. Misschien rechtstreeks verbonden met het ANC, misschien een zelfstandig opererende organisatie. Daar brachten ze de daden van de inkaartbrengers in kaart. Hun strategieën en hun identiteit. Hij besefte dat de vrouw die Miranda heette hem nu toevertrouwde dat deze mensen werkelijk bestonden.

Jan Kleyn is een dood man, dacht hij. Zonder dat hij het wist zijn zijn zakken leeggehaald door degenen die hij als zijn vijand beschouwt.

'Vertel mij alleen over de laatste maanden', zei hij. 'Wat daarvoor gebeurd is interesseert me niet. Wat heb je de laatste tijd gevonden?'

'Ik heb het afgegeven en ben het vergeten', zei ze. 'Waarom zou ik me de moeite geven om het niet te vergeten?'

Hij realiseerde zich dat ze de waarheid sprak. Opnieuw probeerde hij haar over te halen. Hij moest een van de mannen spreken die tot taak had te duiden wat ze in Jan Kleyns zakken vond of wat ze hem in zijn slaap hoorde mompelen.

'Waarom zou ik u vertrouwen?' vroeg ze.

'Dat moet je ook niet doen', antwoordde hij. 'Er bestaan nu eenmaal geen garanties in het leven. Het kent alleen risico's.'

'Heeft hij veel mensen omgebracht?' vroeg ze. Ze sprak heel luid en hij begreep dat haar dochter haar woorden moest horen.

'Ja', antwoordde hij. 'Hij heeft veel mensen omgebracht.'

'Zwarten?'

'Zwarten.'

'Misdadigers?'

'Soms. Soms niet.'

'Waarom heeft hij dat gedaan?'

'Omdat ze niet wilden praten. Rebellen. Oproerkraaiers.'

'Als mijn dochter.'

'Ik ken je dochter niet.'

'Maar ik wel.'

Ze stond met een heftige beweging op.

'Kom morgen terug', zei ze. 'Misschien wil iemand met u praten. Ga nu.'

Hij ging weg. Toen hij bij zijn auto was, die hij in een zijstraat had geparkeerd, transpireerde hij. Hij reed weg en dacht aan zijn eigen zwakheid. En aan haar kracht. Zou er een toekomst zijn waarin een ontmoeting der geesten mogelijk was en de twee partijen zich met elkaar konden verzoenen?

Matilda kwam niet naar haar toe toen hij vertrokken was. Miranda liet haar met rust. Maar 's avonds zat ze lang op de rand van haar dochters bed.

De koorts kwam en ging in golven.

'Ben je bedroefd?' vroeg Miranda.

'Nee', antwoordde Matilda. 'Ik haat hem alleen nóg meer.'

Naderhand zou Scheepers zich zijn bezoek aan Kliptown herinneren als een afdaling in een hel die hij tot dan toe had weten te mijden. Door altijd de blanke weg te volgen die de Boere van de wieg tot het graf namen, had hij het pad van de eenoog afgelegd. Nu moest hij de andere weg gaan, de zwarte, en wat hij zag zou hij nooit meer vergeten. Het raakte hem diep, het moest hem wel raken, omdat dat het leven van 20 miljoen mensen was. Mensen die geen volwaardig leven mochten leiden, die te vroeg stierven. Leven dat afgeknepen werd en nooit de kans kreeg tot volle wasdom te komen.

Hij was de volgende ochtend om tien uur naar Bezuidenhout teruggegaan. Miranda had opengedaan, maar het was haar dochter Matilda die hem naar de man zou brengen die zich bereid had verklaard met hem te praten. Hij kreeg de indruk dat hij zeer geprivilegieerd was.

Matilda was even knap als haar moeder. Haar huid was lichter, maar haar ogen waren dezelfde. Hij zag geen trekken van haar vader in haar gezicht. Misschien nam ze zo krachtig afstand van hem dat ze zichzelf eenvoudigweg verhinderde op hem te lijken. Ze trad hem zeer gereserveerd tegemoet, gaf hem alleen een knikje toen hij zijn hand uitstak. Opnieuw voelde hij zich onzeker, nu ook tegenover de dochter, al was ze nog maar een tiener. Een zekere onrust maakte zich van hem meester. Waar had hij zich mee ingelaten? Rustte de hand van Jan Kleyn misschien op een heel andere manier op dit huis dan ze hem hadden doen geloven? Maar nu was het te laat. Voor het huis stond een oude, roestige auto met een bungelende uitlaatpijp en half afgescheurde bumpers. Zonder een woord te zeggen deed Matilda het portier voor hem open.

'Ik dacht dat hij hier zou komen', zei hij aarzelend.

'We gaan een bezoek aan een andere wereld brengen', zei Matilda.

Hij ging op de achterbank zitten en snoof een lucht op die hij pas later thuisbracht als een herinnering aan het kippenhok uit zijn jeugd. De man achter het stuur had zijn pet diep over zijn ogen getrokken. Hij draaide zich om en nam Georg Scheepers zonder een woord te zeggen op. Daarop reden ze weg en de chauffeur en Matilda spraken met elkaar in een taal die hij niet verstond, maar die hij herkende als Xhosa. Ze reden in zuidwestelijke richting en volgens Scheepers reed de man veel te hard. Weldra hadden ze het centrum van Johannesburg achter zich gelaten en waren ze op weg naar het uitgebreide netwerk van verkeerswegen waarvan de rijstroken naar verschillende kanten uitwaaierden. Soweto, dacht Scheepers. Brengen ze me daarheen?

Maar ze gingen niet naar Soweto. Ze passeerden Meadowsland en de verstikkende rook die vlak boven het stoffige landschap hing. Vlak achter het samenraapsel van vervallen huizen, honden, kinderen, kippen, kapotte en uitgebrande auto's stopte de chauffeur. Matilda stapte uit en ging naast hem op de achterbank zitten. Ze had een zwarte muts in haar hand.

'Vanaf nu mag je niets meer zien', zei ze.

Hij protesteerde en duwde haar hand weg.

'Wat heb je te vrezen?' vroeg ze. 'Je moet zelf beslissen.'

Hij rukte de muts naar zich toe.

'Waarom?' vroeg hij.

'Er zijn duizenden ogen', zei ze. 'Je moet niets zien. En niemand moet jou zien.'

'Dat is geen antwoord', zei hij geïrriteerd. 'Dat is een raadsel.'

'Niet voor mij', zei ze. 'Beslis nu.'

Hij trok de muts over zijn gezicht. Ze reden verder. De weg werd steeds slechter, maar de chauffeur bleef hard rijden. Scheepers ving de stoten zo goed en zo kwaad als het ging op. Toch botste hij met zijn hoofd een paar keer hard tegen het dak. Hij verloor ieder gevoel voor tijd. De muts prikte in zijn gezicht en zijn huid begon te kriebelen.

De auto minderde vaart en stopte. Ergens blafte uitzinnig een hond. Muziek uit een radio kwam en ging in golven. Ondanks zijn muts snoof hij de lucht op van vuren. Matilda hielp hem uit te stappen. Daarna nam ze de muts van zijn hoofd. De zon scheen regelrecht en fel in zijn onbeschermde gezicht en verblindde hem. Toen zijn ogen zich aangepast hadden zag hij dat hij zich bevond tussen een allegaartje van hutten, opgetrokken uit golfplaat, jute, plastic lappen, zeildoek. Er waren hutjes waar een van de optrekjes uit autowrakken bestond. Het stonk er naar afval. Een magere, schurftige hond rook aan zijn broekspijp. Hij keek naar de mensen die hun leven in deze ellende moesten slijten. Niemand leek zijn aanwezigheid op te merken. Er was geen dreiging en geen nieuwsgierigheid, alleen onverschilligheid. Hij bestond niet voor hen.

'Welkom in Kliptown', zei Matilda. 'Misschien is dit Kliptown, misschien een andere *shanty-town*. Je zult toch nooit je weg terug kunnen vinden. Alle townships zien er eender uit. De misère is overal even groot, de stank idem dito en er wonen dezelfde soort mensen.'

Ze leidde hem de krottenwijk in. Het was alsof hij een labyrint binnenging dat hem snel opslokte, hem van zijn hele verleden beroofde.

Na een paar passen al kon hij zich niet meer oriënteren. Hij overwoog hoe ongerijmd het was dat de dochter van Jan Kleyn naast hem liep. Maar de ongerijmdheid was het erfgoed dat nu voor de laatste keer anders verdeeld moest worden, waarna de scheiding opgeheven kon worden.

'Wat zie je?' vroeg ze.

'Hetzelfde als jij', antwoordde hij.

'O nee!' zei ze fel. 'Ben je geschokt?'

'Natuurlijk.'

'Ik niet. Geschokt zijn is een trap. Met veel treden. Wij staan niet op dezelfde tree.'

'Jij staat zeker bovenaan?'

'Bijna.'

'Is het uitzicht daar anders?'

'Daar kun je erachter kijken. Zebra's zien die in waakzame kuddes grazen. Antilopen die zich vrijspringen van de zwaartekracht. Een cobra die zich in een verlaten termietenheuvel heeft verstopt. Vrouwen die water dragen.'

Ze hield stil en ging voor hem staan.

'In hun ogen zie ik mijn eigen haat,' zei ze, 'maar jouw ogen kunnen die niet zien.'

'Wat wil je dat ik zeg?' vroeg hij. 'Het moet een ware hel zijn om hier te moeten leven, maar de vraag is of dat mijn fout is.'

'Dat kan het worden', zei ze. 'Het hangt ervan af.'

Ze gingen dieper het labyrint in. Alleen zou hij hier nooit meer uitkomen. Ik heb haar nodig, dacht hij. We zijn altijd al van de zwarten afhankelijk geweest. En dat weet ze.

Matilda bleef voor een hut staan die iets groter was dan de andere, hoewel hij uit hetzelfde materiaal was opgetrokken. Ze ging op haar hurken bij de deur zitten die bestond uit een slordig afgesneden houtvezelplaat.

'Ga naar binnen', zei ze. 'Ik wacht hier.'

Scheepers ging naar binnen. In het begin had hij moeite iets in het donker te onderscheiden. Toen zag hij een eenvoudige houten tafel, een paar stoelen en een walmende petroleumlamp. Een man maakte zich uit de schaduwen los. De man bekeek hem met een zwak glimlachje. Scheepers schatte dat ze even oud waren, maar de man voor hem was krachtiger gebouwd, had een baard en straalde dezelfde waardigheid uit die hij ook bij Miranda en Matilda aangetroffen had.

'Georg Scheepers', zei de man en barstte in een korte lach uit. Daarna wees hij op een stoel.

'Wat is er zo leuk?' vroeg Scheepers. Hij had moeite zijn onzekerheid te verbergen.

'Niets', zei de man. 'Je kunt me Steve noemen.'

'Je weet waarom ik je wil spreken', zei Scheepers.

'Niet mij', zei de man die zich Steve noemde. 'Je wilt iemand spreken die je dingen over Jan Kleyn kan vertellen die je nog niet weet. Dat ben ik toevallig. Het had net zo goed een ander kunnen zijn.'

'Kunnen we terzake komen?' vroeg Scheepers, die ongeduldig begon te worden.

'Blanken hebben altijd zo weinig tijd', zei Steve. 'Ik heb nooit begrepen waarom.'

'Jan Kleyn', zei Scheepers.

'Een gevaarlijk man', zei Steve. 'Ieders vijand, niet alleen die van ons. De raven roepen in de nacht. En wij duiden en vertolken en denken dat er iets op til is, iets wat tot chaos kan leiden. En dat willen we niet. Noch het ANC noch De Klerk. Daarom moet je me eerst vertellen wat je weet. Misschien kunnen we daarna samen ons licht in enkele van de donkerste hoeken laten schijnen.

Scheepers vertelde niet alles, maar hij vertelde wel het belangrijkste, wat op zich al een risico was. Hij wist niet met wie hij sprak. Toch was hij gedwongen min of meer open kaart te spelen. Steve luisterde terwijl hij langzaam over zijn kin streek. 'Zover is het dus al', zei hij toen Scheepers zweeg. 'We hebben erop zitten wachten. Maar wij dachten dat de een of andere idiote Boer eerst zou proberen De Klerk, de verrader, de keel af te snijden.'

'Een beroepsmoordenaar', zei Scheepers. 'Zonder gezicht, zonder naam. Hij kan een soortgelijke dienst al eens eerder bewezen hebben. Ik denk nu aan het wereldje van Jan Kleyn. De raven waar je het over had kunnen hun oor misschien nog eens te luisteren leggen. De man kan blank zijn, de man kan zwart zijn. Ik heb een aantekening gevonden die erop wijst dat hij veel geld krijgt. Een miljoen rand, misschien meer.'

'Hij moet te vinden zijn', zei Steve. 'Jan Kleyn kiest alleen het beste uit. Als het een Zuid-Afrikaan is, zwart of blank, zullen we hem vinden.'

'Vind hem en houd hem tegen', zei Scheepers. 'Dood hem. We moeten samenwerken.'

'Nee', zei Steve. 'Vandaag praten we met elkaar, maar dat is de enige keer. We hebben verschillende uitgangspunten, nu en in de toekomst. Iets anders is niet mogelijk.'

'Waarom?'

'Omdat we elkaars geheimen niet delen. De toestand is nog altijd te onzeker, te ongewis. We wijzen ieder pact en iedere verbintenis af, behalve wanneer het absoluut niet anders kan. Vergeet niet dat we vijanden zijn. En de oorlog in ons land duurt al heel lang. Ook al willen jullie dat niet inzien.'

'Wij bekijken de dingen anders', zei Scheepers.

'Ja', antwoordde Steve. 'Zo is het.'

Het gesprek had maar luttele minuten geduurd. Toen stond Steve op en Scheepers begreep dat het onderhoud afgelopen was.

'Miranda', zei Steve. 'Via haar kun je mijn wereld bereiken.'

'Ja', antwoordde Scheepers. 'Zij bestaat. Deze aanslag moet verijdeld worden.'

'Juist', zei Steve. 'Maar ik ben van mening dat jullie dat moeten doen. Jullie zijn nog altijd degenen die over de geëigende middelen beschikken. Ik bezit niets. Behalve een hutje van golfplaat. En Miranda. En Matilda. Denk je eens in wat er gebeurt als de aanslag plaatsvindt.'

'Daar wil ik liever niet aan denken.'

Steve nam hem een ogenblik zwijgend op. Daarna verdween hij zonder afscheid te nemen. Scheepers volgde hem het felle zonlicht in. Matilda bracht hem zwijgend naar de auto. Opnieuw zat hij op de achterbank met de muts over zijn gezicht. In het donker bedacht hij wat hij tegen president De Klerk zou zeggen.

President De Klerk had een terugkerende droom over termieten.

Hij dacht dat hij zich in een huis bevond waarvan iedere vloer, iedere muur, ieder meubelstuk door de hongerige beestjes werd aangevallen. Waarom hij naar dat huis was gegaan wist hij niet. Er groeide gras tussen de planken van de vloeren, de ruiten waren ingeslagen en het waanzinnige geknauw van de termieten was als een gekriebel in zijn eigen lichaam. In zijn droom had hij maar heel weinig tijd om een belangrijke rede te schrijven. Zijn gebruikelijke toesprakenschrijver was verdwenen en hij moest zijn rede zelf schrijven, maar toen hij eraan begon stroomden de termieten ook uit zijn pen.

Op dat punt placht hij wakker te worden. In het donker bedacht hij dat de droom misschien de voorbode van een waarheid was. Was het allemaal misschien reeds te laat? Liep wat hij wou bereiken, Zuid-Afrika van de ondergang redden en tegelijk zo lang mogelijk een waarschuwend signaal laten horen over de invloed en de bijzondere status van de blanken, al te zeer uit de pas met het zwarte ongeduld? Eigenlijk had alleen Nelson Mandela hem ervan kunnen overtuigen dat er geen andere weg te gaan was. De Klerk wist dat ze dezelfde angst deelden. Die voor het onbeheersbare geweld, voor een chaotische ineenstorting die niemand meer in de hand had en die een voedingsbodem zou verschaffen aan een wrede en wraakzuchtige militaire coup ofwel aan verschillende etnische groepen die elkaar tot het bittere einde zouden bestrijden.

Het was donderdag 21 mei, 's avonds tien uur. De Klerk wist dat Scheepers, de jonge officier van justitie, in het voorvertrek zat te wachten. Maar nog voelde De Klerk zich niet gereed om hem te ontvangen. Hij was moe, zijn hoofd was kapotgebeukt door de vele problemen die hij voortdurend op moest lossen. Hij kwam achter zijn bureau vandaan en liep naar de hoge ramen. Soms leek zoveel verantwoording hem te verlammen. Het was te veel voor één mens. En soms had hij een instinctieve zin om te vluchten, zich onzichtbaar te maken, de bush in te lopen en te verdwijnen, op te lossen in een fata morgana. Maar hij wist dat hij het niet zou doen. Misschien dat de god met wie hij al moeilijker kon praten en in wie hij al moeilijker kon geloven hem toch nog beschermde. Hij vroeg zich af hoeveel tijd hem nog vergund was. Zijn gemoedstoestand schommelde voortdurend. In plaats van de hem toebedeelde tijd nu al te beschouwen als een steeds meer uitdijend verlies, kon hij ook geloven dat hij nog vijf jaar de tijd had. En tijd was wat hij nodig had. Tijd voor zijn grote plan de overgang naar een nieuwe samenleving tot het uiterste te rekken, om zo te proberen een groot aantal zwarte kiezers naar zijn eigen partij toe te lokken. Maar hij besefte heel goed dat Nelson Mandela hem de tijd die hij niet voor het voorbereiden van die overgang zou gebruiken, niet zou gunnen.

In alles wat ik doe zit een element van valsheid, dacht hij. Eigenlijk droom ook ik die onmogelijke droom dat er in mijn land nooit iets zal veranderen. Het verschil tussen mij en een fanatieke gek die deze onmogelijke droom met geweld wil realiseren is zeer klein.

Het is laat aan de tijd in Zuid-Afrika, dacht hij. Wat nu gebeurt had jaren geleden al moeten plaatsvinden. Maar de geschiedenis loopt niet langs een onzichtbare lat.

Hij liep weer naar zijn bureau en belde. Meteen daarop kwam Scheepers de kamer binnen. De Klerk had geleerd de werklust en grondigheid van de man te waarderen. Daarom zag hij de trek van naïeve onschuld door de vingers die hij eveneens bij de jonge officier van justitie had geconstateerd. Zelfs deze jonge Boer had geleerd dat er onder het zachte zand scherpe rotsen lagen.

Hij luisterde met gesloten ogen naar Scheepers' verslag. De woorden die hem bereikten hoopten zich op in zijn bewustzijn. Toen Scheepers zweeg keek De Klerk hem onderzoekend aan.

'Ik neem aan dat alles wat u me vertelt klopt', zei De Klerk.

'Ja', antwoordde Scheepers. 'Er is geen twijfel mogelijk.'

'Geen enkele?'

'Nee.'

De Klerk dacht na voordat hij weer sprak.

'Nelson Mandela zal dus vermoord worden', zei hij. 'Door een ellendige beroepsmoordenaar, uitgekozen en betaald door een daartoe aangewezen commissie van dat geheime comité. De moord zal in de zeer nabije toekomst plaatsvinden, tijdens een van de vele keren dat Mandela in het openbaar verschijnt. Met als gevolg chaos, een bloedbad, een totale ineenstorting. Een groep invloedrijke Boere staat op de achtergrond klaar om het bestuur van het land over te nemen. De grondwet en bestuurlijke organen zullen aan de kant geschoven worden. Er zal een corporatief regime worden ingevoerd waarbij de macht gelijkelijk tussen het leger, de politie en de burgelijke regering zal worden verdeeld. De toekomst zal uit een langgerekte uitzonderingstoestand bestaan. Zeg ik het zo goed?'

'Ja', antwoordde Scheepers. 'Als ik ernaar mag gissen, vindt de aanslag op 12 juni plaats.'

'Waarom?'

'Dan houdt Nelson Mandela in Kaapstad een redevoering. Ik heb gehoord dat het bureau van de militaire inlichtingendienst een buitengewoon grote belangstelling voor de veiligheidsmaatregelen van de politie aan de dag legt. Er zijn ook nog andere aanwijzingen die in deze richting wijzen. Ik realiseer me dat ik ernaar raad, maar ik ben ervan overtuigd dat ik dat op goede gronden doe.'

'Drie weken', zei De Klerk. 'Drie weken om die gekken tegen te houden.'

'Als ik het goed zie', zei Scheepers. 'Maar we mogen evenmin uit het oog verliezen dat 12 juni en Kaapstad een dwaalspoor kunnen zijn. We hebben hier met zeer bekwame samenzweerders te maken. De aanslag kan evengoed morgen al plaatsvinden.'

'Met andere woorden wanneer dan ook', zei De Klerk. 'En waar dan ook. Eigenlijk kunnen we dus niets doen.'

Hij zweeg. Scheepers wachtte af.

'Ik zal met Nelson Mandela praten', zei De Klerk. 'Hij moet inzien wat er op het spel staat.'

Daarna keek hij naar Scheepers.

'Die lui moeten onmiddellijk gestopt worden', zei hij.

'We weten niet wie het zijn', antwoordde Scheepers. 'Hoe kun je het onbekende stoppen?'

'Maar de man dan die ze ingehuurd hebben?'

'Ook onbekend.'

De Klerk keek nadenkend naar Scheepers.

'U hebt een plan', zei hij. 'Dat zie ik aan uw gezicht.'

Scheepers voelde dat hij rood werd.

'Meneer de president', zei hij. 'Ik geloof dat de sleutel tot dit alles Jan Kleyn is. De man van de inlichtingendienst. Hij moet onmiddellijk gearresteerd worden. We lopen natuurlijk het risico dat hij niets zegt. Of wellicht liever zelfmoord pleegt. Maar ik zie geen andere mogelijkheid dan hem voor verhoor op te pakken.'

De Klerk knikte.

'Dat doen we dan', zei hij. 'We beschikken over een heleboel bekwame verhoorleiders die de waarheid uit de mensen weten te krijgen.'

Uit zwarten, dacht Scheepers. Die daarna onder geheimzinnige omstandigheden de dood vinden.

'Het beste zou zijn als ik hem verhoorde', zei hij. 'Ik ben het beste ingevoerd.'

'Denkt u dat u hem aan kunt?'

'Ja.'

De president stond op. De audiëntie was afgelopen.

'Jan Kleyn wordt morgen gearresteerd', zei De Klerk. 'En van nu af aan wil ik doorlopend geïnformeerd worden. Eén keer per dag.'

Ze namen afscheid.

Scheepers ging weg en knikte tegen de oude kamerbewaarder die in het voorvertrek zat te wachten. Daarna reed hij door de nacht. Het pistool lag naast hem op de bank.

De Klerk stond lang in gedachten verzonken voor het raam.

Daarna zat hij nog een paar uur aan zijn bureau te werken.

In het voorvertrek liep de oude kamerbewaarder heen en weer, haalde de plooien uit de vloerkleden en streek de zittingen van de stoelen glad. De hele tijd piekerde hij over wat hij gehoord had toen hij aan de deur van de presidentiële werkkamer had staan luisteren. Hij begreep dat de situatie heel ernstig was. Hij ging het vertrek binnen dat als zijn onaanzienlijke kantoortje dienstdeed. Hij haalde de stekker uit een contactdoos die een leiding had die via de telefooncentrale liep. Achter een loszittend houten paneel zat nog een contactdoos, waarvan alleen hij het bestaan kende. Hij nam de hoorn van de telefoon en kreeg een rechtstreekse lijn. Daarna draaide hij een nummer.

Er werd al snel opgenomen. Jan Kleyn was nog wakker.

Na het gesprek met de kamerbewaarder vanuit diens kantoortje zag Jan Kleyn in dat hij die nacht niet zou slapen.

29

's Avonds laat doodde Sikosi Tsiki een muis met een welgerichte worp van zijn mes. Tania was toen al naar bed. Konovalenko zat te wachten tot het tijd was om Jan Kleyn in Zuid-Afrika te bellen voor de laatste instructies over Sikosi Tsiki's terugreis. Hij was ook van plan om zijn eigen toekomst als immigrant in Zuid-Afrika aan de orde te stellen. Uit de kelder kwam geen geluid. Tania was naar beneden geweest en had gezegd dat het meisje sliep. Voor het eerst sinds lange tijd voelde hij zich zonder enig voorbehoud tevreden. Hij had contact met Wallander gehad. Hij had een ongetekende vrijgeleidebrief van hem geëist in ruil voor het ongedeerd terugkrijgen van zijn dochter. Wallander moest hem een week voorsprong geven en er persoonlijk op toezien dat de politie in haar nasporingen op een dwaalspoor werd gezet. Omdat Konovalenko van plan was onmiddellijk naar Stockholm terug te keren, moest Wallander de zoekactie op Zuid-Zweden concentreren.

Maar natuurlijk klopte er niets van. Konovalenko was van plan hem én het meisje dood te schieten. Hij vroeg zich af of Wallander hem werkelijk geloofde. In dat geval was hij toch weer de politieman die hij volgens Konovalenko's opvatting was, een naïeve plattelandsagent. Maar hij zou niet nog eens de fout begaan Wallander te onderschatten.

Hij had die dag vele uren aan Sikosi Tsiki gespendeerd. Konovalenko had een reeks gebeurtenissen, die mogelijk in samenhang met de aanslag konden optreden, met hem doorgenomen op dezelfde wijze als hij ook Victor Mabasha op zijn taak had voorbereid. Hij had de indruk dat Sikosi Tsiki vlugger van begrip was dan Victor Mabasha. En alle oppervlakkige maar onmiskenbaar racistische opmerkingen die Konovalenko niet na kon laten te debiteren, schenen langs de man af te glijden. Hij zou hem de komende dagen sterker provoceren om de grens van diens zelfbeheersing te testen.

Sikosi Tsiki had een trek met Victor Mabasha gemeen. Konovalenko vroeg zich af of het aan hun Afrikaanse afkomst lag. Dat was hun geslotenheid. Het was onmogelijk erachter te komen wat ze eigenlijk dachten. Dat ergerde hem. Hij was gewend pal door de mensen heen te kijken, zich hun gedachten in te denken, waardoor hij op hun reacties vooruit kon lopen.

Hij keek naar de zwarte man die zojuist in een hoek van de kamer een muis aan zijn eigenaardig gekromde mes had gespietst. Hij zal het er goed afbrengen, dacht Konovalenko. Nog een paar dagen wapentraining en planning en hij kan naar Zuid-Afrika terugkeren. Hij is mijn entreebiljet tot dat land.

Sikosi Tsiki stond op om het mes met de daaraan gespietste muis te pakken. Hij liep naar de keuken en trok de muis van het mes. Hij gooide het beestje in een vuilniszak en spoelde het lemmet af. Konovalenko zat naar hem te kijken, zo nu en dan van zijn wodka drinkend.

'Een mes met een gekromd lemmet?' zei hij. 'Dat heb ik nog nooit gezien.'

'Mijn voorvaderen maakten die meer dan duizend jaar geleden al', zei Sikosi Tsiki.

'Maar waarom dat gekromde lemmet?' vervolgde Konovalenko.

'Dat weet niemand', zei Sikosi Tsiki. 'Dat is nog altijd een goed bewaard geheim. Op de dag dat dat geheim onthuld wordt verliest het mes zijn kracht.'

Meteen daarna verdween hij in zijn kamer. Konovalenko ergerde zich aan het raadselachtige antwoord dat hij gekregen had. Hij hoorde Sikosi Tsiki zijn kamerdeur op slot doen.

Konovalenko was nu alleen. Hij deed alle lichten uit, behalve de lamp die naast het tafeltje met de telefoon stond. Hij keek op zijn horloge. Halfeen. Weldra moest hij Jan Kleyn bellen. Hij luisterde of hij wat in de kelder hoorde. Geen geluid. Hij schonk nog een glas wodka in. Dat zou hij laten staan tot hij met Jan Kleyn gesproken had.

Het gesprek met Zuid-Afrika was kort.

Jan Kleyn luisterde naar Konovalenko's verzekering dat Sikosi Tsiki geen problemen zou opleveren. Ze hoefden niet aan zijn geestelijke stabiliteit te twijfelen. Toen gaf Jan Kleyn zijn orders. Hij wou dat Sikosi Tsiki op zijn laatst binnen zeven dagen naar Zuid-Afrika terugkeerde. Konovalenko moest onmiddellijk met de voorbereidingen voor het vertrek beginnen en ervoor zorgen dat de terugreis naar Johannesburg gereserveerd en bevestigd werd. Konovalenko kreeg de indruk dat Jan Kleyn haast had, dat hij onder druk stond. Hij wist natuurlijk niet of dat zo was, maar die indruk was genoeg om niet over zijn eigen reis naar Zuid-Afrika te beginnen. Het gesprek was afgelopen zonder dat hij met een woord over zijn toekomst had gerept. Daarna was hij ontevreden over zichzelf. Hij dronk het glas wodka leeg en vroeg zich af of Jan Kleyn van plan was hem een hak te zetten. Maar hij verdrong die gedachte. Bovendien was hij ervan overtuigd dat ze in Zuid-Afrika werkelijk behoefte aan zijn bekwaamheden en ervaring hadden. Hij nam nog een glas wodka en ging naar het stoepje voor de buitendeur om te plassen. Het regende. Hij keek naar de mist en was van mening dat hij toch tevreden kon zijn. Over een paar uur zou zijn meest urgente probleem opgelost zijn. Zijn opdracht zat er bijna op. Daarna zou hij tijd hebben om over zijn toekomst na te denken. In de eerste plaats of hij Tania mee naar Zuid-Afrika zou nemen of dat hij hetzelfde zou doen als met zijn vrouw, haar achterlaten.

Hij deed de deur op slot, liep naar zijn kamer en ging liggen. Hij kleedde zich niet uit, trok alleen een deken over zich heen. Tania moest vannacht alleen slapen. Hij had zijn rust nodig.

Ze lag wakker in haar kamer en hoorde dat Konovalenko zijn deur dichtdeed en zich op zijn bed uitstrekte. Ze lag stil te luisteren. Ze was bang. Diep in haar hart vermoedde ze dat het onmogelijk was om het meisje uit de kelder te halen en zonder dat Konovalenko het hoorde het huis uit te krijgen. Ze had eerder op de dag al proefgedraaid, toen Konovalenko en de Afrikaan het geweer in de grindgroeve aan het inschieten waren. Als ze zijn deur blokkeerde zou hij gewoon uit het slaapkamerraam kunnen springen. Had ze nu maar slaaptabletten gehad. Ze had ze in een van zijn flessen wodka kunnen doen, maar ze had niets anders dan zichzelf om op terug te vallen. Toch wist ze dat ze het moest proberen. Eerder op de dag had ze een koffertje met geld en kleren ingepakt. Dat had ze in de schuur verstopt. Daar had ze ook haar regenkleding en een paar laarzen neergelegd.

Ze keek op haar horloge. Kwart over een. Ze wist dat de ontmoeting met de politieman in de vroege ochtenduren zou plaatsvinden. Dan moesten zij en het meisje al een heel eind weg zijn. Zodra ze Konovalenko hoorde snurken zou ze opstaan. Ze wist dat hij licht sliep en vaak wakker werd, maar zelden het eerste halfuur nadat hij in slaap was gevallen.

Ze had nog steeds geen idee waarom ze het eigenlijk deed. Ze wist heel goed dat ze haar eigen leven op het spel zette. Maar het was alsof ze zichzelf niets uit hoefde te leggen. Er waren opdrachten die het leven zelf verstrekte.

Konovalenko draaide zich om en hoestte. Vijf voor halftwee. Er waren nachten dat hij er de voorkeur aan gaf niet te slapen, maar bovenop het bed uit te rusten. Als dit zo'n nacht was, zou ze het meisje niet kunnen helpen. Ze werd steeds banger. Dit leek haar nog bedreigender dan het gevaar dat ze zelf liep.

Om tien over halfdrie hoorde ze Konovalenko eindelijk snurken. Ze luisterde ongeveer een halve minuut. Toen stond ze voorzichtig op. Ze was volledig aangekleed. Al die tijd had ze de sleutel in haar hand geklemd gehouden voor het slot van de kettingen om de enkels van het meisje. Ze deed voorzichtig haar kamerdeur open en vermeed de krakende planken. Ze sloop de keuken binnen, knipte haar zaklantaarn aan en tilde voorzichtig het luik op. Dit was een kritiek moment; het meisje kon gaan gillen. Dat had ze nog nooit gedaan, maar dat zou nu wel eens kunnen gebeuren. Konovalenko snurkte. Ze luisterde. Daarna daalde ze voorzichtig de ladder af. Het meisje lag ineengerold. Ze had haar ogen open. Tania ging op haar hurken zitten, sprak haar fluisterend toe en streek haar over het gekortwiekte haar. Ze zei dat ze weg zouden gaan, maar dat ze heel stil moest zijn. Het meisje reageerde niet. Haar ogen stonden uitdrukkingsloos. Opeens was Tania bang dat ze zich niet zou kunnen bewegen. Zou de angst haar misschien verlamd hebben? Ze moest haar op haar zij draaien om bij het hangslot te komen. Plotseling begon het meisje te schoppen en om zich heen te slaan.

Tania kon nog net een hand op haar mond drukken om te voorkomen dat ze schreeuwde. Tania was sterk en ze drukte zo hard ze kon. Een half gesmoorde schreeuw zou voldoende zijn om Konovalenko wakker te maken. Ze rilde bij die gedachte. Konovalenko was in staat het luik dicht te spijkeren en hen in het donker achter te laten. Tania bleef fluisteren terwijl ze druk uitoefende. Het leven was inmiddels in de ogen van het meisje teruggekeerd. Misschien begreep ze het nu, dacht Tania. Voorzichtig nam ze haar hand weg, maakte het slot open en wikkelde behoedzaam de kettingen van de enkels van het meisje.

Op dat moment had ze door dat Konovalenko niet meer snurkte. Ze hield haar adem in. Het snurken kwam terug. Ze stond snel op, strekte zich uit en trok het luik dicht. Het meisje had het begrepen. Ze was overeind gekomen en ze was stil, maar in haar ogen was weer leven.

Plotseling meende Tania dat haar hart stil zou staan. Ze hoorde voetstappen in de keuken. Daar liep iemand. De voetstappen stopten. Nu doet hij het luik open, dacht ze en ze sloot haar ogen. Hij heeft me dus toch gehoord.

De bevrijding kwam in de vorm van het gerinkel van een fles. Konovalenko was opgestaan voor nog een wodka. De voetstappen verwijderden zich. Tania scheen met de zaklantaren op haar gezicht en probeerde te glimlachen. Daarna pakte ze de hand van het meisje, die ze vasthield terwijl ze wachtte. Na tien minuten deed ze voorzichtig het luik open. Konovalenko snurkte weer. Ze legde het meisje uit wat ze gingen doen. Ze zouden geluidloos naar de buitendeur lopen. Tania had overdag het slot geölied. Het moest mogelijk zijn de deur te openen zonder geluid te maken. Als het goed ging zouden ze samen vluchten. Maar als er iets mis mocht gaan zou Tania de deur openrukken en zouden ze elk een andere kant oprennen. Had ze dat begrepen? Rennen, alleen maar rennen. Er stond een vochtige mist. Dat maakte het gemakkelijker om onzichtbaar te verdwijnen. Ze moest blijven rennen en niet omkijken. Als ze een huis zag of een auto tegenkwam moest ze proberen de aandacht te trekken. Maar in de eerste plaats moest ze voor haar leven rennen.

Had ze het begrepen? Tania dacht van wel. Haar ogen stonden nu goed en ze kon haar benen bewegen, ook al was ze verzwakt en wankelig. Tania luisterde opnieuw. Toen gaf ze het meisje een knikje. Ze zouden gaan. Tania klom als eerste naar boven, luisterde en stak toen haar hand naar het meisje uit. Plotseling had ze haast. Tania moest zich inhouden om de ladder niet te laten kraken. Voorzichtig stapte het meisje op de keukenvloer. Ze kneep haar ogen dicht hoewel het licht zwak was. Ze is bijna blind, dacht Tania. Ze hield haar stevig bij de arm vast. Konovalenko snurkte. Daarna liepen ze naar de hal en de buitendeur, stapje voor stapje, o zo langzaam. Voor de entree naar de hal hing een gordijn. O zo voorzichtig trok Tania het opzij, terwijl het meisje aan haar arm hing. Toen waren ze bij de deur. Tania merkte dat ze door en door nat was van het zweet. Haar handen beefden toen ze de sleutel omdraaide. Tegelijk had ze hoop dat het zou lukken. Ze draaide de sleutel om. Er was een punt, een weerstand, waar je een klik hoorde als je te snel draaide. Ze voelde de weerstand in de sleutel en draaide zo behoedzaam mogelijk door. Toen was ze over het kritieke punt heen. Er was geen geluid geweest. Ze knikte tegen het meisje en deed de deur open.

Op dat moment hoorde ze een klap achter zich. Ze schrok en draaide zich om. Het meisje had tegen de paraplubak gestoten. Die was omgevallen. Tania hoefde niet te luisteren om te weten wat er gebeurde. Ze rukte de deur open, duwde het meisje de regen en de mist in en schreeuwde dat ze moest rennen. Het meisje scheen eerst verlamd, maar Tania duwde haar weg en daarop begon ze te rennen. Binnen een paar seconden was ze door het grijs opgeslokt.

Tania wist dat het voor haarzelf te laat was. Toch wilde ze het proberen. Wat ze vooral niet wilde was omkijken. Ze rende de andere kant op in een poging om Konovalenko toch nog af te leiden, hem onzeker te maken in welke richting het meisje gevlucht was en zo nog een paar kostbare seconden te winnen.

Tania was tot halverwege het erf gekomen toen Konovalenko haar inhaalde.

'Wat voer je uit?' riep hij. 'Ben je ziek?'

Ze begreep dat Konovalenko nog niet gezien had dat het luik openstond. Pas als ze weer in huis waren zou hij begrijpen wat er gebeurd was. Het meisje had voldoende voorsprong. Konovalenko kon haar nooit vinden.

Tania voelde hoe moe ze was.

Maar ze wist dat ze het juiste gedaan had.

'Ik voel me niet lekker', zei ze en deed of ze duizelig was.

'Kom, we gaan weer naar binnen', zei Konovalenko.

'Nog even', zei Tania. 'Ik heb behoefte aan frisse lucht.'

Ik geef haar wat ik kan, dacht ze. Iedere ademhaling betekent een extra voorsprong. Voor mij is alles nu voorbij.

Ze rende door de nacht. Het regende. Ze had geen idee waar ze was, ze rende alleen maar. Soms viel ze, maar dan stond ze meteen weer op en rende verder. Ze kwam bij een akker. Om haar heen schoten verschrikte hazen alle kanten op. Ze voelde zich als een van hen, zelf een opgejaagd dier. De klei zoog aan haar schoenen. Ten slotte deed ze ze uit en rende op kousenvoeten verder. Er leek geen einde aan de akker te komen. Alles verdween in de mist. Er waren alleen de hazen en zij. Eindelijk bereikte ze een weg, ze kon niet meer. Ze liep nu op een grindweg.

De scherpe kiezels die in haar voetzolen sneden deden pijn. Maar ook aan de grindweg kwam een einde en nu stond ze bij een asfaltweg. De witte middenstreep lichtte op. Ze wist niet welke kant ze op moest. Maar ze liep. Nog durfde ze niet te denken aan wat er gebeurd was. Nog was het alsof zich ergens achter haar een onzichtbaar kwaad bevond. Het was geen mens, geen dier, meer een koude, constante windvlaag en ze bleef lopen.

Toen kwamen er een paar koplampen naderbij. Een man was bij zijn vriendin geweest en ze hadden 's nachts ruzie gekregen. Hij was naar huis gegaan. Hij dagdroomde dat hij, als hij geld had gehad, weg kon gaan. Ergens heen. Ver weg. De ruitenwissers deden hun werk, het zicht was slecht. Plotseling zag hij iets voor zijn auto. Eerst meende hij dat het een dier was en hij minderde vaart. Daarna stopte hij. Het was een mens. Hij kon zijn ogen niet geloven. Een jong meisje, zonder schoenen, onder de modder, met afgeknipt haar. Misschien was er een ongeluk gebeurd, dacht hij. Hij zag dat ze midden op de weg ging zitten. Langzaam stapte hij uit zijn auto en liep op haar toe. 'Wat is er gebeurd?' vroeg hij.

Hij zag geen bloed. Ook geen auto die de greppel ingereden was. Hij tilde haar op en droeg haar naar zijn auto. Ze kon nauwelijks op haar benen staan.

'Wat is er gebeurd?' vroeg hij opnieuw.

Maar hij kreeg geen antwoord.

Om kwart voor twee verlieten Sten Widén en Svedberg de flat in Ystad. Het regende toen ze in Svedbergs auto stapten. Drie kilometer buiten de stad merkte Svedberg dat hij een lekke achterband had. Hij reed de berm in en was bang dat de reserveband ook kapot zou zijn. Maar toen ze de band wisselden bleef de lucht erin. De lekke band had hun tijdschema in de war gestuurd. Svedberg was ervan uitgegaan dat Wallander bij het huis zou zijn voordat het te licht werd. Daarom moesten ze ruim voor hem ter plaatse zijn om niet tegen elkaar aan te lopen. Het was inmiddels drie uur geworden toen ze de auto achter een dicht bosje op een afstand van meer dan een kilometer van de grindgroeve en de boerderij parkeerden. Ze hadden haast en bewogen zich snel voort door de mist. Ze passeerden een akker aan de noordelijke kant van de grindgroeve. Svedberg had voorgesteld dat ze het huis zo dicht als ze waagden zouden naderen. Maar omdat ze niet wisten van welke kant Wallander zou komen, moesten ze ook de zijkanten in de gaten kunnen houden om zelf niet gezien te worden. Ze hadden geprobeerd zich in te denken van welke kant Wallander de boerderij zou naderen. Ze hadden allebei gemeend dat het van de westkant zou zijn. Daar was het terrein geaccidenteerd. Daar groeide het hoge en dichte struikgewas helemaal tot aan het erf. Met dit als uitgangspunt besloten ze het huis van de oostzijde te naderen. Svedberg had gezien dat er op een smalle strook grond tussen twee weilanden een oude hooiberg stond. Zo nodig konden ze zich in de hooiberg ingraven. Om halfvier hadden ze hun post betrokken. Beiden hadden hun geladen wapens onder handbereik.

Het huis was door de mist heen net zichtbaar. Alles was stil. Zonder dat hij wist waarom kreeg Svedberg het gevoel dat er iets niet klopte. Hij pakte zijn verrekijker, veegde de lens schoon en liet zijn blik langzaam over de gevel glijden. In een raam dat waarschijnlijk van de keuken was brandde licht. Hij zag niets ongewoons. Hij kon zich niet voorstellen dat Konovalenko sliep. Hij moest ginds ergens zijn, geluidloos wachtend. Misschien wel buitenshuis.

Ze wachtten, tot het uiterste gespannen, elk in zijn eigen wereld.

Het was Sten Widén die Wallander ontdekte. Het was intussen vijf uur geworden. Zoals ze verwacht hadden, dook hij aan de westkant van het huis op. Widén, die scherp kon zien, dacht eerst aan een haas of een ree tussen de struiken. Maar toen twijfelde hij, hij raakte voorzichtig Svedbergs arm aan en wees. Svedberg pakte zijn verrekijker. Tussen de struiken ving hij een glimp van Wallanders gezicht op.

Niemand wist wat er nu ging gebeuren. Hield Wallander zich aan zijn afspraak met Konovalenko? Of zou hij proberen hem te overrompelen? En waar was Konovalenko? En de dochter van Wallander?

Ze wachtten. Nergens een beweging in het huis. Sten Widén en Svedberg wisselden elkaar af bij het kijken naar het onbeweeglijke gezicht van Wallander. Opnieuw kreeg Svedberg het gevoel dat er iets niet klopte. Hij keek op zijn horloge. Zo meteen zou Wallander al een uur in de struiken liggen. Nog steeds geen beweging in het huis.

Plotseling gaf Sten Widén de kijker aan Svedberg. Wallander had zich opgericht. Hij kronkelde met snelle bewegingen op het huis toe en drukte zich vervolgens plat tegen de gevel aan. Hij had een pistool in zijn hand. Hij is dus van plan Konovalenko uit te dagen, dacht Svedberg en voelde een knoedel in zijn maag, maar ze konden niets doen, alleen afwachten. Sten Widén had zijn geweer tegen zijn wang gelegd en richtte. Wallander sprong op zijn hurken verder om uit het zicht van de ramen te blijven en naderde de voordeur. Svedberg zag dat hij luisterde. Toen voelde Wallander voorzichtig aan de deurknop. De deur was niet op slot. Zonder zich te bedenken rukte hij hem open en rende naar binnen. Op hetzelfde moment kropen Sten Widén en Svedberg de hooiberg uit.

Ze hadden niets afgesproken, het enige wat ze wisten was dat ze in Wallander in zijn kielzog moesten volgen. Ze renden naar de hoek van het huis en zochten dekking. Het was nog steeds volkomen stil in het huis. Svedberg begreep ineens het voorgevoel dat hij had gehad.

Het huis was verlaten. Er was niemand.

'Ze zijn weg', zei hij tegen Sten Widén. 'Er is niemand.'

Sten Widén keek hem niet-begrijpend aan.

'Hoe weet je dat?'

'Dat weet ik gewoon', antwoordde Svedberg en verliet de beschutting van het huis.

Hij riep Wallanders naam.

Wallander verscheen op de stoep. Hij scheen niet verbaasd hen te zien.

'Ze is weg', zei hij.

Ze zagen dat hij heel moe was. Misschien was hij de grens van uitputting al gepasseerd en kon hij ieder moment in elkaar klappen.

Ze gingen het huis binnen en probeerden de sporen te duiden. Sten Widén, die geen politieman was, hield zich op de achtergrond, terwijl Svedberg en Wallander door het huis liepen. Wallander repte er met geen woord over dat ze hem naar de boerderij gevolgd waren. Svedberg vermoedde dat hij diep in zijn hart geweten had dat ze hem niet in de steek zouden laten. Misschien was hij hun in feite ook dankbaar.

Het was Svedberg die Tania vond. Hij had de deur van een van de slaapkamers opengedaan en keek naar het onbeslapen bed. Welke impuls hem dreef wist hij niet, maar hij bukte zich en keek onder het bed. Daar lag ze. Een kort gruwelijk moment dacht hij dat het Wallanders dochter was. Toen zag hij dat het een andere vrouw was. Voordat hij vertelde wat hij gevonden had keek hij snel eerst onder de andere bedden. Hij deed de vrieskist open en keek in klerenkasten. Pas toen hij zeker wist dat Wallanders dochter niet ergens verstopt was, liet hij zien wat hij gevonden had. Ze tilden het bed opzij. Sten Widén bleef op de achtergrond. Toen hij haar hoofd zag draaide hij zich om, liep het erf op en gaf over.

Ze had geen gezicht meer. Alleen een bloederige massa waarin geen details te onderscheiden waren. Svedberg haalde een handdoek en spreidde die over haar gezicht. Daarna onderzocht hij haar lichaam. Hij vond vijf schotwonden. Ze vormden een patroon en dat maakte hem nog misselijker dan hij al was. Ze was door haar beide voeten geschoten, daarna door haar handen en ten slotte door haar hart.

Ze vervolgden zwijgend hun zoektocht door het huis. Niemand zei wat. Ze deden het luik van de kelder open en daalden af. Svedberg kon nog net de ketting verbergen waarmee Wallanders dochter vastgeklonken had gezeten, naar hij aannam. Maar Wallander wist dat Konovalenko haar hier in het donker vastgehouden had. Svedberg zag dat hij zijn kaken op elkaar klemde. Hij vroeg zich af hoelang Wallander het nog vol zou houden. Ze gingen weer naar de keuken. Daar ontdekte Svedberg een grote ketel met bloedrood water. Toen hij er zijn vinger instak was het water nog lauw. Hij begreep zo ongeveer wat er gebeurd was. Langzaam liep hij nog een keer door het huis heen en probeerde de verschillende sporen te duiden, hun te ontfutselen wat er gebeurd was. Ten slotte stelde hij voor om te gaan zitten. Wallander was nu zo goed als apathisch. Svedberg dacht lang en diep na. Zou hij het durven? De verantwoording was groot, maar ten slotte nam hij een besluit.

'Ik weet niet waar je dochter is', zei hij. 'Maar ze leeft, daar ben ik zeker van.'

Wallander keek hem zonder iets te zeggen aan.

'Ik denk dat het als volgt gegaan is', vervolgde Svedberg. 'Ik ben er natuurlijk niet zeker van, maar ik probeer de sporen te duiden, ze met elkaar in verband te brengen en te kijken of ze een verhaal vertellen. Ik denk dat de dode vrouw geprobeerd heeft je dochter te helpen vluchten. Of haar dat gelukt is weet ik niet. Misschien is Linda ontsnapt, misschien heeft Konovalenko haar tegen kunnen houden. Er zijn tekenen die op beide mogelijkheden wijzen. Konovalenko heeft Tania op zo'n sadistische, dolgedraaide manier gedood dat die erop kan duiden dat je dochter ontkomen is. Het kan ook een reactie geweest zijn omdat Tania geprobeerd heeft Linda te helpen. Tania heeft zijn vertrouwen beschaamd en dat was voldoende om zijn blijkbaar grenzeloze kwaadaardigheid op haar bot te vieren. Hij heeft haar gezicht in heet water verbrand. Daarna heeft hij haar door haar voeten geschoten, vanwege de vlucht, vervolgens door haar handen en ten slotte door haar hart. Ik wil liever niet aan haar laatste uur op aarde denken. Daarna is hij vertrokken. Dat zou er weer op kunnen wijzen dat je dochter ontkomen is. Als ze heeft kunnen vluchten kon Konovalenko het huis niet langer als veilig beschouwen. Maar het kan ook zijn dat Konovalenko bang was dat de schoten gehoord zijn. Zo denk ik dat het gebeurd is, maar natuurlijk kan het ook heel anders gegaan zijn.'

Het was inmiddels zeven uur geworden. Geen van hen zei wat.

Toen stond Svedberg op en liep naar de telefoon. Hij belde Martinson en moest even wachten omdat die in de badkamer was.

'Doe me een plezier', zei Svedberg. 'Ga naar het spoorwegstation in Tomelilla. Ik ben daar over een uur. Zeg tegen niemand waar je naartoe gaat.'

'Begin jij ook al vreemd te doen?' vroeg Martinson.

'Nee, dat niet', antwoordde Svedberg. 'Maar dit is erg belangrijk.'

Hij legde de hoorn op de haak en keek naar Wallander.

'Het enige wat je nu kunt doen is gaan slapen. Ga met Sten mee naar huis. We kunnen je ook naar je vader brengen.'

'Hoe zou ik kunnen slapen?' zei Wallander afwezig.

'Door te gaan liggen', zei Svedberg. 'Je moet doen wat ik zeg. Als je van enig nut voor je dochter wilt zijn moet je eerst slapen. Zoals je nu bent ben je ons alleen maar tot last.'

Wallander knikte.

'Ik denk dat ik het beste naar mijn vader kan gaan', zei hij.

'Waar staat de auto?' vroeg Sten Widén.

'Ik ga hem wel even halen. Ik heb frisse lucht nodig.'

Hij ging weg. Svedberg en Sten Widén keken elkaar aan, te moe en te geschokt om te praten.

'Ik ben blij dat ik niet bij de politie ben', zei Sten Widén toen de Duett het erf opreed. Hij knikte met zijn hoofd naar de kamer waar Tania lag.

'Bedankt voor je hulp', zei Svedberg.

Hij zag hen wegrijden.

Hij vroeg zich af wanneer er een einde aan de nachtmerrie zou komen.

Sten Widén stopte en liet Wallander uitstappen. Ze hadden de hele weg geen woord gewisseld.

'Ik bel je vandaag nog', zei Sten Widén.

Hij keek Wallander na die langzaam op het huis toeliep. Arme drommel, dacht hij. Hoelang houdt hij het nog vol?

Wallanders vader zat aan de keukentafel. Hij was ongeschoren en Wallander rook dat hij zich nodig moest wassen. Hij ging tegenover hem zitten.

Zo bleven ze een hele tijd zwijgend zitten.

'Ze slaapt', zei zijn vader ten slotte.

Wallander hoorde nauwelijks wat hij zei.

'Ze ligt rustig te slapen', herhaalde zijn vader.

De woorden drongen langzaam tot het doffe hoofd van Wallander door. Wie sliep?

'Wie?' vroeg hij.

'Ik heb het over mijn kleinkind', zei zijn vader.

Wallander staarde hem aan. Lang. Toen stond hij op en liep naar de slaapkamer. Langzaam deed hij de deur open.

Linda lag te slapen. Haar haar was aan een kant afgeknipt. Maar ze was het. Wallander bleef doodstil in de deuropening staan. Daarna liep hij naar het bed en ging op zijn hurken zitten. Hij deed niets, keek alleen maar. Hij wilde niet weten hoe het gebeurd was, hij wilde niet weten wat er gebeurd was of hoe ze thuis was gekomen. Hij wilde alleen naar haar kijken. In zijn achterhoofd wist hij dat Konovalenko nog vrij rondliep. Maar op dit moment was de man niet van belang. Alleen zij.

Daarna ging hij naast het bed op de grond liggen. Hij rolde zich ineen en sliep. Zijn vader legde een deken over hem heen en trok de deur dicht. Toen ging hij naar zijn atelier om te schilderen. Hij had zijn gebruikelijke onderwerp weer opgevat. Hij legde de laatste hand aan een auerhaan.

Martinson arriveerde even na acht uur bij het station van Tomelilla. Hij stapte uit zijn auto en zei Svedberg gedag.

'Wat is er zo belangrijk?' vroeg hij en maakte er geen geheim van dat hij geïrriteerd was.

'Dat zal ik je laten zien,' antwoordde Svedberg, 'maar ik waarschuw je dat het geen aangenaam gezicht is.'

Martinson fronste zijn voorhoofd.

'Wat is er gebeurd?'

'Konovalenko', antwoordde Svedberg. 'Hij heeft opnieuw toegeslagen. We hebben weer een dode. Een vrouw.'

'O, mijn god!'

'Rij achter me aan', zei Svedberg. 'We hebben een hoop te bepraten.'

'Heeft het iets met Wallander te maken?' vroeg Martinson.

Svedberg hoorde hem niet. Hij liep al naar zijn auto.

Pas naderhand kreeg Martinson te horen wat er gebeurd was.

30

Zondagmiddag laat knipte ze haar haar.

Op die manier geloofde ze de boze herinnering uit te kunnen bannen. Daarna begon ze te vertellen. Wallander had tevergeefs voorgesteld dat ze naar een dokter zou gaan. Maar ze had nee gezegd.

'Het haar groeit vanzelf weer aan', had ze geantwoord. 'Geen dokter kan het sneller laten groeien dan het wil.'

Wallander vreesde voor wat er komen ging. Hij was bang dat zijn dochter hem de schuld zou geven van wat ze doorgemaakt had. Hij kon zich moeilijk verdedigen. Het wás zijn schuld. Hij had haar erbij betrokken. Het was niet eens per ongeluk gegaan. Maar ze vond dat ze op dat moment geen dokter nodig had en hij wilde haar niet overhalen.

Eén keer, die woensdag, begon ze te huilen. Het gebeurde totaal onverwachts, net toen ze aan tafel zouden gaan. Ze keek hem aan en vroeg wat er met Tania gebeurd was. Hij draaide er niet omheen, zei dat ze dood was. Maar hij vertelde niet dat Konovalenko haar gemarteld had. Wallander hoopte dat de kranten terughoudend zouden zijn in hun berichtgeving. Hij zei ook dat ze Konovalenko nog niet gearresteerd hadden.

'Maar hij is op de vlucht', zei hij. 'Opgejaagd. Hij kan niet meer op zijn eigen manier tot de aanval overgaan.'

Wallander geloofde niet dat het helemaal waar was wat hij zei. Konovalenko was nog steeds even gevaarlijk. Hij wist ook dat hij er zelf nog een keer op uit zou moeten om hem te vinden. Maar nog niet, deze woensdag niet, nu zijn dochter uit het donker, de stilte, de angst naar hem teruggekeerd was.

Eén keer sprak hij die woensdagavond met Svedberg. Wallander vroeg hem de komende nacht nog te gunnen om te slapen en na te denken. Donderdag zou hij zich melden. Svedberg vertelde van het onderzoek dat in volle gang was. Van Konovalenko geen spoor.

'Maar hij is niet alleen', zei Svedberg. 'Er was nog iemand in dat huis. Rykoff is dood. Tania eveneens. Eerder stierf er al een man die Victor Mabasha heette. Konovalenko zou alleen moeten zijn, maar dat is hij niet. De vraag is alleen wie het is.'

'Ik weet het niet', zei Wallander. 'Een nieuwe onbekende handlanger?'

Direct na Svedberg belde Sten Widén. Wallander nam aan dat Svedberg en hij contact met elkaar hielden. Sten Widén vroeg hoe het met zijn dochter ging. Wallander zei dat ze het wel zou redden.

'Ik moet almaar aan die vrouw denken', zei Sten Widén. 'Ik probeer te begrijpen hoe iemand een medemens zou iets aan kan doen.'

'Zulke mensen bestaan', antwoordde Wallander. 'En helaas meer dan we eigenlijk willen geloven.'

Toen Linda sliep, ging Wallander naar het atelier waar zijn vader stond te schilderen. Hij wist natuurlijk dat het maar een tijdelijke gemoedstoestand kon zijn, maar hij meende toch dat ze tijdens de gebeurtenissen van de laatste dagen gemakkelijker met elkaar hadden kunnen praten. Hij vroeg zich ook af hoeveel zijn tachtigjarige vader begreep van wat er allemaal gebeurd was.

'Blijft u erbij dat u wilt trouwen?' vroeg Wallander, die op een krukje in het atelier was gaan zitten.

'Over ernstige dingen maak je geen grapjes', antwoordde zijn vader. 'In juni trouwen we.'

'Mijn dochter heeft een uitnodiging ontvangen, maar ik niet', zei Wallander.

'Die komt nog.'

'Waar trouwen jullie?'

'Hier.'

'Hier? In uw atelier?'

'Waarom niet? Ik ben van plan een grote achtergrondhorizon te schilderen.'

'Wat zegt Gertrud daarvan?'

'Het is haar voorstel.'

Zijn vader draaide zich om en glimlachte tegen hem. Wallander barstte in lachen uit. Hij kon zich niet herinneren wanneer hij voor het laatst gelachen had.

'Gertrud is een bijzondere vrouw', zei zijn vader.
'Dat moet wel', zei Wallander.

Donderdagochtend werd Wallander uitgeslapen wakker. Zijn vreugde dat zijn dochter niets was overkomen schonk hem nieuwe energie. De hele tijd zat Konovalenko in zijn achterhoofd. Hij kon nu weer achter hem aan.

Tegen achten belde Wallander Björk. Hij had zijn uitvluchten nauwkeurig voorbereid.

'Kurt', zei Björk. 'Lieve hemel! Hoe gaat het met je? Waar ben je? Wat is er gebeurd?'

'Ik heb een lichte zenuwinzinking gehad', zei Wallander en probeerde geloofwaardig over te komen door zacht en langzaam te praten. 'Maar ik ben nu beter. Ik heb alleen nog een paar dagen rust en kalmte nodig.'

'Natuurlijk moet je je ziek melden', zei Björk beslist. 'Ik weet niet of je gehoord hebt dat we een opsporingsbericht hebben laten uitgaan. Heel vervelend allemaal. Maar het kon niet anders. Ik zal het onmiddellijk intrekken. We sturen een persbericht uit. De verdwenen hoofdinspecteur is na een korte ziekte teruggekeerd. Waar ben je trouwens?'

'In Kopenhagen', loog Wallander.

'Wat voer je daar in godsnaam uit?'

'Ik logeer in een klein hotelletje om uit te rusten.'

'En je bent zeker niet van plan te zeggen hoe dat hotelletje heet? Of waar het ligt?'

'Liever niet.'

'We hebben je zo snel mogelijk nodig. Maar wel gezond. Er gebeuren hier de vreselijkste dingen. Martinson, Svedberg en wij allemaal voelen ons hulpeloos zonder jou. We zullen assistentie aan Stockholm moeten vragen.'

'Vrijdag ben ik terug. En een ziekmelding is niet nodig.'

'Je weet niet hoe opgelucht ik ben. We hebben ons ontzettend ongerust gemaakt. Wat is er destijds in die mist eigenlijk gebeurd?'

'Je krijgt een rapport. Ik ben er vrijdag weer.'

Hij maakte een einde aan het gesprek en dacht na over wat Svedberg gezegd had. Wie was die onbekende persoon? Wie was het die nu als Konovalenko's schaduw fungeerde? Hij lag op zijn rug in bed en staarde naar het plafond. Langzaam ging hij alles na wat er gebeurd was sinds de dag dat Robert Åkerblom zijn kamer binnen was gekomen. Hij herinnerde zich eerdere samenvattingen die hij had geprobeerd te maken en liep nog een keer het pad traject na van alle elkaar kruisende sporen. Opnieuw dat gevoel dat hij aan een onderzoek bezig was dat hem voortdurend dreigde te ontglippen. Hij wist nog steeds het *waarom* niet. Waar de oorsprong lag van alles wat er gebeurde. Ik ken nog steeds de eigenlijke reden niet, dacht hij.

Laat in de middag belde hij Svedberg.

'We hebben niets kunnen vinden waaruit blijkt waar ze naartoe gegaan zijn', antwoordde Svedberg op Wallanders vraag. 'Het is allemaal even duister. Aan de andere kant geloof ik wel dat mijn theorie, over wat er vannacht gebeurd is, klopt. Er is geen andere aannemelijke verklaring.'

'Ik heb je hulp nodig', zei Wallander. 'Ik moet vanavond nog naar dat huis.'

'Je bedoelt toch niet dat je nog een keer in je eentje achter Konovalenko aan wilt gaan?' vroeg Svedberg verschrikt.

'O nee,' antwoordde Wallander, 'maar mijn dochter is een sieraad kwijtgeraakt toen ze gevangenzat. Hebben jullie dat niet gevonden?'

'Niet dat ik weet.'

'Wie bewaakt het huis vanavond?'

'Waarschijnlijk een surveillancewagen die zo nu en dan langs gaat.'

'Kun je die auto daar een paar uur, tussen negen uur en elf uur, weghouden? Ik ben officieel in Kopenhagen, zoals je misschien van Björk gehoord hebt.'

'Ja', zei Svedberg.

'Hoe kom ik binnen?' vroeg Wallander.

'We hebben een reservesleutel in een afvoerpijp gevonden. Als je met je gezicht naar het huis staat rechts. Die ligt er nog.'

Naderhand vroeg Wallander zich af of Svedberg hem werkelijk op zijn woord geloofd had. Het was een wel heel doorzichtige smoes: naar een sieraad zoeken. Als het er was, had de politie het natuurlijk gevonden. Hij wist niet wat hij er dacht te vinden. Svedberg had het afgelopen jaar bewezen een knap speurder op de plaats van het misdrijf te zijn. Wallander vermoedde dat Svedberg wellicht eens Rydbergs niveau zou benaderen. Als er iets belangrijks was geweest, zou Svedberg het ontdekt hebben. Het enige wat Wallander nog kon doen was misschien een nieuwe samenhang vinden.

Maar hij moest daarvoor op de plek zelf beginnen. Het lag nog het meest voor de hand dat Konovalenko en de onbekende handlanger naar Stockholm waren teruggekeerd. Maar dat stond niet vast.

Hij reed om halfnegen naar Tomelilla. Het was warm en hij had het raampje opengedaan. Ineens schoot het door hem heen dat hij het nog niet met Björk over zijn vakantie had gehad.

Hij zette de auto op het erf en zocht naar de sleutel. Eenmaal in huis deed hij alle lichten aan. Hij keek om zich heen en wist op slag niet waar hij moest beginnen. Hij liep door het huis en probeerde er voor zichzelf achter te komen wat hij eigenlijk zocht. Een spoor dat naar Konovalenko leidde. Een reisbestemming. Een aanduiding wie de onbekende handlanger was. Een aanwijzing die eindelijk prijsgaf wat erachter stak. Hij ging in een stoel zitten en dacht na, nadat hij een eerste ronde door de kamers had gemaakt. Tegelijkertijd liet hij zijn blik ronddwalen. Hij zag niets wat eruit sprong of op een andere manier de aandacht trok. Hier is niets te vinden, dacht hij. Zelfs als Konovalenko haast heeft gehad om weg te komen, heeft hij geen sporen achtergelaten. Die asbak in Stockholm was een uitzondering op de regel. Zoiets gebeurt maar één keer.

Hij stond op en liep opnieuw door het huis, langzamer nu en oplettender. Zo nu en dan bleef hij staan, tilde een tafelkleed op, bladerde in tijdschriften, voelde onder de zittingen van stoelen. Nog altijd niets. Hij ging naar de slaapkamers, de kamer waar ze Tania gevonden hadden bewaarde hij voor het laatst. Niets. In de vuilniszak die Svedberg natuurlijk al doorzocht had lag een dode muis. Wallander prikte erin met een vork en zag dat hij niet door een muizenval gedood was. Iemand had hem doodgestoken. Met een mes, dacht hij. Konovalenko is iemand die zich helemaal op vuurwapens concentreert. Hij is geen man voor messen. Misschien dat zijn handlanger de muis gedood heeft. Hij herinnerde zich dat Victor Mabasha messen had gehad. Maar die was dood, die lag in het lijkenhuis. Wallander ging de keuken uit en liep de badkamer in. Konovalenko had geen sporen achtergelaten. Hij liep naar de woonkamer terug en ging weer zitten. Hij koos een andere stoel om vanuit een andere hoek om zich heen te kijken. Waar het om ging was iets te vinden. Hij haalde diep adem en maakte een nieuwe ronde door het huis. Niets. Toen hij weer ging zitten was het kwart over tien geworden. Hij moest nu gauw weg. De tijd vloog om.

De mensen die hier ooit gewoond hadden, waren heel netjes en ordelievend geweest. Alle voorwerpen, meubelen, lampen en dergelijke waren volgens een weldoordacht plan opgesteld. Hij zocht naar iets wat die ordening doorbrak. Na een poosje bleef zijn blik rusten op een boekenkast tegen een van de muren. De ruggen van de boeken vormden een rechte rij. Behalve die op de onderste plank. Daar stak een van de ruggen naar voren. Hij stond op en trok het boek uit de kast. Het was een atlas van Zweden. Hij zag een hoekje van het omslag tussen een paar bladzijden steken. Hij sloeg de atlas open en het bleek om een landkaart van Oost-Zweden te gaan, een stukje van Småland, Kalmar Län en Öland. Hij bekeek de kaart aandachtig. Daarna ging hij aan een tafeltje zitten en stelde de lamp bij. Op een paar plaatsen zag hij vage afdrukken van een potlood. Alsof iemand met een potlood in de hand een weg had gevolgd en daarbij zo nu en dan het papier aangeraakt. Een van die vage afdrukken lag bij het begin van de Ölandbrug in Kalmar. Helemaal onderaan de bladzijde, ongeveer ter hoogte van Blekinge, vond hij nog een afdruk. Hij dacht even na. Daarna sloeg hij de kaart van Skåne op. Daar waren geen afdrukken te vinden. Hij keerde naar de eerste kaart terug. Het zwakke potloodspoor volgde de kustweg naar Kalmar. Hij legde de atlas weg en ging naar de keuken om Svedberg thuis te bellen.

'Ik ben op de boerderij', zei hij. 'Als ik Öland zeg, wat zeg jij dan?'

Svedberg dacht na.

'Niets', zei hij.

'Je heb geen notitieboekje gevonden toen je het huis doorzocht? Geen agenda met telefoonnummers?'

'Tania had een zakagenda in haar handtasje,' zei Svedberg, 'maar daar stond niets in.'

'Geen losse papiertjes?'

'Als je in de houtkachel kijkt, zie je dat er papieren zijn verbrand', antwoordde Svedberg. 'We hebben de as onderzocht. Niets gevonden. Waarom heb je het over Öland?'

'Ik heb een atlas gevonden', zei Wallander. 'Maar het heeft vast niets te betekenen.'

'Konovalenko is natuurlijk naar Stockholm teruggegaan', zei Svedberg. 'Ik denk dat hij zijn buik vol heeft van Skåne.'

'Daar heb je vast gelijk in', zei Wallander. 'Sorry dat ik je gestoord heb. Ik ga hier zo meteen weg.'

'Geen problemen met de sleutel?'

'Die lag waar je gezegd had.'

Wallander zette de atlas weer in de boekenkast. Svedberg had waarschijnlijk gelijk. Konovalenko was naar Stockholm teruggekeerd. Hij ging naar de keuken om wat water te drinken. Zijn blik viel op het telefoonboek dat onder de telefoon lag. Hij pakte het en sloeg het open.

Iemand had aan de binnenkant een adres geschreven: *Hemmansvägen 14*. Met potlood. Hij dacht even na. Belde inlichtingen. Toen er opgenomen werd vroeg hij om het nummer van een abonnee die Wallander heette en op Hemmansvägen 14 in Kalmar moest wonen.

'Er woont niemand van de naam Wallander op het door u gevraagde adres', zei de telefoniste even later.

'Misschien dat het nummer op naam van zijn chef staat', zei Wallander. 'Maar diens naam is me ontschoten.'

'Kan het Edelman zijn?' vroeg de telefoniste.

'Inderdaad', zei Wallander.

Hij kreeg het nummer, bedankte en hing op. Daarna bleef hij roerloos staan. Kon dit echt waar zijn? Had Konovalenko nog een toevluchtsoord, dit keer op Öland?

Hij deed de lichten uit, sloot af en legde de sleutel weer in de afvoerpijp. Er stond een zwakke wind. De avond was voorjaarswarm. De beslissing formuleerde zichzelf. Hij reed weg, naar Öland.

Hij stopte in Brösarp en belde naar huis. Zijn vader nam op.

'Ze slaapt', zei hij. 'We hebben zitten kaarten.'

'Ik kom vannacht niet naar huis', zei Wallander. 'Maar jullie moeten je niet ongerust maken. Ik moet een achterstand inhalen, een heleboel routinekarweitjes opknappen. Ze weet dat ik graag 's nachts werk. Ik bel morgenochtend weer.'

'Je komt wanneer je komt', zei zijn vader.

Wallander hing op en vond dat hun verhouding ondanks alles toch verbeterd was. De toon tussen hen was veranderd. Hopelijk bleef het zo. Misschien kwam er uit al deze ellende toch nog iets goeds voort.

Om vier uur in de ochtend bereikte hij de Ölandsbrug. Twee keer was hij onderweg gestopt. Een keer om te tanken en een keer om even te slapen. Nu hij er was, voelde hij geen vermoeidheid meer. Hij keek naar de machtige brug die zich voor hem verhief en naar het water dat glinsterde in de ochtendzon. Op de parkeerplaats vond hij in een telefooncel een half gescheurd telefoonboek. Hemmansvägen lag aan de overkant. Voordat hij de brug opreed pakte hij zijn pistool uit het handschoenenkastje en controleerde of het geladen was. Hij herinnerde zich ineens die keer, vele jaren geleden, dat hij met zijn zuster Kristina en zijn ouders op Öland en in Alvaret was geweest. Toen had er nog geen brug gelegen. Hij had een vage herinnering aan de kleine veerboot die hen naar de andere kant had gebracht. Ze hadden een week met de tent op een camping gestaan. Hij herinnerde zich de week meer als een licht gevoel dan als een aaneenschakeling van belevenissen. Een vaag gevoel van iets wat verloren was gegaan nam even bezit van hem. Vervolgens dacht hij weer aan Konovalenko. Hij probeerde zich voor te houden dat hij het waarschijnlijk mis had. De potloodafdrukken en het opgetekende adres hoefden niet van de hand van Konovalenko te zijn. Weldra zou hij weer op de terugweg naar Skåne zijn.

Aan het eind van de Ölandsbrug stopte hij. Er stond een grote plattegrond van het eiland; die bestudeerde hij. Hemmansvägen was een zijweg vlakbij de ingang van de diergaarde. Hij stapte weer in zijn auto en sloeg rechtsaf. Er was nog weinig verkeer. Na een paar minuten zag hij de juiste oprit. Die kwam uit op een kleine parkeerplaats. De omgeving was voor autoverkeer afgesloten. Aan Hemmansvägen lag een allegaartje van nieuwe en oudere villa's, allemaal met grote tuinen. Hij ging te voet verder. Bij het eerste huis zat een 3 op het hek. Een hond bekeek hem wantrouwig door de spijlen van het tuinhek. Hij liep verder en telde af welk huisnummer 14 moest zijn. Het was een van de oudere villa's met een erker en voorzien van met zorg uitgesneden houten details. Hij liep dezelfde weg terug. Hij wilde proberen het huis van de tuinzijde te naderen. Hij kon geen risico's nemen. Konovalenko en zijn onbekende medereiziger zouden hier kunnen zijn.

Aan de achterkant van de huizen lag een sportveld. Hij klom over het hek langs het veld en haalde een broekspijp op zijn dijbeen open. Aan het oog onttrokken door een houten tribune naderde hij de villa. Die was geel, had twee verdiepingen en een torentje op een van de hoeken. Tegen het hek langs het sportveld stond een vervallen worstjeskraam. In gebukte houding rende hij van de tribune naar de spaanplaten kraam. Daar haalde hij zijn pistool uit zijn zak. Toen bleef hij vijf minuten roerloos naar het huis staan kijken. Alles was doodstil. In een hoek van de tuin stond een gereedschapsschuurtje. Daar zou hij zich verstoppen. Hij keek nog even naar de villa. Vervolgens liet hij zich voorzichtig op zijn knieën zakken en kroop langs het hek naar de schuur. Het hek was wiebelig en het viel hem niet mee om eroverheen te klimmen. Bijna viel hij achterover, maar hij hervond zijn evenwicht en sprong in de smalle ruimte tussen de schuur en het hek. Hij was buiten adem. Hier heerst de geest van het kwade, dacht hij. De hete adem van Konovalenko die in mijn nek blaast. Hij strekte voorzichtig zijn nek en keek vanuit zijn nieuwe positie naar het huis. Alles was nog stil. De tuin lag er verwilderd en slecht onderhouden bij. Naast hem stond een kruiwagen vol bladeren van vorig jaar. Hij vroeg zich af of de villa verlaten was. Na een tijdje was hij daar zo goed als zeker van. Hij waagde zich buiten de bescherming van de schuur en rende naar het huis. Hij liep er rechts omheen om aan de andere kant van de erker uit te komen waar hij de voordeur vermoedde. Hij schrok op van een egel voor zijn voeten. Met een sissend geluid zette het beestje zijn stekels op. Wallander had zijn pistool in zijn zak gestopt. Nu haalde hij het weer tevoorschijn zonder te weten waarom. Vanuit de sont klonk een misthoorn. Hij rondde de hoek van het huis en bevond zich aan de korte zijde. Wat doe ik hier? dacht hij. Als hier al iemand is, is het natuurlijk een oud echtpaar dat na een goede nachtrust wakker wordt. Wat zullen ze zeggen als ze een verdwaalde rechercheur door hun tuin zien sluipen? Hij liep naar de volgende hoek. Keek eromheen.

Konovalenko stond op het grindpad bij de vlaggenmast te plassen. Hij was blootsvoets, gekleed in een broek en een openhangend overhemd. Wallander bewoog zich niet. Maar iets moest Konovalenko gewaarschuwd hebben, misschien zijn altijd alerte instinct voor dreigend gevaar. Hij draaide zich om. Wallander had zijn pistool in zijn hand. Gedurende een fractie van een seconde maakten ze de balans op. Wallander realiseerde zich dat Konovalenko de fout had begaan zonder wapen naar buiten te lopen. Konovalenko besefte dat Wallander hem dood of neer kon schieten voordat hij de buitendeur kon bereiken. Het was voor Konovalenko een situatie zonder alternatieven. Met een geweldige snelheid wierp hij zich opzij, zodat hij een ogenblik uit Wallanders schootsveld verdween. Vervolgens begon hij zo hard hij kon te rennen, zigzagde zo nu en dan even en sprong toen over het hek. Hij was al op Hemmansvägen voordat Wallander besefte wat er gebeurd was en hij de achtervolging inzette. Alles was tot dan toe heel snel gegaan. Daarom had hij Sikosi Tsiki niet gezien die voor een raam stond te kijken naar wat zich afspeelde.

Sikosi Tsiki begreep dat er iets alarmerends gebeurd was. Hij wist niet wat, maar hij realiseerde zich dat hij de instructies die Konovalenko hem de vorige dag gegeven had nu op moest opvolgen. *Als er iets gebeurt,* had Konovalenko gezegd terwijl hij hem een envelop overhandigde, *moet je deze instructies opvolgen. Dan kom je weer veilig in Zuid-Afrika. Daar moet je contact opnemen met de man die je al ontmoet hebt, hij zal je je geld en je laatste instructies geven.*

Hij bleef nog even voor het raam staan wachten.

Toen ging hij aan de tafel zitten en maakte de envelop open.

Een uur later verliet hij de villa en was verdwenen.

Konovalenko had een voorsprong van ongeveer vijftig meter. Wallander verbaasde zich dat de man zo ontzettend hard kon lopen. Ze renden in de richting van Wallanders auto. Konovalenko had zijn auto op dezelfde parkeerplaats staan! Wallander vloekte en probeerde zijn vaart op te voeren, maar de afstand slonk niet. Hij had het goed gezien.

Konovalenko rende naar een Mercedes, rukte het portier open dat niet op slot zat en startte de auto. Het ging zo snel dat Wallander begreep dat het sleuteltje er al in had gezeten. Konovalenko was op alles voorbereid geweest, ook al had hij dan de fout begaan de villa uit te lopen zonder wapen in de hand. Op dat moment zag Wallander iets glinsteren. Instinctief wierp hij zich opzij. De kogel vloog fluitend langs hem heen en sloeg in in het asfalt. Wallander kroop achter een fietsenstalling en hoopte dat hij niet ontdekt werd. Hij hoorde de auto wegscheuren.

Hij rende naar zijn eigen wagen, zocht naar zijn sleutels en veronderstelde dat hij Konovalenko nu wel uit het oog verloren zou hebben. Maar een ding wist hij zeker: Konovalenko zou zo snel mogelijk het eiland verlaten. Als hij hier bleef zou hij vroeg of laat ingesloten worden. Wallander reed plankgas. Op de rotonde vlak voor de oprit naar de brug kreeg hij Konovalenko weer in het vizier. Wallander passeerde wild een langzame vrachtwagen en verloor bijna de macht over het stuur toen hij tegen de beplanting in het midden van de rotonde schampte. Daarna joeg hij weer verder, de brug op. De Mercedes lag voor hem. Hij moest iets verzinnen. In een achtervolging zou hij geen enkele kans maken.

Het gebeurde op het punt waar de brug het hoogst was.

Konovalenko had veel te hard gereden, maar Wallander had zich vlak achter hem vastgebeten. Toen hij er zeker van was dat er geen tegenligger aankwam, stak hij zijn pistool door de zijruit en schoot. Het eerste schot miste. Met het tweede had hij het ongelooflijke geluk een achterband te raken. De Mercedes begon meteen te slingeren en Konovalenko kon hem niet meer houden. Wallander remde zo hard mogelijk af toen hij zag hoe Konovalenko's auto recht tegen de betonnen buitenkant van de brug reed. Er volgde een geweldige klap. Maar zonder zich te bedenken zette hij zijn auto in de laagste versnelling en reed recht op de gehavende Mercedes in. Hij voelde de pijn in zijn borst toen de veiligheidsriem aantrok. Hij rukte en trok aan de versnellingspook om de auto in zijn achteruit te zetten. Met gierende banden reed hij achteruit om een nieuwe aanloop te nemen. Hij herhaalde zijn manoeuvre. De auto voor hem werd nog een paar meter naar voren geworpen. Wallander reed achteruit, rukte het portier open en dook weg. Achter hem was al een file ontstaan. Toen Wallander met zijn pistool zwaaide en tegen de automobilisten schreeuwde dat ze afstand moesten houden, lieten verscheidene hun auto in de steek en vluchtten. Wallander zag een soortgelijke opstopping aan de andere kant van de weg ontstaan. Konovalenko liet zich niet zien. Toch schoot Wallander op het in elkaar gedeukte autowrak.

Door de tweede kogel vloog de benzinetank in brand. Wallander kwam er nooit achter of het schot uit zijn pistool de brand veroorzaakt had of dat de lekkende benzine door een andere oorzaak was gaan branden. De auto was onmiddellijk in hoog oplaaiende vlammen en een dikke rook gehuld. Wallander naderde de Mercedes voorzichtig.

Konovalenko brandde.

Hij zat klem en zijn halve bovenlijf stak door de voorruit. Wallander zou zich later de uitdrukking in Konovalenko's starende ogen herinneren, het was alsof de man niet kon geloven wat hem overkwam. Toen begon zijn haar vlam te vatten en na een paar seconden besefte Wallander dat Konovalenko dood was. In de verte hoorde hij sirenes naderen. Hij liep langzaam naar zijn eigen gehavende auto en leunde tegen het portier.

Toen keek hij uit over de Kalmarsund. Het water glinsterde. Het rook naar zee. Zijn hoofd was leeg en hij dacht niet meer. Er was een einde aan iets gekomen en dat gaf een verdovend gevoel. Daarna hoorde hij een stem door een megafoon roepen dat iemand zijn wapen moest wegleggen. Het duurde even voordat hij doorhad dat de stem door de megafoon tegen hem sprak. Hij draaide zich om en keek naar de brandweerauto's en de politiewagens aan de overzijde van de weg. Konovalenko's auto stond nog in brand. Wallander keek naar zijn pistool. Daarop gooide hij het over de leuning van de brug. Agenten met getrokken wapens kwamen op hem af. Wallander zwaaide met zijn politielegitimatie.

'Hoofdinspecteur Wallander', riep hij. 'Ik ben van de politie.'

Al gauw was hij omringd door wantrouwende collega's uit Småland.

'Ik ben politieman en mijn naam is Wallander', herhaalde hij. 'Jullie hebben misschien in de krant over me gelezen. Er loopt al een week een opsporingsbericht naar mij.'

'Ik herken je', zei een van de agenten met een zwaar Smålands accent.

'Die brandende man in de auto heet Konovalenko', zei Wallander. 'Dat is de man die onze collega in Stockholm heeft gedood. En nog een heleboel anderen.'

Wallander keek om zich heen.

Iets wat misschien vreugde, misschien opluchting was, begon zich van hem meester te maken.

'Zullen we gaan?' vroeg hij. 'Ik heb behoefte aan een kop koffie. Hier gebeurt verder niks meer.'

31

Jan Kleyn werd op vrijdag 22 mei in zijn kamer in het gebouw van de inlichtingendienst opgepakt. Even na acht uur had de hoofdofficier van justitie, Wervey, zitten luisteren naar het rapport van Scheepers en het besluit dat president De Klerk de vorige avond genomen had. Daarna had hij zonder commentaar een bevel tot inhechtenisneming en een bevel tot huiszoeking getekend. Scheepers had gevraagd of inspecteur Borstlap, die bij het onderzoek naar de moord op Van Heerden een goede indruk op hem had gemaakt, Jan Kleyn kon arresteren. Toen Borstlap Jan Kleyn in een verhoorkamer had achtergelaten, ging hij naar een aangrenzend vertrek waar Scheepers zat te wachten. Hij kon hem zeggen dat de arrestatie zonder problemen verlopen was. Maar hij had iets opgemerkt dat hem belangrijk leek en dat misschien niet zo best was. Eigenlijk had hij geen idee waarom iemand van de inlichtingendienst voor verhoor meegenomen werd. Scheepers had op de geheimhouding gewezen die gold voor alles wat met 's lands veiligheid te maken had. Maar Borstlap had in vertrouwen vernomen dat president De Klerk op de hoogte was van wat ze deden. Borstlap had daarom instinctief aangevoeld dat hij zijn bevindingen moest vertellen.

Jan Kleyn was namelijk niet verbaasd geweest toen hij aangehouden werd. Borstlap had door zijn verontwaardiging heen gekeken als door een slecht opgevoerd toneelstukje. Iemand moest Jan Kleyn gewaarschuwd hebben. Omdat Borstlap begrepen had dat de aanhouding in grote haast was gebeurd, moest Jan Kleyn vrienden in de naaste omgeving van de president hebben of er moest een mol binnen het Openbaar Ministerie opereren. Scheepers luisterde naar wat Borstlap vertelde. Er waren minder dan twaalf uur verstreken sinds De Klerk zijn besluit genomen had. Behalve de president wisten alleen Wervey en Borstlap wat er zou gebeuren. Scheepers begreep dat hij De Klerk onmiddellijk moest vertellen dat zijn werkkamer afgeluisterd werd. Hij vroeg Borstlap buiten te wachten terwijl hij een belangrijk telefoongesprek voerde, maar hij kreeg geen verbinding met de president. Zijn secretaris deelde mee dat deze in vergadering was en pas later in de middag bereikbaar zou zijn.

Scheepers ging naar Borstlap. Hij had besloten Jan Kleyn te laten wachten. Hij maakte zich geen enkele illusie dat de man ongerust zou zijn omdat ze hem niet verteld hadden waarom hij was opgepakt. Dit betrof eerder hemzelf. Scheepers voelde zich enigszins onzeker in verband met de komende confrontatie.

Ze reden naar het huis van Jan Kleyn even buiten Pretoria. Borstlap reed en Scheepers had zich op de achterbank laten vallen. Opeens had hij moeten denken aan de witte leeuwin die hij samen met Judith had gezien. Dat was het beeld van Afrika, dacht hij. Het wilde dier, de stilte voordat het opstond en al zijn krachten toont. Het roofdier dat je niet mag verwonden, maar alleen doden als je aangevallen wordt.

Scheepers keek naar buiten en vroeg zich af wat er met zijn leven stond te gebeuren. Hij vroeg zich af of het grootse plan dat De Klerk en Nelson Mandela opgesteld hadden en dat de definitieve aftocht van de blanken inhield zou slagen. Of zou het tot chaos leiden, tot onbeheersbaar geweld en tot een uitzinnige burgeroorlog met voortdurend wisselende bondgenootschappen en allianties? Een burgeroorlog waarvan de afloop onmogelijk te voorspellen was? De apocalyps, dacht hij. De dag des oordeels, die we de hele tijd als een ongehoorzame geest in een fles opgesloten hebben willen houden. Zal de geest wraaknemen als de fles breekt?

Ze hielden stil voor het hek van Jan Kleyns grote villa. Borstlap had Jan Kleyn al bij zijn aanhouding meegedeeld dat er een bevel tot huiszoeking lag en om de sleutels gevraagd. Jan Kleyn had zijn gekrenkte trots uitgespeeld en geweigerd. Daarop had Borstlap gezegd dat ze dan de deur zouden openbreken. Ten slotte had hij de bos sleutels toch gekregen. In de tuin zagen ze een bewaker en een tuinman. Scheepers groette en zei wie hij was. Hij keek om zich heen in de ommuurde tuin. Die was in rechte lijnen aangelegd. Bovendien zo volmaakt dat al het leven eruit geweken was. Zo moet ik me Jan Kleyn voorstellen, dacht hij. Zijn leven verloopt langs ideologische lijnen. In zijn leven is geen plaats voor afwijkingen, niet qua gedachtegoed, niet qua gevoelens en niet in zijn tuin. Met uitzondering van zijn geheim, Miranda en Matilda.

Ze gingen het huis binnen. Een zwarte bediende nam hen verbaasd op. Scheepers vroeg hem buiten te wachten terwijl zij het huis doorzochten. Hij moest tegen de tuinman en de bewaker zeggen dat ze niet weg mochten gaan voordat ze toestemming hadden gekregen.

Het huis was spaarzaam maar duur gemeubileerd. Jan Kleyn had een voorkeur voor marmer, staal en zwaar hout voor zijn meubelen. Aan de wanden hingen wat lithografieën. De motieven hadden betrekking op de Zuid-Afrikaanse geschiedenis. Verder hingen er degens, oude pistolen en jachttassen. Boven de open haard een jachttrofee, de opgezette kop van een koedoe met machtige, gebogen horens. Terwijl Borstlap de rest van het huis voor zijn rekening nam, sloot Scheepers zich in de werkkamer van Jan Kleyn op. Het schrijfbureau was leeg. Tegen een muur stond een archiefkast met uitgetrokken laden. Scheepers zocht naar een kluis, maar vond die niet. Hij liep naar beneden waar Borstlap in de woonkamer bezig was een boekenkast te inspecteren.

'Er moet ergens een kluis zijn', zei Scheepers.

Borstlap haalde de sleutelbos van Jan Kleyn uit zijn zak en liet die zien.

'Geen kluissleutel', zei hij.

'Hij heeft een plek uitgekozen waar we niet aan denken', antwoordde Scheepers. 'Dus gaan we daar beginnen. Wat is de meest onwaarschijnlijke plaats?'

'Die vlak voor iemands ogen', zei Borstlap. 'De beste bergplaats is soms de meest in het oog springende. Die zie je over het hoofd.'

'Probeer de kluis te vinden', zei Scheepers. 'In die boekenkast vind je niets.'

Borstlap knikte en zette het boek terug dat hij in zijn hand had. Scheepers ging weer naar de werkkamer. Hij ging aan het bureau zitten en trok de ene la na de andere uit.

Twee uur later had hij niets gevonden dat van enig belang was. De papieren van Jan Kleyn hadden in hoofdzaak betrekking op zijn privéleven en bevatten niets bijzonders. Of ze hadden betrekking op zijn muntenverzameling. Tot zijn verbazing ontdekte Scheepers dat Kleyn voorzitter was van de Zuid-Afrikaanse Numismatische Vereniging en veel werk voor de muntenverzamelaars van het land verzette. Nog een afwijking, dacht hij, maar een die voor ons onderzoek niet van belang is.

Borstlap had het huis twee keer grondig doorzocht zonder een kluis te vinden.

'Er moet er een zijn', zei Scheepers.

Borstlap riep de bediende en vroeg hem waar de kluis was. De man keek hem niet-begrijpend aan.

'Een geheime kast', zei Borstlap. 'Verstopt, altijd op slot.'

'Die is er niet', antwoordde de man.

Borstlap stuurde hem geërgerd weg. Ze begonnen opnieuw te zoeken. Scheepers probeerde te ontdekken of de architectuur van het huis onregelmatigheden vertoonde. Het kwam voor dat Zuid-Afrikanen geheime vertrekken in hun huis inbouwden. Hij vond niets. Terwijl Borstlap in de nauwe ruimte onder het dak gekropen was en zich bijlichtte met een zaklantaren, was Scheepers de tuin ingegaan. Hij posteerde zich om het huis op te nemen. Bijna meteen had hij de oplossing. Het huis had geen schoorsteen. Hij liep naar binnen en ging op zijn hurken voor de open haard zitten. Hij scheen met zijn meegenomen zaklantaren in de schouw. De kluis bevond zich in de gemetselde schouw. Toen hij aan de knop voelde merkte hij tot zijn verbazing dat de kluis open was. Op dat moment kwam Borstlap naar beneden.

'Een prima bedachte bergplaats', zei Scheepers. Borstlap knikte. Hij was geïrriteerd dat hij hem zelf niet gevonden had.

Scheepers ging aan het marmeren tafeltje bij de brede leren bank zitten. Borstlap was de tuin ingegaan om te roken. Scheepers liep de papieren uit de kluis door. Verzekeringspapieren, een paar enveloppen met oude munten, de koopakte van het huis, circa twintig aandelenbewijzen en een paar staatsobligaties. Hij schoof ze opzij en concentreerde zich op een zwart notitieboekje. Hij bladerde erin. De bladzijden waren vol cryptische notities, een mengelmoes van namen, plaatsen en cijfercombinaties. Hij besloot het boekje mee te nemen. Hij had tijd nodig om het ongestoord door te nemen. Hij legde de papieren in de kluis terug en liep naar Borstlap.

Ineens schoot hem nog iets te binnen. Hij riep de drie mannen die op hun hurken zaten bij zich en keek naar hen.

'Is er gisteravond laat nog iemand in het huis geweest?' vroeg hij.

Het was de tuinman die antwoordde.

'Alleen Mofololo, de nachtwaker', antwoordde hij.

'Maar die is er nu niet, neem ik aan?'

'Die komt om zeven uur.'

Scheepers knikte. Hij zou terugkomen.

Ze keerden naar Johannesburg terug. Onderweg stopten ze voor een late lunch. Om kwart voor vier namen ze voor het politiebureau afscheid. Scheepers kon het niet langer uitstellen. Hij moest nu met het verhoren van Jan Kleyn beginnen, maar eerst wilde hij nog een keer proberen president De Klerk te pakken te krijgen.

Toen de kamerbewaarder van president De Klerk om middernacht had gebeld, was Jan Kleyn verbaasd geweest. Uiteraard wist hij dat een jonge, beginnende officier van justitie, Scheepers genaamd, de opdracht had gekregen om de verdenking van een samenzwering te onderzoeken. Hij had de hele tijd gemeend dat hij voldoende voorsprong op de man had die probeerde in zijn voetsporen te lopen, maar hij zag nu in dat Scheepers hem dichter op de hielen zat dan hij gedacht had. Hij stond op, kleedde zich aan en bereidde zich voor op een hele nacht wakker blijven. Hij rekende uit dat hij op zijn minst tot tien uur de volgende dag de tijd zou hebben. Scheepers zou de volgende ochtend zeker een paar uur nodig hebben om alle vereiste papieren te krijgen om hem te arresteren. Tegen die tijd moest hij de nodige instructies gegeven hebben en ervoor hebben gezorgd dat hun operatie niet in de gevarenzone terechtkwam. Hij ging naar de keuken om thee te zetten. Daarna stelde hij een overzicht op. Er was heel veel dat hij niet mocht vergeten, maar het zou wel lukken.

Dat hij opgepakt werd betekende een onverwachte complicatie, maar hij had het wel ingecalculeerd. De situatie was irritant, maar hanteerbaar. Omdat hij niet kon nagaan hoelang Scheepers hem vast wilde houden, moest hij ervan uitgaan dat hij nog vast zou zitten na de aanslag op Mandela.

Dat was die nacht zijn eerste prioriteit. Hij zou wat er de volgende dag ging gebeuren in zijn voordeel veranderen. Zolang hij gevangenzat kon niemand hem wegens deelname aan wat voor acties dan ook aanklagen. Hij ging na wat er zou gebeuren. Het was al over enen toen hij Franz Malan belde.

'Kleed je aan en kom hierheen', zei hij.

Franz Malan was slaapdronken en suffig. Jan Kleyn zei niet wie er belde.

'Kleed je aan en kom hierheen', herhaalde hij.

Franz Malan stelde geen vragen.

Ruim een uur later, even over tweeën, stapte Franz Malan Jan Kleyns woonkamer binnen. De gordijnen waren dicht. De nachtwaker die het hek voor hem opende had met dreiging van ontslag op staande voet het bevel gekregen dat hij nooit aan vreemden mocht vertellen wie er 's avonds laat of 's nachts naar het huis kwam. Jan Kleyn betaalde hem als garantie voor zijn stilzwijgen een zeer hoog loon.

Franz Malan was nerveus. Jan Kleyn zou hem nooit vragen te komen als er niet iets belangrijks gebeurd was.

Jan Kleyn gaf hem nauwelijks de tijd om te gaan zitten voordat hij uitlegde wat er aan de hand was, wat er morgen zou plaatsvinden en welke maatregelen er vannacht nog getroffen moesten worden. Wat Franz Malan hoorde maakte hem nog nerveuzer. Hij besefte dat zijn eigen verantwoordelijkheid groter zou worden dan hij wenste.

'We weten niet hoeveel Scheepers aan de weet is gekomen', zei hij. 'Maar we moeten bepaalde voorzorgsmaatregelen nemen. De belangrijkste is dat we het Comité ontbinden en de aandacht van Kaapstad en 12 juni afleiden.'

Franz Malan keek hem verslagen aan. Was het Jan Kleyn ernst? Werd de hele verantwoordelijkheid voor de operatie nu op hem afgewenteld?

Jan Kleyn zag zijn ongerustheid.

'Ik kom gauw weer vrij', zei hij. 'Dan neem ik de verantwoordelijkheid over.'

'Dat hoop ik', antwoordde Franz Malan. 'Maar het Comité ontbinden?'

'Dat kan niet anders. Scheepers kan dieper en langer gegraven hebben dan we denken.'

'Hoe dan?'

Jan Kleyn haalde geërgerd zijn schouders op.

'Hoe doen we het zelf?' zei hij. 'We maken gebruik van alles wat we weten, van al onze contacten. We kopen om, dreigen, liegen tot we de informatie hebben. Er bestaan geen grenzen voor ons. Dus evenmin voor de mensen die ons doen en laten in de gaten houden. Het Comité mag niet meer bijeenkomen. Het houdt op te existeren. Daarmee heeft het ook nooit bestaan. We nemen vannacht nog contact met alle leden op, maar eerst moeten we een aantal andere dingen doen.'

'Als Scheepers weet dat we iets voor 12 juni gepland hebben moeten we het afgelasten', zei Franz Malan. 'Het risico is te groot.'

'Daar is het te laat voor', antwoordde Jan Kleyn. 'Bovendien is Scheepers niet zeker van zijn zaak. Een fraai uitgezet spoor in een andere richting zal hem doen denken dat Kaapstad en 12 juni bedoeld zijn om hem om de tuin te leiden. We draaien het om.'

'Hoe?'

'Als ik morgen verhoord wordt, heb ik de kans hem, verbaal, iets anders te laten geloven.'

'Dat is niet voldoende.'

'Natuurlijk niet.'

Jan Kleyn pakte een zwart notitieboekje. Toen hij het opensloeg zag Franz Malan dat het onbeschreven was.

'Ik schrijf het vol met loze dingen. Maar hier en daar noteer ik een plaats en een datum. Die zijn allemaal op één na doorgestreept. Wat blijft staan zal niet Kaapstad 12 juni zijn. Ik leg het boekje in mijn kluis. Die laat ik openstaan alsof ik in allerijl geprobeerd heb er belangrijke stukken uit te halen om te verbranden.'

Franz Malan knikte. Hij begon te geloven dat Jan Kleyn gelijk kon hebben. Het moest mogelijk zijn Scheepers op het verkeerde been te zetten.

'Sikosi Tsiki is onderweg hiernaartoe', zei Jan Kleyn en gaf Franz Malan een envelop. 'Jij moet hem afhalen, naar Hammanskraal brengen en de dag voor 12 juni geef je hem je laatste instructies. Alles wat er gedaan moet worden vind je in deze envelop. Lees het nu en kijk of er iets onduidelijk is. Daarna moeten we gaan bellen.'

Terwijl Franz Malan de instructies doorlas begon Jan Kleyn zijn notitieboekje met een aantal zinloze woord- en cijfercombinaties te vullen. Hij gebruikte verschillende pennen om de indruk te wekken dat de aantekeningen over een langere periode gemaakt waren. Hij dacht even na voordat hij 3 juli Durban koos. Hij wist dat het ANC voor die dag een belangrijke bijeenkomst in de stad had belegd. Dat was het dwaalspoor dat hij uitzette en dat Scheepers, naar hij hoopte, op zou pikken.

Franz Malan legde de papieren neer.

'Er staat nergens wat voor wapen hij zal gebruiken', zei hij.

'Konovalenko heeft hem met een vérreikend geweer laten oefenen', antwoordde Jan Kleyn. 'Er ligt een exacte kopie in een ondergronds depot in Hammanskraal.'

Franz Malan knikte.

'Verder nog vragen?'

'Nee', antwoordde Franz Malan.

Ze begonnen te bellen. Jan Kleyn beschikte over drie telefoonlijnen. Ze zonden signalen uit over heel Zuid-Afrika. Slaapdronken mannen grepen de hoorn en waren meteen klaarwakker. Een deel maakte zich zorgen vanwege het nieuws, sommigen namen alleen nota van de nieuwe situatie. Een deel van de mannen die uit hun slaap gerukt waren kon die moeilijk weer vatten, anderen draaiden zich om en sliepen verder.

Het Comité was opgeheven. Omdat het spoorloos verdwenen was had het nooit bestaan. Alleen het gerucht van zijn bestaan bestond nog. Maar het kon op zeer korte termijn nieuw leven ingeblazen worden. Tot op dit moment had het zijn nut bewezen, maar nu betekende het een gevaar. Maar nog altijd was de inzet van de leden ten aanzien van wat ze als de enige oplossing voor de toekomst van Zuid-Afrika beschouwden onverminderd groot. Het waren meedogenloze mannen die niet rustten. Hun meedogenloosheid was echt, maar hun ideeën berustten op drijfzand, leugens en fanatieke wanhoop. Bij sommigen van de leden was de enige drijfveer haat.

Franz Malan reed door de nacht naar huis.

Jan Kleyn ruimde zijn huis op en liet zijn kluis openstaan. Om half-vijf 's ochtends ging hij een paar uur slapen. Hij vroeg zich af wie Scheepers al die inlichtingen had verstrekt. Hij raakte het onbehaaglijke gevoel maar niet kwijt dat iets hem ontsnapte.

Iemand had hem bedrogen.

Maar hij begreep niet wie.

Scheepers deed de deur van de verhoorkamer open.

Jan Kleyn zat op een stoel bij de muur en keek hem glimlachend aan. Scheepers had zich voorgenomen hem vriendelijk en correct tegemoet te treden. Hij had een uur lang het notitieboekje doorgenomen. Hij twijfelde nog of de aanslag op Nelson Mandela werkelijk naar Durban was verlegd. Hij had het voor en tegen afgewogen zonder tot een definitieve conclusie te zijn gekomen. Hij koesterde geen enkele illusie dat Jan Kleyn hem de waarheid zou vertellen, maar misschien kon hij hem informatie ontfutselen die indirect aan zou geven in welke richting hij moest zoeken. Scheepers ging tegenover Jan Kleyn zitten en het schoot door hem heen dat hij Matilda's vader tegenover zich had. Hij wist van het geheim, maar besefte dat hij er geen gebruik van kon maken. Dat zou een te grote bedreiging voor de beide vrouwen vormen. Hij kon Jan Kleyn niet oneindig vasthouden. De man maakte de indruk alsof hij ieder moment op kon stappen.

Een stenograaf kwam binnen en ging aan een tafeltje naast hen zitten.

'Jan Kleyn', zei Scheepers. 'U bent aangehouden omdat er sterke verdenkingen bestaan dat u deel uitmaakt of mogelijk ook verantwoordelijk bent voor het plegen van subversieve activiteiten ter omverwerping van de staat en het beramen van een moord. Wat hebt u daarop te zeggen?'

Jan Kleyn bleef glimlachen toen hij antwoordde.

'Mijn antwoord luidt dat ik geen woord zal zeggen voordat mijn advocaat hier is.'

Scheepers was even van zijn stuk gebracht. De normale procedure was dat iemand die aangehouden werd onmiddellijk de mogelijkheid kreeg contact met een advocaat op te nemen.

'Alles is correct gegaan,' zei Jan Kleyn, alsof hij recht door Scheepers onzekerheid heen keek, 'maar mijn advocaat is nog niet gearriveerd.'

'We kunnen beginnen met uw persoonsgegevens', zei Scheepers. 'Daar hoeft geen advocaat bij aanwezig te zijn.'

'Natuurlijk.'

Scheepers verliet de kamer onmiddellijk nadat hij die gegevens gekregen had. Hij liet weten dat ze hem moesten roepen als de advocaat gearriveerd was. Toen hij de wachtkamer van de officieren van justitie binnenkwam was hij doornat van het zweet. De onverstoorbare superioriteit van Jan Kleyn joeg hem schrik aan. Hoe kon de man zo onverschillig blijven voor een aanklacht die tot de doodstraf kon leiden als ze bewezen was?

Scheepers was ineens onzeker of hij hem wel op de juiste manier zou kunnen aanpakken. Misschien moest hij met Wervey praten en opperen dat ze een andere, meer geroutineerde verhoorleider zouden inschakelen. Maar tegelijk zag hij in dat Wervey verwachtte dat hij de hem toegewezen taak aan zou kunnen. Wervey gaf een medewerker een dergelijke uitdaging nooit voor een tweede keer. Zijn carrièrekansen zouden aanzienlijk afnemen als hij nu tekenen van zwakheid vertoonde. Hij trok zijn jasje uit en liet koud water over zijn gezicht lopen. Vervolgens nam hij opnieuw de vragen door die hij van plan was te stellen.

Hij slaagde erin tot de president door te dringen. De Klerk luisterde zonder hem te onderbreken.

'Ik zal een onderzoek laten instellen', zei hij toen Scheepers zweeg. Daarmee was het gesprek afgelopen.

Pas tegen zes uur kreeg hij bericht dat de advocaat gearriveerd was. Hij ging onmiddellijk naar de verhoorkamer.

De advocaat die naast Jan Kleyn zat was ongeveer veertig jaar oud en heette Kritzinger. Ze gaven elkaar een hand en groetten afgemeten. Scheepers had onmiddellijk door dat Kritzinger en Jan Kleyn elkaar van vroeger kenden. De kans bestond dat Kritzinger zijn komst opzettelijk vertraagd had om Jan Kleyn respijt te geven en tegelijk de verhoorleider zenuwachtig te maken. Op Scheepers werkte die gedachtegang averechts. Op slag werd hij heel kalm. Verdwenen waren alle angsten die hij de afgelopen uren doorstaan had.

'Ik heb het bevel tot inhechtenisneming gelezen', zei Kritzinger. 'Dit is een ernstige aanklacht.'

'Het is ook een ernstig misdrijf om de nationale veiligheid in gevaar te brengen', antwoordde Scheepers.

'Mijn cliënt ontkent categorisch iedere aanklacht', zei Kritzinger. 'Ik eis onmiddellijke invrijheidstelling. Is het wel zo'n goed idee om iemand te arresteren die in zijn dagelijkse werk juist alles doet om onze nationale veiligheid te garanderen?'

'Vooralsnog stel ik hier de vragen', zei Scheepers. 'Uw cliënt moet vragen beantwoorden, niet ik.'

Scheepers wierp een blik in zijn papieren.

'Kent u Franz Malan?' vroeg hij.

'Ja', antwoordde Jan Kleyn dadelijk. 'Die werkt voor een militaire afdeling die zich bezighoudt met strikt geheim materiaal.'

'Wanneer hebt u hem voor het laatst gezien?'

'Na de terroristische overval op dat restaurant in de buurt van Durban. We hadden allebei een oproep gekregen om bij het onderzoek te helpen.'

'Kent u een geheime organisatie van Boere die zich nooit anders dan het Comité noemt?'

'Nee.'

'Weet u dat zeker?'

'Mijn cliënt heeft al antwoord gegeven', protesteerde Kritzinger.

'Niets verhindert me om een vraag meer dan een keer te stellen', zei Scheepers scherp.

'Ik ken zo'n Comité niet', antwoordde Jan Kleyn.

'We hebben reden om aan te nemen dat dit Comité een aanslag op een van de zwarte nationale leiders beraamt', zei Scheepers. 'Er is sprake van verschillende plaatsen en data. Weet u daarvan?'

'Nee.'

Scheepers pakte het notitieboekje.

'Bij een huiszoeking vandaag heeft de politie dit boekje bij u thuis gevonden. Herkent u het?'

'Natuurlijk herken ik het. Het is van mij.'

'Er staan aantekeningen over data en plaatsen in. Kunt u me vertellen wat ze betekenen?'

'Wat moet dit?' zei Jan Kleyn en keek naar zijn advocaat. 'Dat zijn privé-aantekeningen over verjaardagen en afspraken met vrienden.'

'Waarom moet u op 12 juni in Kaapstad zijn?'

Er vertrok geen spier op het gezicht van Jan Kleyn toen hij antwoordde.

'Ik moet daar niet naartoe', antwoordde hij. 'Ik was van plan om daar een collega-muntenverzamelaar te ontmoeten, maar die afspraak is afgezegd.'

Scheepers vond Jan Kleyn nog altijd even onbewogen.

'Wat zegt u dan van Durban 3 juli?'

'Niets.'

'U zegt niets?'

Jan Kleyn wendde zich tot zijn advocaat en fluisterde even.

'Mijn cliënt wil om privé-redenen geen antwoord op de vraag geven', zei Kritzinger.

'Privé-redenen of niet, ik wil antwoord hebben', zei Scheepers.

'Dit is waanzin', zei Jan Kleyn en maakte een berustend gebaar.

Scheepers zag ineens dat Jan Kleyn begon te transpireren. Bovendien beefde zijn hand die op de tafel lag.

'Tot nu toe hebben uw vragen iedere inhoud gemist', zei Kritzinger. 'Nog even en ik eis dat dit verhoor stopgezet wordt en dat mijn cliënt op vrije voeten wordt gesteld.'

'Als het om een onderzoek naar onze nationale veiligheid gaat beschikken de politie en het Openbaar Ministerie over grote bevoegdheden', zei Scheepers. 'En nu wil ik antwoord op mijn vraag hebben.'

'Ik heb een relatie met een dame in Durban', zei Jan Kleyn. 'Omdat ze getrouwd is moet ik haar zeer discreet ontmoeten.'

'Ontmoet u elkaar geregeld?'

'Ja.'

'Hoe heet ze?'

Jan Kleyn en Kritzinger protesteerden als één man.

'We laten haar naam voorlopig buiten beschouwing', zei Scheepers.

'Ik kom daar nog op terug. Maar als u haar regelmatig ontmoet en bovendien uw afspraken in dit boekje optekent, is het dan niet een beetje vreemd dat er maar één aantekening over Durban in staat?'

'Ik verbruik minstens tien notitieboekjes per jaar', antwoordde Jan Kleyn. 'De gebruikte gooi ik weg of ik verbrand ze.'

'Waar verbrandt u ze?'

Jan Kleyn scheen zijn kalmte herwonnen te hebben.

'In de gootsteen of het toilet', antwoordde hij. 'Zoals u al weet heeft mijn open haard geen rookafvoer. Die is door de vorige eigenaar dichtgemetseld. Ik ben er nooit toegekomen hem weer open te laten breken.'

Het verhoor ging door. Scheepers stelde opnieuw vragen over het geheime Comité, maar de antwoorden bleven dezelfde. Met regelmatige tussenpozen liet Kritzinger een protest horen. Na een verhoor van bijna drie uur besloot Scheepers ermee te stoppen. Hij stond op en zei kortaf dat Jan Kleyn in hechtenis zou blijven. Kritzinger werd nu goed woedend, maar Scheepers weerde hem af. De wet stond toe Jan Kleyn nog minstens een etmaal vast te houden.

Het was al avond toen hij naar Wervey reed om verslag uit te brengen. Wervey had beloofd om in zijn kantoor op hem te wachten. Toen hij zich naar de hoofdofficier van justitie haastte lagen de gangen er verlaten bij. De deur stond op een kier. Wervey zat in zijn stoel te slapen. Scheepers klopte en ging naar binnen. Wervey deed zijn ogen open en keek naar hem. Scheepers ging zitten.

'Jan Kleyn heeft geen enkele kennis van een samenzwering of een aanslag toegegeven', zei hij. 'Volgens mij zal hij dat ook niet doen. We hebben bovendien niets wat hem in verband brengt met het een noch het ander. Bij de huiszoeking hebben we maar één interessant ding gevonden. In zijn kluis lag een notitieboekje met diverse data en plaatsen. Allemaal doorgestreept op één na. Durban 3 juli. We weten dat Nelson Mandela daar op die dag spreekt. De datum die we tot nu toe als verdacht beschouwden, Kaapstad 12 juni, was doorgestreept.'

Wervey richtte zich haastig op en vroeg het notitieboekje te mogen zien. Scheepers had het in zijn tas. Wervey bladerde er langzaam in onder het licht van zijn bureaulamp.

'Wat geeft hij als verklaring?' vroeg Wervey, toen hij uitgebladerd was.

'Verschillende afspraken. Hij beweert in Durban een verhouding met een getrouwde vrouw te hebben.'

'Start daar morgen', zei Wervey.

'Hij weigert te zeggen wie het is.'

'Zeg tegen hcm dat hij in hechtenis blijft als hij niets zegt.'

Scheepers keek verbaasd naar Wervey.

'Kan dat dan?' vroeg hij.

'Jonge vriend', zei Wervey. 'Als je hoofdofficier van justitie bent en even oud als ik is alles mogelijk. Vergeet niet dat een man als Jan Kleyn weet hoe hij sporen moet uitwissen. Zo iemand moet al strijdend overwonnen worden. Soms met twijfelachtige middelen.'

'Toch geloof ik dat ik hem een paar keer onzeker zag worden', zei Scheepers aarzelend.

'Hij weet in ieder geval dat we hem dicht op de hielen zitten', zei Wervey.

'Zet hem morgen zwaar onder druk. Dezelfde vragen, keer op keer. Vanuit een andere invalshoek. Maar hetzelfde schot, altijd hetzelfde schot.'

Scheepers knikte.

'Er is nog iets', zei hij. 'Commissaris Borstlap, die de arrestatie verrichtte, had de stellige indruk dat Jan Kleyn gewaarschuwd was. En dat ondanks het feit dat maar een paar mensen heel kort van tevoren wisten wat er stond te gebeuren.'

Wervey keek hem een hele tijd aan voordat hij antwoordde.

'Dit land is in oorlog', zei hij. 'Overal zijn oren, menselijke en elektronische. Het verraden van geheimen is vaak het doeltreffendste wapen. Vergeet dat niet.'

Het gesprek was afgelopen.

Scheepers liep naar buiten en ademde op de stoep diep de frisse lucht in. Hij was heel moe. Daarop ging hij naar zijn auto om naar huis te rijden. Toen hij het portier open wilde maken, gleed een van de parkeerwachten uit de schaduw tevoorschijn.

'Een man heeft dit voor u afgegeven', zei de parkeerwacht en gaf hem een envelop.

'Wie?' vroeg Scheepers.

'Een zwarte man', antwoordde de parkeerwacht. 'Maar hij heeft zijn naam niet gezegd. Alleen dat het belangrijk was.'

Scheepers nam de brief voorzichtig aan. Hij was dun en er kon onmogelijk een bom in zitten. Toen deed hij de envelop open en las bij het binnenlichtje wat er stond.

De dader van de aanslag is vermoedelijk een zwarte man die Victor Mabasha heet.

De brief was ondertekend door 'Steve'.

Scheepers voelde hoe zijn hart sneller begon te kloppen.

Eindelijk, dacht hij.

Hij reed regelrecht naar huis. Judith zat met het eten op hem te wachten, maar voordat hij aan tafel ging zitten belde hij inspecteur Borstlap thuis op.

'Victor Mabasha', zei hij. 'Is die naam u bekend?'

Borstlap dacht na voordat hij antwoordde.

'Nee', zei hij.

'Morgenochtend vroeg moet u alle bestanden nalopen en alles wat u vindt in de computer invoeren. Victor Mabasha, een zwarte man, is vermoedelijk de beoogde dader.'

'Is het u gelukt het verzet van Jan Kleyn te breken?' vroeg Borstlap verbaasd.

'Nee', antwoordde Scheepers. 'Het doet er nu niet toe hoe ik dit te weten ben gekomen.'

Het gesprek was afgelopen.

Victor Mabasha, dacht hij toen hij aan de eettafel ging zitten.

Als jij het bent, zullen we je stoppen voordat het te laat is.

32

Het was die dag in Kalmar dat het tot Kurt Wallander begon door te dringen hoe slecht het er met hem voorstond. Later, toen de moord op Louise Åkerblom en de daarop volgende nachtmerrie niet meer dan een reeks onwerkelijke voorvallen leek te zijn, een desolaat schouwspel in een verafgelegen landstreek, zou hij koppig beweren dat hij pas ingezien had hoe hij eraantoe was, toen Konovalenko met starende ogen en brandend haar op de Ölandsbrug had gelegen. Dat was zijn standpunt en daar hield hij aan vast, ook toen de herinneringen en de vele pijnlijke ervaringen kwamen en gingen als dansende patronen in een caleidoscoop. In Kalmar verloor hij de greep op zichzelf! Tegen zijn dochter zei hij dat het leek alsof het aftellen was begonnen, een aftelling die geen ander doel had dan het bereiken van een lege ruimte. De arts in Ystad die hem midden juni onder zijn hoede nam en probeerde hem bij zijn toenemende zwaarmoedigheid te helpen, schreef dan ook in zijn journaal dat *volgens de patiënt de depressie boven een kop koffie in het politiebureau van Kalmar begonnen was, terwijl er op een brug een man lag te verbranden.*

Hij had dus op het politiebureau van Kalmar koffie zitten drinken, uitgeput en diep neerslachtig. Wie hem dat halfuur zagen toen hij gebogen boven zijn kopje zat, kregen de indruk dat hij afwezig en totaal ontoegankelijk was. Of was hij in gedachten verzonken? Niemand ging echter naar hem toe om hem gezelschap te houden of om te vragen hoe het met hem ging. De eigenaardige politieman uit Ystad werd met een mengeling van respect en onzekerheid bekeken. Maar ze lieten hem rustig zitten, terwijl ze de chaos op de brug en de aanhoudende lawine aan telefoontjes van de media attaqueerden. Na een halfuur was hij plotseling opgestaan en had gevraagd of ze hem naar de gele villa op Hemmansvägen wilden brengen. Toen ze de plek passeerden waar Konovalenko's auto nog als een rokend casco stond, had hij recht voor zich uit gekeken. Daarentegen had hij, eenmaal bij de villa, onmiddellijk de leiding genomen en was helemaal vergeten dat het onderzoek formeel in handen van iemand van de politie van Kalmar, Blomstrand geheten, was. Maar men liet hem begaan en hij legde de volgende uren een enorme energie aan de dag. Hij scheen Konovalenko al vergeten te hebben. Zijn belangstelling ging in de eerste plaats naar twee dingen uit. Hij wilde weten van wie het huis was en hij sprak aan één stuk door over het feit dat Konovalenko niet alleen was geweest. Hij beval een onmiddellijk buurtonderzoek en wilde dat ze contact opnamen met taxi- en buschauffeurs. Konovalenko was niet alleen geweest, herhaalde hij keer op keer. Wie was de man of de vrouw die bij hem was geweest en die nu spoorloos verdwenen was? Op geen van zijn vragen bleek een onmiddellijk antwoord mogelijk. Het kadaster en de ondervraagde buren gaven zeer tegenstrijdige antwoorden op de vraag van wie de gele villa nu in feite was. Zo'n tien jaar geleden was de toenmalige eigenaar, een weduwnaar die Hjalmarson heette en archivaris bij de provincie was geweest, gestorven. Zijn zoon die in Brazilië woonde en volgens sommige buren vertegenwoordiger van een Zweedse firma, volgens andere wapenhandelaar was, was niet eens voor de begrafenis overgekomen. Er had grote onrust op Hemmansvägen geheerst, volgens een gepensioneerde afdelingsdirecteur bij Provinciale Staten, die optrad als woordvoerder van de buren. Daarom had men een onzichtbare zucht van verlichting geslaakt toen het verkoopbordje verdween en er een verhuiswagen voorreed ten behoeve van een gepensioneerde reserve-officier. De man was als majoor bij de Skånse huzaren even gedateerd als het instituut zelf, een onbegrijpelijk overblijfsel uit de vorige eeuw. Hij heette Gustaf Jernberg en communiceerde met zijn omgeving via vriendelijk gebrul. De onrust was echter teruggekeerd toen bleek dat Jernberg vanwege zijn reumatiek de meeste tijd in Spanje verbleef. Dan werd het huis door een kleinzoon van vijfendertig gebruikt die arrogant en brutaal was en zich niets van de in de straat vigerende regels aantrok. Hij heette Hans Jernberg en men wist alleen dat hij een soort zakenman was die snelle bezoeken aan het huis bracht, vaak in gezelschap van vreemde kennissen.

De politie begon onmiddellijk aan een speurtocht naar Hans Jernberg. Om twee uur 's middags hadden ze hem gelokaliseerd op een kantoor in Göteborg. Wallander zelf sprak met hem door de telefoon.

In het begin deed hij alsof hij niets begreep van wat hem werd verteld, maar Wallander, die die dag niet in de stemming was om mensen met fluwelen handschoenen aan te pakken om hun de waarheid te ontfutselen, dreigde hem over te dragen aan de politie in Göteborg en gaf hem bovendien te kennen dat de pers daar onmogelijk buitengehouden kon worden. Tijdens het telefoongesprek hield een van de agenten uit Kalmar Wallander een briefje onder de neus. De politie had Hans Jernberg door een aantal bestanden gehaald en ontdekt dat hij sterke banden met landelijke neonazistische groeperingen onderhield. Wallander staarde naar het briefje voordat hij doorhad welke vraag hij natuurlijk aan de man aan de andere kant van de lijn moest stellen.

'Kunt u mij zeggen wat uw opvattingen over Zuid-Afrika zijn?' vroeg hij.

'Ik zie niet in wat dat met de zaak te maken heeft', antwoordde Hans Jernberg.

'Antwoord op mijn vraag', zei Wallander ongeduldig. 'Anders bel ik mijn collega's in Göteborg.'

Het antwoord kwam na een korte pauze.

'Ik vind Zuid-Afrika een van de best geregeerde landen ter wereld', antwoordde Hans Jernberg. 'Ik beschouw het als mijn plicht aan de blanken die daar leven alle steun te verlenen die in mijn vermogen ligt.'

'En dat doet u door uw huis aan Russische bandieten uit te lenen die als loopjongen voor Zuid-Afrika fungeren?' zei Wallander.

Dit keer klonk Hans Jernberg oprecht verbaasd.

'Ik begrijp niet waar u het over hebt.'

'Dat doet u wel', zei Wallander. 'Maar nu moet u eerst een andere vraag beantwoorden. Wie van uw vrienden heeft de afgelopen week toegang tot het huis gehad? Denk na voordat u antwoordt. Bij de geringste onduidelijkheid zal ik de officier van justitie in Göteborg vragen u te laten arresteren. En gelooft u mij, dat gebeurt.'

'Ove Westerberg', antwoordde Hans Jernberg. 'Hij is een oude vriend van me, die een bouwfirma hier in de stad heeft.'

'Adres', zei Wallander en kreeg het.

Alles was een grote chaos, maar de effectieve inzet van een paar politiemannen van het korps in Göteborg bracht klaarheid in wat er de afgelopen dagen in de gele villa was gebeurd. Ove Westerberg bleek een al even grote vriend van Zuid-Afrika te zijn als Hans Jernberg. Via diverse contacten, die niet meer na te gaan waren, had hij een paar weken geleden de vraag gekregen of het huis tegen goede betaling ter beschikking van een paar Zuid-Afrikaanse gasten gesteld kon worden. Omdat Hans Jernberg op dat moment in het buitenland vertoefde had Ove Westerberg hem niets gezegd. Wallander vermoedde dat Westerberg het geld in eigen zak had gestoken. Maar wie die gasten uit Zuid-Afrika precies waren wist Westerberg niet. Hij wist niet eens of ze ook daadwerkelijk in het huis waren geweest. Veel verder kwam Wallander die dag niet. Het was aan de Kalmarse politie om de banden tussen Zweedse neonazi's en apartheidsaanhangers in Zuid-Afrika nader te onderzoeken. Het was nog altijd niet duidelijk wie er met Konovalenko in de gele villa was geweest. Terwijl de buren en de taxi- en buschauffeurs ondervraagd werden, onderwierp Wallander het huis aan een grondig onderzoek. Hij kon zien dat er kortgeleden nog in twee slaapkamers geslapen was en dat die in grote haast verlaten waren. Hij geloofde stellig dat Konovalenko dit keer iets achtergelaten had. De man was het huis ontvlucht om er nooit meer terug te keren. Natuurlijk was het mogelijk dat de andere gast Konovalenko's bezittingen meegenomen had. Het kon best zijn dat Konovalenko's voorzichtigheid geen grenzen kende. Misschien had hij iedere avond aan een nachtelijke inbraak gedacht en had hij voordat hij naar bed ging zijn belangrijkste bezittingen verstopt. Wallander riep Blomstrand bij zich, die bezig was het gereedschapsschuurtje te inspecteren. Wallander vroeg hem om alle beschikbare agenten het huis op een koffer of tas te laten afzoeken. Hij kon niet zeggen hoe die eruitzag of hoe groot die was.

'Een koffer of tas met inhoud', zei hij. 'Die moet ergens zijn.'

'Wat voor inhoud?' vroeg Blomstrand.

'Dat weet ik niet', antwoordde Wallander. 'Papieren, geld, kleren. Misschien een wapen. Ik weet het niet.'

Het zoeken begon. De agenten brachten Wallander, die op de benedenverdieping wachtte, diverse koffers en tassen. Hij blies het stof van een leren aktetas met oude foto's en brieven, meestal met de inleidende woorden *Lieve Gunvor* of *Mijn beste Herbert.* In een al even stoffige koffer die op de zolder opgedolven werd zat een groot aantal exotische zeesterren en schelpen. Maar Wallander wachtte geduldig. Hij wist dat er ergens een spoor van Konovalenko moest zijn en daarmee misschien ook van zijn onbekende medereiziger. Terwijl hij wachtte telefoneerde hij met zijn dochter en met Björk. Het nieuws van die ochtend had zich over het land verspreid. Wallander zei tegen zijn dochter dat het goed met hem ging en dat het nu allemaal gauw voorbij was. Hij zou vanavond thuis zijn en dan konden ze met de auto een paar dagen naar Kopenhagen gaan. Hij hoorde aan haar stem dat ze niet geloofde dat het goed met hem ging noch dat alles nu echt voorbij was. Later bedacht hij dat hij een dochter had die recht door hem heenkeek. Na het gesprek met Björk was Wallander razend geworden en had de hoorn op de haak gesmeten. Dat was in zijn langjarige relatie met Björk nog nooit gebeurd. Björk had Wallanders beoordelingsvermogen in twijfel getrokken omdat hij zonder iemand iets te zeggen in zijn eentje achter Konovalenko was aangegaan. Wallander wist natuurlijk best dat de opvattingen van Björk juist waren, maar wat hem kwaad maakte was dat Björk daar nu over begon, midden in een kritieke fase van het onderzoek. Björk van zijn kant duidde de woedeaanval van Wallander als een bewijs dat Wallander helaas geestelijk uit zijn evenwicht was. We moeten Kurt goed in de gaten houden, zei Björk tegen Martinson en Svedberg.

Het was Blomstrand die ten slotte de juiste koffer vond. Konovalenko had hem achter een berg laarzen verstopt in een schoonmaakkast in de gang tussen de keuken en de eetkamer.

Het was een gesloten leren koffer met een combinatieslot. Wallander vroeg zich af of er een springlading aan het slot was aangebracht. Wat zou er gebeuren als ze de koffer openbraken? Blomstrand reed er haastig mee naar het vliegveld van Kalmar en liet hem met röntgenstralen onderzoeken. Er was geen reden om te veronderstellen dat hij zou exploderen als iemand hem openbrak. Blomstrand reed naar de gele villa terug. Wallander pakte een schroevendraaier en forceerde het slot. In de koffer zaten een aantal papieren, tickets, verscheidene paspoorten en een grote som geld. Bovendien een klein pistool, een Beretta. De paspoorten waren allemaal van Konovalenko en waren in Zweden, Finland en Polen uitgegeven. In elk paspoort had hij een andere naam. Als Fin heette Konovalenko Mäkelä, als Pool bezat hij de Duits klinkende naam Hausmann. Er zat zevenenveertigduizend Zweedse kronen en elfduizend dollar in de koffer. Maar wat Wallander het meest interesseerde was of de papieren in de koffer hem konden zeggen wie de onbekende medereiziger was. Tot zijn grote teleurstelling en ergernis waren de meeste aantekeningen in een vreemde taal. Russisch, meende hij. Hij begreep er geen woord van. Omdat er in de kantlijn data genoteerd waren, waren het waarschijnlijk geregeld bijgehouden aantekeningen van afspraken en dergelijke. Wallander wendde zich tot Blomstrand.

'We hebben iemand nodig die Russisch spreekt', zei hij. 'Iemand die dit meteen kan vertalen.'

'We kunnen het met mijn vrouw proberen', antwoordde Blomstrand. Wallander keek hem vragend aan.

'Ze heeft Russisch gestudeerd', vervolgde Blomstrand. 'Ze heeft grote belangstelling voor de Russische cultuur. In het bijzonder voor het werk van negentiende-eeuwse schrijvers.'

Wallander sloeg de koffer dicht en nam hem onder zijn arm.

'Kom, we gaan', zei hij. 'Hier wordt ze alleen maar zenuwachtig van de chaos.'

Blomstrand woonde in een rijtjeshuis ten noorden van Kalmar. Zijn vrouw was een intelligente, open persoonlijkheid. Wallander mocht haar meteen. Terwijl ze in de keuken koffie zaten te drinken en een boterham aten, nam ze de papieren mee naar haar werkkamer waar ze zo nu en dan een woord in een woordenboek opsloeg. Het kostte haar bijna een uur om de tekst te vertalen en op te schrijven. Maar toen was die ook volledig en kon Wallander Konovalenko's aantekeningen lezen. Het was alsof hij zijn eigen belevenissen las vanuit een omgekeerd perspectief. Hij vond heel wat verklaringen voor wat zich allemaal had afgespeeld. Maar wat hij in de eerste plaats te weten kwam was dat Konovalenko's laatste en onbekende medereiziger, die het bovendien gelukt was de gele villa ongemerkt te verlaten, een heel ander iemand was dan hij gemeend had. Zuid-Afrika had een plaatsvervanger voor

Victor Mabasha gestuurd. Een Afrikaan, Sikosi Tsiki. Hij was vanuit Denemarken Zweden binnengekomen. *'Zijn opleiding is niet erg goed,'* had Konovalenko opgetekend, *'maar voldoende, en zijn koelbloedigheid en zijn mentaliteit stellen die van Mabasha in de schaduw.'* Daarna volgde een verwijzing naar een man in Zuid-Afrika die Jan Kleyn heette. Wallander nam aan dat dat een belangrijke middenman was. Maar er waren geen verwijzingen naar de organisatie die, en daarvan was Wallander nu heel zeker, op de achtergrond torende en dus het middelpunt van de gebeurtenissen moest vormen. Hij liet zijn vondst aan Blomstrand zien.

'Een Afrikaan staat op het punt Zweden te verlaten', zei Wallander. 'Vanochtend was hij nog in de gele villa. Iemand moet hem gezien hebben, iemand moet hem ergens naartoe gebracht hebben. Hij kan de brug niet gepasseerd zijn. En dat hij nog op Öland is kunnen we gevoeglijk uitsluiten. Misschien dat hij een eigen auto heeft, maar het belangrijkste is dat hij nu zal proberen Zweden te verlaten. We weten niet waar, alleen dat. De man moet tegengehouden worden.'

'Dat is niet zo gemakkelijk', zei Blomstrand.

'Het is moeilijk maar niet onmogelijk', antwoordde Wallander. 'Slechts een beperkt aantal zwarte mensen gaat dagelijks door de Zweedse paspoortcontroles.'

Wallander bedankte mevrouw Blomstrand. Ze reden naar het politiebureau. Een uur later werd het opsporingsbericht voor de onbekende Afrikaan over het hele land verspreid. Ongeveer tegelijkertijd had de politie een taxichauffeur gevonden die die ochtend op de parkeerplaats aan het eind van Hemmansvägen een Afrikaan had opgepikt. Dat was nadat de auto in brand was gevlogen en de brug geblokkeerd was geweest. Wallander nam aan dat de Afrikaan zich eerst een paar uur buitenshuis verstopt had. De taxichauffeur had de man naar het centrum van Kalmar gebracht. Daar had deze betaald, was uitgestapt en verdwenen. De taxichauffeur kon geen signalement geven. De man was lang, gespierd en was gekleed in een lichte broek, een wit overhemd en een donker jack, meer kon hij niet zeggen. Hij had Engels gesproken.

Het was inmiddels laat in de middag geworden. Wallander kon in

Kalmar verder niets meer doen. Wanneer ze de vluchtende Afrikaan oppakten, zouden ze het laatste stukje van de puzzel bij de andere kunnen leggen.

Ze boden aan hem naar Ystad te brengen, maar hij bedankte. Hij wilde alleen zijn. Om vijf uur 's middags nam hij afscheid van Blomstrand, bood zijn excuses aan dat hij midden op de dag zomaar voor een paar uur de leiding naar zich toe had getrokken en vertrok.

Hij had op de kaart gezien dat de weg over Växjö de kortste was. Er leek maar geen einde aan de bossen te komen. Het afwerende van de bomen kwam overeen met zijn eigen stemming. In Nybron stopte hij om te eten. Alhoewel hij het liefst alles wat zich om hem heen afspeelde wilde vergeten, dwong hij zich naar Kalmar te bellen om te vragen of de Afrikaan al gevonden was. Het antwoord was negatief. Hij stapte in zijn auto en vervolgde zijn tocht door de eindeloze bossen. Hij bereikte Växjö en aarzelde even of hij over Älmshult of over Tingsryd zou rijden. Ten slotte koos hij voor Tingsryd omdat hij dan meteen recht naar het zuiden reed.

Toen hij Tingsryd gepasseerd was en op weg naar Ronneby was, dook er plotseling een eland voor hem op. In het bleke licht van de schemering had hij hem niet opgemerkt. Veel te laat zag hij hem voor zijn auto. Hij trapte op de rem. In een kort vertwijfeld moment, terwijl het gieren van de banden schril in zijn oren vibreerde, besefte hij dat hij te laat had gereageerd. Hij zou frontaal tegen de enorme manneтjeseland opbotsen en hij had zijn veiligheidsriem niet om. Maar plotseling draaide de eland zich een slag om en zonder te weten hoe het gebeurd was, was Wallander het beest zonder het te raken al voorbij gereden.

Hij stopte aan de kant van de weg en bleef doodstil zitten. Zijn hart ging wild in zijn borst tekeer en hij ademde stotend. Hij voelde zich misselijk. Toen hij tot rust gekomen was, stapte hij uit en stond roerloos in het stille bos. Nog een keer maar een haarbreedte van de dood verwijderd, dacht hij. Nu heb ik alle vrijkaartjes in mijn leven opgebruikt. Hij vroeg zich af waarom hij geen juichende vreugde voelde dat hij er als door een wonder aan was ontsnapt om door een eland verpletterd te worden. Wat hij bij zichzelf constateerde was eerder een vaag schuldgevoel en een slecht geweten. De neerslachtige leegte die 's ochtends onder het koffiedrinken bezit van hem had genomen keerde terug. Het liefst had hij zijn auto laten staan, was regelrecht het bos ingelopen om spoorloos te verdwijnen. Niet voorgoed, maar wel lang genoeg om zijn evenwicht te hervinden. Om de strijd aan te binden met het gevoel van duizeligheid, waarmee de gebeurtenissen van de laatste weken hem opgezadeld hadden. Maar hij stapte weer in zijn auto en reed verder naar het zuiden, dit keer met zijn veiligheidsgordel om. Hij kwam bij de hoofdweg naar Kristianstad en sloeg af naar het westen. Bij een café dat dag en nacht open was stopte hij rond negen uur om een kop koffie te drinken. Een paar vrachtwagenchauffeurs zaten zwijgend aan een tafeltje, enkele jongeren maakten lawaai met een elektronisch spelletje. Wallander raakte zijn koffie niet aan en die was koud geworden toen hij hem ten slotte opdronk en weer naar zijn auto ging.

Tegen middernacht reed hij het erf van zijn vaders huis op. Zijn dochter kwam naar buiten. Hij glimlachte vermoeid en zei dat alles in orde was. Toen vroeg hij of er een telefoontje uit Kalmar geweest was. Ze schudde haar hoofd. De enigen die gebeld hadden waren wat journalisten die het telefoonnummer van zijn vader achterhaald hadden.

'De reparaties aan je flat zijn klaar', zei ze. 'Je kunt er weer intrekken.'

'Goed.'

Hij vroeg zich af of hij Kalmar moest bellen, maar hij was te moe. Dat moest maar tot morgen wachten.

Die nacht zaten ze lang te praten, maar Wallander repte met geen woord over zijn zwaarmoedigheid. Voorlopig was het iets wat hij voor zichzelf wilde houden.

Sikosi Tsiki had de expresbus van Kalmar naar Stockholm genomen. Hij had de instructies die Konovalenko hem in geval van nood gegeven had opgevolgd en was om even over vieren in Stockholm aangekomen. Zijn vliegtuig naar Londen zou om zeven uur vanaf Arlanda vertrekken. Omdat hij verdwaalde en de bussen naar het vliegveld niet kon vinden, nam hij een taxi. De taxichauffeur, die buitenlanders wantrouwde, eiste betaling vooraf. Hij had hem een briefje van duizend kronen gegeven en was toen in een hoekje van de achterbank gaan zitten. Sikosi Tsiki had geen enkel vermoeden dat zijn opsporingsbericht bij alle grensposten lag. Hij wist alleen dat hij het land uit zou gaan als de Zweedse staatsburger Leif Larson, een naam die hij snel had leren uitspreken. Hij was heel kalm omdat hij op Konovalenko vertrouwde. Hij was in de taxi de brug overgestoken en had gezien dat er iets aan de hand was. Maar Konovalenko zou de onbekende man die zich die ochtend in de tuin had bevonden ongetwijfeld onschadelijk gemaakt hebben.

Sikosi Tsiki kreeg op Arlanda zijn wisselgeld terug en schudde zijn hoofd op de vraag of hij een bonnetje wilde. Hij liep de vertrekhal binnen, checkte in en bleef op weg naar de paspoortcontrole bij een krantenkiosk staan om een paar Engelse bladen te kopen.

Als hij niet bij de krantenkiosk was blijven staan, was hij bij de paspoortcontrole gepakt. Maar precies in de paar minuten dat hij de kranten uitzocht en betaalde, werd er van dienst gewisseld. De paspoortcontroleur maakte van de gelegenheid gebruik om naar de wc te gaan. Zijn aflosser, Kerstin Anderson, was die dag veel te laat. Ze had pech met haar auto gehad en kwam buiten adem binnen. Ze was plichtsgetrouw en ambitieus en normaal was ze altijd ruimschoots op tijd om de mededelingen van die dag door te nemen, terwijl ze dan ook de eerdere opsporingsberichten voor zichzelf herhaalde. Nu had ze daar geen tijd voor gehad en Sikosi Tsiki passeerde met zijn Zweedse paspoort en zijn glimlachende gezicht ongehinderd de controle. De deur sloeg achter hem dicht op het moment dat Kerstin Andersons collega terugkwam van het toilet.

'Is er nog iets speciaals waar we vanavond op moeten letten?' vroeg Kerstin Anderson.

'Een zwarte Zuid-Afrikaan', antwoordde haar collega.

Ze herinnerde zich de Afrikaan die zojuist gepasseerd was, maar dat was een Zweed. Pas om tien uur kwam de chef van de avonddienst en vroeg of alles rustig was.

'Vergeet die Afrikaan niet', zei hij. 'We hebben geen idee hoe hij heet en op wat voor paspoort hij reist.'

Kerstin Anderson voelde haar maag samentrekken.

'Dat was toch een Zuid-Afrikaan', zei ze tegen haar collega.

'Vermoedelijk wel,' antwoordde haar chef, 'maar dat zegt niets over zijn nationaliteit als hij Zweden uit probeert te komen.'

Ze vertelde dadelijk wat er een paar uur geleden gebeurd was. Na een hectische tijdspanne kwam men erachter dat de Afrikaan met het Zweedse paspoort om zeven uur met de BA naar Londen was gevlogen.

Het vliegtuig was precies op tijd vertrokken. Het was inmiddels in Londen geland en de passagiers waren de paspoortcontrole reeds gepasseerd. In Londen had Sikosi Tsiki zijn Zweedse paspoort verscheurd en de stukken door de wc gespoeld. Vanaf dat moment was hij Richard Motombwane, Zambiaans staatsburger. Omdat hij op doortocht was, was hij noch met zijn Zweedse noch met zijn Zambiaanse paspoort door de controle gegaan. Bovendien was hij in het bezit van twee vliegtickets. Omdat hij geen bagage had gehad, had het meisje bij de incheckbalie alleen zijn ticket naar Londen gezien. Bij de transitbalie toonde hij zijn tweede ticket, naar Lusaka. Zijn eerste had hij met de stukken van zijn paspoort weggespoeld.

Om halftwaalf vertrok Zambia Airways' DC-10 Nkowazi met bestemming Lusaka. Daar arriveerde Tsiki zaterdagochtend om halfzeven. Hij nam een taxi naar de stad en kocht een ticket bij SAA voor de middagvlucht naar Johannesburg. Zijn reservering was al eerder geboekt. Dit keer reisde hij als zichzelf, Sikosi Tsiki. Hij reed terug naar het vliegveld van Lusaka, checkte in en gebruikte de lunch in het restaurant van de vertrekhal. Om drie uur ging hij aan boord en even voor vijf uur landde zijn vliegtuig op het Jan Smuts-vliegveld bij Johannesburg. Hij werd opgewacht door Malan, die hem direct naar Hammanskraal bracht. Malan liet Sikosi Tsiki het overboekingsbewijs zien van de half miljoen rand die het op een na laatste deel van de betaling uitmaakte. Daarna liet hij hem alleen met de mededeling dat hij de volgende dag terug zou komen. Tsiki mocht het huis of de ommuurde tuin niet verlaten. Toen Sikosi Tsiki alleen was nam hij een bad. Hij was moe maar tevreden. De reis was zonder problemen verlopen. Het enige wat hij zich afvroeg was waar Konovalenko gebleven was. Maar bijzonder nieuwsgierig naar wie hij voor zoveel geld moest doodschieten was hij eigenlijk niet. Kon één enkel mens zoveel geld waard zijn, dacht hij, maar hij liet de vraag verder rusten. Voor middernacht was hij tussen de koele lakens gekropen en in slaap gevallen.

Zaterdagochtend 23 mei gebeurden er twee dingen bijna gelijktijdig. In Johannesburg werd Jan Kleyn vrijgelaten. Scheepers deelde hem echter mee dat hij erop moest rekenen dat ze hem voor nieuwe verhoren zouden oproepen.

Hij stond voor het raam en zag Jan Kleyn met zijn advocaat Kritzinger naar hun auto's lopen. Scheepers had geëist dat Jan Kleyn dag en nacht in de gaten gehouden zou worden. Hij nam aan dat Jan Kleyn met die maatregel rekening hield, maar bedacht dat dit hem in ieder geval tot passiviteit dwong.

Hij was er niet in geslaagd ook maar enige inlichting uit Kleyn te persen die een duidelijker beeld van het Comité opgeleverd zou hebben. Maar Scheepers was er nu heel zeker van dat de plaats van de aanslag Durban 3 juli was en niet Kaapstad 12 juni. Iedere keer als hij weer op het notitieboekje was teruggekomen, had Jan Kleyn tekenen van nervositeit getoond en het leek Scheepers onmogelijk om fysieke reacties als zweten en trillende handen te simuleren.

Hij geeuwde. Hij zou blij zijn als het allemaal achter de rug was, maar hij realiseerde zich tegelijk dat hij zijn kansen dat Wervey tevreden over hem zou zijn, door zijn inzet vergroot had.

Hij moest plotseling aan de witte leeuwin denken die in het maanlicht aan de rivier had gelegen.

Binnenkort zouden ze weer tijd hebben haar een bezoek te brengen.

Ongeveer op dezelfde tijd dat Jan Kleyn op het zuidelijk halfrond uit voorarrest ontslagen werd, ging Kurt Wallander achter zijn bureau op het politiebureau in Ystad zitten. Hij had de felicitaties en gelukwensen van die collega's in ontvangst genomen die op deze vroege zaterdagochtend aanwezig waren. Hij had zijn scheve glimlachje geglimlacht en iets onverstaanbaars gemompeld. Toen hij op zijn kamer was, had hij de deur achter zich dichtgetrokken en de hoorn van de haak gelegd.

Hoewel hij geen druppel alcohol had gehad, voelde zijn lichaam aan alsof hij zich de vorige avond een stuk in zijn kraag had gedronken. Hij voelde wroeging. Zijn handen beefden. Bovendien transpireerde hij. Het duurde bijna tien minuten voordat hij voldoende krachten had verzameld om de politie in Kalmar te bellen. Blomstrand nam de telefoon aan en gaf hem het deprimerende bericht door dat de gezochte Afrikaan waarschijnlijk de avond ervoor via Arlanda het land uitgeglipt was.

'Hoe is dat nou mogelijk?' vroeg Wallander kwaad.

'Slordigheid en pech', antwoordde Blomstrand en gaf hem een verslag van de gebeurtenis.

'Waarom spant een mens zich eigenlijk nog in?' vroeg hij toen Blomstrand zweeg.

'Een goede vraag', antwoordde Blomstrand. 'Eerlijk gezegd vraag ik me dat ook vaak af.'

Wallander maakte een eind aan het gesprek en liet de hoorn van de haak liggen. Hij deed het raam open om naar een vogel te luisteren die in een boom voor zijn raam zat te zingen. Het zou een warme dag worden. Binnenkort was het 1 juni. De hele maand mei was voorbijgegaan zonder dat hij eigenlijk gemerkt had dat de bomen waren uitgelopen, de bloemen uit de aarde opgeschoten en de geuren sterker geworden waren.

Hij ging weer aan zijn bureau zitten. Hij moest iets doen dat hij niet tot de volgende week kon uitstellen. Hij draaide een vel papier in zijn schrijfmachine, pakte zijn Engelse woordenboek en begon langzaam een kort samenvattend rapport aan onbekende collega's in Zuid-Afrika te schrijven. Hij schreef wat hij wist over de beraamde aanslag en vertelde uitvoerig over Victor Mabasha. Toen hij bij het eind van Victor Mabasha's leven was gekomen, draaide hij een nieuw vel papier in zijn schrijfmachine.

Hij ging verder. Het kostte hem alles bij elkaar een uur en hij eindigde met het belangrijkste, dat men een andere man, Sikosi Tsiki geheten, als plaatsvervanger had aangewezen. Helaas was die erin geslaagd Zweden te verlaten. Men mocht aannemen dat hij op weg was naar Zuid-Afrika. Hij schreef wie hij was, zocht het telexnummer van de Zweedse afdeling van Interpol op en vroeg zijn Zuid-Afrikaanse collega's contact op te nemen als ze verder nog iets wilden weten. Toen gaf hij het telexbericht bij de receptie af en zei dat het in ieder geval vandaag nog naar Zuid-Afrika gestuurd moest worden.

Daarna ging hij naar huis. Voor het eerst sinds de explosie stapte hij weer over de drempel.

Hij voelde zich als een vreemde tegenover zijn eigen flat staan. Zijn door rook aangetaste meubelen stonden opgestapeld met een stuk plastic eroverheen. Hij trok een stoel bij en ging zitten.

Het was benauwd.

Hij vroeg zich af hoe hij alles wat er gebeurd was moest verwerken.

Op dat moment bereikte zijn telexbericht Stockholm. Een onervaren invaller kreeg de opdracht het bericht naar Zuid-Afrika te zenden. Door een technisch falen en een slordige controle bleef het tweede blad van Wallanders rapport liggen. Dat betekende dat de Zuid-Afrikaanse politie die avond, 23 mei, de mededeling ontving dat de pleger van een aanslag, Victor Mabasha geheten, op weg was naar Zuid-Afrika. De politiemensen bij Interpol die de mededeling ontvingen zetten vraagtekens bij de vreemde boodschap. Er ontbrak een afzender en het bericht eindigde abrupt. Maar ze hadden opdracht van inspecteur Borstlap gekregen om alle telexen uit Zweden onmiddellijk naar zijn kantoor door te sturen. Omdat het telexbericht laat op zaterdagavond in Johannesburg arriveerde, ontving inspecteur Borstlap het niet voor maandag. Hij nam dadelijk contact met Scheepers op.

Ze hadden nu een bevestiging gekregen van wat er in de brief van de geheimzinnige Steve had gestaan.

De gezochte man heette Victor Mabasha.

Ook Scheepers was van mening dat het telexbericht vreemd abrupt eindigde en hij maakte een opmerking dat er geen naam onder stond, maar omdat het alleen een bevestiging was van wat hij al eerder vernomen had, liet hij het erbij.

Vanaf dat moment werd alles uit de kast gehaald voor de jacht op Victor Mabasha. Alle grensposten werden gealarmeerd. Ze waren in staat van paraatheid.

33

Op de dag dat Jan Kleyn door Georg Scheepers werd vrijgelaten, belde hij vanuit zijn huis in Pretoria naar Franz Malan. Hij was ervan overtuigd dat zijn telefoons afgeluisterd werden, maar hij had nog een lijn, onbekend voor iedereen behalve voor de speciale agenten van, uit veiligheidsoogpunt gezien, gevoelige verbindingscentrales. Er waren telefoonaansluitingen die officieel niet bestonden.

Frans Malan was overrompeld. Hij wist niet dat Jan Kleyn die dag vrijgelaten was. Omdat ze alle reden hadden om aan te nemen dat ook Malans telefoon afgeluisterd werd, maakte Kleyn gebruik van een van tevoren afgesproken codewoord dat moest voorkómen dat Malan iets zou zeggen dat niet door de telefoon gezegd moest worden. Een verkeerd gedraaid nummer fungeerde als dekmantel. Jan Kleyn vroeg naar Horst, verontschuldigde zich daarna en hing op. Franz Malan checkte de betekenis in een speciale codelijst. Twee uur na het telefoontje moest hij via een speciale telefooncel naar een andere openbare telefoon bellen.

Er was Jan Kleyn veel aan gelegen om er onmiddellijk achter te komen wat er gebeurd was terwijl hij vastzat. Franz Malan moest bovendien weten dat hij ook verder de verantwoordelijkheid bleef hebben. Jan Kleyn twijfelde er niet aan dat hij zijn bewakers van zich af kon schudden. Toch was het risico te groot om persoonlijk contact met Franz Malan op te nemen of naar Hammanskraal te gaan waar Sikosi Tsiki vermoedelijk al was of weldra zou arriveren.

Toen Jan Kleyn het hek uitreed, had hij binnen een paar minuten zijn schaduw in een auto achter hem opgemerkt. Hij wist dat er ook een auto voor hem reed. Maar daar trok hij zich op dit moment niets van aan. Dat hij bij een telefooncel stopte om te bellen, zou ze natuurlijk nieuwsgierig maken. Ze zouden het rapporteren, maar nooit zouden ze erachter komen wat er gezegd was.

Jan Kleyn werd overrompeld door het bericht dat Sikosi Tsiki al gearriveerd was. Ook vroeg hij zich af waarom Konovalenko niets van zich had laten horen. In hun checklist was opgenomen dat Konovalenko een bevestiging zou krijgen als Sikosi Tsiki inderdaad gearriveerd was. Dat moest uiterlijk drie uur na de verwachte aankomsttijd gebeuren. Jan Kleyn lichtte Franz Malan kort in. Ze kwamen overeen dat ze de volgende dag van twee andere, van tevoren afgesproken, telefooncellen gebruik zouden maken. Jan Kleyn probeerde door de telefoon te horen of Franz Malan ongerust was, maar hij beluisterde alleen Malans gebruikelijke, licht nerveuze manier van uitdrukken.

Toen het gesprek afgelopen was reed hij naar een van de duurste restaurants in Pretoria om te lunchen. Tevreden dacht hij dat het erin zou hakken als zijn schaduw Scheepers de rekening presenteerde. Hij zag de man aan een tafeltje aan de andere kant van de eetzaal zitten. Ergens in zijn achterhoofd had Jan Kleyn het besluit al genomen dat Scheepers niet waardig was om in een Zuid-Afrika verder te leven dat binnen een jaar weer een volmaakte samenleving zou zijn. Een Zuid-Afrika trouw aan de oude, eens opgestelde regels en vervolgens altijd verdedigd door een eensgezind Boerevolk.

Maar er waren momenten dat Jan Kleyn door de angstaanjagende gedachte werd overvallen dat zijn levenswijze ten dode was opgeschreven. Dat er geen weg terug meer was. De Boere hadden verloren en hun oude land zou in de toekomst door zwarten bestuurd worden, die niet zouden toestaan dat de blanken hun geprivilegieerde leventje voortzetten. Het was een soort negatieve helderziendheid waartegen hij zich moeilijk kon verweren. Maar al gauw had hij zijn zelfbeheersing weer hervonden. Het was maar een kort moment van zwakheid geweest, dacht hij, meer niet. Ik laat me door de voortdurend negatieve instelling van de Zuid-Afrikanen van Engelse afkomst tegenover ons Boere beïnvloeden. Ze weten dat wij de eigenlijke ziel van dit land zijn. Wij zijn het door de geschiedenis en God op dit continent uitverkoren volk. Zij niet, vandaar die goddeloze jaloezie die ze niet van zich af kunnen zetten.

Hij rekende af, liep met een glimlach langs het tafeltje waar zijn schaduw zat, een beetje te zware man die hevig transpireerde, en reed naar huis. Toen hij zijn auto in de garage had gezet, begon hij weer aan zijn systematische analyse: wie had hem verraden en Scheepers informatie toegespeeld?

Hij schonk een glas port in en ging in de woonkamer zitten. Hij trok de gordijnen dicht en deed alle lichten uit, op een bescheiden schilderijverlichting na. Hij kon altijd het beste nadenken in zwakverlichte vertrekken.

Zijn dagen met Scheepers hadden zijn haat tegen de heersende chaos in het land nog verder aangewakkerd. Hij kon maar niet over de vernedering heenkomen dat ze hem, een hooggeplaatst, betrouwbaar en loyaal ambtenaar van de inlichtingendienst, hadden gearresteerd, verdacht van subversieve activiteiten. Hij deed immers precies het tegenovergestelde. Zonder zijn eigen geheime werkzaamheden en die van het Comité zou het risico van een nationale ineenstorting een reëel en geen denkbeeldig gevaar zijn. Zoals hij daar met zijn glas port zat, was hij meer dan ooit vastbesloten dat Nelson Mandela moest sterven. Hij zag het niet langer als een aanslag, maar als een terechtstelling volgens de ongeschreven wetten die hij vertegenwoordigde.

Er was nog meer verontrustends dat aan zijn verontwaardiging bijdroeg. Vanaf het moment dat zijn vertrouwde kamerbewaarder van de president had gebeld, had hij beseft dat iemand Scheepers informatie moest hebben toegespeeld waarover hij in feite onmogelijk kon beschikken. Iemand uit zijn omgeving had hem domweg verraden. En hij moest er met spoed achter komen wie dat was. Wat zijn ongerustheid nog versterkte, was dat hij Franz Malan niet als schuldige kon uitsluiten. Noch hij noch een ander van het Comité. Behalve deze mensen waren er misschien nog twee, mogelijk drie van zijn medewerkers bij de inlichtingendienst die in zijn leven konden snuffelen en die om onbekende redenen besloten hadden hem uit te leveren.

Hij zat in het donker over elk van deze mannen te denken en zocht in zijn herinnering naar aanwijzingen, maar vond die niet.

Hij maakte daarbij gebruik van een mengeling van intuïtie, feiten en ten slotte eliminatie. Hij vroeg zich af wie er iets te winnen had door hem aan te geven, wie hem zo haatte dat dat het risico om ontdekt te worden waard was. Hij bracht de groep mogelijke personen van zestien naar acht terug. Daarna begon hij opnieuw en iedere keer werd het aantal mogelijke kandidaten kleiner.

Ten slotte had hij er niet een meer over. Hij had geen antwoord op zijn vraag gevonden.

En toen dacht hij voor het eerst aan Miranda. Pas toen er geen ander was, moest hij wel aan haar denken. De gedachte schokte hem. Het was een verboden, onmogelijke gedachte. Maar het wantrouwen was gewekt, daar kon hij niet onderuit en hij moest haar ermee confronteren. Hij ging ervan uit dat zijn verdenking onjuist was. Omdat hij zeker wist dat ze niet tegen hem kon liegen zonder dat hij het onmiddellijk zou merken, zou de verdenking snel vervluchtigen, zodra hij met haar gesproken had. Hij moest wel een van de eerstkomende dagen zijn schaduwen afschudden om haar en Matilda in Bezuidenhout een bezoek te brengen. De oplossing moest zich ongetwijfeld op de lijst van mensen bevinden die hij zojuist doorgenomen had. Hij was er alleen nog niet uit. Hij zette zijn gedachten van zich af, schoof de lijst terzijde en boog zich over zijn muntenverzameling. Het maakte hem altijd rustig als hij de fraaiheid van de munten bekeek en zich hun waarde indacht. Hij pakte een oude glanzende gouden munt op. Een vroege Krugerrand. Ze bezat dezelfde tijdloze duurzaamheid als de tradities van de Boere. Hij hield haar onder zijn bureaulamp en zag dat er een klein, bijna onzichtbaar vlekje op zat. Hij pakte een netjes opgevouwen stofdoek en wreef voorzichtig over het gouden oppervlak tot de munt opnieuw begon te glanzen.

Drie dagen daarna, laat in de middag, bezocht hij Miranda en Matilda in Bezuidenhout. Omdat hij niet wilde dat zijn schaduwen hem ook maar tot aan Johannesburg zouden volgen, besloot hij zich al in het centrum van Pretoria van hen te ontdoen. Een paar eenvoudige uitwijkmanoeuvres waren voldoende om de loopjongens van Scheepers af te schudden. Hoewel hij zijn schaduwen kwijt was, hield hij de weg in zijn achteruitkijkspiegel nauwkeurig in de gaten toen hij naar Johannesburg reed. Hij draaide ook een paar controlerondjes in het zakencentrum van Johannesburg om er zeker van te zijn dat hij zich niet vergist had. Pas daarna sloeg hij de straten in die hem naar Bezuidenhout voerden. Het was hoogst ongebruikelijk dat hij hen midden in de week, en dan nog wel zonder het eerst aan te kondigen, een bezoek bracht. Het zou een verrassing voor hen zijn. In de buurt van het huis stopte hij bij een supermarkt en sloeg boodschappen in voor een gezamenlijke maaltijd. Het liep tegen halfzes toen hij de straat inreed waar het huis stond.

Eerst geloofde hij dat hij het verkeerd zag.

Toen zag hij dat er een man door het tuinhek van Matilda en Miranda's huis kwam.

Een zwarte man.

Hij zette de auto naast de stoeprand en zag aan de overkant op het trottoir de man zijn kant op komen. Hij klapte de beide zonnekleppen bij de voorruit neer om zelf niet gezien te worden. Daarna nam hij de man aandachtig op.

Plotseling herkende hij hem. Het was een man wiens gangen hij al heel lang liet nagaan. Zonder dat de verdenking ooit bevestigd was, was de inlichtingendienst er heilig van overtuigd dat de man tot een groep binnen de meest radicale sectie van het ANC behoorde, een die ervan verdacht werd achter een reeks bomaanslagen op handelsfirma's en restaurants te zitten. Hij noemde zich afwisselend Martin, Steve of Richard.

Jan Kleyn zag de man passeren en verdwijnen.

Hij zat als verstijfd. Er heerste een chaos in zijn hoofd die de nodige tijd kostte om te ontwarren. Maar hij kon niet meer terug. De achterdocht die hij eerst niet ernstig had willen nemen was werkelijkheid geworden. Toen hij de ene persoon na de andere had doorgestreept en er uiteindelijk niemand meer over was, had hij het dus bij het juiste eind gehad. Alleen Miranda was overgebleven. Het was waar én onbegrijpelijk tegelijk. Even was hij geheel overmand door verdriet. Daarna kwam de kilte. Het was alsof de thermometer snel in hem daalde terwijl zijn woede steeg. Van het ene moment op het andere veranderde liefde in haat. Die gold Miranda, niet Matilda, haar zag hij als onschuldig, ook zij was het slachtoffer van haar moeders verraad. Hij klemde zijn handen hard om het stuur. Hij beheerste zijn aanvechting om naar het huis te rijden, de deur in te trappen en Miranda voor het laatst in de ogen te kijken. Hij zou pas naar het huis gaan als hij uiterlijk heel kalm was. Onbeheerste kwaadheid was een teken van zwakte. Hij wilde niet dat Miranda of zijn dochter hem zo zag.

Jan Kleyn begreep het niet. Bij alles wat hij in zijn leven deed ging hij van vaste beginselen en van een doel uit. Waarom had Miranda hem verraden? Waarom riskeerde ze het goede leven dat hij haar en hun dochter verschafte?

Hij begreep het niet. En wat hij niet begreep maakte hem kwaad. Hij had zijn leven gewijd aan het bestrijden van wanorde. Daar viel voor hem ook alles onder wat ondoorzichtig was. Wat hij niet begreep moest op dezelfde manier bestreden worden als alle andere dingen die leidden tot de toenemende chaos en het verval van de samenleving.

Hij bleef lang in zijn auto zitten. Het werd donker. Pas toen hij heel kalm was reed hij naar het huis. Hij zag een vage beweging achter het gordijn voor het grote raam in de woonkamer. Hij haalde de zakken met levensmiddelen uit de auto en liep het hek door.

Toen ze opendeed glimlachte hij tegen haar. Gedurende korte momenten, zo kort dat ze hem bijna ontsnapten, hoopte hij dat hij zich die verbeeld had, maar de waarheid was nu aan het licht gekomen en hij wilde weten wat erachter stak.

In de duisternis van de hal viel haar donkere gezicht moeilijk te onderscheiden.

'Hier ben ik', zei hij. 'Ik wilde jullie verrassen.'

'Dat is nog nooit gebeurd', antwoordde ze.

Hij meende dat haar stem schor en vreemd klonk. Hij wenste dat hij haar beter kon zien. Vermoedde ze dat hij de man gezien had die uit het huis was gekomen?

Op dat moment kwam Matilda haar kamer uit. Ze keek naar hem zonder iets te zeggen. Ze weet het, dacht hij. Ze weet dat haar moeder me verraden heeft. Hoe kan ze haar op een andere manier dan door haar stilzwijgen in bescherming nemen?

Hij zette de zakken met levensmiddelen op de grond en trok zijn jack uit.

'Ik wil dat je weggaat', zei ze.

Eerst dacht hij dat hij het verkeerd verstaan had. Hij draaide zich met zijn jack in zijn handen om.

'Vraag je me om weg te gaan?' zei hij.

'Ja.'

Hij keek een ogenblik naar zijn jack voordat hij het op de grond liet vallen. Toen sloeg hij haar uit alle macht recht in het gezicht. Ze verloor haar evenwicht, maar bleef bij haar positieven. Voordat ze uit eigen kracht op kon staan had hij haar bij haar bloes gegrepen en haar overeind getrokken.

'Jij vraagt mij om weg te gaan', zei hij zwaar ademend. 'Als er iemand gaat ben jij het, maar je gaat niet weg.'

Hij trok haar mee de woonkamer in en duwde haar op de bank. Matilda maakte een beweging om haar moeder te helpen, maar hij schreeuwde tegen haar zich er niet mee te bemoeien.

Hij ging in een stoel tegenover Miranda zitten. Het donker in de kamer maakte hem plotseling opnieuw razend. Hij sprong op en stak alle lichten aan. Toen zag hij dat ze uit haar neus en mond bloedde. Hij ging weer op de stoel zitten en keek naar haar.

'Er kwam een man uit je huis', zei hij. 'Een zwarte man. Wat deed hij hier?'

Ze gaf geen antwoord. Ze keek niet eens naar hem. Ze trok zich evenmin iets van het bloed aan dat vloeide en neerdruppelde.

Het was zinloos, dacht hij. Wat ze ook gezegd of gedaan had, ze had hem verraden. Hier hield alles op. Verdergaan was onmogelijk. Wat hij met haar zou doen wist hij niet. Hij kon zich geen wraak voorstellen die erg genoeg was. Hij keek naar Matilda. Ze stond nog altijd onbeweeglijk op haar plaats. Op haar gezicht lag een uitdrukking die hij nooit eerder had gezien. Hij kon niet zeggen wat voor uitdrukking. Ook dat maakte hem onzeker. Toen zag hij dat Miranda naar hem keek.

'Ik wil dat je gaat', zei ze opnieuw. 'En ik wil niet dat je me ooit weer opzoekt. Dit is jouw huis. Als jij blijft, vertrekken wij.'

Ze daagt me uit, dacht hij. Hoe durft ze? Opnieuw voelde hij zijn razernij opbruisen. Hij dwong zichzelf haar niet te slaan.

'Niemand gaat weg', zei hij. 'Ik wil dat je praat.'

'Wat wil je horen?'

'Met wie je gesproken hebt. Over mij. Wat je gezegd hebt. En waarom.'

Ze keek hem recht in de ogen. Het bloed onder haar neus en op haar wang begon al zwart te worden.

'Ik heb verteld wat ik in je zakken vond als je hier sliep. Ik heb geluisterd naar wat je in je slaap zei en ik heb het opgeschreven. Misschien was het van nul en gener waarde, maar ik hoop dat het tot je ondergang leidt.'

Ze had met de schorre, vreemde stem gesproken. Nu begreep hij dat dat haar echte stem was – de stem die ze al die jaren had gebruikt, was gespeeld geweest. Alles was gespeeld geweest, nergens zag hij nog een sprankje echtheid in hun verhouding.

'Wat zou je zonder mij geweest zijn?' vroeg hij.

'Dood misschien', antwoordde ze. 'Maar misschien ook gelukkig.'

'Je zou in een krottenwijk gewoond hebben.'

'Misschien hadden we dan meegeholpen die af te breken.'

'Laat mijn dochter hier buiten.'

'Je bent de vader van een kind, Jan Kleyn. Maar je hebt geen dochter. Je hebt alleen je eigen ondergang.'

Op het tafeltje tussen hen in stond een glazen asbak. Nu hij geen woorden meer had greep hij ernaar en gooide hem met al zijn kracht naar haar hoofd. Ze kon nog juist wegduiken. De asbak lag naast haar op de bank. Hij sprong overeind, gooide de tafel om, pakte de asbak en tilde die hoog boven haar hoofd. Op dat moment hoorde hij een sissend geluid, als van een dier. Hij keek naar Matilda, die zich uit de achtergrond had losgemaakt. Ze siste tussen haar opeengeklemde tanden. Hij kon niet verstaan wat ze zei, maar hij zag dat ze een pistool in haar hand had.

Toen schoot ze. Ze raakte hem midden in zijn borst. Nadat hij op de grond was gevallen, leefde hij nog maar een enkele minuut.

Met een blik die al vager werd zag hij dat ze naar hem stonden te kijken. Hij wilde iets zeggen, probeerde het leven vast te houden dat uit hem wegvloeide, maar er was niets om zich aan vast te klampen. Niets.

Miranda voelde geen opluchting, maar evenmin angst. Ze keek naar haar dochter die de dode de rug toegekeerd had. Miranda nam haar het pistool af. Daarna belde ze de man die bij hen op bezoek was geweest en die Scheepers heette. Zijn nummer lag al naast de telefoon. Nu begreep ze waarom ze dat er neergelegd had.

Een vrouw nam op en noemde haar naam, Judith. Ze riep haar man die onmiddellijk aan de telefoon kwam. Hij beloofde meteen naar Bezuidenhout te komen en hij vroeg haar niets te doen, alleen te wachten.

Hij zei tegen Judith dat ze later zouden eten, maar hij zei niet waarom en ze onderdrukte de opwelling ernaar te vragen. Spoedig zou zijn speciale opdracht achter de rug zijn, had hij nog maar zo kort tevoren als gisteren gezegd. Dan zou alles weer normaal worden en konden ze naar het Krugerpark gaan om te zien of de witte leeuwin er nog was en of ze nog bang voor haar waren. Hij belde Borstlap, belde verscheidene nummers af voordat hij hem vond. Hij gaf het adres en vroeg hem niet naar binnen te gaan voordat hij gearriveerd was.

Toen hij in Bezuidenhout kwam stond Borstlap bij zijn auto te wachten. Miranda deed open. Ze gingen de woonkamer binnen. Scheepers legde zijn hand op Borstlaps schouder. Nog had hij niets gezegd.

'De man die daar dood op de grond ligt is Jan Kleyn', zei hij.

Borstlap keek hem verbaasd aan en wachtte op een vervolg dat nooit kwam.

Jan Kleyn was dood. Zijn bleekheid was opvallend, net als zijn magere, bijna uitgemergelde gezicht. Scheepers probeerde voor zichzelf uit te maken of hij nu het einde van een boze dan wel een tragische geschiedenis bijwoonde. Maar vooralsnog had hij daar geen antwoord op.

'Hij sloeg me', zei Miranda. 'Ik schoot.'

Toen ze dat zei stond Matilda toevallig in Scheepers' blikveld. Hij zag dat het meisje verbaasd reageerde op de woorden van haar moeder. Scheepers begreep dat zij het was die hem gedood had, dat zij haar vader had doodgeschoten. Hij zag aan Miranda's bebloede gezicht dat ze geslagen was. Was het nog tot Jan Kleyn doorgedrongen? Dat hij ging sterven en dat zijn dochter het laatste wapen dat ooit nog op hem gericht werd omklemde?

Hij zei niets, maar knikte tegen Borstlap dat hij hem naar de keuken moest volgen. Hij trok de deur achter zich dicht.

'Het kan me niet schelen hoe je het doet,' zei hij, 'maar ik wil dat je het lichaam weghaalt en doet of het een zelfmoord is. Jan Kleyn is voor verhoor gearresteerd. Dat heeft hem diep gegriefd. Hij heeft zijn eer verdedigd door zelfmoord te plegen. Dat moet als motief voldoende zijn. Verder het is nooit moeilijk om zaken die met de inlichtingendienst verband houden in de doofpot te stoppen. Ik wil dat je het vanavond of vannacht nog afhandelt.'

'Ik riskeer mijn baan', zei Borstlap.

'Je hebt mijn woord dat je geen enkel risico loopt', antwoordde Scheepers.

Borstlap keek hem lang aan.

'Wie zijn die vrouwen?' vroeg hij.

'Je hebt ze nooit gezien', antwoordde Scheepers.

'De veiligheid van Zuid-Afrika is zeker in het geding', zei Borstlap en Scheepers hoorde zijn vermoeide ironie.

'Ja', antwoordde hij. 'Daar gaat het hier om.'

'Weer een gefabriceerde leugen', zei Borstlap. 'Ons land is een lopende band die dag en nacht leugens produceert. Wat zal er gebeuren als dit alles op een keer in elkaar klapt?'

'Waarom doen we alles om een aanslag te verijdelen?' vroeg Scheepers.

Borstlap knikte langzaam.

'Ik zal het doen', zei hij.

'In je eentje.'

'Niemand zal iets zien. Ik laat het lichaam ergens buiten achter. En ik zorg ervoor dat ik het onderzoek leid.'

'Ik ga het ze vertellen', zei Scheepers. 'Ze zullen je opendoen als je terugkomt.'

Borstlap ging weg.

Miranda had een laken over het lichaam van Jan Kleyn gelegd. Scheepers was de vele leugens waarbinnen hij zijn werk moest doen plotseling beu, leugens die voor een deel ook binnenin hem zaten.

'Ik weet dat je dochter hem doodgeschoten heeft', zei hij, 'maar dat maakt verder geen verschil. Niet voor mij tenminste. Mocht dat voor jullie anders liggen, dan kan ik jullie daar niet bij helpen. Zijn lichaam wordt vannacht nog weggehaald. De politieman die ik bij me had komt het ophalen. Hij zal het zelfmoord noemen. Niemand komt erachter wat er echt gebeurd is. Die garantie geef ik jullie.'

Scheepers zag een glimp van verbaasde dankbaarheid in Miranda's ogen.

'In zekere zin was het misschien ook wel zelfmoord', zei hij. 'Een man die zo leeft als hij hoeft niet op een ander einde te rekenen.'

'Ik kan niet eens om hem huilen', zei Miranda. 'Ik ben leeg.'

'Ik haatte hem', zei Matilda plotseling.

Scheepers zag dat ze huilde.

Een mens doden, dacht hij. Hoe zeer je ook haat of het uit opperste vertwijfeling doet, er ontstaat altijd een barst in je ziel die nooit helemaal zal genezen. Bovendien was het haar vader, die ze weliswaar niet gewild had, maar die ze ook niet weg kón willen.

Hij bleef niet lang. Hij begreep dat ze nu in de eerste plaats elkaar nodig hadden, maar toen Miranda hem vroeg terug te komen, beloofde hij dat.

'We gaan verhuizen', zei ze.

'Waar naartoe?'

Ze spreidde haar armen uit. 'Daar kan ik niet zelf over beslissen. Misschien is het beter dat Matilda dat doet.'

Scheepers reed naar huis voor een late avondmaaltijd. Hij zat in gedachten verzonken en was afwezig. Toen Judith vroeg hoelang die speciale opdracht nog zou duren kreeg hij een slecht geweten.

'Het is gauw achter de rug', zei hij.

Tegen middernacht belde Borstlap.

'Ik wil je alleen maar even zeggen dat Jan Kleyn zelfmoord gepleegd heeft', zei hij. 'Hij wordt morgen op een parkeerplaats tussen Johannesburg en Pretoria gevonden.'

Wie wordt nu de sterke man? dacht Scheepers toen het gesprek afgelopen was. Wie gaat het Comité nu leiden?

Commissaris Borstlap woonde in een villa in de wijk Kensington, een van de oudste van Johannesburg. Hij was getrouwd met een verpleegkundige die altijd nachtdienst had in de grootste legerplaats van de stad. Omdat ze drie volwassen kinderen hadden bracht Borstlap de meeste doordeweekse avonden in zijn eentje thuis door. Meestal was hij zo moe als hij thuiskwam dat hij alleen nog maar televisie kon kijken. Maar soms ging hij naar een kleine werkplaats die hij voor zichzelf in de kelder had ingericht. Daar zat hij silhouetten te knippen. Hij had die kunst van zijn vader geleerd, maar hij was er nooit zo handig in geworden als hij. Het was een rustgevende bezigheid om met vaste hand voorzichtig gezichten in het zwarte vloeipapier te knippen. Maar deze avond, toen hij Jan Kleyn naar een slecht verlichte parkeerplaats had gebracht die hij overigens van een daar kortgeleden gepleegde moord kende, kon hij zich maar moeilijk ontspannen toen hij thuiskwam. Hij wilde de silhouetten van zijn kinderen knippen, en intussen wilde hij nadenken over de samenwerking van de afgelopen dagen met Scheepers. Het eerste wat hij dacht was dat hij goed met de jonge officier van justitie kon opschieten. Scheepers was intelligent en energiek en bezat bovendien verbeeldingskracht. Hij luisterde naar wat anderen zeiden en gaf het onmiddellijk toe als hij iets fout gedacht of gedaan had. Maar Borstlap vroeg zich af waar Scheepers nu eigenlijk precies mee bezig was. Hij had wel door dat het om een ernstige zaak ging, een samenzwering, een huurmoord op Nelson Mandela die voorkomen moest worden, maar er zaten nog veel lacunes in zijn kennis. Hij vermoedde dat er sprake was van een omvangrijke samenzwering zonder dat men wist wie er naast Jan Kleyn nog meer bij betrokken waren. Soms had hij het gevoel dat hij met geblinddoekte ogen aan het onderzoek meewerkte. Dat had hij ook tegen Scheepers gezegd, die geantwoord had dat hij daar begrip voor had, maar dat hij niets kon zeggen. Hij had slechts een beperkt mandaat wat betreft het opheffen van de geheimhouding.

Toen dat eigenaardige telexbericht uit Zweden maandagochtend op zijn bureau had gelegen had Scheepers onmiddellijk een grote energie aan de dag gelegd. Ze hadden Victor Mabasha binnen enkele uren in hun bestanden gevonden en de spanning was gestegen toen ze zich realiseerden dat de politie hem er verscheidene keren van verdacht had een huurmoordenaar te zijn die op bestelling liquidaties uitvoerde. Hij was nooit gestraft. Tussen de regels door had gestaan dat hij zeer intelligent was en zijn aanslagen altijd met slimme voorzorgsmaatregelen en camouflages afdekte. Zijn laatst bekende woonplaats was Ntibane bij Umtata, niet ver van Durban. Dat maakte de aanwijzing die voor Durban 3 juli sprak op slag een stuk waardevoller. Borstlap had onmiddellijk contact met zijn collega's in Umtata opgenomen, die bevestigden dat ze Victor Mabasha voortdurend in de gaten hielden. Diezelfde middag waren Scheepers en Borstlap erheen gereden. Samen met enkele rechercheurs wilden ze dinsdagochtend heel vroeg toeslaan. Maar Victor Mabasha's huis was verlaten geweest. Scheepers had moeite gehad zijn teleurstelling te verbergen en Borstlap wist niet hoe het nu verder moest. Ze waren naar Johannesburg teruggereden en hadden alle beschikbare middelen ingezet om de man op te sporen. Scheepers en Borstlap hadden afgesproken dat de officiële verklaring voorlopig zou luiden dat Victor Mabasha in verband met een aantal brute verkrachtingen van blanke vrouwen in de Transkei werd gezocht.

Er werden verder strikte orders gegeven dat er niets over Victor Mabasha naar de pers mocht uitlekken. Ze werkten in die tijd praktisch dag en nacht, maar nog altijd hadden ze geen spoor van de gezochte man gevonden. En nu was Jan Kleyn dus dood.

Borstlap legde geeuwend zijn silhouetschaar weg en rekte zich uit.

Morgen zouden ze weer van voren af aan beginnen, dacht hij. Maar ze hadden nu de datum, of het nu 12 juni of 3 juli was.

Borstlap was er minder zeker van dan Scheepers dat het spoor, dat naar Kaapstad wees, een dwaalspoor was om hen om de tuin te leiden. Hij vond dat hij de advocaat van de duivel moest spelen wat Scheepers conclusies betrof en dat hij ook het spoor naar Kaapstad in de gaten moest houden.

Donderdag 28 mei spraken Borstlap en Scheepers elkaar opnieuw.

'Jan Kleyn is even na zes uur vanochtend gevonden', zei Borstlap. 'Door een automobilist die stopte om te plassen. De politie is onmiddellijk ingelicht. Ik heb met de agent gesproken die als eerste ter plaatse was. Een duidelijk geval van zelfmoord, zei hij.'

Scheepers knikte. Hij wist dat hij een juiste keuze had gemaakt toen hij gevraagd had inspecteur Borstlap als medewerker te krijgen.

'Nog twee weken tot 12 juni', zei hij. 'Ruim een maand tot 3 juli. Met andere woorden er is nog tijd om Victor Mabasha te vinden. Ik ben geen politieman, maar ik neem aan dat dit genoeg moet zijn.'

'Dat hangt ervan af', zei Borstlap. 'Victor Mabasha is een geslepen misdadiger. Hij kan zichzelf heel lang onzichtbaar maken. Hij kan zich in een township verbergen waar we hem nooit kunnen vinden.'

'We moeten hem vinden', viel Scheepers hem in de rede. 'Vergeet niet dat mijn bevoegdheden me het recht geven praktisch alle middelen in te zetten die we nodig achten.'

'Zo vinden we hem niet', zei Borstlap. 'Je kunt het leger Soweto laten omsingelen en er daarna parachutisten in droppen, maar je zult hem daar nooit vinden. Wat je je zo wel op de hals haalt is een oproer.'

'Wat stel jij dan voor?' vroeg Scheepers.

'Een discrete beloning van vijftigduizend rand', zei Borstlap. 'Een even discrete hint richting crimineel circuit dat we bereid zijn te betalen om Victor Mabasha te arresteren. Op die manier vinden we hem misschien.'

Scheepers keek hem sceptisch aan.

'Gaat de politie zo te werk?'

'Niet vaak, maar het komt voor.'

Scheepers haalde zijn schouders op.

'Jij weet het het beste', zei hij. 'Ik zal voor het geld zorgen.'

'Het gerucht moet vanavond al verspreid worden.'

Daarna begon Scheepers over Durban te praten. Ze moesten zo vlug mogelijk een bezoek aan het stadion brengen waar Nelson Mandela een grote menigte zou toespreken. Ze moesten nu al weten welke veiligheidsmaatregelen de plaatselijk politie van plan was te nemen. Ze moesten lang van tevoren een strategie ontwikkelen over wat te doen als ze Victor Mabasha niet konden oppakken. Borstlap maakte zich er zorgen over dat Scheepers de tweede mogelijkheid niet van even groot belang achtte. Hij besloot zonder iets te zeggen contact met een van zijn collega's in Kaapstad op te nemen om hem te vragen wat voetenwerk voor hem te verrichten.

Die avond nam Borstlap contact op met een aantal politie-informanten die hem regelmatig van min of meer bruikbare tips voorzagen.

Vijftigduizend rand was heel veel geld.

Hij wist dat de jacht op Victor Mabasha nu in alle ernst geopend was.

34

Woensdag 10 juni ging Kurt Wallander met onmiddellijke ingang met ziekteverlof. Volgens de arts, die hem een zwijgzaam en gesloten mens vond, was Wallander onzeker en wist hij niet goed wat hem nu eigenlijk mankeerde. Hij had het over nachtmerries, slapeloosheid, maagpijn, nachtelijke paniekaanvallen als hij dacht dat zijn hart stil zou staan, kortom alle bekende signalen van toenemende stress met als volgende stap een mogelijke zenuwinstorting. In die tijd ging Wallander om de dag naar de dokter. De symptomen wisselden elkaar af, bij ieder nieuw bezoek kwam hij weer met iets anders op de proppen dat eigenlijk het ergste was. Hij kreeg ook onverwachte en hevige huilbuien. De arts die ten slotte een ernstige depressie diagnostiseerde en hem een combinatie van gesprekstherapie en antidepressiva voorschreef, had geen reden om aan de ernst van zijn toestand te twijfelen. In kort tijdsbestek had Wallander een mens gedood en actief bijgedragen aan het levend verbranden van een tweede. Wat Wallander evenmin van zich af kon zetten was een gevoel van verantwoordelijkheid tegenover de vrouw die haar leven opgeofferd had om zijn dochter te helpen vluchten, maar het meest van alles voelde hij zich schuldig over de dood van Victor Mabasha. Dat de reactie onmiddellijk na de dood van Konovalenko was opgetreden was normaal. Hij had nu niemand meer om jacht op te maken en niemand maakte meer jacht op hem. Wallanders depressie wees er paradoxaal genoeg op dat hij zich opgelucht voelde. Hij had nu de tijd om zichzelf ter verantwoording te roepen en dientengevolge brak zijn neerslachtigheid door alle tot dan toe opgeworpen hindernissen heen. Wallander ging met ziekteverlof. Na een paar maanden geloofden veel van zijn collega's dat hij nooit meer terug zou komen. Van tijd tot tijd, als nieuwe beschrijvingen van zijn vreemde reizen, kriskras van Denemarken tot de Caribische eilanden, het politiebureau in Ystad bereikten, vroeg men zich af of Wallander niet met vervroegd pensioen moest gaan. Dat was een treurige gedachte. Maar zover kwam het niet. Hij keerde terug, ook al was dat pas na lange tijd.

Maar toch zat hij de dag nadat hij met ziekteverlof was gestuurd, een warme, windstille zomerdag in het zuiden van Skåne, op zijn kantoor. Hij moest nog het nodige papierwerk afhandelen voordat hij zijn bureau kon opruimen en vertrekken om te proberen van zijn neerslachtigheid te genezen. 's Ochtends om zes uur zat hij al op zijn kantoor na een slapeloze nacht in zijn flat. Tijdens de stille ochtenduren had hij eindelijk het dikke rapport over de moord op Louise Åkerblom en over wat er daarna allemaal gebeurd was afgekregen. Hij had het doorgelezen en het was alsof hij opnieuw in de onderwereld afdaalde, of hij de tocht herhaalde die hij gehoopt had nooit te hoeven maken. Bovendien moest hij een verslag inleveren dat op bepaalde punten gelogen was. Het was hem nog altijd een raadsel dat sommige van zijn eigenaardige verdwijningen en vooral van zijn stiekeme optrekken met Victor Mabasha niet aan het licht gekomen waren. Zijn zeer zwakke en deels tegenstrijdige verklaringen voor althans een gedeelte van zijn vreemde handelwijze hadden niet tot openlijk wantrouwen geleid, zoals hij verwacht had. Hij nam ten slotte aan dat men medelijden met hem gehad had omdat hij een mens had gedood en dat vervolgens een vage korpseer de rest deed.

Hij legde de map met het dikke verslag op zijn bureau en zette het raam open. Ergens hoorde hij kinderen lachen.

Hoe ziet mijn resumé over mezelf eruit? dacht hij. Ik ben in een situatie terechtgekomen die ik totaal niet aankon. Ik heb alle fouten gemaakt die een politieman maar kan maken, met als ergste van alles dat ik het leven van mijn dochter op het spel heb gezet. Ze heeft me bezworen dat ze me dat afgrijselijke etmaal, geketend in een kelder, niet euvel duidt. Maar mag ik haar eigenlijk wel geloven? Heb ik haar niet aan een lijden blootgesteld waarvan ze de reactie misschien later pas krijgt in de vorm van angsten, nachtmerries, een geblesseerd leven? Daar zou mijn eigen samenvatting moeten beginnen, het verslag dat ik nooit zal schrijven. Dat vandaag eindigt omdat ik zo ver ingestort ben dat ik door een arts voor onbepaalde tijd met ziekteverlof ben gestuurd.

Hij ging weer naar zijn bureau en viel zwaar op zijn stoel neer. Hij had vannacht niet geslapen, dat was waar, maar zijn vermoeidheid kwam ergens anders uit voort, welde diep uit zijn zwaarmoedigheid op. Kon die vermoeidheid de zwaarmoedigheid zelf zijn? Hij dacht aan wat er nu verder zou gebeuren. De arts had voorgesteld om zijn ervaringen onmiddellijk in een gesprekstherapie te verwerken. Wallander had het opgevat als een bevel waaraan hij moest gehoorzamen. Maar wat viel er nou eigenlijk te zeggen?

Voor hem lag de uitnodiging voor de bruiloft van zijn vader. Hij wist niet hoe vaak hij die gelezen had sinds deze een paar dagen geleden met de post was gearriveerd. Zijn vader zou de dag voor midzomer met zijn thuishulp gaan trouwen. Dat was over tien dagen. Hij had verschillende keren met zijn zuster Kristina gesproken, die een paar weken geleden tijdens een kort bezoek midden in de ergste chaos gemeend had dat ze het huwelijk af kon wenden. Nu twijfelde Wallander er niet meer aan dat het werkelijk plaats zou vinden. Wallander kon niet ontkennen dat zijn vader beter gehumeurd was dan hij hem ooit meegemaakt had, hoe zeer hij zijn geheugen ook afzocht. Hij had een reusachtige achtergrond in zijn atelier geschilderd waar de plechtigheid plaats zou vinden. Tot verbijstering van Wallander was het precies hetzelfde motief als zijn vader zijn hele leven geschilderd had, het romantische, roerloze boslandschap. Het enige verschil was dat hij het nu in groot formaat had geschilderd. Wallander had ook met Gertrud gesproken, de vrouw met wie zijn vader ging trouwen. Zij was het geweest die met hem had willen praten en hij had ingezien dat ze echt om zijn vader gaf. Hij was geroerd geweest en had gezegd dat hij blij was met het huwelijk.

Zijn dochter was meer dan een week geleden naar Stockholm teruggekeerd. Ze zou voor de bruiloft overkomen en daarna direct doorreizen naar Italië. Die boodschap had hem angstig geconfronteerd met zijn eigen eenzaamheid. Waar hij zich ook wendde of keerde, hij scheen overal dezelfde verlatenheid te bespeuren. Na de dood van Konovalenko had hij Sten Widén op een avond een bezoek gebracht en bijna al diens whisky opgedronken. Hij was zeer dronken geweest en was begonnen over het gevoel van hopeloosheid waar hij onder leed. Hij geloofde dat hij dat met Sten Widén deelde, hoewel deze zijn paardenverzorgsters had met wie hij zo nu en dan het bed deelde, wat tenminste iets uitdrukte dat misschien gemeenschap genoemd kon worden. Wallander hoopte dat het hernieuwde contact met Sten een vervolg zou krijgen. Hij koesterde geen illusies dat ze de band weer konden opnemen die ze in hun jeugd hadden gehad. Die was voorgoed verdwenen, die kon niet herleven.

Hij werd in zijn gedachtegang onderbroken doordat er op de deur geklopt werd. Hij schrok op. Hij had de afgelopen week op het politiebureau gemerkt dat hij voor mensen terugdeinsde. De deur ging open en Svedberg stak zijn hoofd om de hoek en vroeg of hij even mocht storen.

'Ik heb gehoord dat je er een tijdje niet zult zijn', zei hij.

Wallander voelde onmiddellijk een brok in zijn keel.

'Het kan niet anders', mompelde hij en snoot zijn neus.

Svedberg merkte dat hij ontroerd was.

'Herinner je je de handboeien nog die je in een la bij Louise Åkerblom thuis hebt gevonden?' vroeg hij. 'Dat heb je een keer terloops gezegd. Weet je dat nog?'

Wallander knikte. Die handboeien hadden voor hem de geheime zijde die ieder mens bezit vertegenwoordigd. Gisteren nog had hij lopen piekeren wat zijn onzichtbare handboeien waren.

'Ik heb gisteren thuis een kastje opgeruimd', vervolgde Svedberg. 'Er lagen een heleboel tijdschriften in die ik weg wilde gooien. Maar je weet hoe het gaat, ik bleef zitten bladeren. Toevallig sloeg ik een artikel op over variétéartiesten van de laatste dertig jaar. Er was een foto bij van een boeienkoning die de fantasierijke naam Houdini's Zoon aangenomen had. Eigenlijk heette hij Davidsson, maar na verloop van tijd had hij besloten zich van zijn verschillende lichaamsgevangenissen en ijzeren kisten te bevrijden. Weet je waarom hij ermee opgehouden is?'

Wallander schudde zijn hoofd.

'Hij was bekeerd. Hij werd lid van een kerkgenootschap. Raad eens welk?'

'Dat van de methodisten', zei Wallander nadenkend.

'Precies. Ik heb het hele artikel uitgelezen en aan het einde stond dat hij gelukkig getrouwd was en een paar kinderen had. Onder andere een dochter die Louise heette. Meisjesnaam Davidsson, naam van haar echtgenoot Åkerblom.'

'De handboeien', zei Wallander peinzend.

'Een herinnering aan haar vader', zei Svedberg. 'Zo eenvoudig was het. Ik weet niet wat jij gedacht hebt, maar door mijn hoofd ging een aantal voor kinderen verboden gedachten.'

'Ook door het mijne', zei Wallander. Svedberg stond op. Bij de deur bleef hij staan en draaide zich om.

'Er is nog iets', zei hij. 'Herinner je je Peter Hanson nog?'

'Die dief?'

'Ja, die. Je herinnert je misschien nog dat ik hem gevraagd had zijn ogen open te houden of er op de markt ergens uit je flat gestolen goederen zouden opduiken. Hij belde gisteren. De meeste spullen zijn helaas her en der terechtgekomen, die krijg je nooit meer terug. Maar vreemd genoeg is hij erin geslaagd een cd te pakken te krijgen die volgens hem van jou is.'

'Zei hij welke?'

'Ik heb het opgeschreven.'

Svedberg zocht in zijn zakken tot hij een verkreukeld stukje papier vond.

'Rigoletto', las hij. *'Verdi.'*

Wallander glimlachte.

'Die heb ik gemist', zei hij. 'Doe Peter Hanson de groeten en bedank hem.'

'Hij is een dief', zei Svedberg. 'Die bedank je niet.'

Svedberg verliet lachend de kamer. Wallander zette zich weer aan de stapels papieren die nog lagen te wachten. Het was bijna elf uur en hij hoopte om twaalf uur klaar te zijn.

De telefoon ging. Eerst wilde hij hem niet opnemen, toen tilde hij de hoorn op.

'Ik heb hier een man die met hoofdinspecteur Wallander wil praten', zei een vrouwenstem die hij niet herkende. Hij nam aan dat het de vakantievervangster van Ebba was.

'Verwijs hem naar een ander', antwoordde Wallander. 'Ik ontvang niemand.'

'Hij is erg vasthoudend', zei de receptioniste. 'Hij wil absoluut met hoofdinspecteur Wallander praten. Hij zegt dat hij belangrijke informatie heeft. Het is een Deen.'

'Een Deen', zei Wallander verbaasd. 'Waar gaat het over?'

'Over een Afrikaan zegt hij.'

Wallander dacht heel even na.

'Stuur hem maar door', zei hij.

De man die de kamer van Wallander binnenstapte stelde zich voor als Paul Jørgensen, visser uit Dragør. Hij was heel groot en potig. Toen Wallander hem een hand gaf was het alsof die in een bankschroef klemzat. Hij wees naar een stoel. Jørgensen ging zitten en stak een sigaar op. Wallander was blij dat hij het raam opengezet had. Hij zocht even in zijn laden voordat hij een asbak vond.

'Ik heb iets te vertellen,' zei Jørgensen, 'maar ik weet nog niet of ik het doe of niet.'

Wallander trok verbaasd zijn wenkbrauwen op.

'Dat had u moet beslissen voordat u hier kwam', zei hij.

Normaal gesproken zou hij waarschijnlijk geërgerd geklonken hebben. Nu hoorde hij aan zijn stem dat die alle autoriteit miste.

'Het hangt ervan af of u een kleine overtreding over het hoofd wilt zien', zei Jørgensen.

Wallander begon zich nu in alle ernst af te vragen of de man de spot met hem dreef. In dat geval had hij een zeer ongeschikt moment gekozen. Hij wist dat hij de leiding van het gesprek moest nemen dat van meet af aan dreigde te ontsporen.

'U had me iets zeer belangrijks over een Afrikaan te vertellen', zei hij. 'Als het inderdaad belangrijk is kan ik waarschijnlijk een kleine overtreding over het hoofd zien, maar ik beloof niets. U moet zelf beslissen wat u wilt, maar ik moet u vragen dat nu te doen.'

Jørgensen keek hem met toegeknepen ogen door de sigarettenrook aan.

'Ik neem het risico', zei hij.

'Ik luister', zei Wallander.

'Ik ben visser en ik kom uit Dragør', begon Jørgensen. 'Ik kan het net redden met de boot, het huis en 's avonds een biertje. Maar niemand zegt nee tegen een extraatje als de kans zich voordoet. Zo nu en dan ga ik met toeristen het water op, daar verdien ik een zakcentje mee. Maar het kan ook gebeuren dat ik een tochtje naar Zweden maak. Niet vaak, zo'n paar keer per jaar. Passagiers die de veerboot misschien gemist hebben. Een paar weken geleden heb ik 's middags de overtocht naar Limhamn gemaakt. Ik had maar één passagier aan boord.'

Hij zweeg plotseling alsof hij een reactie van de kant van Wallander verwachtte. Maar Wallander had niets te zeggen en knikte tegen Jørgensen dat deze door moest gaan.

'Het was een zwarte man', zei Jørgensen. 'Hij sprak alleen Engels. Zeer beleefd. Hij stond de hele reis naast me in de stuurhut. Ik moet misschien zeggen dat er iets speciaals met die overtocht was. Die was van tevoren geregeld. Op een ochtend kwam een Engelsman die Deens sprak naar de haven en vroeg of ik met een passagier een tochtje over de Sont kon maken. Ik vond het een beetje verdacht, dus noemde ik een hoog bedrag om van hem af te zijn. Ik vroeg vijfduizend kronen. Maar het vreemde was dat hij meteen het geld tevoorschijn haalde en vooruit betaalde.

Wallander was nu serieus geïnteresseerd. Een kort moment was hij zichzelf totaal vergeten en concentreerde hij zich helemaal op wat Jørgensen vertelde. Hij knikte de man toe om door te gaan.

'Ik heb in mijn jonge jaren op zee gevaren', zei Jørgensen. 'Daar heb ik behoorlijk wat Engels opgepikt. Ik vroeg die man wat hij in Zweden ging doen. Hij zei dat hij bij vrienden op bezoek ging. Ik vroeg hoelang hij zou blijven en hij zei dat hij op zijn hoogst over een maand naar Afrika terug zou gaan. Ik had zo mijn vermoedens dat het niet pluis was. Hij wou illegaal Zweden binnenkomen. Omdat er achteraf toch niets meer te bewijzen valt, neem ik het risico het te vertellen.'

Wallander hief zijn hand op.

'We doen dit wat grondiger', zei hij. 'Welke dag was dat?'

Jørgensen boog zich voorover en keek op de bureau-agenda van Wallander.

'Woensdag 13 mei', zei hij. 'Om zes uur 's avonds.'

Dat kan kloppen, dacht Wallander. Het kan de opvolger van Victor Mabasha geweest zijn.

'Zei hij dat hij ongeveer een maand zou blijven?'

'Ik geloof van wel.'

'Geloof?'

'Ik weet het zeker.'

'Ga door', zei Wallander. 'Sla geen enkel detail over.'

'We hebben wat gepraat', zei Jørgensen. 'Hij was heel open en vriendelijk, maar ik had voortdurend het gevoel dat hij op zijn hoede was. Beter kan ik het niet uitdrukken. We kwamen in Limhamn, ik voer naar de kade en hij sprong aan land. Omdat ik mijn geld al gekregen had, voer ik meteen achteruit en wendde de steven. Ik zou er niet meer aan gedacht hebben als ik onlangs niet toevallig een oud Zweeds avondblad had gezien. Er stond een foto op de voorpagina die ik meende te herkennen. Van een man die in een vuurgevecht met de politie omgekomen was.'

Hij zweeg even.

'Met u', zei hij. 'Uw foto stond er ook bij.'

'Van wanneer was die krant?' viel Wallander hem in de rede, hoewel hij dat eigenlijk wel wist.

'Ik geloof dat het een donderdagkrant was', zei Jørgensen aarzelend. 'Van de volgende dag, 14 mei.'

'Ga door', zei Wallander. 'Als het belangrijk is zoeken we dat later wel uit.'

'Ik herkende de man op die foto, maar ik kon hem niet plaatsen. Gisteren pas kwam ik erop wie het was. Toen ik die Afrikaan in Limhamn afzette, stond er op de kade een enorm dikke kerel op hem te wachten. Hij hield zich op de achtergrond alsof hij eigenlijk niet gezien wilde worden, maar ik heb goede ogen. Hij was het. Ik heb lopen piekeren, ik dacht dat het misschien belangrijk was. Dus heb ik een vrije dag genomen en ben hierheen gereden.'

'Daar hebt u goed aangedaan', zei Wallander. 'Ik zal geen stappen ondernemen omdat u aan illegale immigratie naar Zweden hebt meegewerkt. Op voorwaarde natuurlijk dat u daar onmiddellijk mee ophoudt.'

'Dat heb ik al gedaan', zei Jørgensen.

'Die Afrikaan', zei Wallander. 'Beschrijf hem eens.'

'Omstreeks de dertig', zei Jørgensen. 'Goed gebouwd, sterk en soepel.'

'Verder nog iets?'

'Niet dat ik me herinner.'

Wallander legde zijn pen neer.

'U hebt er goed aangedaan te komen', zei hij.

'Misschien heeft het niks te betekenen', zei Jørgensen.

'Dit is erg belangrijk', antwoordde Wallander.

Hij stond op.

'Dank u voor uw komst', zei hij.

'Geen dank', zei Jørgensen en hij ging weg.

Wallander zocht naar de kopie van de brief die per telex naar Interpol in Zuid-Afrika was verstuurd. Hij dacht even na. Toen belde hij de Zweedse Interpol in Stockholm.

'Hoofdinspecteur Wallander uit Ystad', zei hij toen er opgenomen werd. 'Ik heb zaterdag 23 mei een telex naar Interpol in Zuid-Afrika verstuurd. Ik vraag me af of daar een reactie op is binnengekomen?'

'In dat geval hadden we u die onmiddellijk gezonden', kreeg hij ten antwoord.

'Ga het voor alle zekerheid even na', vroeg Wallander.

Na een paar minuten kreeg hij zijn antwoord.

'Een telexbericht van één pagina is op de avond van 23 mei naar Interpol in Johannesburg gestuurd. Er is geen andere reactie binnengekomen dan een ontvangstbevestiging.'

Wallander fronste zijn voorhoofd.

'Eén pagina', zei hij. 'Ik heb er twee verstuurd.'

'Ik heb hier een kopie voor me liggen. Er ontbreekt eigenlijk een duidelijk slot aan.'

Wallander keek op zijn eigen kopie die voor hem lag.

Als alleen de eerste bladzijde verzonden was wist de Zuid-Afrikaanse politie niet dat Victor Mabasha dood was en dat er waarschijnlijk een plaatsvervanger was gestuurd.

Bovendien mocht men aannemen dat de aanslag op 12 juni zou plaatsvinden omdat Sikosi Tsiki tegen Jørgensen had gezegd wanneer hij op zijn laatst naar huis terug zou keren.

Wallander zag onmiddellijk de consequenties hiervan in.

De Zuid-Afrikaanse politie had bijna twee weken jacht op een dode man gemaakt.

Vandaag was het donderdag 11 juni. De aanslag zou vermoedelijk op 12 juni plaatsvinden.

Morgen.

'Hoe kon dit gebeuren?' brulde hij. 'Hoe hebben jullie alleen mijn halve tekst kunnen versturen?'

'Daar heb ik geen idee van', kreeg hij ten antwoord. 'Dat moet u vragen aan degene die dienst had.'

'Een andere keer', zei Wallander. 'Ik stuur zo dadelijk een nieuwe tekst. En die moet onmiddellijk naar Johannesburg.'

'We sturen alles altijd onmiddellijk door.'

Wallander legde de hoorn op de haak. Hoe is dit mogelijk? dacht hij opnieuw.

Hij probeerde niet eerst een antwoord op te stellen. Hij draaide een vel papier in zijn schrijfmachine en schreef een kort bericht. *Victor Mabasha is niet langer actueel. Wel een man die Sikosi Tsiki heet. Dertig jaar, goed gebouwd* (hier moest hij zijn woordenboek raadplegen en besloot tot *'well proportioned'), geen verdere kenmerken. Dit bericht vervangt een eerder bericht. Ik herhaal dat Victor Mabasha niet langer actueel is. Sikosi Tsiki is vermoedelijke plaatsvervanger. Geen foto voorhanden. Naar vingerafdrukken wordt gezocht.*

Hij zette zijn naam eronder en liep naar de receptie.

'Dit moet onmiddellijk naar Interpol in Stockholm', zei hij tegen de receptioniste, die hij nooit eerder gezien had.

Hij stond toe te kijken toen ze het bericht als fax verzond. Daarna ging hij naar zijn kamer. Hij dacht eraan dat het waarschijnlijk al te laat was.

Als hij geen ziekteverlof had gehad, had hij dadelijk een onderzoek geëist naar degene die voor het versturen van alleen de helft van zijn tekst verantwoordelijk was, maar nu liet hij het rusten. Hij kon het niet meer opbrengen.

Hij ging door met het uitmesten van de stapels papier. Het was bijna één uur toen hij daarmee klaar was. Zijn bureau was leeg. Hij sloot zijn privé-laden af en stond op. Zonder zich om te draaien ging hij de kamer uit en deed de deur achter zich dicht. Hij kwam niemand in de gang tegen en kon verdwijnen zonder dat iemand, behalve de receptioniste, hem zag.

Hij had nu nog maar één ding te doen. Als hij gedaan had wat hij zich had voorgenomen, restte hem verder niets meer.

Hij liep de heuvel af, passeerde het ziekenhuis en ging linksaf. Hij meende de hele tijd dat de mensen die hij tegenkwam naar hem keken. Hij probeerde zich zo onzichtbaar mogelijk te maken. Toen hij op het marktplein was gekomen ging hij naar de opticien en kocht een zonnebril. Daarna liep hij door Hamngatan, stak Österleden over en bereikte weldra het havengebied. Daar lag een café dat 's zomers open was. Ongeveer een jaar geleden had hij daar een brief aan Baiba Liepa in Riga zitten schrijven. Hij had hem nooit verstuurd. Hij was de pier opgelopen, had hem verscheurd en de snippers over het havenbassin weg laten vliegen. Nu wilde hij een nieuwe poging wagen haar te schrijven en hij was van plan de brief dit keer ook te verzenden. In zijn binnenzak zaten papier en een gefrankeerde envelop. Hij ging uit de wind aan een hoektafeltje zitten, bestelde koffie en dacht aan die keer een jaar geleden. Toen was hij ook somber gestemd geweest, maar dat was niet te vergelijken met de situatie waarin hij zich nu bevond. Omdat hij niet wist wat hij moest schrijven begon hij op goed geluk. Hij vertelde van het café waar hij zat, van het weer, van de witte vissersboot met de lichtgroene netten die vlak naast hem afgemeerd lag. Hij probeerde de geur van de zee te beschrijven. Toen begon hij te vertellen hoe hij zich voelde. Hij had moeite om de juiste Engelse woorden te vinden en zocht tastend zijn weg. Hij vertelde dat hij voor onbepaalde tijd met ziekteverlof was en dat hij niet wist of hij ooit nog op zijn werk terug zou keren. *Misschien heb ik mijn laatste zaak afgesloten*, schreef hij. *En die heb ik slecht opgelost, eigenlijk helemaal niet. Ik begin te geloven dat ik niet geschikt ben voor het beroep dat ik gekozen heb. Heel lang heb ik het tegendeel geloofd. Nu weet ik het niet meer.*

Hij las wat hij geschreven had over en concludeerde dat hij het niet op kon brengen een nieuwe brief te schrijven, hoewel hij zeer ontevreden met een heleboel formuleringen was die hij zwevend en onduidelijk vond. Hij vouwde het velletje op, plakte de envelop dicht en vroeg om te mogen betalen. Vlakbij, bij de jachthaven, was een brievenbus. Hij liep erheen en duwde de brief door de gleuf. Daarna zette hij zijn wandeling langs de pier voort en ging op een van de stenen bankjes zitten. Een veerboot uit Polen was op weg naar de haven. De zee wisselde tussen staalgrijs, blauw en groen. Hij moest ineens aan de fiets denken die hij die nacht in de mist gevonden had. Die stond nog steeds verstopt achter het schuurtje van zijn vader. Hij besloot hem vanavond nog terug te brengen.

Na een halfuur stond hij op en liep door de stad naar Mariagatan. Toen hij de deur opendeed bleef hij abrupt staan.

Midden in de kamer stond een gloednieuwe muziekinstallatie. Boven op de cd-speler lag een kaartje: *Met onze beste wensen voor een spoedig herstel en een snelle terugkeer. Je collega's.*

Hij wist dat Svedberg nog steeds een reservesleutel had om de werklieden binnen te laten die zijn flat na de explosie opgeknapt hadden. Hij ging op de grond zitten en keek naar de muziekinstallatie. Hij was ontroerd en had moeite zich te beheersen. Hij vond niet dat hij het verdiend had.

Diezelfde dag, donderdag 11 juni, was de telexverbinding tussen Zweden en zuidelijk Afrika tussen twee uur 's middags en tien uur 's avonds verbroken. Het telexbericht van Wallander bleef dus liggen. Pas tegen halfelf verzond de avonddienst het naar de collega's in Zuid-Afrika. Daar werd het ontvangen, geregistreerd en in een bakje gelegd voor berichten die de volgende dag doorgestuurd zouden worden. Maar iemand herinnerde zich dat er een memo van een officier van justitie, Scheepers genaamd, binnen was gekomen waarop stond dat er onmiddellijk kopieën van alle telexberichten uit Zweden naar zijn kantoor gestuurd moesten worden. De politiemannen in de telexkamer konden zich echter niet herinneren wat er moest gebeuren als er 's avonds laat of 's nachts een bericht binnenkwam. Ze konden ook Scheepers' memo niet vinden, dat in een speciale map voor urgente dagorders moest liggen. Een van de dienstdoende agenten meende dat de telex kon blijven liggen tot de volgende dag, maar de andere ergerde zich dat Scheepers' mededeling zoek was geraakt. Hij begon te zoeken, al was het alleen maar om wakker te blijven. Na ruim een halfuur had hij hem gevonden, natuurlijk in een verkeerde map. In Scheepers' memo stond categorisch dat laat binnengekomen telexberichten onmiddellijk telefonisch aan hem doorgegeven moesten worden, hoe laat het ook was. Het liep nu tegen twaalven. Het gevolg van al deze tegenslagen en vertragingen, waarvan de meeste op het conto van menselijke slordigheid of regelrechte traagheid geschreven moesten worden, was dat Scheepers pas om drie minuten na middernacht op vrijdag 12 juni werd gebeld. Hoewel hij tot de slotsom was gekomen dat de aanslag in Durban zou plaatsvinden, kon hij de slaap moeilijk vatten. Zijn vrouw Judith sliep, maar zelf lag hij te woelen. Hij had spijt dat hij Borstlap toch niet meegenomen had naar Kaapstad. Al was het alleen maar omdat het een instructieve ervaring zou zijn. Bovendien maakte hij zich zorgen omdat ook Borstlap vond dat het vreemd was dat ze, ondanks de hoge beloning, geen enkele tip hadden binnengekregen waar Victor Mabasha zich schuil kon houden. Borstlap had verscheidene keren gezegd dat er iets vreemds aan die totale afwezigheid van Victor Mabasha was. Toen Scheepers geprobeerd had meer duidelijkheid te verkrijgen, had Borstlap alleen geantwoord dat het een gevoel was, hij had geen concrete feiten. Zijn vrouw kreunde toen de telefoon naast hun bed begon te rinkelen. Scheepers rukte de hoorn naar zich toe alsof hij lang op een gesprek had liggen wachten. Hij luisterde naar wat de dienstdoende agent van Interpol voor hem oplas. Hij pakte een pen die naast zijn bed lag, vroeg of het bericht nog een keer opgelezen kon worden en schreef toen op de bovenkant van zijn hand twee woorden.

Sikosi Tsiki.

Hij legde de hoorn op de haak en zat roerloos in bed. Judith werd wakker en vroeg of er wat gebeurd was.

'Niet iets wat voor ons gevaarlijk kan zijn,' zei hij, 'maar misschien wel voor iemand anders.'

Hij draaide het nummer van Borstlap.

'Een nieuwe telex uit Zweden', zei hij. 'Het is niet Victor Mabasha, maar iemand die Sikosi Tsiki heet. De aanslag zal waarschijnlijk morgen plaatsvinden.'

'Jezus', zei Borstlap.
Ze spraken af om meteen naar Scheepers' kantoor te gaan.
Judith zag dat haar man bang was.
'Wat is er gebeurd?' vroeg ze opnieuw.
'Het ergst denkbare', antwoordde hij.
Toen reed hij weg het donker in.
Het was inmiddels negentien minuten na middernacht.

35

Vrijdag 12 juni was een heldere maar ietwat koele dag in Kaapstad. 's Ochtends was er een mistbank uit zee over Three Anchor Bay binnengedreven, maar die was nu opgelost. Op het zuidelijke halfrond ging het naar het koude jaargetijde toe. Nu al zag je veel Afrikanen met gebreide mutsen op en dikke jacks aan naar hun werk gaan.

Nelson Mandela was de vorige avond in Kaapstad gearriveerd. Toen hij in de vroege ochtend wakker werd, dacht hij aan de dag die komen ging. Dat was een gewoonte uit de lange jaren die hij op Robbeneiland had doorgebracht. Eén dag tegelijk was de tijdspanne waarvan hij en zijn medegevangenen zich bedienden. Nu, meer dan twee jaar na zijn herwonnen vrijheid, kon hij die oude gewoonte maar moeilijk loslaten.

Hij stapte uit bed en liep naar het raam. Ginds lag Robbeneiland. In stilte stond hij peinzend na te denken. Zoveel herinneringen, zoveel bittere momenten en ten slotte zulke grote triomfen.

Hij dacht eraan dat hij een oude man was, over de zeventig. Zijn tijd was begrensd, hij zou niet eeuwig leven, hij, net zo min als iemand anders, maar hij moest op zijn minst nog een paar jaar in leven blijven. Samen met president De Klerk moest hij het land door de moeilijke, pijnlijke, maar ook schitterende vaarweg loodsen die zou uitmonden in een Zuid-Afrika dat voor altijd bevrijd was van de gesel van apartheid. De laatste koloniale vesting op het zwarte continent zou eindelijk vallen. Als dat doel bereikt was kon hij zich terugtrekken, zelfs sterven als het moest. Maar zijn levenskrachten waren nog steeds groot. Hij wilde er tot op het laatst toe bij zijn om te zien hoe de zwarte bevolking zich bevrijdde uit haar eeuwenlange onderwerping en vernedering. Het zou een moeizame weg zijn, dat wist hij. De onderdrukking had diep in de Afrikaanse ziel wortelgeschoten.

Nelson Mandela wist dat hij tot de eerste zwarte president van Zuid-Afrika gekozen zou worden. Niet dat hij daarnaar streefde, maar hij had ook geen argumenten om te weigeren.

Het is een lange weg, dacht hij. Een lange weg om te gaan voor een man die bijna de helft van zijn volwassen leven in gevangenschap heeft doorgebracht.

Hij glimlachte in zichzelf bij die gedachte. Toen werd hij weer ernstig. Hij dacht aan wat De Klerk bij hun laatste ontmoeting een week geleden tegen hem gezegd had. Een aantal hooggeplaatste Boere zwoer samen om hem te doden. Met het doel chaos teweeg te brengen, om het land zodoende naar de rand van een burgeroorlog te drijven.

Kon dit werkelijk waar zijn? dacht hij. Dat er fanatieke Boere bestonden wist hij. Mensen die alle zwarten haatten, die hen als dieren zonder ziel beschouwden, maar geloofden ze werkelijk dat ze door een wanhopige samenzwering de loop der gebeurtenissen in het land konden tegenhouden? Konden ze werkelijk zo door haat – of was het misschien angst – verblind zijn dat ze geloofden dat een terugkeer naar het oude Zuid-Afrika mogelijk was? Beseften ze niet dat ze een verdwijnende minderheid vormden? Uiteraard nog altijd met een grote invloed, maar toch? Waren ze werkelijk bereid de toekomst op het altaar van een bloedbad te offeren?

Nelson Mandela schudde zachtjes zijn hoofd. Hij had moeite te geloven dat dit waar was. De Klerk moest de informatie die hij had ontvangen verkeerd interpreteren of overdrijven. Hij voelde geen angst dat hem iets zou overkomen.

Ook Sikosi Tsiki was die donderdagavond in Kaapstad aangekomen. Maar in tegenstelling tot Nelson Mandela was zijn aankomst tersluiks geschied. Hij was met de bus uit Johannesburg gearriveerd en eenmaal in Kaapstad was hij onopgemerkt uitgestapt, had zijn koffer opgepakt en zich gauw door het donker laten opslokken.

De nacht had hij buitenshuis doorgebracht. Hij had in een verscholen hoekje van Trafalgarpark geslapen. Vroeg in de ochtend, ongeveer toen Nelson Mandela wakker was geworden en voor zijn raam had gestaan, was hij zo hoog geklommen als nodig was en had zich daar geïnstalleerd. Alles klopte volgens de kaart en de instructies die hij van Franz Malan in Hammanskraal gekregen had. Hij was tevreden dat hij door zulke goede organisatoren bediend werd. Er waren geen mensen in de buurt, de kale helling was geen doel voor uitstapjes. Aan de andere kant van de heuvel slingerde de weg zich naar de 350 meter hoge top omhoog. Hij had niet voor een vluchtauto gezorgd. Hij voelde zich vrijer als hij te voet opereerde. Als alles voorbij was zou hij snel de helling afdalen om zich in de woedende mensenmenigte te begeven die wraak zou eisen voor Nelson Mandela's dood. Daarna zou hij Kaapstad verlaten.

Hij wist nu dat hij Nelson Mandela moest doden. Hij had het doorgekregen op de dag dat Franz Malan had verteld waar en wanneer de aanslag gepleegd moest worden. Hij had in de krant gelezen dat Nelson Mandela op 12 juni 's middags in het Green Point Stadium zou spreken. Hij keek naar de ovale arena die onder hem lag, zo'n zevenhonderd meter van hem verwijderd, maar de afstand verontrustte hem niet. Het vizier en het vérreikende geweer leverden het precisiewerk en de kracht op die hij nodig had.

Hij had niet noemenswaardig gereageerd op het feit dat Nelson Mandela zijn doelwit zou zijn. Zijn eerste gedachte was dat hij dat eigenlijk zelf wel had kunnen uitrekenen. Wilden deze krankzinnige Boere ook maar de minste kans van slagen maken om het land in de chaos te storten, dan moesten ze eerst Nelson Mandela uit de weg ruimen. Zolang hij hen nog kon toespreken, zouden de zwarte massa's hun zelfbeheersing bewaren. Zonder hem was dat ongewisser. Mandela had geen vanzelfsprekende opvolger.

Voor Sikosi Tsiki zelf zou het zijn alsof hij zich wreekte voor een persoonlijk onrecht. Op zich was Nelson Mandela er niet zelf verantwoordelijk voor dat ze hem uit het ANC hadden gezet, maar als de hoogste leider ervan kon Mandela toch beschouwd worden als degene die het slachtoffer van zijn wraak kon worden.

Sikosi Tsiki keek op zijn horloge.

Nu restte alleen nog het wachten.

Georg Scheepers en inspecteur Borstlap landden op vrijdagochtend even over tienen op het Malan-vliegveld bij Kaapstad. Ze waren moe en vaalbleek na vanaf één uur 's nachts in touw geweest te zijn om te proberen informatie over Sikosi Tsiki te verkrijgen. Slaapdronken rechercheurs waren uit hun bed gehaald, datawerkers, bekend met de diverse databestanden van de politie, waren opgehaald door politie-auto's en met een jas over hun pyjama aan het werk getogen. Maar toen 's ochtends het ogenblik naderde om naar het vliegveld te gaan was het resultaat ontmoedigend. Sikosi Tsiki kwam in geen enkel bestand voor. Niemand had ooit van hem gehoord. Hij was voor iedereen een volstrekt onbekende. Om halfacht reden ze naar het Jan Smuts-vliegveld bij Johannesburg. Onder de vliegreis hadden ze, steeds wanhopiger wordend, geprobeerd een strategie op te stellen. Ze hadden zich gerealiseerd dat hun kansen om de man die Sikosi Tsiki heette tegen te houden zeer klein waren, haast verwaarloosbaar klein. Ze wisten niet hoe hij eruitzag, ze wisten helemaal niets over hem. Zodra ze in Kaapstad geland waren verdween Scheepers om president De Klerk op de hoogte te stellen en als het kon hem een dringend beroep op Nelson Mandela te laten doen om zijn redevoering die middag af te zeggen. Pas nadat hij een woedeaanval had gekregen en gedreigd had alle politieagenten op het vliegveld op te laten pakken, was hij erin geslaagd hun te overtuigen wie hij was en hadden ze hem in een kamer alleen gelaten. Het had bijna vijftien minuten geduurd voordat hij contact met president De Klerk kreeg. Hij had zo kort mogelijk uitgelegd wat er de afgelopen nacht gebeurd was, maar De Klerk had zich zeer ongevoelig getoond en gemeend dat het zinloos was. Mandela zou nooit toestemmen zijn redevoering af te gelasten. En hadden ze zich al niet eerder in plaats en datum vergist? Dat kon ook nu het geval zijn. Mandela had bovendien toegestemd in een persoonlijke verhoogde bewaking. Meer kon de president van de republiek momenteel niet doen. Toen het gesprek afgelopen was had Scheepers het ongemakkelijke gevoel gehad dat De Klerk toch niet bereid was tot het uiterste te gaan om ervoor te zorgen dat Nelson Mandela niet aan een aanslag werd blootgesteld. Kon dat mogelijk zijn? dacht hij geschokt. Heb ik me in zijn houding vergist? Maar hij had geen tijd om verder nog aan president De Klerk te denken. Hij vond Borstlap, die intussen de auto in ontvangst genomen had die de politie vanuit Johannesburg besteld had, gereed staan om te vertrekken. Ze reden rechtstreeks naar het Green Point Stadium, waar Mandela over drie uur zou spreken.

'Drie uur is te kort dag', zei Borstlap. 'Wat denk je dat we nu nog kunnen bereiken?'

'We hebben geen keus', zei Scheepers. 'Zo eenvoudig ligt het. We moeten die man stoppen.'

'Of Mandela stoppen', zei Borstlap. 'Ik zie geen andere mogelijkheid.'

'Dat lukt niet', antwoordde Scheepers. 'Hij staat om twee uur op het spreekgestoelte. De Klerk weigerde een beroep op Mandela te doen.'

Ze legitimeerden zich en werden tot het stadion toegelaten. Het spreekgestoelte stond er al. Overal wapperden ANC-vlaggen en kleurige spandoeken. Muzikanten en dansers waren bezig zich voor te bereiden. Weldra zou het publiek uit de wijken Langa, Guguletu en Nyanga binnenstromen. Ze zouden met muziek ontvangen worden. Voor hen was de politieke bijeenkomst ook een volksfeest.

Scheepers en Borstlap gingen bij het spreekgestoelte staan en keken om zich heen.

'Eén ding is allesbepalend', zei Borstlap. 'Hebben we te maken met een kamikazepiloot of met iemand die zal proberen weg te komen?'

'Het laatste', antwoordde Scheepers. 'Daar kunnen we zeker van zijn. Een dader die bereid is zichzelf op te offeren is een gevaarlijk man vanwege zijn onberekenbaarheid, maar anderzijds is het risico heel groot dat zo iemand zijn doelwit mist. Wij hebben hier met een man te maken die erop rekent weg te komen als hij Mandela doodgeschoten heeft.'

'Hoe weet je dat hij een vuurwapen zal gebruiken?' vroeg Borstlap.

Scheepers keek hem aan met een mengeling van verbazing en irritatie.

'Wat moet hij anders?' vroeg hij. 'Een mes van dichtbij betekent dat hij gepakt wordt en gelyncht.'

Borstlap knikte somber.

'Als je zo om je heen kijkt, heeft hij heel veel mogelijkheden', zei Borstlap. 'Hij heeft de keuze uit het dak of een leegstaande verslaggeverscabine. Hij kan ook voor buiten het stadion kiezen.'

Borstlap wees naar Signal Hill, die een halve kilometer buiten het stadion steil oprees.

'Hij heeft veel mogelijkheden', zei hij opnieuw. 'Te veel.'

'Toch moeten we hem stoppen', antwoordde Scheepers.

Ze wisten alletwee wat dat betekende. Ze moesten kiezen, gokken. Het was eenvoudigweg uitgesloten alle in aanmerking komende plaatsen te doorzoeken. Scheepers nam aan dat ze één op de tien mogelijkheden konden controleren, Borstlap meende dat het er een paar meer waren.

'We hebben nog twee uur en vijfendertig minuten', zei Scheepers. 'Als Mandela stipt op tijd is, begint hij op dat moment aan zijn toespraak. Ik neem aan dat de dader niet onnodig lang wacht.'

Scheepers had geëist dat er tien ervaren politiemensen tot zijn beschikking werden gesteld. Ze stonden onder bevel van een jonge politiecommandant.

'Onze taak is heel eenvoudig', zei Scheepers. 'We hebben een paar uur om dit stadion te doorzoeken. We zoeken een gewapende man. Hij is zwart en hij is gevaarlijk. Hij moet onschadelijk gemaakt worden. Ik heb het liefst dat hij levend gepakt wordt, maar als het niet anders kan moet hij gedood worden.'

'Is dat alles?' vroeg de jonge politiecommandant verbaasd toen Scheepers zweeg. 'Hebt u geen signalement?'

'We hebben geen tijd voor discussies', viel Borstlap hem in de rede. 'Pak iedereen op die zich op de een of andere manier vreemd gedraagt. Of ergens is waar hij niet hoort te zijn. Later zien we wel of hij de juiste persoon is of niet.'

'We moeten een bruikbaar signalement hebben', zei de commandant koppig en kreeg een mompelende bijval van de tien politieagenten.

'Dat moet helemaal niet', zei Scheepers en merkte dat hij kwaad werd. 'We verdelen het stadion in vakken en beginnen nu te zoeken.'

Ze zochten in schoonmaakkasten en lege opslagplaatsen, kropen over het dak en de uitstekende overkappingen. Scheepers verliet het stadion, stak Western Boulevard en de brede High Level over en beklom de steile helling. Na ongeveer tweehonderd meter bleef hij staan. Hij vond de afstand veel te groot. De dader zou geen positie buiten het stadion kiezen. Nat van het zweet en buiten adem keerde hij naar Green Point terug.

Sikosi Tsiki die hem vanuit de beschutting van het struikgewas gezien had, dacht dat hij een veiligheidsagent was die de omgeving van het stadion inspecteerde. Hij was bang geweest dat die met honden afgezocht zou worden, maar de man die de helling opklom was alleen. Sikosi Tsiki drukte zich tegen de grond en hield een geluiddempend pistool schietklaar. Toen de man zich omdraaide zonder de moeite te nemen helemaal naar boven te klimmen wist hij dat er niets fout zou gaan. Nelson Mandela had nog maar een paar uur te leven.

Er waren al veel mensen in het stadion. Scheepers en Borstlap drongen zich door de golvende menigte heen. Overal roffelden trommels, mensen zongen en dansten. Scheepers was als verstijfd van angst bij de gedachte aan een mislukking. Ze moesten de man vinden die Jan Kleyn uitgezocht had om Nelson Mandela te vermoorden.

Weer een uur later, nog dertig minuten voordat de eigenlijke bijeenkomst met de aankomst van Mandela bij het stadion zou beginnen, was Scheepers totaal in paniek. Borstlap probeerde hem te kalmeren.

'We hebben hem dus niet gevonden', zei Borstlap. 'We hebben nu nog maar heel weinig tijd om verder te zoeken. De vraag is wat we over het hoofd gezien hebben.'

Hij keek om zich heen. Zijn blik bleef op de heuvel naast het stadion rusten.

'Daar ben ik geweest', zei Scheepers.

'Wat heb je gezien?' vroeg Borstlap.

'Niets', antwoordde Scheepers.

Borstlap knikte nadenkend. Hij begon te geloven dat ze de pleger van de aanslag niet op tijd konden inrekenen.

Ze stonden zwijgend naast elkaar en werden door de golvende menigte heen en weer geduwd.

'Ik begrijp er niets van', zei Borstlap.

'Het is te ver weg', zei Scheepers.

Borstlap keek hem vragend aan.

'Waar heb je het over? Te ver weg?'

'Geen mens kan van zo'n afstand een doelwit raken', antwoordde Scheepers geïrriteerd.

Het duurde even voordat Borstlap doorhad dat Scheepers het nog steeds over de heuveltop buiten het stadion had. Plotseling was hij doodernstig.

'Vertel me precies wat je gedaan hebt', zei hij en wees naar de heuvel.

'Ik ben een eindje naar boven geklommen. En ben toen teruggegaan.'

'Je bent niet helemaal tot bovenaan op Signal Hill geweest?'

'Die afstand is te groot, dat zei ik toch!'

'Die is helemaal niet te groot', zei Borstlap. 'Er zijn geweren die een kilometer ver kunnen schieten. En hun doel raken. Dit is hooguit achthonderd meter.'

Scheepers keek hem vragend aan. Op dat moment steeg er een orkaanachtig gejuich uit de dansende menigte op, gevolgd door een hevig getrommel. Nelson Mandela was gearriveerd. Scheepers ving een glimp op van zijn grijswitte haar, zijn glimlachende gezicht en zijn zwaaiende hand.

'Kom mee!' riep Borstlap. 'Als hij hier is zit hij ergens op die heuvel.'

Door zijn sterke vizier kon Sikosi Tsiki Nelson Mandela van dichtbij opnemen. Hij had het vizier van het geweer gehaald en had Mandela gevolgd vanaf het moment dat deze uit de auto voor het stadion was gestapt. Sikosi Tsiki constateerde dat Mandela weinig lijfwachten had. Om de witharige man hing geen sfeer van extra waakzaamheid of onrust.

Hij monteerde het vizier weer op het geweer, controleerde de lading en ging in de positie zitten die hij zorgvuldig uitgeprobeerd had. Hij had een lichtmetalen frame voor zich neergezet. Hij had het zelf geconstrueerd, het gaf zijn armen de nodige steun.

Hij wierp een blik op de lucht. De zon zou geen onverwachte problemen opleveren. Geen schaduwen, geen weerkaatsingen, geen verblinding. De heuvel lag er verlaten bij. Hij was alleen met zijn geweer en een paar vogels die over de grond hipten.

Nog vijf minuten. Het gejuich in het stadion bereikte hem op volle sterkte, hoewel hij er meer dan een halve kilometer van verwijderd was.

Niemand zou het schot horen, dacht hij.

Hij had twee reservepatronen. Die lagen op een zakdoek voor hem, maar hij ging ervan uit dat hij ze niet zou hoeven te gebruiken. Hij zou ze bewaren als aandenken. Misschien zou hij er nog eens een amulet van maken. Dat zou hem in zijn verdere leven geluk brengen.

Wat hij vermeed was om aan het geld te denken dat hem wachtte. Eerst moest hij zijn opdracht uitvoeren.

Hij tilde het geweer op en zag door het vizier dat Nelson Mandela het spreekgestoelte naderde. Hij had besloten zo vlug mogelijk te schieten. Er was geen reden om te wachten. Hij legde het geweer neer en probeerde zijn schouders te ontspannen terwijl hij een paar keer diep ademhaalde. Hij voelde zijn pols. Die was normaal. Alles was normaal. Toen tilde hij zijn geweer weer op, vlijde de kolf tegen zijn rechterwang en kneep zijn linkeroog dicht. Nelson Mandela stond nu onderaan het podium. Hij was gedeeltelijk achter de mensen verscholen. Nu maakte hij zich uit zijn omgeving los en besteeg het spreekgestoelte. Hij tilde zijn armen zegevierend boven zijn hoofd. Zijn glimlach was zeer breed.

Slechts een fractie van een seconde voordat de kogel met een razende snelheid de loop van het geweer verliet, voelde hij een stoot tegen zijn schouder. Hij kon zijn vinger om de trekker niet meer stoppen. Het schot ging af. Maar die stoot had hem bijna vijf centimeter opzij geduwd. Daardoor kwam de kogel niet eens in het stadion terecht, maar sloeg in in een geparkeerde auto in een straat een heel eind verderop.

Sikosi Tsiki draaide zich om.

En zag twee mannen buiten adem naar hem staan kijken.

Beiden hadden een pistool in hun hand.

'Leg je geweer neer', zei Borstlap. 'Voorzichtig, langzaam.'

Sikosi Tsiki deed wat hem gezegd was. Een andere mogelijkheid had hij niet. De twee blanke mannen zouden niet aarzelen om te schieten, dat besefte hij.

Wat was er misgegaan? Wie waren dat?

'Hou je handen ineengevouwen boven je hoofd', ging Borstlap verder en gaf Scheepers een paar handboeien. Scheepers liep op Sikosi

Tsiki toe en deed ze om de polsen van de man.

'Sta op', zei Scheepers.

Sikosi Tsiki ging staan.

'Breng hem naar de auto', zei Scheepers. 'Ik kom zo.'

Borstlap voerde Sikosi Tsiki weg.

Scheepers bleef staan luisteren naar het gejuich uit het stadion.

Hij hoorde via de luidsprekers Nelson Mandela's karakteristieke stem. Het geluid scheen heel ver te dragen.

Hij was doornat van het zweet. Nog voelde hij de angst dat ze de gezochte man niet zouden vinden. Nog had het gevoel van opluchting hem niet bereikt.

Hij dacht eraan dat ze zojuist een historische mijlpaal waren gepasseerd, maar wel een waarvan men geen weet zou hebben. Als ze niet op tijd op de heuvel waren geweest, als de steen die hij in zijn wanhoop naar de man met het geweer had gegooid gemist had, dan hadden ze een andere historische mijlpaal bereikt. En die zou meer dan een voetnoot in de toekomstige geschiedenisboeken zijn geworden. Die had een bloedblad teweeg kunnen brengen.

Ik ben zelf een Boer, dacht hij. Ik zou deze gekken moeten begrijpen.

Maar of ik het nu wil of niet, ze zijn voortaan mijn vijanden. Misschien hebben ze diep in hun hart wel begrepen dat het toekomstige Zuid-Afrika hen zal dwingen alles waaraan ze gewend waren met andere ogen te bekijken. Maar velen van hen zullen dat nooit doen. Zij zien het land liever in bloed en vuur ten ondergaan, maar dat zal ze niet lukken.

Hij keek uit over de zee. Tegelijk bedacht hij wat hij tegen president De Klerk zou zeggen. En Henrik Wervey verwachtte ook een rapport. En hij moest nog een belangrijk bezoek aan een huis in Bezuidenhout Park brengen. Hij keek nu al uit naar zijn ontmoeting met de beide vrouwen.

Wat er met Sikosi Tsiki zou gebeuren wist hij niet. Dat was het probleem van inspecteur Borstlap. Hij legde het geweer en de patronen in de koffer. Het metalen frame liet hij liggen.

Plotseling herinnerde hij zich de witte leeuwin die in het maanlicht aan de oever van de rivier had gelegen.

Hij zou Judith voorstellen gauw weer naar het park te gaan.

Misschien was de leeuwin er nog.

Hij verliet de heuvel, zwaar van gedachten.

Hij had iets beseft dat tot dusver voor hem verborgen was gebleven.

Eindelijk had hij begrepen wat de leeuwin in het maanlicht hem verteld had.

Hij was niet in de eerste plaats Boer, een blanke.

Hij was een Afrikaan.

Nawoord

Dit verhaal speelt zich af in bepaalde delen van Zuid-Afrika. Een land dat zich al geruime tijd op de rand van de chaos bevindt. Het innerlijke trauma van de mens en het uiterlijke trauma van de maatschappij hebben een punt bereikt waarop velen alleen maar een onontkoombare, apocalyptische catastrofe zien aankomen. Maar het hoopvolle kan evenmin weerlegd worden: het racistisch geregeerde Zuid-Afrikaanse rijk zal binnen afzienbare tijd ten val komen. Juist nu ik dit schrijf, juni 1993, is de datum voor de eerste vrije verkiezingen in Zuid-Afrika voorlopig vastgesteld op 27 april 1994. In de woorden van Nelson Mandela: eindelijk is er een onomkeerbare mijlpaal bereikt. Voor de lange termijn staat de uitkomst nu al vast, zij het natuurlijk met de slag om de arm die alle politieke voorspellingen kenmerkt: het ontstaan van een democratische rechtsstaat.

Op de korte termijn is de uitkomst ongewisser. Het begrijpelijke ongeduld van de zwarte meerderheid en de actieve tegenstand van de blanke minderheid leiden tot steeds meer geweld. Niemand kan met zekerheid zeggen dat een burgeroorlog te vermijden is. Niemand kan ook zeggen dat deze niet te vermijden is. Deze onzekerheid is mogelijk het enig zekere.

Veel mensen hebben op diverse manieren – soms zonder het zelf te weten – bijgedragen aan de fragmenten in het boek die zich in Zuid-Afrika afspelen. Zonder de cruciale medewerking van Iwor Wilkens en Hans Strydom om de waarheid achter het geheime Boeregenootschap de Broederbond aan het licht te brengen, zou dat geheim ook voor mij een geheim gebleven zijn. Een waar avontuur was het lezen van de artikelen van Graham Leach over de cultuur van de Boere. Ten slotte hebben de verhalen van Thomas Mofololo mij inzicht verschaft in de wereld van de diepgewortelde Zuid-Afrikaanse zeden en gewoonten, vooral met betrekking tot de geestenwereld.

De persoonlijke getuigenis en ervaringen van vele anderen zijn van grote betekenis voor dit boek geweest. Ik bedank hen allen zonder iemand te noemen.

Dit is een roman. Dat houdt in dat namen van personen en plaatsen en tijdstippen niet altijd authentiek zijn.

De conclusies, net als het verhaal in zijn geheel, komen voor mijn rekening. Niemand, genoemd of niet genoemd, mag iets verweten worden.

Maputo, Mozambique, juni 1993
Henning Mankell

Henning Mankell bij Uitgeverij De Geus

De Inspecteur Wallander-reeks

Moordenaar zonder gezicht

Inspecteur Kurt Wallander probeert de voortgang van het onderzoek naar een wrede dubbelmoord zo veel mogelijk buiten de publiciteit te houden. Toch lekt er informatie uit over de mogelijke betrokkenheid van in de nabijheid gehuisveste asielzoekers.

Honden van Riga

In een rubberboot treft de Zweedse politie twee doden aan. De mannen blijken voor hun executie gemarteld te zijn. Inspecteur Kurt Wallander volgt het spoor naar de Letse hoofdstad Riga, waar hij een pion dreigt te worden in een Baltische intrige.

De witte leeuwin

Tijdens het onderzoek naar de verdwijning van de Zweedse makelaar Louise Åkerblom komt inspecteur Kurt Wallander op het spoor van geheime voorbereidingen voor een politieke aanslag in Zuid-Afrika. Is hij nog op tijd om de aanslag te verijdelen?

De man die glimlachte

De moord op advocaat Torstensson wordt korte tijd later gevolgd door de moord op zijn zoon Sven, een vriend van Kurt Wallander. Tijdens het onderzoek komt Wallander in een wespennest van fraude terecht. Zijn tegenstander is een machtig zakenman zonder enige scrupule.

Dwaalsporen

Kurt Wallander moet hulpeloos toezien hoe een jonge vrouw zichzelf door verbranding van het leven berooft. Drie afschuwelijke moorden volgen. Het spoor voert Wallander naar een netwerk van smokkel en seksueel misbruik.

De vijfde vrouw

Drie even bizarre als gruwelijke moorden schokken het zuiden van Zweden. Kurt Wallander concludeert al snel dat de misdrijven verband houden en bewust geënsceneerd zijn als openbare executies. De vraag is wat de dader ermee wil zeggen.

Midzomermoord

Na het midzomernachtfeest zijn drie jongelui vermist. Ze worden geruime tijd later gevonden: vermoord. Als vervolgens rechercheur Svedberg niet op zijn werk verschijnt en dood wordt aangetroffen in zijn flat, ziet Wallander een link. Was zijn collega de moordenaar op het spoor?

Overige romans van Henning Mankell

Daniël, zoon van de wind

Eind 19de eeuw ontfermt de Zweedse avonturier Bengler zich over een negerjongetje, dat hij Daniël noemt en meeneemt naar Zweden. Als Bengler onverwacht het land moet verlaten, blijft Daniël achter in de hoede van een eenvoudig boerengezin.

Verteller van de wind

Het tragische leven en sterven van de jongen Nelio, die, na zijn vlucht voor de rebellen op het Afrikaanse platteland, op tienjarige leeftijd de leider wordt van een groep straatkinderen in de stad. Eerder verschenen als *Comédia infantil.*